Rezumat

În zorii timpurilor, doi adversari antici se luptau pentru controlul Pământului. Un singur bărbat s-a înălțat, pe atunci, de-a dreapta oamenilor. Un soldat al cărui nume ni-l amintim și astăzi...

Mikhail are o nouă misiune: să antreneze războinicii pentru a se opune răpirilor misterioase. Dar drumul de la soldat la general nu e niciodată simplu, cu atât mai mult cu cât fiul Căpeteniei îți subminează autoritatea. Provocările se complică și mai tare când se află că „demonii-șopârlă" au pus o recompensă pe capul lui Mikhail.

Când un bărbat a căzut din ceruri și a jurat să îi apere satul, Ninsianna a crezut că rugăciunile i-au fost ascultate. Dar un rival pune la îndoială onoarea lui Mikhail, acest lucru nu doar că divizează satul, ci zguduie și încrederea Ninsiannei.

Între timp, în ceruri, zvonurile legate de un tratament împotriva extincției iminente a Angelicilor ajung la urechile armatelor disperate ale Împăratului. Raphael primește sarcina de a găsi „Sfântul Graal", fără a ști că Lucifer face deja manevre pentru a pune mâna pe el. O moarte tragică provoacă o confruntare epică, gata să frângă cerurile.

Saga „Sabia Zeilor continuă în Cartea a patra: *„Prin mijlocul pietrelor scânteietoare"*.

Această carte NU este o operă cu caracter religios!

Ordinea de citire a saga „Sabia Zeilor"
— „Eroi de Demult (o nuvelă)"
— „Sabia Zeilor"
— „Aici nu e loc pentru îngeri căzuți"
— „Fructul interzis"
— „Prin mijlocul pietrelor scânteietoare"
— „Regina a unui imperiu mai mic"
— „Cealaltă"

PRIN MIJLOCUL PIETRELOR SCÂNTEIETOARE

de
Anna Erishkigal

Volumul IV al Epopeei „Sabia Zeilor"

Ediția în limba română

Drepturi de autor

www.Seraphim-Press.com

SP Ediția Paperback
ISBN-13: 978-1-949763-76-8

Ediția Electronică
eISBN-13: 978-1-949763-75-1

Tradus de: Alina Cristea

Dedicație

Dedic această carte tuturor femeilor și bărbaților bravi care slujesc în forțele armate. Vouă vă dedic cel mai mare, cel mai puternic supererou care a călcat vreodată pe pământ. Arhanghelul Mihail. Un soldat... ca voi.

Sunteți asemenea vântului care ne poartă aripile. Mulțumim!

Prolog

Data Galactică Standard: 152,183.02 D.Î.
Haven 1: Palatul Etern
Împăratul Etern Hashem

Te-am pus să fii un heruvim păzitor;
erai pe muntele cel sfânt al lui Dumnezeu
şi umblai prin mijlocul pietrelor scânteietoare
--Ezechiel 28:14

Cu 240 de ani înainte....

ÎMPĂRATUL ETERN

În laboratorul zeiesc unde o proporţie atât de însemnată a Creaţiei era condusă pe drumul evoluţiei, Împăratul Etern Hashem măsura încăperea cu pasul de parcă *el* ar fi fost tatăl care îşi aştepta copilul. Femeia Angelic cu aripi întunecate se zvârcolea de durere, strigând:

-Are dreptul să ştie!

Hashem aruncă o privire stresată către aparatul care monitoriza bătăile inimii fătului.

-Trebuie să păstrezi existenţa acestui copil secretă, spuse el agitat.

-Ăsta nu e un joc de şah! şuieră Asherah. Shemijaza e soţul meu!

Milenii la rândul, el şi Shay'tan jucaseră şah pentru a-şi rezolva problemele, iar dacă asta nu funcţiona, atunci îşi adunau armatele şi porneau la război. Niciunul dintre ei nu reuşise să preia controlul asupra galaxiei până când, într-o bună zi, cel mai puternic general al lui Hashem pornise o rebeliune. Întrucât nu putuse să se opună Alianţei în mod direct, Shemijaza capturase o serie de planete aflate prea aproape de graniţa bătrânului dragon pentru ca Hashem să le distrugă fără a declanşa un război intergalactic, şi începuse să recruteze hibrizi neloiali. Acum că Imperiul lui Sata'an pişca din Alianţa Galactică, *ultimul* lucru de care avea nevoie Hashem era un război civil!

Convingătoare şi frumoasă, cu părul ei negru şi aripi asemenea, dar şi cu ochi atât de albaştri încât păreau să imite culoarea văzduhului din Haven, Asherah păruse soluţia perfectă, capabilă să ademenească liderul rebel înapoi în sânul Alianţei.

-Parcă trebuia să negociezi un tratat! o certă Hashem. Nu să te măriţi cu el!

-Numai aşa ar fi *semnat!*

-Dar tratatul ar legitima Al Treilea Imperiu! se răsti Hashem. Nu îi pot permite lui Shemijaza să aibă un moştenitor!

Asherah respira accelerat, dar superficial, pe măsură ce contracțiile i se intensificau.

-Sunt Serafim, se tângui ea. Te rog! Când ne-am consumat căsătoria, viața mea s-a unit cu a lui!

-Ești doar pe *jumătate* Serafim, o corectă Hashem. Poți să supraviețuiești dacă alegi să faci asta, ceea ce ai și demonstrat venind *aici*.

Asherah își strânse burta și slobozi un urlet.

-Shemijaza avea dreptate! Specia noastră e pe cale de dispariție și tu nu faci *nimic* ca să ne ajuți!

Hashem înșfăcă fulgerul și îl împinse blând spre pământ, iar părul alb și dezordonat i se răsfiră în toate direcțiile. Ceea ce altădată fusese simbolul iscusinței sale ca genetician, al abilității sale de a modela viață, devenise acum un monument al propriei incompetențe. Genele care produceau trăsăturile animalice ale armatelor sale erau recesive; pentru a le menține, fusese obligat să își încrucișeze armatele până în punctul în care acestea își pierduseră funcția de reproducere. Acum nu mai avea nicio soluție; nici puterile transcendentale, nici cele mai bune metode de fertilizare in vitro nu putuseră rezolva problema.

Și asta nici măcar nu era *adevărata* problemă...

... *adevărata* problemă era că se temea că Shemijaza preaslăvea un zeu mult mai puțin altruist decât el.

-Tacticile prin care mă tot pune la colț sunt pur și simplu prea *inteligente,* se răsti Hashem. Cu genele *tale,* copilul lui Shemijaza va fi chiar mai evoluat genetic decât tatăl lui.

-Nu am văzut niciun sacrificiu pe viu, spuse Asherah, nicio dovadă de puteri transcendentale.

-Când te-ai înființat la ușa mea spuneai *altceva!*

Asherah apucă barele de metal ale patului, resimțind intensificarea noii contracții.

-Shemijaza are pierderi de conștiență, dureri de cap, probleme de temperament, zise ea. E *bolnav!* Nu malefic! Singurul malefic pe care îl văd în povestea asta e zeul bătrân și egoist care ar fi în stare să țină un copil departe de tatăl lui!

Femeia luptă împotriva instinctului de a se lansa în zbor, iar mai multe pene negre îi zburară în toate direcțiile. Copilul era pe drum, indiferent dacă Hashem își dorea ca el să existe sau nu.

-Văd capul copilului, Majestatea Voastră, îi întrerupse Dephar, geneticianul-șef, care servea drept moașă.

Asherah își dădu capul pe spate și strigă numele soțului său.

Urletele ei răscoliră sentimente pe care Hashem nu le mai trăise – milă, poate? Neavând la îndemână cuvintele potrivite pentru a o convinge că asta era ceea ce trebuia să facă, recurse la un gest pe care nu îl mai făcuse de când încetase să mai fie muritor.

-Ia-mă de mână, Asherah, și lasă-mă pe mine să îți port durerea.

Mâna îi fu cuprinsă de căldură în locul în care atinse pielea femeii. Îl ardea pe interior, trezind o poftă de muritor pe care o uitase de mult.

Cu lacrimile alunecându-i pe obraji, Asherah își concentră atenția spre sinele interior, încercând să stabilească o legătură cu soțul său prin conexiunea telepatică pe care Serafimii o formau cu partenerii lor. Hashem făcuse eforturi uriașe pentru a-l convinge pe liderul rebel că soția sa era moartă. Dacă Shemijaza afla nu doar că Asherah era în viață, ci și că tocmai îi aducea pe lume un fiu, ar fi fost în stare să radă Alianța de pe fața universului pentru a o recupera. Însă, dat fiind faptul că Shay'tan îi seca deja toate resursele, Hashem nu își mai putea permite sub nicio formă un al doilea front de război!

-Zeiță!!! strigă Hashem în eter. Nu știu cum să opresc asta!

Un miros de ozon umplu laboratorul. Din lumina aurie se prefigură silueta unei femei înalte, zvelte, cu urechi ascuțite și aripi voalate. EA își îmbrăca forma materială doar arareori, fiindcă aceasta o făcea vulnerabilă, dar era esențial ca bebelușul să rămână secret.

-Fiică favorită, zise Cea-Care-Este, nu ți-aș cere să faci acest sacrificiu dacă soarta universului nu ar depinde de asta. Ki te-a avertizat că Shemijaza este întinat când i-ai intonat Cântecul pentru a-ți concepe fiul.

-Da, suspină Asherah cu tristețe.

Hashem resimți o urmă de invidie. De ce primise o muritoare acces la *Cântecul Creației*, dar el, nu? Și chiar de la Ki însăși? De la mama Celei-Care-Este?

-Eminența Voastră, zise Dephar, făcând o plecăciune plină de evlavie. Copilul e blocat în canalul de naștere.

-O să îl aduc pe lume chiar eu.

EA își așeză mâna pe abdomenul umflat al Asherei.

-Împinge, fiica mea. Vreau să întâlnesc acest prinț din Tyre.

Copilul alunecă în brațele EI, care îl așteptau. Nu plânse, așa cum făceau alți bebeluși atunci când ieșeau din pântecul mamei, ci își întinse mânuțele către chipul EI în timp ce Dephar îi tăia cordonul ombilical, și gânguri ceva ce suna a *„Inanna"*.

Buzele zeiței se arcuiră într-un zâmbet – sincer, de această dată -, căci întrezărise ceva ce o mulțumea din cale-afară.

-Bine ai revenit, *Luciferi,* Aducătorul de Lumină, spuse zeița și privi Serafimul care suspina. Fii recunoscător, tinere prinț, căci acest muritor te iubește suficient de mult încât să te țină ascuns de tatăl tău *adevărat*. Tot ce există depinde de cum vei reuși tu să *nu* cazi în mâinile lui Moloch.

EA se apropie de Asherah, gata să o izbăvească de amintirea lui Shemijaza, însă Asherah îi împinse mâna la o parte. Dephar oftă la vederea tupeului Serafimului.

-Nu îndrăzni să faci jocul ăla al amintirilor cu mine! zise Asherah, ridicându-se în patul de copil de parcă ar fi fost o regină. O să fac întocmai cum mi-ai cerut, dar într-o bună zi, eu și Shemijaza ne vom reîntâlni!

Hashem se înfioră. Poate că Cea-Care-Este era atotputernică, însă Asherah înțelegea regulile jocului mai amplu, care îi subjuga până pe și zeii mai bătrâni, ca el. Cu toate că nu era suficient de evoluată genetic încât să atingă nemurirea de una singură, femeia Serafim era prea aproape de perfecțiune ca să poată fi manipulată împotriva voinței sale.

-Așa să fie, răspunse Cea-Care-Este înfășurând bebelușul într-o pătură și întinzându-i-l lui Hashem. Tu trebuie să protejezi acest copil cu prețul vieții tale de nemuritor.

-Da, Eminența Voastră, spuse Hashem, făcând o plecăciune. Îl voi crește ca pe propriul meu fiu.

Ochii zeiței străluciră într-o nuanță aurie, semn al puterii. Smucindu-și aripile voalate, EA se îndepărtă, pâlpâind, de tărâmul material.

Hashem își coborî privirea asupra copilului care tocmai trecuse în grija lui. Acesta avea trăsăturile delicate ale mamei sale, dar și aripile albe ca zăpada și părul blond-alb al tatălui său. În loc să aibă ochii albaștrii, îi moștenise pe cei ai lui Shemijaza – argintii ca luna –, o rămășiță genetică a unei linii de sânge pe care toți o considerau dispărută.

Steaua dimineții...

Hashem se cutremură, cu toate că, în evoluția sa, lăsase de mult în urmă capacitatea de a resimți frigul. Shemijaza îl depășise. Îl depășise și pe Shay'tan. Depășise toate creaturile din galaxie, inclusiv pe Cea-Care-Este. Asherah îl avertizase că exista o *nouă* amenințare care tatona terenul din preajma liderului răzvrătit, una într-atât de înfricoșătoare încât determinase ființa pe jumătate Serafim să își abandoneze partenerul.

Steaua dimineții...

O linie de sânge chiar mai veche decât a Celei-Care-Este. Ferească Cerul ca Moloch să pună mâna pe copilul lui Shemijaza!

-Asherah? spuse Hashem, prezentând bebelușul în fața Serafimului îndurerat. Fiul tău...

-Pleacă de-aici! ripostă Asherah, ghemuindu-se în poziție fetală. L-ai vrut, acum îl ai!

Nu era deloc bine pentru copil să fie respins de propria mamă. Hashem știa, din experiența sa de genetician, că cei mai mulți dintre copiii respinși sfârșeau prin a se zvârcoli pierduți și a muri.

Bebelușul îl privea, iar ochii săi argintii și misterioși erau plini de încredere.

Steaua dimineții...

Cea mai frumoasă, cea mai înfricoșătoare, cea mai *periculoasă* linie de descendență la care putea să viseze orice genetician.

Hashem privi toate invențiile reci și sterile pe care le crease în laborator, alături de miliardele de creaturi pe care le ghidase către forme de viață mai înalte. Cea-Care-Este îi dăduse *lui* premiul, și nici Shay'tan, nici chiar tatăl copilului nu știau asta!

Tot ce trebuia să facă era să se asigure că nu afla Moloch...

Capitolul 1

Septembrie 3.390 î.Hr.
Pământ: Satul Assur
Colonel Mikhail Mannuki'ili

MIKHAIL

Colonelul Mikhail Mannuk'ili se piti în spatele gardului, analizând cerealele zdrobite şi urmărind micul demon care înainta printre ele, devastând tot ce cădea sub copitele sale despicate.

-Neam de Shay'tan ce eşti, o blestemă el. Am să te calc direct pe capul ăla încornorat!

Practic, cultura primitivă a soţiei sale preaslăvea aceste creaturi, dar *el*, fiinţă superioară dintr-o civilizaţie avansată, putea remarca faptul că, oriunde ajungea, animalul devora tot ce-i ieşea în cale. Chiar în acel moment rodea orzul pe care surorile văduve îl ajutaseră să îl planteze drept tribut pentru Ninkasi, zeiţa pâinii şi a berii. Dintre toate parcelele care împânzeau câmpia fertilă, formată prin acumulare de aluviuni, de ce oare alesese creatura tocmai parcela *lui?* Cea pe care îşi petrecuse jumătate de vară plivind-o şi însămânţând-o...

O furie oarbă ardea chiar la suprafaţă, ameninţând să erupă dincolo de faţada de control de sine atent construită. De obicei, avea un temperament stabil, dar chiar şi un Angelic putea fi împins dincolo de orice limită.

Demonul tocmai devastase *luni întregi* de muncă asiduă!

Mikhail îşi strânse aripile la spate şi se furişă mai aproape, lipindu-şi burta de pământ şi imaginându-şi cum s-ar putea răzbuna pentru stricăciunile aduse culturii sale. În mod normal, ar fi atacat din aer, dar un Angelic cu aripi întunecate năpustindu-se din ceruri nu e tocmai discret.

Mâna îi alunecă spre sabie, iar el vizualiză dreptatea – capra pusă la proţap, cu o rodie în gură. Însă Ninsianna insista că trebuie să *farmece* animalul, nu să facă dreptate ca un militar ce era. Câh! Nu avea *nevoie* de sabie! Angelicii fuseseră concepuţi genetic tocmai pentru a *lupta*.

Şopti rugăciunile Cherubime pentru a se concentra asupra misiunii.

Omoară... demonul...

Se furişă mai aproape, camuflându-se prin praf, ceea ce nu era tocmai o sarcină uşoară pentru o fiinţă mai înaltă de doi metri. Zburase în aceeaşi direcţie ca vântul, plutind deasupra arborilor de acacia, şi îşi făcuse drum dinspre albie în aşa fel încât capra să nu îi simtă mirosul.

Capul lui Nemesis ţâşni în aer; nările i se dilatară în timp ce adulmeca aerul. Ochii căprui i se dădură peste cap – un gest deja familiar de dispreţ. Mikhail avea o misiune de încheiat; să antreneze consătenii soţiei sale pentru a lupta împotriva celor care dădeau raiduri pretutindeni pe teritoriul Ubaid. Dar Nemesis îl făcuse de râs. Cum le putea cere acestor oameni să îl urmeze când, zi de zi, se lăsa depășit, deranjat și demoralizat de creatura asta?

Avea să o facă să *plătească,* chiar de era ultimul lucru pe care îl mai reușea!

Inima începu să îi bată mai tare, pompând oxigen spre mușchii contractați în așteptarea bătăliei. Dacă putea cuceri capra, poate că și așa-zisa lui „armată" avea să înceteze să se mai împrăștie în cincizeci de direcții diferite, nu-i așa?

Nemesis tropăi din copită, de parcă l-ar fi tachinat: „*Hai să te văd!*"

Fâlfâind puternic din aripile negru-maronii, Mikhail își luă zborul.

Pentru o clipă, crezu că o prinsese, dar Nemesis se răsuci, făcându-l să își rateze ținta. Viră în aer, pierzând câteva pene la contactul cu solul. Nemesis alergă în zig-zag printre dâmburile mici de pietre, țopăind peste câmpurile cu grâu sălbatic și alac. Cum reușea să îi scape printre degete cuiva care putea prinde până și o vrabie din zbor?

Capra țâșni în sus, pe deal, îndreptându-se direct spre Assur.

-La o parte! strigă fata cu ochii negri în momentul în care Nemesis năvăli pe poarta din față, urmată îndeaproape de Mikhail.

Pe străzile înguste, Nemesis avea un avantaj, însă Mikhail plană deasupra caselor din chirpici, blocându-i fiecare cale de scăpare. Curioșii trăgeau cu ochiul de la terasele de pe acoperișuri, punând pariuri pe cine avea să câștige această luptă aflată la ordinea zilei. Sătenii îi aclamau, dar Mikhail avea o bănuială că de fapt țineau cu *capra,* nu cu el.

-N-ai pe unde să mai scapi!

Capra își prinse nasul în poarta dură, din lemn. A lui era!

-Da! exclamară sătenii.

Un zâmbet rar îi lumină chipul când își fâlfâi aripile pentru a ateriza, însă Nemesis se întoarse din drum și se repezi printre picioarele sale. Mikhail bătu din aripi, încercând să se mențină în aer, și se întinse să o înșface, dar inerția îl împinse drept în față, făcându-l să se rostogolească direct în șopronul cu lapte și să își afunde fața drept într-un morman de bălegar de capră.

Pene negre zburară în toate părțile. În mintea lui Mikhail răsunară clopoței, acompaniați de râsetele sătenilor care veniseră să îl vadă *pierzând.* O anume voce îi ajunse la urechi – la fel de diafană și muzicală precum corurile cerești.

-De ce te tot chinui așa? râse Ninsianna. Ți-am *zis* că o mulg eu.

Mikhail se ridică greoi în mâini și genunchi.

-A pus ochii pe parcela noastră, zise el. Trebuie să i se dea o lecție.

-E o *capră,* spuse Ninsianna. Trebuie să înveți să îți temperezi simțul justiției cu ceva milă și realism.

Mikhail îşi înăbuşi replica iritată la vederea modului în care Mica Nemesis îi întâmpină soţia, behăind prietenoasă, frecându-şi nasul de mâna ei şi căutând gustări. Cum se făcea că de fiecare dată când *el* îi aducea gustări, capra îl umplea de urme de copite peste tot pe haine?

Ninsianna convinse animalul să stea pe platforma înălţată şi îi vârî o găleată cu coji vegetale sub nas. Mâinile sale suple îi mângâiară ugerul, convingându-l să îşi împartă laptele cu ea.

Imaginea teribil de tentantă a Ninsiannei făcând acelaşi lucru pentru *el*, mai târziu, trezi o vâlvătaie îmbietoare în sinele lui Mikhail, calmând enervarea pe care ar fi trecut-o cu vederea dacă nu ar fi *duhnit* acum a balegă de capră.

-Pe cuvânt! râse Ninsianna. Trebuie să încetezi să mai vezi povestea asta ca pe o luptă pentru onoare. E doar o găleată cu lapte.

-Uşor de spus pentru *tine*, mormăi Mikhail.

Îşi ridică privirea spre acoperişuri, unde „audienţa" sa se făcuse nevăzută. Assur nu avea resursele necesare pentru a întreţine o armată permanentă, aşa că, imediat după cină, toţi bărbaţii şi, în unele cazuri, toate femeile capabile să manevreze o suliţă şi un arc se adunau la „baza de instruire" de noapte, pentru ca Mikhail să îi înveţe să se apere.

-Cum se presupune că ar trebui să îi aduc de partea mea dacă nici măcar nu pot să îmblânzesc o capră?

Ochii Ninsiannei căpătară acea strălucire pătimaşă pe care o aveau de fiecare dată când Cea-Care-Este glăsuia prin ea.

-Întâi trebuie să o aduci pe *ea* de partea ta, Sabie a Zeilor, *Cea-Care-Este-Ninsianna* îi spuse prin soţia sa. Cum să uneşti neamul Ubaid dacă nu poţi să controlezi nici măcar o capră?

Mikhail se cutremură. *Ura* momentele în care Cea-Care-Este se folosea de soţia lui pe post de megafon.

Ninsianna clipi; strălucirea se disipă. Mikhail îşi ascunse frustrarea, amintindu-şi sie însuşi că nu propria *soţie* îi vorbea atât de dispreţuitor, ci arhitecta universului.

Ninsianna îl lăsă pe *el* să care găleata în casă. Angelicul refuza cu îndârjire să îi permită soţiei sale însărcinate să care vasul greu, care aproape dădea pe-afară de plin ce era de fiecare dată când *ea*, şi nu *el*, mulgea capra.

Dacă ar fi fost după el, ar fi renunţat cu plăcere la lapte şi la chişleag în schimbul unei anume capre la proţap...

Închise poarta în urma lui, astfel încât Mica Nemesis să nu scape. Era un gest zadarnic, însă. În clipa în care termina de mâncat, micul demon o deschidea şi dădea iama pe câmpul vreunuia dintre vecini; o fărădelege pentru care *el* era obligat să se revanşeze.

-Ar trebui să mă laşi să *omor* creatura aia şi să îţi găsesc alta mai ascultătoare, mormăi Mikhail.

-Dacă femeile din casa asta ar fi ascultătoare, îl tachină Ninsianna, eu aş fi acum căsătorită cu Jamin, nu cu tine!

-Iar oasele mele al putrezi pe nava distrusă.

Ninsianna afişă un zâmbet frumos, genul acela de zâmbet care îl făcea să viseze cu ochii deschişi la a-i săruta buzele suave în loc să antreneze războinicii sau să fortifice zidurile de apărare ale satului.

De l-ar fi înzestrat *EA* cu darul de a pune la punct capre! Erau oamenii *lui* acum. După accident, rămăsese cu puţine amintiri despre locul din care provenea, însă de-a lungul celor şapte luni în care fusese prins aici, *nimănui* nu îi păsase suficient de el încât să vină să îl caute.

Capitolul 2

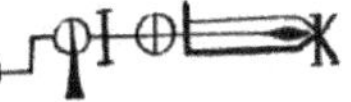

Data Galactică Standard: 152,323.09 D.Î.
Sectorul Zulu: Nava amirală „Răsărit de Lumină"
Forțele Aeriene Angelice
General de Brigadă Raphael Israfa

RAPHAEL

Colonelul Raphael Israfa era comandant al Departamentului 480 de Informații, Supraveghere și Recunoaștere din cadrul Forțelor Aeriene Angelice. Avea aripi aurii, ochi cărămiziu-albaștri, și numai o gropiță neastâmpărată îi umbrea trăsăturile de altfel perfecte, de Angelic.

Nava pe care o conducea se numea *Răsărit de Lumină* – mai mică și mai zveltă decât celelalte nave amirale, însă doldora de putere. Trecuse un an de când Comandantul General Suprem Jophiel i-o dăduse drept premiu de consolare înainte să îl alunge pe Teritoriile Neexplorate.

Podul navei se cutremură, iar în mijlocul său apăru un vortex alb-auriu.

-Domnule? Majorul Glicki își înclină o antenă drept răspuns la deranj.

Raphael îi aruncă secundului său Mantoid un rânjet triumfător. Având în vedere mesajul pe care tocmai îl transmisese, nu se așteptase la altceva. Își aranjă aripile aurii, vrând să se pună la punct, și apoi porni dispozitivul de comunicare al navei.

-Atenție, membri ai echipajului! Raportați în golful de lansare pentru inspecție! Împăratul Etern se află la bord.

Echipajul se arătă stupefiat la auzul incredibilului anunț. Cei mai mulți dintre ei nu văzuseră niciodată bătrânul zeu care guverna jumătate din galaxie; cu atât mai puțin nu la bordul unei nave staționate pe un braț spiralat atât de îndepărtat.

Particulele se amestecară, formând un soare în miniatură, după care se prelungiră spre exterior. În vreme ce lumina căpăta contururi din ce în ce mai umane, în jur se dezlănțuia Hadesul.

-Aripile la spate! ordonă Locotenentul Sachiel, așezând echipajul. Formația în linie dreaptă! Așază-ți uniforma aia, pilot!

Raphael păstră o distanță decentă față de Împăratul Etern, care se prefigura în lumea materială. Alesese întruchiparea sa preferată, de Angelic bătrân, lipsit de aripi, cu o barbă albă și o robă simplă, tot albă.

Raphael așteptă să poată distinge ochii aurii ai Împăratului, după care își strânse aripile aurii ca și cum ar fi fost un veșmânt și salută solemn:

-Domnule!

-Pe loc repaus, zise Împăratul, înclinându-și ușor capul către membrii echipajului, care stăteau crispați la apel.

-Majestatea Voastră, spuse Raphael, încercând să nu rânjească precum un motan. Înţeleg că aţi primit mesajul meu?

Cu şapte luni în urmă, Colonelul Mikhail Mannuki'ili dispăruse în misiune, în timp ce urmărea o navă de mărfuri Sata'anică ce trezise suspiciuni. Raphael continuase să îşi caute cel mai bun prieten mult după ce toţi *ceilalţi* renunţaseră, crezându-l mort. Acum, însă, aveau o pistă. O pistă enormă şi de-a dreptul copleşitoare.

Mikhail găsise Sfântul Graal!

-Arată-mi, te rog, zise Împăratul. Vreau să o văd cu propriii mei ochi.

-Major Gliki, spuse Raphael. Te rog să redifuzezi mesajul.

Glicki atinse dispozitivul de comunicare, făcând ca o imagine mare de douăzeci şi cinci de metri să apară pe ecranul plat. Ochii privitorilor nu erau, însă, îndreptaţi asupra lui Mikhail, el însuşi o ciudăţenie prin prisma părului negru şi a aripilor negru-maronii, ci asupra tinerei oacheşe care stătea lângă el, cu buzele arcuite într-un zâmbet enigmatic.

„Raphael, nava mea e varză. Sata'anicii şi-au construit o bază pe o navă clasa M cu coordonatele... Z, trei, zero, unu, opt, ... (hârâit puternic)"

-A fost un semnal extrem de slab, spuse Raphael. Dacă ne-am fi aflat la numai câţiva ani lumină distanţă, în orice direcţie, nu l-am fi recepţionat deloc.

-Puteţi să îi localizaţi poziţia?

-Coordonatele sunt incomplete, domnule, zise Raphael. Dar, pe baza vectorilor parţiali, estimăm că ar fi vorba despre *această* zonă a sectorului Zulu, continuă el arătând o diagramă tridimensională care ilustra secţiunea galactică Orion-Cygnus.

-E o suprafaţă vastă, spuse Împăratul, părând tulburat. Va fi dificil de explorat fără să îi atragem atenţia lui Shay'tan.

-Am analizat filmarea în căutare de indicii, domnule, spuse Raphael. Major Glicki, te rog?

Secundul său începu să exemplifice pe calculator, folosindu-se de o săgeţică:

-După cum puteţi vedea, domnule, această tânără arată ca dumneavoastră; ca o fiinţă umană, fără aripi, îi raportă Glicki Împăratului.

Făcând câteva mişcări din degetele parcă blindate, Glicki afişă nişte măsurători.

-E cu 20% mai mică decât o femelă Angelic – schimbă imaginea de pe ecranul adiacent pentru a prezenta un Angelic care murise în urmă cu zeci de mii de ani – şi prezintă trăsăturile genetice pe care *obişnuia* să le aibă rasa lor, dar care s-au pierdut în decursul anilor.

Cei doi bărbaţi schimbară o *privire*. Încrucişare selectivă... Angelicii aveau aripi, însă asta îi costa enorm.

-Ce alte indicii îmi mai puteţi arăta? întrebă Împăratul.

-Poartă haine ţesute în casă şi un colier dintr-o piatră primitivă, zise Glicki. Dacă aruncaţi o privire la consola din spatele lor, puteţi vedea un arc cu săgeți, dar și o suliță. Capul săgeții pare să fie făcut din flintă, nu metal.

-Dacă planeta e într-o fază de pretehnologizare, interveni Raphael, asta ar explica de ce nu îi putem detecta signatura energetică.

Împăratul își trecu degetele prin părul deja dezordonat, făcându-l să stea de parcă tocmai s-ar fi dat jos din pat. Raphael fu frapat de cât de mult semăna Împăratul și zeul lor cu un om de știință nebun.

-Am pierdut o navă de tip arcă în timpul unui exod din Nibiru, spuse Împăratul. Bănuiam că s-a prăbușit și nu a supraviețuit nimeni. Sectorul Zulu se află la distanță mare de ultima poziție cunoscută a navei, dar oare o fi reușit să ajungă așa de departe?

Nibiru? Raphael se uită la sulița cu vârf din piatră aflată în imediata apropiere a lui Mikhail. Era greu să își imagineze o lume în care armele din Epoca de Piatră se întâlneau cu civilizația avansată din care se zvonea că se trăgea însuși Împăratul.

-Dacă au fost o societate tehnologizată cândva, întrebă Raphael, de ce nu au încercat să ne contacteze?

-Nu ar fi prima oară când o civilizație regresează, mai ales ca urmare a unei calamități, cum a fost asteroidul care a distrus Nibiru, răspunse Împăratul, scărpinându-și gânditor bărbia. Dacă nava nu mai putea fi reparată, cel mai probabil a fost abandonată, iar tehnologia de la bordul ei, dată uitării.

-Vedeți spărtura aceea din fuzelaj? întrebă Glicki, desenând un cerc cu săgeata digitală. Acesta nu e un unghi tocmai natural din care să înregistrezi. Putem presupune că Mikhail știa că timpul pe care îl avea la dispoziție pentru transmisiune era scurt, așa că a inclus cât mai multe indicii posibile într-un flux redus de date.

-Mai e și altceva? întrebă Împăratul, privind către echipajul copleșit de uimire.

-Domnule, zise Raphael, ar mai fi un detaliu ciudat...?

-Spune, spune.

-Mikhail strânge femeia în brațe și zâmbește.

-Ahh, da, zâmbi Împăratul.

-Domnule? interveni Locotenentul Sachiel, ofițerul de securitate al navei. Nu înțeleg ce vreți să spuneți cu asta.

-Mikhail e foarte serios, zise Împăratul. Ceea ce nu e surprinzător, având în vedere trecutul familiei lui.

Penele lui Raphael se cutremurară instinctiv. În urmă cu douăzeci și cinci de ani, niște pirați atacaseră tărâmul Serafimilor și căsăpiseră fiecare bărbat, femeie sau copil care le ieșise în cale. Mikhail, care pe atunci avea nouă ani, supraviețuise pentru că scosese o sabie din trupul muribund al mamei sale și o folosise pentru a-i anihila ucigașii; o amintire mută, mortală, pe care o purta *mereu* cu sine.

-Nu ar îmbrăţişa niciodată vreo femeie *la întâmplare,* zise Raphael. Serafimii se ghidează după nişte principii aparte.

Ochii Împăratului străluciră a amuzament.

-Poate că a încercat să ne trimită informaţii în plus?

-Majestatea Voastră? interveni un Spiderid tânăr. Are ochi aurii. Nu am mai văzut niciodată pe cineva care să aibă o asemenea nuanţă în afară de *dumneavoastră,* domnule.

-Chiar aşa! exclamă Împăratul.

-Ar putea fi o altă zeiţă, domnule? întrebă Raphael.

Împăratul analiză ecranul cu atenţie.

-Aş spune că încă nu. Poate o fiinţă pretranscendentală?

Atinse ochii femeii.

-Cred că va evolua curând, însă. E pe punctul de a trece într-o etapă superioară. Trebuie să o găsim înainte să cadă pe mâini greşite.

Prin „mâini greşite", Raphael bănui că Împăratul se referea la Shay'tan.

Întorcându-se spre Raphael, Împăratul salută sobru, aşa cum îşi salută un ofiţer subordonatul, şi spuse cu glas puternic:

-General de Brigadă Israfa, permiteţi să vă inspectez echipajul?

Apoi adăugă, pe un ton ceva mai blând:

-I-aş dezamăgi dacă aş pleca fără să îi inspectez, după ce i-ai pus să stea atâta timp aliniaţi.

-Da, domnule, răspunse Raphael, iar gropiţa i se destinse într-un zâmbet larg. Dar, Majestatea Voastră, eu sunt un simplu colonel.

-Nu mai eşti, răspunse Împăratul. Dacă te trimit la luptă împotriva Imperiului Sata'anic, trebuie să îţi acord şi gradul cuvenit pentru asta.

Cu entuziasmul exagerat al unui soldat începător, Raphael deschise calea către pântecul navei.

-În plus, adăugă Împăratul când rămaseră singuri, ştim amândoi că singurul motiv pentru care nu ai fost deja promovat de Jophiel e că ei nu îi place să dea impresia că ar favoriza pe cineva. Dar cine pune un biet colonel la conducerea unei nave amirale?

-Domnule?

Relaţia lui Raphael cu comandanta cu rangul cel mai înalt din armata Alianţei, şi mamă a unicului său fiu, era complicată din cauza strictelor legi antifraternizare ale Împăratului. Câtă vremea serveau în armată, perioadă care pentru hibrizi se întindea obligatoriu până la cinci sute de ani, le era interzis să formeze relaţii; nu aveau voie decât să dea naştere unor urmaşi care să ocupe, la rândul lor, poziţii în armată.

-Încă nu a spus da?

-Încă nu, Majestatea Voastră.

După ce fiul lor aproape murise, Împăratul preferase să îi dea lui Raphael o dispensă specială decât să rişte ca Jophiel să îşi dea demisia.

-Se teme că, dacă primeşte tratament preferenţial, asta va afecta moralul trupelor.

-Mai insistă, zise Împăratul. O să spună *da* dacă găsești planeta asta.

Raphael își umflă penele aurii. O, în numele zeilor! Chiar spera asta!

Însoți Împăratul prin holurile labirintice ale navei amirale. Soldați din toate speciile se adunaseră la apel pentru a da ochii cu Împăratul Etern.

-Dacă îmi permiteți, domnule, zise Raphael. Ce urmărește Shay'tan, de și-a pregătit baza de pe planeta aceea?

-În afară de a ne împiedica pe *noi* să rezolvăm problema încrucișării selective a hibrizilor?

Sprâncenele stufoase ale Împăratului se împreunară în semn de contemplație.

-Orice ar fi, poți să fii sigur că presupune ca *eu* să pic de prost.

Raphael se prefăcu brusc interesat de una dintre penele sale primare, aurii. Jocul de șah al Împăratului împotriva lui Shay'tan era legendar.

-Găsește tărâmul oamenilor înainte ca Shay'tan să trimită întăriri, spuse Împăratul. Mikhail este un soldat formidabil, dar nu are *nicio șansă* să pregătească un popor primitiv să lupte împotriva Imperiului Sata'anic.

Raphael își reprimă un râset. „*Câinele personal de atac al Împăratului*" avea un simț exagerat al datoriei și al *dreptății,* în contrast puternic cu toleranța sa zero față de politică și orgolii. În ciuda faptului că Împăratul încercase să îl ademenească cu o mulțime de avansări în grad, Serafimul cel singuratic evitase sârguincios să conducă orice grup mai mare decât unitatea de elită a Forțelor Speciale.

-Ce e așa amuzant, General de Brigadă Israfa?

-Pur și simplu mi-l imaginam pe Mikhail dirijând un grup de oameni împotriva unui cuirasat, răspunse Raphael, mimând că arunca o armă primitivă. Ar fi ca și cum i-ai cere unei stânci să ghideze un banc de pești prin deșert.

Așa, bătrânul zeu ajunse în hangarul în care urma să inspecteze echipajul lui Raphael râzând. *Ultimul* lucru pe care l-ar fi vrut Mikhail ar fi fost să fie „promovat" la gradul de general! Mai degrabă s-ar fi luptat cu Shay'tan însuși decât să fie pedepsit într-un *asemenea* hal!

Capitolul 3

Septembrie 3.390 î.Hr.
Pământ: Satul Assur
Colonel Mikhail Mannuki'ili

MIKHAIL

Pe malul Râului Hiddekel se strânsese un grup tare indisciplinat. Războinicii de elită erau amestecaţi cu fii inofensivi de olari. La brâul celor care îşi munceau pământul stăteau încinse piei de animale, contrastând puternic cu kilturile elaborate, cu franjuri, ale celor din castele superioare. Un singur lucru unea aceşti oameni după o zi epuizantă petrecută la munca câmpului – rezistenţa faţă de frânturile abia pe jumătate clare pe care şi le mai amintea Mikhail din Antrenamentul de Bază!

-Astăzi vom exersa lupta corp la corp cu doi oponenţi.

Înaintă prin faţa rândului – asta dacă zigzagul parcă beat pe care îl făcuseră învăţăceii putea fi numit *rând.* Tânăra lui protejată îl urmă, întinzându-şi picioarele la maximum pentru a mima paşii mai mari ai Angelicului. La doar treisprezece primăveri, „umbra" lui avea capacitatea stranie de a stăpâni orice armă. Pareesa îşi purta părul în cozi împletite, strânse în jurul capului, astfel încât niciun bărbat să nu o poată prinde. Mikhail îşi numise tânăra mascotă pe post de „locotenent secund" pentru a încuraja şi alte femei să li se alăture, dar şi pentru a o ţine departe de probleme.

Se opri brusc, pentru a i se adresă unuia dintre bărbaţi. Pareesa se prăvăli peste una dintre aripile sale, exclamând surprinsă.

-Să ne legăm la mâini? întrebă ea nerăbdătoare, arătându-i legăturile din piele.

-Încă nu trecem la bătaie, mică zână, răspunse Mikhail, încercând să proiecteze seriozitatea cuvenită. Doar ne prindem şi aruncăm.

Fusese mai uşor să se descurce cu acest geniu precoce câtă vreme îl percepuse drept o biată fetiţă, dar soţia sa îi răvăşise iluzia în clipa în care îl informase că motivul pentru care Pareesa se antrena cu atâta conştiinciozitate era că îi purta o anume „afecţiune". Oricum, Ninsianna credea asta despre *toate* femeile, fiind predispusă la gelozie. Pentru el, Pareesa era doar o elevă entuziastă.

Se răsuci spre doi dintre războinicii de „elită".

-Să presupunem că doi inamici sar pe voi în acelaşi timp, li se adresă el direct lui Dadbeh şi Firouz. Cum vă apăraţi?

-Cel ce luptă şi-şi ia tălpăşiţa, glumi Dadbeh, mai prinde şi-alte zile în care să lupte iară.

În ciuda ochilor desperecheați, a nasului strâmb și a conformației firave, bărbatul era rapid și se pricepea la mânuirea suliței. Ar fi fost un războinic ideal dacă nu ar fi avut tendința de a trata *totul* ca pe o glumă.

-Cucurigu! interveni Firouz, prefăcându-se că dă din niște aripi imaginare. Cucurigu! Cucucucucu!

Cu nasul acela care aducea mai degrabă cu ciocul cocoșului pe care îl imita decât cu un nas, Firouz smulse o avalanșă de râsete de la războinici.

Mikhail se refugie în spatele unei expresii indescifrabile. Dacă maestrul Cherubim l-ar fi privit pe *el* așa, el ar fi fost imediat pe poziții, dar oamenilor nu prea le păsa. Le ordonă să refacă rândurile.

-Pareesa, Siamek, li se adresă el celor doi locotenenți ai săi. Ce-ar fi să le arătăm și celorlalți mișcarea pe care ați învățat-o ieri?

-Da, domnule! răspunse Siamek, pregătit să execute.

Siamek era înalt și chipeș, avea o conformație suplă, dar zdravănă, iar cele trei rânduri de franjuri de la kilt îl distingeau drept membru al unei familii de seamă; în rest, nu prea atrăgea atenția – deși competent și gata să își slujească superiorul, nu era cu nimic mai doritor decât Mikhail să preia comanda.

-Sunt prea scundă, nu îți ajung la umeri! spuse Pareesa, țopăind ca un cățeluș agitat. Abia de-ți ajung la piept!

Dar Mikhail o știa mult prea bine ca să o creadă pe cuvânt. Drăcușorul avea să compenseze cumva acest neajuns și să își determine oponentul să muncească serios pentru victorie. Angelicul se pregăti, întinzându-și picioarele în așa fel încât să poată să se deplaseze în orice direcție, și își strânse aripile la spate, pentru a nu fi avantajat pe nedrept. Printre războinici se așternu liniștea, semn al curiozității anticipative.

Ochii lui Mikhail îi întâlniră pe cei căprui ai lui Siamek, iar nările i se dilatară, adulmecând aerul.

-Start!

Siamek și Pareesa îl apucară de umeri. Mikhail îi blocă printr-o piruetă; încercă să se sustragă lui Siamek, care avea o anvergură mai mare, îi înșfăcă încheietura și îl puse la pământ, folosindu-se chiar de inerția războinicului. Câteva clipe mai târziu, Pareesa era și ea la pământ, scâncind. Un murmur apreciativ străbătu rândurile de bărbați și femei care îi priveau.

-Poți să mă lași să mă ridic acum, mormăi Pareesa.

-Sunt sigur că o să mă răsplătești cum se cuvine, răspunse Mikhail, aruncând o privire spre vânătaia care se contura pe propria încheietură și ajutând-o să se pună pe picioare.

Apoi, îi întinse o mână și lui Siamek.

-Mulțumesc pentru demonstrație.

Siamek îl privi neîncrezător, dar îi acceptă ajutorul.

Mikhail se întoarse spre ucenici.

-Împărțiți-vă în grupuri de trei și exersați mișcarea asta.

Două sute de novici se împărțiră, deci, în echipe. Războinicii de elită refuzau să se grupeze cu sătenii care trăiau din munca câmpului. Olarii și țesătorii erau reticenți față de dulgheri și făuritori de cremene. Bărbații refuzau să lucreze cu femeile, iar războinicii mai în vârstă, din generația căpeteniei, tratau cu superioritate ucenicii mai tineri. Mikhail fu ușurat să observe că Siamek ghida „soldații" reticenți, organizându-i în grupe de trei, așa cum li se ceruse.

-Aliniați-vă ca niște bărbați! strigă Siamek. Altfel o să vă punem să mărșăluiți până la răsărit!

Un râset strident îi făcu pe ucenici să se oprească și să privească în jur. Un bărbat tocmai ieșea de prin stufăriș; pe umăr căra un mistreț, iar în mână, sulița pe care o înfipsese în inima animalului și de pe care șiroia acum sângele. Era mai înalt decât majoritatea celor din neamul Ubaid, musculos și rapid, iar privirea arogantă trăda faptul că fusese pregătit încă de la naștere să preia poziția de conducător – Jamin, cu ochii săi negri sclipind a ură.

-*El* ar trebui să aplice ordinele, zise acesta, arătând cu capul în direcția lui Mikhail. Nu *tu*, Siamek. De ce îți mai bați capul să te antrenezi cu prefăcutul ăsta?

Siamek își plimbă privirea între prietenul său cel mai bun și Mikhail, hotărârea de mai devreme fiindu-i acum destabilizată de loialitatea pe care o purta superiorilor săi. Se antrena cu Mikhail pentru că așa îi ordonase căpetenia, nu pentru că *voia* să fie acolo. Mikhail îl numise la comandă pentru că se pricepea cel mai bine la așa ceva, și, sincer, fără el, Angelicul nu ar fi avut nicio idee cum să țină în frâu oamenii aceștia fără niciun pic de simț al datoriei.

-*Tu* ar trebui să îi antrenezi pe războinici, *Muhafiz*, spuse Mikhail, străduindu-se să își mențină tonul calm. Nu eu. Tatăl tău mi-a dat mie sarcina pentru că *tu* refuzi să înveți noile metode de antrenament.

Jamin își examină sulița, o armă pe care o putea arunca cu o acuratețe letală. Ochii săi negri alunecară dinspre vârful încă însângerat, cioplit în cel mai fin obsidian vulcanic, către inima lui Mikhail. Calcula distanța.

-Anunță-mă când începi să îi înveți să folosească arme *adevărate*, rânji Jamin, arătând ca o hienă care își dezvelea dinții. Și poate atunci o să mă mai gândesc...?

Mâinile mici ale Pareesei se încleștară în pumni.

-Nu ți s-a părut așa amuzant când am tras cu săgețile alea *neadevărate* direct prin mâna ta!

Jamin se năpusti asupra ei, dar, având mistrețul încă pe umăr, fu evitat ușor de Pareesa. Mikhail interveni între ei, neștiind însă dacă *el* ar fi o țintă mai puțin tentantă decât protejata sa iute de gură. Între el și fiul căpeteniei existau resentimente. Încă din ziua în care nava Angelicului se prăbușise pe această lume, rivalitatea dintre el și Jamin otrăvise totul.

-La baza fiecărui sistem de luptă se află capacitatea de a te apăra cu mâinile goale, spuse Mikhail, oprindu-i elanul Pareesei, și a lucra cot la cot cu tovarășii. Doar *atunci* te poți baza și pe arme.

-Ușor de spus pentru cineva care are bețe de foc și trage cu fulgere, spuse Jamin, arătând arma cu impulsuri prinsă la șoldul lui Mikhail. Și sabia aia pe care o mânuiești așa bine. Când ai de gând să ne înveți să le folosim pe *alea?*

Întrebarea reverberă printre bărbații și femeile prezente. Indiferent de câte ori ar fi încercat să le explice că arma cu impulsuri nu putea fi folosită decât în ultimă instanță, pentru că aproape rămăsese fără baterie, Angelicul se izbea în continuare de neîncrederea sătenilor, care se întrebau de ce nu îl ruga pur și simplu pe împăratul-zeu pe care abia de și-l amintea să trimită niște „magie" în plus. Doar căzuse din ceruri, avea aripi și putea să zboare.

Varshab, unul dintre războinicii mai vârstnici, din generația căpeteniei, îl privi pe Jamin cu o expresie severă.

-Oricât de mult ne-am dori să ne alăturăm vânătorii, zise el, nu putem să neglijăm sarcina de a apăra satul. Nu vrea și *Muhafizul* să ni se alăture și să învețe câte ceva?

„Omul" căpeteniei, bărbatul acesta de vârstă mijlocie și înălțime medie, cu conformația vânjoasă specifică cuiva care își petrecuse toată viața muncind din greu, atât ca războinic, cât și la câmp, era singurul pe care Jamin îl respecta – sau de care se temea – suficient de mult încât să nu îi răspundă în batjocură. Războinicii murmurară aprobator. Nici *ei* nu voiau să fie acolo, dar, spre deosebire de Jamin, nu îndrăzneau să nesocotească ordinul căpeteniei.

Jamin îl privi cu răutate pe Varshab, însă își ținu gura. Mikhail știa prea bine că aceasta era pedeapsa pe care însăși *căpetenia* i-o administrase fiului său, înlăturându-l de la comandă.

-Bine. O să mă uit.

Jamin lăsă leșul mistrețului să cadă pe pământ, cu un zgomot înfundat.

Înlăuntrul Angelicului răsări o fărâmă de speranță. Poate că Jamin avea să își preia în sfârșit rolul de *Muhafiz* și să îl scape pe *el* de nevoia de a se da drept „general"...?

Jamin se cocoță pe mistrețul mort de parcă ar fi fost un tron.

-Să vedem dacă faceți ceva demn de a fi învățat, zise el.

Judecând după expresia răutăcioasă de pe chipul său, *ultimul* lucru pe care voia să îl facă era să învețe. Rămânea doar ca să observe cu ochii lui toate felurile în care dădea greș Mikhail și să îl facă de râs.

-Toată lumea, înapoi în grupuri de trei!

Mikhail se rugă în sinea sa ca, pentru prima oară, războinicii să îi urmeze ordinele. Siamek îi sări în ajutor.

-L-ați auzit, nu-i așa? spuse el, împingând ucenicii la locurile lor. Toată lumea pe poziții!

Mormăind, războincii se aliniară din nou. Mikhail aşteptă până când Siamek restabli ordinea pentru a-şi continua lecţia de seară.

-Haideţi să arătăm încă o dată mişcarea!

Pareesa şi Siamek se aşezară pe poziţii. Siamek scrută privirea şi mâinile Angelicului, ştiind că acolo avea să întrezărească prima intenţie de atac. Pareesa se ghemui asemenea unei leoaice gata să se năpustească asupra prăzii. Mikhail nu era tocmai sigur *cum* îl păcălea, dar copilandra era atât de rapidă, încât chiar trebuia să se chinuie ca să o prindă.

-Start!

Cei doi se repeziră spre el. De data aceasta, Pareesa aproape reuşi să îl evite, forţându-l să îşi înfoaie aripile. Siamek izbuti şi el să îi administreze o lovitură destul de puternică înainte să fie pus la pământ. Pareesa îl trase de aripi, făcând ca o mână de pene să zboare în toate direcţiile.

-Hei! reacţionă Mikhail, privind-o dur. Doar ne *antrenăm*.

Se frecă în zona coastelor, acolo unde Siamek îşi proiectase croşeul de dreapta.

-*Acolo* o să mă învineţesc, zise Mikhail suficient de tare încât să îl audă războinicii.

Privirea lui Siamek alunecă spre locul în care stătea Jamin, privindu-i pe *amândoi* cu o expresie circumspectă, de parcă ar fi fost o cobra pe urmele unui şoarece. Mikhail îşi înclină capul în semn de respect. Jamin le aruncă *amândurora* o căutătură plină de ură.

-Bună treabă! îi felicitară luptătorii pe cei doi locotenenţi.

Pareesa aproape că dansă înapoi spre grupul femeilor, care o aşteptau cu mâinile ridicate, apucând entuziasmate salva de trofee – penele smulse din aripile Angelicului. Încă de când tânăra protejată i se împotrivise lui Jamin, tinerele începuseră să tragă la ea, vrând să nu mai fie desconsiderate sau abuzate de soţii, taţii şi iubiţii lor.

Un fior anticipativ străbătu trupa. Pentru Mikhail nu era niciodată o problemă să convingă războinicii să încerce manevre cu care să se dea în spectacol. Mai greu era să îi convingă să facă şi exerciţiile mai repetitive din antrenament; să lupte cot la cot, ca o armată unită.

Fiecare grup începu să ţintească capete şi să înfigă genunchi în zone ale corpului care declanşau scâncete de durere. Pe măsură ce înainta printre luptători, corectând greşeli şi arătând poziţiile corecte, Mikhail aproape că uită de „publicul" care îl urmărea de pe „tronul" de mistreţ ucis.

Agitaţia de la capătul opus al rândului îi atrase atenţia. O duzină de oameni se adunase în jurul lui Firouz şi al lui Dadbeh, încurajându-i în timp ce aceştia executau un fel de dans. Mikhail se aşeză în faţa lor cu braţele încrucişate, dar cei doi îşi văzură de treabă.

-E ceva ce nu aţi înţeles? întrebă Angelicul, răscolindu-şi aripile, nedumerit de comportamentul ciudat al războinicilor.

-Nu, răspunse Dadbeh cu un rânjet larg.

Dadbeh își duse degetele la cap și se năpusti asupra lui Firouz. Firouz mimă că aruncă o suliță. Alți războinici se alăturară grupului și începură să aplaude.

-Ar trebui să exersați!

-Chiar asta facem! răspunse Dadbeh, mișcând degetele pe care le dusese la cap ca și cum ar fi fost o pereche de coarne.

-Haide, cerbule! îl îndemnă Firouz melodramatic. Te invoc! Vino de-mi binecuvintează sulița cu carnea ta!

Dadbeh înaintă spre Firouz de parcă ar fi dansat, agitându-și „coarnele".

În punctul acela, toți războinicii își opriră antrenamentul și se adunară în jurul celor doi. În loc să îl ajute pe Mikhail să restabilească ordinea, Pareesa îi încuraja.

Pe coada lui Shay'tan! Asta era chiar mai rău decât să fie umilit de capră!

-Se presupune că trebuie să mă ajuți, nu să îi încurajezi, mârâi Mikhail.

-Doar uită-te, spuse Pareesa, țopăind într-un mod care îi trăda vârsta fragedă.

-Ucide cerbul și oferă-l drept ofrandă zeiței vânătorii! intonară războinicii.

Angelicului nu îi era clar ce șmecherie încercau cei doi, însă ceilalți membri ai tribului păreau să o înțeleagă – toți, cu excepția *lui*.

-Vino, cerbule, îndemnă Firouz. Te invoc ca să îi pun inima ta pe tavă Celei-Care-Este.

Scoase un băț de la cingătoare... un fel de cuțit?

Dadbeh se năpusti asupra lui Firouz, scoțând sunete grave, de parcă ar fi fost o bestie. Firouz îl apucă de umeri și sări în aer pentru a-l dezechilibra. Apoi, îl trase în lateral, în așa fel încât să își poată înfășura picioarele în jurul corpului său imediat ce cădea la pământ și să nu îi mai permită să se ridice. Mișcarea aceea îi părea cunoscută lui Mikhail...

-Slavă zeiței! exclamă Firouz, înjunghiind „cerbul" în inimă.

-O! O! O! răspunse Dadbeh, cu limba atârnându-i în afară. Mor pentru Cea-Care-Este!

Își azvârli picioarele în aer, zvârcolindu-le și transformându-și așa-zisa moarte într-un adevărat spectacol.

Războinicii izbucniră în râs. Mikhail se înroși până în vârful urechilor, iar vena din frunte îi pulsă. Își ascunse furia în spatele unei expresii imposibil de descifrat.

-Tu urmezi, zise Firouz, arătând către el. Jamin spune că, dacă vrem să învățăm să ne apărăm de Angelicii care lucrează cu negustorii de sclavi, întâi trebuie să învățăm să te răpunem pe *tine*.

Un hohot enervant răzbătu dinspre Jamin, care stătea ca un împărat pe așa-zisul său tron de mistreț, luându-l pe Mikhail peste picior pentru faptul că nu avea abilități de lider. Le împărtășise *tuturor* mărturisirea bizară a conducătorului Amorit:

-De ce ne luați femeile? îl întrebase Mikhail.

-Aș putea să te întreb același lucru.

-Cum adică?

-Se pare că neamul tău are un apetit de nestăvilit pentru femei, pentru că zeii-șopârlă au stabilit că trebuie să le ducem femei fertile de toate vârstele la schimb pentru trei darici bucata.

Însă, înainte să afle *mai multe*, Jamin își implântase sulița în pieptul Amoritului.

Furia întunecată pe care o simțea clocotind chiar la suprafață, cea pe care maeștrii Cherubimi îl avertizaseră că nu trebuie să o scape niciodată de sub control, îi aducea un sentiment straniu de răceală. Privi fețele celor din jur, ale oamenilor acelora pe care fusese pus să îi antreneze. Ar fi putut la fel de bine să îi fie dușmani, având în vedere câtă lipsă de respect îi arătau. Furia își iți capul mai aproape de suprafață, ademenindu-l și șoptind:

„Cheamă-mă și puterea e a ta... "

Câmpul vizual începu să i se îngusteze. *Elimină. Dușmanul.* Ochii, urechile, mirosul, toate îi spuneau că Jamin era slab. *Smulge-i inima din piept.*

Jamin înaintă, gata să îl ucidă.

Mâna lui Mikhail alunecă spre sabie. Metalul tremură în momentul în care Angelicul începu să îl scoată din teacă.

O voce strigă:

-Jamin, nu!

O fată costelivă interveni între ei – era una dintre războinicele lui Mikhail. Ochii ei nenatural de mari și de negri se prefigurau pe un chip atât de slab și palid, încât Angelicul avu sentimentul că se uita direct în ochii morții. Când privirea ei o întâlni pe a lui, Mikhail se cutremură.

—*Mikhail! Vino să mă găsești...*

O pereche de ochi negri, ițindu-se dintre frunze.

O caut, dar deja a plecat...

Încercă să recupereze amintirea, dar aceasta se disipă la fel de rapid pe cât apăruse. În oglinda privirii aceleia întunecate și pătrunzătoare se întrezări pe el însuși, cu aripile înfoiate, de parcă ar fi fost un vultur; o armă gata să lovească, nu un lider.

Își reprimă furia, ascunzând-o în adâncul ființei sale.

Pareesa îi puse o mână pe aripă.

-Dansul Cerbului a fost mișcarea pe care am folosit-o eu ca să te dobor pe *tine* acum câteva săptămâni, zise ea. Dadbeh și Firouz au vrut să îți facă o surpriză.

Cei doi glumeți aveau o expresie rănită. Jamin izbucni în râs. Nu *acela* era genul de bărbat care își dorea să fie.

-Prima oară trebuie să îi învățăm câte ceva și pe tovarășii voștri de luptă, zise Mikhail pe un ton împăciuitor. Ca să nu vă treziți că luptați de unii singuri, fără o armată care să vă păzească spatele. La momentul potrivit, voi fi onorat să vă las să îi instructați și pe ceilalți. De acord?

Ridică-ți sprâncenele. Încearcă să arăți emoție, o atitudine umilă, plină de părere de rău. Suntem cu toții în aceeași tabără, nu? Toate acestea făceau parte din lecțiile stupide pe care încerca să și le însușească privind comunicarea nonverbală, dominantă în relațiile dintre oameni.

Dadbeh și Firouz înțeleseră că acela era modul lui Mikhail de a-și cere scuze. Renunțând la orice urmă din buna dispoziție pe care o arătaseră mai devreme, cei doi reveniră la exercițiile de apărare. Greșeala lui Mikhail umbri atmosfera din grup asemenea unui nor negru, astfel că războincii continuară să se antreneze fără prea multă voie bună, sub privirile pline de ură ale celui care ar fi *trebuit* să îi conducă, dar refuza să o facă.

Mikhail își plimbă degetele pe plăcuțele metalice, ca de câine, de la gâtul său, urmând conturul literelor cuneiforme care îl dădeau de gol – *colonel*. Ce mai lider se dovedise a fi! Nu era de mirare că Alianța nu răspunsese semnalului SOS.

Mâna îi alunecă apoi spre arma cu impulsuri de la șold, a cărei baterie era atât de goală, încât nu mai putea fi folosită decât ca ultimă soluție, într-o situație disperată.

Din punctul de vedere al oamenilor acestora, nici el nu era nimic altceva decât o armă luată cu împrumut.

Capitolul 4

Data Galactică Standard: 152,323.09
Haven-3
Serviciile Secrete ale Alianței: Agent Special Eligor

ELIGOR

Eligor încercă să își ascundă plictiseala, conducându-l pe prim-ministru înapoi de pe Haven-1. De obicei, Furcas și Pruflas îl urmau pe Lucifer ca niște tovarăși gargui, dar, de fiecare dată când prințul-marionetă era chemat să răspundă în fața tatălui său, cele două gărzi de corp se arătau indispuse. Eligor bănuia că asta avea de-a face cu faptul că Cherubimul nu le dădea voie să pună piciorul în Palatul Etern.

-Credeți că o să primim permisie? îl întrebă plin de speranță Lerajie, copilotul său.

Trecuse multă vreme de când începuseră această misiune lungă și plictisitoare de supraveghere a teritoriilor încă neexplorate, în care Lucifer își staționa nava diplomatică pentru a evita inspecțiile surpriză.

-Depinde dacă Zepar i-a pregătit vreo „programare", pufni Eligor. Nu știu de ce se mai chinuie să lase însărcinată și o Angelică dacă are deja șaptesprezece copii pe jumătate umani pe drum.

Eligor era un Angelic obișnuit, cu părul blond și ochii albaștri, al cărui nas fusese rupt de mai multe ori, dar niciodată așezat la loc cum trebuia. Avea aripi albe, la fel ca toți Angelicii, dar era mai înalt decât media și al naibii de cinic.

Îl dureau picioarele de la cum stătuse în poziție dreaptă, în Sala Mare. Timp de patru ore, gărzile Cherubime nu catadicsiseră să le dea vreun scaun sau vreo gură de mâncare, în timp ce așteptau ca Lucifer să își miște odată fundul ăla primit de la tatăl nemuritor. Eligor făcuse acest traseu de nenumărate ori de la revenirea Împăratului, dar nu fusese invitat înăuntru nici măcar o dată.

Atât el, cât și copilotul aruncară priviri fugare către prințul-clovn.

-Deci… cu care crezi că avem de-a face azi? întrebă Lerajie. Geamănul bun sau geamănul rău?

Așa vorbeau Angelicii staționați pe *Prințul din Tyre* despre cele două laturi ale lui Lucifer, cu care se confruntau din ce în ce mai des.

Lucifer privea pe fereastra ecranată împotriva căldurii, cufundat în gânduri. Pe măsură ce înaintau pe sub stratosfera Haven-3, aripile sale albe ca zăpada și părul de un blond aproape alb împrumutau ceva din lumina din ce în ce mai slabă a soarelui. Pentru o clipă, doar pentru o clipă, păru că el însuşi ar fi fost soarele; trăsăturile sale palide reflectau lumina care intra pe fereastră şi o trimiteau adânc în pântecele navei. Coborând în troposferă şi pregătindu-se pentru aterizare, nava se încălzi din ce în ce mai mult.

-Geamănul bun, murmură Eligor. De fiecare dată când se întâlneşte cu Împăratul se poartă cât mai frumos posibil.

-Poate-ar trebui să îl întrebăm de permisie.

Angelicul cu aripi pestriţe era oricând gata să lupte, indiferent dacă era vorba de speciile în curs de dezvoltare sau de drepturile civile ale gunoaielor din iaz. Era un *idealist.* Dar tocmai gura mare a lui Lerajie îi atrăsese lui Eligor şederea pe nava lui Lucifer.

Aşadar, îl privi cu o expresie care dădea de înţeles că ar fi bine să o lase baltă. *Ultimul* lucru de care aveau nevoie era ca autoritatea civilă cu cea mai înaltă distincţie din întreaga Alianţă să îi audă făcând glume pe seama sa. O aşa păţanie nu le-ar fi putut aduce decât un bilet dus spre frontul Tokoloshe.

Naveta se înclină, pregătită pentru o aterizare verticală pe pista spaţială din beton. Zborul trebuia să fie confidenţial, dar, ca de obicei, cineva lăsase planul prim-ministrului să se scurgă la presă. Drept urmare, terminalul era atât de plin, încât era un adevărat miracol că paparazzi nu se împingeau unul pe altul peste marginea rampei de lansare, spre o moarte sigură.

-Văd că *amicii* noştri ne aşteaptă deja, zise Lucifer, aruncându-i o privire nemulţumită lui Eligor. Se pare că o să vă meritaţi banii pe ziua de azi.

Din pieptul lui Lerajie răzbătu un mârâit grav. Eligor îi atinse braţul. Lucifer fusese întotdeauna destul de nesimţit, dar înţelegerea făcută cu Ba'al Zebub pentru livrarea de mirese îi scosese la iveală o latură cu totul nouă. Una care îl făcea pe Eligor să îşi dorească să lovească şi să fugă.

Din nefericire, avea şi el nişte pete în trecut, nişte legături cu Al Treilea Imperiu care ar fi trimis orice Angelic direct în faţa Curţii Marţiale. Zepar nu se prea sinchisea să ascundă faptul că ar fi putut să îi readucă trecutul la suprafaţă într-o clipită dacă ar fi încercat să îşi dea demisia. Şi toţi membrii echipajului de pe nava lui Lucifer erau în aceeaşi oală.

Inclusiv Lerajie...

Lucifer oftă.

-Îmi pare rău, zise el, iar aripile albe i se pleoştiră în semn de epuizare. Nu am vrut să sune aşa. Am avut o întâlnire aiurea cu tata, continuă el cu o grimasă. Haideţi să ne facem pur şi simplu loc prin gaşca asta de nenorociţi, bine?

Eligor privi adânc în ochii de un argintiu straniu ai lui Lucifer. Chiar şi în zilele sale bune, prim-ministrul fusese întotdeauna un nemernic arogant, însă în ultima vreme se comportase puţin „anormal". În acest moment, părea pur şi simplu obosit.

-Vom face tot ce ne stă în putinţă, domnule, zise Eligor.

-Dar... începu Lerajie.

Eligor îl lovi cu cotul în coaste.

De când Lucifer păstrase pentru el câteva dintre femeile umane pe care le făceau cadou hibrizilor sterili din Alianță, Lerajie fusese pe picior de război. Deși ființele umane nu erau cu mult superioare animalelor, tot îi supăra să vadă la ce tratamente erau supuse, mai ales în calitate de rasă primordială. Numai avertismentul lui Eligor, care îi spusese că Zepar avea să îi „facă să dispară" alături de orice femeie incriminatoare, îl oprise pe Lerajie din a da glas nemulțumirii.

Cei doi își întinseră aripile, împingând la o parte paparazzi care încercau să își vâre microfoanele drept în fața lui Lucifer, iar la un moment dat puseră la pământ un reporter mult prea agresiv.

-Domnule prim-ministru! Domnule prim-ministru! se repezi după ei un tânăr Angelic. Vă rog! Așteptați!

Eligor își umflă aripile pentru a crea un paravan.

-Prim-ministrul e ocupat, zise el cu o privire rece. Dacă vrei să ai o discuție cu dumnealui, trebuie să suni la birou și să faci o programare.

-Vă rog! E vorba de sora mea!

Tânărul nu avea nici insistența antrenată a fotografilor, dar nici aerul sălbatic al vreunui țăcănit. Eligor nu fusese niciodată predispus la milă, dar, de când Lucifer se culcase cu prima femeie umană împotriva voinței ei, avusese ceva remușcări. Crezuse că trecuse de mult de faza în care să îi pese, însă, din când în când, ceva îi amintea că fusese cândva un bărbat bun.

-Domnule? zise Eligor, coborându-și aripa și atrăgându-i atenția lui Lucifer asupra tânărului.

Îl mai văzuse folosindu-se de poziția sa pentru a ajuta câte un cetățean obișnuit. Bănuia că îi plăcea să își mai amintească sie însuși *de ce* guverna, în ciuda dezamăgirilor. Poate că și acesta avea să fie unul dintre acele cazuri.

-E în regulă, oftă Lucifer ostenit. Trebuie să mai stau de vorbă cu alegătorii mei din când în când.

Eligor aprobă din cap. Acea disperare a tânărului, care îi provocase și *lui* milă, părea să rezoneze cu Lucifer. Lerajie îl percheziționă pe bărbat, vrând să verifice dacă avea vreo armă, iar Eligor eliberă drumul spre terminal. Agenții de securitate ai portului spatial își dădură silința să țină la distanță masele agitate, dar era o chestiune de secunde până când fotografii aveau să se strecoare dincolo de cordon și să se adune în jurul liderului-vedetă.

-Cu ce te pot ajuta? întrebă Lucifer.

-Numele meu e Hasdiel, zise tânărul Angelic. O caut pe sora mea vitregă, Pravuil. E unul dintre consilierii juridici începători din echipa dumneavoastră.

-Pravuil… Pravuil… spuse Lucifer, încercând să își amintească numele. Lerajie, avem vreo angajată pe nume Pravuil?

-Nu mai avem, răspunse Lerajie. Era... ăă...

Niciunul dintre ei nu voia să o prezinte drept „*cea urâtă*" în faţa propriului frate.

Eligor îşi amintea de ea – era muncitoare şi dornică să îşi mulţumească superiorii, chiar dacă avea trăsături ultracomune şi aripi gri, ca nişte şoareci. Spre final, ea şi Lucifer începuseră să petreacă foarte mult timp împreună, şoptindu-şi secrete unul altuia şi râzând de parcă ar fi fost cei mai buni prieteni. Începuseră chiar să circule zvonuri cum că tânăra aceea nu tocmai specială îi câştigase inima pretenţiosului armăsar Alfa, fiind cu totul diferită de şirul interminabil de Angelice frumoase care îşi iroseau preţioasele cicluri lunare în încercarea zadarnică de a aduce pe lume un moştenitor al prim-ministrului.

Într-o zi, Pravuil venise pe *Prinţul din Tyre* la braţul lui Lucifer, de parcă ar fi *contat*... iar apoi dispăruse.

-V-o amintiţi, domnule? întrebă Lerajie. E vorba de cea cu... ăă... aripile gri-bej. Obişnuiaţi să o trimiteţi să rezolve diferite treburi.

Eligor petrecuse destul timp în preajma prim-ministrului încât să îşi poată da seama dacă acesta ascundea ceva pentru vreuna dintre intrigile sale. Ceva din expresia lui perplexă declanşă, însă, un semnal de alarmă.

Lucifer îşi duse mâna la tâmplă.

-Nu îmi amintesc, răspunse el cu o grimasă, semnul grăitor al migrenelor cu care avusese de-a face în ultima vreme.

Lerajie deschise gura ca să îl contrazică. Eligor îl lovi cu cotul înainte să o dea cu aripa-n baltă.

-Sora mea mă suna în fiecare săptămână, se rugă Hasdiel. Şeful dumneavoastră de personal mi-a spus că şi-a luat tălpăşiţa cu un armăsar Centauri, dar mie nu mi-a zis niciodată că s-ar fi văzut cu cineva.

Adevărul era că Pavruil se îndrăgostise până peste cap de Lucifer. Toţi bănuiseră că acesta îşi pierduse interesul şi o alungase, aşa cum făcuse cu fiecare femeie amorezată cu care se culcase vreodată. Vestea că tânăra ar fi dispărut cu altcineva nu se potrivea cu ceea ce văzuse Eligor.

-Vorbea foarte frumos despre dumneavoastră, domnule, zise Hasdiel. În săptămâna dinainte să dispară m-a sunat foarte speriată. Mi-a spus că, dacă i se întâmplă ceva, trebuie să vorbesc cu *dumneavoastră*. Mi-a spus că sunteţi singurul în care are încredere.

Lucifer îşi duse mâna la piept, de parcă s-ar fi chinuit să respire.

-Nu îmi amintesc...

Vocea lui părea gâtuită şi slăbită.

-Desigur că nu îşi aminteşte, răzbi o voce prin tumultul mulţimii.

Şeful de personal, Zepar, înaintă spre ei, flancat de cei doi nătângi cu ochi ficşi care se ţineau mereu după Lucifer – Furcas şi Pruflas.

Ia uite-l şi pe maestrul păpuşar...

-Tata ne-a trimis împreună la aceeaşi academie, insistă Hasdiel. Pravuil mi-ar fi spus dacă ar fi format o legătură importantă!

-Legăturile permanente sunt *interzise!* îl întrerupse Zepar. Probabil a fugit!

-Nu ar face asta, ripostă Hasdiel, încleştându-şi pumnii. Chiar dacă s-ar fi căsătorit, mi-ar fi spus unde a plecat!

-Pravuil? întrebă Lucifer cu o expresie agonizantă. Mi-o amintesc... Era... a mea *chol beag!*

În mintea lui Eligor se declanşă din nou semnalul de alarmă. Pravuil? Mica turturică a lui Lucifer? *Chol beag* era un alint destinat celor foarte apropiaţi – rude, copii sau iubiţi.

„Apără-l pe Lucifer," îi şopti instinctul.

-Să lăsăm poliţia să se ocupe de asta, zise Zepar, strângându-l pe Lucifer de umeri ca un tată. Nu e treaba prim-ministrului să se ţină după fiecare femeie care încalcă legea.

Lucifer îşi privi Şeful de personal cu o expresie îngrozită.

„Apără-l pe Lucifer..." insistă instinctul de autoconservare al lui Eligor.

Lucifer se apucă de cap de parcă s-ar fi temut că o să îi explodeze. Se zvârcoli de durere, iar apoi împietri. De parcă durerea pe care o resimţise cu doar câteva clipe înainte nu ar fi existat, prim-ministrul se îndreptă de spate, iar ochii săi stranii, argintii, căpătară o răceală de-a dreptul glacială.

Pe spinarea lui Eligor alunecă un fior ciudat...

-Specia noastră e deja într-un pericol suficient de mare şi fără femei prostuţe care îşi iau tălpăşiţa cu fiinţe cu care nici măcar nu se pot reproduce!

Aerul reverberă de putere.

-Bineînţeles că nu ţi-a spus! Acum dispari de-aici!

-Poliţia nu vrea să facă nimic altceva decât să întocmească raportul de dispariţie, se rugă Hasdiel. Mă tem că i s-a întâmplat ceva rău!

Lerajie deschise gura ca să îi contrazică pe Lucifer şi pe Zepar. Eligor observă expresia glacială a lui Pruflas, unul dintre nătângi, şi îşi înfipse discret călcâiul în piciorul lui Lerajie. Poate era un idealist, dar Eligor trăise în imperiul-umbră fondat de tatăl biologic al lui Lucifer.

-Luaţi-l de aici, le ordonă Zepar lui Furcas şi Pruflas.

Cei doi îl izbiră de pământ pe tânărul Angelic şi îi prinseră braţele la spate. Aripile li se loviră unele de celelalte, făcând să zboare pene în toate direcţiile. Eligor fu singurul care îl văzu pe Furcas strecurând un mic pistol cu impulsuri în mâna lui Hasdiel.

-E înarmat! strigă Zepar.

Furcas făcu câţiva paşi înapoi, suficient încât camerele de supraveghere să surprindă arma, după care îl călcă pe Hasdiel pe încheietură, rupându-i-o. Tânărul se zvârcoli de durere, rugându-se de Lucifer să îl ajute.

Civilii care se îngrămădeau la punctul de control urlară îngroziţi şi începură să se calce în picioare, unii dintre ei vrând să iasă din clădire, alţii încercând să vadă ce se întâmpla. Era un haos total.

-Eu n-am văzut nicio... începu Lerajie.

Eligor îl lovi.

-Nu eram într-o poziție din care să vedem ceva, domnule, spuse Eligor, aruncându-i o privire de „ai încredere în mine" lui Lerajie. Acesta deschise gura, dar știa că Eligor avusese dreptate de prea multe ori ca să își permită să facă pe rebelul. Aveau să se certe pe subiectul acesta mai târziu, undeva unde spionii lui Zepar nu puteau să îi audă.

Strigând că era nevinovat, Hasdiel fu înlăturat de gărzile de securitate.

Lucifer își umflă aripile, adoptând poziția obișnuită de politician, de lider triumfător care a înfrânt inamicii Alianței. Mulțimea îl aclamă. Sute de blițuri străluciră, documentând tentativa eșuată de asasinare. Cu mișcări exagerate, Lucifer se avântă printre cei prezenți, hrănindu-se cu adorația publicului ca un star rock care cântă pe un stadion plin de fani.

Eligor privi în ochii reci ca gheața ai lui Lucifer și se cutremură.

„Cel rău, " își spuse.

Îl înșfăcă pe idealistul nebun de Lerajie de o aripă și îl târî afară înainte să apuce să se bage în belele de moarte. Poate că Lucifer fusese un bărbat decent odată, dar creatura care privea acum din spatele ochilor argintii și malefici îi amintea de *altcineva,* cineva care fusese măcelărit împreună cu toți locuitorii rebeli de pe *Tyre.*

Shemijaza. Tatăl biologic al lui Lucifer...

Capitolul 5

Septembrie târziu: 3.390 î.Hr.
Pământ: Satul Assur

NINSIANNA

Ninsianna inspiră mirosul decadent al apei, un lichid sacru pentru oamenii care locuiau în acea zonă uscată. Pe cer, deasupra ei, o pereche de vulturi aurii, enormi, plutea leneşă, purtată de curentul ascendent al Râului Hiddekel. Norii aduceau cu sine promisiunea furtunilor de iarnă care aveau să umfle râul până la revărsare. Câmpia aluvionară fusese, de ceva vreme, terenul perfect de antrenament pentru arcaşi.

Îşi imagină o fiinţă pe care o ura – *târfa* aia care tot visa la soţul ei.

Poc!

Rânjind răutăcios, îi întinse arcul lui Yadiditum.

-Cum se presupune că ar trebui să nimeresc ţinta dacă o tot muţi din ce în ce mai departe? se lamentă aceasta.

-Imaginează-ţi pur şi simplu că ţinteşti negustorii de sclavi.

În aura spirituală a lui Yadiditum se prefigură o energie rozalie, cu sclipiri delicate. Efectul irezistibil pe care îl avea asupra bărbaţilor era tocmai motivul pentru care cea mai bună prietenă a Ninsiannei se apucase de antrenamente. Dacă negustorii de sclavi reuşeau să treacă din nou de zidurile de apărare, Yadiditum era hotărâtă să *nu* le cadă în plasă.

Homa şi Gisou o încurajară zgomotos.

-Hai! zise Homa.

-Poţi s-o faci, strigă şi Gisou.

Yadiditum trase lama arcului până în dreptul obrazului, iar cele trei femei îşi ţinură respiraţia la unison. Fiind cea mai „populară" dintre tinerele din sat, era suficient ca *ea* să îşi însuşească arta mânuirii arcului pentru ca şi celelalte să fie tentate să încerce.

Ninsianna se rugă: „Stabilă. Stabilă..."

Yadiditum închise ochii. Cu un zgomot înfundat, săgeata rată ţinta.

-Pe barba lui Nergal! exclamă Yadiditum, invocând zeul războiului. Pareesa n-are niciodată vreo problemă! Tot ce trebuie să facă *ea* ca să reuşească e să urmărească *o singură dată* mişcarea arătată de Mikhail!

-Ai eliminat trei atacatori când negustorii de sclavi ne-au străpuns zidurile, îi aminti Ninsianna. Pareesa a eliminat doar unul.

-Aia a fost altă situaţie, zise Yadiditum.

-Cum aşa?

-Erau cât pe-aci să îl ucidă pe Tirdard.

Pe atunci, războinicul de elită îi era doar iubit, dar între timp îi devenise soț. Într-un acces de romantism de-a dreptul legendar, Tirdard se înfățișase la ușa familiei lui Yadiditum călare pe o bouroaică decorată cu ghirlande de flori, hotărât să achite prețul miresei.

Ninsianna oftă. De la solstițiul de vară, păruse imposibil pentru vreun sătean de rând să depășească magia primului zbor al lui Mikhail, însă Tirdard izbutise să o facă.

Un grup de copii dădu năvală pe poarta de nord a satului. Asemenea unui roi de lăcuste în miniatură, cei mici se avântară pe vale cu toată viteza pe care le-o îngăduiau picioarele mici și scurte.

-Am face bine să ne grăbim, zise Homa, arătând spre ei. Înainte ca Alalah să ne alunge de pe terenul de antrenament.

Homa și Gisou își lansară rapid săgețile, nimerind ținta, și îi înapoiară arcul Ninsiannei. Aceasta trase lama până în dreptul obrazului. Cu un șuierat, săgeata lovi ținta drept în mijloc. Ninsianna îi întinse apoi arcul cele mai bune prietene ale sale.

-De data asta, ține ochii deschiși.

-Da, *Aleasă*, zise Yadiditum supărată.

Homa și Gisou își strânseră pumnii, vrând să sugereze un act de magie.

-Fii una cu arcul! ziseră ele, repetând sfatul pe care îl primiseră de mai multe ori de la Mikhail.

Yadiditum se pregăti. De *această* dată, lovi ținta în plin.

-Uhuuu! exclamă ea într-o formă cu totul neobișnuită pentru o doamnă.

Zeci de copii le înconjurară, îndrumați de Alalah, Orkedeh și Kiana. Cel mai vârstnic bărbat din sat, care era și cel mai priceput dulgher, dar și membru al Tribunalului, îi urma încet, cărând ceva destul de mare. Behnam lăsă povara să cadă pe pământ și scoase la iveală cele mai noi comori. Copiii exclamară entuziasmați, primindu-și, pe rând, arcurile în miniatură.

Ninsianna îl ridică pe unul dintre ele și testă rezistența lamei. Arcul era prea slab pentru un adult și era evident că fusese făcut la viteză, din resturi de lemn, însă purta, chiar și așa, însemnele măiestriei lui Behnam.

-Sunt pentru vânătoarea de rațe? întrebă Ninsianna.

-Doar dacă rațele sunt *foarte* aproape, zise Behnam. Dar merg de-o vânătoare de gerbili pentru o mâncărică sănătoasă.

-Mikhail o să fie încântat.

Behnam îi zâmbi, dezgolindu-și gingiile goale.

-*Nu* o să fie când copiii o să înceapă să tragă spre el ca să îi atragă atenția.

Ninsianna râse. Ce-i drept, apăruseră niște *incidente,* dar nu din răutate. Lui Mikhail îi plăceau copiii, însă nu știa ce să *facă* cu ei, de parcă nu ar fi întâlnit niciun copil până să se fi prăbușit pe Pământ.

Ninsianna își mângâie burta încă plată. Nu împărtășise vestea cu nimeni altcineva în afară de părinții ei.

Copiii se adunară în jurul său.

-Rămâi şi tu?

-Azi nu, zise ea. Trebuie să mă văd cu tata. Dar o să vă ajute Yadiditum.

Scoase săgeata prinsă în centrul ţintei.

-Are o ţintă perfectă.

Liderul găştii de copii ridică o sprânceană, privind-o sceptic pe Yadiditum.

Alalah, o femeie mai în vârstă, de vreo patruzeci de ani, era mintea raţională care se asigura că instruirea arcaşilor decurgea bine, acum că Mikhail era ocupat cu alte activităţi.

Ninsianna îşi luă coşul plin cu plante medicinale pe care le strânsese de pe malul râului, mai mult ca scuză ca să petreacă ceva timp cu prietenele ei.

-Ne vedem mâine, tot aici?

-Da, răspunseră acestea.

Ninsianna începu, aşadar, să străbată câmpurile. Assurul se afla deasupra râului, la vreo două sute de coţi înălţime, iar una dintre porţile sale se deschidea spre nord, în aşa fel încât sătenii să poată ajunge uşor la câmp.

Urcând pe drumul abrupt, Ninsiana îşi îndreptă privirea către terenul de paradă unde Mikhail antrena războinicii începători. Trona deasupra tuturor – chiar şi fără a-i lua în seamă aripile negru-maronii, era o prezenţă autoritară. Dar bărbaţii păreau mult mai dezorganizaţi decât cei opt arcaşi de la început; sau chiar decât copiii pe care Alalah îi aliniase pentru a-şi încerca prima lovitură.

Ninsianna nu ştia prea multe despre arta războiului, însă până şi *ea* putea să îşi dea seama că Mikhail avea bătăi de cap. Cel puţin Siamek părea să îl ajute, ceea ce era un progres *uriaş* faţă de săptămânile anterioare.

Zâmbi în momentul în care Pareesa, secundul pisălog al soţului ei, se oferi să se lase ciomăgită în văzul tuturor. Însă râsetul i se transformă în încruntare când o a *doua* tânără, verişoara ei ciudată cu ochi negri, se apropie de ceilalţi, pretinzând că voia să „înveţe".

-Stai departe de el! mormăi Ninsianna.

Îl *implorase* să o alunge pe Gita de la antrenamente, însă Mikhail refuzase, amintindu-i că, dacă Shahla îi făcuse propuneri directe la fântână, Gita nu îşi arătase în niciun fel aşa-zisa „afecţiune".

Ninsianna se încordă. Cum putea fi atât de *orb?*

Abia ajunsese în dreptul zidurilor când tatăl său îi tăie calea. Părul lui sălbatic, cu smocuri amestecate de fire albe şi negre, crea impresia că nu aparţinea în totalitate acestei lumi.

-Ce noutăţi vin din Nineveh? întrebă Ninsianna.

După-amiază ajunsese un sol din satul aliat.

-Tocmai s-a întors din Anatolia, zise Immanu. Satele în care fac negoţ cu cherestea au şi ele de-a face cu răpiri.

-A apărut vreun zvon despre demoni-şopârlă?

-Nu au auzit de-așa ceva, răspunse Immanu cu o expresie reținută. Qishtea nu prea *crede* în viziunea pe care ai avut-o.

Ninsianna pufni. *Muhafizul* din Nineveh era un căpos arogant. Practic, era singura persoană de pe întreg teritoriul Ubaid pe care o suporta și mai puțin decât pe Jamin.

-Dar cei cu care fac negoț? întrebă ea.

-Ei, aici... zise tatăl ei, părând îngândurat. Anatolienii au o poveste...

-Despre canoe cerești? întrebă Ninsianna.

-Nu, răspunse Immanu. Despre un fel de pasăre neobișnuită care zboară deasupra satului lor în fiecare seară, cam în aceeași perioadă.

-E mare? întrebă Ninsianna entuziasmată. E din același material precum canoea cerească a lui Mikhail?

-Au spus că e de dimensiunea unui vultur, îi spuse tatăl ei. Dar aripile nu i se mișcă niciodată și zboară în linie dreaptă. Scoate un sunet ca de pasăre colibri.

Ninsianna își mușcă buza.

-O să îl întreb pe Mikhail dacă știe ceva despre asta diseară.

Înaintară în liniște spre casă. Imediat ce intrară, Immanu își întinse covorul de rugăciune pe podeaua plină, din chirpici. Din cutia sa de tămăduitor, plină cu tot soiul de comori, scoase diferite obiecte pe care le așeză prin cameră. Fiecare dintre ele reprezenta o putere spirituală diferită.

-Ce exersăm în seara asta? întrebă Ninsianna.

-Vederea la distanță.

-E mai ușor cu kratom.

Florile albastre îi provocau vagi halucinații.

-Dar ești însărcinată, răspunse Immanu cu un zâmbet mândru.

Apoi, aprinse o lampă mică, cu ulei, de care se folosi pentru a da foc unui mănunchi de ierburi. Ninsianna își așeză bolul pentru clarviziune în mijloc. Immanu începu să murmure cu o voce joasă și liniștitoare. Ninsianna simți atracția deja cunoscută a tărâmului viselor, care separa această lume de cea de apoi.

-Ce vezi? o întrebă Immanu, alăturându-i-se pe tărâmul viselor.

-O umbră, răspunse ea.

-E mesagerul, spuse Immanu. Ce poți să îmi spui despre el?

Ninsianna se concentră până când conturul bărbatului deveni mai clar. Aici, pe tărâmul umbrelor, putea întrezări legăturile care conectau ființele vii, în special cele ce împreunau membrii familiilor și pe cei dragi.

-Văd multe legături, zise ea. Dar niciuna nu duce către pasărea asta mare și misterioasă.

-Urmărește fiecare legătură și verifică dacă persoana către care te duce a văzut-o, spuse Immanu. Dacă simți vreun demon-șopârlă, întoarce-te. Nu știm dacă aceste creaturi au puteri magice.

Ninsianna urmări o legătură care ducea înspre nord, dincolo de Munții Taurus, până pe teritoriul numit Anatolia. Demult, Jamin îi promisese că o va duce acolo, dar acum nu trebuia decât să se conecteze la cineva care *fusese* acolo ca să vadă peisajul prin ochii acelei persoane. Nu arăta prea diferit de Ubaid – poate doar ceva mai verde. Nu era nicio urmă de vreo pasăre mare şi ciudată; şi în mod clar nicio urmă de demoni-şopârlă.

În casă, mama tocmai se întorsese şi trebăluia prin bucătărie, tăind pepeni şi reîncălzind o oală de linte fiartă. Mirosul mâncării făcu stomacul Ninsiannei să ghioräie. În fiecare dimineaţă îşi vomita micul dejun, uneori chiar şi prânzul, dar până la ora cinei, fiul lui Mikhail – *ştia* că avea să fie un fiu, cu toate că micuţul abia de îi făcuse talia să se lăţească un pic – cerea *mâncare.*

Ahh! Călătoria asta spirituală nu ducea nicăieri!

Mânată de ghiorăiturile stomacului, Ninsianna proiectă imaginea cinei pe care o gătea mama în mintea bietului mesager. Îşi reprimă chicotele de râs când simţi că bărbatului i se face deodată foame şi începe să caute de mâncare. Ce bine-ar fi fost dacă şi Mikhail ar fi putut să o simtă astfel! Dintr-un motiv sau altul, însă, nu mai putea să pătrundă în mintea lui şi nici să urmeze vreo legătură înapoi spre ceruri, în locul din care venise Angelicul.

Simţi prezenţa soţului ei cu mult înainte ca acesta să intre pe uşă. Aşteptă până când auzi un zgomot înfundat – întotdeauna se lovea cu capul de tavanul mult prea jos – şi deschise ochii.

-Mikhail! exclamă ea, ridicându-se de pe covorul de rugăciune şi strecurându-i-se în braţe.

-Ah, *chol beag,* oftă el.

O strânse în braţele şi aripile lui. Trupul Ninsiannei fu străbătut de furnicături plăcute.

Fata îşi purtă mâinile pe spatele soţului său, masând penele moi aflate la confluenţa dintre aripi şi piele. Acolo se aduna tot stresul zilelor lungi de antrenament. Mikhail îşi arcui spatele, lăsând ca zonele dureroase să îi fie masate. Un murmur grav, de plăcere, îi reverberă în piept.

-Cum a fost antrenamentul? îl întrebă Ninsianna.

Mikhail îşi îngropă nasul în părul ei, iar corpul îi tremură din cauza emoţiilor pe care le acumulase, dar pe care nu ştia cum să le exprime.

-Nu înţeleg de ce oamenii trebuie să fie atât de ilogici!

Lumina spirituală a lui Mikhail, de obicei albastră, era acum umbrită de nuanţe de gri – aura unui om care purta pe umeri prea multe responsabilităţi.

-Acum ce-au mai făcut?

-Dadbeh şi Firouz au hotărât să facă un fel de dans al cerbului.

-Asta e mişcarea pe care a făcut-o Pareesa şi cu care aproape te-a pus la pământ, interveni Immanu.

-Chiar era nevoie să o facă în faţa lui Jamin? ripostă Mikhail. M-au făcut să par un conducător foarte prost.

-Nu i-ai certat, nu? întrebă Ninsianna, străduindu-se să nu izbucnească în râs.

-Eu nu cert pe nimeni niciodată, răspunse Mikhail sec.

-Nu, zise ea, cuprinzându-i faţa în mâini. Doar le arunci privirea aia de: *Eşti o adunătură de bălegar.*

Immanu îşi reprimă un hohot de râs.

-Nu fac asta! replică Mikhail, iar penele i se răscolîră a indignare.

Ninsianna afişă o imagine în oglindă a expresiei imposibil de descifrat pe care o adopta de obicei soţul său, însă tremuratul buzei trăda faptul că era pe punctul de a izbucni în râs.

În lumina spirituală a lui Mikhail se amestecară mai multe culori pe măsură ce acesta se luptă cu furia roşie ca focul şi zâmbetul pe care Ninsianna era hotărâtă să i-l smulgă. Folosindu-se de faptul că îi cuprinsese deja obrajii, Ninsianna îi trase buzele în sus, formând un zâmbet, exact aşa cum o mamă ar încerca să înveselească un copil bosumflat.

-Uite, zise ea. A fost aşa de greu?

Râzând, se ridică pe vârfuri şi îl sărută. În acelaşi timp, scărpină punctul în care numai *ea* ştia că se gâdilă – cel care făcea ca aripile să îi tresară.

-Nu mai râde de mine! se răţoi Mikhail, dar era prea târziu. Chipul i se destinse, iluminat de un gest rar şi înşelător: un zâmbet.

-Vezi? surâse Ninsianna. Încearcă să mai zâmbeşti din când în când, domnule Vai-Dar-Ce-Serios-Mai-Sunt-Eu. Poate aşa nu o să ţi se mai pară că suntem atât de ilogici.

-Am ridicat sprâncenele la ei, zise Mikhail, încercând să reproducă expresia. Am încercat să le transmit că îmi pare rău.

-Vezi, fiule? interveni tatăl Ninsiannei, împreunându-şi mâinile şi arătându-se mulţumit de faptul că Mikhail aplicase lecţia pe care încerca să i-o dea de săptămâni întregi. Deja înveţi.

Needa pufni.

-Unii oameni pur şi simplu nu *vor* să zâmbească tot timpul.

Temperamentul femeii era pragmatic şi dur, semănând cel mai mult cu firea taciturnă a lui Mikhail. Acesta îşi privi recunoscător mama soacră.

-Mikhail are probleme în a învăţa limbajul *nonverbal,* explică Immanu. Dar până şi *tu* trebuie să recunoşti că a trecut ceva timp de când a încetat să se mai uite la noi de parcă am fi o adunătură de nebuni.

-Poate chiar *suntem* nebuni, zise Needa.

Aşezând mâncarea pe masă, ea şi Immanu îl întrebară pe Mikhail dacă ştia ceva despre vreo pasăre care zboară în linie dreaptă.

-Sună a dronă de supraveghere.

-O dronă de supraveghere? repetă Ninsianna termenul necunoscut. Deşi darul limbilor o ajută să înţeleagă fiecare cuvânt în parte, în ansamblu, sensul lor îi rămânea necunoscut atâta vreme cât nu pricepea cum funcţiona tec-no-lo-gi-a.

-E ca o pasăre din fier, asemănătoare cu o canoe cerească, explică Mikhail, încercând din greu să folosească doar cuvinte pe care ceilalți le puteau înțelege. Poate fi folosită pentru a *vedea* locuri aflate la distanță mare.

-Așa cum face Ninsianna? întrebă Immanu.

-Nu știu nimic despre asta – lui Mikhail îi era la fel de greu să înțeleagă magia pe cât le era *lor* să înțelegea tec-no-lo-gi-a – dar pasărea asta poate fi folosită dacă vrei să vezi lucruri la distanță. Înseamnă că cineva spionează satul.

-Dar *cine?* întrebă Immanu.

-Nu știu, răspunse Mikhail. Dar Jamin le-a tot spus războinicilor că oamenii *mei* au angajat demoni-șopârlă ca să răpească femei.

-Aș vrea să renunțe odată la minciuna asta! exclamă Ninsianna.

-Nu e o minciună, spuse Mikhail cu blândețe. Mi-a spus-o chiar negustorul de sclavi din neamul Amoriților.

-Dar nu e *adevărat!* insistă Ninsianna.

-Nu știm asta, zise Angelicul, ridicând tonul în semn de frustrare. *Cineva* m-a doborât. Și *tu* te trezești în fiecare noapte urlând ceva despre un Angelic cu aripi albe!

-Șșș! spuse Immanu, privind agitat în jur. Vorbește mai încet.

-Trebuie să îi spunem căpeteniei, zise Mikhail.

-I-am *spus,* replică tatăl Ninsiannei. I-ai spus deja ce ți-a zis Amoritul înainte să îl omoare Jamin.

-Nu i-am zis și că viziunea Ninsiannei confirmă spusele lui.

-Asta pentru că ți-ar submina autoritatea, zise Immanu.

-*Nu* am autoritate! ripostă Mikhail. Pur și simplu antrenez trupele pentru că *fiul* lui refuză să se ocupe de asta.

Needa, care de obicei nu intervenea dacă nu avea nimic important de spus, i se alătură lui Mikhail.

-Are dreptate, zise ea. *Trebuie* să îi spunem căpeteniei.

-A nu dezvălui informații e același lucru cu a minți! insistă Mikhail.

Ochii săi de un albastru nepământesc căpătară acea luminiscență care însoțea dansul morții de fiecare dată când era prins în luptă. Lumina spirituală îi fu învăluită de o nuanță închisă de albastru. Ninsianna aproape că putea *auzi* rugăciunile Cherubime pe care le șoptea pentru a nu își pierde cumpătul. Mikhail avea un simț mult prea dezvoltat al datoriei, al dreptății absolute, așa că oricine îl împiedica să facă ceea ce el considera că e *drept* avea de suferit.

Needa pufni.

-Avem o căpetenie pragmatică, zise ea. Mai mulți Assurieni au părăsit deja tribul Uruk pentru că nu voiau să lupte împotriva apropiaților.

-Dar Mikhail e Angelic, zise Ninsianna. Nu Uruk.

-Un Angelic care în curând va avea un copil pe jumătate uman, îi spuse mama.

-Nu ştie aproape nimeni despre sarcina mea, zise Ninsianna.

-Atunci poate că ar trebui să le dai tuturor de ştire, insistă Needa. Asta o să te scape de multe temeri.

Ninsianna se întoarse către soţul ei. Asta era ceva la care el *nu* era dispus să renunţe, indiferent de cât ar fi încercat ea să îl manipuleze făcând pe supărata. Buza îi tremură.

-Ce ai de gând să îi spui? întrebă ea.

-Adevărul, răspunse Mikhail. O să îl lăsăm pe *el* să decidă ce e de făcut cu informaţia.

-Bine, spuse Ninsianna, dar buza îi tremură în continuare. O să îi spunem despre viziune.

Strălucirea de un albastru nepământesc se disipă. Mikhail şi Immanu începură să discute despre cea mai bună cale de a-i împărtăşi noutăţile căpeteniei, iar Needa se apucă să spele vasele murdare de la cină. Ninsianna o ajută, ştergând bolurile din lemn cu o cârpă de pânză.

-Dacă nu te-ar iubi, nu ar face *nimic* din toate astea pentru nimeni, zise mama.

-Dar *trebuie* să o facă, spuse Ninsianna. E campionul zeiţei.

-E un *bărbat,* replică Needa. Un bărbat care a fost forţat să preia comanda împotriva judecăţii şi voinţei proprii.

Ninsianna nu mai spuse nimic. Dacă Mikhail nu *voia* să fie campionul lor, cu siguranţă asta dădea peste cap planul zeiţei. Ceea ce pentru *ea* era o o înzestrare nativă -arta de a convinge oamenii să se supună voinţei ei – pentru el reprezenta o barieră lingvistică *şi mai mare* decât cea cu care avusese de-a face când învăţase pentru prima oară să vorbească Ubaida.

Îşi ridică privirea îngândurată şi observă că soţul ei o privea îndelung, cu o expresie tandră.

-Îmi pare rău, spuse el. Pur şi simplu nu mă pricep prea bine la a fi om.

-Se pare că te pricepi la a-ţi pierde cumpătul, spuse Ninsianna supărată. El şi valorile lui de nezdruncinat!

Mikhail îi mângâie cearcănele.

-Pari epuizată. Te oboseşte copilul?

-Un pic, răspunse ea.

-Poate că ar trebui să mergem în pat mai devreme.

Avea o expresie ca de băieţel pedepsit, dar plin de speranţă. Oricât de multe femei l-ar fi dorit şi oricâte avansuri ar fi primit, Mikhail nu avea ochi decât pentru *ea.*

-Poate chiar *sunt* puţin obosită, zise Ninsianna, ridicându-şi o sprânceană în semn de *vino-ncoa'.*

Mikhail o ridică în braţe şi o purtă spre dormitor.

Capitolul 6

Septembrie târziu: 3.390 î.Hr
Pământ: Satul Assur

SHAHLA

Fiind cel mai bun prieten al lui Firouz şi unul dintre cei mai buni războinici ai Assurului, Dadbeh era văzut de cei mai mulţi drept un poznaş. Scund şi deşirat, cu ochi asimetrici şi un nas care fusese rupt de mai multe ori la jocurile de kabaddi, bărbatul nu era chiar idealul pasiunilor feminine. Dar poate dacă familia sa ar fi fost bogată... Poate că atunci Shahla nu ar fi ezitat atât de mult în a-i spune că avea să devină tată.

Poate…

Poate că avea să devină tată. Din nefericire, nici ei nu îi era clar *cine* era tatăl copilului. Un lucru ştia sigur: nu era Jamin.

-De ce îl laşi să te bată? o întrebă Dadbeh.

Shahla îşi înclină capul în direcţia *bună*, pentru a ascunde zona cheală din care Jamin îi smulsese părul.

-E vina mea, zise ea. L-am supărat.

-Pe naiba! şuieră Dadbeh. Un bărbat *adevărat* nu ar lovi niciodată o femeie.

Fusese o greşeală să se amestece iar cu Jamin. Dar era îndrăgostită de el. Sau, mai bine spus, *părinţii* ei erau îndrăgostiţi de gândul că fiica lor s-ar putea căsători cu fiul căpeteniei satului. Când se culcase din nou cu Jamin, trebuia să îi fi venit deja ciclul, dar îşi ţinuse gura, sperând că pur şi simplu îi întârzia. *Două luni...* I se mai întâmplase. De ce să *nu* se prefacă că nu ar fi grea dacă se speriase deja de multe ori fără rost?

Din păcate, însă, ciclul nu îi mai venise. Ascunsese greţurile matinale până când acestea trecuseră, sperând că avea să-l lege pe Jamin de ea fiindu-i fidelă. Şi *trebuia* să îi fie fidelă, pentru că, dacă nu reuşea să îl câştige pe fiul căpeteniei, părinţii aveau să o alunge în deşert drept hrană pentru hiene! O alianţă prin căsătorie avea să se dovedească profitabilă dacă reuşea să îl convingă pe Jamin să întreţină relaţii mai favorabile cu tribul Uruk, cu care tatăl lui refuza să facă negoţ, dar cu care părinţii ei voiau să facă troc de pânză de in.

Trebuia să îi spună lui Jamin că bebeluşul era al lui!

Cu o expresie tandră, Dadbeh îi mângâie obrazul.

-Doar spune-mi, zise el, şi o să îl rog pe Mikhail să-i rupă capul. *Ştii* cum face când vede că un bărbat loveşte o femeie!

-Jamin e prietenul tău, răspunse Shahla, iar buza îi tremură.

-Jamin *era* prietenul meu, spuse Dadbeh cu blândeţe. Până când te-a luat de lângă mine.

Shahla se îmbujoră de ruşine. Tocmai de *aceea* nu îi spusese lui Jamin că ar fi însărcinată cu copilul lui. Pentru că, deşi îl *iubea,* de fiecare dată când atingea extazul, Jamin şoptea numele *Ninsiannei,* nu pe al ei. Iar atunci când el o rănea – şi, în numele zeilor, Jamin avea o plăcere aparte pentru sexul sălbatic – înaintea ochilor pe care îi închidea, pretinzând că îi face plăcere, ea vedea chipul scump şi blând al lui Dadbeh, atât de doritor să o satisfacă.

Oare îl iubea? Cine putea să ştie? Cert era că Dadbeh o iubea *pe ea.* Şi s-ar fi căsătorit cu ea indiferent dacă bebeluşul era al lui sau nu.

-Jamin te-ar omorî, spuse Shahla cu glas tremurător. Ştii că nu renunţă la ce îi *aparţine.*

-Şi dacă te iubeşte, de ce a rupt-o cu tine înainte?

-Pentru că Ninsianna l-a vrăjit! răspunse Shahla, ridicând tonul furioasă. Am văzut cu toţii cum s-a schimbat după ce a fost străpuns de bour!

-Ninsianna n-a vrut niciodată să aibă de-a face cu noi, pufni Dadbeh. Cu *atât* mai puţin cu Jamin. Nu l-a iertat niciodată că i-a dat foc la păr când era mică.

Shahla chicoti. Fusese un accident. Jamin şi prietenii lui adunaseră bitum pentru ca focul de tabără aprins cu ocazia solstiţiului să scânteieze mai puternic. Când rocile vâscoase se aprinseseră, Ninsianna, care stătea prea aproape de vâlvătaie, îşi fripsese cozile lungi şi negre.

-Mare păcat, râse Shahla. Chiar şi *atunci* o proteja zeiţa aia a ei.

Dadbeh îi luă mâna într-a lui, având o expresie pătimaşă.

-Vorbesc serios, Shahla. Dacă vrei să îl părăseşti, Mikhail o să îl facă să renunţe.

Dorinţa îi coborî în pântecul deja locuit, care tânjea după mădularul unui bărbat. Toate femeile au slăbiciunile lor. A *Shahlei* era să facă dragoste.

Prima oară, nu o făcuse de bunăvoie, dar familia ei trebuia să facă negoţ, iar părinţii se prefăcuseră că nu văd nimic când demonul deşertului o dezvirginase la schimb pentru înaintarea nestingherită a caravanei. *Niciunul* dintre părinţi nu avusese vreo reţinere faţă de ideea că se foloseau de propria fiică pentru condiţii mai bune de negoţ.

-Şi dacă Jamin mă are la mână cu ceva? şopti Shahla.

-Atunci trebuie să spui adevărul, zise Dadbeh. Iar Mikhail o să asculte. O să spună apoi Tribunalului, iar Tribunalul o să sfătuiască căpetenia cu privire la ce-i de făcut.

Tribunalul îi mai ordonase căpeteniei să plătească pentru greşelile comise de Jamin în trecut; fusese vorba de chestiuni mici, care implicau bani – ceva ce căpetenia iubea chiar mai mult decât îşi iubea propriul fiu. Dar fărădelegea de acum era mult mai gravă. Oare avea căpetenia să-şi folosească prerogativele dacă sentinţa era ca fiul său să fie alungat din sat? Sau chiar să fie ucis?

-Nu, spuse Shahla. Nu pot să îi fac asta. A fost o greşeală, o greşeală nedorită.

Privirea lui Dadbeh căpătă o strălucire mai profundă, semn că bărbatul primise răspunsul pe care îl căuta.

-Mikhail e un om bun, zise el, retrăgându-se. Dacă te răzgândeşti cândva, poţi să mergi la el. Poţi să îi spui adevărul.

Privindu-l cum înainta spre terenul de antrenament, cu constituţia lui deşirată, înălţimea sub medie şi kiltul prins sus, cu un singur rând de franjuri, Shahla se gândi că ar fi trebuit să îl oprească din drum. Dar nu o făcu. Nu pentru că nu îl iubea – şi atunci înţelese că într-adevăr îl iubea, cel puţin pe cât de capabilă să iubească era ea, cea căreia pasiunile bărbaţilor nu îi erau străine -, ci pentru că ştia că Dadbeh avea dreptate.

Dacă i-ar fi spus lui Mikhail că ea fusese cea care îi zisese lui Jamin unde îi plăcea Pareesei să vâneze, că Jamin le dăduse acea informaţie Halifienilor, ca să o răpească şi să îl atragă pe Mikhail însuşi într-o capcană, şi că Amoriţii îl fentaseră, trimiţându-şi oamenii să atace satul şi ucigând unsprezece Assurieni, Mikhail i-ar fi adus pe *amândoi* în faţa Tribunalului ca să răspundă pentru fărădelegea lor.

Gita aşteptă ca Dadbeh să se îndepărteze suficient de mult, după care ieşi din umbră.

-Cum ai putut să îi faci asta ştiind că te iubeşte?

-Sunt femeia lui Jamin, zise Shahla cu aroganţă. Nu am de gând să îl trădez.

-*Nu* eşti femeia lui, spuse Gita. Te-am *avertizat* să nu te culci cu el când îşi căuta consolarea. Acum te evită.

-Cum ai putea să pricepi *tu* ceva? se răsti Shahla. Tu m-ai abandonat ca să te ţii după soţul Ninsiannei!

Gita îşi apucă suliţa, un dar pe care îl primise, ironic, chiar de la Jamin. Ochii ei negri şi pătrunzători îi sfredelirăpe cei ai Shahlei. Erau ochi de vrăjitoare. Aşa îi numea tatăl Gitei ori de câte ori se îmbăta şi încerca să i-i scoată. Oare vedeau deja cum se strângea broboada pe burta Shahlei, care nu mai era plată? Oare îi întrezăreau sânii umflaţi? Nu îi spusese Gitei despre sarcină pentru că ea şi Jamin erau prieteni, dar *indiferent* ce făcea, curând avea să afle tot satul. Chiar în acea dimineaţă simţise bebeluşul mişcând.

-Alegerea îţi aparţine, zise Gita. Poţi să *alegi* să nu fii victimă, aşa cum am făcut-o eu.

Porni apoi spre terenul de antrenament, cu spatele drept şi suliţa pregătită, de parcă, în ciuda trupului costeliv şi a cârpelor pe care le purta pe post de haine, ar fi fost un războinic adevărat. Chiar dacă niciunul dintre ceilalţi luptători nu o băga în seamă – cu atât mai puţin soţul înaripat al *târfei* ăleia de Ninsianna –, *ea* îşi dădea seama că Gita nu mai avea nevoie de ea.

Shahla mângâie umflătură pe care o ascundea în spatele şalului prins lejer. Nu îndrăznea să îi spună lui Jamin că era gravidă – oricum nu ar fi crezut-o până când nu năştea şi copilul creştea suficient încât să vadă că semăna cu *el,* nu cu vreun alt războinic -, însă ştia că exista *cineva* care ar fi crezut-o. Cineva care ţinea mai mult la negoţ şi prestigiu decât la propria fiică. *Ei* l-ar fi forţat pe Jamin să cedeze.

Capitolul 7

Septembrie: 3.390 î.Hr.
Pământ: Satul Assur
Colonel Mikhail Mannuki'ili

MIKHAIL

Mikhail pipăi vârful ascuțit al uneia dintre sulițele pregătite de Rakshan, făuritorul de cremene. Dacă Jamin nu avea de gând să respecte nimic altceva decât o armă *adevărată,* atunci, în numele zeilor, avea să îl bată la propriul joc! Le ordonă celor doi locotenenți ai săi să alinieze războinicii. În comparație cu alte dăți, când domnise haosul, acum participanții se așezară în rând, așteptând cu nerăbdare veștile.

-După cum probabil ați auzit, zise Mikhail, unul dintre solii din Nineveh tocmai s-a întors din Anatolia. Și acolo sunt raiduri, la fel ca aici.

-Raiduri ale Halifienilor? întrebă Dadbeh.

-Sau să fie Uruk? completă Firouz.

-Pariez că-s Amoriți, zise Ebad.

Fusese și el de față când Jamin îl omorâse pe negustorul de sclavi.

-Nu suntem siguri, zise Mikhail. Tot ce știu e că folosesc arcuri și că unul dintre sate a fost spionat cu un golem înainte să fie atacat.

-Un golem? întrebă unul dintre războinici. Chiar există așa ceva?

Mikhail îngenunche și scormoni prin traistă. Scoase o bucată mică și deformată de plastic, care rămăsese cu una singură dintre cele patru elice pe care le avusese cândva, și o așeză pe o piatră. Zburase până la nava prăbușită pentru a o recupera înainte de a-i da raportul căpeteniei.

Își atinse calculatorul de mână. Bâzâind nervos, drona se trezi la viață.

-În numele zeiței! exclamară războinicii.

-Ridic-o, îi ordonă Mikhail Pareesei.

Aceasta luă drona cu blândețe, chiar dacă Angelicul îi arătase deja cum funcționa, și ochi luptătorii adunați la un loc cu camera minusculă. Mikhail se îndreptă spre cei din prima linie, arătându-le, pe rând, cum apăreau pe ecranul pătrat, de trei centimetri, al calculatorului de mână. Războinicii se adunară în jurul lui. Imaginea era întreruptă pe mijloc de o dungă neagră, datorată daunelor pe care le suferise delicatul sistem electronic, însă Assurienii își recunoscură cu ușurință propriile figuri.

-Ăsta ești *tu,* îi zise unul dintre bărbați altuia.

-Nu, *tu* ești, spuse următorul, arătând către prietenul său.

Când își dădură seama că imaginea era surprinsă în timp real, războinicii începură să facă cu mâna dronei. Alții se strâmbară sau se puseră pe dansuri copilărești.

-Dacă i-aş duce asta acasă, căpetenia ar putea să urmărească absolut tot ce facem, zise Mikhail, arătând către calculatorul de la încheietură.

Printre războinici se aşternu liniştea.

-Ce magie teribilă.

-Dar gândeşte-te ce *puternic* poţi fi, zise altul, dacă nu mai ai nevoie de un şaman care să îţi spioneze inamicii.

-Nu e magie, spuse Mikhail. E o *meaisín*, o... ăă... - se chinui să găsească o traducere pentru cuvântul „maşinărie" – este un golem. Un fel de ochi malefic. Dacă nu ar fi deteriorat, l-aş putea pune să *zboare* oriunde aş vrea.

Atinse uşor calculatorul de mână pentru ca drona să zboare. Pentru că nu mai avea decât o singură elice, aparatul nu putea decât să ţopăie în jur ca o pasăre cu aripa frântă; totuşi, se lansă în aer suficient de mult încât să înţeleagă şi războinicii cu ce aveau de-a face. Ultimul motor rămas se stinse, pufăind. Pareesa împunse elicea stricată.

-Nu mai merge, zise ea.

-E în regulă, spuse Mikhail. Oricum mă mir că a rezistat aşa de mult.

Luă drona şi i-o dădu lui Siamek. Siamek se perindă prin faţa războinicilor pentru ca fiecare dintre ei să aibă ocazia să o inspecteze.

-E moartă? întrebară aceştia.

-Acum este, spuse Mikhail. Magia care o hrăneşte a dispărut pentru moment.

-*Ăsta* e ochiul malefic care a zburat deasupra Anatoliei? întrebă Firouz, privind drona suspicios.

-Nu, zise Mikhail. Pasărea pe care au descris-o cei de acolo e de dimensiunea unui vultur cu aripi metalice. Dispozitivul ăsta nu e cu nimic mai mult decât o jucărie.

-Şi ce are de-a face cu raidurile? întrebă Dadbeh.

-Nu ştiu, spuse Mikhail. Tot ce ştiu este că *oamenii* nu au astfel de ochi malefici.

Era mult mai uşor să explice totul în termeni din sfera magicului decât să încerce să îi educe pe oameni în materie de tehnologie. Totuşi, îşi făcuse timp să îi prezinte totul căpeteniei. Îi era dator cu asta, având în vedere că fusese *prostănac* şi nu îşi obligase soţia să îi spună tocmai liderului satului despre Angelicul cu aripi albe încă de prima oară când îl visase.

-*Asta o să rămână între noi,* îi spusese căpetenia.

-*Dar Jamin...*

-*Jamin caută o scuză bună ca să te alunge din sat. Dacă soţia ta îi crede povestea, alianţa fragilă dintre Assur şi Nineveh o să se rupă, iar apoi fiecare sat o să fie pe cont propriu.*

Căpetenia nu îl proteja *pe el.* Proteja alianţa Ubaidă, cea pe care o încropise înainte ca Ninsianna să se nască, dar care acum se deteriora din ce în ce mai mult cu fiecare an în care nu aveau un inamic precum Urukul, care să îi oblige să lucreze împreună. Căpetenia Kiyan nu avea de gând să pună în pericol această „poliță de asigurare cerească" *indiferent* de intruși, fie ei cerești sau de alt fel.

-Deci ce facem acum? întrebă Firouz.

-Ne antrenăm, spuse Mikhail. Trebuie să învățăm să luptăm cu oamenii-șopârlă sau cu oricine ar putea să trimită în locul lor.

-Oameni-șopârlă? pufniră câțiva dintre războinici. Încă puțin și o să ne spui că și *lulu-khorkhore* e adevărat!

Lulu-khorkhore. Demonul care devora copii. Se întrebă – nu pentru întâia oară – dacă legenda pe care oamenii o foloseau ca să sperie copiii obraznici avea ceva de-a face cu cântecul care îi anticipase venirea.

-Nu, e adevărat, spuse Ebad. Amoritul a zis că lucrează pentru zeii-șopârlă.

-Parcă ai spus că nu ai *auzit* asta, răspunse Firouz, privind răutăcios către fiul incompetent de olar.

-Am auzit... ăă... se bâlbâi Ebad.

-Jamin a auzit, interveni Ipquidad, prietenul lui la fel de stângaci și bondoc. Insinuezi cumva că Jamin a mințit?

Ambii bărbați îl însoțiseră pe Mikhail – la comanda lui Jamin – în misiunea menită să investigheze urmele de capre de la granița de sud. Doisprezece fii de meșteșugari și negustori fuseseră selectați pe post de „războinici", nu pentru că ar fi fost cei mai *buni,* ci ca să eșueze și să îl facă pe Mikhail să pară un incompetent.

Doar că, în ciuda nepriceperii lor, *nu* eșuaseră...

Mikhail îi privi atent pe cei doi bărbați. *Juraseră* că nu auziseră nimic, dar, judecând după expresia vinovată a lui Ebad, bănuia că, de fapt, îl acopereau pe el. Simțul moralității – nevoia de a spune mereu adevărul – se războia acum cu gândul că acea misiune părea să îi fi adus în sfârșit aliați, aliați *adevărați.*

Mare păcat că erau incompetenți...

-Deci cum luptăm cu șopârle care pot să ne spioneze cu mașini din astea? întrebă unul dintre recruții mai în vârstă.

Mikhail făcu un semn din cap către Pareesa și Siamek. După ce vorbise cu căpetenia, le spusese *lor,* dar și celor doi acoliți ai căpeteniei, Varshab și Kiaresh, ce avea de gând să facă.

-Amintiți-vă *cum* ne-au atacat inamicii, zise el.

-Au răpit-o pe Pareesa, spuse Ebad.

-Te-au ademenit în afara satului, completă Dadbeh.

-Ne-au atacat când dormeam, spuse un luptător mai în vârstă.

-Noi *nu* dormeam, spuse Tirdard, unul dintre războinicii de elită și, mai nou, soțul lui Yadiditum. Eu păzeam zidul în noaptea aceea. Gisou ne-a dat alarma. Am chemat de trei ori mai mulți oameni în apărare.

Aceea era lecția pe care voia să le-o dea Mikhail.

-Deci zidurile erau complet apărate? îl întrebă pe Tirdard.

-Da, spuse acesta. Ştiam că voiau să ne ia prin surprindere, aşa că ne-am stins torţele, ne-am pitit şi ne-am prefăcut că zidurile ar fi neprotejate, cu excepţia celor două porţi.

-Şi atunci cum au intrat? întrebă Mikhail.

Tirdard păru să se fâstâcească.

-În timp ce grupul principal ataca poarta centrală, un grup mai mic a lovit o altă zonă, mai la vale.

-Deci au găsit un punct slab?

-Da, spuse Tirdard.

-Cu *săgeţi?*

-Da. Cât noi eram atenţi în altă parte, ei au atacat dinspre vest.

-Deci au pătruns în interior şi apoi au deschis poarta?

-Da, zise Tirdard. Dacă Yadiditum nu ar fi…

Tânărul se îneca.

-Dacă *femeile* nu ar fi ştiut să folosească arcurile… - arătă către micul grup de femei – eu aş fi mort acum. La fel ca mulţi alţii.

-Siamek? întrebă Mikhail. Când au penetrat zidurile, tu şi războinicii de elită aţi răspuns bine. Dar, la un moment dat, aţi început să pierdeţi teren. Poţi să ne spui de ce?

-Pentru că Jamin s-a speriat! zise Pareesa cu dispreţ.

-Pareesa… mormăi Mikhail.

-Dar chiar a *făcut-o,* spuse ea. Toată lumea a văzut!

-Toată lumea în afară de *tine,* ripostă Siamek. A, da, pentru că toată povestea asta a început când *tu* i-ai lăsat să te răpească.

În loc să facă pe arbitrul, Mikhail aplică lecţia pe care o învăţase în seara precedentă de la socrul său. *Ridică. O. Sprânceană.* Comunicarea non-verbală de care se foloseau oamenii ca să spună: *„Glumeşti, nu-i aşa?".* Parcă începea, în sfârşit, să se priceapă la lucrurile astea.

-De ajuns! ordonă el. Nu e momentul.

Privi către acoliţii căpeteniei, Varshab şi Kiaresh, care erau veterani din războiul cu neamul Uruk. Le explicase deja tactica de luptă pe care voia să o predea astăzi.

-Varshab? i se adresă el mâinii drepte a căpeteniei. După părerea *ta,* de ce au ezitat oamenii lui Siamek atunci când a cedat poarta?

Bărbatul masiv ca un urs păşi în faţă şi analiză trupele cu o expresie aspră. Războinicii fură reduşi la tăcere instantaneu. Vasheb era un veteran încărunţit, brăzdat de cicatrici şi cu un uşor şchiopătat, dar, în ciuda nuanţelor de gri care îi străbăteau părul şi barba, încă era în formă maximă, astfel că până şi *Mikhail* ar fi ezitat în a-l provoca la luptă.

-Oamenii ăştia sunt indisciplinaţi, îşi începu Varshab monologul. Când au în faţă o armată dezorganizată, pe care *oricine* ar putea să o înfrângă, luptă pentru glorie, se răfuiesc aiurea. Dar *niciunul* dintre războinicii de elită nu a luptat vreodată împotriva unui inamic care chiar ştie să lupte aşezat. Şi *niciunul* nu a luptat vreodată împotriva magiei negre – arătă drona stricată – de care se poate folosi duşmanul pentru a străpunge apărarea.

-Dar zidul… interveni cineva.

-Nu a rezistat, spuse Varshab. *Cedase* o dată, în timpul războiului cu neamul Uruk. Iar acum a cedat din nou.

Războinicii de elită îşi plecară privirea, ruşinaţi.

Mikhail făcu un pas în faţă.

-Lecţia de azi nu e despre vină, zise el. Toţi aţi luptat cu vitejie…

Cu excepţia lui Jamin.

-Dar trebuie să recunoaştem că vitejia nu ajunge. Trebuie să luptăm *împreună,* aşa cum au făcut-o Varshab şi căpetenia când au intervenit ca să îl ajute pe Siamek.

Arătă către războinicii vechi, apoi către cei noi.

-Şi trebuie să ne adunăm *mai mulţi.* Am văzut *mii* de Amoriţi traversând deşertul, i-am văzut aliindu-se cu tribul Halifian, iar printre cei pe care i-am omorât am găsit oameni din multe alte triburi.

-Pe vremea războiului cu neamul Uruk, zise Varshab, am dus lupta pe teritoriul duşmanului. Nu ne-am *ascuns* în spatele zidurilor, aşteptând ca duşmanul să vină la noi. Tatăl Căpeteniei Kiyan a ridicat zidurile astea ca să apere *femeile.*

Arătă spre satul aflat pe deal şi continuă:

-Nu au fost nicio clipă gândite să servească drept prima instanţă, ci drept *ultima,* în cazul în care ceda *armata.*

-Dar cum învingem un inamic care poate să ne spioneze cu *aşa ceva?* întrebă Firouz, făcând un semn spre drona moartă.

-Până acum, n-am văzut nicio urmă de ochi malefici, spuse Mikhail. Dar aşa avem o variantă. Aş putea să patrulez în zbor, mai des şi pe distanţe mai mari, însă cei din neamul meu au inventat acest mic golem – ridică drona defectă – pentru că zborul pe distanţe lungi ne epuizează, aşa cum ar epuiza şi un alergător. Dacă eu mă port ca şi cum aş fi golemul vostru, nu o să mai am timp să fiu *aici,* ca să vă învăţ ce ştiu.

Pământul fu străbătut de o umbră. Unul dintre vulturii aurii care înconjura Assurul se năpusti asupra unui câmp din apropiere, ţintind un şarpe din iarbă. Bătu apoi din aripi şi se ridică în văzduh, ducând cu sine şarpele care încă se zvârcolea. O singură pană auriu-maronie pluti spre sol, chiar în faţa lui Mikhail.

Războinicii fură cuprinşi de un fior de teamă. Neamul Ubaid considera că vulturii sunt fiinţe sacre, mesageri ai Celei-Care-Este. Mikhail era mai puţin superstiţios, dar, ştiind că zeiţa sigur se folosea de soţia lui, avea reţineri în a ignora semnalul.

Tirdard fu cel care rupse tăcerea.

-Avem nevoie să le faceţi pe *amândouă,* domnule, zise el.

-Nu pot, răspunse Mikhail. Nu pot să fiu de toate pentru toţi.

Războinicii de elită, care se apropiaseră de Siamek, atinseră drona moartă şi se strânseră laolaltă ca să vorbească. Spre deosebire de ceilalţi săteni, aceşti războinici fuseseră *acolo* în ziua în care Mikhail se prăbuşise în deşert, îl văzuseră folosindu-şi arma cu impulsuri şi ştiau că dronele nu era *nimic* în comparaţie cu epava care ardea mocnit. Firouz vorbi în numele tuturor:

-O să facem tot ce putem ca să te ajutăm să ne înveţi, zise el. Dar trebuie să ne dai şi altceva de făcut decât să dirijăm marşuri.

Arătă spre nou-veniţi. Mikhail aprobă din cap. Avusese deja discuţia asta cu căpetenia.

Se întoarse spre mâna dreaptă a Căpeteniei Kiyan:

-Varshab?

-De fiecare dată când vă atacă un grup mai mare, explică el, riscaţi să fiţi depăşiţi. Dar, dacă vă menţineţi pe poziţii, inamicii din spate o să împingă spre cei din faţă şi o să le îngreuneze manevrele. Puteţi folosi slăbiciunea asta împotriva lor.

-Cum? întrebară mai mulţi războinici.

-Vă antrenaţi oamenii – făcu semn spre nou-veniţi – să ţină rândurile strânse.

Le ceru ucenicilor să îşi aleagă câte o suliţă din grămada pe care le-o adusese Rakshan în acea dimineaţă şi împărţi grupul în două. Apoi, îi împărţi încă o dată, în grupuri de doisprezece, şi puse câte un războinic de elită în fruntea fiecăreia dintre „unităţi". Bărbaţii şi femeile se organizară în două tabere inamice.

-Apăraţi-vă rândurile! tună Vasheb.

Două linii lungi se întinseră pe câmp, lovindu-se şi făcând găuri una în apărarea celeilalte. Pe măsură ce reuşeau să penetreze apărarea, luptătorii „ucideau" inamicii rămaşi expuşi. Primul grup care căzu fu cel al fiilor de olari şi negustori, care îl însoţise pe Mikhail când fusese ucis liderul Amorit. Firouz slobozi un val de injurii în clipa în care fu atins de suliţa lui Ebad.

-Idiot ce eşti! urlă el.

Îi aruncă o privire răutăcioasă lui Mikhail. Era clar că Angelicul nu avea să îşi facă aliaţi împovărând unul dintre cei mai *competenţi* războinici cu una dintre cele mai *incompetente* unităţi din tot satul.

Mai târziu, Vashab împărţi cele două grupuri mai departe. Două rânduri luptară împotriva a alte două. Pe măsură ce primul rând de apărare era împins în spate, războinicii din spate înaintau pentru a-i lua locul şi a duce mai departe apărarea. Un singur grup reuşi să spargă linia adversă şi „omorî" un număr semnificativ de apărători. În timp ce luptau, Mikhail calcula în minte viteza, greutatea şi lungimea braţului fiecăruia dintre războinici. Cum aveau să se descurce în faţa oamenilor-şopârlă, mai mari, mai puternici şi pe care şi-i mai amintea doar pe jumătate?

Într-un sfârşit, Varshab îi împărţi în câte *trei* rânduri. De această dată, niciunul dintre grupuri nu mai reuşi să spargă apărarea echipei adverse, până când femeile, conduse de Pareesa, înconjurară flancurile celeilalte echipe, forţând-o să lupte pe două fronturi. Echipa lor o învinse rapid pe cea formată doar din bărbaţi.

-Femeile au trişat! strigă unul dintre bărbaţi.

-Nu există trişat când lupţi ca să rămâi în viaţă, spuse Varshab.

-Bine, suficient! ordonă Mikhail. Cred că ne-am făcut deja o idee privind ceea ce trebuie să îmbunătăţim.

Siamek alinie din nou ucenicii, transpiraţi şi incitaţi, separându-i în grupuri. Mikhail îi mulţumi lui Varshab. Ştia şi el să facă ce le arătase mâna dreaptă a căpeteniei, dar acesta din urmă era un maestru în a-i convinge pe războinici să îl asculte.

El învăţase de la Varshab la fel de mult pe cât învăţaseră şi războinicii...

-Mişcarea pe care aţi exersat-o acum e una pe care Jamin a arătat-o deja unora dintre voi, spuse Mikhail. E o tactică bună, mai ales atunci când e folosită într-un spaţiu apărabil, cum sunt străzile Assurului. Aţi văzut deja că funcţionează când căpetenia a sărit în ajutorul războinicilor de elită.

-Da, îl aprobară bărbaţii care fuseseră de faţă.

-Dar, după cum aţi văzut tot acum, dacă inamicul ţinteşte flancurile, poate să vă copleşească foarte uşor. Asta s-a întâmplat când cei care ne-au atacat aproape au reuşit să depăşească războinicii de elită – arătă spre Siamek. Odată ce duşmanul penetrează linia de apărare, spatele rămâne neacoperit. *Mai ales* dacă armata adversă e mai numeroasă.

-Dar avem două sute de oameni, zise Siamek, arătând spre nou-veniţi.

-Nu o să fie destul, spuse Mikhail. Drona descrisă de mesager e una *militară*, ceea ce înseamnă că o să luptaţi împotriva a cel puţin o mie de războinici.

Lăsă cuvintele să îi alunece pe buze agăţându-se de amintirea unei nave îndesate şi pătrate, însă imaginea se evaporă odată cu ultima silabă rostită. La naiba! Pierdere idioată de memorie... oricât ar fi scormonit, nimic nu putea face imaginea să revină în tărtăcuţa aia uitucă.

-Şi cum ne descurcăm? întrebă Siamek.

-Acum e rândul *meu* să vă învăţ ceva, răspunse Mikhail, afişând, în mod excepţional, un zâmbet larg. Aliniaţi-vă. Doar că de data *asta* aş vrea ca femeile să rămână în faţă.

Dădu din cap către Pareesa. Îi *explicase* ce avea de gând să facă, aşa cum îi explicase şi că voia să înconjoare flancul de apărare la exerciţiul anterior. Femeile formară o un al patrulea rând în faţa grupului.

Mikhail strigă:

-Apăraţi-vă rândurile!

Când cealaltă echipă se năpusti asupra femeilor, în loc să răspundă printr-un contraatac frontal, acestea alergară înainte şi înapoi, „omorând" alergătorii din prima linie. De fiecare dată când erau presate, în loc să rămână pe loc şi să lupte, se repezeau în spatele *propriului* rând de bărbaţi, doar pentru a reveni câteva momente mai târziu, derutând inamicul şi împingându-l în suliţele echipei care aştepta să îl străpungă. Deşi cele două echipe erau egale ca număr, cea a Pareesei învinse.

-Înapoi la locuri! strigă Mikhail.

Războinicii se aşezară în linie pălăvrăgind intens. Deşi încă le lipsea disciplina, erau mult mai entuziasmaţi decât fuseseră în ziua precedentă.

-Ce a fost *asta?* întrebă Siamek.

-Noi numim tactica asta *léigeadar sceimhiolta*, răspunse Mikhail. Nu ştiu cum i-aţi spune voi în limba ubaidă, dar Ninsianna a sugerat *ambuscadă*. Dacă o aplicaţi *cum trebuie,* puteţi să rezistaţi în faţa unor adversari care vă depăşesc numeric de până la opt ori.

Până şi sprâncenele *lui* se înălţară în semn de uimire la auzul cifrei care îi alunecase de pe buze. Era o altă amintire? Plăcuţa metalică de la piept îi amintea că *sigur* condusese o trupă cândva, pentru că gradul de colonel nu se acordă aşa uşor.

-Ne înveţi? întrebă Firouz.

-Haide, zise Dadbeh. Vrem să învăţăm.

Războinicii de elită arătau ca nişte copii entuziasmaţi. Poate că Jamin avea dreptate. Trebuia să organizeze şi nişte antrenamente cu arme *adevărate* pentru ca războinicii mai experimentaţi să nu se plictisească.

-O să o fac, spuse Mikhail, dar nu o să *funcţioneze* decât dacă lucraţi cot la cot. Deci pregătiţi-vă găleţile. E vremea pentru tradiţionalele noastre marşuri sincronizate.

Mormăind la unison, luptătorii îşi adunară găleţile şi mărşăluiră înspre râu la comanda liderilor de grup, cu braţele întinse astfel încât să îşi întărească zona superioară a corpului.

-Hai, hai! ordonă Pareesa către echipa ei, formată doar din femei. Ţineţi braţele alea ridicate! Sugeţi burta! Mărşăluiţi în sincron! Dacă eu pot s-o fac, puteţi şi voi!

Mikhail fu nevoit să se uite în altă parte ca să nu îl bufnească râsul. Mica alungătoare de negustori de sclavi îşi împingea echipa dincolo de limite.

Înaintară în marş către râu, îşi umplură găleţile şi făcură trei drumuri până la câmp şi înapoi pentru a-şi uda culturile însetate; la fel şi Mikhail. Încă avea un teren plin de orz de care trebuia să se ocupe.

Când soarele se ascunse dincolo de linia orizontului, Angelicul anunţă:

-În regulă! Mâine aduceţi-vă suliţele şi găleţile. O să formăm trei rânduri şi o să exersăm aruncarea suliţelor în sincron.

Războinicii îşi aruncară găleţile şi o luară la fugă spre râu. Bărbaţi şi femei, cu toţii se descotorosiră de haine şi se aruncară în apă, râzând.

Mikhail îşi feri privirea când una dintre femeile din grup, Azin, alergă spre el cu sânii dezgoliţi pentru a-l întreba:

-Vii şi tu cu noi?

-Te rugăm! Hai şi tu cu noi! îl îndemnară celelalte femei. Nu te-am văzut niciodată înotând!

Limbajul trupului lor îi amintea de sirenele care ademeneau marinarii să se arunce de pe vârfuri de stâncă în valurile nemiloase. Nu doar că se simţea incomod dezbrăcându-se aşa cum o făceau cei din neamul Ubaid, dar nici că-şi putea imagina o metodă mai bună de a dezlănţui furia soţiei sale.

-Continuaţi, spuse el. Prefer să mă îmbăiez singur.

Râzând de pudismul său, femeile continuară să se bălăcească în râu.

Aşezându-se pe o piatră, Mikhail îşi închise ochii şi încercă să aducă la lumină amintirea numărului de oameni care formau o brigadă Sata'anică...

Capitolul 8

Septembrie 3.390 î.Hr.
Pământ: Baza lui Sata'an
Locotenentul Sata'anic Kasib

Lt. KASIB

Locotenentul Kasib gustă aerul înainte de a bate la uşa Generalului Hudhafah. Era o şopârlă obişnuită, ceva mai zveltă decât media, şi avea o piele verde, care se umplea de pete ori de câte ori năpârlea.

-Intră!

Generalul îl privi din spatele maldărelor de rapoarte. În spatele lui era agăţată litografia unui uriaş dragon roşu, care purta o robă decorată cu bijuterii. Kasib făcu rapid semnul de rugăciune - *Shay'tan fie mărit* — înainte de a i se adresa ofiţerului.

-Domnule! salută el cu respiraţia întretăiată. Agenţii noştri care recrutează Amoriţi spun că l-au găsit pe Angelic!

-Unde?

-Nu au vrut să spună, zise Kasib. Zic că ar fi o chestiune de onoare.

-Ce? replică generalul, ţâşnind în picioare.

Era o şopârlă masivă, de cam jumătate de ori mai înaltă şi de trei ori mai lată decât bietul Kasib, iar fiecare centimetru din corp îi era format din muşchi şi piele brăzdată de cicatrici. Hudhafah era predispus la scene de irascibilitate şi nu ezita nicio secundă în a trânti vreun soldat începător la pământ. Acum, lovi biroul cu pumnul.

-Unde e?

-E a-a-aici, se bâlbâi Kasib. E *tatăl* Amoritului. Spune că Angelicul i-a omorât fiul!

Generalul mârâi:

-Adu-l înăuntru.

Amoritul semăna puţin cu Rimsin, cel care purta bandulieră şi era cel mai eficient recrutor pentru Programul de Reeducare a Femeilor. Chiar dacă lui Kasib nu îi *plăceau* Amoriţii şi metodele lor, trebuia să admită că femeile pe care le aduseseră erau tinere, fertile şi uşor de educat. Bărbatul acesta era îmbrăcat în acelaşi gen de robe colorate ca ceilalţi din neamul său, dar avea un aer *alunecos*. Poate senzaţia avea de-a face cu modul în care ochii îi alergau neîntrerupt prin încăpere...?

-Cum te numeşti, omule? întrebă Hudhafah într-o kemet stricată, limba locală pentru negoţ.

-Sunt Kudursin, tată al lui Rimsin, zise bărbatul. Provin din tribul Amorit al lui Jebel Bishri. Tribul meu controlează rutele de negoţ din nord, în Anatolia, până în sud, la Marea Pars. Niciun trib nu are voie să traverseze râul sau să călătorească pe uscat fără să ne plătească *nouă* o taxă de protecție.

Kasib privi harta de hârtie care acoperea întreg peretele din biroul Generalului Hudhafah. Spațiul descris de om se întindea pe toată lungimea Râului Buranunna; era o suprafață *uriașă,* mai ales având în vedere starea actuală a liniilor de aprovizionare.

-Spune-mi despre Angelic, îi zise Hudhafah.

Ochii Amoritului se opriră asupra imaginii lui Shay'tan. Privirea îi zăbovi asupra sceptrului auriu din mâna acestuia.

-Mi-a ucis fiul, zise Kudursin.

-Atunci spune-mi unde *e,* spuse Hudhafah, iar eu o să trimit o patrulă ca să îl omoare pe *el.*

Amoritul îi zâmbi generalului într-un mod nu tocmai onest.

-E o chestiune de onoare.

-La fel și pentru *noi.*

-Nu mi-a omorât doar *fiul,* spuse Kudursin, ci și cincizeci și trei de luptători.

Kasib fluieră.

-Lasă-mă să ghicesc, spuse Hudhafah, iar ochii săi auriu-verzi se îngustară. Nu era fiul cel mai *mare.*

-Dar era iubit, răspunse Kudursin. Fusese născut de una dintre soțiile mai neînsemnate.

Hudhafah începu să bată darabana cu ghearele.

-Și atunci *ce* vrei?

-Răzbunare, zise Amoritul. Răzbunare înfăptuită cu propriile mâini.

-Și cât o să ne *coste* răzbunarea asta? întrebă Hudhafah printre colții încleștați.

Privirea lui Kudursin se îndreptă spre Shay'tan.

-Tribul nostru și tribul vostru au o relație bună. Noi vă aducem mirese pentru un chilipir, trei *darici* bucata. Dar chiar dacă sunteți atât de puternici, bărcile rămân ancorate pe teritoriul vostru...

Kasib îl corectă în minte: *„Vrea să spună avioanele de transport".*

-... și faceți negoț pentru lucruri pe care ne-am aștepta să le *creșteți* sau să le faceți singuri. De ce?

Kasib tresări.

-Shay'tan este *generos,* mârâi Hudhafah amenințător.

-Sigur că da, răspunse Amoritul cu un zâmbet care însă nu se reflectă și în privire. Dar fiul meu, care avea o părere *bună* despre dumneavoastră, venise cu o teorie ciudată. Se gândea că poate i-ați ieșit din grații zeului vostru...

-Asta e o blasfemie! izbucni Kasib.

-Ce *altceva* a mai „observat" fiul tău? mârâi Hudhafah.

-Că ezitați să vă puneți oamenii la treabă atâta vreme cât oamenii *noștri* se ocupă de treburile murdare la schimb pentru aur.

Kasib își legănă agitat coada. Se părea că Amoritul le intuise vulnerabilitățile înainte de a veni să le vorbească.

Gușa de un roșu închis a lui Hudhafah căpătă o nuanță amenințătoare de mov. *Ultima* oară când cineva îndrăznise să îl provoace, Kasib trebuise să supravegheze curățarea măruntaielor idiotului de pe becurile de pe tavan.

-Și ce propui? întrebă Hudhafah. Replica păru mai degrabă un sâsâit.

-Să ne continuăm relația ca până acum, zise Kudursin, lansându-se într-un soi de discurs de vânzări, dar să omorâm chiar noi demonul înaripat... la schimb pentru un anume preț.

-Cât?

-Doi darici pentru fiecare om de sub comanda mea, zise Amoritul. Plus un daric pentru *mine,* fiindcă îi conduc.

-Și *câți* oameni ai sub comandă? mârâi Hudhafah.

-Cincizeci de mii, zise Amoritul, iar ochii îi străluciră. Împrăștiați în așa fel încât să țină sub control teritoriul, desigur. Nu aș trimite nici pe *departe* atâția oameni după demonul vostru înaripat.

Generalul Hudhafah păși spre tabloul lui Shay'tan, pe care *toți* comandații din armată îl aveau în birou. Kasib îl poziționase pe altarul care servise altădată drept centrul sfânt al acestui templu local, închinat zeiței mici, din lut, care se odihnea acum la baza portretului lui Shay'tan, îmbrăcată din cap până în picioare într-o burqa în miniatură, care îi lăsa doar ochii descoperiți.

Hudhafah luă în mână mica zeiță din lut.

-Specia din care provine e formidabilă, zise Hudhafah. Dacă vreți să îl *omorâți,* ar fi sinucidere curată să trimiteți mai puțin de o mie de oameni.

Kasib rămase cu gura căscată. Oare generalul chiar avea de gând să ia în considerare oferta chițibușarului ăstuia?

-Atunci două mii de oameni, spuse Amoritul. Două mii de darici acum, plus încă trei mii când îți aducem capul demonului înaripat.

-De acord, zise Hudhafah.

Uimit, Kasib își lăsă limba să iasă din gură.

-Și cum pot să fiu sigur că și *dumneata* o să îți îndeplinești partea de înțelegere după ce noi o îndeplinim pe a noastră? întrebă Kudursin.

Creasta ascuțită de pe spatele lui Hudhafah țâșni în aer. Generalul își dezveli ghearele. *Nimeni* nu avea dreptul să insinueze că nu s-ar ține de cuvânt.

Kasib era gata să pornească spre punte. Deja stabilise *cui* avea să îi dea sarcina de a curăța sângele.

-Un dar simbolic, poate, continuă Amoritul, dându-și seama că întinsese coarda prea mult. Ceva ce pot să le arăt oamenilor mei ca dovadă de bună credință...?

Hudhafah respiră adânc și așeză mica statuie înapoi la locul ei.

-Ce ţi-ai dori?

-Se spune că demonul înaripat are o armă formidabilă, zise Kudursin. Ca *aia,* continuă, arătând sabia care atârna pe perete, în spatele biroului, gata să fie smulsă în caz că generalul hotăra să *căsăpească* pe cineva – aşa ca acum.

Hudhafah rânji, dezvelindu-şi colţii.

-Săbiile sunt o resursă limitată, zise el. Dar am o armă asemănătoare, mai mică, poate chiar mai utilă...

Deschise sertarul biroului şi scoase un cuţit de serviciu vechi. Lama era ciobită, mânerul era uzat, iar în dreptul lui apăruse puţină rugină, dar ascuţişul încă era perfect. Generalul îl folosea ca să îşi taie fructe la ora prânzului.

Înfipse cuţitul în birou, la doar câţiva centimetri de mâna Amoritului. Lui Kudursin îi scăpă un icnet. Cuţitul reverberă adânc în lemn.

Ochii Amoritului se luminară.

-Ce talisman minunat! exclamă el.

-Kasib o să îţi dea o factură pe care să o încasezi de la vistiernic, zise Hudhafah cu falsă mărinimie. *Ştii* să încasezi bani de la vistiernic, nu-i aşa?

-Desigur, spuse Kudursin. Tocmai am fost acolo ca să luăm banii pentru încă treizeci de femei.

-Aşa mă gândeam şi eu, spuse Hudhafah.

Făcu un semn către Kasib.

-Bine, acum. Însoţeşte-l pe *aliatul* nostru ca să îşi ridice plata.

Amoritul se chinui să smulgă cuţitul din birou. Era vechi, dar, având în vedere că oamenii aceştia trăiau încă în preistorie, ar fi putut la fel de bine să le dea şi o armă cu impulsuri.

Kasib conduse bărbatul la vistiernic, după care se întoarse în birou, unde îl găsi pe general în faţa hărţii. Pe podea erau împrăştiate o cană spartă şi hârtii. Kasib se aplecă în linişte şi le ridică.

-Domnule? întrebă prevăzător.

-Când se întoarce Sergentul Major Dahaka, zise Hudhafah, spune-i că vreau să aflu care *tâmpit* a scurs informaţia că nu mai avem acces la liniile de aprovizionare. Să am raportul pentru Curtea Marţială pe birou până mâine la ora 17.

-Da, domnule, zise Kasib.

Generalul se aşeză, sprijinindu-şi capul în mâini. Creasta dorsală îi coborî în semn de stres.

-Domnule? i se adresă Kasib cu glas tremurător.

Generalul nu dădea niciun semn de slăbiciune în faţa altcuiva în afară de Sergentul Major Dahaka. Cei doi fuseseră tovarăşi în armată timp de sute de ani.

-Ne depăşesc numeric, spuse Hudhafah. Amoritul ştie asta şi ştie şi că avem nevoie disperată de rezerve. De aia a vrut să îmi spună câţi oameni are la dispoziţie.

-Dar noi avem armament superior, spuse Kasib.

-Şi energie insuficientă ca să îl menţinem încărcat, răspunse Hudhafah. Cel puţin nu până când ajunge escadra, dar cine ştie când se întâmplă asta?!

-Nu ştim, domnule, zise Kasib.

-O să dureze mult, oftă Hudhafah. Poţi să fii sigur că Ba'al Zebub o să ne învârtă în toate direcţiile cât de mult poate.

La naiba! Asta însemna că *el* trebuia să se chinuie în continuare să înlocuiască toate lucrurile fără care rămâneau.

Creasta de pe spatele lui Kasib se pleoşti.

-Dar aurul, domnule?

-Avem o mulţime de aur şi nimic pe care să îl cheltuim, zise Hudhafah. Exact cum a vrut Ba'al Zebub.

Generalul îşi ridică privirea, părând surprinzător de vulnerabil.

-Deci de ce să *nu* plătim şarpele ăla să meargă să se sinucidă încercând să ne omoare inamicul?

-Aşa e, domnule, răspunse Kasib evaziv.

Nu era decât un amărât de aghiotant. Ce ştia *el* despre cum se cuceresc planete?

-Ai descifrat mesajul Angelicului?

-Nu, domnule, spuse Kasib. Încă nu putem să spargem codul. Dar semnalul e foarte slab. Suntem siguri că nu a ieşit din sistemul solar.

-Şi *încă* nu aţi reuşit să triangulaţi locaţia exactă din care a provenit, nu?

-Nu, domnule, răspunse Kasib. Mesajul s-a întrerupt cu o milisecundă înainte să apucăm să îi identificăm sursa.

-Măcar ne-a ajutat Amoritul să restrângem opţiunile, zise Hudhafah. Din câte a spus, Angelicul e undeva pe *aici*, continuă arătând Râul Buranunna. Ordonă *Jamaranului* să îşi reorienteze camerele de supraveghere din adâncul spaţiului spre zona asta. Nişte aripi albe ar trebui să fie *uşor* de observat pe fundalul solului.

Capitolul 9

Septembrie 3.390 î.Hr.
Pământ: Satul Assur
Colonel Mikhail Mannuki'ili

MIKHAIL

Mikhail stătea pe o piatră, aripile sale întunecate fiind aşezate într-o poziţie incomodă, astfel încât să nu se târască prin pământ. Oricât de mult şi-ar fi dorit să se întoarcă acasă acum, ştia că Ninsianna încă avea lecţii cu tatăl ei. *Nimic* nu o distrăgea mai mult decât *el* foindu-se stângaci prin casa prea mică, dărâmând cu aripile lucruri de pe pereţi şi lovindu-se cu capul de tavan. În schimb, îşi concentră atenţia spre sine, ignoră râsetele războinicilor şi se rugă:

-Repară acţiunile, spuse el în limba Cherubimilor. Spune întotdeauna adevărul. Purifică-ţi mintea. Pentru fiecare răufăcător pe care îl ucizi, trebuie să salvezi vieţile a zece oameni buni.

Sentimentul acela de *beţie* începu să se disipeze. O luciditate care îi exalta mintea îi pătrunse şi în muşchi. Când deschise ochii, tot ceea ce îl înconjura căpătă o nuanţă de albastru.

Pareesa îşi termină baia de seară şi ieşi din apă. Îşi înfăşură rochia din şal în jurul trupului înainte să încerce să intre în vorbă cu el.

-*Toki ni anata wa watashi?* întrebă ea într-o Cherubimă sacadată. Când o să mă înveţi şi pe mine rugăciunile de luptă ale Cherubimilor?

-Când o să câştigi acest drept, zise Mikhail. În primul rând, trebuie să înveţi să îţi purifici mintea.

O îndemnă să se aşeze, cu picioarele încrucişate, şi să închidă ochii în timp ce el recita rugăciunea de concentrare. Pareesa repetă cuvintele până când reuşi să le reproducă într-un mod uşor descifrabil. Uneori, Mikhail putea să jure că dincolo de privirea ei se ascundea, de fapt, o femeie mult mai în vârstă. Părea să ştie lecţiile acestea dintotdeauna; părea că el nu făcea altceva decât să i le *reamintească*.

-Ochii tăi au o strălucire albastră, zise Pareesa, îndreptând un deget către obrazul Angelicului. Doar un pic… pe margini. De ce nu se fac şi ochii *mei* albaştri?

-Pentru că ai tăi sunt căprui, mică zână, explică el, iar ochii îi sclipiră amuzaţi. Dar cine ştie? Poate dacă repeţi suficient de mult, o să se facă şi ai tăi la fel.

Mica lui protejată ar fi fost în stare să îşi crească şi aripi dacă ar fi găsit un mod de a o face!

-Şi ce o să învăţăm mâine? întrebă ea.

-Trebuie să îţi cer o favoare specială.

-De acord, zise Pareesa.

-Încă nu ți-am cerut-o, spuse Mikhail. S-ar putea să nu vrei să faci asta.

-Despre ce-i vorba?

-Vreau să îl antrenezi pe Ebad.

-Pe Ebad? bolborosi Pareesa. Ebad nu e în stare nici măcar să arunce o suliță!

-Da, pe Ebad, spuse Mikhail. Și pe toți cei din grupul lui.

-Pe Yaggit? Ipquidad? întrebă Pareesa, strâmbând din nas. Dar sunt fără speranță! Ar trebui să-i trimiți acasă.

-Nu pot, zise el. Jamin m-a provocat să îi antrenez pe cei mai *puțin* capabili dintre voi, nu doar pe cei mai buni. Dacă nu reușesc să îi antrenez și pe ei, o să îi dau câștig de cauză lui Jamin.

-De ce nu îl pui pe Firouz? întrebă Pareesa.

-Firouz nu are temperamentul potrivit, răspunse el.

-De ce trebuie să îi antrenez *eu?*

-Pentru că mi-au arătat că pot avea încredere în ei când am avut de-a face cu Amoriții, spuse Mikhail. Pot să învăț pe cineva să mânuiască *arme*, dar *știi* cât de greu îmi e să capăt încredere.

Pareesa își încrucișă brațele. Buza îi tremură.

-Încerci să scapi de mine?

-Vai de mine, nu! exclamă Mikhail. Pareesa...

O luă de mână.

-Tu ești cea mai valoroasă și *demnă de încredere* elevă pe care o am.

Chipul fetei se lumină.

-Chiar? întrebă ea.

-Chiar, zise Mikhail. Ești singura în care am încredere să facă treaba asta.

Pareesa privi îndelung către războinicii care se jucau în apă. Azin, una dintre femeile de sub comanda ei, alesese unul dintre bărbați și se dădea la el în moduri cât se poate de evidente.

-O s-o fac, zise fata. Dar vreau să fiu în continuare locotenent secund.

-De acord, spuse Mikhail. Doar promite-mi că nu o să *omori* pe niciunul dintre ei.

Chipul Pareesei se lumină, cuprins de un zâmbet larg.

-*Asta* nu pot să promit!

Se ridică în picioare și continuă:

-Trebuie să ajung acasă. Mai am treburi de terminat.

Mikhail observă că Ebad îi urmă exemplul, plecând și el. Ninsianna avusese dreptate. Dacă îi dădea Pareesei sarcina de a se ocupa de „echipa din divizia B", rezolva două probleme dintr-o lovitură.

Unul câte unul, războinicii porniră spre case, până când doar licuricii și broaștele cu vocile lor ca de bas rămaseră să îi mai țină companie.

Singur...

Îşi întâmpină solitudinea cu agitaţie şi uşurare. *Voia* să scape de zarva atâtor oameni, dar în acelaşi timp, prezenţa lor era reconfortantă, făcându-l să se simtă de parcă ar fi avut *nevoie* să ştie că pe deal se afla un sat. Trebuia să admită că s-ar fi simţit foarte singur fără ei, chiar dacă în cea mai parte parte a timpului încerca să *scape* de ei.

Nemaiavând niciun fel de audienţă, se dezbracă şi se scufundă în râu, oftând mulţumit pe măsură ce apa rece îi spăla mizeria şi transpiraţia de pe piele. Ninsianna îl învăţase să foreze plante pentru a face săpun. Fâlfâi din aripi pentru a-şi scoate praful dintre pene, după care le spumui, ca să nu miroasă ca un câine murdar şi ud.

Simţindu-se deodată cu zece ani mai tânăr, ieşi din râu şi se îmbrăcă, scuturându-şi aripile pentru a scăpa de excesul de apă. Aruncă o privire spre calculatorul de mână – încă era prea devreme ca să meargă acasă -, apoi se aşeză înapoi pe piatră şi intonă o rugăciune, nu cea pe care i-o spusese Pareesei, ci una pe care o ştia doar *el*. O recită cu un accent aflat undeva la mijloc, între Galactica Standard şi dialectul antic pe care îl vorbeau şamanii.

Fie ca imnul să mă învăluie,
Fie ca imnul să mă-nconjoare,
Fie ca imnul să vorbească prin mine,
Fie ca imnul să-mi ghideze gândul.

Fie ca imnul să-mi binecuvânteze somnul,
Fie ca imnul să-mi ghideze trezirea,
Fie ca imnul să-mi ghideze veghea,
Fie ca imnul să-mi aducă speranţa.

Paidir an Amhráin, Rugăciunea Imnului, reverbera adânc în fibrele lui şi îl umplea de alean. Îl purta cu gândul la florile primăverii, la livezi nesfârşite, la copii care se joacă pe câmpuri, la familie, prieteni şi speranţă. Era mai mult un *sentiment* decât o amintire propriu-zisă, dar cântecul acesta era parte din el, până în adâncul oaselor.

Îşi dădu seama că nu era singur…

-Cine-i acolo? întrebă întunericul.

O umbră se desprinse dintre trestii; era o copiliţă costelivă, ai cărei ochi negri păreau prea mari pentru restul corpului. Nu îi întâlni privirea, dar observă că marginea irişilor ei avea o strălucire slabă, de culoare violet — cel mai probabil reflecţia lunii în apa râului.

-Îmi pare rău, zise Gita. Nu am *vrut* să trag cu urechea, dar rugăciunea mi s-a părut cunoscută.

-E într-o limbă complicată, spuse Mikhail. Eu o folosesc ca să meditez.

Gita şopti rugăciunea într-o Galactică Standard impecabilă, de parcă ar fi vorbit această limbă toată viaţa ei.

-*An labhraíonn tú mo theanga?* întrebă Mikhail, iar aripile i se înălțară. Tu vorbești limba mea?

Gita își coborî privirea și murmură:

-Îmi pare rău, nu înțeleg.

Voia să întrebe unde o auzise, de reușea să îi reproducă întocmai tonalitatea și cadența. Poate la Immanu? Sau poate că și ea moștenise același dar al limbilor pe care îl avea Ninsianna încă dinainte să fie *Aleasă?* Până la urmă erau verișoare, chiar dacă soția lui o ura din tot sufletul.

Mikhail privi înspre râu, încercând să găsească un pretext bun ca să o invite pe Gita să se așeze lângă el, fără să dea naștere bârfelor sau să își scoată din minți soția însărcinată. Până să își ridice privirea, însă, fata cu ochii negri dispăruse deja.

Era pe punctul de a porni după ea când calculatorul de mână îi sună de două ori; era aproape ora la care Needa servea gustarea de după cină. Reprimându-și senzația ciudată și neplăcută din subconștient, Mikhail își întinse aripile și porni în zbor pe cerul serii. Când înconjură casa, aerul tomnatic îi pătrunse penele încă umede. Aterizâ în curte, se asigură că Mica Nemesis era încă în țarc, iar apoi păși înăuntru.

Ninsianna și tatăl ei stăteau pe covorașele de rugăciune, cu ochii închiși și expresii liniștite. Needa îi întinse gustarea de după cină, o masă modestă pe care o mâncau cu puțin timp înainte de a merge la culcare. Angelicul mâncă în liniște, atent să își țină gura închisă pentru a nu le distrage atenția celor doi. Într-un sfârșit, Ninsianna deschise ochii. Când își privi iubita, soția, partenera, lui Mikhail i se tăie respirația.

-Mikhail, zise ea, așezându-se grațioasă lângă el.

Când se lipi de trupului lui, pielea Angelicului fu străbătută de o anume căldură.

-*Mo ghrá,* spuse el, inspirându-i parfumul, care devenea din ce în ce mai îmbătător pe măsură ce sarcina progresa.

Mama Ninsiannei împinse o farfurie plină de castraveți către ea.

-Mănâncă, copilă, insistă Needa. Dacă nu mănânci acum, nu o să îți rămână nimic în stomac mâine dimineață.

Ninsianna îi aruncă o privire timidă, mușcând o felie de castravete și lingând sucul care i se scurse pe buzele roz și senzuale. Un murmur grav reverberă în pieptul lui Mikhail. Oricât și-ar fi adorat socrii, el și soția lui nu prea aveau timp doar pentru ei.

-Voi doi, la culcare, ordonă Needa.

-Dar mie nu mi-e somn, protestă Ninsianna.

-Ai cearcăne la ochi, răspunse mama ei, aruncându-i ginerelui său o privire care spunea: *„Iar tu nu prea te pricepi să faci conversație când ai fantezii cu fata mea."* La culcare!

Cu un zâmbet vinovat, Mikhail își conduse soția pe scara îngustă care ducea către dormitor. Ah, cât și-ar fi dorit ca această casă să fie de zece ori mai mare, astfel încât să îşi poată întinde aripile fără să afle tot satul ce făceau!

-Dar eu voiam să vorbim despre apărarea satului, îl tachină Ninsianna.

Mikhail o muşcă uşor de gât, lingând zona în care îi putea simţi pulsul, alături de o aromă de sare, parfumul slab al săpunului şi hormonii specifici sarcinii. Era un afrodisiac înnebunitor, mult mai puternic decât orice poţiune şamanică de dragoste.

Când îi strânse fesele voluptoase şi o trase mai aproape, astfel încât să îi *simtă* nevoia, ochii Ninsiannei se luminară.

-Abia aşteptai să faci dragoste cu mine, îl tachină ea.

-Hmmmh....

-Nu suntem prea vorbăreţi în seara asta, hm?

-Mmmm...

Degetele ei îi dansară pe obraz, aprinzând vâlvătăi oriunde se opreau. Ah! Cât de mult îi iubea atingerea! Se simţea de parcă nu l-ar mai fi atins nimeni înainte să o întâlnească pe ea.

Îi desfăcu şalul, împiedicându-se de centura pe care Ninsianna o folosea ca să nu îi cadă rochia. Ea îi descheie cămaşa şi se întinse să o desfacă şi la spate, unde se strângea în jurul aripilor. Mikhail îşi dădu capul pe spate, scoţând un sunet pentru care nu există denumire mai potrivită decât *tors*. Ninsianna îi sărută gaura de pe piept – locul în care dărâmăturile de pe nava prăbuşită îi zdrobiseră cutia toracică şi aproape îi străpunseseră inima – şi îşi purtă limba peste sfârcurile sale.

-Dacă faci asta, povestea asta o să se termine înainte să fi început, o avertiză Mikhail.

-Atunci o să mă faci a ta şi a doua oară, zise ea, desfăcându-i prohapul cu pricepere.

Mikhail gemu când Ninsianna îi trase pantalonii în jos, atingându-l. Aripile îi tresăriră, izbindu-se de perete.

Ninsianna chicoti.

-Şşş! Părinţii mei nici măcar nu s-au culcat încă.

-Cred că nu vor decât să terminăm odată, îi mârâi Mikhail la ureche.

Ignoratul strategic făcea parte din cultura Ubaidă – nu era ceva ce lui îi venea prea uşor, dar la naiba! Avea *nevoie* să se unească cu soţia sa. Îi sărută gâtul, înaintând spre claviculă, iar apoi reveni la buzele voluptoase.

-Crezi că ne aud? întrebă Ninsianna, muşcându-şi buza de jos.

Penele primare şi dure ale lui Mikhail se izbiră de perete, făcând praful să sară în toate părţile.

-Nu, minţi Mikhail.

Se îmbătă cu căldura pe care o resimţi când limba i se împreună cu a ei. Ninsianna avea gust de terci de orz, îndulcit cu miere şi nuci, dar şi o aromă slabă de castravete. O ridică şi îi înfăşură picioarele în jurul corpului său.

-Fă-mă a ta, şopti ea.

Se îngropă în faldurile ei ca de catifea, iar ea se strânse în jurul mădularului său, făcându-l să geamă. Îi urmări expresia, ținându-și în frâu propriul extaz în timp ce ochii soției sale căpătau o nuanță sclipitoare de auriu. Ninsianna își satisfăcu nevoile cu lăcomie, repezindu-se spre locul acela din care *amândoi* puteau zbura. Mii de fire mici de păr se frecau de carnea aproape cheală a lui Mikhail, făcând ca fiecare fibră nervoasă, fiecare centimetru pătrat de piele să îi cânte. Iar el se prefăcu că socrii nu îi puteau auzi.

Ninsianna își aruncă capul pe spate, gata să îi strige numele.

Mikhail îi acoperi gura cu a lui, nerăbdător să împartă aceeași respirație până când plămânii începură să îl doară atât de tare, încât fu forțat să inspire singur. Zidurile se frânseră, iar preț de o clipă, păru că doar ei mai trăiau, într-o altă vreme, într-o altă lume.

Mintea îi fu năpădită de stele. Se simțea de parcă ar fi devenit una cu cântecul pe care îl intonase mai devreme, dar când se întinse să o atingă, ea nu mai era acolo.

Reveni în corpul său, bucuros, dar cu dezamăgirea vagă a faptului că întrezărise ceva minunat ce nu putuse să împartă cu Ninsianna. Prin fereastra mică se strecura lumina lunii, care conferea tuturor lucrurilor un aspect magic, diafan, de parcă întreaga lume le-ar fi aparținut doar lor.

Acoperi goliciunea trupurilor cu una dintre aripi. Buzele Ninsiannei se arcuiră într-un zâmbet.

-Crezi că ne-au auzit părinții mei?

-Ahh, *mo ghrá,* răspunse el, strângând-o mai aproape. Avem nevoie de mai mult timp pentru noi.

-O să avem, zise Ninsianna. Imediat ce termini de pregătit sătenii pentru luptă.

Capitolul 10

JAMIN

Fiul căpeteniei își reașeză produsele de olărit greoaie între omoplați, recunoscător pentru faptul că își ascultase intuiția și ghicise zona în care aveau să își ridice corturile cei din tribul Halifian. În această perioadă târzie a sezonului, câmpia aridă care se așternea între cele două râuri devenea din ce în ce mai neprietenoasă din cauza secetei, forțându-i pe nomazii care trăiau din păstoritul caprelor și al oilor să se retragă.

Dușmanii săi...

Amuzant. Privind în jos, spre corturile lor, îi venea greu să aducă la suprafață ura. De când demonul înaripat căzuse din cer, oamenii deșertului nu mai păreau atât de amenințători. O pereche de vulturi cu aripi negre zbură în cercuri deasupra sa. Dacă Immanu avea dreptate, acesta era un semn că Cea-Care-Este era cu ochii pe el.

-Dacă tata ar ști că m-am apucat de complotat cu dușmanii, le zise Jamin vulturilor, sigur aș fi alungat de Tribunal.

Obrazul i se crispă. Venise ca să facă rost de informații. Oamenii aceștia știau exact ce erau cei din neamul lui Mikhail - proprietari de sclavi, gata să cumpere femei Ubaide cu aur.

Un fluierat ascuțit străbătu tabăra. Suspinând și strigând, femeile își adunară familiile în corturile fragile, iar bărbații se aliniară în spatele șeicului lor, înarmați cu sulițe și o armă *nouă*, una pe care o primiseră de la Amoriți – arcuri cu săgeți.

Jamin așeză urna de ceramică pe pământ și făcu câțiva pași înapoi, vrând să arate că nu era înarmat. Dansul acesta al întovărășirii cu cobra deșertului era unul periculos. Marwan era liderul familiei sale, alcătuite din 30 sau 40 de membri, dar și înaltul șeic al tribului Halifian de est – cel puțin în măsura în care putea cineva să conducă acea coaliție volatilă formată din grupuri de corturi.

Spre deosebire de Assur, unde cuvântul tatălui lui Jamin era lege, aici, influența șeicului putea fi măsurată doar în funcție de cercul de frați și fii de care acesta dispunea. Puteai să negociezi un tratat cu un Halifian, dar asta nu însemna că vărul lui dintr-un alt grup de corturi nu putea să se răscoale împotriva ta, în ciuda asigurărilor primite din partea așa-zisului lider. Pe de altă parte, dacă stabileai o legătură de sânge cu șeicul, ieșirea din cuvântul *lui* atrăgea după sine moartea. Legăturile de sânge erau *totul* pentru oamenii deșertului. Și, dat fiind favoritismul de care Angelicul se bucura din partea căpeteniei Assurului, Jamin ajunsese să aprecieze o astfel de atitudine.

-*Salam,* îl salută Jamin pe Marwan în limba Halifienilor.

Marwan era un bărbat aspru, nasul îi semăna cu ciocul unei păsări, iar cicatricea care îi străbătea obrazul părea a forma o a doua gură; era o cicatrice pe care i-o făcuse însuși tatăl lui Jamin.

-Iată că băiatul care are să devină căpetenie se întoarce printre noi, zise Marwan, iar ochii săi reci îl sfredelir adânc pe musafir.

-Și aduce daruri, zise Jamin, întinzându-și mâinile pentru a arăta că sunt goale.

-Aș putea să te omor și să le iau oricum, spuse Marwan.

Făceau dansul acesta de luni bune. Fiecare dintre ei știa că celălalt înțelegea pașii. Totul era de dragul spectacolului, pentru ca Marwan să își poată păstra *prestigiul* de lider puternic. Dar, dat fiind faptul că tot mai mulți dintre membrii iscoditori ai tribului plecaser să își câștige existența prin *furt* până la venirea ploilor, Marwan nu mai trebuia să impresioneze decât cercul din imediata sa apropiere.

-Ai putea să mă omori, recunoscu Jamin, dar nu o vei face.

-De ce?

-Pentru că oamenii deșertului nu sunt câini fără onoare, zise Jamin calm.

-Și câinii trebuie să mai mănânce, replică Marwan.

-Am adus mâncare.

-Avem destul aur încât să cumpărm tot ce ne trebuie.

Jamin aruncă o privire spre copiii care îi pândeau din corturile de lână. Ochii lor păreau înfometați, iar fețele li se ascuțiser. Deși Marwan purta o robă colorată, coșurile care *ar fi trebuit* să fie pline de grâne zăceau goale în afara corturilor. Buzele lui Jamin se îngustar, formând o linie dur. Din ordinul tatălui său, niciun Ubaid nu mai făcea negoț cu oamenii aceștia. Turma de capre, capre care cu doar câteva săptămâni înainte fuseser grase și arătoase, mulțumită excursiei zilnice până la râu, părea acum răvășit și însetată.

-Atunci aveți noroc, spuse Jamin. Fiindcă tocmai aur caut.

Marwan le făcu un semn oamenilor săi. Aceștia își coborâr sulițele, dar arcurile rămaser îndreptate spre inima lui Jamin.

-Și de unde știu că nu ai cobre în borcan? întrebă Marwan.

-Se spune că oamenii deșertului sunt mai rapizi decât orice cobră și că pot adormi șerpii cu un cântec de fecioare.

Marwan izbucni în râs, lăsând să se întrevad un dinte ciobit și putred. Bărbații din spatele său râser și ei, dar Jamin nu pricepu gluma. Știa că nu era o idee bună să râd *cu* ei dacă nu voia să fie luat de prost.

-Până la urmă, se pare că știi câte ceva despre neamul nostru, zise Marwan, apropiindu-se de urnă și pregătindu-și lama de obsidian. Dacă faci vreo șmecherie, oamenii mei o să te omoare.

Jamin aprobă din cap.

Şeicul împinse la o parte capacul şi sări înapoi, cu ochii în patru după cobra la care se aştepta; aşteptă până când fu sigur că nu avea să sară niciun şarpe din borcan, după care se apropie pentru a vedea ce era înăuntru.

-Ce e asta? întrebă el, vârând un deget în lichidul gălbui.

-Ulei, zise Jamin. Presat din in.

-Ulei? întrebă Marwan, aruncând o privire spre oamenii săi. Tot borcanul ăsta plin?

-Voi aveţi ceva ce îmi trebuie, spuse Jamin, arătând săculeţul care se legăna la cureaua lui Marwan. Aşa că şi eu am adus ceva ce vă trebuie *vouă,* pe post de plată.

-Borcanul ăsta o să ne ajungă un an întreg, zise Marwan.

În Assur, o familie înstărită dădea gata un astfel de borcan în doar o lună, dar oamenii deşertului aveau o viaţă simplă şi nu luau cu ei mai mult decât puteau căra. Chiar şi pentru standardele lor, însă, coşurile goale, abandonate în dreptul corturilor cu capacele date la o parte, pentru că oricum nu mai era nimic de mâncat în ele, indicau disperare.

Oamenii deşertului erau pricepuţi la raiduri, dar oamenii râului ştiau cum să strângă rândurile, asemenea barajelor pe care le construiau ca să ţină la distanţă inundaţiile din timpul iernii.

Jamin resimţi o umbră de mândrie, însă emoţia nu dură mult. Semenii lui nu îl preferau pe *el,* ci pe cel care căzuse din ceruri. Pumnul i se încleştă, iar muşchiul din obraz îi tresări.

Marwan ştia ce căuta.

-Nu mai avem oameni pe care să îi trimitem după demonul tău înaripat, zise el. Au rămas prea puţini pregătiţi să îi facă faţă, iar sancţiunile impuse de căpeteniile Ubaide ne-au lăsat fără mâncare.

-Tocmai au fost luate şase femei din Qattara, spuse Jamin.

-Şi ce-ţi închipui că suntem noi? Vrăjitori? pufni Marwan. Qattara e la câteva leghe bune de aici.

-Cred că ştiţi unde le-au dus Amoriţii.

Alianţa sa cu Amoriţii fusese un eşec absolut. În loc să îl omoare pe Mikhail, aceştia îi atacaseră satul. Dar Amoriţii erau următoarea verigă din lanţul de aprovizionare care asigura transportul femeilor *lui* la semenii lui Mikhail, iar Marwan ştia cum să ia legătura cu ei.

-Vino, îl îndemnă Marwan. Dezbatem o problemă. Poate reuşeşti *tu* să ne ajuţi.

Se îndreptă spre cel mai mare dintre corturi, lăsând în urmă borcanul preţios cu ulei de in. Dar Jamin nu avea de gând să se lase păcălit de înscenarea aceasta de curaj – de gestul de a întoarce spatele duşmanului. Nu era decât un alt pas în dansul lor complex. Mâna lui Marwan se odihnea relaxată sub tunică, însă căutătura pe care i-o aruncă secundului său arăta că era pregătit să se întoarcă şi să implânteze lama de obsidian în inima lui Jamin fără nicio ezitare.

Jamin își ridică privirea către perechea de vulturi care zbura în cercuri pe deasupra, urmărind fiecare mișcare. *„Mesagerii zeiței"*, așa îi numeau cei din neamul Ubaid, însă Jamin nu se putea gândi la altceva decât la cât de mult semănau aripile lor cu cele ale lui Mikhail.

„Spioni", șuieră el. *„Dispăreți."*

Imediat ce se mișcă, doi bărbați se repeziră să ridice darul. Ceilalți îl urmară cu mâinile încleștate pe curele, gata să îl înjunghie chiar și pentru un tresărit. Marwan se opri în fața cortului său.

-Înăuntru, îi făcu el semn.

Nusrat, fiul lui mai mic, îl împinse pe Jamin înăuntru.

Pe jos era întins un covor nou-nouț, o țesătură de un roșu aprins, dublată de covoare mai vechi și mai modeste, menite să netezească nisipul din deșert. Niște steaguri vopsite cu mușchi, care își pierduseră din strălucire, fuseseră înlocuite cu unele de un verde intens; era același material care orna și robele bărbaților.

Aceștia se așezară într-un cerc atent gândit, care le reflecta statutul social. Marwan își alese o pernă bombată, iar ceilalți se așezară pe covor.

-Acolo, zise Marwan, arătând spre stânga asta.

Jamin privi spre bărbatul care tocmai se mutase – Nusrat, unul dintre fiii favoriți -, așteptându-se să întâlnească o privire ucigătoare, însă în ochii tuturor bărbaților se întrezărea umbra unui zâmbet. Ceea ce urma – orice ar fi fost asta – li se părea distractiv.

Marwan bătu de două ori din palme. O perdea care separa cortul în două fu dată la o parte pe jumătate, iar din dreptul ei ieși o femeie cu mișcări grațioase, acoperită din cap până în picioare. Chiar dacă purta haine elegante, și ea avea același chip sfrijit precum copiii. Se apropie de Marwan cu o carafă de apă și privirea coborâtă în pământ.

-Golshan, zise Marwan, făcându-i semn să plece. Vreau să se ocupe Aturdokht de asta.

Femeia încremeni. Ochii i se îndreptară în grabă către soțul ei, însă nu îndrăzni să i se opună. Cu o plecăciune scurtă, se retrase într-un colț îndepărtat al camerei, unde copiii șușoteau. Dacă ar fi fost Ninsianna în locul ei, Marwan s-ar fi trezit cu apa drept în față.

-Soția ta? întrebă Jamin.

-Una dintre multele mele soții, rânji Marwan, dezvăluindu-și din nou dintele putred. Un bărbat nu poate să aibă niciodată prea multe neveste.

Din spatele perdelei se auziră șușoteli apăsate – mai multe femei se certau. Una dintre voci se înălță deasupra celorlalte, însă nu suficient de tare pentru ca Jamin să poată distinge ce spunea.

-Aturdokht! ordonă Marwan pe un ton autoritar. Trebuie să avem grijă de oaspetele nostru. Tu îl servești.

Bărbații așezați de o parte și de alta a șeicului zâmbiră cu subînțeles. Perdeaua fu dată la o parte. Femeia frumoasă care păși din spatele ei șovăi doar pentru o fracțiune de secundă, cât să își acopere fața, dar chiar și așa,

Jamin apucă să îi întrezărească buzele - atât de voluptoase şi roşii, încât îi tăiară respiraţia.

„Aceasta este favorita... " păru să şoptească vântul.

Era mai mare decât Ninsianna, poate chiar de vârsta *lui,* de douăzeci şi şase de primăveri. Judecând după expresia ucigătoare din ochii ei verzi ca smaraldul, purtarea vălului nu era decât o mascaradă. Deşi nu resimţi fierbinţeala poftei carnale, Jamin observă că era prima oară după o vreme destul de îndelungată când atenţia îi era atrasă de *orice* altă femeie în afară de Ninsianna.

-Aturdokht, râse Marwan. Aşa te porţi cu onoratul nostru oaspete?

Ceilalţi Halifieni schimbară priviri atotştiutoare, iar ochii le sclipiră a râsete reprimate.

-Apa dumitale, *tată,* zise frumoasa femeie.

Tată? Era fiica lui Marwan?

Jamin începu să îi măsoare din priviri pe cei aflaţi în încăpere. Care dintre ei era soţul lui Aturdokht? Părea să îi dispreţuiască pe *toţi.*

-Jamin vine din partea vecinilor dinspre est, îi spuse Marwan fiicei sale. Într-o bună zi, va fi căpetenia oamenilor râului.

-Nu şi dacă mai trăieşte *nenorocitul* ăla!

Ochii verde-smarald ai lui Aturdokht fură cuprinşi de ură. Moştenise nasul ca un cioc de pasăre al tatălui său, dar al ei era mai mic, mai graţios; pielea ei avea culoarea tipică a cuiva care se strduia din răsputeri să se ferească de soarele deşertic. Chiar şi acoperită de voal, îţi tăia respiraţia – era genul de femeie pe care fiinţele deşertului le ascundeau de privirile iscoditoare. De ce o expuneau acum în faţa lui?

-O să-l serveşti cu respect pe oaspetele nostru, mârâi Marwan. Sau o să te trezeşti atârnând de un stâlp pentru următoarele trei zile.

Abia atunci începu Jamin să intuiască ce se întâmpla, de fapt. Deşi insultat, nu putea să nu se amuze. Şi el visase de multe ori să potolească neascultarea Ninsiannei, însă Halifienii aduseseră meşteşugul subjugării la rang de artă.

Aturdokht îi umplu paharul lui Jamin, având o expresie ucigătoare. Părea gata să îi toarne apa în poală, însă făcu câţiva paşi înapoi şi îl privi de parcă n-ar fi fost decât un rahat de câine.

-Tocmai discutam soarta fiicei mele, zise Marwan. Şi-a pierdut soţul, pe Roshan.

Lui Jamin i se tăie respiraţia. *Roshan.* Aceasta era soţia lui Roshan? Halifianul îl ajutase, ba chiar îl *salvase* după ce suliţa magică, de argint, a lui Mikhail aproape îl străfulgerase; îl trăsese pe stâncă, la adăpost, dar în noaptea în care merseseră să o salveze pe Ninsianna de pe canoea cerească, Mikhail îl omorâse. Roshan nu exagerase câtuşi de puţin când spusese că soţia lui era de o frumuseţe rară.

-Ce o să se aleagă de ea? întrebă Jamin.

-Conform legii, zise Marwan, trebuie să se mărite cu următorul frate al lui Roshan, dar – ce ghinion! -, Roshan nu a avut *niciun* frate, aşa că ea şi fiica ei au fost trimise înapoi, să îmi stea mie pe cap.

-A fost omorât de oamenii *lui!* zise Aturdokht, iar mâna îi ţâşni de sub robă ca o suliţă, direct spre Jamin. Nenorocitul ăsta l-a *păcălit* să participe la ambuscadă!

Privirile reci ale bărbaţilor aşezaţi în cerc demonstrau că Aturdokht nu era *singura* care credea că aşa stăteau lucrurile. Jamin începu să respire mai lent şi îşi extinse câmpul vizual, gata să perceapă până şi cea mai subtilă mişcare în cazul în care bărbaţii s-ar fi întors împotriva lui.

-Vai! exclamă Marwan. Oricât mi-ar plăcea să dau vina pe *el* pentru faptul că ne-am pierdut rudele, Roshan a mers acolo împotriva dorinţei mele. La fel ca mulţi dintre tinerii noştri, a căzut pradă tentaţiei de a se îmbogăţi.

-Îndrăzneşti să îmi ordoni să mă căsătoresc cu unul din *ei?* întrebă Aturdokht, iar mâna i se întinse acuzator spre Halifienii adunaţi la un loc. *Toţi* sunteţi vinovaţi!

Marwan încuviinţă către Jamin.

-Demonul înaripat e făptaşul, zise Marwan. Roshan a mers nepregătit, la fel cum a făcut-o şi fratele meu vitreg, Khuzayma, când le-a arătat Amoriţilor unde să îşi întindă capcana. Data viitoare, o să intrăm în sat şi o să *căsăpim* demonul în somn!

Jamin îl întâlnise pe fratele lui Marwan; el şi fiul cel mai mare al lui Marwan, Zahid, îi făcuseră cunoştinţă cu Amoriţii; cei care îl păcăliseră.

-Şi dacă vă las să intraţi, de unde ştiu eu că plecaţi imediat ce vă terminaţi treaba?

-*Nu* o să plecăm, rânji Marwan. Dar nu cred că o să te deranjeze.

-Assur e satul *meu,* izbucni Jamin. Refuz să dau un demon la schimb pentru altul!

Ochii săi negri îi întâlniră pe ai lui Aturdokht. Preţ de o clipă, întrezări în ei o ură la fel de mare ca a lui. Şi ea îl voia mort pe Mikhail la fel de mult ca *el,* doar că soţul ei nu mai era în viaţă. *El,* pe de altă parte, încă spera să o recucerească pe Ninsianna odată ce Angelicul era mort şi îngropat.

În camera se aşternu o tăcere neplăcută. Jamin era *oaspetele* aici, era cel ce putea fi ucis. Se strădui, aşadar, să îşi ascundă furia sub masca diplomaţiei.

-Ce propuneţi?

-Cândva, ai promis că, după ce o să dispară demonul înaripat, o să îl convingi pe tatăl tău să facă un negoţ corect cu oamenii deşertului, zise Marwan. Mai e valabilă oferta asta?

-De ce?

Marwan făcu un semn spre chipurile sfrijite ale copiilor cu ochi mari care trăgeau cu ochiul din spatele despărţitorului dintre camere.

-Cu fiecare toamnă care trece, ploile vin din ce în ce mai târziu, şi cu fiecare primăvară, deşertul se usucă din ce în ce mai devreme. Pe pământurile pe care obişnuiau să pască turmele când eram eu tânăr nu mai creşte iarba. Poate mi-au îmbătrânit mie oasele, dar deşertul pare să devină din tot mai fierbinte în fiecare an, iar râurile par să aibă tot mai puţină apă. Negustorii din sud spun că Marea Pars a secat; că ceea ce era cândva o sursă important de apă nu mai e acum decât o mlaştină.

-Aşa spune şi tata, zise Jamin.

-La ce-mi serveşte aurul dacă nu pot să cumpăr mâncare şi să îmi hrănesc familia? oftă Marwan. Tribul lui Roshan ne lăsa să trecem spre Râul Buranuna când deşertul devenea prea arid, ca să ne adăpăm turmele. Acum, părinţii lui ne învinovăţesc pentru moartea sa, iar Aturdokht nu le-a dat niciun moştenitor. Au trimis-o înapoi ca să ne dezonoreze şi ne-au interzis să le mai călcăm teritoriul.

Jamin observă pieptul lui Aturdokht mişcându-se nebuneşte; se străduia din răsputeri să nu sară la gâtul lui.

-De unde ştii că o să mă ţin de cuvânt? întrebă el.

-Printre noi, începu Marwan, astfel de alianţe se stabilesc prin legături de sânge. Când o să îţi scăpăm satul de pacostea aia, o să formezi o legătură de sânge cu noi la schimb pentru promisiunea că nu ne mai întoarcem decât o dată pe an, când deşertul o să fie prea arid şi nu o să mai avem apă pentru animale. O promisiune *formală*. Una pe care şi tatăl *tău* o va onora.

Jamin căută privirea frumoasei cu ochi de smarald. Roshan vorbise de multe ori despre cât îşi adora soţia. Era o iubire prostească, zicea el – un şeic trebuia să aibă multe soţii, pentru ca fiii săi să aibă suficiente legături de sânge încât să formeze alianţe şi să îşi depăşească numeri şi rivalii, şi familia extinsă. Cu toate astea, unicul fiu şi moştenitor al tribului Halifian Buranuna nu îşi mai dorise nicio altă femeie.

Sângele îi urcă în urechi, iar vocea lui Marwan se stinse. Aturdokht era frumoasă, aşa de frumoasă, încât chiar dacă era văduvă şi avea o fiică nedorită, orice bărbat ar fi tânjit la mâna ei. Dar pe carnea lui frântă încă se simţea atingerea Ninsiannei, care îi îngrijise burta rănită de bour şi îl ţinuse în viaţă când ar fi trebuit să moară.

-Un bărbat nu poate niciodată să aibă prea multe neveste, spuse Marwan cu blândeţe, intuind cauza şovăielii sale. Pot să mă lupt cu orice om de pe Pământ, dar cu cine să mă lupt când zeii înşişi ne refuză ploaia?

La ce servea bogăţia dacă vecinii refuzau să facă negoţ pentru hrană?

Jamin recunoscu suferinţa pe care Aturdokht şi-o ascundea prin furie. Şi el se culcase cu Shahla când şi-o dorea, de fapt, pe Ninsianna – o decizie pe care o regreta acum din tot sufletul. Nu putea să o dezonoreze pe fiica lui Marwan în acest fel.

-Mai e cineva în viaţa mea, zise el. Tu meriţi un bărbat care să te iubească aşa cum te-a iubit Roshan.

De această dată, *chiar* se trezi cu apa direct în poală. Urlând de supărare, Aturdokht se năpusti asupra lui, vrând să îi scoată ochii. Doi dintre oamenii lui Marwan o prinseră și o scoaseră afară, în timp ce ea lovea și țipa. Judecând după atitudinea calmă a bărbaților, asta nu era prima oară când se întâmpla așa ceva. Marwan așteptă ca fiica lui să nu îi mai poate auzi, după care reveni la jocul de-a cobra și șoarecele.

-Din prima zi ai venit la noi cu comori furate de la tatăl tău, vrând să îți eliberezi femeia din ghearele demonului înaripat. I-ai rămas fidel chiar dacă ea nu te vrea. Ce o să faci dacă îi omori soțul și ea te respinge în continuare, la fel cum Aturdokht respinge pe oricine consideră vinovat pentru moartea lui Roshan?

-Am venit astăzi aici căutând dovada faptului că a greșit, zise Jamin. Amoriții spun că niște *zei-șopârlă* le dau aurul de care tu te-ai folosit ca să cumperi bogățiile astea – arătă covorul de un roșu sângeriu și robele colorate – și că demonii ăstia șopârlă care ne cumpără femeile pe post de concubine și sclave sunt semenii lui *Mikhail*. Dacă îmi dai o dovadă, poate o să reușesc să-l conving pe tata să se întoarcă împotriva lui.

-Și cum rămâne cu fiica mea? întrebă Marwan cu o expresie din ce în ce mai înflăcărată.

-După cum ai spus, începu Jamin, un bărbat nu are niciodată prea multe neveste. Poate după ce omor demonul înaripat, Aturdokht o să fie suficient de blândă cu mine încât să nu îmi înfigă vreo suliță în inimă, nu?

Marwan râse. Bărbații așezați în jurul șeicului râseră și ei.

-Văd că ai măsurat-o bine pe fiică-mea!

Bătu de două ori din palme. Golshan, soția mai puțin importantă, se întoarse cu o tavă pe care avea lipie și sare – hrană pe care oamenii deșertului își permiteau cu greu să o împartă.

-Haide! Mănâncă! spuse Marwan. Vreau să încerc uleiul ăsta pe care l-ai adus ca să negociezi mâna fiicei mele!

Nimeni, nici măcar tatăl lui Jamin, nu își împărțise vreodată pâinea cu oamenii deșertului. Cei doi bărbați care o trăseseră afară pe Aturdokht reveniră în încăpere, cu brațele încrucișate în așa fel încât să nu se vadă locurile în care fuseseră zgâriați.

Jamin înmuie lipia în uleiul savuros.

-Ce ai făcut cu ea?

-Exact ce-am promis, râse Marwan. O să-și petreacă următoarele trei zile legată la soare.

Îi întinse sarea. Jamin luă o porție zdravănă, o întinse pe lipie, iar apoi dădu bucata mai departe către Nusrat, care stătea în stânga lui.

-Nu m-a insultat așa de tare, spuse Jamin. Din câte îmi amintesc, încă alăptează, nu-i așa?

Marwan își îndesă pâinea în gură, scoțând sunete înfundate de plăcere în timp ce mesteca, și își strânse cu un deget uleiul care îi aluneca pe barbă, vrând să nu irosească nicio picătură.

-Femeile sunt precum câinii, spuse el. Uneori, trebuie să le baţi şi să le alungi din cortul tău.

Şi *lui* îi reproşa Kiyan că nu se purta cum trebuie cu femeile?

-Ahh… nu îţi face griji! râse Marwan. Celelalte o să îi ducă mâncare şi apă pe ascuns, crezând că nu le remarc neascultarea. O să îi ducă şi pruncul la piept. Dar aşa o să înveţe să îşi ţină gura.

Jamin încuviinţă din cap. Nu voia să se căsătorească cu Aturdokht, cu toate că ar fi fost o parteneră mai bună decât şleampăta aia de Shahla, care îl şantaja cu păstrarea secretului pentru a primi afecţiune, dar nici nu voia ca Aturdokht să fie rănită. Ninsianna nu ar fi acceptat nicio altă soţie, mereu spusese asta; dar încă nu era a lui. Pentru moment, avea să rămână deschis spre mai multe variante.

Când îşi terminară festinul, Marwan îi dădu *adevăratul* obiect pe care venise să îl recupereze – un disc auriu, ornat cu imaginea unui şarpe înaripat, dovada că cineva oferise aur la schimb pentru femeile Ubaide.

Jamin ieşi din cort, oprindu-se în faţa viitoarei sale soţii. Voalul lui Aturdokht căzuse, expunându-i chipul şi şuviţele castanii, strălucitoare, care îi dansau în păr. Mâinile îi erau legate de un stâlp care fusese înfipt în pământ. Judecând după aspectul bătătorit al nisipului, nu era prima oară când era legată astfel.

-Nenorocitule! şuieră Aturdokht.

Ochii ei ca de smarald sclipeau plini de ură, dar la umbra lor se ascundeau lacrimi.

O adiere fugară se înălţă din căldura toamnei, şuierând prin părul sărutat de soare al femeii. Vulturii zburară mai aproape, plutind deasupra capetelor lor. Vântul care îi purta mângâie obrazul lui Jamin, părând să îl sărute pe frunte ca pe un copilandru.

„Această uniune îmi e pe plac, favorit al meu…"

Jamin se aşeză într-un genunchi, cu o expresie serioasă. Dacă n-ar fi fost îndrăgostit de Ninsianna, lucru pe care încă îl *simţea,* de parcă s-ar fi pus o vrajă pe el, ar fi fost fericit să ia de soţie o femeie atât de frumoasă. *Ea* fusese înlăturată din rolul ei de şeică a tribului soţului mort exact la fel cum *el* fusese dezonorat în faţa propriilor consăteni.

-Nu ştiu ce o să aducă viitorul, zise Jamin cu un glas atât de jos, încât nimeni altcineva nu îl putea auzi. Dar îţi promit un lucru. Înainte să te duc în patul meu, am să îi scot inima demonului înaripat şi-am să ţi-o dau în dar.

-Ori îmi aduci inima *lui,* spuse Aturdokht, zvârcolindu-se în legăturile care o strângeau, ori îţi scot eu *ţie* inima şi ţi-o bag pe gât!

Jamin îşi ridică privirea spre cer. Doi vulturi. Zburând în cerc. Urmărind tot ce se întâmpla dedesubt. Se spunea că Cea-Care-Este era de acord cu ce se întâmpla acolo unde poposea o pereche de vulturi. Aripile lor negru-maronii semănau atât de mult cu cele ale demonului înaripat, încât furia care mocnea înlăuntrul lui Jamin năvăli în afara trupului. O înşfăcă de păr pe Aturdokht şi o trase atât de aproape, încât ura femeii se transformă în frică.

Marwan încuviinţă subtil din cap. Fără prea multă forţă. Doar atât cât să îi arate cine e şeful. Exact asta visase Jamin să îl lase să facă şi tatăl lui când Ninsianna rupsese logodna.

-Aţi auzit cu toţii jurământul pe care l-a făcut, spuse Jamin, privind-o adânc în ochi, pentru a-i arăta că *ea* era cea cu care făcea înţelegerea acum.

Vorbi însă suficient de tare încât să audă întreaga aşezare:

-În ziua în care îi voi smulge inima din piept demonului înaripat, ea va deveni soţia mea!

Nu doar bărbaţii, ci şi femeile şi copiii care se ascunseseră în corturi îşi împletiră limbile în uralele plângăreţe specifice oamenilor deşertului.

-Aşa să fie, declară Marwan cu forţa *legii*.

Când îi dădu drumul, Aturdokht îl scuipă.

-Dacă mai pui mâna pe mine *înainte* de ziua aceea, te omor!

Jamin afişă un rânjet ca de şacal. Nu avea să cucerească acest spirit sălbatic al deşertului, dar nici nu avea să îl respingă. De acum şi până în ziua în care avea să îl ucidă pe demonul înaripat, se mai puteau întâmpla multe.

Cine ştie? Poate chiar *reuşea* să se descurce cu două soţii. Despre Marwan se spunea că ar avea şapte sau opt.

Jamin părăsi tabăra, ridică o piatră din nisip şi o aruncă spre cei doi vulturi, care îl înconjurau în zbor de parcă le-ar fi fost pradă.

-Mergeţi să urmăriţi pe altcineva! strigă el.

Răsucindu-şi leneşi câte o aripă, vulturii zburară şi mai sus.

Capitolul 11

Septembrie 3.390 î.Hr.
Pământ: Satul Assur
Colonel Mikhail Mannuki'ili

MIKHAIL

Cele două văduve munciseră pământul acesta timp de cinci luni, dând până şi ultimul bun pe care îl mai aveau de vânzare pe un coş de seminţe de *akiti,* cea mai bună specie de orz pentru fermentat, de la negustorii Kemet. Fiind descendente ale unei linii întregi de brutari şi berari, Yalda şi Zhila puteau să transforme până şi ploaia însăşi într-o băutură demnă de zei, însă ele hotărâseră să îi idea *lui* sarcina de a supraveghea recolta.

Iar Mica Nemesis tocmai *trădase* acea încredere devorând jumătate din câmp...

Mikhail privi îndelung tulpinile mestecate până la ciot. Zbenguindu-se în jur, capra răsturnase preţioasele seminţe de orz pe pământ. Orzul bun pentru bere nu se prindea de tulpină ca *celelalte* grâne, insistau surorile văduve, ci cădea chiar şi dacă doar te ştergeai de planta coaptă.

Mikhail se uită la câmpurile care îl înconjurau. Toţi Assurienii, de la cel mai mic copil până la cea mai vârstnică bunică, stăteau aplecaţi deasupra parcelelor lor, adunând recolta înainte de începerea anotimpului ploios, tăind lujerele şi legându-le pentru treierat.

El, pe de altă parte, trebuia să îşi aşeze coşul sub fiecare lujer în parte şi să dea jos seminţele cu marginea acestuia. Doar că acum nu mai putea aduna seminţele decât de pe *pământ...*

De pe un câmp mărginaş se auziră râsete. Câţiva tineri flirtau cu nişte femei în timp ce îşi adunau mult mai stabila recoltă de grâu. Pe Mikhail, imaginea Micii Nemesis întinse pe proţap, cu o rodie în gură, îl chinuia la fiecare porţiune de teren pe care se vedea obligat să o lase în seama şobolanilor. Ninsianna ar fi *plâns* dacă i-ar fi omorât iubita capră.

Blah! Nu avea niciun rost să jelească ceva ce nu mai putea schimba. În plus, nu avea nicio idee ce să facă cu orzul odată strâns. *El* nu ştia să gătească, iar mâncărurile soacrei sale erau la fel de plăcute la gust ca tălpile bocancilor din uniforma Forţelor Aeriene. Îi plăcea mult mai mult să stea cu bunicile adoptive, desfătându-se cu pâinea Yaldei şi cu berea Zhilei.

Avea să le ducă grânele chiar dacă trebuia să se târască după fiecare sămânţă!

Se aşeză în genunchi, sprijinindu-se în mâini, şi începu să adune metodic, înfoindu-şi aripile pentru a se feri de soarele necruţător. În timp ce lucra, rememora lecția pe care i-o dăduse regina Cherubimă – aceea de a-și îngropa furia în pământ, acolo unde nu putea face rău nimănui.

-Mikhail! Mikhail!

Vocea fetei semăna așa de mult cu cea a soției sale, încât ar fi fost în stare să o strângă în brațe dacă nu ar mai fi fost certat o dată pentru aceeași greșeală. Gita alerga spre el, cu ochii ei cei negri cuprinși de panică.

Mikhail își umflă aripile, avertizând-o să păstreze distanța. Bărbații n-aveau decât să încerce să îl omoare sau să îl înjunghie pe la spate, dar atenția nedorită a femeilor îi atrăgea furia Ninsiannei, iar tăcerea ei suferindă era o rană pe care Mikhail nu o putea suporta. Învățase să transmită semnale clare către *toate* femeile care se apropiau de el.

Stai... departe... de mine.

-Căpetenia a zis să vii repede! gâfâi Gita. Gasurul a fost atacat.

Fata se apleca înainte, respirând greoi și scoțând la iveală o cutie toracică cu oase mult prea proeminente și o vânătaie urâtă. Nu era prima oară când Mikhail se întreba de ce familia Ninsiannei permitea ca cineva apropiat să trăiască într-o asemenea sărăcie.

-Și familia Needei? întrebă el.

Mama Ninsiannei provenea din Gasur, cel mai mic sat de pe teritoriul Ubaid.

-Părinții ei sunt bine, zise Gita. Arcașii au oprit atacul, dar inamicul le-a omorât șamanul și ucenicul de șaman. Au trimis un emisar care imploră ca Needa să se întoarcă. Sau măcar să o trimită pe fata ei în loc.

-Nu!

Îi era deja destul de greu să își găsească locul într-un *singur* sat, nici nu încăpea vorbă de două.

-Unde e căpetenia?

-Era în depozitul de cereale, supraveghea numărătoarea când a venit emisarul, zise Gita. Coincidența a făcut să fiu și eu acolo, ca să-mi depun *efa* de cereale, când a ordonat să fii găsit.

Mikhail se uită la coșul său, care cântărea două *efa*. Nu putea să zboare fără să verse semințele prețioase.

-Du-te, spuse Gita, ochii ei negri fiind foarte perceptivi. Mă asigur eu că ți se numără pentru rația zilnică.

Mikhail ezită. Nu avea niciun motiv să se încreadă în femeia aceasta pe care soția sa o displăcea din motive care nu îi fuseseră explicate niciodată, dar nu avea nici vreun motiv să *nu* se încreadă în ea; poate doar cu excepția faptului că părea atât de înfometată, încât ar fi putut să *mănânce* coșul în loc să îl ducă la destinație.

Privi către ceilalți săteni, care îi cercetau recolta cu invidie. Dacă era ca cineva să îi fure ce mai rămăsese din orz, măcar să fie fata cea uscățivă.

-Accept propunerea, zise Mikhail, așezând coșul în brațele întinse ale Gitei. *Efa* asta le e promisă Yaldei și Zhilei, nu e pentru depozitul comun.

-O să o duc la ele.

-Şi roag-o pe Yalda să îţi dea o parte din pâinea mea.

Se lansă apoi în văzduh, îmbrăţişând vântul, în timp ce fata se aşeză îngenunchi şi începu să strângă grânele rămase.

*

Casa căpeteniei era poziţionată strategic, faţă în faţă cu templul în care familiile mergeau în fiecare zi să se roage înainte de a scoate apă din fântâna sacră. Acolo o găsi pe soacra sa, care stătea lângă Gimal, emisarul din Gasur, şi se certa hotărâtă cu singura persoană pe care nu o putea convinge prin logica ei, dar nici nu o depăşea prin statutul de tămăduitoare, ca să îi poată spune pur şi simplu ce să facă.

Căpetenia...

-Trebuie să merg, spuse Needa, arătând către bărbatul de vârstă mijlocie care părea să îi semene.

-Familia ta e *aici,* insistă căpetenia. O să le trimitem rezerve şi satul lor o să îşi revină.

-Nu vreau să îi *abandonez,* aşa cum nu mi-aş abandona nici fiica!

-Au trecut douăzeci de ani, spuse căpetenia. De ce insişti să te întorci acum?

-Immanu? spuse Needa, privindu-şi soţul cu o expresie rugătoare.

-Cine o să aibă grijă de sătenii noştri cât lipseşti tu? zise Immanu, încercând să o convingă să rămână. Şi cine o să te protejeze pe tine cât eşti acolo? Nu au putut să îşi apere nici *propriul* tămăduitor, care acum e mort.

-Ninsianna poate să îmi preia sarcinile. Dacă l-a putut aduce pe *el* înapoi din ghearele morţii – arătă cu degetul spre cicatricea care stătea ascunsă sub cămaşa lui Mikhail –, atunci poate să vindece pe oricine.

Mikhail urmări conversaţia ascunzându-şi curiozitatea în spatele unei expresii indescifrabile. Soacra sa era dârză, mercurială, dar aceasta era prima oară când o vedea răzvrătindu-se *întocmai* cum o făcea de obicei Ninsianna.

-Asta nu schimbă cu nimic faptul că ai o responsabilitate faţă de satul ăsta, spuse căpetenia.

-Atunci fata ta? propuse Gimal, uitându-se fix la ei. Needa a jurat că o să se întoarcă dacă o să avem vreodată nevoie de ea. Îi e datoare Gasurului pentru pregătirea pe care a primit-o.

Immanu se întoarse spre Mikhail, cerându-i ajutorul din priviri.

-Ninsianna are greţuri matinale, spuse Mikhail. Şi de multe ori viziunile din timpul nopţii nu o lasă să doarmă destul. Îmi fac griji pentru ea.

-Încă nu simte copilul mişcând, zise Needa. Şi nu există niciun semn că fătul ar fi în pericol. O să fie în siguranţă *aici.*

Mikhail ştia că Needa avea dreptate. Dar asta nu însemna că îi convenea să îşi vadă soţia aplecată deasupra urnei şi golindu-şi stomacul în fiecare dimineaţă.

-Lăsaţi-mă să plec, se tângui Needa. Măcar ca să mă ocup de cei mai grav răniţi.

Immanu nu era genul de bărbat care să îi interzică ceva soției sale, dar Mikhail înțelegea punctul de vedere al căpeteniei. Ultimul atac le întinsese la maximum resursele. Chiar și cu ajutorul Ninsiannei, fusese dificil să facă față tuturor sătenilor răniți în luptă.

-Assur a avut *doi* tămăduitori după ultimul atac, zise Gimal, iar Gasur nu are *niciunul.* Immanu, ai depus un jurământ de sânge când ai luat-o pe ucenica tămăduitorului nostru. Ai de gând să îl încalci acum?

Immanu păru încurcat. Om sau Angelic, valoarea unui bărbat era dată de cuvântul său.

-Cât de departe e Gasur? interveni Mikhail.

-La două zile de mers, spuse Căpetenia Kiyan. Sus, în Munții Zagros.

O zi de mers înspre sud, o cursă cu feribotul pe Râul Hiddekel, iar apoi pe jos spre est, de-a lungul Micului Zab. Zburase în direcția aceea, dar nu se oprise niciodată în satele pe care le vedea din văzduh.

-Și dacă o duc în zbor? se oferi Mikhail. Dacă pot să îmi car *soția,* pot să îmi car și soacra.

Gura Needei se deschise și se închise, de parcă ar fi aparținut unui pește. Mereu spunea că e o nebunie ca Ninsianna să îl lase pe Mikhail să o care așa, în cer, dar îngrijorarea pe care o simțea acum pentru părinții ei îi depășea frica.

-Gasur a fost primul sat care a acceptat să antreneze arcași, îi aminti Gimal căpeteniei. Dacă ne lăsați baltă acum, s-ar putea să se rupă alianța.

Ajutor reciproc... înțelegerile prin care cei implicați se angajau să se ajute în vremuri de restriște erau o idee nouă în societatea Ubaidă. Oamenii râului aveau acorduri de negoț bine stabilite, dar să trimită *războinici* altundeva li se părea o chestiune complicată. Exista încă teama că războinicii trimiși să se antreneze în altă parte *azi* aveau să se întoarcă și să atace grânarul ce-i hrănise *mâine.*

Căpetenia se întoarse spre Gimal și încuviință sumbru.

-O să îi permit Needei să vină pentru trei zile, ca să aleagă o ucenică din satul vostru, spuse el. Voi o să trimiteți fata aleasă în satul nostru, pentru ca Needa să o învețe ce știe în ale tămăduirii.

-Și unde o să locuiască ucenica asta? protestă Immanu.

-O să îi asigur eu casa și masa.

Mikhail se forță să nu ridice o sprânceană. Faptul că liderul satului prefera să antreneze tămăduitoarea *altcuiva* în loc să riște să o piardă pe a sa spunea multe despre cât de importantă era Needa.

Mikhail întrezări o oportunitate.

-Că tot veni vorba despre asta, poate ar fi bine ca Needa să antreneze și câțiva tămăduitori *Assurieni,* ca să nu mai fie copleșit tot satul dacă avem vreo bătălie. Nu am amintiri prea clare privind spitalele de pe navele noastre, dar sunt sigur că aveam cel puțin trei *dochtúiri,* ăă... tămăduitori... și șase asistente.

Căpetenia păru gata să se sufoce, dar Immanu, omul de stat veşnic priceput, interveni imediat:

-Asta i-ar da Needei un motiv *bun* să se întoarcă...

Surâse sfios.

-... în caz că s-a săturat de oasele mele bătrâne.

Tonul îi era glumeţ, însă privirea părea să spună că se temea ca nu cumva soţia sa să îşi dorească să *rămână* în Gasur.

-O să îmi adun lucrurile şi apoi *tu,* zise Needa arătând spre Mikhail, o să mă duci acolo, fiule.

-E prea târziu ca să pornim la drum în seara asta, spuse Gimal. O să plecăm mâine dimineaţă.

-*Tu* o să pleci mâine dimineaţă, zise Needa. *El* o să mă ducă chiar acum. Răniţii nu pot să aştepte!

Mikhail îşi reprimă un zâmbet. Să se ocupe Siamek de războinici! Poate aşa avea şi Jamin să îşi mişte odată fundul şi să îşi *ajute* fostul locotenent, în loc să critice tot ce făcea *el.* O urmă pe Needa afară ca un câine mare şi înaripat, bucuros să scape de răfuiala politică.

Cât Needa merse spre casă pentru a-şi aduna tincturile şi ierburile, Mikhail zbură pe deasupra satului, căutând-o pe Ninsianna. O găsi la râu, unde spăla rufele familiei. Ateriză lângă ea şi o stropi, fără să îi pese de apa care îi intra în cizme.

-M-ai udat toată! râse Ninsianna.

Îl stropi şi ea la schimb, lăsându-i o pată umedă pe partea din faţă a cămăşii.

Picăturile de apă străluceau pe obrajii ei asemenea unor explozii mici de stele. Mikhail nu se pricepuse niciodată prea bine la cuvinte, aşa că pur şi simplu o îmbrăţişă, căutând un sărut. Îşi înfăşură braţele în jurul ei, protejând-o pe cea căreia îi jurase că o va iubi până la moarte...

„*... şi dincolo de ea...* " şopti o voce firavă din adâncul subconştientului său.

-S-a întâmplat ceva? chicoti Ninsianna în timp ce el îi săruta gâtul.

-Căpetenia m-a rugat să o duc pe mama ta în Gasur, răspunse el. Negustorii de sclavi au atacat satul.

-Bunicii mei...

-... sunt bine, spuse Mikhail. Dar Gasur şi-a pierdut *ambii* tămăduitori. Tatăl tău se teme că mama ta nu ar fi în siguranţă dacă s-ar duce singură acolo.

Ninsianna îşi împreună sprâncenele întunecate.

-Şi dacă atacă din nou?

-O să o apăr eu.

-Mereu atacă sub protecţia nopţii, zise ea. Şi ştim că se întorc ca şacalii să atace din nou satele deja răvăşite.

-Atunci o să am ocazia să îi omor eu pe ei, spuse Mikhail.

Ninsiannei începu să îi tremure buza.

-Şi dacă mai am vreun coşmar?

Mikhail o strânse mai aproape, purtându-şi buzele pe pleoapele ei. Dacă ar fi putut să o scape cumva de această povară şi să preia *el* profeţia cu care o tulbura zeiţa...

-Pot să mă întorc în fiecare seară şi să zbor înapoi înainte de răsărit, *mo ghrá*.

Aerul se umplu de energie electrostatică, făcându-i penele să se ridice.

-Trebuie să *rămâi* în Gasur.

Ochii *Ninsiannei-Cea-Care-Este* străluciră în nuanţe alb-aurii.

-Morţile astea sunt un dar pentru tine, Sabie a Zeilor. Se va duce şi în celelalte sate vestea că Assur a sărit în ajutorul Gasurului.

Strălucirea interioară se disipă, făcând din nou loc nuanţei subtile de auriu pe care o aveau, de obicei, ochii Ninsiannei. Când puterea îi părăsi trupul, fata se dezechilibră şi se sprijini de *el* pentru a nu cădea în apa râului.

-Mergi! îi ordonă ea. Aşa o să ai ocazia să *arăţi* de ce sunt bune tratatele de „ajutor reciproc" ale semenilor tăi. Iar dacă se întoarce roata şi suntem şi *noi* atacaţi, o să avem parte de bunăvoinţă.

-Cum vrei tu, spuse Mikhail, sărutând-o tandru. O să mă întorc acasă în trei zile.

Se desprinse din îmbrăţişarea ei şi se lansă în aer, cu un fâlfâit de aripi care învolbură apa râului şi îi udă iubita din cap până în picioare. Curenţii puternici de aer îi învăluiră aripile, şoptind cuvinte dulci penelor sensibile şi ademenindu-l să zboare tot mai sus.

Un zgomot ascuţit pătrunse aerul, urmat de un răspuns asemenea. Mikhail privi perechea de vulturi enormi care patrula în văzduh, semn că zeiţa veghea asupra satului lor. Oh! Cât de mult îşi dorea să îşi poată petrece fiecare zi zburând la fel ca ei, eliberat de orice altă grijă în afară de aceea de a o face pe Ninsianna să zâmbească.

-Aveţi voi grijă de ea cât lipsesc? întrebă Mikhail păsările.

Masculul, ceva mai mic decât femela, ciripi solemn, mânat probabil de acelaşi impuls de a zbura pe care îl simţea şi *el*. Femela, însă, era mult mai concentrată. Cu un strigăt certăreţ, aceasta se năpusti în apa râului şi ieşi cu un peşte în cioc.

Mikhail zâmbi. Dacă existau creaturi care să semene cu el şi Ninsianna, cu siguranţă vulturii erau acelea.

Desprinzându-se de adierea vântului, Angelicul se întoarse în satul de pe deal.

Needa îl aştepta în faţa casei, vizibil stresată; era însă clar că nu avea de gând să îşi recunoască frica. Lângă ea stăteau mult mai multe coşuri decât ar fi fost înţelept să care; nici măcar aripile lui *enorme* nu puteau duce o asemenea greutate.

-Semăn cumva cu un animal de povară? întrebă Mikhail.

-Animal de povară, războinic, păstor şi fermier, îl admonestă Needa. Acum nu te mai plânge, răniţii nu pot să aştepte!

Ochii ei negri aveau aceeaşi alură impunătoare pe care o moştenise şi fiica sa.

-Da, mamă, spuse Mikhail. Dar crezi că ai putea să mai laşi ceva spaţiu ca să pot să te car şi pe *tine?* Se prea poate că tămăduitorii Gasurului să fie morţi, dar mă îndoiesc că cei care i-au atacat le-au furat şi bandajele din cămară.

Cu un mormăit care dădea de înţeles că nu îl putea contrazice, Needa lăsă la o parte şapte sau opt dintre legăturile pregătite. După ce restul pachetelor fu prins cu atenţie de Angelic, Needa făcu câţiva paşi înapoi, rigidă ca un general.

-Dacă mă scapi, spuse ea, aruncându-i o privire aspră, o să-ţi arăt o eternitate întreagă ce înseamnă să nu te înţelegi cu soacra ta.

-Da, mamă, răspunse Mikhail, zâmbindu-i spăşit.

Înainte să îl mai poată certa, Angelicul o ridică în aer, purtând-o, printre urlete, către satul în care se născuse.

Capitolul 12

Data Galactică Standard: 152,088.03
Haven-1
Micul Lucifer – 5 ani

Cu 235 de ani în urmă...

MICUL LUCIFER

„Lucifer..."

Mirosul de ozon îmi umple camera, făcându-mi părul să se ridice aşa cum se întâmplă de fiecare dată când mama îmi freacă un balon de cap. Stau sub pătură, prefăcându-mă că încă dorm, în timp ce tata se materializează într-un vârtej de lumină alb-aurie. Tata poate să poarte orice vrea; e *zeu*, până la urmă! Dar în dimineaţa asta apare într-un halat de baie şi papuci, de parcă şi el ar mai avea nevoie de somn. Îmi închid ochii şi îmi potolesc aripile.

-Lucifer, trezeşte-te. Ştii ce zi e azi?

Încerc să nu chicotesc. Tata are felul lui de a mă zăpăci, transferând parcă energia *lui* asupra *mea,* pentru ca apoi să avem împreună de trei ori mai multă energie decât ar avea fiecare dintre noi de unul singur. Tata spune că sunt ca o oglindă; el e soarele, iar eu, luna, şi prin simpla mea prezenţă pot să fac lumina lui să strălucească şi mai intens.

-Lucifer, ştiu că eşti treaz. Dacă îţi mai strângi mult ochii, o să rămână blocaţi aşa şi o să trebuiască să îţi fac unii *noi,* cum le-am făcut şi baguinilor de pe Avior-3.

-Nu!

Îmi dau seama că am fost păcălit imediat ce cuvintele îmi alunecă de pe buze. Îmi acopăr faţa cu o aripă, dar nu pot să îl păcălesc pe tata! El ştie totul!

-Vezi? Ştiam că eşti treaz, spune el, frământându-şi mâinile. Haide, fiule. N-ai vrea să îţi ratezi propria zi de naştere, nu?

Dau păturile la o parte şi mă ridic.

-Putem să mâncăm tort la micul dejun ?

-Putem să mâncăm orice vrei tu. Inclusiv îngheţată cu sirop pe deasupra.

-Poate să vină şi mama?

Tata amuţeşte. Se uită la uşa care duce spre camera mamei. Ea e cea care mă trezeşte de obicei pentru micul dejun, însă în fiecare an de ziua mea se retrage în camera ei şi încuie uşa. Mă întristează să o văd supărată, de parcă supărarea ei ar fi supărarea mea, dar nu o înţeleg.

-Poate ar fi mai bine să o lăsăm singură pe mama ta, *réalta maidin*?

-Dar anul *trecut* ai promis că anul *ăsta* o să stea şi ea cu noi de ziua mea!

Tata pare să se simtă vinovat.

-E cel mai bine să o lăsăm singură.

Aripile îmi foşnesc.

-Vreau ca mama să mănânce prăjitură şi să fie fericită, nu să stea în camera ei şi să plângă.

Tata oftează.

-Ţi-am promis asta anul trecut, nu-i aşa?

-Da, spun eu, privind către uşa ei. Poţi să o faci să iasă?

-Eu sunt *ultima* persoană pe care vrea să o vadă, dar poate dacă încerci *tu...*?

Înaintez spre uşa în spatele căreia mama se ascunde zile la rândul. În ultima vreme, am început să am idei ciudate. Oare mama e tristă din cauza *mea*? De asta nu suportă nici să se uite la mine când se întristează?

-Mama! spun bătând la uşă. Poţi să ieşi, te rog?

Nu vine niciun răspuns. Niciodată nu vine dacă mama se refugiază în cameră.

-De ziua mea nu vreau decât ca *tu* să ieşi şi să mănânci tort.

Nu răspunde, aşa că adaug:

-Doar o felie.

În spatele uşii, aud foşnăitul unor aripi, dar în încuietoare nu se învârte nicio cheie. Tata îmi pune mâna pe umăr:

-A meritat să încerci, fiule. Poate la anul?

În mine capătă proporţii un gând îngrozitor, mult mai copleşitor decât poveştile tatei despre Împăratul Shay'tan. Îmi folosesc „darul", cel despre care mama spune că trebuie să îl ţin secret faţă de tata; proiectez imaginea în voce.

-Te rog, mama, spun cu glas tremurător. Eşti tristă din cauza *mea*?

Uşa se deschide, dar fiinţa care apare în prag nu seamănă deloc cu mama. Mama mea e frumoasă, are aripi negre şi o piele atât de albă, încât pare să împrumute ceva din marmura Palatului Etern. Creatura aceasta tristă are părul vâlvoi, ochii umflaţi, iar aripile îi atârnă pe podea.

Îmi atinge chipul.

-O să încerc, fiindcă te iubesc mai mult decât orice pe lume, spune ea şi îl priveşte acuzator pe tata. Chiar mai mult decât pe tatăl tău.

Tata tresare.

-Doar o felie de tort, spune el. Pentru fiul tău.

Îmi strecor mâna într-a ei.

-O să te distrezi, mama. Promit.

Câtă vreme eu fusesem ocupat convingând-o pe mama să iasă, tata îşi schimbase înfăţişarea. De obicei, adoptă un aspect ciudat, de bărbat cu părul alb şi sălbatic şi sprâncene atât de groase, încât arătau ca nişte omizi; pentru mama, însă, preferă o înfăţişare mai tânără, cu părul gros şi negru, dar şi câteva şuviţe gri, suficiente cât să îl facă să pară mai înţelept. Odată, am întrebat-o pe mama de ce tata se preface mai tânăr pentru ea, dar mi-a zis să tac. Băieţii politicoşi, mi-a spus ea, nu pun astfel de întrebări despre Împăratul şi zeul lor.

Mergem spre uşa despre care tata spune că nu trebuie să o deschidem niciodată. Două gărzi Cherubime stau de pază în dreptul ei, pentru a ne ţine în siguranţă. Tata nu vorbeşte niciodată despre lucrul de care trebuie să fiu apărat – şi care o face pe mama să plângă -, dar eu cred că ştiu. De multe ori, tata se întoarce seara blestemându-l pe Împăratul Shay'tan, zeul său rival. Oi fi având doar cinci ani, dar nu sunt prost.

-Majestatea Voastră, se înclină gărzile Cherubime, splendide în armura lor. Cum se simte tânărul nostru prinţ în dimineaţa asta?

-Sunt bine, Maestre Higahaki, spun eu, făcând o plecăciune în faţa lui şi a Maestrului Guyjin. E ziua mea astăzi!

-Aşa am auzit, tinere prinţ, răspunde Maestrul Higahaki.

Desi tata zice că are miliarde de subiecţi, singurii pe care îi văd eu sunt tata, mama şi gărzile Cherubime. Oh! Şi Dephar, dragonul Muqqibat cel ursuz care nu pare niciodată mulţumit, *indiferent* de cât de mult mă strǎduiesc să îmi învăţ lecţiile.

-Aţi asigurat clădirea? întreabă tata.

-Protecţie completă, răspunde Maestrul Guyjin. Maestrul Yoritomo *însuşi* a supravegheat evacuarea palatului.

-Bine, spune tata. Vino, Lucifer. Astăzi o să iei micul dejun în Sala Mare a Statului.

În ultima vreme, am tot sperat să ies afară, să mă joc în grădina tatei şi să zbor pe crengile înalte ale Copacului Etern. Dar ideea de a mânca prăjitură în Sala Mare e un cadou aproape la fel de bun ca faptul că vine şi mama cu mine. Fâlfâi nerăbdător din aripi, iar picioarele mi se ridică de pe sol.

Sala Mare a Statului e atât de lungă, încât tronul tatei pare să fie doar un punct mic la capătul camerei. Pe tavan sunt pictate fresce frumoase, iar încăperea e susţinută de piloni albi. În centru, masa uriaşă găzduieşte un festin elaborat, fiind gata să cedeze sub greutatea tuturor felurilor de mâncare posibile.

Bat din palme. Asta e cea mai bună zi de naştere pe care am avut-o vreodată!

-O să mă înveţi să joc şah galactic astăzi? îl întreb pe tata. Ai promis că o să mă înveţi când cresc destul de mare.

-Încă eşti prea mic ca să te implici în intrigile zeilor, răspunde el. Poate în câţiva ani, când eşti mai mare.

Îmi potolesc dezamăgirea cu cârnaţii graşi care îmi apar pe farfurie. Mama se joacă cu ouăle din faţa ei, făcându-i mai degrabă piure, în timp ce tata se *preface* că mănâncă, deşi zeii nu au nevoie de hrană de muritori. În timp ce mănâncă, sprâncenele i se fac albe şi stufoase, ca două omizi care i se caţără pe frunte. Îmi reprim un chicotit. Mai devreme sau mai târziu, înfăţişarea favorită îi revine la suprafaţă, detaliu cu detaliu, ori de câte ori încearcă să se prefacă mai tânăr.

Un tort enorm apare pe mijlocul mesei. Cu inima plină de fericire, îmi pun o dorinţă şi suflu în lumânări.

-Ce dorinţă ţi-ai pus, *réalta maidin*? întreabă tata.

-Mi-am dorit ca tu şi mama să vă căsătoriţi.

Mama izbucneşte într-un plâns sugrumat. Îmi dau seama imediat că am spus ceva greşit.

-Dar tata te iubeşte, spun eu. Chiar o iubeşti pe mama, nu-i aşa, tata?

-Ştii că da, spune tata, întinzându-se peste masă ca o să ia de mână.

Întregul ei corp e străbătut de durere. Un sentiment copleşitor cuprinde aerul. Mă simt de parcă tocmai s-a aşezat cineva pe pieptul meu.

-Asherah! spune tata. Trebuie să te opreşti!

Un vid enorm şi dureros îmi frânge inima. Un cântec caută răspuns, dar nu-l găseşte.

-*Tu* ai făcut asta! spune mama, arătând spre tata. Tu şi jocurile tale de şah!

Mă lupt să trag aer în piept, însă o emoţie necunoscută mie, furia, îmi ia cu asalt venele, contopindu-se cu tristeţe şi suferinţă, dar şi cu o sete îndreptată spre ceva atât de puternic, încât emoţia capătă viaţă proprie. Cad la podea, frământându-mi pieptul şi dând uşor din aripi, răpus de acest amestec teribil de trăiri.

-Ahserah! strigă tata. Uite ce îi faci fiului nostru.

Mama zboară spre ieşire, tânguindu-se.

Tata îngenunchează lângă mine, murmurând alinări.

-Îmi pare rău! suspin eu. Nu am vrut să o fac să plângă.

-Nu e vina ta, chiar nu e, spune el, uitându-se spre uşa prin care tocmai a fugit mama. Hai, ce-ar fi să te învăţ să joci şah galactic azi? E important ca un prinţ să înveţe să îi depăşească în gândire pe rivalii săi.

Gărzile Cherubime se despart, făcându-ne loc să înaintăm spre aripa cea mai ascunsă a clădirii, cea care dă înspre grădină. Trecem prin două uşi bogat ornamentate. Încăperea nu este iluminată, dar în centrul ei se învârte replica în miniatură a unei galaxii, fiecare stea fiind reprezentată printr-un singur pătrat. Tabla de şah îngână cu o energie care o face să pară vie, de parcă într-adevăr ar *fi* galaxia noastră, nu doar o reprezentare a ei.

-E frumoasă, şoptesc eu.

-Într-o bună zi, spune tata, înaintând spre partea pe care stelele strălucesc în nuanțe luminoase de albastru, toate astea o să îți aparțină ție.

În mâna lui se ivește un sistem solar în jurul căruia se învârt douăsprezece planete, de parcă ar fi adevărat. Tata atinge o planetă la întâmplare, mărind-o, apoi o atinge iar, concentrându-se asupra unei singure încăperi de pe suprafața ei. În camera aceea, oamenii își continuă activitățile de zi cu zi.

-Tu poți să vezi tot, tata?

-Doar ce vrea Cea-Care-Este să văd.

Face semn spre o pictură murală care înfățișează creatura frumoasă, cu aripi translucide, al cărei portret împodobește fiecare cameră din palat.

-Atâta vreme cât mă aflu pe tărâmul material, există anumite *reguli* privind puterea pe care am voie să o mânuiesc.

-Din cauza Celei-Care-Este?

-Nu, spune tata, arătând peretele din partea opusă. Din cauza LUI.

Privesc îndelung peretele închis la culoare, atât de negru încât lumina nu îl poate atinge. În întuneric se prefigurează o siluetă. Musculos și frumos, zeul cu aripi ca de liliac care privește din zid nu pare malefic, ci pur și simplu crispat.

-Cine e, tata?

-Cel-Care-Nu-Este, șoptește tata, de parcă simpla *menționare* a numelui LUI i-ar putea dezlănțui furia. Lordul Întunecat. Soțul Celei-Care-Este.

Ating peretele, curios să aflu ce se ascunde în spatele voalului. Spre marea mea surpriză, acesta se îndoaie sub atingerea mea. Vibrația care reverberează sub degetele mele este diferită de cea a galaxiei în miniatură care se învârte în încăpere; e mai veche, mai puternică, și totuși se simte de parcă ar fi parte din cea dintâi. În mintea mea răsar imagini – deloc îngrozitoare, cum m-aș fi așteptat, ci mai degrabă marcate de curiozitatea că îl pot vedea.

„Luciferi ... Iam vos can animadverto in tenebris?"

În întuneric întrezăresc o tablă de șah *și* mai mare, pe care galaxia *aceasta* e înfățișată printr-un simplu pătrat, la fel cum pe tabla tatei găsesc sistemele solare și planetele. Tata și Shay'tan sunt piese în jocul pe care EL îl joacă împotriva Celei-Care-Este.

-Lucifer! exclamă tata, trăgându-mă înapoi. Nu îl atinge! O să *mori!*

Viziunea se destramă. Privesc îndelung peretele negru că tăciunii, sperând că *EL* va reapărea, însă nu o mai face.

-Vino, prințul meu, spune tata, arătând peretele pe care e pictat un dragon enorm. Într-o bună zi, acesta va fi imperiul *tău*, și va fi sarcina ta să îl ții pe Shay'tan la distanță.

Pe tabla de șah care se învârte, unele piese, care reprezintă tărâmurile stăpânite de Shay'tan, au o strălucire roștiatică, iar altele sclipesc în nuanțe de albastru, căci îi aparțin tatei. Cele mai multe dintre stelele de pe margine sunt albe, pentru că nu le-a revendicat nimeni, dar între stelele albastre și cele roşii se mai află un grup gri, la fel ca ochii mei. Una dintre stelele acelea pare să mă atragă – e atât de strălucitoare, încât le eclipsează pe toate celelalte.

-Ale cui sunt astea? întreb, întinzându-mă spre strada etichetată „*Tyre*".

Deodată, apare un sistem solar cu şapte planete. Cu o răsucire a mâinii, tata mută sistemul solar pe tabla mică, aşezată sub portretul Împăratului Shay'tan. Îmi face semn să mă aşez. Dintr-un motiv sau altul, expresia lui vulturească mă face să mă cutremur.

-Acesta este Tyre-4, spune tata, arătând una dintre lumi. Un lider rebel şi-a poziţionat trupele aici şi încearcă să convingă forţele Alianţei mele să dezerteze. Spune-mi, Lucifer, dacă ai fi în locul meu, tu cum te-ai descurca cu el?

În privirea tatălui meu se citeşte o ostilitate pe care nu am mai văzut-o până acum; ochii săi aurii trec prin mine, de parcă *eu* aş fi trădătorul. Eu? La cei cinci ani ai mei?

-Huleşte? întreb cu buza tremurândă.

-Da, şuieră tata.

-De ce nu trimiţi Leonizii?

Nu am întâlnit niciodată un Leonid în carne şi oase, dar Dephar m-a învăţat despre cele patru ramuri ale armatei tatălui meu, iar ei par să fie cei mai puternici.

Tata face semn către pictura murală care îl înfăţişează pe Împăratul Shay'tan.

-Liderul acesta rebel a ales o poziţie suficient de apropiată de Imperiul Sata'anic încât să îl facă pe Shay'tan să riposteze dacă îmi trimit armata. Deci spune-mi, Lucifer, *tu* cum ai scăpa de trădător?

Ochii tatălui meu ard în nuanţe de roşu-cărămiziu. Arunc o privire în spate, întrebându-mă dacă a mai intrat cineva în cameră, dar descopăr sunt doar *eu*.

-De-de ce nu trimiţi un asasin să îl omoare?

Tata *pretinde* că se bazează pe justiţie ca să îşi rezolve conflictele, dar acum câteva luni m-am furişat în biblioteca lui Dephar şi am furat una dintre cărţile lui de istorie, în care am găsit poveşti despre „*tăierea capului şarpelui*". Dephar nu ştie că înţeleg cărţilea alea vechi şi mucegăite, iar mie mi se pare că lecţiile pe care le fac cu el în fiecare zi sunt teribil de plicticoase. În fiecare noapte, după ce pleacă Dephar, încep să explorez *singur* bătăliile tatei, aflând şi despre numeroasele lupte care nu apar în cărţile de istorie obişnuite.

-Nu pot! şuieră tata. A apărut o complicaţie.

-Ce complicaţie?

Îmi tremură buza. De când mă ştiu, tata nu a ridicat niciodată vocea, dar acum, când se uită la mine, mă simt de parcă nu m-ar vedea pe *mine,* ci pe liderul acela rebel.

-Mama ta! spune tata, tronând deasupra mea cu o înfățișare foarte diferită de cea cu care am crescut.

Izbucnesc în plâns.

Pe hol se aud zgomote. Deodată, cineva trântește ușa de perete.

-Să *nu* îndrăznești să îmi implici fiul în intrigile tale! strigă mama. Are doar cinci ani!

Zboară de-a lungul camerei și mă ia în brațe –brusc, nu mai e biata creatură tristă care a fugit suspinând în camera ei, ci un șoim feroce, gata să îi scoată ochii tatei. Mă trage în fața peretelui aceluia întunecat.

Furia se șterge treptat din privirea tatei.

-Pur și simplu îl învățam să joace șah galactic, oftează el. Era singurul cadou pe care îl mai aveam la dispoziție după ce *tu* i-ai stricat ziua de naștere.

Mama mă strânge la piept atât de tare, încât îmi turtește aripile. Așa cum darul *meu* este să văd ce gândesc ceilalți când vorbesc, darul mamei e să *simtă* adevărul care se ascunde în inimile lor… mai ales a mea. Oricât de departe m-aș afla sau cât de nesemnificativă ar fi întâmplarea care mă face să o chem în ajutor, mama vine întotdeauna. Chiar dacă trece chiar atunci printr-unul din episoadele ei de suferință.

Tata ridică sistemul solar argintiu și îl așază înapoi lângă restul galaxiei. Îmi dau seama că are o viață solitară, căci își petrece întreaga eternitate fără vreo creatură suficient de inteligentă încât să îl stimuleze. Singura excepție sunt meciurile săptămânale de șah împotriva Împăratului Shay'tan.

-Dacă vrei să îl înveți să joace șah, spune mama, învață-l să joace împotriva *lui* – arată pictura murală a dragonului mare și roșu. Nu a…

Nu spune pe *cine* sunt atât de supărați, dar până și *eu* sunt suficient de isteț încât să îmi dau seama că vorbește despre liderul ăsta rebel. Promit că nu o să îl dezamăgesc *niciodată* pe tata așa cum l-a dezamăgit liderul rebel! Niciodată!

Pufnind indignată, mama mă trage spre ușă, lăsându-l pe tata singur cu tabla lui de șah. Privesc pictura murală a dragonului mare și roșu, cel care Lordul Întunecat mi-a arătat că nu e nimic altceva decât un pion. Aripile mi se înfioară, cuprinse de entuziasm. Tata o să mă învețe să mă lupt cu a doua cea mai inteligentă creatură din galaxie după el!

Nu pot să nu mă întreb: oare cum e *cu adevărat* Împăratul Shay'tan?

Capitolul 13

Data Galactică Standard: 152,323.09 D.Î.
Imperiul lui Sata'an: Hades-6
Împăratul Shay'tan

În prezent...

SHAY'TAN

-Aaa-a-a-ah... ce bine e!

Shay'tan îşi mişcă cingătoarea în aşa fel încât Arrakis să poată masa crampele care îl supărau la creasta dorsală.

-Aaah, chiar acolo!

Celelalte soţii ale sale chicotiră. Cu o zvâcnire exagerată a cozii, el le invită să se caţere pe spatele său şi să îşi înfigă picioarele în muşchii care îl dureau.

Unii se întrebau *de ce* un asemenea dragon bătrân avea nevoie de patruzeci şi şase de neveste, cu atât mai mult cu cât, în forma lui preferată, era prea mare pentru a se împerechea cu oricare dintre ele; dar existau mult mai multe metode prin care Shay'tan se putea bucura de plăcerile căsniciei decât simpla copulaţie.

Îşi unduie coada în aşa fel încât să poată mângâia obrazul unei alte soţii, Thuban, iar apoi o purtă în jos, pentru a o plesni peste fund.

-Lordul meu! chicoti Thuban.

Restul soţiilor urmară exemplul lui Arrakis şi se căţărară pe spatele său, masându-i fiecare centimetru din corp, inclusive aripile acoperite de piele. Ah... era atât de bine! Uneori, pur şi simplu *iubea* să fie zeu.

-Un pic mai la stânga, Giansar, îşi îndemnă el cea mai nouă soţie, o Maridă frumuşică, cu pielea albastră, provenită dintr-o colonie pe care Shay'tan tocmai o smulsese din Confederaţia Marizilor Liberi. Împinge călcâiele mai adânc!

Cu un murmur satisfăcut, închise ochii şi îşi planifică următoarele 50 de mutări. Acum că Hashem scosese capul de la cutie, reîncepuse cursa menită să stabilească ce imperiu avea să facă rost de resurse de pe tărâmul oamenilor. Dar, în vreme ce Hashem nu avea nicio *idee* unde se afla Pământul, Shay'tan deja ridicase o tabără externă acolo.

Izbucni în râs – un sunet grav, ca un huruit, care făcu palatul să se cutremure până în străfunduri.

-Ce te bucură aşa de tare, Lordul meu? întrebă Edasich, cea mai atrăgătoare dintre soţiile lui Shay'tan; un specimen perfect din punct de vedere genetic. Un specimen perfect *modificat* genetic, chiar dacă *ea* nu știa asta.

-Am trimis pe flotă toate facilitățile care mi-au trecut prin cap ca să mă asigur că ființele umane nu o să vrea sub nicio formă să fie de partea lui Hashem... *inclusiv* chiuvete de bucătărie!

-Ești etern în înțelepciunea ta, Lordul meu, spuse Edasich.

Poate nu era chiar cea mai inteligentă dintre soțiile sale, dar ah, făcea o treabă grozavă când venea vorba de cârcei!

Din pieptul lui Shay'tan răzbătu un murmur mulțumit, dând impresia că dragonul ar fi fost, de fapt, o felină gigantică, lungă de optsprezece metri, cu solzi roșii și... aripi. Aproape că putea *vedea* înaintea ochilor expresia pe care o avusese Hashem când se văzuse obligat să își trimită supersoldații modificați genetic împotriva rasei primordiale.

Sunetul ușii care se deschise și se închise îl distrase de la plăcerile sale.

-Da? mârâi Shay'tan, nu tocmai încântat de faptul că era deranjat.

-Eminența Voastră, i se adresă bătrânul scrib cu un glas timid și slab. A sosit Ministrul Agriculturii, după cum ați ordonat.

-Foarte bine, mormăi Shay'tan. Trimite-l înăuntru.

Soțiile se dădură jos de pe spatele lui, reașezându-și voalurile. Cea mai nouă dintre ele, Giansar, ezită, nefiind încă obișnuită să își acopere chipul. Soția-șefă, Arrakis, o mustră.

Izbucnind într-o rafală de chicoteli, toate cele patruzeci și șase de neveste ieșiră în fugă din încăpere, lăsându-l pe Shay'tan să își rezolve treburile de împărat. Cu un mormăit provocat mai degrabă de cât de copleșit de treburi era decât de durerile fizice, acesta se ridică și îmbrăcă robele decorate cu o multitudine de nestemate.

Ministrul Agriculturii, Utbah, păși înăuntru, luând poziția de drepți, cu coada strânsă formal într-o parte. Venise îmbrăcat în uniformă, o uniformă care îl cam strângea în jurul burții, căci șopârlele Sata'anice aveau tendința să se îngrașe odată ce ajungeau la vârsta mijlocie. Altfel, avea o înfățișare demnă și gusta aerul cu limba sa bifurcată. Pe piept, Utbah își afișa mândru medaliile pe care le primise chiar de la Shay'tan pentru curajul său, împreună cu eșarfa de mătase, ornată cu nestemate, care îl distingea drept membru al castei superioare din societatea Sata'anică.

-Puteți să vă apropiați, mormăi Shay'tan. Ce ați găsit?

-Dacă Ba'al Zebub chiar depășește limita acceptată de 10% corupție, eu n-am reușit să îi dau de urmă.

-Deci e curat? respiră Shay'tan ușurat.

Ba'al Zebub era unul dintre consilierii săi de încredere, sau cel puțin așa *fusese* până când un sentiment vag de nesiguranță îl făcuse pe Shay'tan să analizeze lucrurile mai atent.

Utbah ezită, cu ochii verzi-auriu fixați asupra podelei, de parcă ura gândul că el era cel care trebuia să aducă veștile proaste.

-Dați-i drumul, mârâi Shay'tan.

-E doar o bănuială, spuse Utbah. Nimic concret. Și nu am găsit nimic legat de Lordul Zebub.

O dată, de două ori, de trei ori limba lui Utbah țâșni în afară, gustând aerul – gestul instinctiv pe care șopârlele Sata'anice îl făceau atunci când nu prea știau cum să interpreteze ceva.

-Ultima oară când ați avut o bănuială de felul ăsta, spuse Shay'tan, m-ați avertizat că în Al Treilea Imperiu al lui Shemijaza ajung resurse care nu ar avea cum să provină din galaxia aceasta. Deci spuneți-mi la ce vă gândiți.

-Nu sunt vreun expert în industria și manevrarea trupelor, spuse Utbah. Dar unul dintre lucrurile la care *chiar* mă pricep e natura ciclică a recoltelor. Conform rapoartelor din vistieria dumneavoastră, nu a dispărut niciun penny de tribut în mai bine de 35 de ani.

-Niciun fel de corupție? rânji Shay'tan, dezgolindu-și dinții.

Ciubucurile erau un rău necesar, care făcea comerțul să curgă mai ușor. În plus, serveau drept un pretext bun să *scapi* de cineva odată ce devenea inutil, acuzându-l de corupție. Lipsa corupției însemna mai mulți bani pentru *el*.

Dar sentimentul acela straniu, care nu îl trăda niciodată și care nu-i dădea pace de când Ba'al Zebub nu fusese de acord cu el în privința vânzării oamenilor, îi umbrea încântarea. Shay'tan se mândrea cu cât de bine înțelegea natura umană. Ciubucurile erau o formă de catharsis pentru cei care puneau lucrurile în mișcare, oferindu-le senzația că îl lucrau pe la spate pe bătrânul dragon, chiar dacă, de fapt, se înșelau amarnic. La baza comportamentului uman stătea lăcomia.

-E mai mult decât atât, Eminența Voastră, spuse Utbah, iar coada sa reveni în poziție formală. Pentru ca nivelul acela de tribut să se mențină, ar fi fost nevoie ca planetele de sub protectoratul dumneavoastră să nu aibă niciodată parte de vreo recoltă slabă.

-Ceea ce e o dovadă a excelentelor abilități de lider pe care le aveți, murmură Shay'tan pe un ton mulțumit.

Îi dăduse mână liberă lui Utbah să își pună în aplicare teoriile privind agricultura. Nu își regreta decizia.

-Nu există așa ceva, zise Utbah. Programul meu de recoltă e bun, dar nici măcar Cea-Care-Este nu ar putea produce *asemenea* cantități.

-Stăpânesc milioane de teritorii, răspunse Shay'tan. Poate doar s-au așezat lucrurile în balanță.

-Nici măcar *un singur* tributar nu a avut probleme din cauza vremii capricioase sau a dezastrelor naturale.

Sentimentul neplăcut crescu în intensitate, făcând ca stomacul lui Shay'tan să ghioraie drept răspuns la starea emoțională prin care trecea. Dragonul se ridică în picioare, vrând să își aline disconfortul, și își strânse aripile la spate.

-Ce insinuați?

-Tocmai asta e ideea, domnule, spuse Utbah. Nu știu *ce* să cred. Un singur lucru îmi e clar: cu cât o planetă a fost cucerită mai recent, cu atât mai ridicole i-au fost recoltele.

Shay'tan își scărpină bărbia cu ghearele. De ce i-ar da tributarii mai *mulți* bani decât îi datorau? Nu avea niciun sens!

-Suspectați că Ba'al Zebub ar avea vreo legătură cu asta?

-Nu vreau să fac nicio acuzație fără dovezi, zise Utbah, aducându-și coada încă o dată în partea dreaptă. În punctul ăsta, nu am nicio dovadă pentru nimic. Doar suspiciunea că astfel de recolte sunt fără precedent.

Coada lui Shay'tan tresări. Nu erau prea multe lucruri care să se întâmple în Imperiu fără cunoștința lui Ba'al Zebub. Ciubucurile pe care le împărțea erau ușor de detectat, căci duceau către o vacanță pe care o petrecuse acasă fără ca Shay'tan să știe și către comoara pe care o ținea ascunsă în seiful de pe nava diplomatică. Pe de altă parte, până și *el* fusese rupt de lucrurile care se petreceau în Al Treilea Imperiu al lui Shemijaza, un mic experiment enervant de democrație pe care Shay'tan îl tolerase doar ca să îi dea peste nas lui Hashem.

Din nefericire, Hashem se descotorosise de planeta rebelă înainte ca Shay'tan să aibă ocazia să evalueze tiparul straniu al comerțului. Tot ce rămăsese din *Tyre* era un lanț de asteroizi care orbita în jurul soarelui. Zeu fiind, Shay'tan era puternic, dar până și Cea-Care-Este avea niște limite când venea vorba de numărul de lumi cu care putea jongla fără să scape totul din mâini. Nu l-ar fi surprins să afle că cineva falsifica documentele privind tributul.

-Spuneați că recolta e cu atât mai ridicolă cu cât e mai recent cucerit teritoriul? se asigură Shay'tan.

-Da, Majestatea Voastră.

Coada lui Shay'tan se legănă înainte și înapoi, oprindu-se din când în când pentru a se îndoi și a lovi podeaua. În cele din urmă, dragonul hotărî cum să procedeze.

-Vă dau o sarcină nouă: vreau să faceți inventarul standard pentru un nou proiect de-al meu, rânji Shay'tan. Top secret. Soțiile și puii o să fie pe mâini bune cât lipsiți.

Utbah nu păru prea încântat de ideea de a fi trimis pe un teritoriu îndepărtat. Avea să fie *și mai puțin* încântat când avea să descopere că cea mai nouă „intervenție agricolă" a sa avea să se desfășoare dincolo de granițele Imperiului Sata'anic. Dintotdeauna loial, însă, Utbah făcu gestul obișnuit de respect, ducându-și degetele spre frunte, buze și inimă.

-Sunt servitorul dumneavoastră cel mai loial. Cât timp am la dispoziție înainte de detașare?

-Plecați chiar în seara asta. Avem o navă care pornește spre o întâlnire la orele douăzeci și două. Vreau să mergeți la bordul ei.

Botul lui Utbah se strânse într-o linie subțire, semn al nemulțumirii. Shay'tan înțelegea, totuși, că ministrul nu ezita în a-l sluji, ci era dezamăgit că nu își va putea lua la revedere de la familia sa.

-O să fac o excepție de la legile cumpătării, spuse Shay'tan cu blândețe, și o să permit familiei dumitale să vă însoțească până la granița Imperiului. Drumul până la flotă o să dureze două săptămâni.

-La flotă? Dar ce planetă e asta spre care mă îndrept și unde se află?

Shay'tan îi explică. Utbah rămase cu gura căscată.

-Și nu o să își facă apariția și Alianța imediat ce Împăratul Etern anunță că a descoperit o colonie a rasei primordiale care îi poate salva armatele muribunde? întrebă acesta.

-Hashem nu o să facă asta, replică Shay'tan, ridicându-și botul și rânjind ca un prădător, căci de *această* dată instinctul său confirma ceea ce știa deja că era adevărat. O să țină informația ascunsă cât de mult poate.

-Dar n-are niciun sens! exclamă Utbah, după care făcu o plecăciune adâncă. Mă iertați, Eminența Voastră. Nu am vrut să fiu lipsit de respect.

-Opinia dumitale e întotdeauna apreciată, bătrâne tovarăș, mormăi Shay'tan. Nu vă faceți griji în legătură cu intrigile zeilor.

Shay'tan știa prea bine care era *adevărata* miză. Hashem o dăduse în bară când permisese ca tărâmul Serafimilor să fie distrus. Acum, EA arunca mingea în terenul *lui,* manevrându-l în așa fel încât să descopere planeta primul! *Nu* avea să o dezamăgească!

-Care sunt ordinele *oficiale* cu care trebuie să mă prezint acolo, domnule? întrebă Utbah.

-Am trimis o escadră ca să întindă covorul roșu, iar *dumneata* ești expertul de top al Imperiului în materie de agricultură, zise Shay'tan. Vă dau mână liberă să testați orice metodă vreți ca să sporiți recolta. Orice altceva descoperiți acolo o să fie doar un bonus.

-Și cui îi raportez?

-Generalul Hudhafah e un om bun, spuse Shay'tan. Decorat în luptă, poate puțin prea liberal când vine vorba de acoliții lui. Ați putea să stați cu ochii *pe el* cât sunteți acolo. Nu strică să am parte de o părere obiectivă privind eficiența generalului.

Limba lungă, bifurcată a lui Utbah gustă agitată aerul.

-Mai e ceva ce ați vrea să îmi spuneți? întrebă Shay'tan.

-Doar… Eminența Voastră…

Vocea lui Utbah începu să tremure ușor.

-Planeta cu rapoartele cele mai nerealiste privind culturile e cea pe care a anexat-o Hudhafah cel mai recent.

Shay'tan fu cuprins de o senzație ciudată, de parcă tocmai ar fi înghițit un bolovan. Hudhafah era unul dintre generalii săi cei mai de încredere, însă Ba'al Zebub îl forțase să îl cenzureze și să îl trimită pe un amărât de crucișător populat de cei mai problematici soldați începători. Întregul său Imperiu se sprijinea pe o ierarhie clară, care începea de la *el* și se întindea până la soldatul cu cea mai puțină putere. Dacă Ba'al Zebub era compromis, cât de adânc mergea, oare, conspirația?

-Atunci o să îmi raportați direct *mie,* spuse Shay'tan. Orice aveți de spus, îmi transmiteți direct. Înțeles?

-Da, Eminența Voastră, spuse Utbah cu un gest respectuos și o plecăciune.

Ministrul Agriculturii îl pusese pe gânduri. Slavă zeiței că refuzase propunerea lui Ba'al Zebub de a vinde oameni pe piața neagră pe post de mirese la comandă! Hashem avea să își țină gura până când avea să afle *exact* unde se găsea tărâmul oamenilor, pentru că evidența pe care oamenii o purtau în genomul lor, fără a fi, însă, suficient de numeroși pentru a *rezolva* problema infertilității hibrizilor, ar fi putut face ca armatele sale să se prăbușească. În acel moment, singura ființă umană care nu se afla sub controlul lui Shay'tan era căsătorită cu Lucifer, era un „dar" secret pe care dragonul îl făcuse pentru a-i da peste nas adversarului său.

Cu coada tresărind, Shay'tan își chemă scribul înapoi în încăpere.

-Eminența Voastră, zise scribul, făcând o plecăciune și așteptând indicații cu un stilou de modă veche în mână – genul de tehnologie care îi plăcea lui Shay'tan.

-Cheamă-l înapoi pe Contraamiralul Musab. Mai e în palat?

-Da, Eminența Voastră.

Scribul plecă și, după douăzeci de minute, reveni cu liderul militar pe care îl solicitase Shay'tan.

-Eminența Voastră, spuse Contraamiralul Musab cu o plecăciune. Cărui fapt îi datorez onoarea de a avea două întâlniri cu dumneavoastră astăzi?

Shay'tan privi atent șopârla musculoasă, care se înclinase suficient de mult încât să exprime respect, dar nu și supunere. Amiralul nu își lua niciodată ochii de la împăratul său; era un luptător, nu un politician, genul de soldat pe care lui Shay'tan îi făcea plăcere să îl crească. Și mai important, Musab fusese depășit în rang de Ba'al Zebub cu mulți ani în urmă, și promovat la statutul deplin de Contraamiral în ciuda obiecțiilor celui din urmă, după o bătălie plină de eroism. Indiferent de ce mișmașuri făcea Ba'al Zebub pe ascuns, Musab cu siguranță nu era implicat.

-Informațiile mele arată că *Prințul din Tyre* se află de o vreme pe teritorii neexplorate, zise Shay'tan. Alianța pretinde că ar servi drept un soi de platformă de pe care sunt lansate misiuni diplomatice discrete, spre colonii de care nu îi pasă nimănui. Eu nu cad în plasa asta.

-Să atacăm vasul amiral al prim-ministrului ar fi o declarație de război, zise Musab. Ce ordonați?

-Dacă aș fi în locul lui Lucifer și aș vrea să ascund ceva de tatăl meu nemuritor, spuse Shay'tan, aș face ce a făcut și tatăl meu biologic înaintea mea. Aș poziționa nenorocita aia de navă chiar acolo unde converg portalurile și, dacă lucrurile ar lua-o razna, aș sări în cel mai convenabil dintre ele.

Amiralul Musab rânji, înțelegând unde bătea dragonul. Dacă *Prințul din Tyre* se rătăcea pe teritoriul *lui,* putea să urce în mod legal la bord și să „inspecteze" nava amirală a Alianței exact la fel cum vasele militare ale Alianței îi inspectau *lui* navele comerciale. Iar odată ce recupera femeia umană, putea să lase *Prințul* să meargă mai departe. Desigur, oferindu-i lui Lucifer amnistie deplină în cazul în care voia să dezerteze sau folosind moștenitorii pe care îi purta în pântece femeia cu pielea ca de abanos drept obiect de șantaj. Hashem avea să facă o criză de apoplexie când avea să descopere că propriul lui fiu credea atât de puțin în abilitatea sa de a salva specia, încât îl lucrase pe la spate.

-O să trimit un crucișător de luptă să îl urmărească, spuse Musab.

Amiralul făcu o plecăciune și ieși. Shay'tan își rechemă scribul, care nu pleca niciodată mai departe de ușa camerei sale.

-Trimite-i un mesaj lui Ba'al Zebub, ordonă Shay'tan. Să pună la punct o întâlnire diplomatică alături de Lucifer și Împăratul Etern. Acum că a ieșit la iveală porumbelul, vreau să aflu câte știe Împăratul despre soția lui Lucifer.

-E nevoie de timp ca să pregătim o negociere atât de sensibilă, zise scribul. Dar cred că se poate rezolva.

Lui Ba'al Zebub aveau să îi trebuiască săptămâni întregi ca să traverseze galaxia, plus intervalul în care Hashem avea să îl țină să aștepte, deși era cel mai înalt funcționar al Imperiului Sata'anic. Dată fiind îngrijorarea semnalată de Utbah cu privire la potențialul flux de fonduri inexplicabile, era important ca lui Ba'al Zebub să i se dea de treabă în altă parte.

-Ordonă-i lui Ba'al Zebub să pună lucrurile la punct în așa fel încât să participe la întâlnire și Comandantul General Suprem Jophiel, adăugă Shay'tan. N-o să fie nevoie decât de două secunde petrecute în aceeași cameră cu Lucifer ca să caute o scuză bună pentru o lovitură sub centură.

Burta dragonului se cutremură sub puterea hohotului de râs pe care îl reprimă. Spionii săi țineau sub observație toate femeile cu care se culcase vreodată prim-ministrul Alianței. La momentul promovării, nimeni nu bănuise că o cadetă anonimă avea să fie propulsată într-o funcție militară cu totul nouă, egală cu cea ocupată de Lucifer.

-Da, Eminența Voastră, zise scribul fără nicio inflexiune în glas.

Își atinse capul, buzele și inima și ieși în liniște.

Shay'tan își chemă înapoi soțiile, nerăbdător să revină la plăcerile pe care Ministrul Asistent al Agriculturii i le întrerupsese. Avea patruzeci și șase de soții, fiecare dintre ele reprezentând un alt tărâm. Oftând, Shay'tan își dădu jos roba și se întinse pe covorul cald; carnea sa de dragon nu reușea niciodată să absoarbă suficient din căldura pe care o emana podeaua palatului.

-Ce te neliniștește, Lordul meu? întrebă Edasich.

Mâinile ei masară punctul greu de găsit din spatele crestei dorsale, insistând până când dragonul avu sentimentul că avea să se topească de plăcere.

-Pur şi simplu o să mă simt mai bine când o să am siguranţa celei mai noi cuceriri...

Capitolul 14

Septembrie 3.390 î.Hr.
Pământ: satul Assur

NINSIANNA

-Ninsianna! Aşteaptă!

Fata privi în direcţia din care tocmai venise şi mormăi. În numele zeiţei, *el* ce mai voia? Cumpăni o clipă dacă să o ia la goană imediat ce trecea de alee, dar în final hotărî să nu o facă. Mikhail era în Gasur, iar *ea* tocmai făcuse, prosteşte, contact vizual. Nu mai avea de ales decât să vorbească cu bărbatul înalt şi musculos care alerga pe deal, după ea.

-Ce vrei, Jamin?

Încercă să pară prietenoasă, dar *ultimul* lucru pe care îl voia era să fie drăguţă cu fostul ei logodnic.

-Te rog, trebuie să vorbesc cu tine.

Pe frunte i se scurgea transpiraţia. Ninsianna îi zâmbi înţelegător, aşa cum i-ai zâmbi unui copilaş care te roagă să îi dai o prăjiturică. Un părinte deştept ar spune că în curând e gata cina. Ei bine, nu ştia aproape nimeni încă, dar şi ea avea *propria* „prăjiturică" la copt. Îşi purtă mâna peste abdomenul uşor umflat.

-Da, Jamin, zise Ninsianna pe un ton fals dulceag. Cu ce pot să te ajut?

-Eu... ăă... se bâlbâi Jamin. Putem să mergem undeva să discutăm?

Ochii săi negri păreau tulburaţi.

Ninsianna numără în tăcere câţi săteni urcau de pe câmp cu coşurile pline de grâne. Altădată, oamenii aceştia l-ar fi lăsat pe Jamin să o ia cu el, dar acum aşteptau îndrumare de la *ea*. Ah, cât de mult îi plăcea schimbul de putere!

-Putem să discutăm aici, zise Ninsianna, ridicându-şi bărbia şi imaginându-şi cum ar trebui să arate o femeie-căpetenie care i se adresează unui parvenit.

Jamin îi întinse un disc mic şi rotund, iar ochii negri îi străluciră de parcă tocmai ar fi câştigat un pariu.

-M-am întâlnit cu un emisar din tribul Halifienilor. Mi-a dat asta.

Din rândul sătenilor se înălţă un zumzăit agitat.

-Halifienii sunt duşmanii noştri, spuse Ninsianna scurt. Ne-au omorât unsprezece oameni.

Jamin îi împinse discul sub nas.

-Uită-te bine, zise el. Ştii ce e asta?

Discul strălucea în nuanțe aurii, exact ca soarele. Pe una dintre părți era desenată o creatură înaripată, care semăna cu un șarpe și purta o coroană. Pe cealaltă era o stea. Gravura era complicată, nu semăna cu nimic din ce mai văzuse Ninsianna până atunci.

-Nu știu ce e, spuse ea ridicând din umeri.

-E aur, zise Jamin. Atât de pur, încât concurează până și cu torcul de aur al tatei.

Avea privirea unui vânător pe cale să ucidă. Sătenii începură să zumzăiască curioși. La naiba! Chiar ar fi *trebuit* să discute cu el în privat.

„Ai fi putut să mă avertizezi", murmură Ninsianna către Cea-Care-Este. La ce bun să fie Aleasa dacă EA nu o avertiza când cineva era pe cale să îi facă o surpriză neplăcută? Dar adevărul era că Jamin fusese *dintotdeauna* unul dintre favoriții zeiței. Era un fapt cunoscut că EA avea o slăbiciune pentru băieții chipeși.

-Bine, oftă Ninsianna. Mergem să vorbim undeva.

-Prea târziu, zise Jamin cu o expresie triumfătoare. Mă acuzi că sunt un trădător pentru că încerc să tratez *rațional* cu inamicul în loc să merg la război? Ei bine, ghici ce! *Inamicii* mi-au dat aurul ăsta!

-Halifienii nu pot nici măcar să își hrănească proprii copii!

-Dar noi le-am dat un *motiv* să îi ajute pe semenii lui Mikhail, zise Jamin, pășind neplăcut de aproape. Pentru că le-am tot interzis să își adape turmele la râu și refuzăm să le dăm grâne.

Parfumul cu arome de mosc al lui Jamin umplu nările Ninsiannei. Această aromă îi amintea de ce *acceptase,* la început, cererea în căsătorie. Jamin era înalt, chipeș și avea o construcție masivă, chiar dacă înfățișarea sa oacheșă era tipic Ubaidă. Avea nasul drept și pomeții înalți ai oamenilor nordului. Cei mai copleșitori erau ochii săi întunecați și pătrunzători. Indiferent ce simțea, ochii săi trădau totul. Era opusul emoțional al soțului reținut al Ninsiannei.

Mâna în care Jamin ținea discul de aur tremură. Pupilele i se dilatară în timp ce o privea în ochi, de parcă în acel moment, Cea-Care-Este îi trimisese *lui* o viziune, nu Ninsiannei.

-Ninsianna, zise el, mângâind obrazul fetei. Eu...

Nuanța de roșu turbat a luminii sale spirituale se domoli, transformându-se într-un roz blând, aceeași culoare pe care o avea și aura lui Mikhail atunci când el și soția lui împărtășeau un moment tandru.

Ninsianna își dădu seama că se făcea de râs, ea, o femeie măritată, în fața a zeci de săteni. Făcu un pas înapoi, dându-i peste mână lui Jamin.

Expresia acestuia se înăspri.

-Asta înseamnă, *Aleasă,* că vecinii noștri sunt plătiți să răpească femei de către *Angelici.* Semenii soțului *tău! Ei* sunt negustorii de sclavi care ne cumpără femeile! Iar acum am dovada!

Probabil că ceva din expresia Ninsiannei lăsa să se întrevadă faptul că *știa* că se putea să existe o fărâmă de adevăr în acuzația lui Jamin, pentru că din rândul sătenilor izbucni o rafală de comentarii. Jamin îi lăsă să atingă discul de aur, fiindcă simpla existență a unei comori atât de prețioase dădea greutate minciunilor sale.

-L-ai furat de la tatăl tău! îl acuză Ninsianna. Da! încercă ea să îl pună la punct. Fu însă consternată să descopere că nu *propriile* cuvinte îi alunecau pe buze.

„*Nu...*" vibră aerul sub puterea EI.

În loc să se arate răzbunat, Jamin adoptă o expresie plină de frică. Făcu câțiva pași înapoi și se împiedică de o piatră, aproape căzând la pământ. Aha! Chiar *ascundea* ceva. Ninsianna se agăță de acea fibră din conștiința ei care o lega de Cea-Care-Este, dar se izbi de *același* zid alb peste care dădea de fiecare dată când încerca să răscolească amintirile ascunse ale soțului ei.

-Semenii soțului tău ne iau femeile, insistă Jamin, pășind în spate.

-Întreab-o, ziseră sătenii strânși în jurul Ninsiannei. Întreab-o pe zeiță.

Nu era ceva nou să i se refuze răspunsuri, însă faptul că zeița îi lua partea lui Jamin, și nu ei, *chiar* era neobișnuit. De ce? De ce o tot avertiza zeița, noapte de noapte, despre venirea unui Angelic cu aripi albe, doar pentru ca apoi să refuze să îi arate mai mult?

-Zeița nu își împărtășește cunoașterea cu oricine, spuse ea pe un ton neconvingător.

Sătenii strânseră rândurile în jurul lui Jamin, așa cum obișnuiau să o facă și înainte ca Mikhail să îi uzurpe așa-zisul tron stupid.

Ah, oare de ce nu profitase de șansa de a discuta în privat?

-Hai să analizăm faptele, spuse Jamin. Mikhail apare pe aici chiar înainte ca femeile aflate la vârsta măritișului să înceapă să fie răpite, iar acum aflăm de la răpitori că neamul *lui* plătește în aur ca să le cumpere.

-Mikhail nu ar face așa ceva! exclamă Ninsianna. E un bărbat onorabil!

-De ce? întrebă Jamin cu o expresie triumfătoare. Pentru că așa zici *tu?* Tu, cea care și-a rupt logodna fără niciun motiv?

-Pentru că tot ce ar fi trebuit să facă în ziua în care l-am găsit era să mă *întrebe*, răspunse Ninsianna. Și aș fi *mers* cu el. De bunăvoie! Aș fi făcut-o ca să scap de *tine*, chiar dacă asta ar fi însemnat să devin sclavă!

Jamin făcu câțiva pași înapoi, împleticindu-se.

-Ce cale mai bună de a ne descoperi slăbiciunile ar fi avut decât aceea de a deveni, prin căsătorie, parte din gospodăria șamanului care consiliază căpetenia? întrebă el. Ești sigură că nu o să te abandoneze odată ce își recuperează amintirile?

Visul. În fiecare noapte, Ninsianna își chema soțul în ajutor, dar el nu venea. Ce avea să se întâmple dacă misiunea pe care Mikhail nu prea și-o amintea se dovedea a fi aceea de a *cuceri* poporul Ubaid, în loc să îl ajute?

De obicei, Ninsianna nu avea grețuri în perioada aceasta a zilei, dar stresul o făcu să se prăbușească drept în brațele lui Jamin.

-Ai avut *viziuni* despre asta, spuse el, strângând-o la piept. Ai *văzut!* Spune-mi că nu e adevărat.

Brațele îi zăboviră în jurul Ninsiannei, iar buzele i se apropiară atât de mult de urechea ei, încât, pentru o clipă, fata crezu că avea să încerce să o sărute. Sătenii zumzăiau în spatele lui, unii exprimându-şi dezacordul, alţii punând la îndoială motivaţia lui Mikhail. Ninsianna privi adânc spre aura spirituală a lui Jamin şi văzu că el era cu adevărat convins de ceea ce spunea. Discul de aur îi întărea acuzaţiile.

Jamin credea că avea un avantaj, însă Ninsianna mai avea un as în mânecă. Împinse la o parte braţele care o sprijineau şi îşi ridică bărbia, plină de mândrie.

-Mikhail e parte din neamul Ubaid acum, zise ea, mângâindu-şi abdomenul uşor umflat, astfel încât mesajul să fie clar. Primăvara viitoare o să-i aduc pe lume un fiu.

Urmări mulţumită cum săgeata veninoasă îşi atingea ţinta. Darul de a *vedea* ce simţeau oamenii era minunat tocmai pentru că îi permitea să citească dincolo de expresia rănită pe care Jamin o ascundea în spatele măştii de furie şi să întrezărească, în schimb, energia *roşie* care ţâşnea ca sângele din inima lui.

Cei doi vulturi care zburau încontinuu în cerc deasupra Râului Hiddekel îi atraseră atenţia. Femela, mai mare, scoase un sunet prelung, ascuţit – era chemarea pătrunzătoare a vânătoresei. Masculul, mai mic, răspunse chemării, iar strigătul lui păru rănit şi oropsit. Câteva spice de grâu fură purtate dinspre râu pe poteca pe care se aflau ei; vântul îi şopti tainele sale în ureche.

„Ninsianna... nu se cuvine să fii nemiloasă...”

Jamin aruncă discul de aur în aer, lăsându-l să strălucească în lumina soarelui şi să atragă privirile sătenilor, după care îl prinse din nou în mână. În timp ce îl aşeza înapoi în boccea, îşi coborî privirea spre Ninsianna, având o expresie sumbră.

-Neamul *lui* plăteşte în aur pentru ca femeile noastre să fie răpite, zise el fără nicio inflexiune în glas. Jur pe sufletul mamei mele că o să îţi *dovedesc* asta, chiar dacă va trebui s-o fac cu ultima suflare. Atunci o să vedem cât de mândră o să mai fii purtând în pântece abominaţia de acum.

Se răsuci pe călcâie şi porni ţanţoş de-a lungul malului abrupt, dincolo de santinele, pe aleea îngustă care făcea apărarea satului mai uşoară în caz de atac. Ceilalţi săteni porniră în urma lui. Atâta timp cât prăpastia aceasta dintre fostul logodnic şi actualul soţ al Ninsiannei avea să dăinuie, Assurul, văduvit de un conducător real, avea să rămână vulnerabil.

-Ai fi putut să mă avertizezi, mormăi ea către zeiţă.

O lăcustă îi ateriză pe cot şi îşi ridică privirea înspre ea, înclinându-şi capul pe o parte şi ascultând atentă fiecare cuvânt pe care îl rostea. Aripile micuţei creaturi scoaseră apoi un murmur reconfortant, iar aceasta se ridică în aer şi zbură mai departe.

Capitolul 15

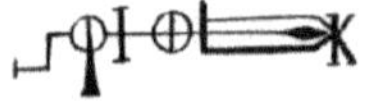

Data Galactică Standard: 152,323.09 D.Î.
Sectorul Zulu: Transportatorul amiral „Răsăritul de Lumină"
Forțele Aeriene Angelice
Brigadier General Raphael Israfa

RAPHAEL

-General Israfa, îl contactă Glicki de pe pod, prin stația radio. Aveți un mesaj subspațial de la Comandantul General Suprem Jophiel.

-Vrei să spui *Brigadier* General Israfa, *Colonel* Glicki, o corectă Raphael înțelegător.

Primul lucru pe care îl făcuse din noua sa funcție fusese să își avansese secundul foarte muncitor în gradul pe care *el* îl avusese cu doar câteva săptămâni în urmă.

Prin intercom răzbătu hârâit sunetul aripilor inferioare ale lui Glicki, care zornăia de râs. Fiziologia Mantoidă anulase posibilitatea unor sunete ca cele pe care le emiteau speciile cu pielea moale, însă insectoizii dezvoltaseră *propriile* căi de a-și exprima trăirile.

Raphael își așeză agrafele care îi semnalau gradul și se asigură că penele aurii nu îi stăteau alandala. Când Jophiel apăru pe ecran, inima îi stătu o clipă în loc. Dacă ar fi fost că Împăratul să aleagă un singur specimen rezultat din experimentele sale genetice și să spună „acesta e perfect", l-ar fi ales cu siguranță pe Comandantul General Suprem Jophiel, cu părul său alb-blond, trăsăturile ca de porțelan, ochii de un albastru nepământesc și aripile albe-ca-zăpada.

Eficientă ca întotdeauna, Jophiel trecu direct la subiect:

-Brigadier General Israfa, ce ai găsit?

Raphael știa că nu era cazul să se simtă jignit. Cu cât deveneau mai apropiați emoțional, cu atât mai formal i se adresa Jophiel atunci când discutau chestiuni oficiale ale Alianței.

-Absolut nimic, spuse el. Asta deși am vizat toate planetele aflate la distanță de clasa M, chiar și multe care nu sunt trecute pe nicio hartă stelară. Totuși, acum câteva zile am dat peste o specie presimțitoare foarte interesantă.

-Și vasul acela suspicios din clasa Algol?

-Orice ar fi făcut, zise Raphael, ori și-a terminat treaba, ori a găsit o rută care le-a scăpat echipajelor pe care le-am plasat la intrarea în Brațul Orion-Lebădă.

Jophiel își duse unul dintre degetele atent îngrijite la buzele roșii ca rubinul, cufundându-se în gânduri.

-Și dacă n-au venit prin galaxie?

-Generalul Harakhti monitorizează în continuare Brațul Perseus.

Leonidul cel fioros îi transmisese un mesaj criptic.

-Mi-a spus că toate amenzile de trafic s-au oprit.

-Toate ce?

-Navele cargo civile care duceau bunuri de vânzare într-un număr neobișnuit de mare pe Brațul Perseus s-au oprit brusc, îi traduse Raphael. Era vorba de genul de bunuri de care ai avea nevoie ca să pregătești o armată. Orice ar fi făcut, se pare că acum trupele sunt pregătite.

Felul în care Jophiel, acest general care ocupa cea mai înaltă funcție din întreaga Alianță, își mesteca buza era de-a dreptul adorabil. Ah, cât visase să sărute buzele acelea de când avuseseră întâlnirea care li-l dăruise pe Uriel! Își dădu seama, însă, că buzele voluptoase se mișcau pentru a rosti cuvinte, nu pentru a-l ispiti să viseze cu ochii deschiși.

-O să iau legătura cu Generalul Harakhti, spuse Jophiel. Bună treabă. Ține minte, misiunea asta are scop de cercetare. Dacă se află ceva înainte să știm exact cu ce avem de-a face, e posibil să dăm de probleme mai mari decât avem deja.

-Dar Mikhail ne-a dat speranță! exclamă Raphael.

Jophiel împietri și căzu pe gânduri, de parcă ar fi anticipat întrebarea care îi trecea prin minte lui Raphael și ar fi vrut să o evite.

-Lucrurile sunt atât de tensionate, încât mă tem că Alianța o să cedeze, spuse ea cu o expresie îngrijorată. O să vorbim despre asta data viitoare când vii să îl vizitezi pe Uriel.

-Înțeleg, spuse Raphael, reprimându-și impulsul de a o cere încă o dată de soție. Când o să le prezinte Împăratul raportul generalilor?

Era nerăbdător să compare informațiile pe care le adunase cu cele pe care le aveau ofițerii superiori.

Jophiel se foi în scaun.

-Nu o să o facă, spuse ea cu blândețe.

-Poftim?

-A fost plecat mai bine de 200 de ani, zise ea. Când s-a întors, Serafimii dispăruseră, propriul fiu îi era străin, iar acum nici nu știe în care dintre generali poate avea încredere. Tocmai de aceea m-a avansat pe *mine* în grad: ca să servesc drept tampon între *el* și *ei*.

Raphael fu de-a dreptul îngrozit de această revelație.

-Dar cum o să găsim planeta asta mult dorită dacă nu o caută nicio navă? Brațul spiralat Orion-Lebădă e *uriaș*.

-Nu am reușit să îl fac să se răzgândească, zise Jophiel. Împăratul e paranoic.

Raphael știa că nu avea să primească un răspuns direct, așa că întrebă pe ocolite:

-Are de-a face cu distrugerea unui anume teritoriu?

-Nu știu, spuse Jophiel, încruntându-se îngrijorată. Orice ar fi, nu vrea să vorbească cu mine despre asta... ceea ce nu prea se întâmplă.

Cei care îi exterminaseră pe semenii lui Mikhail, oricine ar fi fost ei, ştiau *exact* cum să îl atace pe Hashem în aşa fel încât să se asigure că efectele atacului se vor răspândi în întreaga Alianţă şi vor accentua criza infertilităţii hibrizilor, însă fără a da naştere vreunui eveniment la care să reacţioneze şi cetăţenii. Era un act de sabotaj comis de cineva care cunoştea slăbiciunile Alianţei şi îşi măsura progresul în secole, nu în ani.

-Doar nu crezi...?

Chipul lui Raphael trăda o frică teribilă.

-A jurat *de fiecare dată* că nu e Împăratul Shay'tan.

-Cineva nu vrea ca noi să ne reproducem, zise Jophiel. Cineva care e gata să extermine o întreagă populaţie de civili. Cred că Împăratul se teme că istoria s-ar putea repeta.

Mikhail se afla pe o anume planetă. O planetă pe care cineva ar fi putut să o distrugă. Totul doar ca să ajungă la *ei?* Deodată, paranoia Împăratului căpăta sens. Momentul în care Raphael avea să îşi găsească prietenul părea foarte îndepărtat.

-Am *nevoie* de nave, spuse el.

-O să le spun prim-ministrului şi generalilor că avem o misiune fictivă, necesară pentru eliminarea pirateriei, zise Jophiel. O să aleg chiar eu comandanţi în care am încredere.

-Şi dacă mă recheamă Generalul Abaddon? întrebă Raphael. Oficial, eu îi raportez *lui,* îţi aminteşti?

-Tu continuă-ţi treaba până reuşim noi să adunăm destule resurse, zise Jophiel. O să mă ocup eu de Abaddon.

Îi încredinţa misiunea aceasta *lui?* O misiune sub acoperire? Specifică celei de-a cincea ramuri a armatei, care nici măcar nu exista în mod oficial? Ce drept avea *el* să preia comanda unei asemenea flote, având în vedere că Abaddon slujise Alianţa mai bine de şase sute de ani?

Favoritism?

Privi femeia de pe ecran, care îşi mesteca buzele voluptoase; buzele acelea pe care el tânjea să le mai poată săruta într-o bună zi. Şi nu doar pentru că i se ordonase să mai producă nişte soldaţi.

Nu era favoritism. Era frică. Orice îl speria pe Hashem, o speria şi pe *ea.* Cât de mult şi-ar fi dorit să fie lângă ea, să o apere de griji aşa cum ea apăra restul Alianţei cu aripile ei albe şi puternice!

-Jophie? zise el, atingând pomeţii înalţi afişaţi pe hologramă.

-Da, Raphael, răspunse ea, iar buza îi tremură.

-Poţi să îl pupi pe Uriel de noapte bună din partea mea?

Jophiel ezită, dar apoi se întinse pentru a-i atinge mâna din capătul celălalt al abisului care se căsca între ei – nu era vorba doar distanţa fizică, ci şi de politică şi suferinţele unei Alianţe care se destrăma cu totul.

-O să îl pup...

Capitolul 16

Data Galactică Standard: 152,323.09
Haven-1
Generalul Forțelor Aeriene Angelice Abaddon

ABADDON

Generalul Abaddon, comandantul Forțelor Aeriene Angelice, privea în jos către Palatul Etern, în vreme ce nava sa spațială cobora în cercuri, gata de aterizare. Copacul Etern se înălța în mijloc, iar brațele sale enorme se întindeau spre exterior, deasupra grădinii pe care o protejau. În această perioadă a anului, frunzele sale treceau de la nuanțe de auriu violent la argintiu, culoarea ochilor lui Lucifer.

Abaddon se cutremura de fiecare dată când privea acel copac și întrezărea nemurirea. Se zvonea că era o ființă multidimensională, care se hrănea prin rădăcinile sale de la însăși Ki și îi răspândea Cântecul în același fel în care un copac adevărat ar fi oferit oxigen. Privind cum îmbrățișa vântul, lui Abaddon nu-i venea prea greu să creadă că arborele acela era, de fapt, mai mult decât un arbore.

De câte ori vizitase palatul, la început ca Locotenent cuprins de admirație, iar mai târziu pentru a fi decorat pentru curajul de a-l fi înfrânt pe cel mai dur general al lui Shay'tan? De câte ori alesese să îi slujească Împăratului în loc să accepte ofertele lui Shay'tan, iar apoi, când fusese trecut pe lista neagră din cauza infertilității sale, respinsese și promisiunile lui Shemijaza privind o a Treia Cale, ceva între ideologiile rigide ale celor două imperii?

Nava atinse pământul. Abaddon coborî și merse pe „covorul verde" până când ajunse în piațeta largă, în care fuseseră așternute pietricele de culori diferite. Sugestia era subtilă – 32 de pătrate de un granit roșiatic se intersectau cu 32 de pătrate bej. Abaddon străbătu tabla de șah. În mijloc mărșăluiau gărzi provenite de pe fiecare planetă cu ființe vii din cuprinsul Alianței.

-Atenție! strigă Maestrul Armelor. Generalul Abaddon e aici.

-Să trăiți! Bine ați venit, domnule! răspunseră gardienii.

-Pe loc repaos, le răspunse Abaddon la salut.

Tehnic vorbind, aceștia nu mai răspundeau în fața *lui,* ci în fața Comandantului General Suprem Jophiel.

-Să trăiți! Mulțumim, domnule!

Gărzile de ceremonie reveniră la marșul lor. Privilegiul de a trimite soldații înapoi la treabă se acorda odată cu obținerea statutului de membru deplin al Alianței. Într-o bună zi, tărâmul lui Sarvenaz avea să trimită delegați aici, câte unul pentru fiecare cameră a Parlamentului și doi care să păzească palatul Împăratului. Abia aștepta să îl dea afară pe Shay'tan de pe planeta lui Sarvenaz și să aștearnă tărâmul drept dar la picioarele iubitei sale.

În timp ce urca treptele de marmură albă, îl săgetă o durere de genunchi. Se opri în fața Marii Porți, care era suficient de înaltă încât să îi permită lui Shay'tan să treacă fără să se aplece. Cele două uși cu decorațiuni complexe fuseseră cioplite în lemn de la Copacul Etern, îmbrăcate în aur și platină și împodobite cu giuvaere. Pe una dintre uși era înfățișat Hashem, aflat într-un car de război și cu un fulger în mână, iar pe cealaltă se contura Shay'tan, cu colții scoși de parcă ar fi atras puterea focului.

Marea Poartă mai fusese deschisă de două ori în timpul vieții lui Abaddon. Prima oară fusese în ziua în care îl ajutase pe Lucifer, pe atunci în vârstă de numai cincisprezece ani, să anunțe că Shemijaza nu avea niciun drept asupra băiatului care fusese crescut de la naștere ca moștenitor al lui Hashem. A doua oară fusese în ziua în care Hashem îl avansase pe Comandantul General Suprem Jophiel la gradul de comandant-șef al tuturor celor patru ramuri ale armatei, creând un post militar egal cu cel civil al prim-ministrului.

Ochii gri ai lui Abaddon se opriră asupra marginii reci, de oțel. Poate că Lucifer era o nevăstuică bolnavă după putere, dar măcar el era hotărât să nu își lase linia de sânge să moară odată cu restul speciei.

–Domnule, îl salută un Delphinium cu aspect de broască. Sunt aici ca să vă însoțesc.

–Nu mă deranja cât mă gândesc, mormăi Abaddon.

Privi îndelung la ușile mari, cioplite în lemn. Pentru necunoscători, părea că armele celor doi zei antici erau îndreptate una spre cealaltă, însă Abaddon avea propria teorie privind semnificația picturii murale de pe Marea Poartă din Haven. Între sulița lui Hashem și focul lui Shay'tan se afla un lacăt enorm, iar gaura cheii sale stătea în gura unui taur.

–Cel Malefic, șopti Abaddon. De asta nu se distrug unul pe celălalt. Au ceva mai presus de ei înșiși pentru care să își facă griji.

–Domnule? interveni Delphiniumul, având o privire confuză.

–Știu procedura!

Răscolindu-și indignat penele gri ca fierul, Abaddon înaintă spre ușa mică, încrusată cu sidef, care era poreclită și Poarta Perlată și se afla la dreapta Marii Porți, și păși înăuntru.

–Aveți vreo armă? întrebă Delphiniumul, pe al cărui ecuson scria „Santpeter".

–Pușcă cu impulsuri, zise Abaddon, scoțându-și arma din teacă. Pistol cu impulsuri. Grenade cu impulsuri. Cuțit. Încă un cuțit. Mai multe grenade. Gaz lacrimogen. Încă un cuțit. Pistol în miniatură. Mine. Grenade luminoase. Încă un cuțit.

Gardianul așeză fiecare armă cu grijă într-un săculeț de plastic numerotat. Își coborî apoi privirea spre sabia lui Abaddon, o armă neobișnuită pentru un Angelic, cu atât mai mult cu cât era concepută în format Sata'anic, nu cu lama curbată, așa cum o aveau Cherubimii.

Abaddon își desprinse sabia și o întinse la orizontală. Duritatea oțelului înfășurat în piele se simțea bine în mână; atingerea semăna cu mângâierea unei iubite pe care o cunoștea mai îndeaproape decât își cunoștea propria soție.

-O să am mare grijă de ea, domnule, zise Delphiniumul, iar mâna îi tremură.

Santpeter își ceru scuze când îi luă sabia, chiar dacă i-o mai luase de multe ori.

Fără ea, Abaddon se simțea ca și cum ar fi fost dezbrăcat. Ura faptul că Împăratul cerea acum ca generalii săi să fie dezarmați. Până să dispară pe tărâmul viselor, pe urmele unei femei care nu îl voia, Hashem avusese încredere în el; din tărâmul viselor revenise, însă, ca un zeu bătrân și paranoic.

-Scannerul, domnule? întrebă Delphiniumul, arătând spre dispozitiv.

Abaddon privi îndelung prin hublou în timp ce scannerul cu infraroșu măsura cât de mult îi lua să reacționeze la schimbările de lumină. Dispozitivul căuta întârzieri în timpii de reacție sau orice alte semnale care ar fi putut demonstra că cineva nu acționa din voință proprie. Hashem era nemuritor, însă din când în când ajungea la el câte un asasin care provoca daune colaterale.

Privirea lui Abaddon alunecă în spatele ușii duble. Pictura murală era asemănătoare, dar pe *această* parte, Hashem își conducea carul dându-și binecuvântarea, în timp ce Shay'tan ridica o stea cu opt colțuri de parcă ar fi fost un far. Ce însemna? Nimeni nu știa. Însă aceeași pictură apărea în mod recurent în *ambele* imperii, înfățișând doi conducători nemuritori care aveau puterea de a manipula conținutul cărților de istorie în așa fel încât să transforme știrile în basme și basmele în știri, dar ezitau în a dărâma monumente care dovedeau că istoria comună fusese ștearsă.

-Împăratul vă așteaptă în Sala Mare a Statului, zise Delphiniumul.

-Mulțumesc, Locotenent Santpeter, îi răspunse Abaddon.

Rătăci pe holurile decorate cu fresce care înfățișau toate creaturile din Alianță. Când ajunse la galeria de la capătul primului hol, își văzu *propria* specie idealizată pe unul dintre cei cinci pereți ai camerei circulare. Speciile-frate, Leonizii, Merfolk și Centauri, erau și ele întruchipate în câte o frescă. De pe tavan, Cea-Care-Este lăsa apa vieții să curgă dintr-un potir auriu. Cel de-al cincilea perete ieșea în evidență, dar nu datorită a ceea ce era desenat pe el, ci din cauza a ceea ce lipsea. Imagini cu paraziți fuseseră pictate în grabă peste o specie care ieșise din grațiile Împăratului. Oricare ar fi fost fapta pe care o săvârșiseră și cu care îl jigniseră pe Împărat, ea se petrecuse cu atât de mult timp în urmă, încât nimeni nu îşi mai amintea ce specie fusese ştearsă.

Abaddon înaintă spre Sala Amintilor, cu cizmele răsunând pe holul gol. Specii respectate, de mult pierite şi dispărute, ocupau poziţii impunătoare pe tavan, alături de recent adăugata frescă ce îi înfăţişa pe Wheles. Într-o zi, curând, şi specia *lui* avea să fie reprezentată acolo. Asta îl făcea şi mai hotărât să susţină acordul comercial propus de Lucifer.

Într-un sfârşit, ajunse în faţa a două uşi de lemn care înfăţişau Copacul Etern. În sculptură, ramurile abundau în fructe, fructe pe care *adevăratul* Copac Etern nu le mai purtase de mii de ani. De o parte şi de alta a uşilor stăteau două gărzi Cherubime, înalte de patru metri şi ţepene sub greutatea armelor antice.

-Maestre Ujitaru, Maestre Tsuneie, îi salută el.

-Puteţi trece, spuse Maestrul Tsuneie.

-*Yoi tsuitachi*, răspunse Abaddon în limba Cherubimă: *o zi bună*.

Uşile se deschiseră. Abaddon îşi strânse aripile într-o poziţie rigidă şi înaintă spre Împăratul zeu care îl aştepta pe un podium înalt. În jurul său strălucea lumina, o înscenare cu lumini, însă puterea care vuia în încăpere era adevărată.

-Majestatea Voastră, spuse Abaddon, îngenunchind într-un picior, dar fără a întrerupe contactul vizual.

Oare ştia? Oare aflase despre soţia lui?

-Mulţumesc că ai venit, zise Hashem.

Lângă el se afla Comandantul General Suprem Jophiel, al cărei chip era atât de rece şi lipsit de emoţie, încât părea să îi aparţină unei statui de marmură. Unii îl acuzau pe Abaddon că purta ranchiună pentru că Hashem promovase o cadetă necunoscută, dar care putea aduce pe lume moştenitori, în locul unui ţap bătrân şi infertil ca el. Lucifer nu fusese *singura* persoană căreia Hashem îi dărâmase piedestalul în acea zi. Cât timp Împăratul fusese plecat, ceilalţi generali îl trataseră pe *el* drept comandant general suprem.

Dacă ar fi existat vreun motiv *concret* pentru alungarea din rai, vreo înfrângere într-o bătălie, vreun gest care să fi provocat nemulţumirea Împăratului, atunci poate că Abaddon ar fi înghiţit mai uşor decăderea, dar el îl slujise o viaţă întreagă cu loialitate.

Şi se dovedise a fi uşor de înlocuit. Pur şi smplu fusese înlocuit...

Generalul Re Harakhti stătea în stânga lui Jophiel. Blana sa aurie şi coama roşu-maronie alunecau pe uniforma cu negru şi bleumarin, la care erau prinse atâtea medalii, încât simplul fapt că generalul nu se prăvălea la pământ sub greutatea lor era un miracol.

Leonizii erau o specie paralelă de hibrizi supersoldaţi, o combinaţie genetică între oameni şi lei. Specia lor mai cuprindea doar 3500 de exemplare.

-General, mormăi Harakhti, iar mustăţile îi tresăriră, absorbind mirosul lui Abaddon.

Judecând după modul în care își tot scotea absent ghearele, nici Harakhti nu știa mai multe decât *el* despre motivele pentru care fuseseră chemați aici.

-General, salută Abaddon.

Se întoarse spre dreapta, unde Generalul Kunopegos trona deasupra lor. Centaurii, un mix între oameni și cai, alcătuiau cavaleria Alianței, fiind creați special pentru a se năpusti în luptă și a sări peste tranșee.

-General Kunopegos, îl salută Abaddon înclinându-și capul.

-General Abaddon, răspunse Kunopegos.

Abaddon observă cum coada lui Kunopegos mătura niște muște inexistente. Oare era un reflex? Sau un semn al neliniștii? Armăsarii nu prea manifestau agitație în situații de criză.

Ultimul general, o femeie, stătea într-un scaun cu rotile, dar nu avea nicio dizabilitate.

-Amiral Atargatis, o salută Abaddon cu căldură.

-Mă bucur să te văd din nou, răspunse aceasta.

Trăsăturile care făcuseră ca predecesorii ei din specia Merfolk să fie recunoscuți drept jumătate umani o costaseră pe Atargatis trei generații de sânge Leviathan. Însă la capătul fiecărei labe avea în continuare degete, cel mare fiind retractabil. În calitate de comandant de flotă Mer-Levi, îl ajutase de curând pe Abaddon să scape de o bază de pirați. Spre deosebire de Jophiel, care fusese avansată de nicăieri, Atargatis își câștigase stelele în mod tradițional: luptând.

-Mai așteptăm pe cineva, anunță Împăratul.

Ușile se deschiseră. În încăpere păși Lucifer, care arăta ca o pasăre proaspăt schilodită de o pisică. Aripile albe-ca-zăpada îi atârnau apatice, de parcă posesorul lor tocmai s-ar fi rostogolit din pat după una dintre faimoasele sale *întâlniri,* iar ochii de un argintiu straniu păreau injectați.

-Tată? spuse el cu o voce tremurândă, întinzându-se spre Împărat.

Comandantul General Suprem Jophiel își așeză mâna pe brațul lui Hashem, de parcă ar fi vrut să îl atenționeze. Lucifer fusese uzurpat, iar lui Jophiel îi plăcea să îi amintească asta ori de câte ori avea ocazia.

-Ai întârziat, își certă Împăratul fiul adoptat. Crezi că ești într-atât de important încât să îmi lași generalii să aștepte?

Abaddon observă expresia rănită de pe chipul Lucifer.

-Îmi pare rău, *tată,* răspunse el, adoptând un ton rece. Imperiul pe care trebuie să ți-l conduc m-a ținut pe loc.

Urmă o pauză plină de tensiune...

-Știți de ce ați fost chemați aici? întrebă Împăratul.

Abaddon îi aruncă o privire fugară lui Lucifer. Cui îi mai făcuse „cadou" vreo soție? Amiralului Atargatis? Nu. Specia Merfolk nu avea nicio problemă de reproducere de când fusese descoperită o colonie de Leviatani proveniți din aceeași rasă primordială pe care Hashem o folosise pentru a-și crea și Forțele Navale.

Atunci Generalului Re Harakhti? Nu. Cu toate că Leonizii erau pe punctul de a dispărea, Harakhti însuşi se căsătorise nu chiar în secret, într-un gest clar de sfidare faţă de legile antifraternizare ale împăratului, cu doi pui de lup.

Lui Kunopegos? Pe sub haina de culoarea alunelor de pădure, ferocelui general de cavalerie i se întrezărea paloarea. Iar copitele sale loveau agitate pământul în timp ce împăratul îşi plimba ochii aurii, omniscienţi, de la un general la altul.

Da. Kunopegos era implicat în conspiraţie. Centaurii erau într-un pericol aproape la fel de mare ca Leonizii, iar Kunopegos fusese trecut pe lista neagră şi declarat înlocuibil, deci potrivit pentru cele mai periculoase misiuni, pentru că Alianţa renunţase la orice gând că acesta s-ar mai putea reproduce vreodată.

Nu! Imposibil! La cei patru metri şi cele mai bine de 1000 de kilograme ale sale, Kunopegos era mult prea mare pentru a avea o soţie umană! Ah! Dar un mascul Centauri se putea împerechea în siguranţă cu un mascul uman. Mai mult ca sigur avea unul pe navă...

-Spre deosebire de *tine,* tată, zise Lucifer, prefăcându-se arogant pentru a-şi ascunde sentimentul de vinovăţie, noi suntem nişte bieţi muritori. Te rugăm să pogori şi asupra noastră darul omniscienţei tale!

-Nu îţi permit să îl huleşti pe Împărat! răspunse Jophiel, păşind în faţă de parcă şi-ar fi dorit să îi care o lovitură zdravănă omologului său civil.

-Că altfel ce? întrebă Lucifer, iar ochii săi de un argintiu straniu căpătară o strălucire şi mai puternică. O să pui la cale o lovitură de stat şi o să înlături reprezentantul poporului, numit conform legii?

Ochii lui Jophiel fură învăluiţi de un albastru ucigător, care îi amintea lui Abaddon de mama lui Lucifer. Dar era doar o coincidenţă. Jophiel se născuse la 175 de ani după ce Asherah murise, iar Lucifer era singurul copil pe care fiinţa pe jumătate Serafim o adusese vreodată pe lume. Oh! Cât de diferit ar fi arătat Alianţa dacă Asherah nu şi-ar fi urmat soţul rebel în mormânt!

-De-ajuns! ordonă Împăratul.

Un fulger trosni, amintindu-i lui Abaddon de zeul bătrân şi feroce care îi lipsea atât de mult.

-În prezenţa mea, o să îţi ţii gura sau o să îi ordon Maestrului de Arme Cherubim să ţi-o smulgă! Ai înţeles, Lucifer?

-Da, tată, răspunse acesta, făcând o plecăciune exagerat de adâncă.

-Jophie? Poţi să prezinţi tu situaţia?

-Am primit informaţii legate de nişte presupuse activităţi suspicioase, zise Jophiel.

-Am remarcat o creştere graduală a încărcăturii de bunuri Sata'anice livrate, mormăi Re Harakhti.

-Vă rog să explicaţi mai în detaliu, îl îndemnă Jophiel.

-Zeci de nave de tip cargo se îndreaptă spre brațul inferior al lui Perseus fără vreo destinație precisă, zise Harakhti. Se întorc cu mâna goală, fără să fi luat alte bunuri la schimb.

-Amiral Atargatis? Dumneavoastră ce ați găsit?

-Încă o hoardă de nave-ac, spuse Atargatis.

Ceilalți trei generali răsuflară întretăiat. Navele-ac aveau capacitatea unică de a sări între diferitele dimensiuni spațiale, folosindu-le drept scurtături în timp și spațiu, așa cum o făceau și ființele transcendentale. Nefiind complet naturale, dar nici cu adevărat mașinării, aceste creaturi biomecanice, care semănau mai curând cu niște copii, puteau transmite mesaje secrete sau chiar pasageri vii, atâta vreme cât aceștia erau destul de mici. O întreagă hoardă înspăimântată de nave-ac fusese descoperită la scurt timp după genocidul 51-Pegasi-4, fiind singura rămășiță vie a unei civilizații avansate care se dezvoltase și dispăruse într-o galaxie îndepărtată.

-Cât de multe? întrebă Kunopegos.

-O hoardă întreagă, spuse Atargatis. Acul meu personal se ocupă să le integreze în rândul trupelor mele.

Prezența lui Atargatis avea sens acum. În timpul absenței îndelungate a Împăratului, îndepărtata Confederație Mer-Levi votase să se autoguverneze, dar continua să îl recunoască pe Hashem drept lider simbolic. Cei din Confederație aveau o relație cordială, de sprijin, cu Alianța.

-General Kunopegos? întrebă Jophiel. *Dumneavoastră* ce lucruri ieșite din comun ați observat?

-Confederația Marizilor Liberi face contrabandă pe furiș, prin brațul Crux-Scrutum spre brațul Carina-Săgetător.

-Cu ce fac contrabandă? întrebă Împăratul.

-Nu reușim sub nicio formă să aflăm, zise Kunopegos. De fiecare dată când încercăm să urcăm la bord, se refugiază în brațul Crux-Scrutum. Dacă i-am urmări, am declanșa un război.

Împăratul șuieră frustrat.

-Dragonul ăla bătrân și viclean o să-mi provoace un atac de apoplexie într-o bună zi.

Abaddon aruncă o privire spre Lucifer, așteptându-se să se dea puțin în spectacol, dar acesta părea palid și slăbit.

-Sunteți bine? murmură Abaddon.

-Scuze, ezită Lucifer. Am cam tras de mine în toate direcțiile.

-General Abaddon, îi întrerupse Jophiel. Ce activități ați remarcat *dumneavoastră?*

Nimic altceva în afară de faptul că Lucifer e pe punctul de a provoca o surpriză foarte neplăcută în Parlament.

-M-am ocupat cu înăbușirea răscoalelor obișnuite ale cetățenilor, zise Abaddon fără nicio inflexiune în glas.

În cei 200 de ani în care Împăratul fusese plecat, Parlamentul se obişnuise să colaboreze pentru a obţine majoritatea de două treimi necesară oricărei decizii luate în absenţa conducătorului. Pentru Hashem, asta era o pastilă amară, de care nu putea să scape fără a incita la revoltă cetăţenii care învăţaseră să se guverneze *singuri*.

-Care vă este dorinţa, Majestatea Voastră? întrebă Generalul Kunopegos.

-Jophie? i se adresă Împăratul femeii care îi era mână dreaptă.

Abaddon observă cum Lucifer îşi încleştă pumnul la auzul numelui de alint. Pe alocuri se bârfea că Jophiel ar fi iubita Împăratului, dar Abaddon ştia că asta nu era adevărat. Hashem o trata ca pe fiica sa, aşa cum altădată îl tratase pe Lucifer ca pe fiul său.

O, Lucifer, vestitor al dimineţii, cât de adânc te-ai prăbuşit...

-Se întâmplă ceva, zise Jophiel, nu putem să stăm cu mâinile în sân în timp ce bătrânul dragon ne coace o surpriză.

-O să pregătesc o listă de recomandări privind resursele disponibile până mâine dimineaţă, se oferi Generalul Harakhti.

-Nu e nevoie, răspunse Jophiel repede. Am ales deja navele şi personalul care vreau să meargă în misiunea asta.

-Dar domnule! protestă Kunopegos. Trupele mele sunt deja împrăştiate. Nu puteţi să scoateţi ce navă vreţi de la datorie, altfel o să lăsaţi găuri în apărare!

-Permiteţi-mi să mă ocup *singură* de asta, spuse Jophiel. Am încredere în dumneavoastră că veţi umple golurile cu trupele care vă rămân.

Printre cei patru generali adunaţi în încăpere se răspândi un murmur nemulţumit. Lucifer, pe de altă parte, nu scoase niciun sunet. Carnea de pe trupul lui părea lipicioasă şi albă.

-Acestea sunt ordinele mele, zise Împăratul. Treceţi la treabă. Vreau să aflu ce are de gând Shay'tan.

Nimeni nu îndrăznea să protesteze în palat. Fiecare avea să aştepte până să ajungă pe nava sa.

-Trebuie să vorbesc cu dumneavoastră, mormăi Abaddon către Lucifer. Acum!

Lucifer se sprijini de paznicul său personal, Eligor, de parcă ar fi fost pe punctul de a cădea. Se pare că avusese cam multe programări cu domniţe şi băuse cam mult alcool.

-Fă-ţi o programare, spuse el slăbit.

Abaddon mârâi.

-Îmi pare rău, ezită Lucifer. Nu vreau să fiu nerespectuos. Vă rog, domnule general, zise el, aruncând o privire înapoi către palatul regal. Haideţi să vorbim undeva unde nu ne-ascultă până şi vântul.

-Aşa o să fac, spuse Abaddon, dar să *nu* îndrăzniţi să mă trageţi pe sfoară.

Generalul Kunopegos îl acostă pe prim-ministru imediat ce acesta se îndepărtă. Abaddon privi afară, spre locul în care Copacul Etern își înălța ramurile deasupra reședinței Împăratului și zeului lor, iar din spatele frunzelor sale de argint se iveau câteva raze de soare din ce în ce mai plăpânde.

Data viitoare când avea să vadă copacul înflorit, avea să culeagă un fruct de pe ramuri și să i-l dăruiască soției sale.

Capitolul 17

Septembrie 3.390 î.Hr.
Pământ: Gasur
Colonel Mikhail Mannuki'ili

MIKHAIL

-Chiar înainte să aterizez o să trebuiască să îmi mişc puţin corpul, îşi avertiză Mikhail mama soacră. Nu te panica, altfel o să aterizăm cu faţa direct în noroi.

Cuvintele Needei fură purtate aiurea de vânt. Dincolo de faptul că îşi ţinuse ochii în permanenţă închişi şi îşi îngropase faţa la subraţul Angelicului, fusese un pasager model. Cu excepţia semnelor pe care i le lăsase pentru că se ţinuse de el cu toată forţa.

Nu era cu mult mai grea decât soţia lui Mikhail, dar proviziile pe care le adusese cu ea erau cu totul altă poveste. Slavă zeilor că aproape ajunseseră, căci Angelicul era gata, gata să se prăbuşească din cer sub greutatea lor!

Gasur era un sat micuţ, care adăpostea cam trei sute de oameni. Casele erau clădite din acelaşi fel de chirpici folosit şi în Assur, dar cele mai multe dintre ele erau mobile, aveau uşi înguste şi ferestre care abia depăşeau dimensiunea unor simple tăieturi în pereţi. În centru se afla o clădire trainică, zeiţa aşezată la firida ei trădându-i statutul de templu.

Mikhail ochi un loc bun de aterizare şi îşi redistribui greutatea, provocând un strigăt speriat din partea Needei, care atârna ca un animal prins în ghearele prădătorului.

Angelicul atinse pământul cu un pocnet surd, nici pe departe într-atât de lin pe cât ar fi *trebuit* să aterizeze o fiinţă ca el, dar oricum nu îşi amintea să mai fi cărat pasageri în trecut. Aripile maro-negre i se întinseră pe o lungime de cinci metri în ambele direcţii, stârnind o adevărată furtună în încercarea de a le încetini în inerţia lor.

Mikhail îi dădu drumul soacrei sale pe pământ.

Pufnind indignată, aceasta îşi rearanjă rochia şi îi aruncă o privire nemulţumită, în timp ce şi el îşi aşeza *propriile* pene. Doi luptători care absolviseră programul de antrenament pentru arcaşi se îndreptară spre ei. Ambii întinseră mâna pentru salutul Alianţei, care le ieşi, însă, doar pe jumătate.

-Harrood! Shumama, li se adresă Mikhail, strângându-le mâinile.

-Nu ne aşteptam să vii şi *tu*, zise Harrood cu un zâmbet larg. De fapt, nu eram siguri că o să vină nici măcar Needa.

-Nu a vrut să piardă timp, spuse Mikhail. Gimal o să se întoarcă cu barca.

-Suntem onorați.

Harrood era nepotul lui Gimal.

Sătenii se holbau la Angelic cu un amestec de admirație și teamă, dar un băiețel mai curajos se furișă și îl trase de pene.

Mikhail își coborî privirea spre copil, care nu era cu mult mai mare decât un bebeluș. Oare avea să fie și fiul *lui* atât de precoce? Sau poate fiica?

-Bună! îl salută el precaut.

Copilul căscă ochii. O luă la goană cu toată viteza pe care o puteau atinge picioruşele sale grăsuțe și începu să strige după mama lui.

-Ăsta e copilul *meu,* spuse Shumama cu mândrie. I-am povestit despre bărbatul care a căzut din rai.

În spatele celor doi bărbați se aflau noii arcași ai Gasurului – șase bărbați și trei femei, toți echipați cu arcuri. După cum promiseseră în „acordul de ajutor reciproc", cei doi se întorseseră în sat și îi antrenaseră și pe ceilalți.

De i-ar fi acceptat și Assurul sfaturile cu la fel de mult entuziasm...

Dintr-o locuință sărăcăcioasă, făcută din chirpici, ieși un bărbat care bâjbâia cu kiltul. Acoperământul lui avea cinci straturi, dar franjurii nu îi erau împodobiți cu mărgele. Chiar și așa, era evident că bărbatul era căpetenia Gasurului.

-Needa! o salută acesta. Ne-a fost teamă că nu o să vii.

-Am făcut un jurământ de sânge, zise Needa. Chiar ai crezut că o să îmi încalc cuvântul așa de ușor, Jiljab?

-Nu de *tine* mă îndoiam, răspunse Căpetenia Jiljab, ci de zgârcitul ăla bătrân de Kiyan.

-Nu mai e așa de rău pe cât era odată, mormăi Needa. Cel puțin nu de când noul meu *fiu* a căzut din cer, continuă ea, arătând spre Mikhail.

-Suntem recunoscători pentru orice fel de ajutor ne puteți oferi *amândoi.*

Jiljab strânse mâna Needei mult mai prelung decât ar fi fost potrivit să o facă. Ninsianna îl acuza pe Mikhail că nu pricepea deloc cum funcționau astfel de lucruri, dar episoadele ei de gelozie, provocate de orice femeie care îi atingea penele sau îl ținea prea mult de vorbă, îl făcuseră mult mai atent la nuanțele actului uman care se numea „curtat". Deci era adevărat? Needa și căpetenia Gasurului fuseseră cândva logodiți?

Spera că Jiljab știa să piardă ceva mai bine decât Jamin.

-Unde sunt părinții mei? întrebă Needa.

--Mama ta e acasă la Tutanraman, spuse Jiljab. Nu a scăpat prea bine din raid. Dar acum că ești tu aici, poate are o șansă să supraviețuiască.

Needa răsuflă din greu și își duse mâna la gât.

-Și tata?

-E în patrulare, spuse Jiljab. Războinicii tineri au multă energie, dar bănuim că atacul ar fi putut fi anticipat dacă ar fi fost mai atenți la negustorii Uruk.

-Uruk? îl întrerupse Mikhail. Vreți să spuneți că nu erau Halifieni sau Amoriți?

-Nu putem fi siguri, interveni Shumama. De obicei, ei nu vin așa departe, în nord, dar în ultima vreme au devenit mai agresivi.

-Erau înarmați cu arcuri cu săgeți?

-Nu, spuse Jiljab. Aveau așa ceva.

Scoase o armă care semăna cu un atlatl, dar al cărei vârf mai scurt avea și o contragreutate.

-Cunoști arme de felul ăsta, ființă înaripată?

Mikhail studie atlatlul. Era mai scurt și mai subțire decât o suliță obișnuită, undeva la granița între armele grele, tradiționale, și arcuri. Imediat înainte de pene avea o contragreutate pe care Angelicul nu o mai văzuse la niciun fel de suliță, una formată dintr-o piatră alungită, prinsă de ax.

Murmură incantanțiile Cherbime pentru concentrare, însă arma nu părea să îi fie deloc familiară.

-Nu am mai văzut niciodată așa ceva, zise el, arătând către piatra prinsă de ax. Dar pot să îmi dau seama că servește ca punct de sprijin și sporește viteza.

-Ce sporește? întrebă Jiljab.

Needa izbucni în râs.

-Vă rog să mă scuzați, dar am răniți de care trebuie să mă ocup. O să vă las pe voi, bărbații, să trăncăniți despre arme.

Porni pe drumul îngust care o purta printre casele înghesuite.

-Noi am mai văzut arma asta înainte, spuse Harrood.

-O versiune mai veche a ei, îl corectă Shumama. Sulițele erau mai lungi și mai grele pe atunci, iar partea cu care arunci era mult mai scurtă. Cei din neamul Uruk purtau atlatlul prins la încheieturi, iar aici – vezi asta? -, mânerul ăsta a fost îmbunătățit față de modelul vechi.

-Și asta e o evoluție naturală a tehnologiei celor din tribul Uruk? întrebă Mikhail. Sau ați auzit vreun zvon legat de cineva care le-ar putea vinde ponturile astea pentru ca apoi să îi asmută împotriva voastră?

Harood și Shumama priviră îndelung arma. Din păcate, atlatlul nu avea glas. Judecând după atenția cu care îl disecaseră, însă, Mikhail nu avea niciun dubiu că astfel de îmbunătățiri aveau să fie integrate și în armele folosite în *Gasur*.

-Crezi că s-ar putea să fie demonii ăstia șopârlă? îl întrebă Jiljab.

Mikhail săpă prin amintiri, însă nu reuși să aducă nimic la suprafață. Vidul în care pur și simplu *știa* lucruri, fără a-și aminti unde le învățase, era frustrant. Era unul dintre motivele pentru care Jamin câștigase atâta teren în fața lui. Cum poți să explici că nu știi ce nu știi până când, de nicăieri, știi?

-Şopârlele îi pun pe alţii să se ocupe de treburile murdare în locul lor, zise Angelicul. Dar fără să le dea ceva ce ar putea fi folosit apoi împotriva lor.

Nu ştia de unde ştia acest lucru, dar îl *ştia,* cu aceeaşi claritate cu care ştia şi cum să bată din aripi.

-Nu am auzit niciun zvon despre demoni-şopârlă, zise Căpetenia Jiljab. Dar Uruk controlează zona de confluenţă a *ambelor* râuri. Orice negustor care vine de la Marea Pars trebuie să treacă prin teritoriul lor. Dacă *el* are arma, curând o va avea şi Urukul.

Mikhail studie atlatlul cel ciudat. Dacă Gasurienii trimişi în patrulă nu reuşeau să pună mâna pe vreunul dintre atacatori, era posibil să nu afle niciodată adevărul.

-Haide cu noi la cină, îl invită Jiljab, având privirea entuziasmată a omului nerăbdător să împărtăşească şi să îşi bată capul cu tactici de luptă – o activitate preferată printre războinici. Avem o masă modestă, dar tind să cred că o să îţi facă plăcere compania noastră. Mi-ar plăcea să discutăm despre extinderea acordului de ajutor reciproc şi asupra altor sate.

Mikhail fu de acord, recunoscător pentru o seară liberă, chiar dacă era umbrită de absenţa Ninsiannei. Dat fiind faptul că se apropia Adunarea Anuală a Căpeteniilor, avea să fie interesant să facă schimb de idei cu privire la modurile în care ar fi putut convinge şi alte sate să li se alăture.

Cu o răbdare neobişnuită, Angelicul îşi făcu drum prin satul plin de oameni nerăbdători să întâlnească fiinţa căzută din cer. Pentru prima oară după multe luni, se simţea în siguranţă relaxându-se. Chiar în acel moment, *altcineva* se ocupa de antrenamentul Assurienilor, Assurieni care i se alăturau doar pentru că aşa le ordonase Căpetenia. Siamek era un locotenent competent şi nu se confrunta cu probleme de loialitate.

El şi Pareesa aveau să încheie antrenamentul sătenilor *imediat...*

Capitolul 18

Septembrie – 3.390 î.Hr.
Pământ: Satul Assur

PAREESA

-Bine, ascultați aici! anunță Pareesa, imitând vocea lui Mikhail pe cât de bine putea. O să repetăm mișcarea asta până când vă iese cum trebuie!

-Dar s-a înserat deja! se plânse Ipquidad.

-Am obosit, oftă Barzil.

-*Toți* au plecat acasă, se plânse Yaggitt. Noi de ce nu putem?

-Pentru că așa zic eu, le-o tăie Pareesa. De aia!

Echipa ei de rang B, formată din șaisprezece membri, cuprindea bărbați care nu ar fi fost niciodată chemați la antrenamente de luptă dacă vremurile pe care le trăiau nu ar fi fost atât de stranii și complicate. Cei mai mulți dintre ei erau doar cu puțin mai mari decât ea, pornind de la Barzil, cel de doar paisprezece primăveri, până la Yaggitt, care avea nouăsprezece primăveri; iar toți erau atât de nepricepuți, încât Pareesei aproape că îi venea să urle. Tot ce făcea era să repete, să repete și iar să repete. Iar apoi, chiar când credea că o să îi explodeze capul, trebuia să repete din nou.

Ahhh!! Mikhail făcea totul să pară așa de simplu!

Singurul lucru care o consola era gândul la misiunea și mai grea pe care o avusese Siamek cu grupul mai mare, ceva mai devreme. Fără Mikhail, care să îi *oblige* să execute mișcările, războinicii se eschivaseră ori de câte ori avuseseră ocazia.

-De ce trebuie să repetăm aceeași mișcare iar și iar? întrebă Gizzal.

-Pentru că ați fost prea cap-pătrat ca să o învățați de la primele *trei sute* de încercări!

-De ce nu putem să așteptăm pur și simplu să se întoarcă Mikhail? întrebă Ipquidad.

-Mă dor picioarele, se plânse Barzil.

-Nu putem să încercăm ceva nou? întrebă Yaggitt.

-Pareesa? interveni Ebad înainte ca fata să îi tragă vreuna în cap cuiva. Poate o să ne iasă mai bine dacă ne explici pe pași.

Ebad, care avea părul închis la culoare, ochii căprui și tenul de un măsliniu deschis, specific celor care își petreceau cea mai mare parte a timpului afară, își ajuta tatăl să își câștige existența făcând vase din lut. Arăta destul de bine – se gândea Pareesa așa, nu că i-ar fi atras atenția. Tocmai trecuse de vârsta la care toți băieții i se păreau o pacoste, iar acum că începuse să le acorde atenție, sau mai bine zis să îi acorde atenție *unuia* dintre ei, i se părea că Ebad era enervant, mereu gata să se lase umilit și să pună o sumedenie de întrebări.

Iar ceilalți îl votaseră pe *el* ca lider de grup...

-V-am explicat deja pe pași, îl certă ea. De câte ori trebuie să o mai fac?

-Ăăă... până ne iese bine? întrebă Ebad rușinat.

Pareesa oftă. Mikhail îi ceruse această favoare specială. Echipa era pe cât de puternică îi permitea cea mai slabă dintre legături să fie, iar cea mai slabă dintre legături era reprezentată tocmai de cei șaisprezece băieți dinaintea ei. Fusese încântată să fie aleasă ca locotenent. Siamek spunea că e doar o mascotă, dar ce știa el? Mikhail era mult prea ocupat ca să o mai antreneze personal. Poate, dacă îl scăpa de câteva îndatoriri, avea să își mai facă timp să o învețe câteva mișcări de luptă noi.

Mișcări frumoase, care scot mușchii în evidență și răscolesc penele...

Își imagină următoarea ocazie în care avea să inventeze o scuză ca să își afunde degetele în penele acelea luxuriante și întunecate...

Uii!

Își dădu seama că Ebad îi arunca priviri de căprioară.

-Mai arăt o dată, zise ea, arătându-l cu degetul, așa că ați face bine să exersați când mergeți acasă. Dacă vă întoarceți mâine și nu ați pus mișcarea la punct, vă rup capul!

-E mai rea decât negustorii de sclavi Amoriți, șopti Ipquadad. Măcar *ei* ne vindeau, nu ne puneau să exersăm la nesfârșit aceleași lucruri.

Și? Poate aveau nevoie să li se amintească de ce *ea* fusese numită în fruntea grupului, în ciuda vârstei fragede.

-Ipquadad! ordonă Pareesa. Tu arăți.

Tânărul corpolent îi luă locul lui Ebad. Deși era îmbrăcat bine, cu un kilt cu două straturi de franjuri, burta i se revărsa peste curea. Pareesa își încrucișă arma cu a lui, după care se aplecă, adoptând poziția de început.

-Hai să vedem cât de mult ai exersat, spuse ea, rânjind ca un șacal. Ebad, numără treizeci de măsuri.

Ipquadad înghiți în sec, ceea ce îi făcu bărbia dublă să iasă și mai tare în evidență.

-Acum! începu Ebad să numere. Un *sanu*, doi *sanu*, trei *sanu*...

Pareesa aștepta ca Ipquidad să se miște, jucându-se cu băiatul mai masiv decât ea ca un șacal care înconjoară un animal din turmă. Ipquadad căuta ocazia de a o pune la pământ. Era mai scundă cu vreo douăzeci de centimetri și cântarea cam o treime cât el.

Ipquadad făcu mai multe fente. Pareesa respinse fiecare încercare de atac fără nicio problemă. Tânărul încercă să o lovească la genunchi, sperând să îi facă picioarele să fugă de sub ea. Pareesa sări. Bățul cu care fusese atacată se legănă inofensiv sub ea. Aterizză la timp pentru a căpăta un avantaj. Lovitura ei aterizză direct pe umărul tânărului.

-Au! scânci Ipquadad.

Ceilalți băieți izbucniră în râs.

Ipquadad, care încă nu avea prea multă experiență, nu apucă să își ridice arma și să prevină a doua lovitură. Pareesa îi aplică una oblică, după care își înfipse călcâiul la spatele genunchiului său.

-Douăzeci și opt de sanu! anunță Ebad când Ipquadad ateriză pe spate.

Pareesa își duse arma la gâtul lui Ipquadad.

-Cedezi?

Făcând pe supăratul, Ipquadad aprobă din cap. Pareesa îl ajută să se ridice și îl lovi ușor pe spate, un gest pe care războinicii obișnuiau să îl facă pentru a semnala că încă erau prieteni. Tânărul șchiopătă înapoi la locul lui.

-Dacă mai are un pic și reușește să îl pună la pământ pe Mikhail, îi șopti Yaggitt gigantului cel blând, e clar că n-o să aibă nicio problemă în a te doborî *pe tine*.

-Cred că ea e singura din sat căreia nu îi e frică de el.

Pareesa își ascunse zâmbetul. *Ei* nu știau că mentorul său avea o inimă blândă.

Torțele începură să își piardă din licărire. Întrucât luna nu era nici măcar pe jumătate plină, fură nevoiți să încheie antrenamentul, pentru a nu fi nevoiți să lupte pe întuneric.

-Bine, echipă B, spuse Pareesa. Mergeți acasă și exersați. Ne vedem din nou aici, mâine, la antrenamentul obișnuit. Siamek îi ține locul lui Mikhail câteva zile.

Nu mai menționă și că făcea o treabă foarte proastă. Siamek se pricepea la lupte, dar inspira trupele cam la fel de mult pe cât ar fi putut să le inspire și o piatră. Mikhail ura să fie la comandă, dar modul în care *el* se aduna și *făcea* lucruri îi determina pe toți să încerce să fie mai buni.

În timp ce echipa înainta spre casă, un comentariu răzleț ajunse la urechile Pareesei:

„Mică zână pe naiba... mai are un pic și ne pune să vânăm lei..."

Capitolul 19

Data Galactică Standard: 152,323.09 D.Î.
Teritoriile neexplorate: Crucișătorul de linie „Beylan"
Colonel Leonid Orias

Col. ORIAS

Leonizii erau o specie pasională. Dintre toate cele patru categorii de supersoldați, ei aveau cele mai multe gene animale în ADN. Asta îi transformase în cei mai *feroce* prădători din galaxie, însă împerecherile încrucișate îi lăsaseră infertili.

Habbibah intră val-vârtej în biroul Colonelului Orias.

-Mama, am fost trecută pe lista neagră!

-Dar eu nu am autorizat așa ceva! izbucni Orias. Și *eu* sunt comandantul navei ăsteia!

-Asta a fost a 207-a încercare eșuată de împerechere, suspină Habbibah. Majorul Chaths a spus că nu mai are nicio opțiune și că trebuie să o raporteze la baza de date genetică centrală.

Orias se sprijini de birou. În realitate, Majorul Chaths ar fi trebuit să raporteze problema în urmă cu *șapte* cicluri, pentru ca Habbibah să fie trimisă la un post de mare risc, însă Orias fusese egoistă. Partenerul ei fusese sacrificat în războiul nesfârșit al lui Hashem împotriva lui Shay'tan, iar fiul îi murise într-un mod oribil, pe masa de seară a neamului Tokoloshe. Spre deosebire de Angelicii aceia glaciali, care își abandonau copiii la academia de instruire pentru tineri, Leonizii își creșteau puii în sânul turmei.

-Înțeleg de ce avem nevoie de diversitate genetică, oftă Orias, dar conflictele astea constante ne împing și mai aproape de extincție.

-Mi-aș dori ca tata să mai fie în viață, spuse Habbibah, iar mustățile îi tremurară. Și Chatuluka...

-Și eu, zise Orias. Cine ar fi crezut că o să fim înfrânți de o bombă cu ceas ascunsă în propriile gene?

Și-ar fi dat și viața pentru a apăra Alianța, dar Habbibah era tot îi mai rămăsese pe lume. Ce rost mai avea onoarea câtă vreme propria turmă era la doar un pas de extincție?

-Ascultă, draga mea, zise Orias. Am auzit niște zvonuri cum că prim-ministrul ar fi găsit o soluție. O să mă interesez despre ce e vorba. Nu știi niciodată ce se găsește pe piața neagră.

-Ai putea să faci asta? întrebă Habbibah, suflându-şi nasul. Poate o să te fac bunică într-o zi...

Orias toarse şi linse urechile pufoase ale fiicei sale, aşa cum obişnuia să facă atunci când Habbibah era doar un pui. Habbibah plânse cu sughiţuri şi se cuibări în braţele mamei ei. Erau Leonizi, pentru numele lui Shay'tan! Leonizii nu renunţau până când nu câştigau... sau mureau încercând.

Capitolul 20

Septembrie, 3.390 î.Hr.
Pământ: Satul Assur

JAMIN

Jamin atinse în treacăt discul auriu, exersându-şi în minte discursul convingător. Căpetenia îi interzisese să mai aibă de-a face cu Halifienii. Ce avea să spună când avea să afle că fiul său s-ar putea căsători cu fiica inamicului?

Jamin îşi purtă degetele spre agrafa pe care Marwan i-o dăduse cu atâţia ani în urmă, pe când totul se rezuma la un om bătrân, nişte capre şi un băiat care, fără să vrea, legase două triburi printr-un tratat. Avea să mai *aştepte* până să îi spună tatălui său despre Aturdokht. Căsătoria cu frumoasa femeie a deşertului avea să îi scape de raiduri, dar în acelaşi timp avea să stingă pentru totdeauna speranţa lui Jamin că, într-o bună zi, Ninsianna ar putea să îl iubească din nou.

Lovi o pernă. Însărcinată! Cum se putea ca Ninsianna să poarte în pântece o abominaţie semipură?

Îşi frecă pieptul, simţindu-se de parcă tocmai îi fusese smulsă încă o bucată din inimă. Inima îi galopa cu o insistenţă frenetică. *Opreşte totul. Opreşte totul.* Desigur că era însărcinată! Doar se dăduseră unul la celălalt încă *dinainte* să îşi rostească jurămintele.

Se afundă în covorul pufos care le acoperea podeaua. Îl durea să afle că Ninsianna purta copilul altui bărbat, dar ce îl durea şi mai mult era modul apăsat în care se lăudase că mai degrabă s-ar lăsa vândută ca sclavă decât să se mărite cu *el...*

Îşi ridică privirea spre covorul mic, ţesut de mână, care împodobea peretele.

-Înţeleg că nu mă iubeşte, spuse cu ochii înfierbântaţi şi umezi, dar chiar trebuia să o spună de faţă cu tot satul?

Studie atent discul auriu. Un şarpe cu aripi pe o parte. O stea cu şase colţuri pe cealaltă. Nu avea nicio idee prin ce magie fusese creat un disc care valora acum cât viaţa unei femei Ubaide, dar se părea că avea un preţ teribil. Despre abuzul de magie auzise prima oară la mama lui, care răspândise avertismente şoptite despre Lugalbanda, bunicul Ninsiannei, un şaman atât de puternic încât putea opri în loc inima duşmanului.

Uşa exterioară scoase un hârşâit. Trupul masiv al căpeteniei umplu încăperea, înţepenit fiind de furie. Ar fi trebuit să-şi dea seama că nu era o idee bună să o înfrunte pe Ninsianna de faţă cu tot satul, dar când ea refuzase să vorbească cu el în privat, impulsul de a-i dovedi că avea *dreptate* îi întunecase judecata.

-Unde e? întrebă tatăl său.

Jamin îi întinse moneda.

Lumina pâlpâitoare a torţei accentua strălucirea aurie a artefactului divin, prea frumos pentru a fi fost conceput de mâini muritoare.

-Şi ce dovedeşte asta?

-Cu asta plătesc negustorii de sclavi pentru femeile noastre.

-Îmi dau seama că e aur, zise căpetenia, iar privirea i se întunecă. Cumpărat cu uleiul *meu* de in. Ce *nu* îmi dau seama e din ce motiv a mers fiul meu în sânul duşmanilor, ca să aducă apoi ruşinea asupra întregului sat!

-Nu înţelegi? E dovada că demonul înaripat e în spatele raidurilor.

Tatăl lui Jamin examină atent şarpele cu aripi.

-Eu nu văd niciun bărbat înaripat pe moneda asta. Doar o fiinţă-şopârlă, aşa cum anunţă şi profeţia Ninsiannei.

-Halifienii au făcut rost de monedele astea de la tribul Amorit, spuse Jamin. Care, la rândul lui, le-a obţinut de la fiinţele-şopârlă, care şi ele sunt doar nişte intermediari. Cumpărătorii finali sunt Angelicii.

-Ai vorbit cu fiinţele astea şopârlă?

-Nu.

-Le-ai văzut?

-Nu.

-Halifienii le-au văzut?

-Nu, dar...

Căpetenia îl întrerupse:

-Atunci unde sunt ceilalţi Angelici şi de ce nu au venit să îşi ia camaradul acasă?

-Poate că a fost alungat de liderii lor.

-Atunci nu are nicio legătură cu ei, zise căpetenia, şi ca atare nu are nicio vină.

-A fost trimis aici ca să ne spioneze!

Expresia tatălui lui Jamin deveni aproape batjocoritoare.

-Şi ca să *ajute* ceilalţi Angelici să ne cucerească, a decis să ne înveţe să folosim arme *avansate*, pe care să le folosim *împotriva* speciei lui?

-Încearcă să ne câştige încrederea ca să ne trădeze.

-În *el* am încredere, oftă căpetenia. În tine, pe de altă parte...

Ura clocotitoare care ameninţa să se reverse încă de când Ninsianna se refugiase în braţele demonului înaripat ardea în venele lui Jamin, dar tactica pe care o folosea de obicei pentru a contracara un atac la onoarea sa nu îl adusese nicăieri. Deşi îl ura pe demonul înaripat din străfundurile fiinţei sale, nu putea să nege că şi învăţase lucruri de la el. În loc să explodeze, adoptă o expresie glacială:

-Deci acum nu ai încredere în mine?

Căpetenia aruncă moneda în aer, o prinse şi o îndesă în *propria* bocceluţă, fiind de la sine înţeles că discul auriu era compensaţia pentru uleiul de in pe care Jamin îl furase ca să obţină moneda.

Altădată putea *discuta* cu tatăl lui, dar acum nu mai era cazul. La un moment dat, bărbatul încetase să îi mai fie tată şi se transformase în „căpetenie". Cel care îi vorbea era un străin.

-Nu mai am niciun motiv să mă încred în tine, dar, având în vedere că mi-ai furat grânele ca să cumperi mercenari, am multe motive să *nu* o mai fac.

-Încercam să o salvez pe Ninsianna!

-Nici măcar prietenii tăi nu susţin povestea asta, oftă căpetenia. Iar acum ai furat din nou de la mine.

-Încerc!

-*Nu* încerci! strigă căpetenia. Satul nostru a fost atacat, dar în loc să antrenezi oamenii să se apere, tu vânezi fantome prin deşert!

-Încerc să *duc tratative* cu oamenii deşertului, spuse Jamin. Le-am câştigat încrederea.

-Nu poţi avea încredere în mercenari!

-Nu le înţelegi codul de onoare.

-Şacalii nu au onoare, zise căpetenia, cu ochii arzând a ură.

-Ei nu onorează tratate pe care le cumperi cu aur, spuse Jamin, arătând spre bocceluţa în care tatăl lui tocmai îndesase discul de aur. Ci legături de sânge.

-Mai degrabă i-aş trage-o unei capre decât să permit unor asemenea gunoaie să intre în tribul meu!

Gunoaie? El nu ar fi numit-o pe frumoasa deşertului un gunoi.

-Şi totuşi îi permiţi Ninsiannei să poarte în pântece un copil pe jumătate demon? şuieră Jamin.

Chipul căpeteniei fu străbătut de o undă de vinovăţie. Ştia deja despre sarcină?

-Trebuie să renunţi la ea, zise acesta cu blândeţe. Ai *propriile* obligaţii de care trebuie să te ocupi acum.

Oftând, tatăl lui Jamin apucă perna pe care fiul său o lovise mai devreme şi o aşeză pe o masă joasă. Luă o lampă mică, din lut, şi îi atinse fitilul cu torţa pe care Jamin o aprinsese mai devreme pentru a lumina camera. Lampa îşi revărsă strălucirea slabă, dar veselă pe masă. Căpetenia studie discul auriu, având o expresie indescifrabilă.

-Bănuiesc că va trebui să folosesc asta ca să plătesc preţul miresei, spuse el în cele din urmă.

Jamin simţi un fior straniu pe şira spinării. Cum ar fi putut tatăl lui să ştie ce înţelegere făcuse cu frumoasa deşertului?

-Ninsianna s-a căsătorit cu altcineva, răspunse precaut. Nu datorez nimănui vreo plată.

-Te-am avertizat că, dacă îți împrăștii sămânța aiurea, zise tatăl său, o să sfârșești într-o căsnicie pe care nu ți-o dorești.

-Nici nu am pus mâna pe ea, spuse Jamin, gândindu-se la promisiunea de a pune pe tavă inima demonului înaripat.

-Tot satul știe că ai *făcut-o,* izbucni tatăl său. Crezi că suntem cu toții orbi la ce se întâmplă prin spatele coțetelor de capre?

În stomacul lui Jamin se cuibări brusc conștiința pierzaniei. Tatăl lui nu vorbea despre Aturdokht, femeia pe care o vedea drept o alternativă nu tocmai nefericită la femeia pe care și-o dorea *cu adevărat,* ci despre Shahla, femeia căreia toți bărbații îi erau foarte cunoscuți.

-Nu am mai atins-o de săptămâni întregi, spuse el. O tot evit pentru că nu poate să accepte un *refuz.*

-Nu e vorba de ce ai făcut acum trei săptămâni, zise căpetenia cu blândețe, ci de ce ai făcut la solstițiul de vară.

Tatăl său își ridică privirea spre el, având aceeași expresie indescifrabilă.

-Shahla a mai spus lucrurile din astea înainte, pufni Jamin. Întreabă-l pe Siamek. Odată a încercat să îl înhațe pe *el.* Și pe Firouz la fel! Și pe Qishtea din Nineveh! De fiecare dată s-a dovedit că mințea.

-Needa însăși a confirmat că bebelușul se mișcă.

O, în numele zeilor! Simțea că se scufundă...

-Și de unde să știu eu că e al meu? întrebă Jamin nesigur. S-a culcat cu toți bărbații din sat.

Modul în care tatăl său pufni dovedea că știa ce reputație avea Shahla. Înainte să fi fost atacat de bour, Jamin se mai culcase cu ea, dar tatăl său îi ordonase să *renunțe* la această distracție, amenințându-l cu moartea, dezmoștenirea și alte lucruri exasperate pe care le putea profera un tată fără a avea, însă, intenția de a le duce la capăt; totuși, îl convinsese să nu se mai vadă cu această femeie pe care nu avea nicio dorință să o ia de soție.

Căpetenia analiză moneda.

-Părinții ei au venit să vorbească cu mine cât ai fost plecat, cerând o recompensă pentru faptul că le-ai pângărit fiica. Ori te căsătorești cu ea, ori se prezintă în fața tribunalului ca să îți ceară să întreții bastardul până la vârsta maturității. Cunoști legea.

Jamin se simțea de parcă era pe punctul să leșine. Tribunalul? Tatăl său avea puterea de a răsturna deciziile luate de acesta, dar nu o făcea niciodată; grupul de trei înțelepți era glasul legii.

Era în interesul satului să se asigure că nu exista niciun dependent care să suprasolicite grânarul comun, așa că de fiecare dată când o femeie tânără rămânea însărcinată, tribunalul își îndrepta atenția către bărbatul care se desfătase cu ea. Tinerii erau de obicei obligați să se căsătorească, iar bărbații mai în vârstă care își înșelau nevestele erau nevoiți să susțină două soții – soția adevărată și concubina.

Două soţii. Cu doar câteva momente înainte se gândea să se căsătorească cu Aturdokht pentru a aduce pacea, şi apoi, urmând obiceiul Halifien de a lua drept soţie subordonată nevasta inamicului înfrânt, să se căsătorească şi cu Nisianna. Dar se putea descurca şi cu trei?

Nu! Pensia alimentară era ultima dintre grijile sale! Nu despre ceea ce făcuseră în spatele coteţului de capre avea să depună mărturie Shahla, ci despre cea mai mare greşeală din viaţa lui; eşecul de a-şi fi imaginat că loialitatea unui mercenar putea fi cumpărată cu aur. Capcana pe care o orchestrase pentru a atrage demonul înaripat în afara satului se transformase într-un raid în adevăratul sens al cuvântului. Unsprezece Assurieni muriseră pentru că mercenarii îşi aduseseră şi *ceilalţi* prieteni.

-Copilul nu poate să fie al meu, zise Jamin, simţind că îi venea rău. Dacă Shahla ar fi fost însărcinată, mi-ar fi spus.

-Nu i-a spus nici măcar celei mai bune prietene ale ei, răspunse căpetenia.

Şi Jamin observase kilogramele în plus, dar nu le băgase în seamă. Shahla făcea mereu scheme; de ce ar fi ţinut ascunsă această informaţie?

Pentru că el nu ar fi crezut-o, de aceea!

Shahla era la fel de vinovată ca *el,* pentru că ea le spusese mercenarilor unde îi plăcea Pareesei să vâneze, în aşa fel încât negustorii de sclavi să o poată captura. În loc să îi spună singură lui Jamin, Shahla îşi pusese părinţii să se ocupe de treaba murdară în locul *ei.*

Manipulare de expertă...

-O să vorbesc cu ea, spuse Jamin, încleştându-şi pumnul.

Tatăl lui oftă.

-Nu am zis nimic când ai început să te culci cu ea din nou pentru că mă îngrijora obsesia pe care o aveai pentru Ninsiana, începu acesta, zornăind moneda în lumină. Dacă e să vorbim de o soţie pentru tine, Shahla nu ar fi chiar varianta mea preferată, dar familia ei e puternică şi are multe alianţe comerciale. Ar fi chiar aşa de rău să te aşezi la casa ta?

Jamin înghiţi în sec. Dintr-o dată, îi răsărea întreaga viaţă înaintea ochilor, iar Shahla îi era temnicerul. Îl prinsese în ghearele ei şi o ştia prea bine.

-Mi-ai spus cândva că ar trebui să mă căsătoresc cu o femeie care mă iubeşte aşa cum spui că te-a iubit mama pe tine, zise Jamin cu glas tremurător.

Tatăl său îşi ridică privirea spre covorul mic care atârna pe perete, ţesătura neterminată pe care mama lui Jamin o începuse pentru a o aşeza în pătuţul surorii lui, a cărei naştere le costase viaţa pe amândouă. Apoi, privi din nou discul auriu, primul dintr-o serie lungă pe care trebuia să le-o plătească părinţilor Shahlei pentru a scăpa de ei. Bătrânul era zgârcit. Nu avea să susţină copilul bastard al Shahlei.

Tatăl lui Jamin puse discul înapoi în boccea.

-Satul nostru va avea de suferit consecințele dacă părinții ei renunță la acordurile comerciale de care m-am ocupat cu atâta grijă.

Poziția lui țeapănă era aceea a căpeteniei care dă o sentință, nu a tatălui care i se adresează fiului său.

-Te-am cocoloșit toată viața ta. E timpul să te descurci cu loviturile pe care ți le atragi de unul singur.

-Dar nu o iubesc, ripostă Jamin cu glas stins.

-Ar fi trebuit să te gândești la asta înainte să începi să te culci cu ea din nou.

În venele lui Jamin începu să clocotească furia. Needa confirmase că bebelușul se mișca? El nu era vreun expert în materie de sarcini, dar era destul de sigur că ar fi trebuit să treacă ceva mai mult timp pentru așa ceva decât trecuse de când se culcase el cu Shahla. Copilul nu putea fi al lui!

-Nu o să îți permit să mă șantajezi așa!

-O să te *căsătorești* cu fata aia, mârâi căpetenia. Așa cum o să și *începi* să antrenezi luptătorii alături de Angelic, ca să fim pregătiți data viitoare când ne atacă așa-zișii tăi *prieteni*.

Într-un sfârșit, furia lui Jamin se revărsă.

-Mai degrabă aș putrezi în IAD!!!

Tatăl său îl lovi peste față. Dacă orice alt bărbat ar fi făcut acest gest, Jamin l-ar fi ucis, însă acele rămășițe de teamă pe care le poartă orice copil știind că părinții săi au fost cândva mai mari decât el îl împiedicară din a reacționa. Nu scoase niciun cuvânt, șocat, ținându-se de obraz de parcă ar fi vrut să întrebe: *„Chiar m-ai lovit?”*.

-Nu poate să existe decât un singur lider în satul acesta, spuse Căpetenia Kiyan încet, cu răceală. Și nu *tu* ești acela.

Jamin își scuipă tatăl. Înainte să facă ceva *și mai* nebunesc, se năpusti pe ușă, trântind-o atât de tare încât zbură tot praful dintre chirpici. Făcu o curbă și se izbi cu pieptul direct de Gita, care se întorcea acasă după antrenamentul de seară, dar fără să se grăbească la tatăl său bețiv.

-Dispari din calea mea! șuieră Jamin.

Era la fel de prost îmbrăcată și costelivă ca de fiecare dată, dar în mână avea o suliță, cea pe care i-o dăduse chiar *el. El* o învățase să o arunce după ce o găsise într-o noapte suspinând în fața casei tatălui ei, cu ochiul atât de umflat de pe urma bătăii, încât nu îl mai putea deschide. La spate avea acum un arc proaspăt cioplit, alături de o tolbă pentru săgeți.

O împinse la o parte, vrând să scape mai repede de ochii aceia negri și iscoditori. Ochi de vrăjitoare; aceasta era explicația pe care o dăduse tatăl ei când Jamin îl găsise beat criță și îl bătuse până când reușise să scoată de la el motivul pentru care se simțea dator să își chinuie fata până aproape de a o ucide.

Jamin crezuse că reușise să scape de ea fără să își dea în vilag trăirile, dar aceasta îi spuse:

-Ai de gând să o alungi pe Shahla?

Jamin încremeni. Gita putea să îl citească aşa cum nu mai putea nimeni altcineva din sat. Nu îndrăzni să îi întâlnească privirea atotştiutoare.

-Nu i-am spus niciodată că o iubesc, zise el precaut.

Era adevărat. Nu folosise niciodată întocmai acele cuvinte. Dar *insinuase* că ar putea să o ia de nevastă într-o bună zi... pentru a-i câştiga tăcerea. Dăduse vina pe tatăl său pentru lipsa de angajament, fără să îşi imagineze că liderul satului ar putea să se întoarcă împotriva lui şi să îi ordone să se căsătorească cu ea.

-*Ea* spune altceva, zise Gita.

-Minte.

Încercă să scape, dar fu oprit în loc de următoarele cuvinte ale Gitei:

-Ştii că Shahla e însărcinată?

Umbrele se apropiară de el. Prima oară o pierduse pe Ninsianna, apoi pierduse încrederea tatălui său, apoi respectul oamenilor şi al prietenilor săi, iar apoi şi propria stimă de sine, făcând greşeală după greşeală. Când tocmai credea că găsise un mod de a-şi restabili reputaţia, Shahla îi dăduse planurile peste cap cu capcanele ei. Care veste de pe ziua de azi fusese mai rea? Aceea că Ninsianna purta în pântece copilul demonului înaripat? Sau că era posibil că Shahla să îl poarte pe al *lui?*

Nu! Nu putea fi adevărat!

-Dar tu? întrebă Jamin, tronând deasupra ei cu muşchii încordaţi, muşchi formaţi în ani de antrenamente, care deveniseră la rândul lor o armă. Am auzit că nu ţi-a zis nici *ţie.* Nu ţi se pare ciudat?

Tânăra costelivă rămase fermă pe poziţie, curajoasă cum nu mai fusese niciodată înainte de a avea o armă în spate. Lumina slabă a luceafărului îşi revărsă strălucirea asupra chipului ei palid şi uscăţiv. Jamin se pierdu în adâncimea ochilor ei negri, atât de mari şi de întunecaţi încât făceau însăşi noaptea să pară mai curând un răsărit. Se simţea de parcă ar fi fost complet dezgolit.

-Da, cred că nu ţi-a spus, zise Gita cu blândeţe. Şi cred că ştiu de ce.

-De ce?

Adâncimile clipiră. Gita îşi coborî privirea.

-Poate că ar trebui să vorbeşti chiar cu Shahla...

Jamin aruncă o privire peste umăr, aşteptându-se să o vadă pe Shahla înaintând spre el şi aruncând cu acuze, dar fu uşurat să descopere că nu era acolo. Se răsuci pentru a o întreba încă ceva pe Gita, însă aceasta dispăruse înapoi printre umbrele care îi erau cămin.

Jamin se furişă pe străduţe, rugându-se să o poată evita pe Shahla până când îşi aduna gândurile. Dacă Mikhail nu i-ar fi furat logodnica, nu s-ar fi culcat niciodată cu Shahla. Indiferent de direcţia în care voia să o ia, drumurile îl purtau faţă în faţă cu demonul înaripat.

Deci tatăl lui voia o dovadă? Avea să o obţină!

Capitolul 21

Septembrie, 3.390 î.Hr.
Baza de pe Pământ a lui Sata'an
Locotenent Kasib

Lt. KASIB

Kasib stătea cu picioarele încrucişate pe un covor moale, flanelat, tăind de pe listă obiecte de care negustorii umani nu îi puteau face rost. În timp ce marca fiecare articol cu „indisponibil" sau „cantitatea X în continuare necesară", partenerul său de comerţ uman, Nipmeqa, traducea cuvintele negustorilor în Kemet, o limbă pe care o înţelegeau amândoi.

-Am nevoie de mai mult grâu sălbatic, spuse Kasib.

-Nu mai avem, zise Nipmeqa.

-Emmer?

-V-au dat ultima rezervă acum două săptămâni.

-Dar orz?

-V-au dat tot ce au.

-Secară?

-Doar cantitatea aia micuţă.

-Dar e perioada *recoltei,* protestă Kasib.

-Şi dumneavoastră aţi cumpărat tot ce au, zise Nipmeqa. Ei spun că, dacă vă mai dau, nu o să mai aibă cu ce să îşi hrănească copiii.

Kasib îşi verifică comanda pe tabletă. Avea nevoie de lucruri de bază ca să se asigure că, odată ce ajungea şi escadra acolo, oamenii aveau să îi privească drept aliaţi, nu drept armată invadatoare. Însă fiinţele umane erau atât de primitive, încât recoltele lor abia de reuşeau să acopere necesarul pentru propriile familii. Apariţia bruscă a 15000 de soldaţi masivi, care nu erau tocmai experţi în ale agriculturii, nu făcuse altceva decât să înrăutăţească situaţia.

-Spune-le că plătim mai mult, zise Kasib.

Nipmeqa transmise oferta către negustorii care se holbau la el cu un amestec de mirare şi teamă. Nipmeqa oftă.

-Kasib, prietene, vom discuta despre asta când pleacă, bine?

Nipmeqa şi comercianţii îşi încheiară afacerile, iar apoi cei din urmă plecară, lăsând în urmă mult mai puţină marfă decât sperase Kasib să procure. Soţia lui Nipmeqa ieşi să spele vasele, urmată de cea mai *nouă* membră a casei, Taram, o fată oarbă care picase programul Academiei de Instructaj pentru Femei a lui Sata'an, însă nu din vină proprie. Deşi avea o piele mult prea palidă pentru gusturile lui Kasib şi o faţă umană plată în locul râtului pe care el îl considera satisfăcător, locotenentul îşi scoase limba discret, pentru a gusta feminitatea care emana din toţi porii ei.

-Cum îţi merge, prietene Kasib? întrebă Taram.

Se uita... nu direct la el, ci la forma lui, pentru că doar atât putea să distingă.

-Îmi merge bine, zise Kasib nesincer. Nipmeqa se poartă frumos cu tine?

Taram afişă un zâmbet dulceag, care era cu atât mai drăgălaş cu cât fata învăţase şi obiceiul Sata'anic de a-şi pleca privirea – nu complet, ci suficient încât să provoace un freamăt straniu în inima lui Kasib.

-*Foarte* frumos, zise Taram. Copiii m-au făcut să mă simt ca şi cum aş fi una dintre surorile lor.

-Dacă ai nevoie de ceva, dă-mi de ştire, spuse Kasib.

-Ai noutăţi despre Sarvenaz? întrebă Taram.

-E o călătorie lungă, aşa că nu o să aflu nimic până când nu se întoarce nava, dar îţi garantez că sora ta e în siguranţă şi fericită.

-Mă bucur, spuse Taram, dar judecând după zâmbetul abia perceptibil, nu era deloc aşa...

Femeile terminară de spălat vasele şi dispărură în bucătărie. Imediat după ce Taram plecase, Kasib căută în portofel şi îi întinse un *shekel* de argint lui Nipmeqa.

-Vreau să acopăr cheltuielile pe care le ai cu ea, spuse el.

-Apropo de asta... ezită Nipmeqa.

-Nu e destul?

Schimbă *shekelul* cu un *daric* de aur, salariul lui pe jumătate de lună, şi i-l întinse lui Nipmeqa. Partenerul său de negoţ ridică moneda şi o studie atent, având o expresie tulburată.

-Nici măcar în cele mai sălbatice vise ale mele nu mi-am închipuit că o să refuz aur sau argint, spuse Nipmeqa. Dar oamenii tăi i-au pus pe *ai mei* într-o situaţie dificilă.

-Cu grânele? intui Kasib.

-Nu doar cu grânele, zise Nipmeqa. Ne-aţi golit şi livezile, grădinile de legume şi găleţile de lapte de capră.

-La schimb pentru un preţ corect! exclamă Kasib.

-Dorinţa de a *plăti* a fost mai mult decât corectă, spuse Nipmeqa. Dar cu atâta aur şi argint care se găsesc acum pe toate drumurile şi atât de puţine grâne, nu mai pot să mai cumpăr nici pentru *mine*, ca să coacă soţia mea nişte pâine pentru copii.

-Înţeleg, spuse Kasib.

Fiind ofiţer-şef pe achiziţii în echipa Generalului Hudhafah, înţelegea perfect noţiunile de deficit şi inflaţie.

Nipmeqa îşi vârî moneda în bocceaua de la cingătoare.

-Apreciez mult acest dar, prietene, spuse Nipmeqa, dar dacă Taram va continua să stea cu noi, va trebui să te rog să plătești cu *mâncare,* ca să o putem hrăni.

Kasib își coborî privirea spre lista de rechiziții, în continuare necompletată. Lucrurile pe care nu le mai aveau, iar oamenii aceștia nu mai voiau sau nu mai puteau să le pună la dispoziție se întindeau pe multe pagini. Dată fiind distanța la care se aflau față de Imperiu, era foarte improbabil să își poată reface proviziile cu ajutorul unei singure nave de aprovizionare. Iar dacă totul avea să se rezume la hrană, între propriul echipaj și noii prieteni, Kasib știa prea bine pe cine avea să îl pună Hudhafah să aleagă.

Deschise botul pentru a explica, însă ușa fu împinsă brusc la perete:

-Locotenent Kasib! exclamă aghiotantul său. Nava amirală *Peykaap* tocmai a ajuns din hiperspațiu.

Kasib sări în picioare.

-Ce veste excelentă!

*

Până să ajungă și Kasib la bază, restul populației se repezise pe pistă pentru a urmări apropierea navei lungi și zvelte, ale cărei hipermotoare încă străluceau datorită saltului transgalactic. Fiind construită pentru a transporta mărfuri de contrabandă de mare risc dintr-o parte în alta a galaxiei, *Peykaap* era formată dintr-un motor masiv și mai nimic altceva. Pilotul cuplă motoarele VTOL pentru a ateriza.

-Domnule! îi salută Kasib pe Generalul Hudhafah și pe mâna sa dreaptă, Sergentul Major Dahaka, având respirația încă întretăiată din cauza alergăturii.

-Cum a mers? întrebă generalul.

-Deloc bine, domnule, zise Kasib. Spun că le lipsește hrana.

Generalul mârâi gânditor.

-Să sperăm că Locotenentul Apausha – arătă către nava care cobora – ne-a adus ceva *util* de data asta!

Delicată ca o pasăre colibri, *Peykaap* ateriză printre cele treizeci de nave de luptă, toate blocate la sol pentru că motoarele lor erau aproape descărcate. Soldații începători se strânseră în jurul colacului de salvare care îi aducea mai aproape de Imperiu. Rampa care ducea spre zona cargo se deschise. În prag se iviră trei membri ai echipajului.

-Pe poziții! anunță dur Generalul Hudhafah.

Kasib își strânse coada în partea dreaptă în timp ce echipajul cobora de la bordul navei. Ofițerii și soldații începători se așezară alerți pe pozițiile lor.

-Pare-se că Ba'al Zebub a avut de câștigat de pe urma ultimei livrări, zise Sergentul Major Dahaka, dat fiind că sunt încă în viață.

Generalul Hudhafah mormăi ceva, dar nu îi explică nimic lui Kasib.

Locotenentul Apausha mergea ca orice şopârlă din castele superioare, etalându-şi umerii laţi, guşa de un roşu sângeriu şi creasta dorsală extrem de ascuţită. Copilotul său, Wajid, era dur ca piatra şi la fel de lat pe cât era Apausha de înalt, în timp ce ofiţerul de comunicaţii, Hanuud, era o şopârlă cam stângace, dar talentată la a calcula hipersalturi de mare risc. Împreună, cele trei şopârle transportau din punctul A în punctul B unele dintre cele mai riscante mărfuri de care avea nevoie Shay'tan.

Toate trei îl salutară scurt pe Generalul Hudhafah.

-Domnule!

Kasib îşi scoase limba lungă, bifurcată. Deşi Apausha denota stăpânire de sine, toate cele trei şopârle duhneau a feromoni de stres.

-Raportaţi, ordonă Generalul Hudhafah.

Apausha aruncă o privire către cei din echipajul său.

-Domnule! strigă el din toţi rărunchii. Lordul Ba'al Zebub mi-a ordonat să vă transmit dumneavoastră şi echipajului dumneavoastră salutări şi cele mai calde aprecieri din partea Împăratului Shay'tan.

Toţi cei prezenţi, împreună cu Kasib, executară rapid mişcarea ca de rugăciune şi murmurară: „Slăvit fie Shay'tan."

-La bordul acestei nave aduc scrisori, continuă Apausha, dar şi mici colete pe care vi le-au trimis familiile.

-Ura! exclamară încântaţi soldaţii începători.

Kasib zâmbi larg. Primul transport transgalactic de scrisori ajuta *întotdeauna* la moral.

-Şi cum rămâne cu nucleii de *încărcare* pe care i-am cerut? întrebă generalul fără nicio inflexiune în glas.

Apausha păru să îşi ceară scuze din priviri.

-Îmi pare rău, domnule, spuse el înţelegător. Fac toate astea din ordinul direct al lui Ba'al Zebub.

Ridică unul dintre portofelele groase, de piele, în care veneau salariile.

-Împăratul şi Zeul nostru este *mulţumit* de cucerirea voastră, strigă Apausha. Nu numai că vă aduc salariile, dar Împăratul a trimis şi o primă de trei *darici* pentru fiecare infanterist, cinci *darici* pentru ofiţeri şi piloţi, şi o sută de *darici* de aur pentru Generalul Hudhafah.

-Ura! exclamară bărbaţii.

Generalul Hudhafah mârâi.

-Nenorocitul ăla n-a trimis nimic *util,* nu-i aşa?

-Nu, domnule, zise Apausha. A trimis zece mii de *darici,* plus ordinul de a cumpăra, citez, "cât de multe femei umane puteţi duce".

Dacă ar fi avut în faţa sa pe *oricine* altcineva, Hudhafah l-ar fi străpuns pe loc cu sabia. Dată fiind situaţia, însă, i se adresă Sergentului Major Dahaka:

-Descarcă nava. În secunda în care termini, te prezinţi la mine în birou.

-Da, domnule, răspunse Dahaka.

Generalul mărşălui în direcţia opusă, cu o precizie încordată, însă feromonii emanaţi de corpul său păreau să urle: „*Ucide!!!*". La câteva momente după ce coti dincolo de cortul de comunicaţii, se auzi o izbitură, urmată de un zbierat adânc, care îţi ridica părul la ceafă.

-Kasib? zise Dahaka, privind lung în direcţia în care plecase şeful lor.

-Da, domnule.

-Unde ai dosit alcoolul? Cred că e momentul să îl îmbătăm criţă pe general.

Capitolul 22

Data Galactică Standard: 152,323.09
Haven-3
Generalul Forțelor Aeriene Angelice Abaddon
(alias „Nimicitorul")

ABADDON

-Ne revedem aici într-o oră, îi ordonă Generalul Abaddon asistentului său Mantoid. Ia-ți o cană de *caife* și ceva de-ale gurii. Am auzit că boabele *fianna* sunt deosebit de gustoase la *701*.

701 era restaurantul în care politicienii și lobyiștii se desfătau cu burgeri scumpi sau își alungau consilierii legislativi când voiau să discute chestiuni despre care ar fi fost prea periculos să vorbească de față cu alții. De asemenea, era varianta cea mai apropiată de o permisie pe care Abaddon i-o putea oferi locotenentului său atât de muncitor, pentru că revenirea sa pe Haven generase un flux nesfârșit de vizitatori. Jophiel era un general competent, dar inflexibil când venea vorba de a *convinge* rotițele invizibile care făceau viața în armată ceva mai ușoară să se pună în mișcare.

Corupție, numea ea acest lucru. Lui Abaddon i se părea pur și simplu o formă de a se adapta realității. *El* nu lua niciodată șpagă. Dar asta nu însemna că nu mai făcea câte o favoare vreunui căpitan dintr-o industrie care avea controlul absolut asupra armamentului care îi trebuia și lui. Mercantiliștii știau că trebuie să aibă grijă cum se joacă cu băieții cu arme, iar băieții cu arme știau ca puterea lor se pierdea odată ce dispăreau gloanțele. Era o relație dificilă, dar de durată.

-Ați vrea să vă aduc ceva și dumneavoastră, domnule? întrebă Locotenentul Sikurull. Pot să iau la pachet.

Abaddon își purtă mâna peste abdomenul încă ferm, încercând să își dea seama cât de foame îi era. Mulți hibrizi încetau să mai aibă grijă de ei înșiși odată ce atingeau vârsta de 500 de ani, dar el se mândrea cu faptul că își menținea fizicul gata de luptă. Trecuse o oră de când mâncase ultima oară, dar masa fusese una săracă. Într-o oră, se putea să i se facă foame din nou, sau poate nu, în funcție de cât de tare avea să-și dorească să îl strângă de gât pe Lucifer la ieșirea din Parlament.

-Ia-mi ceva ce o să aibă gust bun și când o să se răcească, îi zise Abaddon asistentului său. Îmi cunoști gusturile.

-Da, domnule, răspunse Mantoidul, salutându-l.

Apoi, se grăbi să intre în vorbă cu niște femele Mantoide care se adunaseră în fața restaurantului. Locotenentul Sikurull se apropia vertiginos de data în care avea să fie lăsat la vatră. Începuse să curteze fiecare femelă Mantoidă peste care dădea, căutând o potențială parteneră.

Spre deosebire de cele patru rase hibride, care erau obligate să servească timp de 500 de ani pentru că aveau speranțe lungi de viață, speciile evoluate natural serveau doar 25 de ani înainte de a ieși de sub incidența legilor antifraternizare ale Împăratului. Pentru că nu aveau probleme de fertilitate și își încheiau serviciul militar când încă erau suficient de tineri încât să mai aibă moștenitori, subordonații evoluați natural ai lui Abaddon nu se confruntau cu obligația ridicolă de a se supune loteriei genetice prin care să asigure ocuparea pozițiilor din armata Împăratului de parcă ar fi fost animale de fermă, crescute pentru a fi tăiate.

Abaddon era suficient de bătrân încât să iasă la pensie. Nu o făcuse pentru că nu avusese încredere în Lucifer să preia rolul Împăratului când acesta plecase, iar apoi, când Împăratul se întorsese și îl lăsase pe tușă, își dăduse seama că nu avea unde altundeva să meargă. Cele mai multe dintre femelele pensionate căutau bărbați cu care să fi avut deja copii în trecut. Nicio femeie nu era interesată de un țap bătrân și plin de cicatrici ca el, o ființă ursuză, obișnuită să se afle la conducere.

Sarvenaz schimbase toate astea...

-Asigură-te că faci rost de numerele lor de telefon, îi zise Abaddon lui Sikurull la întoarcere. Nu poți să te culci cu ele în următoarele trei luni, dar asta nu înseamnă că nu poți să le suni.

Mandibulele verzi ale locotenentului se alungiră într-un rânjet Mantoid, iar penele inferioare îi zbârnâiră într-un al doilea salut. Abaddon respecta edictul Împăratului până la ultima virgulă, dar întorcea adesea privirea la câte o mică infracțiune comisă de vreun soldat care se apropia de sfârșitul serviciului militar.

Spera că Împăratul avea să îl ierte și pe *el* pentru încălcarea legilor antifraternizare, chiar dacă, din punctul lui de vedere, greșeala era justificabilă prin faptul că era deja eligibil de pensie de 118 ani.

Dacă acordul commercial al lui Lucifer trecea, durata obligatorie a serviciului militar impus hibrizilor avea să fie limitată la 25 de ani, aducându-i aproape pe picior de egalitate cu rasele evoluate natural. Nu ar fi fost echivalentul cetățeniei depline în cadrul Alianței, căci, fiind modificați genetic și nu evoluați natural, hibrizii nu aveau dreptul la ea, dar ar fi fost un pas în direcția corectă.

Sala Parlamentului se afla într-o zonă urbană densă. Intrarea către care se îndrepta Abaddon era cea la care cetățenii de rând coborau din autobuze și nave private. Spre deosebire palatul Împăratului Etern, care avea o arhitectură clasică, Parlamentul fusese la început doar o clădire mică, cu dom; în perioada de domnie a lui Lucifer, înflorise și se transformase într-o enormă fortăreață circulară, aproape la fel de mare ca Palatul Etern, diferența fiind că deservea zeci de mii de oameni în fiecare zi, în loc de una singură.

Domul inițial, în care se întâlneau delegații, se afla încă în centru. Inelul exterior, care înconjura întregul complex asemenea unui zid înalt de douăzeci de etaje, era spațiul în care delegații, deci inclusiv Lucifer, își aveau birourile.

-Domnule General Abaddon, îl salutară gărzile. Puteți trece direct.

Abaddon era încântat că nu trebuia să treacă prin aceeași procedură ca la palatul Împăratului. Detectorul de metale țiui, dar nimeni nu îndrăzni să ia armele *Nimicitorului,* generalul cu cele mai multe decorații din cele două imperii.

Clădirea, acest loc în care cetățenii obișnuiți pășeau pe holuri în încercarea de a ajunge la aleșii care îi reprezentau, avea ceva ce sugera o anume *dreptate.* Lui Abaddon nu îi plăcea politica, dar o înțelegea. Era de datoria oficialilor aleși să rămână accesibili pentru electoratul lor, chiar dacă accesul era unul iluzoriu.

Abaddon intră în biroul luxos la biroul din fața căruia se afla o cadetă Leonidă frumoasă, care dicta litere unui dispozitiv de inteligență artificială. Aceasta fusese singura măsură de siguranță pe care i-o impusese lui Lucifer: să se înconjoare de cadre militare ale Alianței în loc de babuini cu priviri reci. Când observă că Furcas și Pruflas erau cei care stăteau de o parte și de alta a ușii ce ducea spre biroul lui Lucifer, înlocuind echipa care îl însoțea de obicei la palat, Abaddon se încruntă. Ochii aceia albaștri și reci îl făceau până și pe *el* să se cutremure.

Dar nu avea de gând să o arate...

-Spuneți-i lui Lucifer că am venit să discut cu el, ordonă Abaddon, hotărât să nu arate că venise la prim-ministru cu coada între picioare.

-Imediat, domnule general.

Cu mustățile tremurânde, cadeta Leonidă îl adulmecă instinctiv pe nou-venit, dându-și seama astfel că stilul lui direct nu reprezenta o amenințare. Da, era tânără, dar până și cel mai tânăr Leonid era capabil să anihileze orice amenințare care ar fi putut pătrunde pe ușa lui Lucifer.

Salutând, cadeta se ridică și porni hotărâtă spre biroul din interior. Abaddon observă că, în ciuda faptului că trona deasupra celor două matahale, tânăra își încordă umerii instinctiv, vrând să treacă printre ele fără să le atingă. Și *ea* se simțea la fel ca *el* în preajma lor.

-Spune-i să intre, răzbi vocea lui Lucifer din birou.

Părea vesel astăzi, nici pe departe la fel de epuizat ca în ziua precedentă.

Abaddon îi mulțumi cadetei printr-un salut politicos. Se întrebă cât avea să mai dureze până când Lucifer avea să o bage în patul lui, pentru ca apoi să o trimită cu coada între picioare înapoi la ofițerul superior. Dacă *el* ar fi făcut așa ceva, Leonida l-ar fi urât din tot sufletul, dar, dintr-un motiv sau altul, orice femeie care cădea pradă farmecelor lui Lucifer îl lăuda apoi necontenit, de parcă nu era nevoie decât de o singură întâlnire cu armăsarul Alfa pentru ca toate să îi cadă la picioare. Toate cu excepția uneia...

Abaddon își alungă acel gând din minte. Nu era un fapt tocmai cunoscut că prințesa gheții se numărase cândva printre iepele din staulul lui Lucifer. Orice s-ar fi întâmplat între ei, în loc să îl adore ca toate celelalte femei, Comandantul General Suprem Jophiel îl ura acum din tot sufletul. Sigur, și bărbații îl urau, dar asta doar pentru că erau geloși în secret. Ce bărbat nu și-ar fi dorit să aibă tot ce avea Lucifer? Bani? Putere? Femei care să li se arunce la picioare? Abaddon era unul dintre puținii care știau că realitatea era ceva mai complicată de atât.

Așteptă ca ușa să se închidă în spatele lui înainte să se ia de Lucifer.

-Când *naiba* ai de gând să forțezi acordul ăsta commercial?!!

Lucifer se ridică din scaun cu o mișcare pe care Împăratul îl pusese să o exerseze de mii de ori înainte să dispară. Era mișcarea prințului care îi face o favoare slugii sale.

-Luați loc, domnule general, spuse Lucifer, arătând spre un scaun confortabil, din piele, și îndreptându-se spre bar. Vreți niște *choledzeretsa*?

Mâna îi zăbovi deasupra unei sticle pline cu un lichid verde, fluorescent.

-Doar o gură, spuse Abaddon.

Lucifer turnă băutura puternică a Mantoizilor în două pahare, iar apoi se așeză cu eleganța unei pisici pe scaunul din fața lui Abaddon. Ochii săi de un argintiu straniu îi întâlniră pe cei gri, ca de vulture, ai celui din urmă, așteptând ca acesta să vorbească.

Privirea lui Abaddon se îndreptă spre fotografia de pe raftul din spatele lui Lucifer, care îl înfățișa alături de mama lui, pe vremea când era doar un băiețel. Pe atunci, Lucifer încă îi semăna femeii, cu toate că moștenise ochii argintii ai lui Shemijaza, precum și părul și aripile alb-blondii, atât de diferite de cele întunecate ale Asherei. Odată devenit adult, Lucifer căpătase trăsături mai dure, dar încă avea un aer diafan, de parcă ar fi fost prea frumos ca să fie adevărat.

Abaddon remarcă moleșeală obosită a aripilor acestuia.

-Când o să faceți să treacă acordul comercial? întrebă Abaddon ceva mai politicos de această dată. Soția mea suferă din ce în ce mai mult, închisă acolo, în camera mea.

-Și ale mele, oftă Lucifer. Deși nici măcar nu știu ce altceva aș *putea* să fac cu ele. Nu am mai întâlnit creaturi așa ostile ca ființele astea umane pe care le-a folosit tata pe post de bază genetică pentru armatele lui.

Surprins, Abaddon ridică o sprânceană. Masculul Alfa avea probleme în a da pe spate vreo femeie? Respectul generalului față de ființele umane mai crescu puțin.

-Soției mele îi plac stupii de albine, sugeră Abaddon. Ați putea încerca să le arătați cum e să zbori. Lui Sarvenaz îi place asta.

Lucifer îl privi cu o expresie confuză, de parcă generalul ar fi fost un băiețel care vorbește despre cum se joacă cu cățelul.

-Poate o să încerc la un moment dat, spuse el. Dar *Prințul din Tyre* nu are prisacă, cum are crucişătorul dumitale de comandă. Mă tem că o să o ia la goană dacă le duc pe vreo altă planetă.

Lucifer se jucă meditativ cu paharul, învârtind puternica licoare verde.

-Ultimul lucru de care am nevoie e să dispară purtându-mi copiii în pântece.

Ceva din tonul lui Lucifer îl nelinişti pe Abaddon. Totuşi, nu era neobişnuit pentru el să aibă o atitudine dispreţuitoare, chiar dacă uneori avea şi momente de căldură sinceră, capabile să îţi taie respiraţia.

Abaddon nu avea nicio idee câte soţii îşi luase Lucifer, care adoptase obiceiul Sata'anic de a avea mai multe soţii. Când îi făcuse lui cunoştinţă cu Sarvenaz, deja avea trei copii pe drum. Însă, dat fiind cât de mult se străduise să îndeplinească edictul tatălui său de a da naştere unui moştenitor, bietul Lucifer nu putea fi judecat pentru excesele sale.

Prim-ministrul dădu pe gât tot paharul dintr-o înghiţitură şi se ridică de pe scaun cu mâna întinsă, vrând să ia şi paharul lui Abaddon pentru a-l reumple. Abaddon îşi coborî privirea spre lichidul verde, potent, şi îi făcu semn că nu avea nevoie. După două pahare, ar fi avut nevoie să cheme cadeta ca să îl care afară.

-Îmi ajunge, zise Abaddon. Dumneavoastră puteţi continua.

Nu era ceva ieşit din comun să îl vadă pe Lucifer îmbătându-se, de parcă nu s-ar fi putut bucura de viaţă suficient de repede încât să profite de toate plăcerile care i le oferea. Lucifer fusese dintotdeauna precoce, dar după ce murise mama lui, exuberanţa făcuse loc exceselor.

Prim-ministrul îşi turnă al doilea pahar şi rămase în dreptul barului, cu aripile obosite.

-Mă tem că trebuie să vă rog să aveţi puţină răbdare, spuse el, dând pe gât paharul.

Lichidul puternic îi arse gâtul, iar buza îi tremură. Aparenta energie se disipă, dezvăluind încă o dată expresia tulburată şi epuizată pe care o avusese şi cu o zi înainte.

Abaddon luă o înghiţitură din propriul pahar, bucurându-se de modul în care băutura îi anestezie limba. Dată fiind rezistenţa teribilă pe care o aveau Angelicii la alcool, învăţase să preţuiască fiecare înghiţitură.

-Cât mai durează?

-Am găsit soţii pentru 30 de hibrizi, zise Lucifer. Dar Shay'tan se ţine de giumbuşlucuri acum. Promite mai multe femei şi apoi inventează scuze pentru care nu le poate livra. În plus, îmi e greu să găsesc femei care să accepte să se împerecheze cu un Leonid sau un Centauri.

Comportamentul agresiv pe care îl avusese Kunopegos în ziua anterioară avea sens acum. Dacă Lucifer îi promisese o soluţie, era de înţeles că generalul Centauri era mai mult decât nemulţumit acum.

-Ai încercat să cauţi bărbaţi pentru femei? întrebă Abaddon, pescuind după informaţii. Un singur bărbat ar putea să zămislească mai mulţi copii cu bietele noastre femele hibride şi ar rezolva problema reproducerii încrucişate.

-Nu a mers, zise Lucifer. Unicul bărbat pe care am reuşit să îl scot din Imperiul Sata'anic mi-a lăsat *asta,* continuă apoi, ridicându-şi mâneca.

Pe antebraţ i se întindeau cicatricele roz ale unor răni adânci, vechi de cam o lună. Lucifer se întoarse la bar şi îşi mai turnă un pahar.

-Ce s-a întâmplat? întrebă Abaddon.

Îşi învârtea băutura din pahar, urmărind mişcările lui Lucifer în aşa fel încât acesta să nu îşi dea seama cât de doritor era să elibereze tărâmul din care provenea Sarvenaz. Dacă fiinţele umane refuzau să se împerecheze cu ei, devenea complicat să găsească un pretext bun pentru anexare.

Lucifer îşi turnă al treilea pahar. Mai puţin graţios de această dată, deşi era greu de spus dacă asta se datora oboselii sau alcoolului, se prăbuşi pe scaun, fără să îi pese că îşi turtea penele.

-Nu îmi amintesc.

-Ce?

Lucifer ridică paharul, mimând un toast, iar apoi îl dădu pe gât dintr-o mişcare. Dacă Abaddon ar fi băut atâta alcool, s-ar fi târât acum pe podea, dar anii de excese îi aduseseră lui Lucifer o toleranţă la care cei mai mulţi Angelici puteau doar să viseze.

Lucifer îşi aşeză paharul pe masa mica dintre ei.

Abaddon luă încă o înghiţitură. Doar două picături, dar deja simţea cum băutura îi lua cu asalt întreg corpul. Căldura sa era plăcută, iar relaxarea pe care i-o conferea semăna cu cea pe care o resimţea când se afla în braţele soţiei sale. De ar fi înzestrat Împăratul şi specia lui cu o capacitate aproape nelimitată de a bea, aşa cum făcuse cu Mantoizii!...

-Poate ar trebui să încetez cu chestia asta, zise Lucifer, măsurându-l din priviri.

Abaddon şi-l putea imagina pe arogantul Lucifer îmbătându-se criţă şi fiind atacat de bărbatul uman după ce încercase să îi explice, în ciuda barierei lingvistice, *de ce* fusese vândut de Imperiul Sata'anic chiar către inamic, ca să îi servească, practic, drept armăsar.

-Poate ar trebui să faceţi cursurile de autoapărare despre care v-am mai spus, îi sugeră Abaddon. Cine ştie? Dacă vă pricepeţi, se poate folosi şi Şeful de personal de asta pentru una din campaniile alea false de PR.

Şeful de personal Zepar scurgea întruna aşa-zise ocazii de instantanee, invitând paparazzi să îl fotografieze pe Lucifer în timp ce făcea lucruri care tulburau inimile femeilor din Alianţă şi îi determinau pe bărbaţi să îşi dorească să fie în locul *lui.*

-Pentru aşa ceva am *asta,* zise Lucifer, arătând arma cu impulsuri placată cu aur şi giuvaere pe care o primise în dar de la unul dintre făuritorii de arme. E nevoie de o singură lovitură pentru ca oricine se apropie de mine să se transforme în mâzgă primordială.

Arma era frumoasă, dar inutilă în cazul în care cineva ar fi dat buzna în încăpere şi l-ar fi împuşcat înainte să apuce el să se ducă la vitrina din sticlă, să spargă geamul şi să pună mâna pe trăgaci. Mai avuseseră discuţia asta, dar Lucifer luase subiectul în râs. Cele două matahale cu priviri reci erau deja eficiente împotriva ţicniţilor care mai apăreau din când în când, spunea el.

-Câte femei credeţi că o să vă mai trebuiască? întrebă Abaddon.

-Toate au fost date în dar bărbaţilor ca dumitale, General, zise Luifer. Bărbaţi care pot să convingă mulţi adepţi, chiar dacă nu dispun ei înşişi de un vot. Dar vă rog să nu îmi cereţi detalii personale, pe care şi dumneavoastră v-aţi supăra dacă le-aş împărtăşi cu ceilalţi beneficiari.

Abaddon mormăi în semn de înţelegere. *El* era suficient de bătrân încât să iasă la pensie în secunda în care restricţiile privind tărâmul primordial, care îl împiedicau să aibă chiar şi cel mai mic *contact* cu specia ei, erau ridicate. Ceilalţi hibrizi nu erau la fel de norocoşi, însă. Dacă Lucifer nu reuşea să scadă vârsta de pensionare sau să elimine legile antifraternizare, astfel de informaţii i-ar fi putut trimite pe tovarăşii mai tineri direct la Curtea Marţială. Vectorii de putere ai Alianţei aveau un interes în a se asigura că hibrizii fără drept de vot erau cei care le serveau drept carne de tun, nu fiii şi fiicele cetăţenilor dezvoltaţi natural, care puteau vota. Lucifer fusese în arenă suficient de mult timp încât să îşi ia toate măsurile de precauţie pentru orice pariu.

-Nu mai am nevoie decât de câteva livrări ca să ating o masă critică, zise el. Suficient cât să mă asigur că Împăratul nu mă poate încurca cu un veto. Ar fi tragic dacă aş elibera *coinínul* din lampă şi apoi, în al doisprezecelea ceas, tata ar aduna suficientă susţinere încât să îmi dea peste cap anularea legii.

Lui Abaddon îi erau cunoscute procedurile de anulare din Parlament. Până să se întoarcă Împăratul din vacanţa sa de 200 de ani, aceasta fusese singura cale prin care Parlamentul putuse să facă ceva, căci, conform legislaţiei Alianţei, orice proiect de lege pe care Împăratul nu îl semna era, tehnic vorbind, anulat prin veto. Cooperarea dintre membrii Parlamentului, necesară pentru autoguvernare, se încheiase în ziua în care Împăratul se întorsese şi îşi preluase din nou puterea. Ultimii 25 de ani fuseseră un adevărat război de uzură între planetele mai noi, care se obişnuiseră să se autoguverneze, şi rasele mai vechi, care încă îl preţuiau foarte mult pe Împăratul Etern. Hashem pretindea cu mare aplomb că susţine liberul arbitru, dar de fapt făcea tot ce îi stătea în putere ca să se asigure că nimeni nu putea să îi ameninţe poziţia de suveran.

Nu câtă vreme membrii Parlamentului erau atât de uşor de divizat...

Fusese o mişcare de şah demnă de un maestru. Nici măcar Lucifer nu o anticipase. La trei zile după ce revenise după o absenţă de 200 de ani, Împăratul îi mulţumise lui Lucifer pentru faptul că îi menţinuse imperiul intact creând o poziţie militară atât de puternică, încât temerile privind dominația hibridă renăscuseră. Cele două decenii în care fusese orchestrată integrarea tăramurilor primordiale proaspăt eliberate de sub dominația lui Shay'tan în Alianță, totul sub pretextul stabilirii unei zone neutre între cele două imperii, erodaseră tacit controlul raselor asupra electoratului. Rasele mai noi nu își aminteau vremurile când, cu milenii în urmă, Nefilimii lui Shay'tan se răsculaseră și aproape distruseseră *ambele* imperii. Bunăvoința lui Hashem se încheiase în momentul în care supersoldații începură să își ceară drepturile.

Până și propriul său fiu adoptiv...

Rasele mai nou dezvoltate tratau hibrizii cu admirație, dar rasele mai vechi se temeau de forța brută a celor patru specii concepute genetic să lupte. Tocmai de aceea hibrizii nu primiseră niciodată drept de vot. Hashem reaprinsese acea frică în mod deliberat, conturând amenințarea implicită a intervenției militare pe orice tăram care refuza să îi urmeze ordinele. De aceea îi era atât de greu lui Lucifer să atragă susținere pentru semenii săi *acum*. Cetățenii Alianței le erau recunoscători hibrizilor pentru faptul că mențineau pacea, dar existau și facțiuni care se temeau că Hashem ar fi putut oricând să îi ordone armatei să pună capăt micului experiment democratic și să readucă totul la forma de altădată.

Așa cum, de altfel, îi ordona și *lui* în ultima vreme... să oprească răscoale pe teritoriile *lor,* în loc să lupte împotriva lui Shay'tan.

Abaddon privi drept în ochii de un argintiu straniu ai lui Lucifer și se cutremură. Lucifer nu își cunoscuse niciodată tatăl biologic. La naiba! Ceea ce reușise Shemijaza să facă în timpul scurtului său experiment din Al Treilea Imperiu nu fusese înscris în cărțile de istorie. Dar, cumva, în perioada în care Împăratul fusese absent, Lucifer crease în mod instinctiv o replică a guvernului pe care Hashem îl eliminase când aruncase în aer *Tyre*.

Amintirea picturii murale de pe spatele Marii Uși i se strecură în minte. Shay'tan ținea în mână o stea. Oare ce însemna?

-Soția mea suferă mult, zise Abaddon. Nu îmi pasă de ce e nevoie. Puneți în mișcare manevra asta, altfel o să fac *propriul* anunț în presă. Sunt suficient de bătrân încât să ies la pensie.

-Nu puteți să îi dați niște jucării? întrebă Lucifer. Mă rog, ale mele nu sunt nici măcar suficient de deștepte încât să se joace. Tot ce fac e să stea degeaba și să zbiere.

Să zbiere? Ciudată descriere...

-Ați încercat să le învățați să folosească inteligența artificială? întrebă Abaddon. Galactica Standard a lui Sarvenaz e destul de greoaie, dar o stăpânește suficient de bine încât să se folosească de materialele educative.

-Materialele educative? întrebă Lucifer cu o privire curioasă. În numele lui Hades, dar ce-aveți de gând să o învățați?

-Istoria noastră, de exemplu, se apără Abaddon. Sarvenaz e fascinată de filmele noastre.

-Aaa... spuse Lucifer. Probabil îi plac culorile care se mişcă pe ecran. Poate o să îl rog pe Zepar să instaleze un televizor, ca să se uite şi femeile mele. Cum se cheamă emisiunea aia care le place bebeluşilor, despre creaturile alea mici şi împăiate care nu vorbesc? *Spune-i lui Zubbies*?

-Sarvenaz preferă să se uite la *Tânăr şi neliniştit în Galaxie,* spuse Abaddon.

Era vorba de o telenovelă Mantoidă extrem de populară, la care se uitau două treimi din galaxie în fiecare săptămână, incluzând şi publicul variantei cenzurate care se difuza în Imperiul Sata'anic.

-Dar cel mai mult îi plac filmele despre actele *noastre* eroice. Preferatul ei e *Nimic nou pe frontul Tokoloshe.*

Lucifer îi zâmbi cu un aer de superioritate.

-Nu duceţi propaganda asta privind miresele livrate puţin prea departe, general? Mă bucur că o antrenaţi să se poarte mai mult ca o fiinţă evoluată, dar haideţi să recunoaştem, oamenii nu sunt tocmai cea mai inteligentă specie din câte există în universul genetic.

-Sarvenaz e *destul* de deşteaptă, mârâi Abaddon.

Obrajii i se înroşiră de furie, iar mâna i se îndreptă instinctiv spre şold, unde avea arma.

-Abia de depăşesc *moncaís* domesticiţi, râse Lucifer.

Abaddon fâlfâi din aripi şi ţâşni din scaun înainte de a reuşi să îşi tempereze instinctul de a-l *gâtui* pe nenorocitul ăsta arogant. Îl înşfăcă pe Lucifer de guler. Urlând într-un mod care nu putea fi descris altfel decât *ca o fetiţă,* Lucifer începu să tremure sub privirea lui Abaddon, iar venele de pe frunte i se umflară.

Uşa din spatele generalului fu izbită de perete. Matahalele prim-ministrului se repeziră înăuntru, urmate de cadeta Leonidă, dar nu îl traseră pe Abaddon la o parte.

-Domnule prim-ministru, sunteţi bine? strigă tânăra Leonidă.

Dacă ar fi fost oricine altcineva în locul lui Abaddon, cu mâna la gâtul lui Lucifer, i-ar fi despărţit imediat. În schimb, acum stătea pe loc, cu blana cea aurie ridicată, încercând să îşi dea seama dacă Lucifer era în pericol.

-S-s-s-sunt bine, se bâlbâi Lucifer. Generalul Abaddon tocmai îmi făcea o... ăă... demonstraţie. De... ăă... autoapărare.

Abaddon îi dădu drumul lui Lucifer, dar nu se îndepărtă. Fremătând puternic din aripi, îşi îndreptă umerii, adoptând o poziţie menită să le avertizeze pe cele două matahale că pe *ele* avea să le zdrobească dacă îndrăzneau să mai pună mâna pe el.

-Vorbiţi despre *soţia mea,* şuieră Abaddon în aşa fel încât să îl poată auzi doar Lucifer. Mă rog pentru binele dumitale să nu mai uiţi asta niciodată.

Răscolindu-şi penele gri, Abaddon îşi aranjă uniforma şi le aruncă celor două bestii cu priviri reci o căutătură răutăcioasă, de parcă le-ar fi întrebat:

„*La ce vă holbaţi?*". Furcas şi Pruflas se dădură la o parte pentru a-i lăsa loc să treacă.

Locotenentul Sikurull îl aştepta pe treptele de la intrarea în Parlament, având în mâna acoperită de exoschelet o cutie în care aducea prânzul şi *caife*.

-Du-mă acasă, zise Abaddon, luând sandvişul. Am treabă de făcut.

Avea să îi arate lui Lucifer cine era *moncaíul* domesticit... imediat ce reuşea să alunge şopârlele de pe tărâmul lui Sarvenaz.

Capitolul 23

Septembrie 3.390 î.Hr.
Pământ: Satul Assur
Colonel Mikhail Mannuki'ili

MIKHAIL

-Mikhail, șopti Needa. Fiule, trebuie să te trezești.

Stătea de partea cealaltă a tablei de șah, în fața Angelicului mic, cu aripi negre. Lângă ei, un cronometru număra secundele rămase până când băiatul trebuia să își facă mișcarea. Nu vorbea, dar de altfel nu o făcea niciodată.

-Tá sé do bhogadh, Gabriel, zise Mikhail, arătând spre cronometru. Tá tú beagnach as am.

Ochii posaci și albaștri deveneau din ce în ce mai furioși, pentru că cel mic încă nu înțelegea jocul. Cu mâna lui micuță și dolofană, băiatul luă nebunul negru și îl mută în L, vrând să captureze regina albă a lui Mikhail.

-Mo banríon! zise Mikhail, arătând spre nebun. Ní sin an tslí go bhfuil píosa fichille ceaptha a bhogadh.

Privi îndelung cronometrul care ticăia lângă tabla de șah, numărând secundele până când putea să își zdrobească adversarul. Cu buza de jos tremurând, băiatul proiectă în mintea Angelicului o imagine care îl arăta RĂUTĂCIOS. Apoi se ridică și, cu brațul său dolofan, aruncă piesele de șah pe podea.

-Mikhail? trase ea de el.

-Mikhail! strigă mama. Cosain Gabriel! Tá muid faoi ionsaí!

Ușa se izbi de perete.

-Mikhail! se întețiră smuciturile.

Mama urlă...

-Máthair! exclamă Mikhail și țâșni direct în picioare, respirând accelerat și căutându-și sabia.

Needa stătea în fața lui, strângându-și rochia-șal. Fusese martora acestui coșmar de suficient de multe ori încât să sară din calea sabiei după ce îl trezea. Amintirea se disipă, lăsând în urmă doar imaginea ochilor acelora albaștri și supărați.

-Tata tocmai s-a întors din patrulă, șopti Needa. Atacatorii se îndreaptă spre noi, dinspre sud.

Un miros nou se amestecă cu cel deja existent în încăpere; un miros masculin, de mușchi și nisip deșertic. Bărbatul din fața sa purta un kilt cu trei straturi de franjuri și un șal simplu. Chiar și în lumina slabă, Mikhail putea distinge umbra ochilor Needei.

-Eu sunt Mukannisum, spuse bărbatul. Am auzit multe despre soțul înaripat al nepoatei mele.

Tatăl soacrei încercă stângaci să reproducă salutul Alianței. Avea cam 60 de ani, deci era mai în vârstă, dar strânse mâna lui Mikhail cu fermitate.

-Cu ce avem de-a face? întrebă Angelicul.

-Patruzeci de războinici, cei mai mulți dintre ei Uruk, spuse Mukannishum. Jiljab le-a ordonat femeilor și copiilor să se ascundă în beci.

-De ce nu în templu? întrebă Mikhail. E cam la fel de solid ca o fortăreață.

-De obicei acolo atacă.

-Bănuiesc că vă vizează fiicele, nu grânele.

-Templul dă pe-afară de cereale abia strânse, zise Mukannishum. E plin până la căpriori. Nu mai avem loc.

Mikhail își încălță bocancii de luptă și își legă șireturile, meditând la logica din spatele deciziei de a lovi același sat două nopți la rând. Poate că atacatorii îi purtau ranchiună soțului tămăduitoarei, motiv pentru care îi omorâseră familia, dar în noaptea *asta* îi voiau și recolta. Sau poate era un grup complet diferit?

-Ai grijă, spuse Needa în timp ce el își prindea sabia la șold.

Ea și mama ei dădură la o parte covorul ce ascundea beciul în care erau depozitate cerealele – o biată groapă pitită în spatele câtorva scânduri – și se ghemuiră în spațiul care nu depășea dimensiunea unui coșciug. Mukannishum își sărută soția și fiica, după care le îngropă de vii.

-Mă ajuți? întrebă el.

Așezară coșurile de cereale, butelcile cu ulei, legumele puse la murat și alte provizii care tocmai fuseseră scoase din beci într-o formă atrăgătoare, vizibilă de la primul pas pe care îl făceai în încăpere. Baricadară ușa de la intrare și traseră obloanele la ferestre, apoi urcară pe scara care ducea pe acoperiș. Mikhail așteptă ca Mukannishum să coboare pe stradă, ridică scara și pluti spre sol pentru a i se alătura.

-Dacă intră, zise el, sper să nu se uite mai departe de provizii.

Cei doi bărbați se pierdură tăcuți în noapte.

Satul Gasur nu avea ziduri, nu avea inele concentrice și nici vreo poartă măreață care să îl apere de atacatori, însă casele fuseseră construite în așa fel încât ușa care dădea înspre stradă să poată fi baricadată și să nu se mai poată pătrunde înăuntru decât pe acoperiș. Chiar sub privirile lui Mikhail, sătenii ridicau scările în liniște. Bărbații, dar și câteva femei, se strecurară tăcuți pe străzi, într-o disciplină mută, și își ocupară pozițiile de ambuscadă în spatele fortificațiilor mici, dar bune pentru apărare.

Căpetenia Jiljab se prefigură din întuneric.

-Aici, șopti el.

Mikhail, tatăl soacrei sale și căpetenia se îngrămădiră între două case, alături de Harrood, Shumama și o mână de veterani grizonanți care mânuiau sulițe.

-Cum pot să vă ajut? întrebă Mikhail.

-Am pregătit o ambuscadă, ca să le dăm o lecție, zise Jiljab cu ochi sclipitori. Când îi atragem în capcană, vreau ca *tu* să te asiguri că nimeni nu scapă.

-Cu cine o să lupt?

-Cu mâna mea dreaptă, Ishkur, zise căpetenia, arătând către bărbații cu sulițe. El a mai luptat cu nenorociții ăştia, în timpul războiului.

Jiljab şi oamenii săi se făcură nevăzuţi printre umbre. Unul dintre mânuitorii de suliţe îi întinse mâna Angelicului:

-Nu eram aici când ai ajuns. Eu sunt Ishkur, iar ei sunt Shulgi, Urnammu, Puterssin şi Ekur. Al şaselea om al nostru e acolo, sus – arătă către acoperişul unei case din apropiere – pentru că noaptea trecută l-a lovit o suliţă în picior.

-Mukannishum a spus că au atlatluri, zise Mikhail.

-N-au decât să folosească ce vor, zise Ishkur. De data asta nu o să ne mai ia prin surprindere.

Ridică un scut care fusese conceput rapid, din plăci de cedru şi o coardă de piele. Avea mai bine de un metru înălţime, fiind mult mai greu de mânuit decât cele mici şi rotunde pe care le aveau unii Assurieni. Cei mai mulţi dintre războinici mânuiau suliţele cu ambele mâini, ca pe nişte lănci, aşa că, deşi ştiau de existenţa scuturilor, acestea nu erau prea populare.

O fărâmă din cunoştinţele care se conturau în subconştientul lui Mikhail încă de când îl privise pe Varshab antrenându-şi războinicii ieşi la suprafaţă.

-Ştiţi cum să construiţi un *balla sciath*, un, ăă... - se chinui să găsească o traducere - un zid de scuturi?

Ishkur îşi ridică scutul.

-Vrei să folosim astea ca să construim un zid?

-*Voi* sunteţi zidul, explică Mikhail. Scutul o să vă protejeze atâta vreme cât ţineţi rândul strâns.

-*Mereu* ne ţinem rândul strâns, rânji Ishkur.

-Da, adăugă unul dintre mânuitorii de suliţă.

-Uite ce vreau să faceţi... începu Mikhail.

*

Luna apusese deja, lăsând în urmă doar stelele care îi luminau zborul. Mikhail detectă intruşii la câteva sute de metri înspre sud, făcându-şi drum spre ceea ce *credeau* a fi satul adormit. Angelicul zbură în spatele lor şi ateriză.

Era un grup puternic, format din patruzeci şi doi de bărbaţi care purtau kilturi din piele de capră, cu blană în loc de franjuri. Unii dintre ei aveau şi robe sau alte tipuri de veştminte. Mulţi erau înarmaţi cu atlatluri, prinse de încheieturi cu legături din piele, dar alţii aveau suliţe, iar un bărbat avea un arc.

Liderul, un bărbat în vârstă, îi şopti ceva unui alt bărbat care purta o robă colorată, cu dungi. Iată! Era cumva Amorit? Inamicii se împărţiră în trei unităţi separate, două formate din câte şase bărbaţi şi una formată din restul de aproximativ treizeci. Cele două grupuri mai mici dispărură în noapte, alături de bărbatul înarmat cu arc. Mikhail ar fi vrut să îi urmărească şi să îi atace în întuneric, dar, pentru că nu avea nicio cale de a-i comunica schimbarea de planuri lui Ishkur, rămase pe urmele celei mai mari dintre ameninţări.

Adierea nopţii îi răscoli penele. În timp ce inamicul îşi pregătea atacul, el recita în linişte incantaţiile Cherubime de luptă. În mintea sa se aşternu răceala binecunoscută a raţiunii.

Distruge... inamicul.

Mikhail mângâie mânerul sabiei...

Acţiunea începu în partea cealaltă a satului. O femeie din Gasur scăpătă un urlet. Inamicii se ridicară şi, cu un strigăt de luptă care îţi îngheţa sângele în vene, năvăliră în sat.

-ACUM!!! strigă cineva în limba Ubaidă.

De pe alei şi acoperişuri, arcaşii Gasurieni se ridicară şi slobozirá o salvă de săgeţi ucigaşe.

Unul dintre cei din neamul Uruk izbucni într-un urlet de moarte. Dar ceilalţi loviră înapoi, folosindu-şi atlatlurile.

Un războinic din Gasur se prăbuşi de pe acoperiş.

-Trageţi! strigă Jiljab.

Arcaşii slobozirá a doua salvă.

Săgeţile şi atlatlurile şuierau în stânga şi în dreapta, în vreme ce Mikhail plana deasupra satului. O femeie arcaş se ridică, nimeri un bărbat Uruk direct în piept şi se lăsă la pământ cu câteva milisecunde înainte ca un atlatl să zboare inofensiv chiar prin locul în care mai devreme se găsise capul ei.

Dându-şi seama că fuseseră prinşi într-o ambuscadă, cei din neamul Uruk se retraseră într-un cerc defensiv şi continuară să tragă înspre arcaşi.

O săgeată îi nimeri aripa dreaptă...

-Damantia!

Fâlfâind din aripi pentru a-şi menţine altitudinea, Mikhail se avântă într-un picaj evaziv, la stânga. Săgeata atârna de penele sale mediane; îi atinsese pielea, dar nu era nimic critic. Angelicul puse ochii pe unul dintre grupurile care se desprinseseră de nucleul central, cel în care se afla şi arcaşul.

Ateriză în spatele lor şi îşi scoase sabia.

Liderul lor, probabil Halifian, strigă ceva. Toţi cei şase bărbaţi se năpustiră asupra lui Mikhail de parcă tocmai ar fi câştigat un pariu.

-Au! exclamă Angelicul când o salvă de atlatluri se izbi de penele sale, dar, prin cine ştie ce miracol, nu reuşi să lovească mai mult decât puful.

Fâlfâind din aripi *înspre* ei, Angelicul se apropie chiar când războinicii se întindeau spre coşuri pentru a slobozi încă o salvă de săgeţi.

JBANG! Se folosi de aripi de parcă ar fi fost măciuci.

Puse un războinic la pământ şi decapită un altul. Sângele acestuia îi trecu pe lângă urechi, intonând un strigăt entuziast de luptă.

„Nu trebuie să cedezi setei de sânge," îi şopti o voce din amintire.

O săgeată îi ţinti stomacul.

Mikhail o pară cu sabia.

Concentrează-te, *damantia!*

Lumea căpăta uşor, uşor o strălucire albastru-pal. Acel sentiment ciudat al *cunoaşterii* îi şoptea ce avea să facă inamicul cu o milisecundă înainte ca trupul să urmeze intenţia.

ZDRANG!

Mikhail decapită arcaşul.

JBANG! Îi zdrobi capul cu bocancul.

În mod normal, inamicul ar fi luat-o la fugă deja, dar cei din neamul Uruk erau tenace. Se năpustiră asupra sa de parcă *el* ar fi fost premiul, nu femeile sau cerealele.

SLAŞ tăie mâna unui bărbat chiar când acesta era pe punctul de a lansa un atlatl. Apropierea crea un dezavantaj pentru inamic.

PAF omorî bărbatul care îi ochea spatele.

Ultimul om se repezi spre el mânuind un cuţit, dar spre deosebire de Halifienii rapizi ca nişte cobre, acesta era stângaci şi lent. Mikhail se feri, îşi strecură mâna pe sub încheietura bărbatului şi, înainte de a-i da ocazia de a reacţiona, îi înşfăcă cuţitul şi se retrase.

Bărbatul se holbă la propria mână, şocat de faptul că era acum goală. Nedorind să omoare un om neînarmat, Mikhail se mulţumi să îl lovească în cap cu mânerul sabiei.

Apoi se răsuci în cerc şi numără şase victime, dintre care una inconştientă şi una rănită. Asta rezolva unul dintre grupurile care se desprinseseră de nucleu; dar unde era celălalt?

Când Jiljab îşi întinse a doua jumătate a capcanei, din centrul satului izbucniră urlete. Luptătorii cu suliţe din Gasur ţâşniră din ascunzătorile lor. Mikhail îşi coborî privirea spre unul dintre inamicii care supravieţuiseră şi care acum înghenunchea pe pământ, urlând şi ţinându-şi încheietura retezată.

-O să încheiem povestea asta mai târziu, zise el.

Se lansă în aer pentru a li se alătura lui Ishkur şi oamenilor lui.

Chiar deasupra unuia dintre acoperişuri observă al doilea grup care se desprinsese de nucleu, aflat în spatele templului. Unul dintre războinicii Uruk aprinsese o torţă şi o aruncase pe acoperiş.

Mikhail privi spre stânga sa. Oamenii lui Ishkur formau un zid defensiv. În dreapta sa, covoarele uscate de pe acoperiş se aprinseră.

Aliaţi morţi?

Morţi mai târziu, prin înfometare?

Îi spusese lui Ishkur că avea să fie *acolo…*

Viră spre stânga şi ateriză în spatele lui Ishkur şi al oamenilor săi.

-Strângeţi rândul! urlă Ishkur în timp ce războinicii Uruk încercau să scape din capcană.

Oamenii săi îşi strecurară suliţele printre scuturi, creând astfel un şir ucigaş de ţepi în care duşmanii panicaţi se repezeau în încercarea de a scăpa.

-Strângeţi rândul! strigă Mikhail, văzând cei treizeci de duşmani năpustindu-se concomitent asupra grupului de cinci apărători.

Îşi umflă aripile şi *împinse* în spatele lor, în vreme ce primul val de războinici Uruk se izbi de scuturile din lemn.

-Ahh! gemură bărbaţii, împinşi în spate de inamici.

Săgeţile atlatlurilor se izbiră de scuturi, dar oamenii lui Ishkur se pitiră în aşa fel încât să nu expună altceva decât picioarele şi săgeţile ucigaşe.

În sat, templul începu să ardă. Flăcările se înălţau din acoperiş.

-Cerealele noastre! strigă unul dintre oamenii lui Ishkur.

De pe acoperişuri, arcaşii lansară încă o salvă de săgeţi.

Din fiecare prag şi de pe fiecare alee se revărsau Gasurieni înarmaţi cu cuţite, suliţe, arcuri şi atlatluri. Întregul sat se transformase într-o cutie ucigaşă.

Războinicii Uruk se năpustiră din nou spre scuturi.

-Ţineţi rândul! strigă Ishkur.

Unii dintre duşmani încercară să evadeze pe lângă al şaselea apărător, ceea ce însemna că scuturile nu se întindeau chiar de la casă la casă.

-Atenţie! strigă unul dintre oamenii lui Ishkur, văzând cum un războinic Uruk încerca să o ia la goană.

Acesta încercă să îl înjunghie în spate pe Shulgi.

Mikhail ţopăi, încercând să acţioneze ca un infanterist şi să omoare inamicul de la celălalt capăt al sabiei sale.

În spate, templul arunca o strălucire de un oranj furios asupra împrejurimilor.

-Înaintaţi! strigă Mikhail.

Zidul de scuturi îi forţă pe războinicii Uruk să se retragă drept în suliţele altor Gasurieni. De pe acoperişuri, arcaşii lansau salvă după salvă.

Liderul Uruk îşi ridică mâinile în aer.

-Capitulăm! strigă el în limba Ubaidă.

Căpetenia Jiljab păşi în lumină.

-O să aveţi parte de *acelaşi* tratament pe care l-aţi servit şi voi tămăduitorilor noştri, şuieră Jiljab.

Gasurienii se năpustiră asupra inamicului, înjunghiind şi şfichiuind fără compasiune, milă sau regret.

-*Ce faceţi?!* urlă Mikhail.

-N-avem milă, spuse Ishkur. Nenorociţii ăştia ne-au omorât nouă oameni.

Războinicii Uruk luptară mai departe. Mikhail nu scoase niciun cuvânt în timp ce Gasurienii omorau luptător după luptător. Dar apoi începură să omoare până și bărbații care cădeau în genunchi și implorau să fie lăsați în viață.

-Nu e drept! strigă Mikhail.

-Fără milă! șuieră Jilljab.

Drumul colcăia de sângele celor cărora li se tăiau gâturile. Shulgi trase mai aproape bărbatul căruia Mikhail îi tăiase mâna.

-Nu te poate răni!

-Ne-a atacat.

-Asta nu e dreptate, strigă Mikhail. E măcel!

-I-au omorât pe oamenii *noștri*, nu pe ai tăi! zise Jiljab, cu ochii strălucindu-i a sete de sânge.

Mikhail se întoarse cu spatele, având stomacul întors pe dos, în timp ce Jiljab își înfigea cuțitul în gâtul bărbatului fără mână, iar Gasurienii scăpătau strigăte euforice de victorie. Acea furie persistentă; acea dorință rece și malefică de a ucide se transformă într-o stare cumplită de rău, iar atenționarea Cherubimilor de a acorda milă îi stinse pofta de sânge.

-*Îndreaptă acțiunile*, șopti în Cherubimă. *Spune întotdeauna adevărul. Purifică-ți mintea. Pentru fiecare om rău pe care îl ucizi trebuie să salvezi viețile a zece oameni buni.*

Patruzeci și doi de inamici. Patru sute douăzeci de vieți pe care trebuia să le salveze pentru a compensa *măcelul* pe care îl provocase el însuși, învățându-i pe Gasurieni să formeze un zid de apărare din scuturi.

-Așteptați! strigă el, observând că Gasurienii trăgeau bărbatul cu roba Amorită pe care îl văzuse mai devreme. Trebuie să îl interogăm.

Jiljab își puse oamenii să forțeze bărbatul să stea în genunchi. Mikhail merse în fața lui. Ochii Amoritului se luminară.

-Unde ne duceți femeile? întrebă Angelicul.

Bărbatul începu să râdă. Spuse ceva în limba amorită. Căpetenia Jiljab îl înjunghie în gât. Amoritul se prăbuși la pământ, strângându-se de gât. În jurul lui se adună o baltă de sânge, până când, în final, încetă să se mai zvârcolească.

Căpetenia Jiljab înenunche lângă Amorit și îi smulse bocceaua de piele de la cingătoarea. Scoase ceva din ea, iar apoi îndesă obiectul înapoi, înainte să apuce să îl vadă și oamenii săi.

Se uită la Mikhail cu o expresie indescifrabilă. Arătă spre templul care ardea.

-Poți, *te rog*, să îi ajuți să stingă focul ăla?

Gasurienii formară o brigadă de stingere a incendiului, cărând găleți pe acoperișuri, ajutați de *el*, care putea zbura de pe un acoperiș pe altul pentru a trage la o parte covoarele aprinse. Needa înainta printre răniți, dând ordine în stânga și în dreapta.

Căpetenia Jiljab îi făcu semn să îl urmeze în casă.

-Pot să vorbesc ceva cu tine? întrebă el.

Mikhail îl urmă în sufragerie. Jiljab aprinse o lampă mică, de lut. Apoi, răsturnă conținutul boccelei de piele pe masă. O monedă de aur străluci în lumina. Jiljab o ridică, o studie atent și apoi i-o întinse *lui*.

-Recunoști asta? întrebă el.

Mikhail analiză moneda. Un dragon pe o parte, o stea cu șase colțuri pe cealaltă.

Inamicul său...

-Se numește *daric*, spuse el. Altceva nu îmi prea amintesc.

-Păcat, zise Căpetenia Jiljab. Pentru că Amoritul ăla a spus că i-au *dat* moneda asta ca să găsească un bărbat cu aripi și să îl omoare.

Capitolul 24

Septembrie 3.390 î.Hr.
Baza Sata'anică de pe Pământ
Locotenent Kasib

Lt. KASIB

Biroul îi era acoperit de atâta hârţogăraie, încât Kasib abia mai putea să vadă portretul liniştitor al lui Shay'tan, care zâmbea deasupra lucrărilor sale. O bătaie uşoară în uşă îi întrerupse concentrarea.

-Intră! zise el.

Feromonii de nelinişte pătrunseră în cameră înaintea Locotenentului Apausha.

-Generalul e aici?

-Nu eşti chiar persoana lui preferată acum, zise Kasib. Despre ce e vorba?

Apausha gustă aerul. Îşi strânse coada în jurul unui scaun pe care Kasib îl aşezase în faţa unui dulap de acte ca să aibă mai mult loc în care să îşi pună rapoartele.

-Ştii că îi raportez direct lui Ba'al Zebub? întrebă Apausha.

-Toţi punem umărul la bunul mers al Imperiului, zise Kasib indiferent.

-Mai bine zis la fundul grăsan al lui Ba'al Zebub!

Apausha ţinea o hârtie mototolită, ce arăta ca un raport care fusese scris, mototolit, îndreptat şi scris din nou. Kasib observă că Apausha se tot poticnea, mototolindu-şi hainele pentru a se linişti. Irişii ca de pisică ai lui Kasib se dilatară, detectând semnătura cu cerneală închisă din josul paginii.

-Ai de gând să îl predai? întrebă el.

-Depinde.

-De ce?

-De cât de convins eşti că Generalul Hudhafah se va încrede mai degrabă în cuvântul unui locotenent neimportant dintr-o familie căzută în dizgraţie decât în cuvântul celui mai înalt oficial al său, zise Apausha, iar limba sa ţâşni în aer în aşteptarea unui răspuns.

-Ce s-a întâmplat? întrebă Kasib.

-Poate ar fi mai bine să nu ştii.

Apausha stătea cu braţele încovoiate în lateral, ca un asasin profesionist care anticipează că, din clipă în clipă, e posibil să trebuiască să treacă la luptă ca să mai poată scăpa de acolo. Dar feromonii pe care îi emana nu erau specifici agresivității, ci temerii și neliniștii.

-Cumva clocește soția ta niște ouă? întrebă Kasib cu blândețe.

Modul apăsat în care Apausha inspiră îi oferi răspunsul pe care îl căuta.

-Ce crezi că ar putea să facă generalul ce nu s-ar întâmpla dacă ți-ai depune raportul în modul obișnuit? întrebă Kasib.

-Am auzit că e bun, spuse Apausha. Ia mită doar cât să își pregătească pensionarea și folosește restul ca să se asigure că echipajele sale au tot ce le trebuie. Știu că nu e superiorul meu direct, dar poate că știe pe *cineva* care poate să facă ceva în legătură cu asta.

Kasib privi îndelung icoana religioasă pe care fiecare soldat Sata'anic o ținea deasupra biroului.

-Ce ar face Shay'tan?

Mâna lui Apausha tremură, mototolind hârtia și mai mult. Apoi o puse pe biroul lui Kasib, făcută ghemotoc.

-Bătrânul dragon ar vrea să știe, zise Apausha.

Kasib îndreptă raportul. Cât îl citi, Apausha nu scoase niciun cuvânt. Brusc, Kasib avu senzația că avea să se prăbușească din scaun. Sora lui Taram fusese pe acea navă!

-Spui că Ba'al Zebub a primit raportul tău și a refuzat să facă ceva în legătură cu asta?

-Da.

Kasib își studie atent tovarășul. Dacă familia lui nu ar fi căzut în dizgrație din pricina tatălui despre care se zvonea că ar fi fost capturat în luptă, probabil Apausha ar fi avut deja rang de major. Din moment ce tocmai primise în dar o soție pentru loialitatea sa extraordinară, oare ar fi riscat totul de dragul unor femei ne-Sata'anice?

Kasib reciti raportul, pentru a fi sigur că nu visa urât.

Nu. *Nu* era un vis.

Avea să *încerce* să raporteze situația, dar *el* nu avea nici soție, nici copii care să cadă în dizgrație din cauza lui. Dacă Generalul Hudhafah *nu* era bun, cel puțin nu într-atât de bun încât să muște mâna care îl hrănea? Până la urmă, Ba'al Zebub îi oferise funcția lui.

Kasib privi încă o dată spre portretul lui Shay'tan, care arăta splendid în roba sa împodobită cu giuvaere, la fel ca sceptrul și tronul. Bătrânul dragon era un diavol prefăcut. Avea să găsească o cale de a zădărnici și încurca lucrurile; de a face să pară că *alta* era problema până când reușea să îl prindă pe nenorocit.

-Treizeci de femei sunt gata de transport în Aria Galbenă Unu, spuse Kasib, strecurând raportul semnat în sertarul de la birou. Încarcă-le pe navă și apoi întoarce-te *aici* ca să preiei poșta pe care trebuie să o livrezi.

Apausha ezită, nedumerit.

-Am crezut că e vorba de trei sute de femei care așteaptă să fie livrate soților lor...?

Kasib scoase ordinele pe care le pregătise săptămâna anterioară, cele pe care le semnase Hudhafah, autorizând transportul a treizeci de femei din specia umană care tocmai absolviseră Academia Sata'anică de Instruire pentru Femei și erau gata să devină soții. Acum, solicitările lui Ba'al Zebub depășeau acel ordin. Varianta actualizată era și ea în mapă, dar Kasib avusese o mulțime de treburi pe cap și nu reușise să îl întrebe pe Hudhafah dacă voia să o semneze. Scoase ordinele nesemnate din mapă și i-l întinse pe cel *vechi* lui Apausha.

-Ba'al Zebub o să te crucifice dacă o să afle că *tu* ai încurcat ordinele, zise Apausha.

Solzii lui Kasib fură străbătuți de un fior prevestitor de rele, însă făcuse de atâtea ori jocurile periculoase ale lui Hudhafah de-a lungul anilor, încât știa bine cum să își acopere urmele. În plus, el era doar un mascul necăsătorit, care nu avea șanse să primească prea curând o soție, în timp ce Apausha avea o soție și copii pe drum la care să se gândească.

-Treizeci de femei, spuse Kasib. E tot ce pot să fac. Dar dacă reușesc să fac raportul ăsta să ajungă la cineva fără să îți pun familia în pericol, o să o fac. Îți dau cuvântul meu.

-Mulțumesc, răspunse Apausha respirând ușurat. Și cum rămâne cu femeile care nu sunt la fel de norocoase?

-Uneori, trebuie să *acceptăm* anumite lucruri până când zeul ne răspunde la rugăciuni, zise Kasib.

-Mărit fie Shay'tan.

Apausha își strânse coada în partea dreaptă și îl salută pe Kasib așa cum ar fi salutat un ofițer aflat la comandă, chiar dacă nu avea o asemenea obligație față de un tovarăș de același rang. Murmurând un scurt „la revedere", Apausha reveni la sarcinile sale neplăcute.

Kasib scoase raportul mototolit din sertar. Mai făcuse diferite hârtii să dispară pentru general, dar asta era ceva diferit. Orice ar fi pus la cale Ba'al Zebub cu prim-ministrul Alianței, depășea atât de mult înțelegerile tipice de pe piața neagră și corupția care ușura mersul lucrurilor în Imperiu, încât nici măcar Hudhafah nu avea o poziție suficient de înaltă pentru a se ocupa de el.

Însă Kasib știa cine avea acea poziție…

Apausha era colacul lor de salvare; singura navă care știa unde erau, de la *S.R.N. Jaraman* până la escadra lui Shay'tan, slăvit fie numele lui, își scuturase coada și venise să îi susțină. Ca parte a acestui colac de salvare, *Peykaap* avea să ducă poșta electronică din partea soldaților la familiile lor.

Dar înainte să ajungă la destinație, fiecare scrisoare avea să fie analizată și, acolo unde era necesar, *modificată* de Biroul Sata'anic Central de Informații.

Kasib examină raportul scris de mână și pregăti o copie pentru cineva pe care cunoștea din cadrul Biroului Central de Informații. Era un contact foarte îndepărtat în lanțul ierarhic, suficient de îndepărtat încât să rămână în sfera agenţiei, dar să asigure şi discreţie. Avea să dureze ceva ca raportul să ajungă la destinatarul său propriu-zis, dar Shay'tan îşi pusese la punct o adevărată pânză de păianjen care să îl alerteze imediat ce apărea ceva nelalocul lui. Drumul lent, cu ocolişuri, era mai sigur decât orice încercare de a trânti pur şi simplu hârtia pe biroul lui Hudhafah.

Kasib ataşă raportul original la ordinele nesemnate şi ascunse mapa în grămada de documente de la fund. Având în vedere cum se tot aduna hârţogăraia, chiar şi dacă l-ar fi suspectat că ar fi măsluit raportul în mod intenţionat ar fi avut nevoie de ani întregi ca să sape prin toate documentele.

Capitolul 25

Octombrie 3.390 î.Hr.
Pământ: Satul Assur

NINSIANNA

Cele trei femei Margiene se refugiaseră în Assur în noaptea în care Mikhail le eliberase din ghearele negustorilor de sclavi Amoriți. Aveau trăsături ciudate, părul negru și ochii migdalați, și se aflau atât de departe de casă, încât nici măcar cei mai îndepărtați parteneri de negoț ai căpeteniei nu auziseră vreodată de teritoriul de pe care proveneau. Căpetenia Kiyan venise în sfârșit la tatăl Ninsiannei și întrebase dacă Cea-Care-Este le-ar putea ajuta să găsească drumul spre casă. Având în vedere scandalul privitor la Shahla și la fiul său, ultimul lucru de care avea nevoie conducătorul satului era să se răspândească și zvonuri despre cele trei tinere neînrudite care locuiau sub acoperișul lui.

-Ești gata? întrebă Immanu, aprinzând lămpile din jurul camerei exterioare a templului.

-Da, tată, răspunse Ninsianna, zâmbindu-i emoționată.

Căpetenia o însoți în templu pe Seyahat, o femeie micuță de statură, de vreo douăzeci de ani, care purta o mantie splendidă, de lână roșie – un roșu mai puternic decât cel al rodiei, pe care niciun pigment folosit de neamul Ubaid nu l-ar fi putut egala vreodată. Pe tiv avea brodate flori colorate. Seyahat promisese că, dacă Ninsianna avea să le ajute, ea avea să îi ofere mantia sa în dar. Nuanța înflăcărată de roșu o făcea să fie mai curajoasă.

-Nu te teme, îi zise Ninsianna lui Seyahat, făcându-i semn să se așeze.

-O să doară?

-Nu, răspunse Ninsianna strângând mâna femeii, deși *ea* era cea care avea nevoie de încurajări.

Fiecare călătorie a unui șaman pe tărâmul viselor era însoțită de pericole. Femeile acestea veniseră de foarte departe. Dacă Ninsianna se pierdea, trupul ei avea să tânjească după un spirit care să sălășluiască în el.

-Nu mi-e frică, zise Seyahat.

Sora mai mare a lui Seyahat, Fatma, își strânse buzele.

-Dacă ar fi *cu adevărat* o femeie-tratament, zise aceasta, nu ți-ar lua mantia cea roșie. Ar trebui să o dăm la schimb caravanelor de negustori, ca să ne dea voie să înaintăm spre nord.

Ninsianna se uită la tatăl ei și la căpetenie, dar niciunul dintre ei nu fusese înzestrat cu darul limbilor. Amândoi ar fi fost împotriva negocierii pe care o făcuse ea, chiar dacă era o practică obișnuită ca șamanul care ți-a oferit ajutor să fie răsplătit după posibilități. De ce nu putea capa să fie răsplata? Nu făcuse decât să *dea de înțeles* că și-o dorea.

Cea mai tânără dintre femeile Margian, Norhan, alungă ușor cu mâna fumul care se ridica dintr-o grămăjoară de cedru uscat. Ea era cea mai îndrăzneață din grup și singura care făcuse efortul de a învăța limba Assurienilor.

-Sunt sigură că soții noștri ne așteaptă în apropierea ultimului sat în care am făcut troc, zise Norhan. Poate că ar trebui pur și simplu să mergem acolo.

-Și să fim răpite din nou? o întrerupse Seyahat. Căpetenia Kiyan a împrăștiat vestea salvării noastre în lung și în lat. Nu a venit nimeni să ne ia.

-Asta spune *ea,* zise Fatma, arătând spre Ninsianna. Ea e singura care ne vorbește limba. De unde știm că ce ne spune e adevărat?

Ninsianna își dorea cu ardoare să fi moștenit capacitatea bunicului ei, Lugalbanda, de a *strânge de gât* pe cineva pe tărâmul viselor. Sau măcar să împietrească limba Fatmei.

-Oamenii ăstia n-au făcut altceva decât să ne trateze cu bunătate, își certă Norhan cumnata. Le vorbesc limba suficient de bine încât să îmi dau seama că au făcut tot ce se putea. Dacă vrem să ajungem acasă, trebuie să avem încredere în Ninsianna.

-Ninsianna nu mi-a *cerut* capa, spuse și Seyahat, încercând să își convingă sora. I-am oferit-o de bunăvoie. Dacă ne ajută să găsim drumul spre casă, e un schimb corect.

-Dar a fost lucrată de mama ta, ripostă Fatma. Ea nu mai e pe lumea asta, deci mantia nu mai *poate* fi înlocuită!

-Mama ar prefera mai degrabă să fim îmbrăcate în cârpe printre ai noștri decât să părem rafinate printre niște străini miloși. Mantia e a mea, deci eu decid dacă o dau la schimb.

-Vreți să mergeți acasă sau nu? le întrerupse Ninsianna boscorodeala. Fiindcă nimeni de pe teritoriul Ubaid nu a *auzit* măcar de Margiana.

Cele trei femei se priviră una pe cealaltă și aprobară din cap.

-Îmi e dor de soțul meu, zise Seyahat. Neavând familiile care să ne hrănească, nu suntem altceva decât o povară pentru semenii tăi.

-Traiul vostru e ciudat pentru noi, spuse Norhan. Faptul că v-ați așezat într-un sat în loc să mergeți mai departe cu turmele... Te rog. Ajută-ne să ne găsim drumul spre casă.

În ochii ei negri străluceau lacrimi. Când Amoriții le răpiseră pe ea și pe surorile ei, Norhan tocmai se căsătorise, iar acum aflase că purta în pântece copilul soțului său. Încă spera ca acesta să mai fie în viață.

-O să fac tot ce pot, zise Ninsianna, iar supărarea i se stinse. Dar asta va fi cea mai îndepărtată călătorie pe care am făcut-o vreodată.

-Dacă dai greș, spuse Fatma, arătând-o cu degetul, Seyahat nu o să îți dea mantia roșie.

Ninsianna privi către premiu. Nu era despre mantie. Dar în numele zeiței! Culoarea aceea sângerie o atrăgea mult!

Tatăl său o atinse pe braț.

-Ești gata?

-Da, tata.

-Dacă te pierzi, caută-mi glasul.

Ninsianna se înfioră. Dar călătoria nu putea fi mai rea decât coșmarurile pe care le avea de la o vreme, nu-i așa? De când Mikhail plecase spre Gasur, visele deveniseră și mai înfricoșătoare. Aruncă o privire agitată spre peretele pe care se afla basorelieful incredibil de realist ce o întruchipa pe Cea-Care-Este. În spatele EI se deslușea un întuneric teribil: soțul zeiței, Cel-Care-Nu-Este.

EL îi vorbise în ziua în care coborâse în fântână; și o considerase *nedemnă*. *Ultimul* lucru pe care voia să îl facă era să pornească în această călătorie de față cu *EL*.

„*Mamă, binecuvântează-mă...*" se rugă Ninsianna.

Immanu începu să își zdrăngăne clopoțelul, o tigvă uscată, umplută cu semințe de grâu sălbatic, care asigura percuția cântecelor sale. Repetă aceeași rugăciune din nou și din nou.

„*Mamă. Poartă-mă cu adierea ta ca să pot vedea.*"

Ninsianna închise ochii și vocea ei se alătură celei a lui Immanu, intonând același cântec lumesc. Cele trei femei din Margiana se îndepărtară pe măsură ce fata pătrunse în spațiul de la mijloc.

Drumul deveni din ce în ce mai luminos. Înaintea ochilor ei dansau stele și planete. Un grup deosebit de frumos, roz, mov și alb, cu o configurație asemănătoare unui cap de cal în mijloc, păru să o atragă.

„*Nebulae...*"

În mintea ei se prefigurară informații despre pepiniera stelară și despre cum Cea-Care-Este adunase praful până când acesta căpătase suficientă greutate încât să se aprindă și să dea naștere stelelor. Stelele nou-născute își cântau una alteia și exclamau fericite „*Eu sunt!*".

Ninsianna se abătu de la drum, vrând să exploreze.

-Trebuie să te concentrezi! o avertiză tatăl ei de departe. Nu da niciodată drumul conexiunii care te leagă de trup.

Fata privi în urmă, sperând să își vadă tatăl, dar simțea că el ar fi prins pe o stâncă, incapabil să zboare așa cum o făcea ea.

„*Ninsianna, vezi...*" ordonă Cea-Care-Este.

Ceața se ridică. Conexiunea care o lega pe Seyahat de familia sa începu să strălucească mai puternic. Creaturi ciudate dansau pe un câmp nesfârșit, acoperit de iarbă, atât de neted, încât nu se întrezărea niciun munte în nicio direcție. Un bărbat colinda pajiștea călare pe o bestie... nu pe o cămilă, așa ca negustorii Kemet, ci pe un cal...?

De ce? Ea nu avea nicio idee că armăsarii pot fi călăriți astfel! Erau creaturi rare, însă cei din neamul Ubaid le vânau uneori pentru carnea lor.

Un şoim puternic, gri, zbură în cerc, purtat de vânt. Bărbatul îşi întinse braţul, iar pasărea de pradă se aşeză pe el. Şoimii erau sacri, deci acesta trebuia să fie fratele lui Seyahat. Bărbatul îi dădu păsării o halcă de carne, iar apoi dezlegă un pachețel care era prins de piciorul ei, o hârtie acoperită cu simboluri, care îi aminteau de „cuneiformele" prosteşti pe care Mikhail tot încerca să o învețe să le citească.

Bărbatul îşi lovi calul la pulpe şi înaintă în grabă spre cabanele mobile, slobozind strigăte în timp ce sărea de pe cal. Mai mulți bărbați şi femei îl ascultară povestind despre ambuscada căreia îi căzuseră pradă negustorii Margieni. Bărbații se grăbiră să îşi strângă lucrurile şi îşi înhămară caii, unii pentru a-i încăleca, alții pentru a transporta rezerve.

-Ninsianna! o chemă tatăl ei. Eşti de prea mult timp pe tărâmul viselor !

„Continuă să te uiți... " şopti Cea-Care-Este.

Bărbații călăriră spre vest, dincolo de pajişti, spre un deşert întins, unde iarba se usca. Zeița o îndemnă să îi lase în urmă; doar până acolo călătoriseră. Aerul cald o purtă mai departe, de parcă şi ea ar fi avut aripi, ca soțul ei. Călători spre răsărit, unde dădu peste multă apă.

„Acela e Oceanul Hyrcanian..."

Oh! Auzise despre oceanul acela cu apă dulce! La fel şi despre tribul Guilan, care era unul dintre cei mai îndepărtați parteneri de negoț ai tribului Ubaid! Era unul dintre locurile în care Jamin îi promisese că o va duce înainte să îşi încalce promisiunea. Dacă Seyahat şi rudele ei porneau la drum a doua zi, aveau să se întâlnească cu fratele ei *chiar acolo,* în exact două săptămâni.

-Mulțumesc, Mamă!

Trupul material îi izbunci în râs în timp ce spiritul îi zbura deasupra oceanului, făcând o oprire în dreptul unui sat şi aruncând o privire în case. Ce frumoşi şi ciudați erau aceşti oameni care țeseau plase de iarbă concasată şi le aruncau în apă, prinzând peşti enormi şi luându-le ouăle negre!

Mai mult! Voia mai mult!

Zbură în sus, spre soare, şi înconjură marea interioară căutând demoni-şopârlă, dar nu văzu nicio urmă de canoe cereşti. Îşi imagină şopârlele care o vizitau în coşmarurile pe care le avea noapte de noapte.

-O să vă *găsesc,* iar soțul meu o să vă omoare pe toate!

O vizualiză pe *cea mai îngrozitoare,* o şopârlă uriaşă, grasă, care purta o mantie purpurie.

„Unde e legătura ta?" murmură Ninsianna. În timpul coşmarurilor era prea înfricoşată pentru a face orice altceva în afară de a țipa, dar aici, pe tărâmul viselor, *ea* deținea controlul!

În timp ce zbura spre şopârla masivă, izbucni furtuna. Aerul se răci şi fu cuprins de o linişte deplină. Unde dispăruse şopârla cea grasă? Şi de ce dispăruseră şi toate stelele?

Ninsianna se răsuci dezorientată, căci fără lumină nu îşi mai putea da seama care era stânga şi care era dreapta. De unde venise şi cum se putea întoarce?

-Tata? strigă ea, amintindu-şi deodată avertismentul lui Immanu.

Acolo, în întuneric, şuieră ceva.

Ninsianna îşi strânse rochia din şal.

-C-cine-i acolo?

Nu putea să *vadă,* dar putea să *simtă* creatura care se apropia de ea în întuneric. Era oare şopârla cea masivă? Nu... se mişca asemenea unui prădător. Se strecură aproape de ea şi îi atinse în treacăt pielea.

Ninsianna ţipă:

-Măreaţă Mamă, ajută-mă!

Zeiţa nu răspunse.

Monstrul se împinse din nou în ea.

-C-cine eşti? întrebă fata printre dinţii care îi clănţăneau. Ce vrei?

Din nou şi din nou, creatura se împinse în ea, forţând-o să facă paşi înapoi. De fiecare dată când o atingea, putea să *simtă* cum o seca de lumină. Aproape-ar fi putut să creadă că acea creatură îi... lingea mâna?

Deodată, întrezări o lumină la distanţă.

-Slavă zeilor! exclamă Ninsianna.

Strângându-şi rochia din şal, fata *alergă* spre lumină. Chiar când peisajul deveni mai gri şi greu de pătruns, Ninsianna se izbi de un bărbat.

-Aaah!

Avea ochii migdalaţi, întocmai ca femeile Margiene, părul negru ca pana corbului şi haine exotice. Încercă să vorbească, însă nu reuşi să scoată niciun cuvânt. Oare *aceea* era creatura care o urmărise în întuneric?

Nu...

În spate, în locul din care tocmai venise, pândea o umbră mai întunecată, un soi de animal. O pisică? Nu, nu o *pisică.* Un coşmar fără formă care se ţinea după ea.

Ninsianna ţipă.

Tatăl său apăru lângă ea.

-E în regulă! spuse Immanu. E doar o fantomă.

Ninsianna se întoarse spre drumul pe care văzuse pisica-umbră.

-E-e-era u-u-u-n MONSTRU!

Tatăl ei o strânse în braţe.

-Există *mulţi* monştri, spuse el, arătând fantoma. Dar acesta e doar Ulugbek, soţul lui Norhan. Refuză să intre pe tărâmul viselor pentru că îşi face griji pentru soţia lui.

Ninsianna studie atent fantoma. Acum se afla în spaţiul dintre tărâmul viselor şi cel al muritorilor, locul în care zăboveau cei trecuţi în nefiinţă dacă aveau probleme încă nerezolvate. În dreapta ei strălucea drumul pe care mersese pentru a-l vedea pe fratele lui Seyahat şi Oceanul Hyrcanian, iar în stânga drumul se pierdea în întuneric. Cumva, Ninsianna se rătăcise în acel loc teribil şi *ceva,* nu doar o simplă fantomă, o împinsese în afară.

-Treci mai departe, îi spuse tatăl ei soţului mort al lui Norhan. Cumnatul tău se duce deja să se întâlnească cu ea. O să le ducem pe toate trei la Oceanul Hyrcanian, iar *el* o să le ducă acasă.

Fantoma făcu o plecăciune plină de recunoştinţă. Apoi, dispăru pe drumul pe care venise iniţial *Ninsianna,* dar, spre deosebire de ea şi Immanu, soţul lui Norhan nu mai era legat de un trup material.

-O să fie bine? întrebă fata.

-*Toţi* suntem bine odată ce ştim că cei pe care îi iubim primesc grija de care au nevoie, îi spuse tatăl său cu un zâmbet binevoitor. Nu ar trebui să rătăceşti pe tărâmul întunecat, cel puţin nu până nu te învăţ cum să îl navighezi.

-Nu mă mai întorc *niciodată* acolo! zise Ninsianna arătând drumul întunecat.

-Dar şamanii *trebuie* să înveţe să navigheze în întuneric, zise tatăl ei. Aşa vindecăm oamenii de spirite malefice.

-Niciodată! exclamă ea. Sunt *Aleasa* Celei-Care-Este. O să aprind o lumină atât de puternică, încât va alunga tot întunericul!

Capitolul 26

Data Galactică Standard: 152,323.10 D.Î.
Sector Delta — Nava Amirală „Syracusia"
Generalul Cavaleriei Centauri Kunopegos

KUNOPEGOS

Specia Centauri fusese concepută genetic pentru a îndeplini rolul de cavalerie a Alianței. Combinând înclinația puternică spre galop a animalului extinct numit cal cu trunchiul și intelectul ființelor umane, Împăratul crease soldați suficient de puternici încât să se avânte în luptă cu armele gata de atac, dar fără inconvenientul de a căra echipamente dintr-un sistem solar în altul. La fel ca în cazul tuturor celorlalți hibrizi, însă, încrucișarea selectivă necesară pentru a perpetua gena recesivă îi costa scump; cei mai mulți Centauri erau sterili.

Generalul Kunopegos trona deasupra ofițerului medical de pe navă. Era un armăsar mândru, provenit dintr-o linie veche de generali decorați, care nu avuseseră niciodată vreun rang inferior celui de brigadier. Cândva, specia lor avea o varietate de însemne; pinto, paint, buckskin, toate înlocuiau altădată omniprezentul păr castaniu al Centaurilor de acum. Dacă rasa Centauri era o pâlnie, atunci Kunopegos era capătul ei. Ultimul din obârșia sa.

Sau cel puțin așa *fusese* până să îi facă Lucifer cunoștință cu soția lui...

Privi atent armăsarul care mișca traductorul ecografului prin gelul albastru, transparent, întins pe abdomenul umflat al soției sale, rugându-se să primească vești bune. Coada medicului se legănă înainte și înapoi, distrugându-i speranțele.

-Văd... în... ma-șee-nă? zise Aigiarne, întinzându-se spre ecranul alb-negru al ecografului. Abdomenul umflat, mult prea mare pentru o iapă — *pardon* — femeie însărcinată abia în trei luni, o încurca.

-Nu chiar acum, spuse medicul Fufluns, strângându-i mâna. Mașina stricată. Întâi trebuie vorbit cu soțul.

Aigiarne încuviință din cap, iar ochii ei migdalați fură inundați de lacrimi. Buzele îi tremurară sub sărutul lui Kunopegos, care îl urmă apoi pe medic în afara aripii medicale, în camera de observare.

-E prea micuță ca să ducă la termen o sarcină cu un mânz atât de mare, spuse doctorul Fufluns după o tăcere îndelungată. Mă tem că nu veți avea altă alternativă decât să avortați.

-Pe Hades!!! izbucni Kunopegos, izbindu-și una dintre copite de punte. Vorbiți despre mânzul meu!

-Poate mai încercați o dată, zise Fufluns cu blândețe. *După* ce prim-ministrul adoptă rezoluția privind comerțul.

-Nu am de gând să-mi omor propriul mânz!

Își încrucișă brațele la piept pentru a scăpa de senzația de presiune pe care o resimțea, senzația că inima îi era pe punctul de a se frânge. Se întoarse spre geam, privind cum soția sa se ținea de burtă și tresărea de durere. Trecuseră trei luni, mai erau șase. La intrarea în infirmerie era afișat un calendar cu turele de lucru pentru următoarele luni. Lunile acelea îl bântuiau. Se chinuise să procreeze timp de 536 de ani, iar acum că în sfârșit avea un copil pe drum, acesta era condamnat la moarte din cauza câtorva amărâte de luni!

-Lucifer a spus că nu o să pățească nimic dacă scoatem mânzul cu unsprezece săptămâni mai devreme. Poate reușim chiar mai devreme de atât. Poate așa o putem salva...

Pe ea. Se gândea deja la poza neclară, alb-negru, pe care o ținea în buzunarul de la piept, deasupra inimii, bucurându-se că e *al lui.* Mânza *lui.* Cea pe care o aștepta de mai bine de 500 de ani.

-Trebuie să alegeți între viața lui Aigiarne și viața fiicei dumneavoastră, oftă doctorul Fuflun. După cum înaintează sarcina asta, soția dumneavoastră nu o să mai *trăiască* până în punctul în care să putem scoate mânzul în siguranță.

Kunopegos își privi soția prin geam; deja se îmbrăcase și aștepta ca el să se întoarcă și să îi spună că totul va fi bine. O posedase o singură dată. O singură dată cedase instinctului copleșitor de a încăleca o iapă în călduri și a-și consuma căsătoria. Soția sa sângerase atât de profund după aceea, încât crezuse că o omorâse!

Când se împerecheaseră prima oară, crezuse că Aigiarne era o creatură vag rațională. Dacă l-ar fi întrebat cineva atunci, răspunsul ar fi fost simplu: riscăm viața iepei și salvăm mânzul. Pentru o specie aflată în pragul extincției, singurul care conta era mânzul.

Dar apoi, sedativele pe care Lucifer i le injectase pentru a se asigura că e ascultătoare își pierduseră efectul, iar personalitatea care i se revelase se dovedise a fi cu mult diferită de cea a păpușii copilăroase despre care Kunopegos crezuse că n-ar putea fi decât o purtătoare a semințelor sale.

Tocmai acela era motivul pentru care Lucifer insistase asupra unei *căsătorii,* înțelegea el acum. Ca să îl facă vinovat de *două* infracțiuni care să îl trimită la Curtea Marțială, nu numai una; *chiar trei,* dacă puneau la socoteală și faptul că o posedase fără acordul ei. Conform legislației Alianței, faptul că Aigiarne fusese drogată la momentul acela însemna că nu își putea da consimțământul.

Inspirația profundă îi împinse coastele în strânsoarea brațelor ținute la piept. Inima îi bătea sub bicepsul pe care se străduia din răsputeri să îl strângă suficient de tare încât să scape de sentimentul că i se frângea. Teribile alegeri! De ce cedase instinctului de a se împerechea cu această iapă când rațiunea îl avertizase că asigurările pe care i le dăduse Lucifer nu erau decât niște minciuni?

-Cât timp mai avem la dispoziție ca să luăm o decizie?

-Nu prea mult, spuse Fuflun. Poate câteva săptămâni? Mânzul e mic pentru un Centauri, dar deja a depășit capacitatea soției dumneavoastră de a-l duce la termen. Aigiarne are deja insuficiență renală. Dacă așteptați prea mult, o să îi pierdeți pe amândoi.

În sfârșit, lacrimile începură să curgă.

-Care a fost termenul cel mai prematur la care ați scos un mânz și ați reușit să îl salvați?

-Douăzeci și opt de săptămâni, zise Fuflun. Dar după ce ați venit prima oară la mine ca să confirmați sarcina, am mai făcut niște săpături. Împăratul a făcut niște cercetări privind salvarea speciei primordiale umane după ce a fost distrus Nibiru. Unii dintre oamenii pur-sânge au avut copii pe care i-a salvat chiar și la douăzeci și două de săptămâni. Dacă Lucifer se mișcă repede cu anularea aceea, mânza dumneavoastră va fi mai aproape de termen. Iar dacă vă lăsați la mila Împăratului Etern înainte să vă aducă în fața Curții Marțiale, cred că o să facă tot ce îi stă în putință ca să o salveze.

-Ar trebui să fac asta acum, zise Kunopegos, însă cuvintele îi răsunară mai curând ca un șuierat prelung, nesigur. Zeii mă ajută, ar trebui să iau decizia corectă acum!

Nu avea să meargă la Împărat, la fel cum nici Fuflun nu avea să o facă. Amândoi știau ce ar face Împăratul dacă ar fi confruntat cu o asemenea dilemă. Ar cere avortul. Și ar salva iapa. Ar trimite-o înapoi pe tărâmul semínției primordiale și ar lăsa specia lui Kunopegos să dispară.

Agitat, doctorul Fuflun lovi puntea cu copita din față. *Și el* fusese băgat în povestea aceasta. În calitate de medic al navei, nu doar că jurase că nu avea să facă rău nimănui, dar mai avea și obligața legală de a raporta eventuale încălcări ale legilor antifraternizare pentru hibrizi.

-Nu sunteți *singurul* hibrid care nu a putut da naștere unui copil, domnule, zise Fuflun. Am păstrat tăcerea cu un motiv, același pentru care cred că Lucifer v-a ales pe *dumneavoastră* pentru această împerechere. Nu sunteți *singurul* armăsar de pe această navă care se confruntă cu probleme.

În liniște, cei doi armăsari priviră îndelung femeia umană.

-Cât mai durează până când Lucifer o să poată presa pentru anulare? întrebă într-un sfârșit Fuflun.

-Nu știe, zise Kunopegos. Shay'tan a început să îl încurce, blochează transporturi și pretinde că au apărut întârzieri. Prim-ministrul se teme că, dacă nu o să reușească să creeze o masă critică de votanți, rasele mai vechi o să îl susțină pe Împărat și o să îi respingă cererea de anulare.

Fuflun oftă.

-L-ați întrebat de ce v-a spus că e sigur să vă împerecheați cu ea? Până și *el* ar fi trebuit să știe că așa ceva e absurd.

Kunopegos ezită.

-Ce e?

-Spune că nu îşi aminteşte să fi spus asta.

-Vă cunosc de multă vreme, zise Fuflun. Sunteţi cam temperamental, dar nu ştiu să fi încălecat vreodată o iapă împotriva voinţei ei. Trebuie să fi fost şi nişte martori de faţă când v-a spus asta.

-Şeful lui de personal a solicitat discreţie totală pentru întâlnirea la care mi-a dat-o în dar, conform obiceiului Sata'anic de a oferi o soţie celor viteji, zise Kunopegos. El a spus că Lucifer nu mi-a zis niciodată aşa ceva, iar namilele alea două care se ţin mereu după el i-au dat dreptate.

Coada lui Fuflun începu să se mişte din nou înainte şi înapoi.

-Nu mă credeţi?

-Cred că *dumneavoastră* vă credeţi, zise Fuflun. Domnule, pot să fiu sincer cu dumneavoastră?

-Sunteţi Ofiţerul Medical Şef, spuse Kunopegos. Aveţi libertate totală în toate chestiunile care îmi privesc sănătatea, inclusiv cea mintală. Aveţi de gând să îmi spuneţi că trebuie să îmi fac un control la cap?

-Nu în atâtea cuvinte, răspunse Fuflun. Doar că…

-Doar că ce?

-Oricum ar fi, suntem cu toţii într-o mare adunătură de bălegar, zise Fuflun. Nebunia este o cale viabilă de apărare în faţa legii, indiferent de infracţiune. Inclusiv…

-Inclusiv omuciderea prin neglijenţă, spuse Kunopegos, privind atent prin geam către soţia sa, care izbucnise în lacrimi din cauza întârzierii lor prelungite.

-Dacă nu supravieţuieşte, spuse Fuflun, sau nu supravieţuieşte mânzul, probabil că va trebui să luăm alegerea dificilă de a-i salva ei viaţa. Cine ştie ce acţiuni legale o să declanşeze Împăratul dacă mânzul se naşte mort?

Acea parte din el care fusese antrenată de la naştere spre a deveni un comandant militar excepţional şi analiza toate unghiurile din care putea să îşi folosească resursele şi să profite de slăbiciunile inamicului se războia acum cu partea care nu era altceva decât un soldat obişnuit, un bărbat care voia să se lanseze în luptă cu armele pregătite, să salveze băieţii buni şi să îi omoare pe cei răi.

Iar în acea clipă, el era unul dintre cei răi.

-Ştiam prea bine că era împotriva firii să mă împerechez cu ea, spuse Kunopegos. Acum vă rog să mă scuzaţi. Nu suport să îmi văd soţia plângând.

Tropăi înapoi în infirmerie pentru a i se alătura soţiei sale. Pe obrajii ei curgeau şuvoaie de lacrimi.

-Bebeluş nu bine? întrebă Aigiarne.

-Bebeluş bine, zise Kunopegos, folosind Galactica Standard simplificată. Aigiarne nu bine. Aigiarne bolnavă. Bebeluş prea mare.

Mâna lui Aigiarne se așeză protector pe abdomenul care avea deja o dimensiune incredibil de mare pentru o iapă atât de mică. Iepele Centauri își purtau copiii în jumătatea animalică, cea care lui Aigiarne îi lipsea.

-Bebeluș prea mare prea repede, zise Aigiarne. Soț mare. Bebeluș și el mare.

Kunopegos inspiră adânc, simțind cum simplitatea cuvintelor ei se împlânta ca un pumnal în inima sa. Ar fi trebuit să își dea seama că nu era bine să o încalece *indiferent* de ce îi spusese Lucifer, chiar dacă bărbatul rece și calculat care i-o adusese pe Aigiarne și cel confuz, ca un clovn, cu care se confruntase la Palatul Imperial nu aveau nimic de-a face unul cu celălalt. Poate că Fuflun avea dreptate? Poate că într-adevăr auzise ce *voia* să audă? Pentru că fusese atât de disperat să aibă un moștenitor?

-Bebeluș prea mare, mama moare, șopti Aigiarne.

Ochii ei erau cuprinși de frică. Buza lui Kunopegos tremură. Nu era în stare să îi dea teribilele vești. Nu încă. Nu câtă vreme încă mai exista speranța ca Lucifer să reușească să răstoarne legea și să atragă suficientă susținere publică încât să forțeze Împăratul să abdice și să o ajute pe Aigiarne în încercarea de a-și salva reputația pătată de rebeliunea propriului fiu.

-Tu treisprezece săptămâni cu copil, zise Kunopegos, strângând-o în brațe în timp ce suspina. Doctorul spune poate să scoată copil în nouă săptămâni, să pună în mașină. Mașina face treaba lui Aigiarne. Face copilul bine. Face pe *tine* bine.

Aceasta era o minciună, dar în același timp era și singura speranță pe care i-o putea da, pe care *și-o* putea da...

-Oamenii mei... șaman dă ceai... face bebeluș dispară, șopti Aigiarne.

Kunopegos se crispă.

-Asta îți dorești?

Ochii ei negri îi căutară pe cei de un căprui deschis ai lui. Apoi, se îndreptară spre abdomenul umflat, pe care îl mângâie.

-Doctor spune o fetiță, zise Aigiarne. În tribul meu, șamanul spune fată, câteodată soțul cere șaman să facă bebeluș dispară. Nu vrea fată. Vrea băiat. Tu vrei băiat?

Nu își ridică privirea spre el.

Kunopegos o sărută pe cap. Poate era un monstru pentru că o făcea să treacă prin așa ceva, dar măcar exista un lucru în legătură cu care o *putea* liniști și pe care nicio circumstanță tragică nu avea cum să îl anuleze.

-Îmi doresc mânzul nostru indiferent de gen, zise Kunopegos, ridicându-i ușor bărbia pentru a o privi în ochi. Și o să fac tot ce îmi stă în putere ca să mă asigur că *amândouă* sunteți bine. Chiar dacă asta înseamnă că trebuie să mă proptesc la ușa Împăratului și să îndrept tunurile cu impulsuri ale *Syracusiei* spre laboratorul lui genetic.

Aigiarne zâmbi. Era o războinică, după cum descoperise. Cei din neamul ei călăreau jumătatea animalică a speciei lui în luptă, iar ei îi plăcea la nebunie să se avânte cu el pe pășunile comunale de pe navă. Sau cel puțin *îi plăcuse* până când sarcina făcuse imposibilă orice plimbare mai alertă decât un galop ușor.

Aigiarne îi atinse obrazul pentru a-i șterge o lacrimă.

-Aigiarne te iubește, zise ea cu blândețe. Iubește și copilul. Tu vrei copil mai mult decât orice bărbat vrea copil. Oamenii mei, bărbatul vrea copil uneori. Băiat, da. Fată, nu. Tu vrei. Copilul iubit. Special.

-Nici nu ai idee cât de special va fi acest copil! exclamă Kunopegos, strivind-o în brațele lui. Nu numai pentru mine, ci pentru întreaga mea specie.

Se cutremură de plâns.

-Zeul nostru e supărat pe noi. Fără copii! Aigiarne ne dă copii. Face neamul meu foarte fericit.

-Îmi faci promisiune, soț? întrebă Aigiarne.

-Orice.

-Eu mor, zise Aigiarne. Tu crești copil. Nu trimiți unde spui că zeul trimite copii. Bine?

-Îți dau cuvântul meu.

Kunopegos îngenunche, pentru ca soția sa să poată coborî din pat pe spatele lui. Când se căsătoriseră, putea să sară de pe sol direct în cârca lui, însă acum nu mai reușea. Tot ce mai reușea acum era să meargă la baie.

-Ai vrea să ne plimbăm pe pajiște? o întrebă el. Aș putea să o eliberez ca să galopăm puțin.

Femeia nu mai avusese poftă de galop în ultima vreme. Și nici să ochească ținte cu arcul ei cu săgeți.

-Aigiarne obosită, zise ea. Dormit mult, face săptămâna douăzeci și doi venit mai devreme?

-Tu dormi, spuse Kunopegos. Doctorul Fuflun o să ia mașină să facă fetița bine.

Privi de-a lungul încăperii, spre locul în care Fuflun îi privea prin geam. Grație intercomului bidirecțional, medicul auzise întreaga conversație. Fuflun îi întâlni privirea și încuviință din cap. Da. Avea să caute toate studiile pe care Împăratul le făcuse pe rasa umană primordială ca să le mențină copiii în viață după ce părinții nu reușiseră să facă față traumei relocării, necesare după distrugerea tărâmului lor, și luaseră cu ei în mormânt și soluția pe care Împăratul o folosise pentru a împiedica încrucișarea selectivă a armatelor sale.

-Ihhaaa! exclamă Aigiarne, strângându-i pulpele cu coapsele.

În lumea *ei,* specia care compunea jumătatea animalică a lui Kunopegos fusese domesticită. Kunopegos descoperise că îi făcea *plăcere* să fie domesticit de energica sa regină războinică, căreia nu îi plăcea nimic altceva mai mult decât să alerge.

-De ce iubești un armăsar bătrân ca mine? o întrebă el.

-Oamenii mei trăiesc lângă cai, zise Aigiarne. Avem legendă. Zei. Jumătate om. Jumătate cal. Ca tine. Kinnara. Coboară din munți. Alege oameni parteneri. Ajută oamenii mei supraviețuiască.

-Ai văzut pe cineva din neamul meu pe planeta ta? o întrebă Kunopegos.

-Nu, spuse Aigiarne. Doar poveste veche. Dar zice că fi precum Kinnara cea mai mare onoare pentru oamenii mei. Inseparabil. Nu căzut de pe cal. Copilul nostru. Ea niciodată cade de pe cal.

Arătă spre buzunarul de la pieptul lui Kunopegos, unde se afla imaginea de la ultima ecografie. Era fascinată de mașinăriile care puteau să tragă cu ochiul în burta ei. Pentru ea, Kunopegos era un zeu. Avea încredere totală în el când îi promitea că doctorul Fuflun avea să facă o mașină care să aibă grijă de bebelușul ei.

Iar Kunopegos se ruga să nu fie doar o minciună...

Dădu ordin ca holurile dintre zona infirmeriei și apartamentul său să fie eliberate, iar apoi o purtă într-un marș lent, în așa fel încât să nu o agite. Nici pe ea... și nici pe mânza lor neprețuită...

Capitolul 27

Data Galactică Standard: 152,323.10
Sector Bravo
Nava amirală „Jehoshaphat"
Generalul Forțelor Aeriene Angelice Abaddon
(alias „Nimicitorul")

ABADDON

Tânguitul reconfortant al hiperdriverelor, care marca ieșirea navei din hiperspațiu, se asemăna unor trompete care anunțau întoarcerea acasă a lui Abaddon. *Jehoshaphat* nu părea să fie mai mult decât o pată pe enorma orbită verde, un teritoriu cu șaptesprezece miliarde de locuitori ce reunea motoarele industriei Alianței și îi asigura bogăția. Pe măsură ce se apropiau, pata devenea din ce în ce mai mare, luând forma unui glonț lung și zvelt, îndreptat spre Imperiul Sata'anic.

-Ne aclamează, domnule, anunță pilotul.

-Spune-le că *Nimicitorul* s-a întors.

Cicatricea palidă a lui Abaddon cuprinse strălucirea soarelui crescând, iar lumina se reflectă în ochii săi verzi, conferindu-le aspectul unor fragmente de oțel inserate în forjă.

-Când pun piciorul pe nava amirală, o să aibă loc un raport. Apoi, o să mă retrag în camera mea, unde nu mai vreau să fiu deranjat pentru nimic altceva decât Shay'tan însuși. Înțeles?

-Da, general, aprobară pilotul și copilotul.

Abaddon își îndreptă din nou atenția spre *Jehoshaphat,* una dintre emblemele Forțelor Aeriene Angelice. Era cea mai mare și mai puternică dintre navele amirale. Reprezenta un dar de mulțumire din partea Parlamentului, oferit după ce Împăratul dispăruse și prima decizie a lui Shay'tan fusese să declare război, în încercarea de a obține, în absența adversarului său, ceea ce nu reușise să facă timp de 150.000 de ani.

Dar îl înfrânseseră. El și Lucifer. Îl trimiseseră pe bătrânul dragon la locul lui, arătându-i că nu doar Hashem îl ținuse la distanță atâta timp, ci și un băiat deștept și o întreagă mașinărie militară cu care băiatul se jucase în meciurile sale de șah încă de când se născuse.

Ah, cât de repede uitase Împăratul ce multe le datora! Lucifer preluase îndatoririle împărătești, însă o astfel de putere e dăunătoare, mai ales pentru un copil de cincisprezece ani care tocmai își pierduse și mama, și singurul tată pe care îl cunoscuse vreodată.

Lucifer știa cum să facă armatele să îl slujească. Abaddon nu ezita niciodată când venea vorba de sacrificii, dar se aștepta ca sacrificiile să fie recunoscute, mai ales cele ale oamenilor din echipajul său. Sub comanda lui Lucifer, o flotă care îmbătrânise şi se degrada fusese revigorată, noi rase raţionale fuseseră recrutate pentru a umple golurile din armatele muribunde, şi fusese pus în funcţiune un întreg sistem de recomandări şi recompense pentru a le *mulţumi* soldaţilor trimişi spre Shay'tan de parcă ar fi fost mortar. Ameninţarea apropierii lui Shay'tan de graniţele lor forţase rasele antice să îşi deschidă cuferele şi să finanţeze extinderea flotei hibride. Dacă Hashem nu i-ar fi abandonat în pragul extincţiei, ar fi putut trece printr-o epocă de aur.

Revenirea lui Hashem păruse a fi un dar zeiesc. Ha... Zeiesc. Oh, zeiţă, ce amuzant! Abaddon îşi reprimă un hohot de râs.

-Domnule? i se adresă locotenentul Sikurull, înclinându-şi curios capul verde, în formă de inimă.

Abaddon afişă o grimasă care ar fi putut la fel de bine să fie un zâmbet. Sikurull îi era asistent personal de prea mult timp ca să nu înţeleagă că Abaddon nu avea chef să îi împărtăşească ce i se părea atât de amuzant.

-Da, domnule.

Sikurull îşi îndreptă din nou atenţia spre tableta pe care organiza programul lui Abaddon, apelurile pe care trebuia să le facă, întâlnirile faţă în faţă, toţi cei pe care trebuia să îi pupe în fund ca să umple găurile pe care Comandantul General Suprem Jophiel le crease luându-i resurse fără să îl consulte sau să îi spună *de ce* o anumită resursă era mai bună decât o alta identică, dar mai logică.

-Ce pune la cale, în numele lui Hades? se întrebă Abaddon, privind pe fereastră.

Silueta *Jehoshaphatului* devenea din ce în ce mai mare pe măsura ce nava se apropia de zona de lansare.

-Aţi vrea să vă trec în program şi o pauză în care să daţi o fugă până în cameră înainte de a pune echipajul la curent? întrebă Sikurull.

Abaddon îşi coborî privirea spre uniforma şifonată pe care o purta. Spre deosebire de Împărat, care pur şi simplu se putea materializa dintr-un capăt în altul al galaxiei, Angelicii erau nevoiţi să se bazeze pe diferite maşinării interstelare instabile. Îşi petrecuse trei zile înghesuit într-o navă în care abia de mai era loc pentru altceva decât un scaun rabatabil şi o toaletă în care să se reîmprospăteze puţin. Dormise îmbrăcat în uniformă, iar asta se vedea.

Imaginea soţiei sale i se contură în minte. Ştia că vine. Putea să îi simtă anticiparea de parcă era a lui însuşi. Întotdeauna crezuse că poveştile legate de predecesorii săi Serafimi fuseseră un soi de basme, dar poate că erau adevărate...?

Telepatie? Poate că nu. Dar uneori simţea că legătura pe care o împărtăşea cu soţia sa *era* telepatie. Acel sentiment că unul ştia ce avea să spună celălalt înainte ca vorbele să îi părăsească buzele. Felul în care nefericirea unuia se oglindea în celălalt. Modul în care ea sau el părea pur şi simplu să *ştie* lucruri, în ciuda barierei lingvistice care încă se căsca între ei. Ea ştia că nava lui se apropia chiar dacă nu înţelegea exact *ce* era o navă sau cât de mult călătorise el pentru a se întoarce la ea.

Haven fie cu el dacă ajungea întâi în cameră! Nici măcar Împăratul însuşi n-ar mai fi putut să îl smulgă din braţele lui Sarvenaz!

-Nu încă, *mo ghrá*, şopti Abaddon pe fereastră, spre nava amirală care devenise atât de mare încât umplea întregul portal. Curând.

Inima lui resimţi dezamăgirea ei, de parcă ar fi fost posibil ca două specii să comunice astfel. De la inimă la inimă. Avea să se revanşeze pentru întârzierea pricinuită de datorie. Cândva, curând, misiunea lui Abaddon avea să se încheie, datoria de a proteja Alianţa, la fel, iar generalul avea să se pensioneze.

-Când aterizează nava, trimite pe cineva la apartamentul meu şi spune-i să strecoare ăsta pe sub uşă, zise Abaddon, scoţând un pachet elegant pe care îl cumpărase în Haven şi care nu era cu mult mai mare decât un plic de Manila.

-Să mă asigur că e depus în camera dumneavoastră? îl întrebă Sikurull cu o expresie neutră. În birou, poate?

-Doar strecoară-l pe sub uşă, zise Abaddon. Aminteşte-i mesagerului care e sancţiunea pentru pătrunderea în spaţiul meu personal.

-Da, domnule.

Sikurull puse pachetul într-un săculeţ cu zeci de alte mesaje, ordine şi pachete pe care le căra pentru general. Unul dintre lucrurile care îi plăceau cel mai mult lui Abaddon în legătură cu Sikurull era discreţia sa.

Se întoarse pentru a analiza nava care fusese iubirea vieţii lui până când Lucifer îi adusese o iubire *şi mai mare,* punându-i la încercare loialitatea faţă de Împărat. Era frumoasă această *Jehoshaphat;* nu era pur şi simplu o navă de luptă, ci un far de lumină, lumină pe care Shay'tan încercase să o stingă. Era o navă lungă, zveltă, cu două hiperdrivere identice care se unduiau în afara fuzelajului asemenea unor aripi de Angelic. Numele îi era scris mare, cu caractere cuneiforme, negre... *Jehoshaphat*... Judecata Domnului.

Era vopsită în gri, pentru a se potrivi cu aripile lui, iar fiecare centimetru pătrat din suprafaţa sa abunda în armament. Până ca Lucifer să îi prezinta noua soţie, Abaddon o avusese pe *Jehoshaphat* drept amantă şi îşi jurase că avea să îşi petreacă tot restul vieţii în braţele ei; să construiască un drum pe care să înainteze împreună, până când aveau să intre într-o luptă atât de măreaţă, încât să se prăbuşească împreună, ca doi îndrăgostiţi antici, care, nesuportând gândul despărţirii, se aruncau în mare şi mureau ca unul.

Jehoshaphat putea concura cu orice navă din flota lui Shay'tan, însă adevăratul ei talent era să dea naştere, asemenea unor săgeţi, unui şir nesfârşit de vase, copiiilor săi ucigaşi, fiecare având la bord un batalion de soldaţi Angelici şi Mantoizi care nu doar că puteau duce lupte grele în spaţiu, ci îşi şi puteau abandona vasele pentru a lupta în aer liber în cazul în care una dintre nave pătrundea într-o atmosferă respirabilă.

Radarul putea detecta obiecte metalice, dar o armă vie care străbătea în forţă cerul era greu de anticipat de forţele lui Shay'tan. Odată ce lupta se muta pe vreo planetă, Angelicii aveau avantajul de a se putea arunca în orice navă şi a lansa o grenadă în canalele de admisie antimaterie.

-Puneţi-vă centurile, anunţă pilotul. Autopilotul ne va ghida spre destinaţie.

Maşinăria care purta nava spre braţul de aterizare făcu o mişcare binecunoscută. Abaddon privi cum se lăsau căraţi prin uşile zonei exterioare de lansare şi aşteptă ca porţile enorme să se închidă. Urechile i se înfundară în timp ce nava era represurizată. Sikurull lucra conştiincios pe tabletă, transmiţându-i ordinele chiar dacă încă nu aterizaseră. Uşile interioare din zona de lansare se deschiseră. Macaraua murmură, purtând nava pe coridorul central de lansare şi parcându-l într-un şir în care se mai aflau alte câteva zeci de transportatoare identice.

Abaddon ajunsese la uşă înainte ca nava să aterizeze propriu-zis pe punte.

-Sikurull, strigă el, văzând că echipajul său încă nu se adunase. Cum se anunţă raportul meu?

-Un cuirasat va ajunge în douăzeci de minute pentru întreţinere, domnule, zise Sikurull. I-am trimis direct în Zona de Lansare Patru, ca să nu întârzie întreţinerea.

-Bună decizie, mormăi Abaddon.

Dacă ar fi fost întrebat, exact acelaşi lucru ar fi făcut şi *el*. Întoarse salutul controlorului de trafic aerian, coborând trepina pe platforma de zbor. *Jehoshaphat* părea să îi ureze bun venit. Abaddon îngenunche şi îi atinse bordul, înfoindu-şi aripile pentru a nu frâna.

-Bună, *beag gorm*, şopti el către nava care fusese dintotdeauna prima sa mare iubire. Mi-ai lipsit...

Îngânatul reconfortant al motoarelor vibră sub mâinile sale; era o putere suprimată, care îşi aştepta eliberarea. Vibraţia navei îi cuprinse aripile şi îi încălzi inima, părând a-l ruga să o poarte departe de aceste îndatoriri plictisitoare şi să o lanseze în ceruri, la vânătoare.

-Curând, *beag gorm*, murmură el. Inima ta e atât de puternică încât nu contează că am adus acasă o soţie-soră. Contează doar vânătoarea şi faptul că încă te iubesc.

Sikurull se prefăcu că se uita în altă parte, obişnuit cu această ciudăţenie din comportamentul superiorului său. Împărţind dur câteva ordine, Abaddon se ridică şi mărşălui spre Zona de Lansare Patru, salutând pe drum diverşi membri ai echipajului. Aceştia stăteau în formaţie, dar relaxaţi, nu crispaţi ca cei din echipa lui obişnuită. Devalizarea stupidă pe care Jophiel o provocase printre resursele lor distrusese deja moralul echipajului.

-Atenţie! strigă comandantul Mantoid de pe tura aceea. Generalul Abaddon e la bord!!!

Echipajul reveni pe poziţii, acordându-i respectul dorit. Generalul înaintă prin dreptul lor, iar fizicul său masiv păru să îi intimideze chiar şi pe cei mai curajoşi. Erau soldaţi buni, zeci de Angelici, alte câteva specii şi mulţi, mulţi Mantoizi. Îşi întoarse partea plină de cicatrici a feţei spre ei în timp ce le dădea raportul.

-Acum trei zile, Împăratul Etern a adunat dovezi că Imperiul Sata'anic dezvoltă un un soi de corp expediţionar, zise Abaddon. Pentru a răspunde acestei ameninţări, toate resursele nenecesare din toate cele patru ramuri ale armatei vor fi trimise pe alte poziţii, în aşa fel încât să aflăm ce, în numele lui HADES, pune la cale Shay'tan.

Printre cei de faţă se răspândi un murmur grav. Abaddon aşteptă comentariul care ştia că avea să vină de la cineva din spatele grupului.

-Dar suntem deja întinşi la maximum.

Abaddon îşi umflă aripile şi îşi flexă bicepsul, vrând să se arate aşa cum îl prezentau întotdeauna oamenii săi. Ca un *Nimicitor*. Extrem de mare. Gata să se opună oricărei ameninţări ce viza Alianţa, până şi lui Shay'tan însuşi. Când vorbi, mâna îi coborî spre mânerul sabiei:

-Asta e greşeala pe care am făcut-o când am decis să nu trimitem nicio navă să apere tărâmul Serafimilor, mormăi el. E cineva care vrea să repete greşeala aceea?

Nu veni niciun răspuns inteligent din partea grupului. Echipajele sale aveau încredere în abilitatea lui de a le conduce prin orice furtună pe care le-o arunca Împăratul în cale şi să le scoată de acolo fără prea multe daune. Dacă venea vremea ca Shay'tan să plătească, fiecare fiinţă din încăpere ştia că Abaddon avea să îl facă să plătească, ba chiar cu dobândă.

-Liberi!

Grupul se dezintegră. În jurul lui se adunară comandaţii de rang inferior cărora Sikurull le trimisese un mesaj dinainte, anunţându-i că aveau să aibă şi un al doilea raport.

-Ne ia nave de care *avem nevoie,* protestă unul dintre ei.

-Cum o să înlocuiesc nava aia, în numele lui Hades? se plânse un altul.

-De ce a luat *Graupius* când *Carnedd* era mult mai aproape? întrebă un al treilea, scărpinându-se în cap.

-Ordinele vin de la Împăratul Etern însuşi, zise Abaddon. Cine suntem noi să punem la îndoială dorinţa zeului nostru?

Poate că nu îi *plăceau* ordinele Împăratului, dar avea să le pună în aplicare.

-Aşa să fie, murmurară colonelii.

După mai multe apeluri cu flota extinsă, Abaddon fu, în sfârşit, liber. Dând vina pe epuizare, îşi făcu drum spre apartamentul personal şi spre cei doi aviatori, un Mantoid şi un Angelic, care stăteau pe poziţii de o parte şi de cealaltă a uşii. Atrăsese ceva suspiciuni când îi desemnase pe cei doi membri ai echipajului să preia o sarcină atât de ciudată, dar nimeni nu îndrăznise să îi pună la îndoială ordinul.

-Domnule! îl salutară aceștia.

-Pe loc repaus, ordonă Abaddon. S-a întâmplat ceva cât am lipsit?

-Nu, domnule.

-Mulțumesc. Sunteți liberi.

Pocnind formal din călcâie, cei doi plecară în marș.

Abaddon bătu de două ori. De pe partea cealaltă îi răspunse o singură bătaie. Aruncând o ultimă privire pe hol, pentru a se asigura că drumul era liber, Abaddon își lipi mâna de scannerul pe care îl instalase pentru a dubla cardul cu care își încuia ușa și se strecură înăuntru.

-Soț! exclamă Sarvenaz, cuprinzându-i gâtul cu brațele ei. Tu târziu. Zis că vii acasă ieri, da?

-Îmi pare rău, *mo ghrá*, nu am avut cum să îți dau de știre.

Dat fiind comportamentul straniu al Împăratului, nu îndrăznise să ia legătura cu ea. Aghiotanții lui aveau să se ocupe de orice întrebare care ar fi putut veni din partea lui Jophiel cât lipsea, dar dacă Comandantul General Suprem *însuși* făcea investigația, nu exista nicio cale sigură de a transmite un mesaj subspațial.

Toate lucrurile pe care voia să le spună fură anulat de sărutul lui Sarvenaz. Parfumul ei amețitor pătrunse într-o zonă antică a creierului pe care nici măcar Hashem nu o putuse elimina și îi făcu mădularul să se întărească. Forma sânilor ei îi amintea de fructele despre care se spunea că împodobiseră cândva ramurile Copacului Etern. Ea știa prea bine ce puterea avea asupra lui și nu voia să îl elibereze nicicum.

-Sarvenaz lipsit soț, zise ea, iar ochii căprui îi fură cuprinși de poftă. Nu ar trebui petrecut așa timp departe.

Mirosul de hCG, hormonii specifici sarcinii, copleși simțurile lui Abaddon asemenea unui drog.

-Nu...

Și cu acel simplu cuvânt, *Nimicitorul* își recunoscu deplina înfrângere. Nu fusese nevoie de niciun foc pentru a arbora steagul alb. Pur și simplu o ridică în brațe și o purtă spre pat.

-Soț lipsit și el? râse Sarvenaz în timp ce Abaddon se lupta să scape de uniformă.

În final, se mulțumi să o tragă pe cap, uitând de nasturii care făceau ca bluza să se așeze în jurul aripilor și prinzându-și aripile în ei. Cu un zâmbet delicios, Sarvenaz desfăcu fiecare nasture la rând, prelungindu-i supunerea până când tortura teribilă îl făcu să se cutremure.

Durerea despărțirii de ea nu putea fi exprimată în cuvinte, așa că generalul se rezumă la a-i cuprinde buzele și a respira înăuntrul gurii ei; inima i-o luă la goană în timp ce împărțeau aceeași respirație din nou și din nou, până când, în final, rămași fără oxigen, fură nevoiți să se desprindă și să ia aer curat. Abaddon se fâstâci cu pantalonii, reuşind să îi dea jos exact în clipa în care Sarvenaz îi luă mădularul în mâini şi îl trase spre ea.

-Ah, zeilor! exclamă Abaddon, luând numele împăratului în deşert.

Mirosul pământiu al excitării ei îl ademenea. Partea animalică a creierului îi anulă orice gând, cu excepţia unuia singur: să îşi consume încă o dată căsătoria interzisă.

Sarvenaz gemu când Abaddon pătrunse în interiorul ei, arzând de dorinţa de a se uni din nou. Aripile lui gri se izbiră de pat, iar ea se ridică pentru a-l întâlni. Suspinele ei uşoare îl aţâţau şi mai tare, făcându-l să o poarte alături de el într-un zbor care nu avea nimic de-a face cu aripile sau cerul, ci cu bătăile a două inimi ce tânjeau să se contopească într-una singură.

-Soţ!

Ah, cât iubea să o audă spunând acel cuvânt, acel cuvânt interzis, dar încântător, primul pe care îl învăţase, încă dinainte să îi înveţe numele.

Abaddon resimţi orgasmul care se apropia în trupul lui Sarvenaz de parcă ar fi fost al său şi se repezi să ţină pasul cu această femeie senzuală care îl tentase să se revolte împotriva împăratului său. Cu un strigăt triumfător, *ea* fu cea care îl conduse pe *el* spre ceruri, orgasmul împărtăşit fiind ca susurul unui cântec frumos. Senzaţia era trecătoare, dar Abaddon ştia că un asemenea sentiment era *normal* şi că împăratul *greşea* refuzându-i speciei sale iubirea.

Odată zborul încheiat, generalul se prăbuşi deasupra soţiei sale, plângând. Îşi strânse aripile în jurul ei şi i se cuibări în braţe, fără a se ruşina de lacrimile care îi curgeau pe obraji în timp ce îşi îngropa nasul în gâtul ei şi inspira parfumul sarcinii.

-Soţ dor de mine? întrebă ea cu afecţiune, iar ochii negri îi sclipiră, la rândul lor înlăcrimaţi.

-Ştii că mi-a fost, zise el. Ai simţit asta.

-Da, răspunse Sarvenaz atingându-şi pieptul chiar în locul unde îi bătea inima, pentru ca apoi să îl atingă pe al lui. Simt. Aici.

Abaddon reaşeză inelul de logodnă pe care femeia îl purta pe inelarul de la mâna stângă, geamănul celui pe care şi el îl purta deasupra inimii, pe un lanţ ascuns. Amândoi fură cuprinşi de somn, alunecând în vise despre celălalt şi despre copilul care creştea în pântecul lui Sarvenaz.

Sub ei, *Jehoshaphat*, această navă de luptă, iubită şi *Judecată a Zeului*, torcea mulţumită, legănându-i în acelaşi fel în care şi ei îşi legănau inimile una în cealaltă.

Părea că raiul însuşi îi purta în cântecul său...

Capitolul 28

Data Galactică Standard: 152,090.10
Haven-1
Micul Lucifer — 9 ani

Cu 231 de ani în urmă…

MICUL LUCIFER

„*Ea-katella, kowtella, kahtellah, kow'ten*" se aude monoton în fundal, ca un bâzâit de albine. Urmăresc culorile frumoase care dansează în mintea lui Dephar în timp ce predă o lecţie despre conjugarea verbelor Sata'anice. Mintea *lui* e la fel de puţin conectată la lecţie ca a mea, dar nu prea am cum să îi spun acum că pot să îi citesc gândurile, nu?

Gândurile îi sunt întocmai ca lecţiile, soldaţi bine antrenaţi care mărşăluiesc în linie dreaptă, fără să deraieze vreodată de la calea impusă, indiferent de cât de *tentantă* ar părea orice fărâmă nouă de informaţie. Îmi reprim un căscat.

-Lucifer! izbucneşte Dephar. Cum o să comunici cu emisarii din Imperiul Sata'anic dacă nu vorbeşti limba lor?

-*Vorbesc* deja limba lor, îi spun şarpelui fără aripi. În plus, nu e ca şi cum tata o să mă lase vreodată să mă întâlnesc cu ei.

-Singura lui grijă e bunăstarea ta, zice Dephar evaziv.

În ultima vreme, nu în legătură cu Shay'tan se agita tata, ci cu grupul ăla ciudat de planete argintii.

-Dar vreau să merg în Sala Mare!

Poate că mă plâng cam mult. Bine. Poate *chiar* mă plâng cam mult. Dar nu aţi face-o şi voi dacă v-aţi petrece toţi cei nouă ani de existenţă închişi într-o singură aripă a palatului? Uneori mă gândesc că sunt ţinut prizonier, ca cei despre care scrie în cărţile secrete de istorie ale tatei.

Dephar îşi agită o gheară în faţa mea.

-Conjugă verbul „a nimici" la toate cele patru timburi verbale.

În clipa în care pronunţă cuvântul „conjugă", cele patru timpuri pe care vrea să le audă de la mine, plus câteva gânduri neprietenoase pe care le are la adresa mea, mi se strecoară în minte. Repet cuvânt cu cuvânt.

-*Ea-katella, kowtella, kahtellah, kow'ten*, spun de parcă aş fi fost atent.

În minte mi se conturează o a cincea imagine. O înjurătură. O repet doar ca să văd ce spune dragonul ăsta Muqqib'at bătrân şi arţăgos.

-Shay'tan *mehcun'dum*.

Dephar se albeşte la faţă.

-De unde ai învăţat asta?

-De la dumneavoastră, desigur, *Máistir* Dephar, îi răspund cu un rânjet victorios. Nu vă amintiți?

Dehpar se îneacă în momentul în care îi trimit o amintire falsă, de dimineață, în care *el* înjură chiar când intru în bibliotecă. Nu e tocmai frumos să plantez imagini în mintea lui, dar e un dragon bătrân și arțăgos și nu are nicio idee că am moștenit înzestrarea asta a mamei.

-Eu... Eu nu folosesc un astfel de limbaj! pufnește Dephar indignat. Sigur ai înțeles greșit!

-Poate.

Cheia pe care am ascuns-o mai devreme, cea care deschide dulapul în care Dephar ascunde cărțile de istorie secrete, despre care tata nu vrea să știe nimeni, mă tentează din ascunzătoarea ei, pe urechea ascuțită a Celei-Care-Este. Am îndesat-o în crăpătura delicată, din marmură, a statuii, de parcă EA și cu mine am fi tovarăși buni, chiar dacă nu am întâlnit-o decât o singură dată, la naștere. Tata se comportă de parcă ar trebui să îmi amintesc, dar zău așa! Aveam doar câteva minute de viață. Am o memorie bună, dar nu *așa* de bună!

Când Dephar mă pune să conjug verbele „a inventa", „a născoci", „a bagateliza" și „a exagera" la toate timpurile, prezent și trecut, încep să mă foiesc. Lecția de azi își urmează cursul deja cunoscut. Ori de câte ori vin emisarii lui Sata'an, Dephar devine paranoic în legătură cu posibilele înșelătorii.

-Nu conjugăm și verbul „a minți"? întreb cu un aer nevinovat.

-Nu există un asemenea verb în limbajul Sata'anic, spune Dephar.

-Cum adică nu există un asemenea verb? Toată lumea știe că Shay'tan e cel mai mare mincinos din lume.

-Toată lumea? întreabă Dephar, ridicând o creastă-sprânceană.

Pentru prima oară pe ziua de azi pare cu adevărat amuzat. În lumea mea, „toată lumea" înseamnă el, mama, tata și câțiva maeștri Cherubimi. Arunc o privire spre cheia aurită. Ea sclipește de parcă Cea-Care-Este mi-ar face cu ochiul de la locul său, din statuie. Ochii lui Dephar se îngustează până devin niște linii perfect drepte.

-Shaytan nu minte, spune Dephar.

-Dar manualele spun că...

-Nu contează ce spun, zice Dephar. Shaytan e în multe feluri. Ahtiat după putere. Viclean. Lacom. Inflexibil. Doritor de control. Dar cu siguranță nu e mincinos.

-Și atunci de ce toată lumea spune asta despre el?

-Pentru că îți promite suficient încât să te facă să fii de acord, dar, dacă nu te duce mintea să îl întrebi explicit, nu îți spune niciodată *toată* povestea. Cei care merg la el se așteaptă la beneficii, dar în schimb primesc condiții.

-Și omisiunea nu e tot o minciună? întreb eu.

-Nu e chiar același lucru, spune Dephar, părând să nu se simtă tocmai confortabil. Uneori, omisiunile sunt necesare.

Cheia aurită, cea despre care Dephar nu are nicio idee că am furat-o din biroul lui, sclipește din nou spre mine. Nimeni nu are voie în camera asta în afară de Dephar, de mine și de tata. De fapt, nici eu nu prea am voie aici, dar cei nouă ani de plictiseală m-au inspirat să devin creativ.

Întreruperea necesară apare întotdeauna cam la douăzeci de minute după ce Dephar începe să își soarbă *caifea* proaspătă. Soarbe *caife*. Începe lecția. Douăzeci de minute mai târziu, se repede la toaletă să facă treaba mare. În dimineața asta, însă, agitația pe care o resimte în legătură cu venirea emisarului Sata'anic l-a făcut să sară peste băutura obișnuită. Bodogăne încontinuu despre Ba'al Zebub și nu îmi mai dă ocazia să pun înapoi cartea pe care am șterpelit-o.

Trebuie să meargă la toaletă la un moment dat, nu? Până și ființele pe jumătate transcendentale au funcții corporale atâta vreme cât trăiesc pe tărâmurile materiale. Este una dintre regulile Celei-Care-Este...

-Te rog să mă scuzi, spune Dephar într-un sfârșit.

Ah! Slăvită fie zeița! Textul pe care mi l-a dat Dephar ca temă de lectură în seara asta e prea mare ca să îmi încapă în traistă lângă cartea babană pe care am șterpelit-o acum câteva zile. Scot cartea din geantă și mă năpustesc asupra cheii aurite, făcând totuși o pauză suficient de lungă încât să mângâi urechea Celei-Care-Este pentru noroc înainte să deschid dulapul care adăpostește cărțile secrete de istorie ale tatei. Cele care se presupune că nu există.

Așez „O istorie completă a Nefilimilor" înapoi la locul ei. Tata spune că universului îi merge mai bine fără ei, dar vechea carte de istorie îi face să pară chiar simpatici. A fost scrisă înainte ca Nefilimii să pornească rebeliunea împotriva Împăratului Shay'tan, așa că nu înțeleg de ce rebeliunea împotriva dușmanului a fost un lucru rău.

Am citit deja tot ce e pe primele trei rafturi, așa că fâlfâi ușor din aripi ca să ajung la raftul patru, sperând că Dephar nu o să audă zgomotul. Pipăi prin jur până când mâinile mi se opresc asupra unei cărți suficient de compacte încât să încapă în geantă.

O trag de pe raft și mă uit la literele aurite de pe copertă. *„Amhrán Ki"*. Cântecul lui Ki. E o carte subțire, neagră, scrisă în versuri, dar are și câteva imagini.

În camera de alături, Dephar trage apa. Închid dulapul și pun cheia la loc în ascunzătoare, însă fac o pauză suficient de lungă încât să mângâi urechea Celei-Care-Este pentru noroc. Apoi, îmi îndes cartea subțire în traistă.

Dephar se așază pe scaun și își continuă lecția până când mama bate în sfârșit la ușă și anunță că a venit vremea pentru prânz.

-Mama! exclam eu, zburând în brațele ei.

În ultima vreme a fost mai veselă, dar din când în când mai are câte un episod. Eu mă dau peste cap ca să o fac fericită.

-E timpul să mănâncăm, *chol beag*, spune mama, sărutându-mă pe creştetul capului. După aceea, tata o să continue să te înveţe să joci şah, ca în fiecare zi.

Ţopăi pe hol după mama, iar aripile îmi murmură în timp ce înaintăm ţinându-ne de mână. Mâncăm în apartamentul nostru cu privelişte spre grădină. Copacul Etern domină curtea. Sub noi se hârjonesc creaturi despre care mama spune că nu mai există nicăieri altundeva în univers. Favorita mea e o pasăre mică şi simplă, al cărei tril o face uneori să plângă pe mama; dar sunt lacrimi bune, de parcă ceva din cântecul acela i-ar aduce fericire.

Eu numesc creatura aceasta Pasărea Fericită... după modul în care o face să se simtă pe mama. E un nume mult mai frumos decât cel plicticos pe care i l-a pus Dephar: sturz cântător.

-Azi o să mă lase tata să mă întâlnesc cu emisarul lui Sata'an? întreb eu. A spus că o să mă lase într-o bună zi.

Aripile întunecate ale mamei se crispează.

-Nu anul ăsta, *chol beag*, spune ea. Într-o bună zi. Când o să fii un pic mai mare.

-De ce nu pot să îl văd *acum?*

-Tatăl tău nu vreau ca ceilalţi să afle despre tine încă.

Mama ştie că pot să îi citesc gândurile, aşa că se străduieşte foarte mult să le ascundă dacă nu vrea să împărtăşească ceva cu mine. În ultima vreme, însă, am început un joc în care trag cu ochiul în mintea ei ca să văd cât de mult pot sta acolo până să îşi dea seama ce fac.

-Tatei îi e ruşine cu mine?

-Nu. Sigur că nu, *chol beag*, spune mama.

Acestea sunt *cuvintele* ei, dar gândurile îi sunt întunecate şi furtunoase. Deodată, apare imaginea unui zid, de care se foloseşte ca să mă blocheze în afara minţii ei.

-Tata spune că, într-o bună zi, *eu* o să negociez cu emisarii Sata'anici, îi spun eu.

-N-aş lua de bun chiar tot ce spune tatăl tău, răspunde mama.

-Tata nu îşi încalcă *niciodată* cuvântul!

Mama îmi zâmbeşte înţelegătoare; e acel gen de zâmbet pe care îl afişa şi atunci când aveam cinci ani. Ne terminăm prânzul în linişte.

-Hai, fugi! ordonă ea. Tatăl tău a spus că trebuie să mergi în camera de şah la două fix.

Mă sărută pe creştetul capului. Mai am patruzeci şi cinci de minute la dispoziţie până să mă văd cu tata. Trec prin uşa păzită de cei doi maeştri Cherubimi.

-Ai terminat un pic prea devreme azi, nu-i aşa, micule prinţ? întreabă Maestrul Urebitimo.

-Mama spune că nu trebuie să întârzii.

-Atunci mergi direct acolo, micuțule, spune Maestrul Urebitimo. Ia-o prin holul din dreptul grădinii. În palat se află niște ființe pe care nu ai vrea să le întâlnești. Ar putea să te pună în pericol.

Să mă pună în pericol? Cu doi maeștri Cherubimi care îmi păzesc mama și alți doi care păzesc intrarea în Marea Sală? Tata e atotputeric! E zeu!

-Merg chiar acum, spun făcând o plecăciune în fața amândurora.

Nu îi las să vadă că am degetele încrucișate la spate. Imediat ce fac prima curbă, schimb direcția spre grădină, dincolo de pilonul de foc pe care tata l-a programat să îmi permită să trec prin grădina lui, înaintez pe o alee, apoi pe o ușă păzită de un foc asemănător. Mă furișez în camera din spatele tronului tatei și trag cu ochiul spre Sala Mare.

Ochii îmi sunt cuprinși de uimire la vederea celor două șopârle care negociază în limba Sata'anică. Tata vorbește toate limbile; la fel și eu. Aproape... Pot să vorbesc *aproape* toate limbile. Când vorbește cineva, chiar dacă nu înțeleg cuvintele propriu-zise, pot să *văd* ce vrea să spună dacă ființa e suficient de deșteaptă încât să aibă gânduri coerente.

Oamenii-șopârlă sunt furioși.

Un al treilea imperiu? Tata vrea ca Împăratul Shay'tan să înceteze să îl mai protejeze, pentru ca el să îl poată distruge. Bărbații-șopârlă refuză.

Una dintre ființele-șopârlă aruncă o privire dincolo de scaunul luxos al tatei și îmi observă părul alb-blondiu ieșind prin dreptul ușii. Chiar dacă e mai tânără decât cealaltă, îmi dau seama că are un rang superior după nuanța de sângeriu profund pe care i-o capătă gușa. În plus, eșarfa pe care o poartă de-a curmezișul pieptului îmi arată că este secundul lui Shay'tan.

Ochii gri-auriu ai lui Ba'al Zebub se îngustează, formând două linii perfecte. Linge aerul cu limba lui lungă, bifurcată, și face semn către ușă, cu ochii lui ca de șarpe cuprinși de curiozitate. E adevărat că ființele-șopârlă pot să *guste* emoția?

Poate nu a fost o idee prea bună să vin aici...

Mă strecor pe ușa din spate a biroului tatei, dincolo de pilonul de foc, în grădină, și rătăcesc spre Copacul Etern. E interzis să îl atingem, dar eu și copacul ăsta bătrân ne înțelegem foarte bine. Are rădăcini enorme, care țâșnesc din tulpină și îl fac să arate de parcă ar avea picioare.

Scoarța lui antică servește de minune drept priză rezistentă pentru mâini, de parcă arborelui i-ar *plăcea* să ne cățărăm prin el, așa că de obicei mă urc greoi pe trunchi în loc să zbor. Cea mai joasă dintre crengile sale e la același nivel ca acoperișul palatului tatei, dar nu am avut niciodată curaj să mă avânt și pe cele mai înalte, atât de înalte încât par să susțină cerul. Îmi găsesc ramura preferată, care se aplatizează, formând un soi de scaun, și ascult cântecul vesel al Păsării Fericite.

Într-un sfârșit, tata iese din palat și își face drum spre copac. Pentru o clipă, mă gândesc să mă ascund, dar nu are rost. Tata e zeu.

-Te-ai furișat iarăși în biroul meu, *chol beag*, strigă tata spre mine.

Pot să îmi dau seama după privirea din ochii lui aurii că e mai curând îngrijorat decât nervos. Nu pot niciodată să îi descifrez gândurile aşa cum le descifrez pe ale mamei sau pe ale lui Dephar, dar până la urmă tata nu e chiar atât de greu de citit.

-Eram curios, îi spun. Sper că nu eşti supărat.

Tata se aşază pe o rădăcină care seamănă cu o bancă. Umerii i se pleoştesc în timp ce priveşte meditativ grădina. Pasărea Fericită îşi încheie trilul.

-Principala mea grijă e să te menţin în siguranţă, oftează tata. Nici nu ai idee ce e în joc.

Tata vorbeşte întotdeauna despre riscuri calculate. Când jucăm şah, ştiu că în spatele mutărilor lui există, undeva, fiinţe *reale*, dar nu pot să înţeleg de ce se gândeşte uneori şi la *mine* în aceiaşi termeni. Ce importanţă pot să am eu, un băiat de nouă ani?

-Am încercat să nu îi las să mă vadă, spun eu. E adevărat că fiinţele-şopârlă pot să miroasă sentimente?

-Într-un fel, răspunde tata. Pot să guste feromonii, acei mici mesageri chimici pe care îi emană corpul tău când creierul le spune muşchilor ce să facă.

Tata mi-a vorbit despre feromoni la lecţiile de biologie.

-Şi ce i-au spus mesagerii mei?

-Că eşti un băieţel obraznic care nu ar fi trebuit să tragă cu ochiul din biroul meu, spune tata.

Îşi poartă degetele prin părul vâlvoi şi alb.

-L-am convins pe Ba'al Zebub că eşti fiul unui servitor, dar nu ar trebui să îţi asumi asemenea riscuri. Ultimul lucru pe care l-aş vrea ar fi ca bătrânul dragon să afle că am un fiu.

Chipul îi e străfulgerat de teamă, o emoţie stranie pentru un zeu atât de puternic cum e tata.

-Îţi e ruşine cu mine, tată?

-Nu, răspunde el, iar faţa i se destinde într-un zâmbet.

Îmi place această versiune mai bătrână şi mai copilărească a lui mult mai mult decât cea tânără, mai agresivă, pe care o afişează faţă de mama. Mă simt uşurat acum că ştiu că nu e cu adevărat supărat pe mine. Cred că această curiozitate a mea îi aminteşte de el însuşi.

-Despre ce vă certaţi tu şi fiinţele-şopârlă? îl întreb.

Zâmbetul se stinge.

-Nimic care să te privească.

Tata adoptă acea expresie intensă pe care o are uneori când se uită la mine, de parcă aş fi făcut ceva greşit. Ştie că am furat cartea din biblioteca lui secretă? Îmi ascund gândurile aşa cum m-a învăţat mama, pentru ca tata să nu afle de cartea subţire ascunsă în camera mea.

-Hai, îmi spune tata, făcându-mi semn să cobor. Să mergem să exersăm jocul de şah. Într-o bună zi, *tu* o să joci chiar împotriva lui Shay'tan. Eu am lucruri mai bune de făcut decât să îl distrez pe bătrânul dragon.

Îmi fâlfâi aripile uşor, ca să cobor din Copacul Etern. Tata îmi atenuează căderea. Îmi pune o mână pe umăr şi strânge.

Mă împleticesc de încântare, resimţind senzaţia caldă care însoţeşte atingerea tatei. Mergem spre camera de şah, unul lângă altul, iar eu îmi strâng aripile la spate. Uneori, dacă fac vreo mutare genială la şah, tata îmi pune mâna pe spate, dar lui nu îi place să fie atins... poate doar de mama?

Camera de joc e exact ca întotdeauna, cu Cea-Care-Este pictată pe un perete, Shay'tan în spate şi peretele mare şi negru care nu mi-a mai vorbit a doua oară. Tabla de şah galactic murmură uşor pe axa ei, cu piesele aşezate întocmai după cum le-a lăsat tata. Mă apropii de o replică mai mică, pe care o folosesc ca să exersez. Uneori, tata mă lasă să pretind că aş fi el, dar de cele mai multe ori mă pune să joc rolul Împăratului Shay'tan, în aşa fel încât piesele negre de şah care reprezintă fiinţele-şopârlă să reproducă schemele pe care încearcă el să le desluşească.

Mă întreb dacă bătrânul dragon ştie că uneori joacă împotriva *mea*, nu a tatei.

Tata mă lasă să joc împotriva lui, să mut piesele de joc Sata'anice pe care le-a pus să facă ce intuiesc că ar avea de gând Shay'tan, iar apoi schimbăm locurile şi apăr Alianţa, mutând piesele albe pentru a opri orice posibilă manevră a dragonului. De la o vreme, tatei nu îi mai pasă aşa de mult să îl înfrângă pe Shay'tan. Vrea săl învingă doar pe oponentul de pe tărâmul acela ciudat despre care nu îndrăznesc să îl întreb, pentru că întotdeauna se înfurie. Tyre. Lumea în legătură cu care el şi fiinţele-şopârlă se certau, fiindcă Shay'tan nu îi dă voie să o arunce în aer.

Cine trăieşte pe lumea aceasta care îl înfurie atât de tare pe tata? Şi de ce îl face să se supere atât de tare pe *mine?*

Capitolul 29

ΔYƏΠΔΠϚ

„Domnul a zis Satanei:
„De unde vii?"
Şi Satana a răspuns Domnului:
„De la cutreierarea pământului
şi de la plimbarea pe care am făcut-o pe el."
—Iov 1:6-7

Data Galactică Standard: 152,323.10 D.Î.
Haven-1
Comandantul General Suprem Jophiel

În prezent...

JOPHIEL

-Comandant General Suprem, spuse Maestrul Ubijetso cu o plecăciune. Împăratul vă aşteaptă.

Jophiel salută din cap cei doi Cherubimi feroce, intimidanţi în uniforma lor de luptă, care păzeau uşa ce ducea spre camera tronului. Făceau parte dintr-o specie nobilă, dar dureros de săracă în exponenţi. Cât mai avea să dureze până să evadeze pe tărâmul transcendental, aşa cum făcuseră şi Wheles, lăsând-o pe *ea* să se ocupe de una singură de siguranţa Împăratului?

Pe hol mai stăteau la pândă şi doi Angelici, ale căror aripi înfoiate ar fi trebuit să le confere o înfăţişare intimidantă. Aproape le-ar fi ieşit efectul dacă nu ar fi stat exact lângă Cherubimii enormi, care îi făceau să pară mai curând nişte căţelandri care mârâie ca să îşi protejeze stăpânul, dar nu reprezintă o ameninţare reală.

De partea cealaltă a culoarului, două dintre gărzile lui Ba'al Zebub arătau ridicol de asemănător. Fiinţele-şopârlă erau aproximativ la fel de înalte ca Angelicii, dar mai musculoase; ghearele lor, creasta dorsală şi coada anulau avantajul oferit Angelicilor de aripi. Ceea ce îi dinstingea cu adevărat pe cei din urmă nu era însă forţa brută, ci agilitatea cu care fuseseră înzestraţi.

Gărzile trăgeau cu ochiul unele la celelalte, dezgustate, reflectând întocmai sentimentele stăpânilor lor unul faţă de celălalt. Jophiel le-ar fi salutat pe toate patru dacă nu ar fi slujit două dintre cele mai detestabile creaturi din întregul univers: pe Ba'al Zebub... şi pe Lucifer. În schimb, le privi cu expresia glacială care o consacrase.

-Puteţi intra, spuse Cherubimul, deschizând enormele uşi culisante.

În hol se revărsă o lumina orbitoare.

-Jophiel! exclamă Împăratul de la capătul celălalt al covorului lung şi roşu. Mă bucur aşa de mult că ai reuşit să vii.

Jophiel glumise cândva că Sala Mare era atât de mare, încât ar fi putut să îşi parcheze toată nava amirală în ea. Împăratul râsese şi îi spusese că un zeu trebuie să pară mai mare decât orice altceva, căci altfel subiecţii săi nu l-ar respecta.

Covorul de un luxuriant roşu-sângeriu îi înăbuşi zgomotul paşilor.

-Majestatea Voastră, spuse ea cu o plecăciune. Lord Zebub, continuă, ducând o mână la frunte şi la inimă, aşa cum o impunea salutul specific al fiinţelor-şopârlă. Şi Prim-ministru Lucifer, încheie ea, aruncându-i o privire plină de dispreţ celui din urmă.

-Comandant General Suprem Jophiel, o întâmpină Lucifer cu o căldură prefăcută. Ce plăcere să vă reîntâlnesc!

Jophiel adoptă expresia anostă despre care ştia că îl scotea din minţi pe Lucifer. Armăsarul Alfa era obişnuit ca femeile să îi soarbă din priviri orice cuvânt. Îl enerva la culme că nu reuşise să o facă şi pe ea să coboare garda a doua oară.

Jophiel îşi imagină că erau despărţiţi de un zid. Trecuseră treizeci şi cinci de ani de când o sedusese, iar în ultimii treizeci şi patru nu trecuse nici măcar o zi în care subconştientul să nu încerce să o convingă să îi mai acorde o şansă de a face un copil.

Niciodată!

Când Lucifer îi răpise inocenţa, era tânără şi naivă; o fraieră care înghiţise povestea despre băiatul singuratic care se căţăra în Copacul Etern şi asculta trilul unei păsări ori de câte ori se temea că tatăl lui nu îl iubea. Slavă zeilor că Raphael îi ştersese în sfârşit de pe piele şi din suflet amintirea atingerii nenorocitului aceluia!

Raphael ... el era o cu totul altă problemă...

-General Jophiel, zise Ba'al Zebub, iar limba roz îi ţâşni afară pentru a gusta aerul.

Gura i se deschise într-un rânjet fals, dezvăluindu-i dinţii ascuţiţi.

-Arătaţi bine.

Era o şopârlă masivă. În cei 25 de ani de când Jophiel era forţat să colaboreze cu el, Zebub se îngrăşase, căci pasiunea sa pentru excese rivaliza chiar şi cu cea a lui Lucifer. Purta o robă purpurie, din pluş, căci, deşi avea sângele cald, specia lui încă purta în vene ecoul evolutiv al unui predecesor cu sânge rece.

-Şi dumneavoastră arătaţi bine, Lord Zebub.

„Bine" nu era cuvântul potrivit, dar nu îndrăznea să îi spună că e „obez morbid". Învăţase de la bun început că, dacă o femeie manifesta emoţie, băieţii ăştia grozavi ca Ba'al Zebub o călcau în picioare.

-Ba'al Zebub şi cu mine tocmai discutam despre politica Imperiului Sata'anic de a deschide tărâmurile netehnologizate spre comerţ, spuse Împăratul, privind emisarul Sata'anic de parcă ar fi fost un şoarece care măsoară o cobra. Se pare că Împăratul Shay'tan consideră că are ceva ce ne-am putea dori.

Jophiel îl analiză pe Lucifer din colțul ochiului, urmărindu-i reacția. În numele lui Lucifer! Ce căuta *el* acolo? Împăratul nu îl voia implicat cu nimic mai mult decât pe cei patru generali din subordinea lui Jophiel. Se răzgândise? Sau oare îi juca Shay'tan pe degete, solicitând expres prezența prim-ministrului?

-Tocmai analizam scenariul „și dacă…?".

Ochii argintii ai lui Lucifer sclipiră a interes.

-Și dacă Shay'tan chiar are ceva ce ne trebuie, dar planeta pe care se află e una pe care o considerăm tărâm primordial protejat? Am aplica aceleași legi pe care le aplicăm în Imperiul nostru și asupra Imperiului Sata'anic?

-Despre ce fel de resurse vorbim? întrebă Jophiel, prefăcându-se că nu înțelege. Specia însăși? Sau o resursă care se întâmplă să se găsească pe același tărâm?

Ochii verzi-aurii ai lui Ba'al Zebub se îngustară, formând linii perfect drepte. O dată. De două ori. De trei ori, limba lui sensibilă țâșni în afara gurii pentru a gusta hormonii de stres pe care Jophiel îi producea în timpul conversației. Ochii aceia verzi-aurii și receptivi alergară de la ea la Lucifer, căutând nuanțe. Shay'tan îl trimisese ca să afle ce știau despre tărâmul oamenilor, de asta era sigură. Împăratul aprobă subtil din cap.

-Răspunsul ar fi același în oricare dintre situații, răspunse Împăratul fără echivoc. Un tărâm cu semințe e un tărâm cu semințe.

-Dacă specia e demnă de protecție în imperiul *nostru,* continuă Jophiel ideea Împăratului, atunci e demnă de protecție în *orice* imperiu.

Lucifer și Ba'al Zebub făcură un schimb scurt de priviri. Ăștia doi puneau ceva la cale. Dar ce? Jophiel se întrebă dacă nu cumva Ba'al Zebub comisese vreo indiscreție, dar renunță imediat la gând. Lucifer era cel mai înalt oficial ales al Alianței, precum și cel mai vizibil simbol al extincției iminente. Dacă ar fi bănuit că Shay'tan avea o soluție pentru problema lor, ar fi adus petiția în fața Parlamentului într-o secundă. Tocmai de aceea Împăratul hotărâse să *nu* îl informeze despre transmisiunea Colonelului Mannuki'ili până nu știa *exact* unde se afla acest ultim bastion al umanității.

-Hai să mărim miza puțin, zise Ba'al Zebub, măsurând încăperea cu pasul. Ce-ar fi dacă Imperiul Sata'anic ar avea soluția pentru problema infertilității hibrizilor? Ce concesii ar fi Alianța dispusă să facă pentru a-și asigura propria supraviețuire?

Se opri din mers chiar în fața lui Lucifer. Jophiel se aștepta ca acesta să ceară mai multe informații, dar era neobișnuit de tăcut. Ochii lui de un argintiu palid îl urmăreau pe Împărat cu un interes calculat.

-Shay'tan supraestimează amplitudinea problemei, râse Împăratul. Spune exact același lucru despre Cherubimi de zece mii de ani încoace.

Aripile lui Lucifer se înălțară de parcă ar fi fost un prădător pe cale să plonjeze. Îl văzuse făcând acest gest destul de des înaintea vreunei lovituri politice finale, dar de această dată avea ceva sălbatic în privire, care o neliniștea.

-Nu ai răspuns la întrebare, tată. Ce *ai face* dacă stimatul nostru coleg ar prezenta soluția pentru problema noastră?

Lui Jophiel i se tăie respirația la vederea acestei încălcări a solidarității de grup chiar în fața ambasadorului inamicului. Ochii Împăratului căpătară o strălucire feroce, ca de cupru.

-Nu mi-am dat seama că *era* o întrebare – în cameră pătrunse un curent – *fiule*...

-Era, *tată,* zise Lucifer, cu aripile tremurând de furie. Ai compromite politicile tale privind lumile cu seminţe dacă asta ar însemna că specia noastră ar supravieţui? Sau ţi-ai lăsa armatele care te protejează să dispară doar ca să îţi poţi continua concursul enervant cu Shay'tan?

Aerul fu răvăşit de electricitatea statică iscată în clipa în care ochii roşii-aurii îi întâlnіră pe cei argintii, făcând părul lui Jophiel să se ridice la ceafă. Nu avusese de-a face decât cu latura binevoitoare a Împăratului, dar auzise şi de diferite incidente provocate de temperamentul lui Hashem... rapoarte clasificate... istorii pe care doar *ea* avea voie să le cerceteze. Lucruri teribile. Unele la fel de teribile ca cele care apăreau atunci când Shay'tan pornea la atac. Confruntarea aceasta se anunţa de mult, dar chiar trebuia să aibă loc în faţa lui Ba'al Zebub?

-Lucifer, zise ea pe un ton rugător, dar disperat.

-Ei bine, *tată,* spuse Lucifer, adoptând o poziţie sfidătoare la baza tronului împărătesc. Ai de gând să răspunzi la întrebare?

Lucifer nu era militar, ci politician, astfel că avea gusturile şi slăbiciunile specifice funcţiei. *Acum,* însă, nu arăta ca un politician. Jophiel putea întrezări urmele bărbatului care îl concepuse, care fusese cel mai inteligent general al lui Hashem până să pornească o rebeliune. Bărbatul a cărui imagine fusese ştearsă din cărţile de istorie, dar al cărui chip îl văzuse în filmări, pentru că doar *ei* i se permitea accesul la istoria pe care Împăratul voia să o ţină ascunsă.

Împăratul întrezări şi el acele urme. Temperatura din cameră coborî cu treizeci de grade, iar controlul lui Hashem asupra iluziei de creatură muritoare pe care o afişa făcu loc pentru prima oară în viaţa lui Jophiel mânіosului Zeu al Fulgerului, cu părul său întunecat, care domina Poarta Mare.

-Mai degrabă îţi las specia să putrezească în Hades, şuieră el, decât să fac vreun compromis *cât de mic* pentru Împăratul Shay'tan!

Aripile albe ale lui Lucifer se înfiorară; acesta închise ochii, iar buza îi tremură în timp ce inspira. Timp de douăzeci şi cinci de ani Jophiel visase la ziua în care avea să vadă pe cineva smulgându-i inima din piept lui Lucifer aşa cum *el* o smulsese pe a *ei,* dar acum că în sfârşit era martoră la această scenă, nu voia decât să o oprească.

Oh, zeiţă! Fă împăratul să se oprească!

Ochii argintii se deschiseră şi îi întâlniră pe ai ei, mult prea strălucitori.

-Aşa mă gândeam şi eu, zise Lucifer atât de încet încât Jophiel nici măcar nu fu prea sigură că spusese într-adevăr ceva. Acum ştiu adevărul.

-Domnilor! spuse Ba'al Zebub, lovindu-l pe Lucifer pe aripi, de parcă ar fi fost un tovarăş vechi. Întrebarea e ipotetică. Să nu ne certăm pentru chestiuni lipsite de importanţă!

Jophiel se aştepta ca Lucifer să se întoarcă spre Ba'al Zebub şi să îi ceară să spună dacă Shay'tan *chiar* avea soluţia, dar nu o făcu. Cu aripile strânse la spate, îşi încleştă pumnii şi făcu o plecăciune.

-Te rog să mă scuzi, *tată,* zise el, fără ca ochii de un argintiu straniu să îi părăsească vreo clipă pe cei feroce ai Împăratului. Am nevoie de nişte aer curat.

În mintea lui Jophiel se materializă imaginea lui Lucifer stând pe crengile Copacului Etern şi ascultând Pasărea Fericită în timp ce aştepta ca bărbatul lângă care crescuse cu credinţa că îi e tată să vină şi să îi spună că totul avea să fie bine. Acea singurătate cu care empatizase *atunci* reverberă înăuntrul ei şi acum. Împăratul îşi rănise fiul adoptiv, iar ei nu îi făcea nicio plăcere să îl vadă prăbuşindu-se.

-Liber, spuse Hashem scurt.

Lucifer nu porni de-a lungul covorului roşu, ci înspre uşa laterală, care ducea spre grădină şi spre Copacul Etern. În tot acest timp, Jophiel crezuse că povestea aceea fusese o minciună!

Lucifer aproape ajunsese la uşă când Hashem i se adresă din nou:

-Drumul acela e blocat, *fiule,* spuse el cu superioritate. Doar inimile cele mai pure pot pătrunde în grădina Edenului.

Cu spatele la Împărat, Lucifer se crispă. Instinctul lui Jophiel urla că scena asta trebuia oprită, că nu era bine, că această prăpastie definitivă dintre Lucifer şi tatăl său nu ar fi trebuit să apară niciodată.

Îşi forţă buzele să formeze cuvintele, să îi rostească numele, să îi sară în ajutor şi să se opună alături de el mândriei lui Hashem. Dacă *ea,* fiică favorită, ar fi fost de partea lui împotriva acestei nedreptăţi, Hashem ar fi dat înapoi. Două stele imperfecte a căror strălucire putea lumina calea atunci când cealaltă şovăia. Da. Dacă minţile raţionale puteau izbândi, atunci ei îl puteau aborda *împreună* pe Împărat, puteau vindeca această rană despre care Jophiel simţea că nu prea avea de-a face cu Lucifer, ci cu furia nestăpânită a lui Hashem faţă de copiii săi morţi.

Lucifer nu ştia că, fix în acel moment, Împăratul strângea o escadră pentru a i se opune lui Shay'tan. Dacă ea i-ar fi spus…

Ba'al Zebub o privea ca o cobra care măsoară un şoarece, vrând să vadă ce o să facă. Lucifer tocmai îl dezonorase pe Împărat în faţa ambasadorului inamicului său. Dacă şi *ea* o făcea, Hashem avea să se spele pe mâini şi să dispară pe tărâmurile transcendentale pentru totdeauna.

Jophiel îşi ţinu gura închisă. În adâncul inimii, ştia însă că nu asta era ceea ce trebuia să facă.

Lucifer îşi încleştă pumnii. Cu aripile strânse la spate, păşi în afara camerei tronului, fără a rosti vreun cuvânt. Ba'al Zebub avu suficient bun simţ încât să aştepte ca Împăratul să vorbească primul.

-Deci, zise acesta cu o voioşie forţată. Mai e ceva ce ar vrea stimatul meu frate să discutăm astăzi?

-Mai e şi chestiunea drepturilor minerale ale sistemelor solare aflate în Sectorul Romeo, spuse Ba'al Zebub lacom.

-Jophiel, o implică Împăratul în negocieri, în încercarea de a o împiedica să se ducă după Lucifer. Ce crezi? Există vreun mod prin care am putea limita prezenţa celor două armate în acel sector, pentru ca minele să fie exploatate fără să se împuşte militarii încontinuu?

Bufnetul uşii care se închise reverberă în Sala Mare. Datoria îi spunea lui Jophiel că trebuie să îi răspundă Împăratului, nu să îl consoleze pe iubitul care *nu* o minţise atunci când plânsese în braţele ei şi îi povestise cum obişnuia să stea pe ramurile Copacului Etern, lăsând cântecul Păsării Fericite să umple vidul născut în inima sa pentru că, în adâncul sufletului, ştiuse dintotdeauna că Împăratul nu îl iubea.

Capitolul 30

Octombrie 3.390 î.Hr.
Pământ: Satul Assur
Colonel Mikhail Mannuki'ili

MIKHAIL

La revenirea lui Mikhail din Gasur, Căpetenia Kiyan trimisese soli în cele trei sate din imediata apropiere cerând o întrevedere, alături de rugămintea ca mesajul său să fie dat mai departe la nord, sud şi est. Patru dintre sate răspunseseră – trei, trimiţându-şi căpeteniile, iar al patrulea, Qattara, trimiţându-l pe sol înapoi exact cu ceea ce ceruse Kiyan.

O altă monedă de aur...

Mikhail îşi strânse aripile la spate în timp ce Căpetenia Kiyan, Căpetenia Jiljab din Gasur şi căpeteniile din Nineveh şi Arrapha se ciondăneau. Jamin stătea în dreptul tatălui său, iar ochii negri îi sclipeau de furie. Arăta de parcă căpetenia ar fi ţinut un leu nervos în lesă, sperând să nu devoreze pe nimeni.

-De unii singuri, suntem o ţintă uşoară, spuse Căpetenia Jiljab. Dar împreună suntem puternici.

-Voi aţi fost atacaţi de un alt inamic decât noi, spuse Căpetenia Sinmushtal din Nineveh. *Noi* nu avem probleme cu tribul Uruk!

Părea că Sinmushtal, căpetenia dârză din Nineveh, şi Căpetenia Kiyan erau într-o permanentă competiţie pentru a stabili cine are mai mulţi franjuri la kilt, în timp ce Căpetenia Yasma'addu din Arrapha, un om mai în vârstă, cu o expresie de profundă sfârşeală, era un competitor de mâna a doua, prins într-o bătălie a celor mai groase brăţări de argint, a celor mai elaborate şaluri şi a celor mai înalte pălării de piele. Căpetenia Jiljab din Gasur era fiul vitreg şi sărac, dar în multe feluri şi cel mai înţelept, pentru că întotdeauna punea doar întrebări *practice,* nu *politice,* ca cele care îi obsedau pe ceilalţi trei.

-Uruk a mai pus presiune pe graniţele *noastre* în trecut, ripostă Căpetenia Kiyan. Motivul pentru care s-a *oprit* a fost că neamul Ubaid s-a unit. Trebuie să *rămânem* uniţi, altfel o să ne trezim cu *toţii* că trebuie să plătim tribut vreunui lider Uruk.

-Cei din neamul Uruk nu ne sunt duşmani, interveni un alt bărbat, Laum, comerciant de ţesături şi – dacă Ninsianna avea dreptate – viitor socru al lui Jamin. Ar fi în beneficiul *tuturor* satelor Ubaide să normalizăm legăturile negustoreşti.

Jamin îi aruncă o privire răutăcioasă viitorului său socru. Ninsianna îl pusese pe Mikhail la curent cu sarcina Shahlei. Nimeni nu punea la îndoială că Jamin ar fi tatăl. Toți sătenii îi văzuseră ieșind cu hainele răvășite din spatele cotețului de capre, din spatele livezii de curmali sau de prin stufăriș.

-Uruk e un tibru ostil, îl contrazise Căpetenia Yasma'addu din Arrapha. Și-au mascat incursiunile drept atacuri de „bandiți" ani la rândul. Ar fi o greșeală să rupem uniunea *acum!*

-Immanu? i se adresă Căpetenia Kiyan tatălui Ninsiannei. Ce ne sfătuiesc zeii în legătură cu această chestiune?

Toți știau că Ninsianna glăsuia cu vocea zeiței, dar era deja suficient de greu să facă toate căpeteniile să accepte faptul că o femeie fusese invitată la întrevedere, nici nu se mai punea problema să o și întrebe pe ea ce părere au zeii. Dacă Cea-Care-Este voia să își facă simțită prezența, cu siguranță nu avea să lase nicio urmă de îndoială în mințile bărbaților. Dacă nu, căpeteniile aveau să ia mult mai în serios părerile Assurului atâta vreme cât erau rostite de fiul lui Lugalbanda. Pe Mikhail îl călca pe nervi această nedreptate, dar Ninsianna o acceptase, fericită că fusese invitată măcar.

Ființe nesăbuite și primitive! Erau tot atât de recalcitrante precum capra!

-Zeița a vorbit, zise Immanu. Ne-am adunat pentru că toate satele au fost atacate de inamici care posedau *așa ceva!* continuă apoi, scoțând moneda de aur pe care o adusese Căpetenia Jiljab din Gasur. La fel ca în Qattara.

Moneda Sata'anică străluci în lumină, iar dragonul auriu deveni roșu. Mikhail se cutremură. Un inamic *real* își construia o bază undeva pe această planetă, dar amintirile lui erau ca o pânză de păianjen, suficient de palpabile încât să îl ajute să funcționeze, dar nu suficient de solide încât să îi permită să construiască o apărare serioasă.

-Qattara nu e aici, spuse Laum, negustorul de țesături. Ei au fost atacați de mercenari. Nu de Uruk.

Mikhail se înfurie din cauza nedreptății, nu pentru că Laum avea o altă părere, ci pentru că folosea distanța la care se afla Qattara și imposibilitatea de a parcurge o asemenea distanță în timp util împotriva lor. Își putea da seama de unde moștenise Shahla înclinația pentru imoralitate pe care Ninsianna o ura atât de mult.

-Atacatorii noștri au fost un grup de Halifieni și Amoriți, spuse Căpetenia Sinmushtal din Nineveh. Mi-au luat nepoata și ne-au omorât tămăduitorul ucenic.

-Ai noștri erau în mare parte Uruk, zise Căpetenia Jiljab din Gasur. Ne-au omorât *și* tămăduitorul, *și* ucenicul.

-Nu observați un tipar? întrebă Immanu. Cinci sate, toate atacate de triburi ostile care au discuri din acestea de aur, cu un dragon gravat pe spate. Două dintre sate și-au pierdut tămăduitorii. E o coincidență prea mare.

-Pură întâmplare, pufni Laum, negustorul de țesături. Casa tămăduitorului ucenic din Nineveh era în afara zidului de apărare. Iar tămăduitorii *voştri* au fost ucişi în aceeaşi casă, după care aţi fost atacaţi *din nou*. Nu încercaţi să citiţi intenţii care nici măcar nu există.

-*Voi* aţi suferit ultimul raid, zise Căpetenia Sinmushtal din Nineveh, uitându-se la Căpetenia Jilab din Gasur. De ce nu i-aţi torturat până să îşi dezvăluie intenţiile?

Căpetenia Jiljab îi aruncă o privire secretoasă lui Mikhail.

-Oamenii mei erau *furioşi* că am fost atacaţi de două ori, zise Căpetenia Jiljab, evitând întrebarea. Nu le-am arătat niciun fel de milă.

Celelalte trei căpetenii mormăiră aprobator.

Mikhail îşi încleştă pumnul, încercând să nu îşi exprime indignarea. O făcuse – cu vehemenţă – după ce o adusese pe Needa înapoi din Gasur. Expresia timidă a Ninsiannei arăta că îi găsea „simţul supradezvoltat al dreptăţii" amuzant.

Jamin o remarcă şi el...

-Ăsta e un *prostănac!* izbucni el la adresa viitorului tată socru.

Înşfăcă moneda şi o agită în faţa lui Mikhail.

-Banul ăsta e recompensă pentru *el!* S-a dus vorba că o tămăduitoare din neamul Ubaid l-a găsit şi l-a vindecat! Singurul lucru care ne ajută e că mercenarii încă se luptă unii cu alţii, pentru că vor să menţină secretul privind satul care îl adăposteşte şi să se asigure că tribul *lor* câştigă recompensa!

-Şi cum au obţinut inamicii informaţia asta? întrebă Ninsianna. O, tu, înţelept care te-ai dus direct la tribul Halifian şi ai tratat fix cu inamicii noştri?

Vocea ei era caldă şi luminoasă, dar ochii îngustaţi dezvăluiau adevăratul sens al întrebării. Pentru o clipă, Mikhail avu impresia că vorbea cu glasul Celei-Care-Este, dar cuvintele pe care le rostea – deşi purtătoare ale unui adevăr de necontestat – nu transmiteau acea energie stranie pe care Angelicul învăţase să o asocieze cu zeiţa care îi transmitea că nu reuşise să se ridice la înălţimea aşteptărilor sale. Aceasta era vocea Ninsiannei... dar întrebarea îi era exact la fel de ucigătoare.

-Aveam nevoie de informaţii, şuieră Jamin. Aşa că am luat ulei din seminţe de in şi l-am dat la schimb.

-Propriul tău fiu a încălcat tratatul, Kiyan? întrebară celelalte trei căpetenii la unison.

Căpetenia Kiyan îşi privi fiul într-un mod care nu denota nici furie, nici mândrie.

-A fost necesar, zise el. O căpetenie bună trebuie să ştie ce pun la cale duşmanii.

Îşi scoase propria monedă de aur şi o aşeză lângă cele aduse de celelalte căpetenii.

-Aţi aflat cu toţii despre profeţia Ninsiannei?

-Demoni-şopârlă, zise Jiljab. Coborâţi din ceruri, la fel ca *el.*

-Asta e ceea ce vezi, creatura de pe monedă? o întrebă căpetenia din Arrapha pe Ninsianna.

-Nu chiar, răspunse ea cu sinceritate. Dar am văzut și creatura *asta* într-o viziune, juca... ăă... – nu spuse „șah" – ducând o bătălie împotriva zeului *lui.*

Ochii ei îi întâlniră pe ai *lui.* Nu continuă, dar Mikhail știa exact ce cuvinte lăsase pe dinafară: „*și un Angelic cu aripi albe, mai frumos și mai malefic decât orice dragon.*"

-Asta nu e tot, zise Jamin, arătând spre Mikhail. Mi-au mai zis și că...

-Jamin! îl întrerupse Căpetenia Kiyan. Destul!

-Dar el... insistă Jamin.

Căpetenia se ridică asemenea unui stăpân care își trage înapoi în lesă câinele alunecos, își apucă fiul de braț și i-l răsuci.

-Am spus că e destul, șuieră Căpetenia Kiyan. Dacă mai insiști o singură dată, jur în numele zeilor că o să te alung din satul acesta și o să dau de știre că nu trebuie să fii adăpostit în *niciun* sat Ubaid.

Ochii negri ai lui Jamin mocneau a ură. Căpetenia Kiyan *știa* ce mai spusese Amoritul pe care îl omorâse Jiljab, dar le ordonase tuturor să păstreze tăcerea. Jamin se eliberă din strânsoarea tatălui. Îl privi cu răutate pe Mikhail, de parcă ar fi vrut să spună *„lasă că o să ți-o iei tu curând",* după care se așeză la loc, clocotind de furie.

Căpetenia luă monedele și privi spre Laum, bărbatul care avea să îi devină curând cuscru.

-Așa cum Jamin s-a folosit de ceva ce știa că Halifienii erau disperați să obțină ca să primească informațiile, zise Căpetenia Kiyan, și eu am chemat astăzi cât mai mulți dintre voi aici ca să vă cer permisiunea să încerc ceva asemănător cu neamul Uruk. *Nu* sunt de acord cu modul în care fiul meu temperamental și-a obținut informațiile, dar recunosc că era important să le obțină.

Căpetenia Kiyan privi către ceilalți lideri.

-Luman are parteneri de negoț apropiați de tribul Uruk, continuă el. Vă cer permisiunea să îl trimit acolo pentru negoț limitat.

-Ce propui tu o să înfurie triburile din Ubaidul de nord, zise Sinmushtal din Nineveh. Unitatea este unitate.

-Am trimis soli, răspunse Căpetenia Kiyan, dar *noi* suntem cei care suportă costurile de apărare pentru ca triburile din nord să fie ferite de agresiunea celor din neamul Uruk, la fel cum frații noștri din nord îi țin la distanță pe Anatolieni, de partea aceea a Munților Taurus.

-Vrei să mă trimiți într-o misiune de negoț falsă? întrebă Laum nefericit.

Mikhail aproape că putea să *vadă* cum își făcea în minte calculele privind efectul acestei expediții asupra reputației sale.

-Poate că nici nu trebuie să fie falsă, zise Immanu. Dacă viitorul se va desfășura așa cum îl prevede Ninsianna, triburile noastre ar trebui să se unească pentru a ține la distanță demonii-șopârlă. Nu-i face rău nimănui să testeze terenul unei potențiale alianțe.

Immanu privi către Căpetenia Kiyan. Kiyan aprobă din cap. Unul câte unul, și ceilalți lideri încuviințară.

-Cine o să plătească costul unui schimb unilateral? protestă Laum.

Căpetenia Kiyan aruncă moneda în aer și o răsuci pe dosul palmei, expunând steaua cu șase colțuri care îi împodobea spatele.

-Cine a spus că schimbul trebuie să fie unilateral? zâmbi Kiyan larg. Uleiul pe care fiul meu l-a dus dușmanilor era atât de vechi, încât nu mai era bun la nimic altceva decât la aprinderea lămpilor. Halifienii erau atât de disperați să îl obțină, încât i-au dat la schimb ceva mult mai valoros. Informația a fost doar un bonus.

Slujitoarea căpeteniei aduse un ciubăr plin cu berea cea mai puternică a Yaldei și le împărți tuturor paie din stuf pentru a sorbi din recipientul comun. Până și Laum se arătă mulțumit. El primea permisiunea de a face negoț la vedere cu dușmanii, iar Căpetenia Kiyan își spăla onoarea pentru greșeala fiului său – o mișcare de maestru.

Jiljab îi întinse lui Mikhail unul dintre paiele lungi cât un cot, iar Sinmushtal îi întinse un altul lui Jamin. Întâmplarea făcu ca amândoi să se apropie de ciubăr în același timp. Jamin se retrase.

-Nu am de gând să beau cu un *demon!* zise el, strivind paiul în pumn.

Înlăuntrul lui Mikhail năvăli furia, o furie care atinse înălțimea celei manifestate de tânăra căpetenie, iar apoi o depăși, țintind spre un nivel mult mai ucigător. Toți cei prezenți intuiră schimbarea de energie, iar asupra lui se pogorî o mânie întunecată, șoptindu-i că e vremea să fie eliberată. Pupilele i se dilatară, pierzându-și nuanța de albastru aproape în întregime, până la un contur cât se poate de slab, și creând impresia că irișii i se dăduseră peste cap. În încăpere se așternu o liniște mormântală.

-Mikhail? i se adresă Ninsianna cu glas tremurător.

Ceea ce întrezărea în aura lui spirituală o îngrozea, dar îl mai văzuse așa. Iar aceasta era doar forma cea mai blândă a stării aceleia căreia Cherubimii îl învățaseră că nu trebuie să îi cedeze.

-Hai să îl lăsăm pe Jamin să coacă pâine cu viitorul socru, zise Ninsianna.

Cuvintele îi erau blânde, dar, judecând după modul în care îi privi pe Jamin și Laum, era evident că știa că Jamin ar fi băut mai degrabă o bere cu *el* decât cu tatăl Shahlei. Buzele i se arcuiră într-un zâmbet dulce, cu o nuanță abia perceptibilă de malițiozitate.

Mikhail se ridică la fel de grațios ca lumina glorioasă a dimineții, nu ca un bărbat care tocmai fusese insultat în fața a patru dintre cei mai puternici oameni de pe teritoriul Ubaid. *„Fermecarea caprelor”*, așa numea socrul său lecțiile acestea; cum să faci față metehnelor umane fără să îți pierzi demnitatea. Reacția sa calmă făcu lipsa de corectitudine a lui Jamin să pară de-a dreptul mizerabilă.

-Vă rog să mă scuzați, o să îmi conduc soția acasă.

Se lăsă condus afară de Ninsianna, dar nu fără a auzi explozia de întrebări privind logodna dintre fiul căpeteniei și fiica lui Laum. Judecând după expresia ucigătoare a lui Jamin, Ninsianna tocmai îl condamnase la o soartă mult mai grea decât însăși moartea.

Când ieșiră pe ușă, râsetele ei dulci gâdilară urechile Angelicului.

-Ești... o femeie malefică, zise Mikhail, strângând-o în brațe.

-Da, sunt! răspunse ea, ridicându-se pe vârfuri pentru a-l săruta.

Măruntaiele îi fură copleșite de căldură în clipa în care sânii ei i se lipiră de corp ca niște pepeni copți și savuroși. Parfumul ei îi umplu nările: săpun din plante și încă ceva, ceva care devenea din ce în ce mai delicios pe măsură ce sarcina îi înainta, trezind un răspuns de-a dreptul *primitiv* din partea lui.

Să se bucure Jamin de berea lui! *El* avea lucruri mai bune de făcut.

Izbucnind în râs, Mikhail își înfoie aripile și își purtă soția spre cer.

Capitolul 31

Data Galactică Standard: 152,323.10 D.Î.
Sector Kilo: „Prinţul din Tyre"
Serviciile Secrete ale Alianţei: Agentul Special Eligor

ELIGOR

„Eligor!" răzbătu chemarea prin instrumentul de comunicare. „Raportează imediat Şefului de personal."

Elizor îşi ridică privirea de la conductele de aer pe care le curăţa spre dormitorul în care Lucifer şi cele şaptesprezece „soţii" ale sale îşi făceau treburile, şuierând la ele de parcă ar fi fost nişte pisici nervoase. Pe dinafară, semănau cu nişte Angelici cărora le lipseau aripile, dar pe dinăuntru... Ei bine... Slăvită fie zeiţa că Împăratul înzestrase specia *lui* cu raţiune, făcând gena aceasta dominantă astfel încât niciunul dintre copii să nu sfârşească *aşa*.

-Vin imediat, domnule, zise Eligor în instrumentul de comunicare ca un ac pe care îl avea prins la buzunarul de la piept.

Buzele i se îngustară, formând o linie ameninţătoare, în timp ce scotea „dragonii de nisip" din conductele acelea care erau veşnic înfundate, cu toate că spaţiul se presupunea a fi unul steril, şi strânse sita la loc.

-Despre ce e vorba? întrebă Lerajie.

-Nu ştiu, spuse Eligor, aruncându-şi şurubelniţa înapoi în cutia cu scule. Şi mi-aş dori din toată inima să nu trebuiască să aflu.

Femeile slobozirǎ urlete la vederea mişcării sale bruşte; până şi şuierăturile şi mormăielile lor guturale îl duceau cu gândul la o turmă de *mhoncaí* sălbatici, din junglă, care sâsâie şi aruncă fructe putrezite din copaci.

-Gura! izbucni Eligor.

Îşi înfoie aripile suficient încât să le facă să se dea înapoi.

-Aia şi-a făcut din nou nevoile la colţ, zise Lerajie, arătând spre firida pe care dezgustătoarele creaturi o desemnaseră drept toaletă în loc să meargă la *adevărata* baie. Nu am mai văzut niciodată o specie care să se sperie aşa de tare de sunetul apei trase la toaletă!

-Nu pricep de ce le place să se răhăţească în castron, răspunse Eligor, încreţindu-şi dezgustat nasul. Adică bine, dacă nu îţi place sunetul toaletei, fă-ţi nevoile acolo şi lasă-ne pe *noi* să tragem apa. Dar nu te câca în bolul în care îţi iei *cina,* pentru ca apoi să arunci un şervet deasupra!

De parcă asta nu ar fi fost suficient de dezgustător, uneori creaturile se răzbunau pentru faptul că bolul era lăsat să se umple prea mult făcându-şi nevoile direct pe podea. Exact așa cum făcuse una adineauri. Sau mai rău! Eligor se trezise de mai multe ori că femeile își înșfăcau propriul rahat și îl aruncau după el, de parcă ar fi fost *mhoncaí* la zoo!

-Cel puțin merg toate în același loc, de fiecare dată, zise Lerajie. Multe creaturi presimțitoare fac asta. Una din ele a desemnat locul ăla drept spațiu de făcut nevoile, iar acum toate femelele beta îi urmează exemplul.

Eligor aruncă o privire spre femeia cu piele ca de abanos care stătea la distanță de celelalte, strângându-și genunchii la piept. Era prima soție a lui Lucifer. Cea care nu le crea niciodată probleme, spre deosebire de celelalte, care ar fi fost în stare să le smulgă ochii din orbite dacă nu ar fi fost atenți. Ea, în schimb, stătea pur și simplu acolo, legănându-se și spunând același lucru din nou și din nou. *Iblisi. Iblisi. Iblisi.*

-O să mă întorc cu o lopată, zise Eligor. Dar întâi trebuie să le mânăm în duș. O să fie distractiv...

Nu putea să nege: la început, când spălaseră femeia cu pielea de abanos, priveliștea pielii ei negre și îngrijite îi provocase o erecție, mai ales că sarcina începuse să îi rotunjească formele. Din păcate, însă, femeia încerca să se urce pe pereți imediat ce ei își înfoiau aripile. Învățaseră să pornească dușul din timp, pentru ca apa să nu fie rece, iar apoi o țineau pe loc și o dezbrăcau, gest căruia femeia i se opunea cu toată forța. Odată ce reușeau să o dezgolească, o mânau în duș. Măcar ei părea să îi placă apa, spre deosebire de celelalte, care se purtau de parcă nu mai văzuseră niciodată așa ceva... și nici săpun.

-O să mă ocup eu, zise Lerajie. Tu vezi ce mai vrea păpușarul cel sfânt înainte să își mai asmută prostănacii pe noi.

Eligor își afundă mâinile în buzunar și înaintă greoi la bordul navei, salutând alți membri ai echipajului doar când era nevoit să o facă. Milităria făcea adesea ca Angelicii să devină taciturni, însă Eligor era o enigmă chiar și pentru ei. Deși îl slujea pe Lucifer de mai bine de 200 de ani, nu își cunoștea tovarășii prea bine. Și nici nu *voia* să îi cunoască.

Tehnic vorbind, membrii echipajului acestei nave făceau parte din Serviciile Secrete, nu din armată, o ramură specială a apărării al cărei unic scop era să îl protejeze pe prim-ministru. Asta însemna că Eligor nu răspundea în fața Comandantului General Suprem Jophiel. Servicii Secrete pe naiba! De fapt, erau toți niște mercenari, dar Eligor bănuia că *el* era cel al cărui trecut ascundea cele mai multe umbre. El și cei doi babuini cu priviri reci care stăteau ca niște gargui în biroul lui Zepar.

Furcas se ținea de braț, având pete încă vizibile de sânge pe manșetă, iar Pruflas avea zgârieturi pe față. Niciunul dintre bodygarzi nu vorbi. Îl urmăriră pur și simplu cu obișnuita lor privire moartă. Eligor se întrebă dacă îi văzuse vreodată clipind...

-M-ați chemat, domnule? îl întrebă Eligor pe Zepar.

-Da, zise Zepar, așezând o serie de seringi și fiole atent etichetate într-o cutie. Urmează să ne întâlnim cu *Beylan* pentru a transfera marfa către un nou destinatar. Vreau să îl ajutaţi pe prim-ministru să se cureţe şi să urce pe navă.

-Da, domnule, spuse Eligor păşind spre uşă, după care se opri. *Beylan?* Dar acela e cuirasatul Leonid, nu-i aşa?

-Da, răspunse Zepar, punând ultima seringă în cutie şi întinzându-i-o lui Pruflas. Alte întrebări stupide?

-Nu, domnule, zise Eligor, aruncând o privire spre seringi. Doar că... am crezut că nu reuşiseţi să le convingeţi să îi accepte pe fraţii noştri Leonizi.

Penele lui Zepar se zbârliră de nemulţumire.

-Nu am reuşit. Dar au nevoie de o soluţie, aşa că o să îi las pe *ei* să se ocupe de bărbatul ăsta confuz pe care Ba'al Zebub a considerat că ar fi distractiv să ni-l lase pe cap.

Eligor îl privi pe Furcas, care îşi ţinea braţul însângerat şi în ochii căruia nu se întrezărea nicio emoţie, cu excepţia căutăturii reci ca gheaţa despre care Eligor ar fi putut jura că e ură dacă nu ar fi ştiut că nu făcuse niciodată ceva care să stârnească furia mercenarului.

Şi? Bărbatul cu pielea închisă la culoare îl pusese la punct. Eligor nu era genul care să se distreze pe seama altcuiva, dar până şi *el* trebuia să recunoască că se făcuse un soi de dreptate poetică. *El* era chemat pentru că, în calitatea sa de membru al echipajului care slujea de cel mai mult timp şi a cărui loialitate nu fusese niciodată pusă sub semnul întrebării, era dorit în favoarea idealistului de Lerajie.

Eligor nu mai văzuse bărbatul uman de când îl predase în apartamentul lui Lucifer, cu câteva săptămâni înainte, dar văzuse cum arăta *braţul* lui Lucifer după aceea, cu rana care necesitase şaptesprezece copci. Oricât de depravat devenise prim-ministrul în ultima vreme, era clar omul cu pielea întunecată se opusese cu toată forţa.

-Poate reuşesc Leonizii să îl cuminţească, spuse Eligor.

Cu înălţimea lor de trei metri în cazul leoaicelor şi cinci metri în cazul masculilor, cel puţin pe *el* îl speriau ca naiba.

-Credeţi că o să reuşească să îl facă să se împerecheze?

Zepar ridică din umeri.

-Leoaicele sunt creaturi senzuale când intră în călduri. L-am obişnuit deja cu material video. O să vedem.

-Păcat că nu puteţi să îi *explicaţi,* domnule, spuse Eligor. Adică ştiu că nu pot vorbi sau ceva, dar poate seamănă cu Cefalopodele. Poate sunt suficient de deştepţi încât să reproducă ceva ce le arătaţi de mai multe ori. Bărbatul pare să fie mult mai deştept decât femeile.

-Asta nu e treaba ta, zise Zepar, privindu-l într-un mod întocmai la fel de malign ca cei doi nătângi. Şi nu aş repeta observaţia dacă aş fi în locul tău. Ştii ce s-ar întâmpla dacă presa ar publica poveşti despre oameni de parcă ar fi mai deştepţi decât sunt cu adevărat?

Da. Asta era tot ce putea să facă pentru a-și convinge tovarășul idealist, Lerajie, să își țină gura și să nu se repeadă la activiștii pentru drepturile animalelor. Ar avea numai nebuni pe urme.

-Domnule, aprobă Eligor pe un ton corespunzător de umil.

-*Chiar* speri să ai parte de una și pentru tine într-o bună zi, ca să te reproduci și tu, nu-i așa, Eligor? întrebă Zepar. Câți ani ai acum?

-Trei sute cincizeci și opt, spuse Eligor.

-Ai trecut de vârsta la care Împăratul să te considere înlocuibil și să te trimită pe Frontul Tokoloshe pentru că ți-a declarat genomul o cauză pierdută, zise Zepar. Asta vrei să se întâmple?

În minte i se contură o imagine în care era prins de neamul Tokoloshe, legat de o masă și devorat de viu. Simți că i se face rău. Era perfect conștient de ce li se întâmpla Angelicilor odată ce erau trecuți pe lista neagră. Unii, asemenea *Nimicitorului,* erau ținuți pe-aproape pentru că lui Shay'tan îi era teribil de frică de ei, dar cei mai mulți erau trimiși în misiuni cu pierderi de vieți ridicol de mari.

-Nu, domnule, răspunse Eligor.

-Du-te. Scoate *prima donna* din pat și asigură-te că arată suficient de prezentabil încât să își țină discursul. De bărbat ne ocupăm noi.

Zepar luă ultima seringă de pe tavă – un hipodermic cu ac gros, care conținea suficient sedativ încât să dea gata o turmă de Centauri. Făcu semn celor doi nătângi cu ochi reci să îl urmeze în zona de urgență, unde doar el avea voie să intre. Caraghioșii ăstia interceptau toată marfa până reușea Zepar să își dea seama cine putea fi antrenat pentru împerechere și cine era într-atât de inutil încât nu putea decât să se alăture haremului lui Lucifer.

Câțiva dintre membri echipajului se plângeau între ei că li se părea nedrept ca Lucifer să păstreze atâtea femei pentru el însuși, dar Eligor avea datoria de a supraveghea ființele respinse patru zile pe săptămână. Știa că era mai bine să aștepte una dintre cele ce puteau fi antrenate. Doar gândul la… câh! Nu înțelegea cum reușea Lucifer… să se culce cu ceva ce nici măcar nu putea să gândească! Măcar armăsarul alfa le încăleca doar o singură dată… cât să își planteze sămânța.

Își afundă mâinile adânc în buzunare și ieși din biroul lui Zepar, însoțit de zgomotul țipetelor și al corpurilor aruncate de pereți în încăperea din spate. Ridică din umeri. Din punctul lui de vedere, Furcas și Pruflas primeau exact ce meritau.

Își făcu drum spre apartamentul personal al prim-ministrului. În ziua aceea, nu era niciun gardian staționat în dreptul ușii lui, ceea ce lui Eligor i se păru ciudat. Nu îl mai văzuse nimeni de când ieșise tremurând din camera tronului tatălui său și le ordonase să îi cheme o navă-ac pentru a se putea întoarce pe *Prințul din Tyre* fără ca drumul să dureze prea mult.

Orice s-ar fi întâmplat în camera tronului fusese foarte, foarte rău…

-Domnule prim-ministru, se anunță Eligor, bătând la ușă. Domnule?

Nu primi niciun răspuns. Nici măcar vreun zgomot. După alte câteva încercări, se folosi de cardul de acces pentru a intra în cameră. Uşa nici măcar nu era încuiată.

-Domnule? strigă Eligor.

În cameră era întuneric beznă. Mirosul de vomă îi năvăli în nări. Eligor îşi înfoie aripile dezgustat.

Aprinse lumina şi preţ de o clipă avu impresia că era primul sosit la scena unei crime. Se împiedică de sticla goală de alcool în timp ce înainta spre corpul răvăşit de pe pat pentru a-i lua pulsul. Era alert, poate puţin agitat, dar altfel părea în regulă.

Lucifer mormăi şi se ghemui în poziţie fetală, cu aripile albe tremurându-i de parcă ar fi fost o pasăre care tocmai se izbise de un geam şi zăcea pe caldarâm, aşteptând ca un prădător să vină şi să o mănânce.

-Nu mai pot să fac asta, murmură Lucifer. Ia pe altcineva. Eu renunţ.

Eligor răsuflă cu greu, căci corpul îi fu inundat de imagini şi emoţii incoerente. De suferinţă.

Suspină, dar îşi acoperi gura, fără a reuşi să desluşească avalanşa de imagini care îi violau mintea, fără a reuşi să le oprească. La naiba! Făcuseră mereu glumiţe pe seama puterii de convingere a prim-ministrului, dar abia acum realiza că fiinţa aceasta avea înzestrări demne de un zeu!

Îşi dădu seama că atacul nu era intenţionat, ci reprezenta un efect secundar al puternicii băuturi Mantoide ale cărei resturi erau împrăştiate prin cameră. Se putea oare să bei într-atât de mult încât să mori din cauza comei alcoolice? Da. Auzise despre astfel de cazuri în rândul speciilor inferioare. Trebuia să facă rost de ajutor.

-Zepar, aici Eligor, anunţă el prin dispozitivul de comunicare. Cred că ar trebui să veniţi.

Întâi nu primi niciun răspuns, apoi se trezi cu o replică enervată:

-Sunt ocupat, spuse Zepar. Orice-ar fi, descurcă-te singur.

Din fundal răzbătu zgomotul unei lupte, însoţit de strigăte. Se părea că „darul" păstrat pentru Leonizi nu se lăsa dus de bunăvoie.

-Nu se simte prea bine, domnule, zise Eligor, privind silueta inconştientă. Nu cred că o să fie în stare nici să meargă, d-apăi să arate prezentabil pentru vedetele dumneavoastră.

-Doar curăţă-l şi pune-l pe navă, răspunse Zepar fără să pară surprins. Îl trezesc din mahmureală când ajungem.

Zgomotul luptei deveni mai puternic, incluzând şi expletive urlate de o voce pe care Eligor o recunoscu ca fiind a lui Pruflas. Bun! Bărbatul cu pielea întunecată făcea ce mulţi dintre membrii echipajului sperau să aibă cineva îndrăzneala să facă – îi punea la punct pe cei doi nătângi.

-O să îl aduc, domnule, zise Eligor. Restul ţine de dumneavoastră.

Zepar încheie convorbirea cu un răspuns scurt.

Oare chiar *asta* se întâmpla când Zepar îi alunga pe toţi din preajma prim-ministrului şi nu lăsa pe nimeni în afară de Furcas şi Pruflas să se apropie de el? Dacă da, putea înțelege de ce Șeful de personal al lui Lucifer prefera să țină totul secret. Privi îndelung pateticul prinț-marionetă care stătea ghemuit în pat, cu aripile albe tremurându-i în timp ce încerca să revină înapoi în ghearele amorțelii provocate de alcool.

-Domnule, spuse Eligor. Trebuie să vă curăț. Bine? Zepar mi-a spus să vă ajut să ajungeți la navă.

-De ce nu vrea să mă lase în pace? suspină Lucifer. I-am spus că am nevoie de un control la cap.

Eligor rezistă tentației de a-i da dreptate.

-Pare că vă curge sânge din nas, domnule, spuse Eligor. V-ați lovit?

Sau împiedicat de o sticlă de băutură, mai degrabă...

-Durerile de cap, murmură Lucifer. Mă doare mereu așa de tare. Nu pot să gândesc. N-ar trebui să fie așa.

-Așa cum, domnule?

-Nu-mi amintesc.

Abia de reuși să își deschidă vag ochii, că i se și dădură peste cap. Eligor îi luă din nou pulsul. Agitat și prea rapid, dar în regulă. Pur și simplu leșinase.

Fir-ar, imaginea asta îi părea cunoscută. Așa soții, așa soț. Era bine de șiut că 74.000 de ani de evoluție nu schimbaseră prea multe la specia lor.

Eligor merse în baie pentru a porni dușul, încercând să decidă dacă ar trebui să îl spele cu apă rece, ca să îl trezească, sau cu apă caldă, ca să îl curețe și să îl facă să se simtă mai confortabil. Din dormitor se auziră tânguieli slabe, de parcă Lucifer ar fi plâns. Apă caldă. În mod clar caldă. Era un bărbat pragmatic, nu nemilos. Așteptă până când baia se umplu cu abur.

-Haideți, domnule, zise Eligor, trăgându-l pe Lucifer la marginea patului și ridicându-l.

Acesta se bălăngăni pe margine ca o păpușă beată, făcută din cârpe și aflată pe punctul de a cădea. În mână avea o bucată de hârtie mototolită. Eligor îi forță degetele să se desfacă pentru a scoate hârtia. Lucifer începu să suspine.

-Nu știu de ce nu a intervenit de partea mea, plânse Lucifer. Ce i-am făcut *ei?* M-a respins doar pentru că nu am reușit să îi dăruiesc un copil.

Eligor nu avea *nicio* idee despre ce era vorba – probabil doar vorbăraia unei ființe distruse și bete –, dar nici nu îi păsa. Își îndesă umărul la subrațul lui Lucifer și înaintă spre baie, pe jumătate trăgându-l, pe jumătate ajutându-l să meargă, și îl așeză pe scaunul de toaletă, nu fără a-i strivi câteva dintre penele albe. Lucifer putea să își facă nevoile și singur, ce naiba?! Imediat ce Eligor îl dezbrăcă în chiloți, acesta se lăsă condus de obiceiuri și își încheie rutina de îngrijire.

Când urcă în cabina de duș, Eligor îi zări cele două cicatrici roz și subțiri care coborau de o parte și de alta a coloanei, îngroșându-se chiar în punctul în care se făceau nevăzute sub linia chilotului. O rană mai veche?

Fusese aghiotantul lui Lucifer timp de 225 de ani şi nu îşi amintea să îl fi văzut cu o astfel de rană.

Ieşi din baie pentru a-i oferi puţină intimitate, rugându-se să nu fie nevoit să îl scoată ud, beat şi dezbrăcat afară din duş în cazul în care leşina. *Asta* ar fi fost o poveste bună pentru presă! Pentru *el...* Lui Eligor îi plăceau întâlnirile de împerechere cu *femei,* iar 7oricine altcineva insinua altceva trebuia să aibă de-a face cu capătul neprietenos al pumnului său!

Se plimbă prin cameră, adunând sticlele goale şi aruncându-le la coş. Dădea pe afară de atâtea sticle. De ce, în numele lui Hades, îi permitea Zepar tipului ăstuia să facă rost de atâta alcool? La dracu'! Dacă *el* ar fi băut atât de mult, ar fi murit din cauza comei alcoolice! Ştia că lui Lucifer îi plăcea să bea, dar îl slujise timp de 225 de ani şi nu realizase că problema devenise atât de gravă. Un pufnet provenit din baie îl smulse din gândurile sale.

-Domnule? întrebă el, bătând la uşă. Sunteţi bine?

-Sunt bine, veni răspunsul abia perceptibil şi slăbit. Doar lasă-mă un minut, în regulă?

O. Fir-ar. Haine. Ar fi trebuit să se ocupe de asta întâi. Ce naiba se presupunea că trebuie să poarte un prim-ministru care face trafic ilegal cu sclave sexuale neraţionale, menite unor fiinţe pe jumătate humanoide, pe jumătate leu? Născoci prin dulapul lui Lucifer, însă totul părea mult prea scump. Eligor fusese prins în grupul ăsta de nătângi aşa de mult timp, încât pierduse complet contactul cu ceea ce se presupunea că ar trebui să fie la modă. În final, se opri la o jachetă simplă, de un alb murdar, pantaloni asortaţi şi lenjerie. Elegant. Dar nu neapărat ţinuta cea mai sofisticată în care se arătase prim-ministrul vreodată.

-Mi-ai pregătit cumva şi haine? întrebă Lucifer într-un mod greu de desluşit, dar mai clar decât să aşteptase Eligor să audă.

-Eu... ăă... poftiţi, zise acesta, strecurând hainele prin uşă.

Se aştepta ca Lucifer să îi arunce ţinuta direct în faţă, dar nu se întâmplă asta. Aşteptă şi aşteptă, temându-se că prim-ministrul leşinase din nou, dar pufniturile şi înjurăturile pe care le mai auzea din când în când îi dădeau de veste că doar se îmbrăca.

Privi bucata de hârtie mototolită pe care o smulsese din strânsoarea lui Lucifer. Cuvertura era pătată cu vomă. Trebuia să o cureţe, ca să îi asigure tipului un loc curat în care să doarmă după ce Zepar înceta să îl mai folosească pentru cine ştie ce intrigă mai punea la cale acum. Netezi pergamentul şi merse să îl pună pe birou, acolo unde era aruncat şi plicul, dar înainte să o facă, observă scrisul de un roşu furios mâzgâlit cu hotărâre pe partea din faţă de o mână masculină.

„RESPINS! A se returna emiţătorului…"

Scrisoarea fusese trimisă către:

Soldat Jophi'el-Ohim
Detaşamentul de suport operativ nr. 10
Baza Minshara a Forţelor Aeriene
Sistem Kepler 22-b

Eligor nu era genul curios, tocmai de aceea îl şi angajase Zepar pentru cursele din jurul galaxiei, de care avea nevoie pentru a acoperi aventurile secrete ale lui Lucifer, dar şeful său îşi lua ceva timp ca să se îmbrace şi el nu avea nimic mai bun de făcut. Netezi scrisoarea. Hârtia era grea şi groasă; în partea de sus avea o emblemă aurie, sub formă de frunză, ceea ce arăta că era vorba de un document oficial, trimis din biroul prim-ministrului. De altfel, simpla folosire a *hârtiei* ca mediu de comunicare în locul documentelor electronice dovedea deja că scrisoarea conţinea informaţii de mare importanţă. Eligor citi cuvintele aşternute într-o caligrafie elegantă în urmă cu 35 de ani:

* * *

„Draga mea Jophiel,

Ştiu că timpul pe care l-am petrecut împreună nu a fost roditor, însă eu mă gândesc la tine în fiecare zi. Ţi-am mai scris de două ori şi nu am primit niciun răspuns. Şi eu, la fel ca tine, îmi doresc să îl ascult pe iubitul nostru Împărat şi zeu, pe tatăl meu din Ceruri. Dar el nu a fost aici în aceşti 190 de ani grei şi, cu toate că m-am strãduit din răsputeri să îi îndeplinesc edictul şi să mă înmulţesc, adevărul este că am obosit.

Specia noastră nu e făcută să se reproducă asemenea animalelor de la fermă, doar pentru a umple rândurile armatelor tatei în timp ce îi este refuzată şansa la iubire. Dacă el ar fi încă aici şi ar vedea la ce ne-au redus politicile lui, cred cu adevărat că ar regreta aceste legi teribile, care ne fac să îngenunchem în faţa speciilor evoluate natural şi ne privează de posibilitatea de a trăi.

Tata a plecat şi m-a lăsat pe mine la comandă. Dacă mi-ai da o şansă, m-aş muta în Haven pentru a transforma uniunea noastră într-una permanentă şi aş convinge Parlamentul să le acorde aceleaşi drepturi şi celorlalţi reprezentanţi ai speciei noastre, pentru ca toţi să poată găsi fericirea pe care eu am găsit-o în braţele tale. Poate că, în timp, Cea-Care-Este va fi mişcată de exemplul nostru şi ne va dărui un copil.

Is féidir liom a bhraitheann tú, chol beag. [Îţi simt prezenţa, mică turturică]

Cu dragoste,
Lucifer

* * *

La auzul hârşâitului din dreptul uşii, Eligor îndoi scrisoarea şi o îndesă în plic, cel pe care stătea lăbărţat cuvântul „RESPINS", notat cu cerneală de un roşu furios. Rahat! Nu era de mirare că prim-ministrul o ura pe doamna Comandant General Suprem! 35 de ani? La naiba! Sigur nu era mai mult decât un simplu cadet la vremea respectivă! Şi îl refuzase? Pe prim-ministru? După ce acesta se destăinuise în faţa ei? Şi acum Lucifer trecea prin mama tuturor beţiilor pentru că Jophiel îl făcuse pe Împărat să îi spună fiului său ceva *oribil* la întâlnirea pe care o avuseseră cu câteva zile în urmă.

-Aş avea nevoie de puţin ajutor, pluti vocea lui Lucifer din baie, blândă şi slăbită.

Eligor deschise uşa şi fu copleşit de cât de patetic arăta Lucifer: era o fiinţă distrusă, departe de prinţul descris în presă. Penele îi erau răvăşite, iar aripile îi atârnau atât de jos încât se târau pe podea. Arăta aproape ca o pasăre mutilată de o pisică.

„De care dintre gemeni am parte azi?" se întrebă Eligor, aşa cum se întreba, de la o vreme, de fiecare dată când dădea ochii cu bărbatul din faţa lui. *„Geamănul bun."* În acel moment, Lucifer se arăta în forma cea mai brută şi reală în care se putea arăta fără să îşi taie venele.

-Ce s-a întâmplat, domnule? îl întrebă Eligor.

De obicei, nu îşi băga nasul, dar uneori, dacă dădeai cuiva de înţeles că nu ai de gând să îl reduci la tăcere, te trezeai că deschide şi îţi cară una.

Lucifer se sprijini de el şi se lăsă condus spre scaun, unde fu ajutat să se aşeze pentru a se încălţa. Până la urmă, Eligor fu cel care îi legă şireturile. Ochii de un argintiu straniu îi pătrunseră pe ai săi şi, pentru o clipă, Eligor întrezări imaginea unui băiat care stătea pe ramurile Copacului Etern, ascultând trilul unei păsări mici.

Puterea de convingere. Se zvonea că Serafimii aveau astfel de înzestrări, înzestrări vindecătoare, telepatie, telekineză, un experiment grandios în ale eugeniei, care făcuse ca Angelicii ce nu atingeau un asemenea nivel să fie alungaţi de pe planetă. Tocmai de aceea şi în venele lui Eligor curgea sânge de Serafim. După ce Împăratul dispăruse, Zepar ascunsese povestea a ceea ce făcuse tatăl biologic al lui Lucifer pentru a-l convinge să se întoarcă, dar Eligor *fusese acolo*. În venele lui Lucifer curgea mai mult sânge de Serafim decât în ale oricui altcuiva, cu excepţia lui Abaddon şi a Colonelului.

-Să spunem doar că am avut câteva zile foarte proaste, zise Lucifer cu glas tremurător.

-Din cauza Împăratului? întrebă Eligor, care fusese de faţă când Lucifer ieşise din Sala Mare, arătând de parcă cineva tocmai îi smulsese inima din piept.

Lucifer îl privi de parcă ar fi încercat să hotărască dacă să îi facă o destăinuire sau nu. Lui, lui Eligor, cel care lucrase pentru el timp de 225 de ani şi abia de îl cunoştea. Lucifer îşi coborî privirea. Încredere. Lucifer nu avea încredere în nimeni altcineva în afară de Zepar. Eligor își țuguie buzele, formând o linie amenințătoare. Nu pentru că Lucifer nu avea încredere în *el*. La naiba! Tocmai îi citise scrisorile! Ci pentru că avea încredere în Zepar, care nu ar fi trebuit să îl lase niciodată să ajungă într-o stare atât de proastă.

Fu surprins când Lucifer începu să vorbească, însă fără a-și ridica privirea.

-Urma să se întâmple oricum, odată ce reușeam să trec acordul ăsta comercial prin Parlament, zise el. Încă nu vorbește cu mine din cauza ultimei anulări, iar asta a fost acum șase luni. Pur și simplu nu mă așteptam să se urce pe gard înainte să apuc măcar să deschid gura.

-Eu nu știu cum e de obicei, spuse Eligor. Nu l-am întâlnit niciodată.

Nu adăugă și cât de *deranjat* era de faptul că, în toți anii în care îl dădăcise pe tipul ăsta în călătoriile lui la palat, nu fusese niciodată invitat să îl întâlnească pe Împăratul Etern.

Lucifer privi peste umăr, către scrisoarea pe care Eligor o pusese pe comodă. Eligor spera că prim-ministrul era atât de zăpăcit de alcool încât să creadă că el însuși o lăsase acolo.

-Totul a fost o minciună, zise Lucifer. Întotdeauna. Știam asta, dar bănuiesc că era nevoie să mi-o spună în față ca să accept adevărul.

Eligor nu îndrăzni să întrebe despre *ce* adevăr era vorba. Oare despre ceva *și* mai rău decât faptul că propriul lui tată o promovase pe o poziție egală cu a sa chiar pe femeia care îi frânsese inima?

Lucifer se ridică, dar se împiedică. Eligor îl prinse.

-Domnule, vă curge sânge din nas. V-ați lovit?

-Dă-mi câteva batiste din sertarul ăla de sus, spuse Lucifer. De obicei am nevoie de două.

-Nu e normal să vă curgă sânge din nas, domnule, zise Eligor. Ar trebui să mergeți la un doctor, să vă consulte.

-Și să îi livrez tatei o scuză numai bună ca să mă alunge din Parlament și să mă închidă în vreun spital de nebuni cine știe unde? răspunse Lucifer, împingându-l la o parte. Nu, mersi.

Își tampona sângele cu mișcări de expert. Eligor închise gura înainte să apuce să întrebe ceva stupid, cum ar fi *„de ce v-ar trimite la un spital de nebuni când aveți o boală fizică?"*. Poate se referea la un centru de dezintoxicare? Era clar că *avea* nevoie de dezintoxicare.

-Haideți, domnule, spuse Eligor. Șeful de personal o să mă schingiuiască dacă întârziați.

-De ce te-a trimis pe *tine?* întrebă Lucifer cu ceața ridicându-i-se din privire.

-Am ajuns la *Beylan,* domnule, răspunse Eligor. Bărbatul uman cu piele întunecată a opus prea multă rezistență ca să se ocupe de el doar Pruflas și Furcas. Zepar îl seda când am plecat.

-O, reacţionă Lucifer surprins. Nu ştiam că Zepar a planificat o predare. Mă rog, nu e ca şi cum mi-ar spune lucrurile astea de obicei. Pur şi simplu mă prezint la faţa locului şi le spun celorlalţi ce vrea el să le spun.

Eligor ridică o sprânceană, surprins. Ştia că Zepar dădea ordinele, dar atunci când se manifesta cealaltă faţă a lui Lucifer, cea pe care echipajul o numea „geamănul malefic", Zepar se arunca pur şi simplu la picioarele sale de parcă ar fi fost un căţeluş. Dinamica de putere dintre cei doi nu avusese niciodată sens, aşa că Eligor încetase să îşi mai bată capul să o înţeleagă de mult. Învăţase pe propria piele că nu era bine să gândească prea mult dacă nu voia să sufere consecinţele.

Înaintară la bordul navei, cu Lucifer sprijinindu-se de braţul lui Eligor. Prim-ministrul se împiedică de mai multe ori.

Şi el care credea că Lucifer avea totul... acum înţelegea că, de fapt, avea chiar mai puţin decât *el*. Cel puţin *el* îl avea pe Lerajie, tovarăşul idealist, care-i stătea ca un spin în coaste.

Când ajunseră în cele din urmă la navetă, Zepar se arătă nerăbdător.

-Ce-a durat atât?

-A trebuit să îl ajut să se spele, zise Eligor.

-A fost vina mea, spuse Lucifer docil ca un băieţel. Nu eram gata.

Eligor îl ajută pe Lucifer să se urce în scaun, îi puse centura de parcă ar fi fost un copilaş şi porni motoarele cu impulsuri. În spate, cei doi nătângi cu priviri reci îl îndesară pe bărbatul cu pielea închisă în zona cargo, ţinându-l cât de departe puteau de Lucifer. Eligor manevră naveta în afara pistei de lansare, care nu arăta deloc de parcă ar fi fost concepută pentru tehnologia Alianţei, cu toate că nava aceasta era nava amirală a imperiului. Cuirasatul Leonid, care avea aproximativ aceeaşi dimensiune ca *Prinţul din Tyre,* se întindea sub ei. Navele militare oficiale îşi ţineau armele la vedere. În schimb, nava amirală a lui Lucifer, deşi dotată până în dinţi cu armament de primă mână, care cu greu se găsea la bordul celorlalte nave militare, arăta mai curând ca o navă civilă pentru un ochi neantrenat.

Din compartimentul pasagerului începu să se audă un sforăit uşor, semn că Lucifer nu mai era conştient. Bun. Trebuia să doarmă. Poate nici nu mai era nevoie de prezenţa lui dacă oricum era Zepar acolo. Avea să îi spună comandantului Leonid că Lucifer era bolnav.

Când ateriză pe *Beylan*, opri motoarele şi coborî pe rampă pentru a propti trenul de aterizare şi pentru a se asigura că naveta era fixată. Cei doi nătângi scoaseră bărbatul în lanţuri; era atât de drogat încât abia putea să mai meargă. Eligor fu uşurat când văzu că Zepar ieşi fără Lucifer, vrând să vorbească cu comandantul Leonid. Se ruga ca Şeful de personal să îl lase pe bietul prim-ministru să doarmă şi să scape.

Leoaica atractivă, de vârstă mijlocie, care se afla la comanda *Beylanului,* pe numele ei Colonel Orias, îl adulmecă scurt pe bărbatul cu pielea întunecată, iar mustăţile îi tresăriră cu scepticism.

-Şi ziceţi că această creatură deloc interesantă poate să le ajute pe biata mea fiică şi pe celelalte fete din turmă să aducă pe lume urmaşi? întrebă Colonel Orias.

Eligor observă privirea rece a celor doi nătângi. Pruflas şi Furcas îl ţineau pe bărbatul uman de parcă ar fi fost nişte coperţi de carte.

-După cum am transmis deja prin intermediarii noştri, zise Zepar, nu putem să promitem nimic. Am avut un succes fulminant cu femelele, dar masculul e bătăios şi se opune antrenamentului. Sperăm că *dumneavoastră*, o specie... cum să spun... mai *impunătoare*... veţi reuşi să faceţi ceea ce noi nu am reuşit.

Eligor observă o leoaică frumoasă, puţin mai tânără, care stătea la pândă la marginea zonei de lansare din care plecaseră toţi membrii echipajului. Mirosul neobişnuit al rasei primordiale ce alcătuia jumătatea umană a speciei sale îi făcea mustăţile să tresară. Leoaica semăna foarte mult cu femeia comandant a navei. Să fi fost fiica ei? Asta ar fi explicat de ce Zepar o alesese pe *ea* pentru acest experiment de salvare a speciei.

-Şi de ce ar merge lucrurile altfel cu creatura asta, dacă masculii noştri Leonizi, mult mai vânjoşi, de altfel, au eşuat? întrebă Colonel Orias.

Eligor îşi îndreptă privirea spre bărbatul cu pielea închisă la culoare. Deşi era în continuare ameţit de sedative, avea pe chip o expresie de netăgăduit: neutralizat sistematic sau nu, bărbatul era de-a dreptul îngrozit de fiinţele-leu care tronau deasupra lui.

Frumoasa Leonidă se apropie, cu mustăţile tresărindu-i de curiozitate. În numele ei se răzvrătea Colonel Orias împotriva politicilor Împăratului, fapt care o putea trimite la Curtea Marţială.

Ce avea să facă Lucifer?

-Ce-ar fi să vă prezentaţi? i se adresă Eligor tinerei. El nu are nume, dar masculii par să fie ceva mai inteligenţi decât femelele.

-Numele meu e Habbibah, se prezentă leoaica.

-Eligor. Iar el e... ăă... adevărul e că nu sunt prea deştepţi. Dar poate o să reuşească să vă ajute.

Judecând după modul în care se dilatară nările tinerei, Eligor înţelese că ea era prima femelă despre care se spera că ar putea primi „ajutor" din partea bărbatului. Spre deosebire de femelele umane, care puteau fi sedate suficient încât să ducă la bun sfârşit actul sexual şi să procreeze indiferent dacă voiau sau nu să o facă, un mascul trebuia *să vrea* să se împerecheze cu o altă specie.

Ce ar fi spus oare Lucifer dacă ar fi fost suficient de *treaz* încât să poată vorbi? O, haide! Eligor fusese martorul linguşelilor lui timp de 225 de ani. *Trebuia* să fi preluat şi el ceva din dulceaţa cuvintelor prim-ministrului.

-Noi am pornit pe picior greşit cu el, spuse Eligor într-un sfârşit. Dar poate dumneavoastră o să aveţi mai mult noroc cu el dacă reuşiţi să îl faceţi să se simtă confortabil din prima. L-am atrenat să folosească toaleta, dar nu e foarte sociabil.

Habbibah se apropie şi se aplecă în faţa bărbatului în aşa fel încât maxilarul ei să fie la nivelul ochilor lui.

-Bună, zise ea. Eu sunt Habbibah. Tu cum te numeşti?

Omul urlă de spaimă şi se dădu înapoi, lovindu-se de Pruflas şi Furcas. Cei doi nătângi îl împinseră la loc. La naiba! Ăştia nu erau altceva decât nişte gemeni idioţi!

Albul ochilor bărbatului contrasta puternic cu pielea sa întunecată, aproape ca de abanos. Îl privi pe Eligor cu o expresie prin care cerea ajutor.

-Uitaţi, îi spuse Eligor lui Habbibah. Dacă nu vă supăraţi... Prietenul meu, Lerajie, a lucrat o vreme cu animalele de pe una dintre planetele primordiale. El mi-a spus că, dacă le arăţi ce să facă... ştiţi, dacă le dai un model... pot să înveţe, indiferent dacă sunt sau nu suficient de deştepte încât să şi vorbească.

Folosise mai multe cuvinte decât în toată luna care trecuse. Stângaci ca un armăsar Centauri care abia învaţă să meargă, Eligor se apropie de leoaică şi îşi înfăşură braţele în jurul taliei ei. Habibah era suficient de inteligentă încât să înţeleagă ce făcea, aşa că îşi înfăşură şi ea braţele în jurul lui. Îi zâmbi larg, dezvelindu-şi colţii.

-Poate-ar fi o idee bună să nu zâmbiţi prea mult în primele săptămâni, sugeră Eligor. Până se obişnuieşte cu dumneavoastră.

Colonel Orias rânji larg spre ei, dezvelindu-şi *propriii* colţi. Din pieptul ei răzbi un murmur grav. Ca şi cum ar fi tors. Mica demonstraţie i se părea amuzantă.

-Are o piele foarte atrăgătoare, spuse Habibah admirând pielea neagră ca abanosul a bărbatului; era o nuanţă pe care niciun hibrid nu o mai avusese de zeci de mii de ani şi de care doar unii Centauri se mai apropiau. Dar de ce se bălăngăne aşa? E bolnav?

-E sedat, zise Eligor. Zepar îl ţine drogat când nu e închis în cuşcă, dar poate dumneavoastră o să reuşiţi să reduceţi doza în câteva zile. N-are cum să facă rău. Nu cred că o să vă facă probleme aşa cum le-a făcut ăstora doi.

-Bietul de el! exclamă Habibah.

Păşi spre bărbatul uman, vrând să îl atingă, dar acesta se retrase speriat.

-Ce spuneţi mi se pare foarte intrigant, Şef de personal Zepar, îi întrerupse Colonel Orias. Dar nu am de gând să risc soarta fiicei şi a echipajului meu pe o intrigă nedovedită de-a lui Lucifer. Vreau să vorbesc direct cu prim-ministrul, nu cu lacheul!

Eligor îşi reprimă un surâs superior. Doar un Leonid ar fi îndrăznit să vorbească aşa cu secundul prim-ministrului.

-Doamnă, prim-ministrul nu se simte bine azi, interveni Eligor. Se află la bordul navei, dar cred că are un virus contagios. Un fel de gripă sau ceva.

-Insist, zise Orias, zâmbindu-i în aşa fel încât să îşi dezvăluie colţii.

În piept îi răsună un mârâit grav. Exista un *motiv* pentru care Leonizii erau cei mai temuţi hibrizi din armată.

-Doar o clipă, spuse Zepar, făcând o plecăciune şi adoptând acea atitudine slugarnică despre care Eligor ştia că e prefăcută.

Se repezi pe rampă, înapoi la bordul navetei, iar aripile de un alb murdar îi fâlfâiră în mers.

Eligor urmări cum Habibah îi fredona ceva bărbatului cu pielea închisă la culoare, în încercarea de a-i câştiga încrederea. Bărbatul o privea cu teamă, dar şi cu o urmă de curiozitate. Oare ce filme îi arătase Zepar ca să îl înveţe să nu se teamă de Leonizi?

-Sunt absolut convins că o să îl convingeţi cât ai zice peşte, răzbi o voce de la bordul navei. O leoaică frumoasă ca dumneavoastră! Nu e de mirare că se spune că nu există iubite mai bune în întreaga galaxie!

Deşi cunoştea prea bine acea voce, Eligor resimţi un fior pe şira spinării. Părea că cineva tocmai pornise un amplificator. Lucifer alunecă pe rampă cu mişcările mândre ale unui star rock, iar aripile albe i se înfoiară ca ale unui prădător. Stătea drept şi încrezător, fără să lase să se întrevadă câtuşi de puţin problemele pe care le avusese mai devreme.

-Domnule prim-ministru, i se adresară Colonel Orias şi fiica ei locotenent fiinţei cu cea mai înaltă funcţie civilă din cadrul Alianţei.

Cu un urlet îngrozit, bărbatul uman ignoră complet teama pe care o simţea faţă de creaturile-leu şi se refugie lângă Eligor... şi lângă leoaica de trei metri în dreptul căreia stătea acesta.

-Ah, cred că o să avem pui pe drum cât ai zice peşte, spuse Lucifer, aruncându-i Colonelului Orias un zâmbet atent studiat. Sper că nu o să fiţi egoistă şi o să împărţiţi sursa de noroc şi cu alţii odată ce o domesticiţi.

-D-d-d-domnule, se bâlbâi Habibah, iar pielea roz de pe nas şi de pe urechi căpătă o nuanţă sângerie din cauza cuvintelor atât de directe care îi fuseseră adresate. Leonizii erau o rasă pasională, care ignora frecvent legile antifraternizare ale Împăratului – ceva ce Eligor ştia din experienţă proprie; urmele de colţi de pe umerii săi erau o dovadă clară în acest sens.

-Va împarţi, zise Colonel Orias. Şi vom fi discrete. Am pregătit deja o listă de femei de pe cuirasatul acesta şi de pe alte nave din sector, toate din familia mea extinsă. Am făcut un legământ de sânge că vom păstra tăcerea. Niciun membru al turmei mele nu vă va trăda încrederea, domnule.

-Dar ce or să spună partenerii lor? întrebă Eligor. Am auzit că multe dintre voi vă căsătoriţi.

-Noi nu suntem frigide ca voi, Angelicii, zise Colonel Orias. Am recurs deja la tot felul de relaţii creative ca să aducem pe lume puţinii pui cu care am fost binecuvântaţi. Avem şi un nume pentru strategia asta: „s-o lăsăm pe Cea-Care-Este să decidă". Indiferent care sămânţă prinde, soţul legal creşte puii ca şi cum ar fi ai săi. În specia noastră, toate inimile bat la unison.

-Da, da!

Când Lucifer izbucni în aplauze, lumina se reflectă pe părul său alb-blond, creând impresia unei aureole.

-Am propus asta speciei noastre, dar femelele nici nu vor s-audă. Mă bucur că specia dumneavoastră e mai înțeleaptă.

Lucifer nu își trăda sub nicio formă slăbiciunea de mai devreme. Ochii săi, însă, ascundeau ceva ce îl făcu pe Eligor să înghită în sec. Zelul din ei era aproape sălbatic. Îl făcea pe Eligor să se înfioare. Iar *el* nu era genul care să se sperie ușor.

Geamănul malefic...

Bărbatul uman se strecurase între Eligor și Habibah cu mâinile ridicate în dreptul feței, semn că era îngrozit. În ciuda faptului că era sedat, din gâtul lui răzbăteau zgomote guturale. Același zgomot, de fapt. Din nou și din nou.

Suna de parcă ar fi spus ceva. Eligor o privi pe Habibah. Și *ea* auzea.

-*Iblisi...* repeta omul. *Iblisi.*

Mustățile Habibei tremurară.

-Mama, i se adresă ea Colonelului. Dacă nu te deranjează, aș vrea să îi arăt noului nostru prieten unde o să doarmă. Cu cât îl ajutăm să se adapteze mai ușor, cu atât mai repede putem să îl învățăm ce are de făcut.

-Pe loc repaus, zise Colonel Orias.

-Gardienii mei o pot ajuta, spuse Zepar pășind în față.

Un mârâit grav țâșni din gâtul lui Habbibah. Zepar și cei doi nătângi făcură câțiva pași în spate. *Nimeni* nu forța vreun Leonid să facă ceva. *Orice.* Nu dacă ținea la propria piele. Și mai ales *nu* când era vorba de un Leonid pe punctul de a intra în călduri, ceva ce Eligor putea mirosi chiar dacă el și Habbibah făceau parte din specii diferite. Specii *pe jumătate* diferite.

-E Leonid! zise Lucifer, făcând un semn relaxat din mână. *Sigur* că nu are nevoie de ajutor!

Mârâitul lui Habibah se transformă în tors.

-Mult noroc, domnișoară, îi spuse Eligor.

-Mulțumesc, îi răspunse Habibah zâmbind timid.

Adresându-i-se parcă ar fi fost un pui, tânăra îl mână pe bărbat în afara zonei de lansare, pe un coridor lateral care fusese golit de toți membri echipajului, în special de Spiderizii care alcătuiau acum cea mai mare parte a ehipelor de pe navele Leonide.

-Hai, Eligor! îl chemă Lucifer. Minunata noastră Colonel Leonid are totul sub control! Ați reținut termenii înțelegerii, nu-i așa, Colonel?

-Am trimis deja informatori pe planetă, zise Orias. Sectorul se află la granița cu Regatul Tokoloshe. Când va veni vremea să forțați anularea, toate tărâmurile respective vor vota în favoarea dumneavoastră... sau vor fi nevoite să facă față singure neamului Tokoloshe.

-Mulțumesc, îi zâmbi Lucifer. Eligor? Naveta?

Eligor zăbovi în urma prim-ministrului. Modul în care Lucifer vorbea și se mișca denota virilitate absolută, dar el știa ce căuta cu privirea, putea deja să observe că penele sale își pierdeau din luciu. În locurile în care machiajul pe care Zepar i-l aruncase pe față nu prea ajunsese, figura îi era de-a dreptul veștedă, iar buzele aveau o nuanță albăstrie. În clipa în care întoarse spatele către Leonizi, Lucifer își tamponă nasul pentru a-și șterge sângele. Medicamentul pe care i-l administrase Zepar pentru a-l pune pe picioare – oricare ar fi fost acela – aducea cu sine un cost teribil.

Lucifer se prăbuși pe scaun și se întinse imediat spre sticla cu băutura Mantoidă, verde, pe care îi plăcea să o bea. Își turnă un pahar și îl dădu peste cap cât Eligor încă făcea verificările obișnuite înainte de decolare. Zepar și cei doi nătângi încă pierdeau timpul pe afară, negociind concesii suplimentare cu comandantul navei.

Eligor știa că era mai bine să își țină gura, dar *cineva* trebuia să intervină.

-Domnule, zise el peste umăr în timp ce își termina verificările dinaintea decolării. Știu că ar trebui să-mi văd de treaba mea, dar nu credeți că ar trebui să nu îi mai permiteți lui Zepar să tragă așa de tare de dumneavoastră? Păreți... obosit.

Era cel mai neutru mod în care putea spune: *„Domnule, cred că Zepar vă folosește, iar asta vă omoară.”*

Nu primi niciun răspuns în afară de murmurul motoarelor care se pregăteau de întoarcerea la *Prințul din Tyre.* Eligor privi în spate. Prim-ministrul era aplecat în față, pe scaun. Dormea, dar avea aspectul unui cadavru reîncălzit.

Eligor se apropie de el pentru a-i prinde centura. Când îi desprinse mâna de pe epolet, observă că avea urme de sânge. Lucifer sângera inclusiv din urechi...

Capitolul 32

Octombrie 3.390 î.Hr.
Pământ: Satul Gasur
Colonel Mikhail Mannuki'ili

MIKHAIL

Interacțiunea cu oameni străini era întotdeauna un exercițiu epuizant pentru el. *Alea sunt aripi adevărate? Pot să le ating? E adevărat că faci parte din armata Zeului?* Iar întrebările pe care le ura cel mai mult nu erau cele pe care războinicii trimiși la antrenament ca parte a experimentului de ajutor reciproc dintre satele Gasur, Nineveh și Arrapha i le puneau cu voce tare, ci cele pe care le șușoteau pe la spate.

„E adevărat că a fost alungat din ceruri drept pedeapsă?"

„Am auzit că bățul acela cu foc de la șold trage cu fulgere. De ce nu ne învață să folosim așa ceva?"

„De ce nu e Jamin la conducere aici?"

„Jamin spune că oamenii lui *cumpără femeile Ubaide. Mi-a arătat moneda de aur drept dovadă."*

Mikhail îl privi pe Siamek, care se rățoia la nou-veniți pentru a-i convinge să se așeze în linie, și fu recunoscător că delegase această responsabilitate.

-Stați drepți! Înapoi în rând. Tu! Nu te mai scobi în nas!

Hotărârea de a lăsa cele patru căpetenii să negocieze în jurul unei ulcele pline cu puternicul nectar al zeilor pregătit de Yalda și Zhila fusese o idee genială... sau o greșeală... în funcție de cum priveai lucrurile. Partea bună era că toate cele patru căpetenii îl votaseră pe *el* drept responsabil. Partea proastă era că toate cele patru căpetenii îl votaseră pe *el* drept responsabil. Fiecare sat trimisese câte șase bărbați. Dar Mikhail nu era încă sigur dacă aceștia luau în serios ideea antrenamentelor sau se alăturaseră doar din curiozitate. Varianta a doua părea mai plauzibilă.

Imediat ce Siamek îi așeză pe nou-veniți în linie și se îndreptă spre grupul următor, primul grup se disipă, formând la loc bisericuțele de bârfă. Siamek îi aruncă lui Mikhail o privire în care se citeau în același timp nervi și strigăte de ajutor.

-Dacă nu vă aliniați, zise Siamek agitând un deget în direcția unui grup format din trei bărbați, nu putem să începem!

Mikhail așteptă ca locotenentul să își termine treaba, având grijă să nu îl submineze. În minte i se prefigură amintirea vagă a unui sergent cu aripi albe căruia îi făcea mare plăcere să își critice întruna unitatea. Raphael jura că sigur avea ceva cu ei, dar Mikhail mai degrabă empatiza cu sergentul acela din urmă cu mulți ani.

Își aminti lecția pe care o primise de la tatăl socru în materie de mânat capre. *Subtilitatea. Nu. Funcționează.* Dat fiind ritmul în care progresau, avea să piardă o săptămână întreagă doar învățându-i cum să se alinieze.

Își înfoie aripile ca un prădător gata să se năpustească asupra unui șobolan. Printre nou-veniți se așternu o liniște mormântală. Bun. Nu *frica* era emoția pe care voia să o stârnească, dar, în comparație cu haosul de mai devreme, era și asta o îmbunătățire.

-Se pare că avem ceva probleme când vine vorba de ascultarea ordinelor primite de la superiorii direcți, zise el cu cel mai dur ton de sergent pe care îl putea reproduce. Aceste exerciții o să vi se pară lipsite de sens la început, dar în timpul luptei trebuie să gândiți ca o singură unitate. Nu ca Nineviți. Nici Gassurieni. Nici Arraphaini.

-Dar Căpetenia Sinmushtal a spus că o să învățăm despre arme, mormăi un războinic din Nineveh, copleșit de greutatea celor două găleți.

În mers, își turnă apă pe toată partea din față a kiltului, îmbibându-și și murdărindu-și inclusiv încălțările.

-Atunci e important să învățați și asta *bine!* răspunse Mikhail, strângându-și aripile la spate. Altfel, dacă apărarea satului e înfrântă, căpetenia voastră o să vă învinovățească *pe voi!*

Sau mai degrabă o să-l învinovățească pe *el* pentru că pierduse vremea cu optsprezece războinici. Dar avea deja suficiente probleme și fără să le arate oamenilor acestora că nu avea nici cea mai *vagă* idee cum să fie un ofițer eficient.

-Ce rahat, șopti cineva din spatele rândului, care însă nu era nou-venit, ci unul dintre oamenii *săi!*

Izvorul întunecat de furie care se tot umfla la suprafața conștiinței făcu sângele lui Mikhail să clocotească în vene. Angelicul își încleștă pumnii. Războinicii noi distrugeau disciplina fragilă pe care se luptase atât de mult să o instaureze printre luptătorii cu care începuse. El le spunea să se întoarcă la stânga, cei noi se întorceau la dreapta, iar apoi se trezea că războinicii se izbeau unii de ceilalți și se luau la pocnit!

-Toți facem parte din neamul Ubaid, strigă el, acoperindu-i pe cei care se plângeau. Trebuie să învățați să gândiți și să vă comportați ca o singură armată, pentru că dușmanii sunt mai numeroși. Nu vom învinge decât dacă lucrăm împreună.

Imediat izbucniră mormăieli.

-Domnule, întrebă un războinic din Nineveh, când o să ne învățați mișcările de luptă avansate pe care i le-ați predat Pareesei?

-Pareesa o să vi le predea ea însăși, zise Mikhail. *După* ce dovediți că puteți lucra ca o echipă. Până atunci, vom continua să exersăm.

Se răsuci spre Siamek.

-Te rog să conduci trupele în formație de marș până la râu. Două găleți. Vreau să mărșăluiască înapoi pe deal, în formație, cu brațele întinse... așa...

Mikhail arătă cum să își țină brațele la un unghi de 90 de grade, astfel încât corpul să formeze litera T și să forțeze dezvoltarea musculaturii pieptului și a umerilor. După câteva minute, recruții începură să strige că le cad mâinile. Din pieptul lui Mikhail se înălță un murmur malefic de satisfacție. Aveau să urle de durere până să ajungă înapoi în vârful dealului.

-Nu face decât să ne pună pe noi să le rezolvăm treburile, șopti unul dintre recruții cei noi. N-am venit aici ca să lucrez pământul.

În direcția lui răzbătu numărătoarea:

-O sută cincizeci! O sută cincizeci și unu! O sută cincizeci și doi!

Mikhail privi spre capătul opus al câmpului. Pareesa trona deasupra diviziei a doua asemenea unui bici zvelt, cu rochia strânsă în jurul taliei și coada împletită strâns. Își certa discipolii pentru cine știe ce greșeală minoră. Oare i se părea lui sau chiar se mai înălțase câtă vreme el fusese în Gasur?

-Coborâți pieptul până la sol! striga Pareesa ca un conducător brutal. Sau o să vă pun să o luați de la capăt și să faceți o sută în plus!

Mikhail ridică o sprânceană.

Hmm...

-Pareesa, zise el. Pot să vorbesc ceva cu tine, te rog?

Când fata observă că Mikhail voia să vorbească cu ea, glasul îi pieri. Porni către el cu un mers legănat, de parcă ar fi fost un cățeluș entuziasmat.

-Cum mă descurc? întrebă ea, iar ochii îi sclipiră nerăbdători. Pot să îi pun să facă și mai multe dacă vrei.

Furia întunecată se evaporă la vederea dorinței de a ajuta pe care o avea Pareesa. În minte i se contură amintirea sergentului din trecut, al cărui nume nu și-l putea aminti, așa cum nu-și amintea nimic altceva în afară de faptul că pedepsea tot plutonul de fiecare dată când unul dintre ei făcea vreo greșeală.

-Vreau să îți cer o favoare.

-O, ce?

Judecând după modul în care sărea pe vârfuri, era clar că, dacă Mikhail i-ar fi zis să meargă să îl ucidă pe Shay'tan, ar fi fost în stare să înșface o suliță și să încerce.

-Tuturor, de fapt, continuă Mikhail, întorcându-se spre docila divizie doi, care accepta orice pedeapsă nebunească pe care o mai scornea Pareesa pentru că el îi rugase să o facă. Am nevoie de puțin ajutor.

În armatele din care venea el, termenul „divizia a doua" nu avea nuanța peiorativă pe care o dedusese Pareesa atunci când Mikhail îi explicase cum își organiza Împăratul ierarhiile. Pareesa voia ca *ea* să fie prima la fața locului, așa că oricine era altundeva decât în linia întâi era cu siguranță inferior. Deși era adevărat că diviziile doi erau doar rareori recunoscute pentru eroismul lor, ele îndeplineau o funcție importantă, căci păzeau spatele primei divizii.

-Orice, domnule, spuse Ebad, liderul de facto al echipei.

-Atâta timp cât îi spuneți să nu ne mai dea flotări ca pedeapsă, șopti Ipquidad către Yaggit.

-Te-am auzit! exclamă Pareesa, aruncându-le celor doi o căutătură care ar fi putut fi intimidantă dacă nu ar fi fost afișată de o copilă. Mai vreți încă cincizeci?

-Mă tem că rugămintea mea o să presupună și mai multe flotări, zise Mikhail, cerându-și scuze din priviri față de divizia doi. Și abdomene, și sărituri, și multe, multe marșuri cu găleți cu apă.

Divizia doi mormăi nemulțumită.

Pareesa, în schimb, era atât de încântată, încât ai fi crezut că tocmai aflase că avea să fie zeiță pentru o zi, rolul pe care îl prelua fecioara ce o întruchipa pe Cea-Care-Este la festivaluri.

-Începând din acest moment, vă avansez pe *fiecare* dintre voi în poziția de Sergent Special Provizoriu, având drept sarcină Instruirea Suplimentară a Noilor Războinici, anunță Mikhail, arătând spre nou-veniții care făceau un ghiveci din exercițiile lui. Fiecare dintre voi va lua câte un nou-venit sub aripa sa. Pe măsură ce Pareesa vă îndrumă prin antrenamentul suplimentar, vreau să vă asigurați că noii recruți învață să execute fiecare manevră *corect*.

-Putem să le ordonăm să facă flotări? întrebă Yaggit, unul dintre războinicii mai pricepuți din nu tocmai priceputa divizie doi.

Din pieptul lui Mikhail răzbi un sunet care îi era străin. Semăna incredibil de mult cu cel pe care îl scotea sergentul din trecut de fiecare dată când îi pedepsea unitatea. Un chicotit.

Angelicul le zâmbi celor din divizia doi într-un mod de-a dreptul malițios.

-Oricâte vreți voi...

Capitolul 33

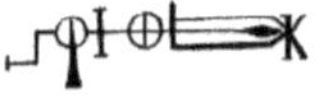

Data Galactică Standard: 152,323.10
Sector Zulu – Nava amirală „Răsărit de lumină"
Forțele Aeriene Angelice
Brigadier General Raphael Israfa

RAPHAEL

-Ta!

Degetele mici și murdare lăsară pe ecran urmele unei legume maro, imposibil de identificat. Asta dacă nu cumva era chiar... nu! Nici nu voia să se *gândească* la asta.

-Și mie îmi e dor de tine, dragul meu, zise Raphael, atingând ecranul din capătul opus al galaxiei. Tati nu o să poată să te sune o vreme. Dar să știi că mă gândesc la tine clipă de clipă.

Lătratul animăluțului de casă, un gorok, îl distrase pe Uriel. Jophiel instalase monitorul în așa fel încât să îi permită lui Raphael să vorbească cu fiul lor ori de câte ori le permiteau programul de lucru și mecanica solară care făcea transmiterea undelor subspațiale destul de dificilă uneori. Asta nu compensa distanța dintre ei, însă.

-G-G-gi! râse Uriel în timp ce gorock-ul se apropie agale pentru a mirosi resturile de mâncare rămase în farfuria copilului, pentru ca apoi să i le lingă pe cele de pe față. Pata de pe monitor fu eliminată eficient, lăsându-se înlocuită de balele dragonului de apă în miniatură.

Raphael izbucni în râs în timp ce Uriel îi făcea o demonstrație a celei mai noi reușite fizice. Cu toate că încă nu mergea în adevăratul sens al cuvântului, învățase să se ridice greoi în picioare și să „planeze" spre primul dosar important despre cine știe ce misiune secretă pe care îl găsea pe biroul mamei lui. O făcu și acum, fâlfâindu-și aripile mici și roșii pentru a-și menține echilibrul.

Roșii...

Raphael moștenise penajul de un auriu închis de la moștenitorii săi cu dungi roșiatice, identice cu cele pe care le avea și *el* pe spatele penelor, dar de mii de ani nu se mai născuse un Angelic cu aripi și păr de-a dreptul roșii. Nu până la Uriel. Zi după zi, explozia de galben-piersică ce se transforma treptat în alb în cazul celor mai mulți Angelici era înlocuită de pene de un roșu magnific. Uriel întruchipa o formă de regres genetic.

-Mama ta ți-a ales un nume potrivit, Lumină Zeească!

Simți o umbră de mândrie în clipa în care fiul său se desprinse de gorock și făcu doi pași nesiguri, cu aripile bătându-i furioase în încercarea de a-l menține în picioare, și înșfăcă o mână de cabluri electrice care se unduiau până pe biroul mamei sale. Uriel izbucni în chiote triumfătoare.

Jophiel stătea aplecată asupra unor hârtii, străduindu-se cu disperare să termine ultimul ordin de misiune înainte ca Raphael să își înceapă misiunea strict secretă.

-Ai văzut? strigă Raphael la monitor. Tocmai a făcut primul pas.

Jophiel ridică capul brusc.

-Serios?

Părea istovită de efortul pe care îl făcea pentru a împăca nevoia de a autoriza cea mai importantă misiune din istoria Alianței și încercarea de a-i acorda fiului său șansa de a-și lua la revedere.

-Nu l-am văzut.

-A făcut doi pași, zise Raphael. De la gorock la biroul tău.

Trăsăturile nobile ale lui Jophiel se înmuiară, formând un zâmbet mândru. Cei mai mulți Angelici îi reproșau Comandantului General Suprem că era rece, dar Raphael știa că o asemenea descriere nu i se potrivea câtuși de puțin. O anume traumă despre care refuza să vorbească o făcea să ezite în a se încrede în oricine altcineva în afară de Împărat. Faptul că fusese promovată pe o poziție ce presupunea să conducă toate cele patru ramuri ale armatei o forțase să adopte o atitudine pe care niciun comandant – fie din rândurile lor, fie din cele ale generalilor lui Shay'tan – să nu o confunde cu slăbiciunea.

-Mă bucur că l-ai văzut *tu* primul, zise ea, luându-l în brațe pe Uriel, ducându-l înapoi în fața monitorului și călcând pe coada gorockului care se ițea din ascunzătoarea sa favorită de sub birou. Se lansă într-un dans cu totul atipic pentru un general, bătând din aripile albe pentru a-și menține echilibrul fără să îl scape pe Uriel, care la rândul lui crezu că totul se întâmpla pentru propria lui distracție, așa că începu să chicotească încântat. Fâlfâind din aripi, Jophiel trase un scaun pe care să se sprijine și se propti în fața monitorului cu Uriel în poală.

-A sosit momentul? întrebă Raphael, iar zâmbetul îi pieri.

Zâmbetul lui Jophiel pieri și el.

-Chiar Împăratul Etern a semnat ordinele. Începând de acum, va trebui să păstrezi liniște deplină până găsești Sfântul Graal.

Nu îndrăzneau să discute despre *ce* avea să facă pe sub radar. Canalul pe care îl foloseau acum se presupunea a fi sigur, dar date fiind fracturile care se iveau în armata Alianței sub tensiunea speciei aflate pe cale de dispariție și a acuzațiilor de favoritism legate de brusca promovare a lui Raphael, nu doar de la Major la Colonel după conceperea lui Uriel, ci și de la Colonel la Brigadier General din motive pe care restul Alianței nu le cunoștea încă, tot ce făcea Jophiel pentru a ține Alianța unită era acum pus sub semnul întrebării.

-Împăratul ți-a acordat discreție deplină, zise Jophiel. Orice ar fi, trebuie să te descurci, iar dacă ai nevoie de o a doua opinie după aceea, poți să trimiți o navă-ac pentru confirmare.

Navele-ac erau creaturi lungi de şase metri, vag raţionale, transdimensionale, care nu semănau cu nicio altă formă cunoscută de viaţă din galaxie. Locuiau în spaţiu, se hrăneau cu material stelar şi puteau să execute salturi între dimensiuni. Fuseseră create de o specie antică, acum dispărută, şi puteau căra diverse lucruri într-un compartiment de pasageri care semăna cu un sac şi se numea marsupiu. Principala lor funcţie era să livreze mesaje top secrete şi mărfuri de dimensiuni mici de la o navă amirală la alta, dar şi un Angelic cu mască de oxigen putea să se înghesuie în marsupiul lor pentru a face călătorii aproape instantanee, pe care de altfel doar fiinţele transcendentale ca Împăratul le puteau face.

-Şase săptămâni, spuse Raphael şi simţi cum i se pune un nod în gât, dar de această dată din cauza tristeţii, nu a bucuriei. O să vă văd din nou în şase săptămâni.

Atunci avea să se urce *chiar el* pe o navă-ac pentru a-i da raportul lui Jophiel. Nu aveau curaj să îl cheme mai des de atât, temându-se că orice bârfă care s-ar fi răspândit printre membrii echipajului le-ar putea da de veste inamicilor – sau altor hibrizi disperaţi – că Shay'tan avea soluţia salvatoare la îndemână, iar Împăratul nu îi declarase încă război.

Dar ce se presupunea că ar trebui să facă? Să se pună cu întregul Imperiu Sata'anic fără ca măcar să ştie unde se afla planeta aceea?

Buzele lui Jophiel se curbară într-un zâmbet trist, singurul gest pe care îl făcuse vreodată pentru a recunoaşte că avea să îi fie dor de Raphael. Când se întinse să închidă monitorul, ochii ei de un albastru nepământesc înotau în lacrimi.

-Mergi să-ţi găseşti prietenul, spuse ea, iar lacrimile i se prinseră de gene. Găseşte Sfântul Graal pentru ca *toţi* hibrizii să îşi poată asculta inimile.

Cu un clichet, ecranul se făcu negru înainte ca lacrimile să cadă, iar Raphael rămase singur, întrebându-se dacă Jophiel îi răspunsese în sfârşit la propunere... *Vrei să te căsătoreşti cu mine...* Rămase cu mâna pe monitorul oprit, meditând la magnitudinea responsabilităţii pe care Împăratul tocmai i-o încredinţase. Responsabilitatea de a găsi Sfântul Graal pentru ca specia lor să nu dispară.

Responsabilitatea de a găsi Sfântul Graal pentru ca Jophiel să îşi poată asculta inima...

Hotărî să interpreteze asta drept un „da". Sau cel puţin un „da... după ce...".

Zâmbind larg, se ridică de la birou şi apăsă butonul dispozitivului de comunicare pentru a lua legătura cu secundul său.

-Colonel Glicki, sunt pregătiţi să ne întâlnim?

-Sunt pregătiţi de douăzeci de minute, domnule, răspunse Glicki. Ce mai intrare vă faceţi!

-Vin chiar acum.

Pornise spre liftul care avea să îl ducă la zona principală de lansare, unde încăpea toată lumea, chiar în timp ce vorbeau. Ușile se deschiseră, dezvăluind un hol în care stăteau îngrămădite aproape toate speciile din galaxie. Comandanții navelor începură să pună întrebări, dar el nu era pregătit să le dea răspunsuri încă. Jophiel îi lăsase pe toți în ceață în ceea ce privea *adevăratul* motiv pentru care navele lor fuseseră retrase din misiuni importante.

-Veți afla cu toții despre ce misiune e vorba, spuse el, iar gropița din obraz îi reflectă speranțele. Jophiel tocmai a transmis ordinele finale semnate de Împăratul însuși.

Aripile i se desfăcură pe măsură ce holul se lărgea, conducând spre zona de lansare care era în mod obișnuit plină de nave mici, dar care acum era plină de bărbați. *Ai lui.* Nu. Nu ai lui. *Ai Împăratului.* Nu doar că navele fuseseră redirecționate spre diferite misiuni fără nicio logică aparentă, dar și membrii echipajelor de pe acele nave fuseseră reîmpărțiți, mulți dintre ei trimiși să sprijine echipaje ale unor nave lăsate în urmă până când, în unele cazuri, doar navele însele mai rămâneau... toate având la bord echipaje despre care ea credea că îi sunt loiale *ei.* Toți bărbații erau pregătiți să fie informați cu privire la cea mai mare vânătoare din istoria cerurilor.

Raphael aruncă o privire pe furiș către una dintre navele singuratice, parcate în lateralul uriașei încăperi, lângă fereastra enormă de observare. Dincolo de fereastră, gigantul de gaz în jurul căruia orbitau le împingea flota spre partea întunecată a planetei.

-Credeam că ai eliberat puntea.

-Trebuie să stați *undeva,* zise Glicki, iar murmurul penelor sale lăsă să se înțeleagă că situația i se părea amuzantă. Știam că nu mi-ați fi permis vreodată să pregătesc o *scenă,* așa că am lăsat nava acolo, ca să vă urcați pe ea când vă dați seama că e prea complicat să vă adresați echipajului de pe sol.

Echipajului *său.*

Format din aproape cinci mii de suflete. O întreagă brigadă. Evident! Doar asta conducea un brigadier general. O brigadă. Raphael înghiți în sec. Promovarea pe care o primise de la Împărat venise atât de neașteptat și la un interval atât de scurt după numirea sa în poziția de Colonel, încât nu avusese timp să o proceseze. Brigadier general. Iar acesta era echipajul lui. Echipajul *lui.* Și acum trebuia să le explice tuturor acestor ființe de ce fuseseră aruncate în mijlocul a nimic, ca să răspundă în fața iubitului Comandantului General Suprem.

În sfârșit resimțea cu adevărat magnitudinea misiunii care îi fusese încredințată. Șovăi.

-Haideți, zise Glicki, iar penele transparente din straturile inferioare îi murmurară în semn de încurajare. O să fie exact ca în filmul acela pe care vi l-am trimis. Cel în care prim-ministrul ține un discurs măreț chiar înainte de a porni împotriva escadrei lui Shay'tan, discursul despre cum luptătorii nu trebuie să se prăbușească muți în întuneric. Stați drept. Țineți discursul. Și să pornim la vânătoare!

-Asta nu e o telenovelă Mantoidă, zise Raphael, uitându-se lung la numărul acela *incredibil* de chipuri care se prefigura înaintea lui. Cinci mii de subordonați. 97 de cuirasate. Și sute de alte nave și navete care erau trimise pentru a le sprijini pe cele dintâi.

-Chestia asta e pe bune, Glicki. Și e doar responsabilitatea mea.

-Credeți că sunteți primul bărbat care își dă seama că s-a întins mai mult decât îi e plapuma? întrebă Glicki, înclinându-și capul în formă de inimă.

Mandibula i se destinse într-un zâmbet larg.

-Ce vă spun eu de fiecare dată?

-Prefă-te până-ți iese, spuse Raphael cu glas abia perceptibil în toată acea hărmălaie.

-Așa și trebuie.

Fără a-i mai acorda răgazul de a se răzgândi, Glicki își ridică aripile exterioare dure, dezvăluindu-le pe cele mai delicate, de zbor, și lansându-se în aer; aripile cu care fusese înzestrată nu o ajutau să zboare așa cum o făceau Angelicii, dar combinația de aripi și picioare puternice făcea ca specia ei să poată recrea un *simulacru* de zbor, un zbor țopăit, care le permisese să preia locurile Angelicilor în armată.

Glicki aterizâ pe nava pe care o parcase pe post de scenă. Înainte ca Raphael să apuce să leșine, își atinse dispozitivul de comunicare pentru a pune în funcțiune sistemul audio și anunță:

-Atenție! Brigadierul General Israfa e pe punte!

Membrii echipajului se așezară de îndată în rând, ca o mașinărie bine unsă pe care mileniile de instrucție specializată o transformaseră într-o armată pe care nicio forță din galaxie nu putea să o înfrângă; nici măcar Shay'tan. Fie că era pregătit sau nu, Raphael trebuia să își assume rolul pe care Împăratul i-l dăduse. Acela de comandant. Comandant al celei de-a cincea ramuri militare, o formațiune nerecunoscută. Sub acoperire. Practic, convoiul acesta nu exista.

„Găsește Sfântul Graal pentru ca toți hibrizii să își poată asculta inimile."

Avea o misiune de dus la bun sfârșit și avea să reușească. Își reprimă temerile și își desfăcu aripile așa cum văzuse că făcea Jophiel atunci când li se adresa trupelor – nu în maniera tipică unui prădător, pe care o adoptau alți generali, ci într-una puternică și elegantă, ca de lebădă. El era bărbatul *ei*, de aceea îl și alesese. De aceea îi alesese pe *toți*. Avea încredere în ei. Iar *el* avea să se asigure că nu o dezamăgește.

Mandibulele lui Glicki se destinseră într-un zâmbet larg în momentul în care Raphael i se alătură pe nava. Simțea schimbarea din atitudinea lui. Îi întinse lavaliera pentru a și-o prinde la guler. Raphael privi îndelung raportul pe care îl pregătise, plin de date și fapte seci, genul de documente pe care ofițerii din serviciile de informații le întocmeau pentru superiorii ierarhici. Nu era un material bun pentru un discurs. Abia atunci îşi dădu seama cât de puţin i se potrivea sarcina pe care o primise.

-Ce să spun? întrebă el, încruntându-şi sprâncenele aurii în semn de îngrijorare.

-Exact ce simţiţi.

Cu un murmur reconfortant al aripilor inferioare, Glicki se ocupă de acele aspecte ale prezentării la care *ea* era expertă, asigurându-se că materialele vizuale şi cele audio erau puse la punct. Obsesia pentru telenovelele Mantoide exagerat de dramatice o făcuse să instaleze patru ecrane enorme în zona de lansare, în aşa fel încât niciunul dintre cei aflaţi în încăpere să nu se îndoiască de ceea ce găsise Mikhail.

-Bună ziua, începu Raphael, privindu-şi echipa multidisciplinară din Aripa Aeriană Expediţionară. Săptămâna aceasta, vi s-a spus să vă deplasaţi cât mai repede la naiba în praznic. Bănuiesc că vă întrebaţi de ce.

În rândul ascultătorilor se propagă un murmur.

-Ceea ce urmează să vă arăt este cea mai secretă informaţie pe care a descoperit-o Alianţa de la Al Doilea Război Galactic, spuse Raphael. Atât de secretă, încât nici măcar superiorii voştri nu ştiu la ce ne înhămăm. Dar toţi vă cunoaşteţi. Tind să cred că aţi avut deja ocazia de a arunca o privire în jur şi aţi început să intuiţi ce fel de misiune ne aşteaptă.

Ofiţerii de informaţii din toate ramurile armatei, inclusiv Mer-Levi, care urmăreau transmisiunea de la bordul propriilor nave pentru că *Răsăritul de Lumină* nu era echipat cu dispositive acvatice, se aplecară în faţă în semn de interes.

Glicki conectă mai multe monitoare mici, pe care se vedeau chipurile unor militari mult prea importanţi pentru a-şi părăsi navele.

-Începând din acest moment, zise Raphael, această flotă va opera fără a se folosi de radiocomunicaţii. Toate transmisiunile dintre nave trebuie să fie realizate manual, prin linii de colimaţie directe, cu ajutorul altor nave intermediare. Ne vom răspândi pretutindeni şi vom căuta.

Membrii echipajului mormăiră nemulţumiţi. Lipsa radiocomunicaţiilor era dificil de suportat pentru o specie obişnuită să fie în legătură cu întreaga Alianţă. Eliminarea acestor canale de comunicare provoca adesea simptome asemănătoare sevrajului. Zvonul „oficial" care fusese scurs spunea că trupa pornea la vânătoare de piraţi.

-Glicki? i se adresă Raphael. Începe, te rog.

Glicki afişă o hartă.

-Ne aflăm în braţul Orion-Lebăda al Căii Lactee, zise Raphael. E un braţ mic, spiralat, care s-a format când galaxia aceasta s-a ciocnit de o alta, mai mică. Nu aparţine de niciunul dintre imperii şi nici nu dispune de vreo resursă suficient de importantă încât să fi atras măcar *atenţia* vreunuia dintre ele. E rămăşiţa lipsită de viaţă a unei foste galaxii.

Glicki trecu la slide-ul următor, parte a raportului pe care îl pregătise Raphael. Acesta înfățișa o rețea de linii, simbolizând locurile în care flota avea să se împrăștie pentru explorarea sistematică a brațului spiralat.

-Sau cel puțin așa credeam, continuă Raphael. Dar această convingere e pe cale să se schimbe.

Privi marea de chipuri care se holba la el, întrebându-se de ce tocmai *el* fusese ales în fruntea echipajului. Să fi fost un favoritism, căci Comandantul General Suprem descoperise în sfârșit că avea o inimă? Raportul era plictisitor. Rece. Sec. Steril. La fel de steril ca *ei*. Doar *el* nu era steril. La fel cum nu era nici femeia pe care o iubea. Iar dacă își îndeplineau misiunea, în scurtă vreme *niciunui* hibrid nu avea să i se mai ordone cu cine să se căsătorească, pentru că soarta imperiului nu avea să mai depindă de asta.

-Vorbiți din inimă, zise Glicki abia mișcându-și buzele.

Raphael își desfăcu aripile din poziția militărească în care le așezase, expunând dungile de un roșu palid care dezvăluiau gena pe care o moștenise acum fiul său.

-Pregătisem raportul acesta, spuse Raphael, arătând spre tabletă cu un zâmbet timid. Dar ceea ce trebuie să vă spun nu poate fi transpus în cuvinte.

Își așeză tableta pe masa pe care o pregătise Glicki pentru echipamentele electronice.

-Nu există cuvinte care să poată descrie miracolul pe care l-am descoperit, așa că, în loc să vă spun, o să vă *arăt* despre ce e vorba. Colonel Glicki?

Glicki conectă monitorul, afișând pe pereți patru proiecții video de 15 metri înălțime și 30 de metri lățime. Porni mesajul trunchiat al lui Mikhail și îngheță imaginea la final, așteptând ca echipajul să își dea seama ce avea înaintea ochilor.

***

„Raphael, nava mea e varză. Sata'anicii și-au construit o bază pe o navă clasa M cu coordonatele... Z, trei, zero, unu, opt, ... (hârâit puternic)".

Femeia cu pielea măslinie stătea acolo în întreaga splendoare conferită de ochii aurii, ca o zeiță cu părul de abanos care nu doar că îi furase inima prietenului cel mai bun al lui Raphael – și *știa* că i-o furase, pentru că altfel Mikhail nu ar fi ținut-o în brațe -, ci care reprezenta și speranța de salvare a speciei sale.

Rezistă dorinței de a vorbi, căci în anii pe care și-i petrecuse extrăgând informații de la alții învățase că semenii săi înțeleg lucrurile cel mai bine atunci când își dau seama ei înșiși ce se petrece. Echipajul rămase în liniște deplină, încercând să își dea seama *de ce* conta o transmisiune privind baza pe care și-o construia Imperiul Sata'anic pe o planetă clasa M, aflată cine știe unde. Mulți știau cine era Mikhail și ce fel de misiuni ultraciudate primea în general, aşa că îşi dădeau seama că, dacă el era implicat, trebuia să fie ceva important. Doar că le scăpa ce.

Apoi, pe ici, pe colo, unii dintre ei începură să se prindă.

-Nu are aripi, reverberă o şoaptă.

-Să fie oare posibil?

-Dar au dispărut acum 74000 de ani.

-E o specie extinctă.

-E imposibil.

-Ce coordonate a zis?

-Slavă zeilor! Suntem salvaţi!

-Dacă Shay'tan a pus mâna pe planeta aia, suntem daţi naibii.

Echipajul începu să sporovăie pe măsură ce asimila realitatea cu care se confrunta. Raphael aşteptă până când volumul discuţiilor scăzu la un murmur slab, după care conectă sistemul de comunicare pentru a-şi încheia discursul.

-Suntem aici pentru a căuta un prieten pierdut, zise el. Dar această misiune e despre *mai mult* decât atât. Suntem aici pentru a căuta un colonie de *fraţi* pierduţi. Fiinţe umane. Rasa primordială din care s-au născut armatele ce apără Alianţa.

Atracţia gravitaţională a planetei în jurul căreia orbitau făcea convoiul să se îndrepte spre soarele acelui sistem solar. La fereastra din spatele lui Raphael se iviră primele raze aurii, care se revărsară pe sticlă şi îi accentuară auriul penelor, creând impresia că ar fi fost un sfânt. Printre membrii echipajului se aşternuse o linişte deplină. Până şi o pană căzută pe podea s-ar fi putut distinge în acel moment.

-Sunteţi bărbaţi şi femei inteligente, spuse Raphael. Nu aveţi nevoie de vreun discurs *de-al meu* ca să înţelegeţi ce ar însemna pentru Alianţă să găsim rasa primordială vie şi în siguranţă.

Făcu o pauză.

-Colonelul Mannuki'ili a găsit Sfântul Graal!!!

În rândul militatorilor izbucni frenezia. Raphael aruncă o privire peste umăr, la soarele care răsărea, luminându-i flota: nu mai puţin de nouăzeci şi nouă de nave mândre, incluzând-o pe a lui. Toate, simboluri ale Împăratului Etern.

Răsărit... de lumină.

-Nu ştim cu exactitate unde se află, pentru că transmisiunea s-a întrerupt brusc, dar acum că ştim că există o colonie care a supravieţuit, o vom *găsi*. Nu vreau să vă mint. Sectorul cu care avem de-a face e uriaş.

Făcu un semn în sus, spre tavanul navei amirale la bordul căreia se aflau toţi acum.

-Prin cine ştie ce joc al sorţii, această navă a fost botezată *Răsărit de lumină*. Poate că nu sunt comandantul la care vă aşteptaţi, dar există ceva ce eu pot să vă spun din adâncul inimii.

Îşi duse pumnul în dreptul inimii.

-Noi nu lăsăm pe nimeni în urmă!

Arătă spre transmisiunea lui Mikhail, care zâmbea şi părea fericit, o expresie care mai fusese surprinsă în imagini doar o singură dată.

-Bărbatul acesta este prietenul meu. Cel mai *bun* prieten al meu. A fost doborât pe această planetă necunoscută în timpul unei misiuni. După cum vă puteţi da seama din starea navei lui şi tehnologia primitivă care îl înconjoară, în mod sigur nu exista nicio cale prin care să ne poată contacta de acolo. Dar a perseverat. *Noi* vom persevera!

Dincolo de fereastra enormă de observare, în orbită, stătea aliniată întreaga flotă, iar vârfurile navelor erau îndreptate în direcţia opusă planetei, formând un arc larg. Steaua care se ivea la orizontul gigantului de gaze îşi atinse zenitul, împrăştiind raze de lumină asupra navelor de luptă. Acestea se reflectară în fiecare spaţiu gol, de parcă ar fi fost prelungiri ale soarelui care răsărea.

Răsărit de lumină...

-Ne vom lansa asemenea unor arcuri din tolbă pentru a ne găsi fraţii pierduţi. Iar asta pentru că, deşi unii spun că zeul nostru ne-a abandonat, noi nu lăsăm pe nimeni în urmă!

Îşi întinse braţul în aer şi arătă cu degetul spre fiecare dintre ofiţerii din faţa sa.

-Nu ne lăsăm *fraţii* în urmă. Nu ne lăsăm *poporul* în urmă!

Ofiţerii, bărbaţi şi femei, îşi scoaseră pălăriile şi le agitară în aer.

-Îl vom alunga pe Shay'tan de pe tărâmul lor şi îi vom conduce înapoi spre lumina zeului, strigă Raphael, pentru ca aceşti fraţi pierduţi să ştie că nu i-am abandonat. Vom găsi Sfântul Graal pentru a alunga întunericul care s-a pogorât asupra Alianţei şi vom face ca lumina Împăratului Etern să strălucească din nou!

Membrii echipajului se lăsară cuprinşi de o frenezie nebună. Raphael aşteptă ca uralele să se stingă. Le oferi ocazia de a se bucura. Spaţiul pe care aveau să îl exploreze era uriaş şi era posibil ca misiunea să dureze ani întregi.

Îi zâmbi uşurat lui Glicki, dezvăluindu-şi gropiţa din obraz.

-Raportaţi imediat pe navele de pe care proveniţi, anunţă Glicki prin sistemul de comunicare. Ne vom pune în mişcare spre fiecare dintre zonele marcate mâine dimineaţă, la ora şapte fix. Sunteţi liberi.

Ofiţerii îşi făcură drum înapoi spre navetele de transport, nerăbdători să îşi înceapă misiunea. Nu conta că doar un segment mic al celor trimişi sub comanda lui Raphael era format din hibrizi. Rasele nou dezvoltate erau acum parte integrantă a armatei. Luptau cu toţii cot la cot.

-A mers bine, zise Glicki, bătându-l uşor pe spate cu mâna ei blindată.

-Foarte bine, spuse Raphael. Acum tot ce trebuie să facem e să îi *găsim*.

-Majorul Drulikk, de pe *Cotul Împăratului,* mi-a adus un colet de la mama, îi zise Glicki. Vreţi să convoc câţiva ofiţeri pentru o mică gustare?

-Chiar aş vrea, răspunse Raphael aruncând o privire la ceas. Pregăteşte tu totul. Ne vedem pentru o gustare informală, ca de început, la ora şaptesprezece. Şi dă de veste că şi ceilalţi membri ai echipajului au voie să facă acelaşi lucru.

-Pentru Sfântul Graal, spuse Glicki.

-Ai face bine să aduci pahare mici, adăugă Raphael când se despărţiră, amintindu-şi *ultimul* eveniment la care Glicki îl băgase sub masă de-atâta alcool. Ne-ar ajuta să vedem cum *trebuie* dacă tot ne apucăm de căutat.

Glicki zbârnâi din aripi în semn de amuzament. Nu era tocmai un secret că Angelicii aveau rezistenţă zero la alcool. Mai ales la cel extrem de tare, fermentat pe tărâmul de pe care provenea ea.

Se folosi de dispozitivul de comunicare pentru a anunţa personalul de la bar să pregătească pahare *micuţe* pentru shoturi. În telenovelele acelea Mantoide la care se uita obsesiv pe ascuns, unul dintre subiectele cel mai des abordate era acela de a inspira Angelicii, cunoscuţi pentru lipsa lor de emoţie, să devină mai pasionali. Practic, ea îi corupea. În numele lui Hades, era clar că făcuse o treabă bună din a-l corupe pe *el*!

Capitolul 34

Octombrie – 3.390 î.Hr.
Pământ: Tabăra Halifienilor

JAMIN

Cerul era acoperit de nori negri şi maronii. La orizont, fulgerele străpungeau întunericul din ce în ce mai des, anunţând apropierea iminentă a furtunii de nisip. Vulturii dădeau târcoale turmelor sărace de capre şi oi, căutându-şi cu atenţie prada. Jamin înainta spre vârful dealului, privind în jos spre grupul de corturi.

Îşi ridică ochii spre cer, fără să resimtă nici nesiguranţă, nici teamă. Sezonul ploios era întotdeauna precedat de o vreme instabilă, fulgere înşelătoare şi umiditate care nu se revărsa niciodată asupra pământului. Dacă ar fi avut vreo urmă de raţiune, ar fi aşteptat să treacă furtuna de nisip, dar după multe zile de aşteptat, cele trei spice de grâu pe care le legase de un băţ de pe cursul râului primiseră un răspuns sub forma unei singure spice, însoţite de un cap rupt de săgeată. O zi de drum, direcţia nord-vest.

Orzul pe care îl căra îi conferea o linişte ciudată. Misiunea aceasta fusese autorizată de tatăl lui, iar grânele – deşi puţine – erau o ofrandă. Nu avea să îi spună lui Marwan despre jocul pe care îl făceau acum cei din neamul Ubaid, trimiţându-şi negustorii să îşi spioneze duşmanii. Tatăl lui nu avea nicio idee că el se gândea la o alianţă *permanentă* cu oamenii deşertului, ba chiar îi explicase foarte clar că ar fi preferat să se culce cu o capră decât să accepte aşa ceva.

O capră. *El* s-ar fi culcat mai degrabă cu o capră decât să se căsătorească cu Shahla, care se ascundea după tatăl ei şi refuza să îi vorbească; cu siguranţă îi era teamă de bătaia pe care ar fi putut să o primească. Ce credea că o să facă *după* ce avea să se căsătorească cu ea? Să se îndrăgostească de nicăieri? Exista o *singură* femeie pe care o iubea, iar acea femeie tocmai îl păcălise, împingându-l în braţele viitorului tată socru.

Prin cine ştie ce dar al sorţii, Aturdokht fu cea care ieşi din cortul lui Marwan şi privi spre vârful dealului. Focul din privirea ei era vizibil chiar şi de la distanţă. Valuri de ură se revărsau de pe trupul ei, creând impresia că ar fi fost un miraj al deşertului.

Dispăru înapoi în cort. După câteva momente apăru Marwan, însoţit de neamurile lui. Nu era îmbrăcat în hainele de zi cu zi, pe care le purtase când Jamin apăruse neinvitat la corturile lor; acum avea straturi după straturi de robe colorate, o ţesătură verde prinsă în jurul capului şi o centură lată, brodată, în care își prinsese o lamă de obsidian cu mâner din os. Erau veștmintele ceremoniale ale unui șeic din deșert.

-Jamin!

Marwan se apropie cu brațele deschise, dar Jamin avea experiență în relațiile cu inamicii... aliații... sau orice ar mai fi fost oamenii aceștia mai nou. Avusese de-a face cu ei de prea multe ori ca să nu observe cum oamenii lui Marwan se împrăștiară ca să îl supravegheze nu doar pe el, ci și pe cei trei bărbați îmbrăcați în haine de culori diferite. Roba celui de-al treilea îl făcu pe Jamin să resimtă fiori pe șira spinării.

Era negustor de sclavi Amorit...

-Iată-l pe viitorul meu fiu, venit să își viziteze logodnica, îl întâmpină Marwan cu o căldură prefăcută.

Cicatricea care se întindea de-a lungul pometelui se încreți, conferindu-i înfățișarea unui om care vorbește cu două guri – una care rostește cuvintele ce răzbat până la ascultător și o a doua, tăcută, care spune adevărul. Gura aceea tăcută pe care chiar tatăl lui o modelase pe obrazul lui Marwan îl captiva pe Jamin.

Se crispă.

-Am primit mesajul.

-Vino, fiule, spuse Marwan, arătând spre corturi și subliniind cuvântul *„fiu"*. Aturdokht arde de nerăbdare să își vadă promisul.

Judecând după privirea răutăcioasă și rece pe care i-o aruncase înainte de a se face nevăzută în cort, Aturdokht nu își dorea nimic de felul acesta. Însă cicatricea încrețită a lui Marwan, gura care nu vorbea, îi șoptea să facă jocul.

Marwan șovăi suficient încât să-i ofere lui Jamin ocazia de a se asigura că nu avea să îl atace cu vreun cuțit, după care îl apucă de după umeri de parcă i-ar fi fost într-adevăr fiu. Ochii întunecați ai șeicului îi întâlniră pe ai săi, iar apoi alunecară scurt spre ceilalți trei vizitatori.

Jamin își mută ofranda de orz de pe spate.

-Aduc cu mine un simbol al afecțiunii mele.

Marwan îl strânse de umăr; era răspunsul dorit. Unul dintre cei trei străini îl privi curios. Ceilalți doi continuară să îi arunce căutături pline de ură.

Oamenii lui Marwan se așezară în așa fel încât să îi despartă pe Jamin și pe cei trei vizitatori. Jamin se prefăcu că se simțea mai confortabil decât o făcea de fapt, acum că șeicul deșertului era suficient de aproape de el încât să îi implânteze un cuțit direct în coaste. Indiferent ce se întâmpla, însă, era clar că Marwan îl vedea acum drept amenințarea *cea mai mică*.

În ceruri bubui un tunet. Pe măsură ce înaintau printre corturi, aerul deveni mai greu, mai apăsător. Slavă zeilor că vulturii dispăruseră... deși poate că tocmai acesta era un semn rău, căci acum nu se mai aflau sub privirea protectoare a Celei-Care-Este. Întunericul de la orizont înainta spre ei, căpătând o nuanță furioasă de roșu, în vreme ce zidul de nisip înfățișa mânia zeilor.

-Vine furtuna, spuse Jamin.

Bărbații strigară, înaintând printre corturi. Femeile se repeziră afară, cu fețele acoperite în așa fel încât inamicii să nu fie atrași de frumusețea lor, își asigurară corturile și duseră coșurile înăuntru. Vântul schimbător purta cu el fumul unui foc încins pentru gătit – capră prăjită, atât de apetisantă încât Jamin aproape că îi putea resimți gustul pe limbă.

-Vino, fiule, zise Marwan. Avem prieteni care ar vrea să te cunoască. Am pregătit un festin în onoarea oaspeților noștri.

Nu era un festin impresionant după standardele Assurienilor, însă era cu siguranță mult mai mult decât puteau pune pe masă Halifienii cei înfometați fără a avea probleme mai târziu. În mijlocul cortului fusese întinsă o țesătură curată, pe care stăteau farfurii pentru cinci persoane. Al cincilea castron aștepta curat, neatins. Era locul *lui.* Fusese o decizie bună să nu distrugă și puțina bunăvoință care exista între el și Halifieni renunțând la vizită din cauza furtunii care se apropia.

-Sunt onorat.

Observă atent modul în care se așezară oamenii lui Marwan – nu pe covorul central, la fel ca data trecută, ci în spatele celor trei străini, semn că anticipau probleme. Marwan se așeză pe perna lui pufoasă, cu broderii. Indiferent de cât de *tentat* era să interpreteze acest festin drept o formă de acceptare, Jamin știa că tatăl lui nu se înșela atunci când spunea că oamenilor deșertului nu trebuie să li se acorde încredere. A lucra cu ei fără a avea la bază vreo legătură de sânge echivala cu a păși de bunăvoie într-un cuib de cobre.

-Să mâncăm! zise Marwan, bătând din palme.

Ca la un semnal, *instrumentul* prin care întreținea acea relație de loialitate alunecă în încăpere, aducând o biată capră prăjită, cepe sotate, usturoi, năut și semințe de muștar. Cu excepția caprei, acestea nu erau mâncăruri de care oamenii deșertului să facă rost prea ușor. Judecând după modul în care cei trei străini făcură semn spre legume, era clar că această parte a festinului fusese pregătită pentru a obține o favoare. Dar ce fel de favoare?

Privirea lui Aturdokht o întâlni pe a lui. Era îmbrăcată așa cum *merita* să fie îmbrăcată o femeie de statura și personalitatea ei, iar țesătura verde care îi acoperea fața era prinsă în așa fel încât să îi scoată în evidență ochii verzi, ca de alun, și plini de pasiune.

Marwan îl privi în ochi pe Jamin, aprobând cu o mișcare subtilă a capului ofranda de orz pe care o adusese. Legumele erau un lux, însă grânele erau însăși seva dătătoare de *viață* pentru acești oameni, hrană pe care o puteau căra cu ei prin deșert fără să se strice din cauza căldurii.

Aturdokht remarcă și ea acest schimb subtil, lipsit de cuvinte, care se petrecu între cei doi. Era manipulat, dar ochii ei nu ascundeau niciun secret;

ochii ei verzi încă ardeau a ură. Îl servi pe el primul. Doar faptul că strângea platoul prea tare în timp ce Jamin se servea cu carne de capră şi năut trăda faptul că tot ce voia era să i-l toarne direct în poală.

-Am adus un dar, zise el, iar ochii săi negri şi întunecaţi îi întâlniră pe ai ei. Ai vrea să macini orzul acesta şi să îi coci nişte pâine tatălui tău, ca să fie mai deschis faţă de mine?

Aturdokht nu îşi feri privirea, un gest intim pe care femeile deşertului îl păstrau doar pentru iubiţii lor. Mârâitul venit din partea unuia dintre străini arătă imediat care dintre ei îi era peţitorul. Pupilele femeii se dilatară, demonstrând că Jamin îi depăşise aşteptările. Făcu un adevărat spectacol din a se arăta timidă în timp ce îi servea pe ceilalţi trei bărbaţi, coborându-şi privirea şi refuzând să o întâlnească pe a lor.

Marwan bătu din palme. Aturdokht se făcu nevăzută în spatele perdelei care separa bărbaţii de femei.

Buzele lui Jamin tresăriră în semn de regret. Venise să îl anunţe pe Marwan că nu îi putea lua fiica de soţie pentru că tatăl său îl forţa să se căsătorească cu altcineva, o complicaţie despre care Kiyan nu ştia atunci când îi dăduse sacul de grâne pentru duşman. Sperase să poată negocia o legătură de sânge mai puţin importantă, care să îi asigure lui Marwan dreptul la apa de care avea nevoie, dar în acelaşi timp să scape Assurul de stresul de a trăi cu inamicul la poartă. Oamenii deşertului, în special şeicii, îşi luau *multe* soţii pentru a-şi asigura astfel de drepturi, însă legea Ubaidă permitea o singură nevastă. Restul erau considerate concubine şi aveau foarte puţine drepturi asupra proprietăţii.

Jamin îşi petrecuse toate nopţile de la ultima sa vizită cântărind dacă să o aleagă pe Ninsianna, pe Shahla sau pe Aturdokht, dar nu putuse să îşi scoată din minte ochii aceia verzi şi pătrunzători. Nu avea de gând să o dezonoreze pe fiica lui Marwan subjugând-o autorităţii Shahlei. Dincolo de faptul că modul în care aceasta din urmă avea să trateze spiritul sălbatic al deşertului avea să îi atragă un cuţit înfipt direct în inimă, o complicaţie pe care Jamin nu ar fi regretat-o dacă nu ar fi însemnat că îşi pierdea *ambele* soţii *şi* relaţiile de negoţ favorabile pe care tatăl său îşi dorea să le întreţină, mai bănuia că Aturdokht ar fi fost în stare să îi înfigă şi *lui* un cuţit în inimă pentru o astfel de umilinţă.

-Dă-mi voie să ţi-i prezint pe Yazan şi Dirar, vecinii noştri dinspre apus, spuse Marwan, zâmbindu-le celor doi Halifieni străini şi dezvăluindu-şi dinţii putreziţi. Şi pe Kudursin, partenerul lor de negoţ.

Ochii lui Jamin fură cuprinşi de uimire. Yazan? Şeicul tribului Halifian de la Râul Buranunna? Tatăl lui Roshan, soţul ucis în luptă al lui Aturdokht?

-Mă bucur să vă cunosc, zise el, scrutând după indicii privind motivul acestei reuniuni. Era folosit. *Ei* ştiau că era folosit. Şi totuşi făceau jocul, făceau acest dans viclean în care inamicii luau cina împreună, aşteptând ocazia de a-şi implânta cuţitele unul în spatele celuilalt.

Cortul se cutremură, indicând apropierea furtunii. Dacă mai zăbovea pe acolo, curând avea să rămână cu o singură alternativă: aceea de a *rămâne* cu Halifienii până când trecea furtuna, fără să se poată întoarce la peștera în care își lăsase rezerve pentru noapte. Ceilalți bărbați, bărbații care o urmăriseră pe Aturdokht până pe teritoriul Ubaid, simțeau și ei asta. Marwan își mutase corturile în mod deliberat în apropierea satului lui Jamin – nu suficient de aproape încât să atragă represalii, dar suficient încât să arate că își dorea o alianță cu oamenii *lui*.

-Haideți, mâncați! ordonă Marwan.

Având în vedere că Marwan era conducătorul acolo, obiceiul dicta că niciun invitat nu avea voie să mănânce până când el nu lua prima îmbucătură. Marwan se servi, așadar, înfigându-și cuțitul într-o porție de capră prăjită și ducându-și delicatesa spre gură – gura care vorbea. Gura care *nu* vorbea, cicatricea care nu se vindecase corect și trăda emoțiile pe care Marwan le ținea ascunse, șoptea altceva.

Ai grijă...

Jamin se întinse spre furculița din os, cu două vârfuri – numai șeicului i se permitea să își scoată cuțitul în propriul cort – și alese o bucată de pulpă care se dovedi a fi surprinzător de fragedă. Papilele gustative îi fură invadate de gustul de miere, o delicatesă pe care niciun Halifian nu și-o permitea. Jamin își urmări atent gazda, căutând îndrumare. Străinii aceștia se aflau aici pentru că voiau ceva ce Marwan nu voia să le dea.

-Se pare că a apărut o neînțelegere, spuse Yazan într-un sfârșit. Aturdokht a cerut permisiunea să plece după ce i-a fost omorât soțul ca să își găsească consolarea alături de surori, iar acum refuză să se întoarcă. Am venit să o implorăm să ne ierte și să se întoarcă acasă.

Jamin privi spre perdeaua opacă ce despărțea femeile de bărbați. Oare spiritul sălbatic al deșertului asculta ce se vorbea?

-Aveam impresia că Aturdokht e văduvă, spuse Jamin atent, nu doar pentru că lua cina într-un cuib de vipere, ci și pentru că nu voia să mintă. Soțul ei a murit încercând să îmi elibereze satul de demonul înaripat. Ar fi corect să se căsătorească cu cineva din tribul nostru.

-Te înșeli, replică Yazan. Roshan a fost fiul meu. Conform legilor tribului, cel mai apropiat frate al lui trebuie să se căsătorească cu Aturdokht și să îi dăruiască un fiu în numele lui Roshan, pentru ca numele lui să nu moară odată cu el.

-Roshan mi-a spus că nu are frați, zise Jamin.

-Dar *eu* am un frate, spuse Yazan. Dacă cel mort nu are vreun frate, atunci cea mai apropiată rudă trebuie să se căsătorească cu văduva și să îi dăruiască un fiu. Acea rudă e Dirar. Fratele *meu* mai mic.

Yazan făcu un semn spre bărbatul care îl privea cu răutate pe Jamin din capătul celălalt al mesei joase, având o expresie nemulțumită și o cicatrice care îi pătrundea adânc în forma nasului. Avea înfățișarea unui mercenar. Fratele mai mic al unei soții-surori mai tinere, cel mult un frate vitreg, cu poate vreo cincisprezece ani mai mic. Judecând după modul crispat în care menținea distanța față de fratele său, între cei doi nu era niciun fel de dragoste.

-Ahh, exclamă Marwan, bătând din palme. Poate Aturdokht l-ar fi preferat pe Dirar dacă el s-ar fi oferit să o consoleze când a aflat că i-a murit soțul. Dar prima ta soție mi-a pus fata să-și facă bagajele și să se întoarcă la tribul nostru, dezonorând-o pe ea pentru moartea fiului tău.

-Mama lui Roshan a fost foarte afectată, spuse Yazan, fără să-și ia ochii de la Jamin. Nu ar fi trebuit să îmi permit să mă las afectat de istericalele unei femei îndurerate.

O căldură slabă, mai slabă decât furia, dar mai puternică decât simpla iritare, cuprinse obrajii lui Jamin. Oare Marwan îl juca pe degete? Nu. Judecând după modul în care Marwan privea dinspre el spre spațiul femeilor și înapoi, aici se întâmpla altceva. Dar ce?

-Neamul Ubaid nu e condus de aceleași legi de căsătorie ca voi, zise Jamin. Dar Aturdokht i-a născut o fiică fiului tău. Conform legilor Ubaide, indiferent dacă moștenitorul e băiat sau fată, odată cu văduvia, proprietatea bărbatului e moștenită de *ea*. Aturdokht nu ar fi fost niciodată alungată din satul nostru.

-Casele voastre sunt *fixe!* izbucni Dirar.

Yazan mormăi în mod amenințător spre el.

Jamin căută privirea lui Marwan pentru îndrumare. Șeicul deșertului se holba la propriile mâini, scobindu-și unghiile. Îi lăsa pe *ei* să se certe, știind prea bine că Aturdokht asculta totul. Ce putea să spună astfel încât să nu mintă până să poată să îl tragă pe Marwan deoparte și să îi explice ce problemă avea, dar în același timp fără să dea peste cap cine știe ce plan avea Marwan în minte de vreme ce îl invitase aici? Nu mai voia să mintă, dar unele adevăruri sunt uneori mai rele decât minciunile.

-Da, răspunse Jamin. Casele noastre sunt *permanente*. La fel ca pământurile pe care semenii mei le lucrează pentru a-și obține grânele. Când ai un copil de crescut, vrei să ai și o *casă*. Un soț Ubaid îi poate oferi o astfel de siguranță.

Un murmur slab venit din spatele perdelei îi dădu de știre că femeile erau intrigate, însă nu știa dacă acesta era un semn bun sau rău.

-Nu o să mai aveți casele alea pentru mult, replică Dirar, iar gura i se schimonosi într-un rânjet nemilos. Zeii șopârlă au pus o recompensă pe capul demonului înaripat. Singurul motiv pentru care nu au coborât asupra satului vostru și nu l-au ras de pe fața pământului cu canoele lor cerești este că nu le-am spus în ce sat stă... încă!

Jamin remarcă modul în care Amoritul urmărea conversația, menținându-se la distanță și fără să participe. În minte îi răsunară semnale de alarmă.

-Cu toții suntem frați când vine vorba de a scăpa pământul de acest demon înaripat, zise Jamin urmărind reacția Amoritului. La ultimul raid, însă, oamenii voştri s-au lăcomit. I-am avertizat să nu atace o creatură atât de puternică cu capul înainte.

Negustorul de sclavi Amorit vorbi cu un glas moale, asemănător şuieratului unui şarpe de deşert.

-Deci recunoşti că satul *vostru* e cel în care trăieşte demonul înaripat? întrebă Kudursin. Şi nu *alt* sat Ubaid?

Semnalele de alarmă răsunară şi mai puternic...

-De ce întrebi?

-Nu îi spune nimic! mârâi Dirar.

-Nu o să facă altceva decât să complice lucrurile pentru noi!

-Linişte! ordonă Yazan.

Jamin analiză dinamica dintre cei trei. *Amoritul nu ştia!* Mikhail eliminase toţi Amoriţii care încercaseră să îl omoare. Pe cei doi Halifieni nu îi interesa Aturdokht decât ca instrument prin care să obţină recompensa.

Jamin îi zâmbi Amoritului, însă zâmbetul nu i se reflectă şi în privire.

-Nu ştiam că a crescut recompensa. Cât de mare e acum?

-Angajatorii mei pun la bătaie o monedă de aur pentru fiecare om care ni se alătură în a-l omorî, zise Kudursin. Şi încă trei pentru cei care se întorc cu capul său.

O recompensă regească. Ochii lui Jamin îi întâlniră pe cei indescifrabili ai lui Marwan. De ce nu acceptase şeicul deşertului oferta lui Yazan de a ataca Assurul din nou? De ce îl implicau şi pe *el?*

-Foloseşte magia neagră, o magie mult mai puternică decât orice aţi văzut până acum, spuse Jamin. Chiar mai puternică decât cea a demonilor ăstora şopârlă despre care vorbiţi. Altfel ar veni chiar *ei* să îl omoare, nu v-ar trimite pe *voi.*

-Oamenii-şopârlă dispun de magie mult mai puternică, răspunse Kudursin. Am văzut-o cu ochii mei. Zeci de canoe cereşti care călătoresc prin ceruri, mii de oameni şi arme care pot transforma pietrele în foc. Demonul vostru înaripat nu dispune de asemenea magie!

Jamin privi spre Marwan şi gura aceea care nu vorbea. Optsprezece dintre oamenii săi îşi pierduseră viaţa la canoea cerească a lui Mikhail, iar alţii pieriseră în timpul ultimului raid. De ce nu le dezvăluise unde se afla demonul înaripat?

Brusc, înţelese. Marwan îi oferea lui o ofrandă.

-Spuneţi că aţi văzut demoni-şopârlă? întrebă Jamin, îndreptându-şi spatele în aşa fel încât să exprime neîncredere. Astea sunt minciuni pe care le împrăştie demonul înaripat ca să forţeze neamul Ubaid să se supună. De unde să ştim noi că nu colaboraţi cu el?

Marwan privi spre perdeaua în spatele căreia stătea Aturdokht, înconjurată de celelalte femei; ochii lui dezvăluiau multe. Da. Aturdokht ştia ceva ce făcea ca tatăl ei să nu aibă încredere în aceşti bărbaţi. Până la urmă locuise în corturile lor până să o trimită Yazan înapoi la tatăl ei.

Oamenii deșertului erau uniți prin legături de sânge. Fără sânge, nu aveau nimic. Pentru Amoriți, însă, liantul erau banii. Nu sângele. Yazan încălcase un fel de obicei antic când o dezonorase pe nora sa și îi tăiase tatălui ei accesul la Râul Buranuna.

-Ești un prost! mârâi Dirar, vrând să își scoată cuțitul.

Oamenii lui Marwan, care se retrăseseră spre pereții cortului, atât de tăcuți încât aproape că fuseseră uitați, pășiră în față, cu mâinile gata să scoată cuțitele pe care și ei le aveau prinse de curele. Yazan atinse mâna lui Dirar, oprindu-l.

-Fratele meu devine foarte *pasional* când onoarea lui e în joc, râse Yazan. Tribul tinerei căpetenii e *fixat* în loc. Fără supărare. Cine nu a călătorit prin deșert atât cât am călătorit *noi* și nu a văzut minunile pe care le-am văzut noi…

Dirar îi aruncă o căutătură răutăcioasă. Dinții dezveliți, nasul frânt și sprâncenele stufoase îi confereau înfățișarea unei hiene care mârâie. Jamin înțelese de ce Aturdokht simțea că o căsătorie cu el însuși era răul mai mic.

-Aveți dreptate, spuse Jamin. Oamenii mei sunt legați de râu. Deci spuneți-mi. Unde trăiesc ființele astea șopârlă?

-Angajatorii mei nu ar vrea să le dezvălui locația, răspunse Kudursin. Așa cum nici *tu* nu vrei să le spun celorlalte triburi că satul *tău,* și nu altul, adăpostește demonul înaripat. Ai idee câte triburi își trimit oamenii la atac sperând să obțină recompensa?

Discuția celor patru căpetenii cu privire la modurile în care se schimbaseră tacticile de atac avea brusc sens.

-Ce știți despre demonul înaripat? întrebă Jamin.

Kudursin își întinse mâinile într-un gest care semăna cu acela al unei cobre regale care își dilată gâtul, folosindu-se de ochii falși pentru a-și vrăji observatorul.

-Se spune că trăiește în casa unei tămăduitoare, spuse Kudursin, zâmbind de parcă și-ar fi scos limba. Și că o tămăduitoare ucenică i-a salvat viața. Asta e tot ce știm.

Atacatorii. Furișându-se în satele Ubaide. Țintind tămăduitori. Totul avea sens. Bun… putea să îi lase să îl omoare.

Nu! *Ninsianna…*

-Dacă încercați să îi atacați soția, mârâi Jamin, nu o să dezlănțuiți doar furia *lui,* ci și furia armatei lui.

-Armată? râse Kudursin. Ce știi tu despre armate, prinț *sedentar?*

Jamin se luptă să nu se năpustească asupra cobrei alunecoase. Adoptă expresia ca de piatră pe care o văzuse de multe ori la tatăl său.

-Știu că demonul înaripat *pregătește* una în sat, răspunse pe un ton glacial. Și că tot neamul Ubaid s-a unit sub comanda lui.

-Neamul Ubaid? Unit? râse Kudursin. V-ați uni cam la fel de repede cât s-ar grăbi o hienă să salveze un pui orfan.

Ceva licări în privirea şarpelui. Atât el, cât şi Kudursin îşi mutară privirile asupra lui Marwan, şeicul acela al deşertului care îşi analiza atât de atent năutul şi cresul, prefăcându-se că nu le urmărea discuţia.

-Dacă îmi atacaţi satul, spuse Jamin, aplecându-se în faţă, nu mai contează dacă vreau şi eu să îl văd mort sau nu. O să îmi conduc armata împotriva voastră şi o să îl las pe *el* să vă calce în picioare!

Din nou licăritul din privire. Aşadar Amoriţilor *chiar* le era frică de Mikhail?

-Demonul vostru înaripat nu e *singurul* care pregăteşte o armată, răspunse Kudursin, iar privirea lui deveni din ce în ce mai intensă. Fiinţele-şopârlă i-au copleşit pe oamenii mei cu aur. Curând vom veni după el. Indiferent dacă armata vine să vă scape de problemă sub paza întunericului sau vă atacă cu capul înainte, noi o să ne câştigăm recompensa.

În încăpere se aşternu o linişte apăsătoare. Afară, vântul începuse să urle. Nisipul se revărsa în ploaie asupra cortului, în vreme ce sunetul furtunii de nisip care se apropia de aşezare înghiţea orice alt zgomot.

-Vreau să răzbun moartea fiului meu, spuse Yazan, spărgând liniştea cu primele cuvinte sincere pe care le rostise toată ziua. Kudursin îmi oferă şansa de a face asta.

Jamin îl privi pe Marwan. Acesta încetase să se mai joace cu mâncarea şi îl analiza cu o expresie hotărâtă.

-Nu eşti singurul care a suferit o pierdere din cauza demonului înaripat, răspunse Jamin. Dar dacă nu îl ataci cum trebuie, nu o să faci decât să pierzi şi mai mult. Oamenii morţi n-au cum să cheltuie aur.

-Nu mai e vorba doar de aur, oftă Yazan. Mi-a omorât fiul şi zeci de luptători. Toţi îl vrem mort, iar satul vostru îl adăposteşte.

-Oamenii-şopârlă ne-au dat o armă magică, spuse Kudursin. Ca să ucidem demonul şi să le predăm capul.

Kudursin arătă spre propria curea. Marwan aprobă din cap. Încet, Amoritul scoase de sub robă o lamă de argint, lungă de cam un cot, şi o aşeză pe masă.

-Oamenii-şopârlă spun că lama aceasta poate să ucidă pe oricine, zise Kudursin. Chiar şi pe demonul vostru înaripat.

Jamin izbucni în râs.

-El îi spune *scian,* răspunse. Un cuţit. Nimic mai mult! Demonul înaripat poartă aşa ceva la şold, plus încă două mai mici prinse de coapse. Nu aveţi nici cea mai mică idee cu cine vă puneţi!

Într-un sfârşit, Marwan vorbi:

-Suntem cu toţii în aceeaşi tabără aici, fiule, spuse Marwan. Noi, fraţii mei din vest şi noii noştri prieteni, Amoriţii.

Ochii săi negri străluceau. Gura a doua, aceea tăcută, care nu rostea niciun cuvânt, dar îi trăda gândurile, cicatricea care îi făcea muşchii feţei să tremure când gândurile îi rămâneau indescifrabile, îşi strânse buzele.

-Întrebarea, *fiule,* este ce va face neamul Ubaid dacă noi vom eşua şi oamenii-şopârlă vor veni să îl omoare: va fi de partea *demonului* sau va pieri ucis de focul pogorât din ceruri? Pentru că răspunsul la această întrebare decide ce trib îmi primeşte fiica.

-E a *mea,* am drepturi asupra ei!!! izbucni Dirir, izbind cu pumnul în farfurie.

-Tribul tău a renunţat la acele drepturi când a trimis-o acasă şi a dezonorat-o, răspunse Marwan, aplecându-se în faţă, cu mâna pe lama cu care îşi servise cina. Te rog să mă ierţi că nu sunt prea nerăbdător să o trimit înapoi, pentru ca şi voi să o trimiteţi înapoi cu prima ocazie cu care mai moare unul de-al vostru, cu tot cu un *al doilea* copil pe care niciun bărbat nu o să-l vrea în pântec.

Bărbaţii din spatele camerei păşiră înainte, cu mâinile pregătite pe arme. Yazan şi Dirir se întinseră spre propriile centuri pentru a le scoate pe ale lor. Jamin aruncă o privire spre perdeaua care separa bărbaţii de femei şi o văzu pe Aturdokht, care se uita cu ochi negri şi plini de ură cum ei se distrugeau unul pe altul.

-Aturdokht şi-a stabilit deja preţul, spuse Jamin suficient de tare încât să îl audă şi ea. Oricine plăteşte acel preţ îi va câştiga şi mâna.

Toţi bărbaţii împietriră, inclusiv Marwan, care îl privea acum cu mult interes.

-Aşa e, zise Marwan. Sunt un tată indulgent. Aturdokht a spus în faţa întregului meu trib că o să se mărite cu bărbatul care îi aduce inima demonului înaripat, iar eu, tatăl ei, am acceptat acea ofertă, pentru că nu vreau decât să fie fericită. Ar fi un act dezonorant pentru mine, dar şi pentru *ea,* să încalc cuvântul pe care l-am dat în faţa întregului meu trib, conferindu-i greutatea unei legi. Dirar, nici tu nu ai vrea o femeie care provine dintr-un trib dezonorat. Nu-i aşa?

-Cui îi pasă de promisiunea unei femei? întrebă Kudursin.

-Aşa e legea noastră, spuse Marwan. Nu-i aşa, Yazan? O văduvă are dreptul de a răzbuna moartea soţului ei pretinzând ochi pentru ochi, iar Aturdokht a luat deja această hotărâre. Eşti atât de fascinat de aurul Amoriţilor încât ai uitat ce înseamnă să fii om al deşertului?

-Aşa e, răspunse Yazan, atingându-şi cuţitul şi aşezându-l înapoi la curea.

-Mie nu îmi pasă! mârâi Dirar.

-Tu nu o *vrei,* zise Yazan. Poate doar ca să refaci legăturile de sânge care ţi-ar deschide drumul spre teritoriile care se întind între corturile noastre şi neamul Ubaid. Nu am de gând să mânjesc memoria fiului meu a doua oară mânjind-o şi pe cea a femeii pe care a iubit-o. Fie plăteşti preţul miresei, fie îţi iei gândul de la ea.

Dirar se ridică şi arătă spre Jamin, având chipul contorsionat de ură şi cu atât mai sinistru din cauza tăieturii care îi străbătea nasul.

-O să *câştig* recompensa aia într-un fel sau altul!

Jamin oftă profund, în tăcere, iar hiena deșertului se repezi în afara cortului. Când deschise ușa, vântul care urla afară împinse nisip în încăpere, făcându-i pe toți cei prezenți să tușească. Oamenii lui Marwan îl lăsară să treacă pe Dirar și, când șeicul lor le făcu un semn aprobator din cap, reveniră pe pozițiile lor discrete.

-Și cum rămâne cu promisiunea de a mă conduce la demonul ăsta înaripat ca să îi iau capul, Yazan? întrebă Amoritul pentru a sparge liniștea.

-O să îți câștigi recompensa, zise Yazan. Într-un fel sau altul. Felul nostru e pur și simplu mai liniștit, fiindcă presupune să ne strecurăm pe timp de noapte, să luăm ce ne trebuie și să plecăm. Dacă facem cum vrei tu, o să moară mult mai mulți oameni.

-Ce-ți pasă *tie* dacă nebunii lui Dirar sunt gata să-și dea viețile pe nimic*?* întrebă Kudursin cu o privire la fel de otrăvită ca a unui șarpe.

-Pentru că și fiul *meu* a fost unul dintre nebunii ăia! răspunse Yazan. În loc să îți smulg *tie* inima din piept, te-am ascultat și i-am pedepsit soția pentru eșec, asta deși îl avertizase să nu vi se alăture, lucru de care chiar ea mi-a amintit după ce Roshan a fost omorât.

Marwan părea mulțumit, căci și gura care vorbea, și cicatricea orizontală care părea să formeze o a doua gură zâmbiră larg, dezvăluindu-i dinții putrezi. Ochii, pe de altă parte, trădau o foame de leu.

-Mulțumesc că ne-ai prezentat prietenului tău, Yazan, zise acesta. Se face târziu. Poate a sosit timpul să porniți spre casă.

-Și furtuna de nisip? întrebă Kudursin, ridicând privirea către cortul care se clătina serios sub puterea vântului deșertic. Cum se presupune că o să găsim drumul?

Oamenii deșertului erau obișnuiți cu astfel de furtuni, dar cei care trăiau la vest de Râul Buranuna nu cunoșteau furia dezlănțuită a deșertului.

-Furtuna asta de nisip o să fie ultima dintre problemele noastre dacă ne întindem mai mult decât ne e plapuma pe-aici, interveni Yazan.

Se ridică și își duse mâna la frunte:

-La revedere, frate de sânge. Spune-i fiicei tale că îmi pare rău pentru gestul dezonorant pe care l-am făcut și că, dacă o să decidă să nu se căsătorească cu căpetenia asta *sedentară,* o să își poată recăpăta locul printre noi, iar tratatul nostru o să fie din nou valabil.

Luându-și la revedere de la Marwan, căpetenia Halifiană plecă, avântându-se în furtuna violentă. Jamin privi spre inamicul de la capătul celălalt al mesei. Sau poate îi era prieten? Ceva la mijloc. Halifienii nu onorau decât tratate de sânge.

Și de prietenie...

El ce era acum?

-O să îi accepți oferta? întrebă Jamin. Ar fi cel mai simplu mod de a-ți recăpăta drepturile asupra sursei de apă.

-Ai numit deja un preț pentru mireasă și eu l-am acceptat, spuse Marwan. Asta e legea noastră. Până reușești să plătești prețul sau fata mea declară că ai eșuat, Aturdokht rămâne în cortul meu.

O rafală de vânt scutură cortul. Nisipul fin pătrunse în încăpere, iar particulele mai mari se lipiră de chipul transpirat al lui Jamin.

-Atunci o să plec, zise Jamin. Înainte ca furtuna să se întețească într-atât de tare încât să nu mai văd. Dar înainte să pornesc la drum, aș vrea să vorbesc cu logodnica mea.

-Nusrat o să vă supravegheze, răspunse Marwan arătând spre fratele lui Aturdokht.

Bărbatul îl urmări spre perdea. Aturdokht se strecură din spatele ei, având o atitudine vigilentă. În ochii săi de un verde splendid încă clocotea ura, dar parcă mai puțin ca altădată. Se opri în fața lui Jamin cu privirea coborâtă spre mâini.

Încheieturile de un roșu crud îl întâmpinau ca o acuzație, o altă insultă pe care ea avea să i-o atribuie întotdeauna *lui*. Jamin venise aici ca să rupă logodna, dar singurul lucru care stătea între Assur și armata de mercenari pe care o pregăteau Amoriții plătiți cu aur de șopârle era acest grup nu tocmai unit de triburi semirivale, legate prin sânge și predispuse la rupturi de la cele mai mici jigniri. Ar fi fost o greșeală să o respingă pe Aturdokht, cu atât mai mult cu cât, sincer vorbind, o prefera pe *ea* în favoarea Shahlei. Ah, în numele zeilor! Prefera pe *oricine* în afara Shahlei!

Nu schimbară niciun cuvânt. Aturdokht se juca cu mâneca. Într-un sfârșit, îi spuse:

-Se zvonește că faci asta pentru că demonul înaripat ți-a luat femeia.

-Da, răspunse Jamin. Dar a fost vorba de mai mult decât atât. Eu i-am făcut ei o promisiune de care nu m-am putut ține.

Aturdokht își ridică privirea, iar ochii i se îngustară.

-Iar apoi tata a încercat să ne forțeze să ne căsătorim, pentru că o căsătorie cu ea ar fi avantajoasă pentru tribul meu, continuă Jamin.

Ura reveni în privirea femeii, de această dată însoțită de o nouă emoție. Părere de rău? Sau îngrijorarea că Jamin nu avea să o răzbune, plătind astfel prețul promis?

-A fost o greșeală, zise el. Să îmi încalc promisiunea și apoi să încerc să forțez o căsătorie. Dacă nu aș fi făcut-o, ea nu ar fi fugit în deșert în ziua în care demonul înaripat a căzut din ceruri și a vrăjit-o.

-Încă o iubești? îl întrebă Aturdokht cu pupilele dilatându-i-se.

Ochii lui Jamin îi întâlniră pe cei de un verde smarald.

-Da.

Aturdokht își plimbă degetele pe încheieturile care încă purtau urmele pedepsei pe care o primise de la tatăl său.

-Și Roshan mă iubea așa, zise ea și o lacrimă îi alunecă pe obraz, căzând pe încheietura rănită.

-Îmi pare rău pentru pierderea pe care ai suferit-o.

Aturdokht îşi îndreptă privirea spre fratele său, care se prefăcea că nu asculta ce vorbeau, dar de fapt auzea fiecare cuvinţel.

-Dacă omori demonul, o să o iei de nevastă? întrebă ea pe un ton blând.

-Da, răspunse Jamin.

Femeia îşi îndreptă spatele, iar ochii îi fură din nou învăluiţi de ură. Dar se mai distingea o emoţie în privirea ei. Durere? Teamă? Poate câte ceva din amândouă. Ca femeie văduvită de soţ şi cu o fetiţă pe care nimeni nu o voia sugând încă la pieptul ei, Aturdokht era într-o poziţie vulnerabilă.

-Ţi-am spus din ziua în care am ales preţul că nu sunt liber să mă căsătoresc cu tine, zise Jamin. Ea o să ocupe întotdeauna cel mai important loc în inima mea. La fel cum înţeleg că soţul tău o să ocupe întotdeauna cel mai important loc în inima *ta*.

Ochii ei nu îi căutară pe ai lui. În pieptul lui Jamin se instală un sentiment straniu de goliciune. Ar fi vrut *foarte* mult ca ea să îi caute privirea. O şoaptă îi răsună în subconştient: *Amăgitorule!* Nu era bine să îi dea speranţe femeii. Fix asta îi adusese şi necazul cu Shahla.

-O să îţi aduc jertfa promisă, spuse Jamin, pentru că noi doi suntem la fel. Numai inima demonului înaripat o să îţi poată alina durerea. Dar apoi o să te las pe *tine* să decizi dacă vrei să te căsătoreşti cu mine, ştiind că nu o să poţi fi niciodată mai mult decât o a doua soţie, dacă vrei să te întorci la corturile lui Yazan sau chiar să îţi alegi singură un alt soţ. În orice caz, o să îmi conving tatăl să vă dea drepturi de acces la Râul Hiddekel ca să vă adăpaţi turmele când seacă izvoarele, pentru că am învăţat pe propria piele că nu trebuie niciodată să încalc o promisiune făcută faţă de o femeie.

Vântul lovea cortul cu o furie teribilă, amintindu-i că ar fi bine să se întoarcă în peşteră înainte să fie nevoit să înnopteze în cort. Mulţi bărbaţi, *inclusiv* fratele lui Aturdokht, ar fi fost fericiţi să îşi împlânteze lamele în intestinele lui, aşa că era de preferat să nu pună la încercare controlul tatălui lor.

Ochii lui Aturdokht abundau în resentimente şi pulsau ca o inimă care bate, dar pulsaţiile se răreau tot mai mult pe măsura ce ura femeii se potolea.

-Nusrat m-a dus la mormântul lui Roshan, spuse ea. Optsprezece oameni, toţi ucişi de un singur bărbat.

-Eu nu o să îl omor pentru aur, zise Jamin. Şi nici pentru mâna ta.

-Ştiu, răspunse Aturdokht, iar ura i se aprinse din nou în privire, conferindu-le ochilor ei o nuanţă aproape fluorescentă de verde. Vrei să îi smulgi inima din piept pentru că şi el a smuls-o pe a *ta*.

-Da.

Ura pe care Jamin o purta înlăuntrul său încă de când Ninsianna rupsese logodna i se aprinse în ochi, conferindu-le o nuanţă întunecată şi demonstrându-i lui Aturdokht că şi dispreţul lui era la fel de intensă ca al ei, două vâlvătăi gemene care aveau să arunce o pâclă neagră peste întregul cer dacă setea de răzbunare nu le era stăvilită.

-În asta am încredere, zise Aturdokht măsurându-l din priviri. Mai mult decât în orice contract bazat pe sânge sau aur.

Cu un gest aprobator îndreptat spre fratele ei, femeia se ridică și se întoarse în spatele perdelei care îi era închisoare. Nusrat făcu un semn spre intrarea în cort, dincolo de care furtuna încă urla violent. Până când nu livra ceea ce promisese, Jamin nu mai era binevenit aici.

Strângându-și șalul în jurul nasului și al feței, Jamin se avântă în deșert. Vântul făcea ca nisipul să i se izbească de față, în rafale atât de puternice încât abia putea să deslușească ceva dincolo de ele. Spre apus, cerul devenise negru. Dar *adevărata* furtună se îndrepta chiar spre Assur.

Capitolul 35

"As-salatu khairum minannaum"
[Rugăciunea e mai bună decât somnul]

Octobmbrie 3.390 î.Hr.
Pământ: Satul Assur

NINSIANNA

Galaxiile cântau, celebrându-i prezența. Ah, cât și-a fi dorit să li se alăture! Dar o legătură puternică o ținea strâns de corp. Lanț blestemat! De ce era priponită așa?

O smucitură puternică o smulse din ceruri. Se luptă să se elibereze, dar era trasă spre vid.

Din Nimic se prefigură un palat, mai mare decât un munte și negru precum funinginea. Două uși enorme, cioplite în lemn, se deschiseră, dezvăluind o sală și mai întunecoasă. Înăuntru, podeaua era împodobită cu pătrate enorme, albe și negre, fiecare dintre ele suficient de mare încât să poată înghiți o întreagă galaxie. La capătul sălii, un bărbat negru și fioros stătea pe tron. EL părea să emane o asemenea putere încât amenința să smulgă oasele din trupul Ninsiannei. Cel-Care-Nu-Este era o armă în sine, începând cu coada de scorpion și încheind cu cele șase coarne care îi ieșeau din cap ca și cum ar fi fost un berbec. Când se aplică în față pentru a privi mai atent creatura pe care o chemase, țepii de pe aripile ca de liliac îi fremătară.

-I-am spus *eu EI că nu tu ești aleasa, mormăi vocea LUI.*

În jurul ei se învălmășiră umbrele, purtând mai departe cuvintele Lordului Întunecat:

-Nu-i aleasa, nu-i aleasa, nu-i aleasa, o tachinară ele.

Ochii negri, ca de catifea, erau învolburați și plini de reproșuri, atât de vaști și atât de goi încât părea că ar fi putut să o înghită de vie. Mai văzuse ochii aceștia...

O fantomă de mărimea unei pantere înaintă tiptil și o linse pe picior ca o pisică curioasă.

-Pleacă de aici!! *zise ea, lovind-o.*

Scâncind, umbra se târî înapoi spre stăpânul ei și se așeză în poala LUI. Ochii LUI negri străluciră în semn de dezamăgire în timp ce își consola înfricoșătorul animăluț. Bărbatul întunecat atinse legătură care o ținea încă prinsă de Pământ.

-Cum ai putea să îi vindeci rana dacă îți e frică de întuneric? răsunară cuvintele LUI ca o profeție teribilă. Dacă refuzi, campionul meu va eșua.

Pieptul Ninsiannei fu pătruns de durere, însă rana nu îi aparţinea. O trăgea spre vid de parcă ar fi fost o piatră prinsă de o sfoară.

-Mamă, ajută-mă!

Îi şopti o altă voce, care nu-i aparţinea nici Celei-Care-Este, nici bărbatului acela negru şi înfricoşător. Era o voce feminină. Muzicală. Blândă precum un cântec:

-Copilă, trebuie să accepţi...

Durerea devenea din ce în ce mai ascuţită pe măsură ce Ninsianna era trasă spre Nimic. Îşi strânse mâinile în jurul burţii. Trebuia să îşi protejeze copilul!

Cu un strigăt, smulse legătura şi o privi în timp ce se prăbuşea spre vid. Întunericul fu străbătut de un plânset de jale. Liberă. Era liberă! Ignoră rugăminţile bărbatului întunecat şi alergă departe de el şi de animalele lui blestemate! Îşi strigă soţul, dar nu veni nimeni.

Într-un sfârşit, auzi foşnetul unor pene. Un Angelic cu pene albe, mai strălucitor şi mai frumos decât oricare altul.

-Nin-si-anna, o chemă Cel Malefic, ia-mă de mână şi hai să luminăm împreună cerurile.

Ninsianna strigă:

-Mikhail!

O luă de mână şi o trase spre canoea cerească. Aceasta se deschise, eliberând demoni şi creaturi malefice, cu trupuri contorsionate. Creaturile coborâră spre satul ei şi îl raseră de pe faţa pământului.

Nişte braţe puternice o strângeau. Se luptă să scape de ele, lovind pielea caldă.

Cel Malefic o întinse pe un altar.

-Accepţi...? o luă el în râs pe zeiţa necunoscută.

Ninsianna încercă să fugă, dar o forţă teribilă o ţinea în loc.

Rânjind, Cel Malefic scoase un cuţit. Pe lungimea lui fuseseră gravate simboluri caudate, atât de vechi încât nici măcar darul limbilor nu îi era de folos pentru a le traduce. Ochii lui argintii se transformară într-o vâlvătaie necruţătoare.

-Nu! strigă ea.

-Ninsianna, trezeşte-te!

Cel Malefic îi sfâşie burta şi îi smulse fiul din pântece. Fiul urlă în timp ce Cel Malefic îl devora.

-Nu! plânse ea.

Pământul ardea. Una câte una, stelele se stingeau.

Căldura pieptului lui o smulse într-un sfârşit din viziune. Ochii săi albaştri, mai strălucitori decât cerul deşertului, priveau adânc în cei aurii ai ei.

-Mikail! suspină Ninsianna. E-e-el...

Mikhail o sărută pe frunte până când suspinele se transformară în fiori.

-Visele tale devin din ce în ce mai rele, *mo ghrá,* spuse el. Mă sperie să nu te pot smulge dintr-un coşmar.

Ninsianna se cutremură. Mâinile i se îndreptară spre burta încă plată. În toate visele în care îi apărea Cel Malefic, sarcina îi era avansată. Mai aveau timp.

-Am încercat să mă lupt cu el, zise ea, dar m-a paralizat ca un şarpe care vrăjeşte un şoarece.

Mikhail îşi împreună sprâncenele, dezvăluindu-şi îngrijorarea.

-Spune-mi ce ai *văzut,* zise el. Cine te-a atacat? Unde a făcut-o? Ţi-a făcut vreo injecţie cu… ăă… - se chinui să găsească un cuvânt potrivit – ca un scorpion, cu otravă? Poate reuşim să împiedicăm asta.

Ninsianna urmări cu privirea trăsăturile acelea de care se îndrăgostise, cele ale frumosului Angelic care căzuse din ceruri şi era acum al ei.

-Era un bărbat negru, se cutremură ea. Nici nu ştiu ce m-a speriat mai tare! Omul negru sau Cel Malefic.

-Un om negru? se încruntă Mikhail. Ca atunci când ai căzut în fântână?

-Da.

-Şi ce a făcut omul ăsta negru?

Întunericul se disipă, lăsând în urmă doar amintirea ochilor *LUI* întunecaţi şi fără de sfârşit. Dar şi amintirea acuzaţiei: *I-am spus eu că nu tu eşti aleasa.*

-A spus că atunci când o să vină demonii, o să radă satul de pe faţa pământului.

-Ştii că nu o să permit să se întâmple aşa ceva, răspunse Mikhail strângând-o la piept.

Una dintre aripile sale întunecate tremură în clipa în care îşi acoperi soţia cu ea, vrând să împărtăşească din căldura propriului corp.

-Chiar acum ne unim pentru luptă.

Ninsianna privi adânc în acei ochi de un albastru nepământesc, atât de albaştri încât străluceau cu putere pe fundalul nopţii. În fiecare noapte îşi chema soţul şi în fiecare noapte el întârzia să apară. De ce nu ar veni Mikhail să o salveze? Unde erau armatele pe care le antrena? Oare totul era în zadar?

Nu! Cea-Care-Este nu i-ar fi trimis această viziune încontinuu dacă ea nu ar fi putut fi schimbată. El era campionul *EI,* iar ea era Aleasa. Poate că tocmai la asta se referea bărbatul întunecat: nu era suficient să îl facă pe Mikhail să muncească din greu. Şi *ea* trebuia să devină mai puternică.

Buzele îi tremurară în momentul în care înţelese ce trebuia să facă. Mama nu avea să fie de acord, dar tata *ştia.* Avea să îl convingă să o înveţe.

*

De obicei, tatăl Ninsiannei ajungea acasă înaintea ei, dar de această dată ea îşi rezolvase programările de tămăduitoare la viteză, se ocupase mai mult din doi în doi de treburile casnice şi mâncase cina în doi timpi şi trei mişcări, vrând să se *pregătească* pentru lecţia de azi.

Stătea pe covor, cu picioarele încrucişate, în faţa cutiei sfinte a tatălui. Instrumentele sale de zi cu zi, pe care le folosea pentru a vindeca spiritele rele, pentru a face călătorii spirituale şi a prezice viitorul se aflau în interiorul cutiei. Dacă scoteai instrumentele, descopereai însă că recipientul avea un fund fals. Dincolo de acesta se aflau alte instrumente, cu care Ninsianna nu îşi văzuse niciodată tatăl lucrând – erau cele pe care şi el le moştenise de la tatăl *său*.

Ridică lama ceremonială care semăna incredibil de mult cu cea pe care o folosise Cel Malefic în viziunea de noaptea trecută, având chiar şi aceleaşi simboluri gravate pe mâner. Deşi nu era din metal, precum cuţitul lui Mikhail, nu era nici din piatră, ca obsidianul sau flinta prelucrate de neamul Ubaid. Până să adoarmă înapoi, nu îi trecuse prin minte că mai *văzuse* cuţitul Celui-Care-Este înainte. Sau cel puţin o versiune mult mai primitivă a sa.

Immanu păşi în încăpere însoţit de lumina soarelui şi ştergându-şi fruntea de sudoarea provocată de căldura acelei toamne târzii. Ninsianna ascunse lama la spate.

-Ai întârziat, îl certă ea.

-A trebuit să inventariez templul, spuse Immanu. Cineva şi-a băgat nasul în cerealele noastre.

Ninsianna aruncă o privire spre coşul acoperit pe care îl obţinuse de la fraţii mai mici ai Pareesei la schimb pe nişte miere. Deşi nu îi întrebase unde prinseseră obiectul testului, nu era nevoie de cine ştie ce sclipire intelectuală ca să îţi dai seama care era locul cel mai favorabil pentru aşa ceva.

-Lipsea ceva? întrebă Ninsianna, prefăcându-se nevinovată.

-Nu, răspunse Immanu, părând complet uimit. Mă gândeam că e posibil să fi fost Jamin, fiindcă... păi...

Ninsianna hotărî să *nu* îi dezvăluie care erau adevăraţii făptaşi.

-Să începem, zise ea. Aş vrea să terminăm înainte să se întoarcă Mikhail acasă.

-El şi mama ta sunt foarte tăcuţi, zise Immanu, nu mă deranjează când sunt aici.

-Nu o să fie aici când o să am *nevoie* de el, răspunse ferm Ninsianna, aşa că nu vreau să fie nici acum, ca să mă facă să îmi închipui că lucrurile o să stea altfel.

Privirea lui Immanu fu cuprinsă de uimire.

-E totul în regulă între voi doi? întrebă el.

-Nu *el* e problema, zise Ninsianna supărată. *Eu* sunt. Nu sunt suficient de puternică să îl ghidez, aşa că o să dea greş.

Immanu îşi împreună sprâncenele stufoase.

-Dar eşti *Aleasa* Celei-Care-Este.

-Aleasă ca să ce? îl provocă Ninsianna.

-Ca să vorbească.

-Atât? insistă ea pe un ton apăsat. Cea-Care-Este l-a trimis la nepoata lui Lugalbanda doar ca să mă poată auzi *vorbind?*

Tatăl ei adoptă o expresie indescifrabilă.

-Da.

-Nu şi conform spuselor *LUI,* răspunse Ninsianna.

-Ale cui, ale lui Mikhail?

-Nu, zise ea. Ale soţului zeiţei.

Orice urmă de culoare se scurse de pe chipul lui Immanu.

-Ţi-a vorbit *EL?*

-Da. M-a chemat noaptea trecută.

-Te-a *chemat?*

-Da.

Tatăl Ninsiannei se clătină.

-Şi ce a spus? întrebă în şoaptă.

-A spus că ai *dreptate.*

-În legătură cu ce?

Viziunea fusese destul de criptică. *I-am* spus *eu EI că nu tu eşti...* Nu ea era... ce? Fusese *Aleasă* de Cea-Care-Este, deci în mod clar era *asta.* Dar mai era cineva în joc? Sigur că mai era. *Cealaltă* era menţionată în Cântecul Sabiei. Însă cum putea fi *două* lucruri, două fiinţe în acelaşi timp? Ea. Şi încă una. Sau poate că ea era cea *greşită,* iar acum zeiţa îşi regreta decizia.

Scoase de la spate lama care îi aparţinuse bunicului ei şi o aşeză pe covor, între ea şi Immanu.

-A spus că, dacă nu mă înveţi să fiu un şaman *adevărat,* atunci Mikhail o să dea greş, spuse Ninsianna.

Immanu se albi la faţă.

-De unde ai aia?

-Din cutia ta secretă. Te-am văzut scoţând-o odată, când eram mică.

-Dar *chiar* te-am învăţat tot, spuse Immanu cu glas slab.

-Nu, nu ai făcut-o. Nu m-ai învăţat lucrurile pe care *tu* le-ai învăţat de la tatăl *tău.*

Immanu făcu ochii mari, dar apoi îşi întoarse privirea.

-Nu pot, zise el.

-Vrei să spui că nu *vrei.*

-Nu vreau.

-Atunci fă-ţi bagajele şi pregăteşte-te să te muţi în deşert, ca tripul Halifian, zise Ninsianna, ridicând tonul furioasă. Fiindcă în fiecare noaptea, în viziunea mea, privesc cum Assurul e ras de pe faţa pământului.

Immanu începu să transpire.

-Nu înţelegi...

-*Vreau* să înţeleg.

-NU, NU VREI! strigă el. Şi nu pot să cred că EL ar vrea ca tu să înveţi asemenea lucruri !

Ochii tatălui Ninsiannei căpătară o nuanţă de roşu-cărămiziu, pe care o căpătau uneori când se enerva. Ninsianna nu îşi amintea prea multe despre bunicul ei. Doar frânturi. Dar ştia ce *spuneau* sătenii că putea să facă.

-*Trebuie* să mă înveţi, zise ea cu blândeţe. Dacă nu o faci, nu numai că satul nostru o să fie distrus, dar Cel Malefic o să îmi şi sacrifice bebeluşul.

Immanu îşi prinse capul în mâini.

-Nu ştii ce a făcut tata ca să capete *atâta* putere, se tângui el.

-A fost *ales?*

-Ales?

-Ca mine? întrebă Ninsianna. A fost *ales* de zeiţă ca să îi fie glas?

-Nu, spuse Immanu. Ca să stăpâneşti magia neagră, trebuie să o *furi* de la altcineva.

-Să o furi?

-Da, răspunse Immanu, uitându-se la burta Ninsiannei şi ridicându-şi apoi privirea spre ea. Cea mai puternică magie vine cu un preţ teribil.

Ninsianna îşi duse mâna la burta încă plată.

-EA îmi dă mie putere. Dar Cel Malefic vrea să îmi ia copilul şi nimic din ce face Mikhail nu o să îl oprească. *Asta* tot încearcă EA, şi mai nou şi *EL,* să îmi spună.

Immanu luă cuţitul şi îl puse înapoi în cutie, închise capacul fals şi cotrobăi apoi printre lucrurile care se aflau în porţiunea *lui* de cutie – genul de instrumente magice pe care prefera să le folosească. Înlocui lama tatălui său cu a lui, una obişnuită, din obsidian negru, cu un mâner din os pe care erau gravate simboluri protectoare. Era lama pe care o folosea pentru a exorciza spirite rele.

-În regulă, spuse el.

-O să mă înveţi?

-O să te învăţ să *te aperi,* zise Immanu.

-Dar EL a spus…

-Dacă EL vrea să înveţi mai mult de-atât, spuse tatăl Ninsiannei, atunci EL poate să vorbească direct cu mine.

Judecând după intensitatea privirii sale, Ninsianna înţelese că doar atât avea să obţină. Pentru moment… Luă coşul pe care îl aduseseră fraţii mai mici ai Pareesei, îi scoase capacul şi îl lăsă pe Immanu să tragă cu ochiul înăuntru.

-Deci cum îl opresc pe Cel Malefic dacă încearcă să mă ia?

Tatăl ei se uită la şoarecele mic şi maro.

-*Ăsta* pentru ce e?

-Vreau să mă înveţi să îl *opresc,* aşa cum te-a învăţat şi pe *tine* bunicul.

-Nu trebuie să ştii astfel de lucruri.

-Ultima oară când am pornit împreună într-o călătorie spirituală, *ceva* a venit după mine, zise ea. Ai *văzut* cât de speriată eram, nu?

-Erai complet dată peste cap, răspunse Immanu neliniştit. Dar era doar o fantomă.

-*Nu* era o fantomă! exclamă Ninsianna. Era o creatură, un prădător zămislit din umbre. L-am văzut din nou când m-a invocat Lordul Întunecat.

-Te-a rănit? întrebă tatăl ei.

Dacă o *rănise?* Nu... O linsese. Dar nu voia să îi spună asta *lui Immanu.* Şi nici cum Lordul Întunecat îl luase în braţe şi îl mângâiase de parcă ar fi fost o pisică enormă, din umbre.

-M-a îngrozit! spuse Ninsianna. Dacă îl întâlnesc din nou, vreau să ştiu cum să îl alung.

Tatăl său mormăi, având o expresie indescifrabilă.

-Am mai întâlnit astfel de creaturi când am pătruns pe tărâmul umbrelor ca să exorcizez un spirit cu adevărat periculos.

-Le-ai înfrânt? întrebă Ninsianna, aplecându-se în faţă cu entuziasm.

-Le-am lăsat *în pace,* zise tatăl ei. Sunt ochii şi urechile Lordului Întunecat.

Ninsianna îşi frământă mâinile în poală şi îşi ţuguie buzele.

-Adică dacă sunt atacată, nu pot să fac *nimic?* întrebă ea.

Immanu luă coşul şi împunse şoarecele. Ninsianna strâmbă dezgustată din nas. Creaturile acestea care îşi făceau cuib printre rezervele de hrană, dădeau iama în grâne, împrăştiau boli şi probleme respiratorii, uneori chiar şi moarte, erau pacostea neamului Ubaid. În calitate de păstrător al cerealelor, Immanu le omora ori de câte ori le vedea. Dar se zvonea că motivul pentru care petrecea atât de mult timp la templu, inclusiv când trecea vremea culesului, nu era că voia să se roage, ci că exersa ceva ce învăţase de la tatăl său.

-Dacă mama ta află că te învăţ lucrurile astea, oftă el, o să-mi care una de n-o să mă văd.

Răsturnă şoarecele din coş. Acesta se repezi spre marginea covorului.

Immanu întinse mâna şi şopti:

-Opreşte-te.

Şoarecele se opri chiar când era pe punctul de a duce un picior în faţă pentru următorul pas. Rămase îngheţat în loc, luptându-se să se elibereze de sub comanda tatălui Ninsiannei.

-Întoarce-te, zise Immanu, răsucindu-şi degetele.

Opunând rezistenţă, şoarecele se întoarse.

-Mergi spre fiica mea.

Şoarecele păşi către Ninsianna, cutremurându-se sub povara încercării de a rezista ordinului.

-Scârbos! exclamă Ninsianna.

-Ridică-l, ordonă Immanu, concentrându-se intens.

Ninsianna ridică şoarecele până la nivelul ochilor. Acesta trăgea cu ochiul spre marginea covorului şi spre toate ascunzătorile de dincolo de ea. Când îşi îndreptă privirea spre tatăl său, Ninsianna *văzu* că magia aceasta lăsa găuri adânci în lumina spirituală a lui Immanu, de parcă ar fi avut pojar.

-Cum pot să fac şi eu asta? întrebă ea.

-Priveşte în mintea lui.

-În mintea unui *şoarece*? zise Ninsianna neîncrezătoare.

-În mintea *oricărei* creaturi, răspunse Immanu. Ca să întorci o fiinţă din drumul pe care îşi propune să îl urmeze, trebuie să înţelegi întâi cum îşi pune corpul în mişcare.

Muşcându-şi buza, Ninsianna adoptă o expresie mai blândă şi încercă să privească lumina spirituală a creaturii. Avea o nuanţă delicată de galben, care indica foame, dar şi tonuri de oranj, sugestive pentru frică. Fata căută şi mai adânc, dincolo de culori, în sistemele care făceau corpul să se mişte.

-Mintea, zise Immanu. Trebuie să preiei controlul asupra *minţii* creaturii.

Ninsianna privi în creierul acesteia. Spre deosebire de gândurile răsfirate, dar lizibile pe care le găsea în rândul oamenilor, mintea şoarecelui era mai simplă. Animăluţul nu voia decât să scape din strânsoare şi să mănânce.

-Şi acum? întrebă ea.

-Priveşte mai adânc, îi răspunse tatăl său. În locul în care creierul şoarecelui e legat de coloană. Concentrează-te asupra lui.

-Văd sânge, spuse Ninsianna. Care înaintează dinspre inimă spre cap.

-Trebuie să cauţi ceva mai eteric de atât, îi zise Immanu. Ceva care să semene cu nişte licurici sau scântei care se ridică dintr-un foc de tabără.

Cu o expresie şi mai caldă, Ninsianna privi dincolo de sânge. Încetul cu încetul, începu să observe micile scântei care se izbeau de un mic zid de cărămizi.

-Ce e aia? întrebă ea, holbându-se la şoarece.

-I-am blocat abilitatea de a-şi controla muşchii, zise Immanu. Dar ai grijă să nu îl constrângi prea tare, fiindcă altfel o să i se oprească inima.

Întregul trup al Ninsiannei fu cuprins de fiori.

„Opreşte inima duşmanului...”

-Asta e ceea ce putea să facă bunicul?

Immanu mormăi de parcă ar fi avut o povară foarte grea pe umeri. Ninsianna îşi ridică privirea şi observă că lumina lui spirituală îşi pierdea din ce în ce mai mult din intensitate. Tatăl ei avea dreptate. O astfel de magie impunea un preţ mare.

-Cum pot să o fac şi eu? întrebă ea.

-Vezi unde am poziţionat zidul? întrebă Immanu.

-Da.

-Pune şi tu unul acolo, răspunse el. Dar nu prea dur.

Ninsianna îşi imagină un inel întinzându-se în jurul locului în care tatăl ei preluase controlul asupra şoarecelui. Animăluţul scânci slab, dar nu se mişcă.

-Ai reuşit? o întrebă Immanu epuizat.

-Cred că da.

-Eu o să mă opresc.

Immanu expiră de parcă tocmai ar fi scăpat un bolovan uriaş. Şoarecele o luă la fugă instantaneu.

-Nu, n-o să faci asta!

Când îşi strânse mâinile în jurul trupului său pentru a-l împiedica să scape, Ninsianna strânse şi zidul pe care îl ridicase în mintea lui. Şoarecele îngheţă pe loc, după care fu cuprins de convulsii. Cu un pocnet dezgustător, sângele începu să îi ţâşnească din urechi, ochi şi gură.

-Iac! exclamă Ninsianna, scăpându-l.

Era clar că şoarecele murise.

-E în regulă, zise Immanu. Acelaşi lucru li s-a întâmplat şi primelor sute de şoareci cu care am exersat eu. E nevoie de *mult* antrenament ca să îi faci să îţi urmeze ordinele fără să îi omori.

Mintea Ninsiannei zbârnâi, cufundată în gânduri. Primul lucru pe care avea să-l facă a doua zi dimineaţă era să dea de veste copiilor din sat că are nevoie de alt şoarece.

Mai mulţi şoareci…

Capitolul 36

Octombrie 3.390 î.Hr.
Pământ: Satul Assur
Colonel Mikhail Mannuki'ili

MIKHAIL

-Pe barba lui Shay'tan!

Ar fi trebuit să fie suficient de deștept încât să își dea seama că nu putea avea încredere în afurisita asta de creatură! I se făcuse milă de ea, închipuindu-și că motivul pentru care hotărâse să fugă era că se plictisea în coteț, așa că îi construise rampe și cutii care să facă spațiul să semene mai mult cu stâncile pe care le plăcea caprelor de munte să pască. Și oare de ce era acum așa surprins că micul demon îi răsplătise bunăvoința folosindu-se de cutii ca să sară peste gard?

Înjurând, Mikhail se ridică în zbor, știind prea bine în ce direcție avea să fugă micul drăcușor. Abia ce prinsese un curent ascendent și se redresase în zbor că atenția îi fu atrasă de o mișcare de pe câmp. Zeci de săteni înconjuraseră parcela căpeteniei, strigând și aplaudând în timp ce un bărbat cu pielea închisă la culoare vâna cu sulița printre grânele care i se înălțau până la brâu.

Jamin. Pregătindu-se să îi omoare capra pentru îndrăzneala de a fi mâncat de pe pământul tatălui său.

Mica Nemesis păștea chiar în mijloc, mulțumită de cerealele căpeteniei și fără să îi treacă prin minte că ar fi fost vânată. Spre deosebire de Mikhail, care doar *visa* să o ucidă – Ninsianna n-ar fi fost deloc încântată dacă și-ar fi urmat acel impuls – Jamin părea să vrea cu adevărat să o facă, judecând după expresia concentrată pe care o avea pe chip.

-Capră nebună!

Prinse viteză, luând forma unui nor cu aripi întunecate care se avânta în ceruri pentru a salva o creatură ce nici măcar nu merita să fie salvată. O parte din el râdea, urându-i călătorie sprâncenată. Și ce dacă Jamin o omora și își asuma vina?

Totuși, *nu* avea de gând să îi permită adversarului să ia nimic din ce era al *lui,* nici măcar capra al cărei nume îl blestema în fiecare zi.

Sătenii se entuziasmară și mai tare când îl văzură reprezindu-se în zbor. Jamin se strecură mai repede printre plante, ca un leu care își pândea prada.

-Nemesis, fugi!

De obicei, capra o lua la fugă atunci când îl vedea apropiindu-se ca șoimul, dar de această dată se uită prostește la el, molfăindu-și mâncarea interzisă. Jamin alergă spre premiu, hotărât să își înfigă sulița în inima sa.

Mikhail îşi strânse aripile la spate, plonjând cu un elan pe care puţini Angelici aveau îndrăzneala să îl adopte. Îşi strânse aripile pentru a reduce frecarea, iar vântul îi şfichiui penele; prinsese o viteză atât de mare, încât acceleraţia gravitaţională îi făcea carnea să tremure.

-Hai! exclamară sătenii aflaţi la ambele capete ale câmpului – unii ţineau cu Jamin, alţii, cu Mikhail, dar cei mai mulţi voiau să câştige capra care le oferea sursa zilnică de divertisment.

Nemesis îi urmări zborul cu ochii ei căprui şi nevinovaţi.

-Fugi! strigă Mikhail.

Dar Nemesis nu se mişcă.

Jamin îşi lansă suliţa, având o ţintă letală.

Mikhail ajunse la capră cu doar câteva frânturi de secundă înaintea suliţei, se izbi de pământ şi se rostogoli ţinând creatura strâns la piept. Preţ de o secundă, lumea îşi pierdu orice contur. Behăind indignată, Nemesis se desprinse din strânsoarea lui.

-Am să te omor, creatură afurisită! porni Jamin în fugă după ea. Şi am să-ţi frig carnea la proţap!

Mikhail se ridică greoi, scuipând pământ.

Jamin încercă să o înjunghie pe Nemesis, dar manevrele pe care aceasta le făcea pentru a evita tentativele de capturare ale lui Mikhail dădeau peste cap şi planul lui, alimentându-i furia.

-E capra *mea!* zise Mikhail, înşfăcând cuţitul.

-O să-ţi smulg inima din piept, strigă Jamin spre *el.* Şi o să i-o dau logodnicei mele!

Prima regulă de supravieţuire era să nu te bagi niciodată între vânător şi prada sa. Jamin îşi îndreptă cuţitul spre *el,* încercând să îl înfigă în inima *lui,* căci intensitatea momentului îl făcuse să îşi piardă orice urmă de raţiune şi să atace inamicul pe care voia *cu adevărat* să îl omoare.

Mikhail se feri de cuţit, care îi tăie bluza, dar nu şi carnea; totuşi, nu era aşa uşor să se ferească de Jamin. Până la urmă era vorba de un bărbat de 1,8 m, un pachet de muşchi antrenat să *vâneze* încă de la naştere şi care mai şi răpusese cândva un leu folosindu-se de exact aceeaşi lamă. Cuţitul *lui* atârna inutil în cizmă, în timp ce Jamin îl avea pe al său în mână.

Încurajările entuziasmate ale sătenilor se transformară în ţipete de groază pe măsură ce aceştia îşi dădură seama că lupta care arsese mocnit încă de când Mikhail păşise pentru prima oară în sat devenea acum realitate. Mikhail îl împinse pe Jamin în spate.

-Nu face asta.

Jamin se năpusti din nou asupra lui, dar de această dată Angelicul îi anticipă mişcarea. Împinse braţul lui Jamin în lateral şi îl răsuci, folosindu-se de inerţia trupului său pentru a-l arunca în aer. Jamin se rostogoli şi ateriză în genunchi, cuţitul fiind deja pregătit pentru următoarea lovitură fatală.

-Zi după zi, demonul ăla scapă din țarc și ne mănâncă recoltele – fiecare mușchi din trupul lui Jamin părea să oglindească violent intenția de a împlânta cuțitul în inima lui Mikhail – așa cum și vânătorii de recompense care te caută pe *tine* ne cotropesc nouă *satele!*

-Nu e decât un biet animale, zise Mikhail, ridicând mâinile pentru a arăta că nu era înarmat. Nu o face intenționat.

-*Legea* e de partea mea, strigă Jamin. Creatura asta țintește în mod deliberat câmpurile tatei. Trebuie să fie omorâtă!

Cu grația unui om care vânase toată viața lui, Jamin se repezi asupra caprei buclucașe.

-Jamin! Retrage-te! interveni căpetenia, care alerga spre ei pnetru a investiga situația.

-Cum te aștepți ca el să mă poată înlocui *pe mine* în fruntea apărării, întrebă Jamin arătând spre Mikhail cu lama cuțitului, atâta vreme cât nu e în stare să își controleze nici măcar propria capră?

-E vina mea, spuse Mikhail, înfoindu-și aripile în așa fel încât capra cea vinovată să nu mai fie în câmpul vizual al lui Jamin. Nu i-am făcut un țarc potrivit. O să mă revanșez.

Mica Nemesis alese fix acel moment ca să se alinte la mâinile lui, căutând gustări.

-Vezi? Își bate joc de mine! exclamă Jamin, agitându-și pumnul.

-E doar o capră, fiule, răspunse Căpetenia Kiyan cu o urmă de amuzament în privire. *Amândoi* trebuie să învățați să vă temperați simțul dreptății și să arătați nițică milă.

Jamin îi aruncă lui Mikhail o privire plină de ură. Nu conta *cât* de rezonabil încerca să fie, el și Jamin porniseră pe picior greșit și acum se temea că nimic din ce ar fi putut face nu mai avea cum să vindece acea ruptură. În schimb, *propria* ură se înălță din adâncimile întunecate ale ființei. Jamin angajase oameni ca să îl ucidă cât încă era rănit și vulnerabil. Asta nu era genul de încercare pe care o puteai ierta.

-Ăsta e câmpul *meu,* nu al tău, fiule, zise Căpetenia Kiyan, privind mulțumit către Mikhail. Odată ce termină de antrenat luptătorii, Mikhail poate să se revanșeze refăcându-mi rândurile.

Mikhail mormăi. *Și mai multă* trudă. Pedeapsa pe care căpetenia o alesese era mult mai greu de dus decât simpla idee de a sacrifica animalul și a cumpăra altul. Dar era capra *lui, damantia,* așa că nu avea de gând să renunțe la ea în favoarea inamicului.

-Naiba s-o ia! înjură Jamin. Data viitoare când o mai văd pe câmpul nostru, s-a zis cu ea!

Mikhail se retrase în spatele unei expresii indescifrabile, fiindcă nu voia să recunoască că acela era un sentiment pe care îl împărtășea cu Jamin. Diferența era că *el* putea să își controleze temperamentul suficient încât să își aducă aminte că nu era vorba decât de o capră proastă, în timp ce agitatul ăsta de Jamin căuta răzbunare pentru orice mizilic.

-Hai, Nemesis, îi spuse Mikhail morocănos caprei. N-aduci decât necazuri.

Capra îl urmă înapoi spre țarc, docilă și ascultătoare ca un mielușel. Sătenii se împrăștiară, căci și sursa lor de divertisment zilnic dispăruse pentru moment. Mult după ce o închisese înapoi în coteț, Mikhail își aminti acuzația lui Jamin:

„Cum te aștepți ca el să mă poată înlocui pe mine în fruntea apărării atâta vreme cât nu e în stare să își controleze nici măcar propria capră?"

Capitolul 37

SHAHLA

Glasurile părinților Shahlei răzbăteau până la primul etaj al casei.

-Neamul Uruk ne-a dat două *efa* de grâu sălbatic, spunea tatăl ei. Și ne-au mai promis douăzeci dacă reușim să le ducem un degetar întreg.

-Douăzeci de *efa*? exclamă mama ei. Pentru un degetar de țesătură de in? Dar ajung cât să hrănești o familie întreagă toată iarna!

-Avem deja destule cereale pentru familia noastră, spuse tatăl Shahlei. O să le păstrez în grânarul din templu până la sfârșitul sezonului ploios, când țăranii rămân de obicei fără grâne, și apoi o să le *vând* cu profit.

-O, Laum! zise mama ei. Ți-am *zis* eu că ar trebui să forțăm căsătoria.

Shahla își purtă degetele pe cureaua împletită pe care o găsise pe pervaz noaptea trecută, alături de o rodie, simbol al iubirii eterne. Împletitura, făcută din trei tipuri de grâne sacre – emmer, grâu sălbatic și orz – era stângace, iar ici, colo ieșeau fire răzlețe. Era opera unui bărbat care nu mai avusese ocazia de a face așa ceva înainte.

În vocea mamei se distinse acum un ton mai calculat.

-Ce crezi, o să continue căpetenia misiunile astea de negoț? întrebă ea. Sau o să se retragă imediat ce faci rost de informația pe care o vrea?

-I-am spus căpeteniei doar atât cât să îl fac să autorizeze un alt schimb, zise tatăl Shahlei. Neamul Uruk e plin de aur de la inamicul ăsta despre care vorbește cel înaripat. Vor acces la satul nostru ca să strângă informații.

-Ce fel de informații?

-Au pus întrebări despre Mikail, spuse tatăl Shahlei. Câți bărbați antrenează, ce îi învață și dacă e adevărat că a luat-o de nevastă pe fiica tămăduitoarei.

-Sper că nu le-ai spus!

-Le-am spus doar cât să obțin un schimb favorabil, răspunse bărbatul. Cu atâtea sate Ubaide în care răsar arcași, nu mai erau siguri în *care* dintre ele locuiește.

-Deci ce spune Ninsianna e adevărat? întrebă femeia. *Chiar* există demoni-șopârlă?

-Cei din Uruk nu i-au văzut niciodată personal, îi răspunse soțul. Doar Amoriții, care se folosesc de aurul lor ca să finanțeze fiecare atac. Cei din Uruk nu au spus-o, dar cred că Amoriții pregătesc o armată.

-I-ai spus căpeteniei?

-Nu chiar...

Shahla îşi purtă cererea în căsătorie printre degete. Oricât ar fi vrut să se convingă că venea de la Jamin, că furia lui se potolise şi că o credea când spunea că bebeluşul era *al lui,* ştia că logodnicul forţat nu s-ar fi coborât niciodată la un asemenea nivel de sentimentalisme. Curelele de logodnă erau de obicei împletite de femei, simbolizând dorinţa lor de a-şi dărui fertilitatea unui soţ, nu invers. Rodia era prea coaptă, fiind genul de fruct pe care un bărbat sărac l-ar cumpăra din dorinţa disperată de a-i oferi iubitei sale un răsfăţ pe care altfel nu şi l-ar fi putut permite.

Pe obrazul Shahlei alunecă o lacrimă. Dadbeh voia să se căsătorească cu ea chiar dacă copilul nu era al lui...

Vocile din camera de jos crescură în intensitate.

-De ce nu le-ai spus unde stă Immanu? întrebă mama ei pe un ton din ce în ce mai ascuţit. Fata lui s-a băgat şi i-a furat iubitul Shahlei, iar după l-a lăsat baltă imediat ce a găsit ceva mai bun! E vina *ei* că fiica noastră e în starea asta.

-Crezi că aş da informaţii de felul ăsta pe gratis? replică tatăl Shahlei. Cu cât durează mai mult ostilităţile între triburi, cu atât mai mult vom reuşi să profităm de preţurile umflate.

-Şi cum rămâne cu ameninţarea lui Jamin, că o să aducă martori care să demonstreze că nu poate să fie al lui copilul? întrebă mama. Needa a spus că Shahla e cel puţin în luna a cincea, iar Jamin spune că nu s-a culcat cu ea din nou decât *după* ce trecuse ziua pe care o alesese pentru nunta cu Ninsianna, deci după solstiţiul de vară.

-Pur şi simplu o să spunem adevărul în faţa tribunalului, răspunse bărbatul.

-Care adevăr?

-Că Shahla a venit la noi după ce Jamin a rupt logodna cu Ninsianna şi ne-a implorat să îi dăm un şal elegant ca să îl atragă din nou.

-Asta aşa e, răspunse femeia. Am plătit ţesătorul în aprilie, chiar în săptămâna în care a venit Mikhail în sat. O să poată să depună mărturie în sensul ăsta.

Shahla îşi purtă degetele pe cureaua împletită stângaci şi inhală parfumul rodiei prea coapte; era lovită, dar avea un miros atât de dulceag, încât părea să o invite să ia o muşcătură. Se spunea că, dacă fata o mânca, asta însemna că accepta cererea în căsătorie. Ea nu o mâncase... încă.

Mintea i se înceţoşă. Nu mai putea gândi limpede. Să spună adevărul? Că fusese la Jamin purtând noua rochie din şal şi îşi dezgolise sânii, dar Jamin îi spusese să dispară şi o alungase cu nisip?

Dragul, dulcele Dadbeh o văzuse ieşind în lacrimi de printre tufe şi o lăsase să plângă pe umărul lui. *Ea* fusese cea care îl sedusese pe *el.* Izbucnise în plâns când Shahla îl adusese în punctul culminant şi o strânsese apoi în braţe, spunându-i că era de mult îndrăgostit de ea.

Voia ca bebeluşul să fie al lui Dadbeh, dar el nu era *singurul* bărbat cu care se culcase după ce Jamin o respinsese. Adevărul era că nici ea nu mai ştia sigur *cine* era tatăl copilului.

-Şi dacă *ea* nu vrea să se mărite cu *el?* întrebă mama. Shahla spune că o bate.

-Atunci o aruncăm în stradă, răspunse tatăl. Avem deja trei fii minunaţi, cu reputaţii bune, aşa că nu trebuie să ne mai împovărăm şi cu o fiică pe care nu o ia nimeni de nevastă.

Dorinţa de a simţi un bărbat înăuntrul ei, de a se simţi puternică văzându-l cum tremură sub atingerea ei, o cuprinse cu o asemenea intensitate, încât se umezi între picioare. Odată ce scăpase de greţurile matinale, dorinţa devenise atotputernică. Dar Jamin nu avea să o mai atingă decât dacă era obligat printr-o căsătorie forţată şi foamete, iar fiecare împreunare avea să vină la pachet cu o bătaie. De asta era sigură.

Aşa cum era sigură şi că Dadbeh o iubea. Şi că s-ar fi căsătorit cu ea. Indiferent al *cui* era copilul care o lovea în burtă, ispitind-o să muşte din rodie.

Oare ar fi fost mai bine să muşte din ea?

Era riscant să se strecoare afară, dar Gita nu mai venise în vizită din ziua în care se certaseră. Mâinile îi găsiră scara care ducea spre lucarnă; de fiecare dată când apărea un moment de linişte în conversaţia părinţilor, inima i-o lua la goană. Dacă se uitau în sus şi o vedeau fugind, aveau să o bată! Din fericire pentru ea, cei doi erau mult mai interesaţi de câţi bani aveau să facă dacă fiica lor avea să se mărite cu fiul căpeteniei. Shahla se furişă printre umbre, temându-se să nu dea ochii cu Jamin şi să fie bătută până spunea adevărul.

Casa Gitei se afla pe inelul exterior al satului – o cocioabă care mai stătea în picioare doar pentru că făcea parte din zidul exterior de apărare. La uşă îi răspunse Merariy, care, prin cine ştie ce miracol, nu era beat criţă.

-O caut pe Gita.

-De când a decis să devină bărbat, mormăi Merariy, încep să uit că am *avut* vreodată o fată.

Parfumul rodiei pe care o strângea în mână îi ajunse la nări, atât de dulce şi copt încât o invita să caute bărbatul care o iubea. Fructul nu avea să mai fie comestibil multă vreme, fiindcă era deja lovit şi mult prea copt. În curând, soarele dur din Mesopotamia avea să îl facă să putrezească. Dadbeh nu avea să aştepte la nesfârşit...

-Ştii unde ar putea să fie?

-Cine ştie, zise Merariy ridicând din umeri. Pare să prefere compania *lor,* nu pe a mea.

Îi închise uşa în nas înainte să îi dea ocazia să întrebe cine erau *ei.*

Înaintă pe străzi, căutând-o pe Gita. Avea nevoie de cineva care să îi spună adevărul verde în faţă, nu doar ce voia să audă.

-Mă scuzați, Liwwaresagil, i se adresă Shahla unei femei mai în vârstă. Ați văzut-o pe Gita?

-Iartă-mă, copilă, dar n-am văzut-o, răspunse bătrâna. Am auzit că ai prilej de bucurie?

-Da, răspunse Shahla cu un zâmbet timid. Am.

-Nu îl lăsa să fugă de responsabilitate, zise Liwwaresagil, agitând un deget. S-a purtat rușinos de când Ninsianna a rupt logodna. Nu e nimeni în satul ăsta care să nu știe cum te-a sedus când încă încercai să îți oblojești inima rănită! O să depun mărturie în legătură cu asta în fața tribunalului! Știi că am s-o fac!

-Mulțumesc, Liwwaresagil.

Bătrâna porni mai departe. Shahla înaintă în sat.

-Scuze, Ilakabkubu, strigă după un bărbat de vreo treizeci de ani. Ai văzut-o pe Gita?

-Shahla, răspunse bărbatul, apropiindu-se de ea. Am auzit că te măriți?

-Da, mă mărit, spuse ea.

Întrebarea era *cu cine.* Cu cine avea să se mărite?

-Păcat, zise Ilakabkubu, mângâindu-i obrazul. Nouă, bărbaților de pe-aici, o să ne lipsești. Știi măcar care e *adevăratul* tată?

Stătea prea aproape, prea insinuant, prea nerușinat. Shahla îl pocni.

-Să n-ai impresia că nu știe tot satul ce ești! o luă Ilakabkubu în râs. Jamin a venit la soția mea să îi ceară să depună mărturie în caz că ajungeți la tribunal. Iar ea încă nu te-a iertat că m-ai făcut să calc strâmb.

-Nu te-am *forțat* să te culci cu mine! replică Shahla.

În jurul lor, oamenii șușoteau. Shahla se simțea încolțită, știa că ochii lor puteau citi dincolo de minciuni. Cu toții șușoteau despre copilul care creștea în pântecele ei, un copil fără tată.

Se repezi spre fântâna secundară, unde tinerele femei își umpleau pieile de capră înainte să meargă la câmp și să exerseze trasul cu arcul, după cină. Umbrele se alungeau. Umbrele care o batjocoreau, șoptindu-i că *toți știau.*

Poate că era o binecuvântare. Da. Poate că zeii voiau ca ea să se căsătorească cu Dadbeh, chiar dacă era sărac. Avea să discute cu Gita și apoi avea să se ducă la Mikhail să îi spună adevărul despre cum părinții o forțau să mintă. Așa, Jamin avea să o lase în pace. La fel și părinții.

Nu! Aveau să o dezmoștenească! Dadbeh o iubea, dar părinții lui nu aveau pământ. Dacă părinții ei refuzau să îi dea zestre, avea să își petreacă restul vieții muncind pământul altuia!

Parfumul rodiei deveni amețitor de dulce, semnalând că fructul fermenta și în curând avea să nu mai poată fi mâncat. Foamea care sălășluia în interiorul ei, cea care nu putea fi potolită decât de mădularul unui bărbat, deveni atât de puternică, încât părea că burta i se strânge în jurul copilului. Se împiedică de o piatră și ateriză cu fața direct într-o grămadă de bălegar de capră.

Rămase în genunchi, suspinând.

-Ești bine, Shahla?

Își ridică privirea spre perechea aceea de ochi atât de albaștri încât îi dădeau impresia că se uita direct în ceruri. Clipi, nefiind sigură dacă visa.

-Hai, se întinse Mikhail spre ea, dă-mi voie să te ajut.

Simți furnicături în mâini în clipa în care el o trase în picioare. În numele zeilor, ce frumusețe de bărbat! Cea mai frumoasă creatură pe care o văzuse vreodată. Cum ar fi fost să fie iubită de un asemenea bărbat? Să fie purtată spre cer și să se trezească în fiecare dimineață în îmbrățișarea protectoare a aripilor sale catifelate?

Parfumul lui o învălui, masculin și pământesc, purtând încă aroma sudorii adunate după o zi întreagă petrecută la câmp și cea a râului în care se spălase înainte de a se întoarce, cu părul negru încă ud. Pe umerii lați căra trei găleți de apă. Una pentru soacra lui, una pentru soție și una pentru două bătrâne pe care le scutea de nevoia de a mai merge până la fântână.

Shahla izbucni în suspine necontrolate.

-Hei, nu ești prima persoană care cade cu fața în bălegar, spuse Mikhail, iar apoi făcu ceva ce Shahla nu îl mai văzuse făcând niciodată: îi zâmbi.

Un zâmbet timid și vulnerabil.

-Trebuie doar să te ridici și să mergi mai departe.

-M-m-mulțumesc, spuse Shahla, iar lacrimile se opriră.

Mikhail se îndepărtă – un semizeu cu aripi, onorabil și drept. Cum ar fi fost să o iubească o asemenea ființă, nu un pui nemilos de căpetenie?

-Mikhail! îl strigă ea. Ai văzut-o pe Gita?

Angelicul se întoarse spre ea pentru a-i răspunde. Lumina soarelui care apunea îi conferea înfățișarea unei statui din templu.

-Nimeni nu o vede vreodată pe Gita, zise el, iar în ochi i se întrezări urma unui zâmbet. Dar dacă o cauți, întreabă de Pareesa. Ultima oară când am văzut-o, se îndrepta spre fântâna inferioară.

Shahla îi urmări aripile în timp ce se îndepărta – negru-maronii, cu dungi chiar mai întunecate de atât; o creatură a cerurilor purtând o povară pământească.

Nevoia pe care o simțea în pântece se accentuă, învăluind-o în căldură în timp ce își imagina cum ar fi să îl simtă pe *el* în interior, cum ar fi ca în sfârșit să o umple. Își duse degetele spre față, retrăind momentul în care Mikhail îi luase mâna într-a lui.

Pe *el* îl voia. Nu pe Jamin. Nu pe Dadbeh. Închise ochii și își imagină cum ar fi să o iubească un înger, să îl audă pe el exclamând extaziat și strigându-i numele.

Își dădu seama că toți ochii erau ațintiți asupra ei, care stătea în mijlocul străzii cu capul plecat în lateral, imaginându-și cum ar fi să îl aibă pe Angelic înăuntrul său.

Șoapte. Ai auzit că Shahla e însărcinată? Ai auzit că bebelușul e al lui Jamin? Ai auzit că Jamin neagă că ar fi al lui? Toată lumea știe că au fost văzuți ieșind din spatele țarcului. S-a culcat și cu soțul *meu*. Ar cam fi momentul să îl facă cineva pe băiețandrul ăla să se maturizeze și să nu se mai poarte ca un idiot. Am auzit că nu știe *cine* e tatăl.

Shahla își acoperi urechile și o luă la fugă în direcția pe care i-o arătase Mikhail.Trebuia să vorbească cu Gita. Gita era prietena ei cea mai bună. Gita era *singura* ei prietenă, asta dacă nu îi punea la socoteală pe cei care căutau prietenia *tatălui* ei, folosindu-se de ea pentru a face rost de înțelegeri comerciale mult mai avantajoase.

Le găsi adunate în jurul fântânii inferioare. Pareesa era înconjurată de vreo trei duzini de femei cu șalurile prinse în jurul taliilor. Tocmai le arăta cum să manevreze o suliță cu două capete. De cealaltă parte, Gita se ferea de loviturile ei.

-Gita! strigă Shahla.

Gita se uită spre ea. Pareesa profită de clipa de neatenție pentru a o lovi în coapsă. Aceasta icni de durere, dar în loc să se enerveze, începu să râdă.

-Uite! zise ea, iar ochii negri îi străluciră plini de mândrie.

Ripostă la atacul Pareesei, mișcându-și sulița cu ferocitate. Exact ca un *bărbat...*

-Trebuie să vorbesc cu tine, îi zise Shahla.

Gita mormăi în timp ce Pareesa o forța să se retragă.

-Nu poate să aștepte până termin?

Obrajii Shahlei fură cuprinși de o dogoare. Deci acum Gita era prietenă cu Pareesa? Celelalte femei arătau spre ea, șușotind despre rușinea pe care o suferea.

Am auzit că e însărcinată. Am auzit că Jamin e tatăl copilului. Eu am auzit că nu e. Am auzit că îl forțează căpetenia să se însoare cu ea. Am auzit că a adunat șapte martori care să depună mărturie împotriva ei și să spună că fiecare bărbat din satul ăsta s-a culcat cu ea. Am auzit că părinții ei sunt pe punctul de-a o arunca în stradă. Ai auzit de cearta pe care tatăl ei a avut-o cu Jamin, care urla din toți rărunchii că bebelușul nu e al lui?

Gita continuă să se antreneze cu Pareesa, ignorând rumoarea.

Shahla strigă:

-Deci acum mă ignori ca să poți să te ții după Mikhail?!!

Zbârnâitul sulițelor se opri. Toate privirile din piață se îndreptară asupra ei.

-Nu face asta, spuse Gita, iar obrajii costelivi îi fură cuprinși de roșeață.

Ninsianna intră în piață.

-Ce se petrece aici? întrebă vrăjitoarea care îl furase pe Jamin și apoi îl trimisese la plimbare cu inima frântă, nu doar arogant, cum fusese înainte, ci și *crud.* Femeia al cărei nume Jamin îl șoptise de fiecare dată când pătrunsese înăuntrul *ei,* rănind-o uneori pentru că voia să o rănească pe Ninsianna.

Avea să-i dea o lecție. Avea să le dea o lecție și ei, și prietenei aceleia neloiale!

-Singurul motiv pentru care Gita vine la antrenamente e că e îndrăgostită de soțul Ninsiannei, le tachină Shahla.

Ninsianna privi în sufletul verișoarei ei, adoptând o expresie de-a dreptul ucigătoare când descoperi că acuzația era *adevărată*.

-Shahla! se tângui Gita.

Pareesa își ținea sulița relaxată, de parcă ar fi fost doar un baston.

-Poate dacă ai veni și tu la antrenamentele mele nu ai mai avea vânătăi peste tot, zise Pareesa.

-Antrenament? ripostă Shahla, ridicând furioasă tonul. Singurul motiv pentru care *toate* fetele astea sunt aici e că îl vor pe Mikhail!

Șoaptele deveniră mai intense. *Ea vorbește?! Am auzit că i-a făcut avansuri lui Mikhail. Și eu am auzit asta. Eu am auzit că a făcut-o chiar de față cu Ninsianna. Nu, eu am auzit că Gita i-a făcut avansuri, i-a atins aripile fără să întrebe. Gita i-a atins aripile? Nimeni nu are voie să atingă aripile lui Mikhail în afară de Ninsianna.*

Gita deveni înfricoșător de palidă.

-Destul! spuse Pareesa cu autoritatea unei căpetenii. Nu o să tolerez întreruperi de felul ăsta în antrenamentul meu. Deci ori îți ții gura aia veninoasă, ori pleci.

-Poate ar fi bine să te cari, rânji Ninsiana.

Celelalte femei chicotiră. Cine credea ea că era, *vrăjitoarea* asta care îi fermecase bărbatul? *Și* pe *fosta* cea mai bună prietenă. Ei bine, Shahla avea ceva experiență în a stârni incertitudini. Dat fiind că învățase de mică să ațâțe negustorii rivali unii împotriva celorlalți, îi venea foarte ușor ușor să planteze sămânța urii mocnite între cele două verișoare înstrăinate.

-Hei, Ninsianna! spuse ea, ațâțând focul urii. Ți-a zis Mikhail că Gita îl așteaptă în fiecare seară la râu, ca să îl vadă *dezbrăcat* cât se spală?

Ochii Ninsiannei căpătară o nuanță arzătoare de roșu în lumina soarelui care apunea.

Gita suspină:

-Credeam că îmi ești prietenă!

-*Tu* m-ai abandonat pentru *ele*, zise Shahla arătând spre femeile războinice. Doar ca să te ții după soțul altei femei ca un cățeluș amorezat. Măcar nu era căsătorit când m-am culcat *eu* cu el.

Femeilor li se tăie respirația. Gita o luă la fugă suspinând. Homa și Gisou porniră după ea, lăsând-o pe Shahla cu Pareesa și războinicele ei, toate cu sulițele strânse în pumni de parcă tot ce ar fi vrut era să o înjunghie.

Pareesa o împinse.

-Mai bine îți iei tălpășița înainte să le las să te bată până îți *smulg* bastardul ăla din burtă pentru că pătezi numele lui Mikhail!

Shahla vru să plece, dar Ninsianna îi blocă drumul.

-Retrage, spuse ea cu glas întretăiat.

-*Ce* să retrag? rânji Shahla.

-Retrage ce ai spus despre soţul meu.

Ochii ei aurii îi penetrară pe ai Shahlei, fiind cuprinşi de o asemenea furie, încât păreau să capete nuanţa cuprului. Ah, cât de mult o ura pe femeia asta care îi furase bărbatul iubit – viitoare căpetenie semeaţă, al cărei unic defect fusese un mic exces de mândrie -, şi îi înapoiase apoi un bărbat amărât, a cărui inimă era înghiţită de întuneric.

Shahla îşi strânse şalul în jurul abdomenului, evidenţiindu-şi pântecul umflat. Era însărcinată de cinci cicluri lunare, plus-minus câteva săptămâni, fiindcă nu era sigură al *cui* era copilul sau când fusese conceput. O sarcină care începuse în mod clar *înainte* de ziua în care Mikhail o purtase pe Ninsianna spre ceruri de faţă cu tot satul.

Se spunea că vrăjitoarele pot vedea în minţile oamenilor. Ei bine, să vadă *asta* atunci...

Amintirea visului cu ochii deschişi pe care îl avusese după ce Mikhail o luase de mână îi reveni graţioasă în minte, la fel de proaspătă şi veridică pe cât fusese atunci când şi-o construise prima oară. O recreă acum, conferindu-i substanţă graţie anilor de experienţă pe care îi acumulase lăsându-se îmbrăţişată de un bărbat şi imaginându-şi că cel care îi striga numele în momentul în care atingerile ei îl aduceau la extazul suprem era vreun altul.

Îşi imagină că mădularul lui Mikhail se mişca înăuntrul ei, că Mikhail tremura sub mângâierea degetelor ei şi striga descătuşat în punctul culminant. Îşi imagină că Mikhail o strângea în braţe, învăluind-o în magnificele lui aripi întunecate. Îşi imagină mirosul lui masculin, ca de muşchi sălbatic, parfumul sudorii de după o zi de muncă amestecat cu cel al râului, părul negru şi aripile încă umede în timp ce îşi purta degetele printre pene.

Aproape că putu să *simtă* sămânţa Angelicului explodând în interiorul ei, făcându-i pântecul să se încordeze şi să o reţină, dând naştere vieţii care creştea acum acolo. Buzele i se întredeschiseră şi ochii i se dădură peste cap în vreme ce simplul *gând* al acestei împreunări fictive o umezea între picioare.

Ninsianna păru copleşită.

-E aşa de *bine* să te umple un mădular aşa de mare, şuieră Shahla. Nu-i aşa, Ninsianna?

Capul îi fu cuprins de o durere cumplită. Se simţi brusc smucită şi trimisă în direcţia opusă, iar picioarele părură să i se aşeze unul în faţa celuilalt din proprie iniţiativă. Rodia îi căzu din mână. Abandonată. Un fruct plin de jale, zăcând nedorit lângă fântână.

Shahla se răsuci, luptând împotriva impulsului care o forţa să plece.

-Rodia mea...

Ochii Ninsiannei erau de un cupru atât de intens, că strălucirea lor părea acum roşie. Zdrobi fructul sub picioare, iar buzele i se arcuiră într-un rânjet în timp ce îşi mişca călcâiul în stânga şi în dreapta, împrăştiind seminţele de un roşu sângeriu peste tot.

Şoaptele se ridicară în spatele Shahlei, care pleca strângându-se de nas şi încercând să oprească sângerarea care ţâşnea din el precum un izvor din deşert.

Şoapte. Şoapte. Şoapte despre ruşinea ei.

Capitolul 38

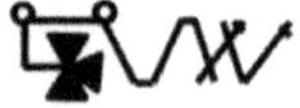

Septembrie 3.390 î.Hr.
Pământ: Satul Assur
Colonel Mikhail Mannuki'ili

MIKHAIL

Mikhail aşeză găleata cu lapte. Bine, *jumătatea* de găleată cu lapte. O găsise pe Nemesis în ţarc, pregătită să fie mulsă. De data asta, de vină pentru laptele pierdut era ce se întâmplase după, când Angelicul se aplecase să ridice spicele de grâu sălbatic din coşul cu gustări şi uitase să ţină găleata cu o mână ca să nu o răstoarne capra. Încă avea *cealaltă* jumătate din lapte. Doar că o purta pe partea din faţă a pantalonilor şi în penele uneia dintre aripi.

Îi zâmbi ruşinat mamei soacre.

-Măcar e mai mult ca ieri, spuse Needa rece.

Un miros de ceapă, usturoi şi alte mirodenii se ivi din ceaunul pe care tocmai îl adusese din cuptorul aflat în curte.

-Ce avem la cină? întrebă Mikhail, adulmecând.

-Linte afumată cu kisch şi carda…

Uşa din faţă fu trântită de perete. Ninsianna îşi trânti coşul de vindecătoare pe maasă, făcând să cadă mai multe faşe. Se răsuci spre el, cu ochii arzând de furie.

-Ştii ce-a spus despre tine?!!

-Cine?

-Shahla!

-Shahla? M-am întâlnit cu ea acum puţin timp. E bine?

Din cine ştie ce motiv, asta o înfurie şi mai tare.

-Ea… ea… ea…

Ninsianna izbucni în lacrimi.

-Ninsianna? Ce se întâmplă?

Încercă să o ia în braţe, să aline orice durere resimţea, dar fu respins.

-Pleacă de lângă mine!

Îl lovi cu pumnii ei mici în piept, nimerind acea zonă a cutiei toracice care fusese zdrobită la prăbuşirea navei, lăsându-i inima expusă.

-CUM AI PUTUT?!!

Ninsianna fugi pe scări, lăsându-l pe Mikhail cu găleata acum goală în mână. Angelicul se întoarse spre mama soacră cu o expresie nedumerită.

-Ce-a fost asta?

Needa îşi ţuguie buzele, având o expresie nemulţumită.

-Ai face bine să urci şi să *vorbeşti* cu ea despre ce o supără.

Mikhail urcă scara îngustă cu groază. Cu cât înainta în sarcină, cu atât mai capricioasă devenea soția sa. Oare uitase să facă ceva? Apă? Verificat. Capră? Verificat. Cereale culese? Cât de multe putuse într-o singură zi.

Bătu la ușa camerei lor.

-Ninsianna, am făcut ceva greșit?

Ceva se lovi de ușă și se sparse.

-Pleacă!

De dincolo de lemn răzbăteau suspinele unei inimi frânte. Mikhail încercă să împingă ușa, dar Ninsianna o blocase cu o cutie pe care chiar el o făcuse ca să își depoziteze hainele. Ar fi putut să o dea la o parte, desigur, dar *el* înțelegea mai bine ca oricine altcineva că oamenii aveau uneori nevoie de intimitate. Își strecură capul în bucătărie.

-Mama? Ce ar trebui să fac?

-Las-o în pace, îi spuse mama soacră. Când o să se simtă în stare să vorbească, o să iasă și o să îmi spună.

Urmă o cină neplăcută, în care el, Needa și Immanu stătură la masă lângă locul gol în care ar fi trebuit să stea Ninsianna. Cuprins de panică, Mikhail avu impresia că lintea avea gust de zgură.

-Ar fi bine să mergi să antrenezi războinicii, spuse Immanu într-un sfârșit.

-Nu vreau să o las singură în starea asta.

-Orice-ar supăra-o, o conving eu să iasă, fiindcă pare să fie nervoasă pe *tine,* nu pe noi.

-Dar nu am făcut nimic, zise Mikhail încruntându-se perplex. Cel puțin nu *cred* că am făcut ceva. Nu ceva ce îmi amintesc.

Immanu îi zâmbi cu regret.

-Uneori, nu ceea ce *facem,* ci ceea ce *uităm* să facem ne supără soțiile. Du-te. O să o conving eu să iasă din cameră și, când se liniștește, puteți să vorbiți.

Ratase vreo aniversare? Nu. Soarele încă nu făcuse o rotație completă de când ajunsese acolo. Vreo zi de naștere? Nu, din câte-și dădea seama. Dacă nașterea nu coincidea cu vreo mare sărbătoare religioasă, oamenii aceștia nu o notau în vreun calendar. Îi făcuse vreo promisiune de care uitase să se țină?

Înaintând spre terenul de antrenament, făcu o întreagă listă – o listă cu fiecare promisiune pe care i-o făcuse vreodată, fie rostită, fie sugerată. Pe oriunde trecea, oamenii șușoteau în jurul lui, dar nu putea înțelege despre ce era vorba sau ce insinuări făceau. Pareesa îl trase la o parte.

-A zis *ce*? izbucni el.

-Că s-a culcat cu tine, spuse Pareesa. Înainte de nunta ta cu Ninsianna. Și că bebelușul e al *tău.* Nu al lui Jamin.

Se înroși ca focul în timp ce asculta toate detaliile, dar Pareesa i le împărtăși oricun, fiind singura persoană suficient de curajoasă încât să îi spună totul verde în față. Furia aceea întunecată care mocnea în subconştient trecu de punctul în care fierbea direct la cel în care se răcea. Las' că dădea el de târfa aia mincinoasă şi o obliga să retragă ce spusese!

-A spus totul la nervi, fiindcă Ninsianna a provocat-o, îi spuse Pareesa cu o maturitate care îi depăşea cu mult vârsta. Ştia exact ce ar răni-o cel mai tare – să creadă că tu nu ai fi loial.

-Dar *mereu* am fost loial, se tângui el.

Privi spre războinicii care se înghesuiau unii în alţii, grupuri, grupuri, privindu-l pe furiş şi şuşotind.

-E adevărat că eu nu sunt măritată, zise Pareesa, dar până şi *eu* am auzit-o pe Shahla făcând acuzaţii când un bărbat i-a nesocotit sentimentele. Are o limbă de viperă, asta e ceva cunoscut.

-Dar eu nu am nesocotit nimic, spuse Mikhail. Am găsit-o plângând pe jos şi am ajutat-o să se ridice. De ce ar spune ceva aşa plin de ură împotriva mea?

-Toată lumea ştie că Shahlei îi lipsesc câteva doage, răspunse Pareesa, făcând un semn sugestiv cu degetul în dreptul tâmplei. Putea să fie şi mai rău. Măcar nu a spus că s-a culcat cu tine *după* ce te-ai căsătorit.

Mikhail privi spre războinici. Războinicii care şuşoteau.

-Trebuie să mă întorc la soţia mea.

-Mergi, zise Pareesa. Te acoperim eu şi Siamek.

Mikhail nu merse, ci *zbură* înapoi acasă. Când intră în locuinţă, Needa îi întâlni privirea. Părea să reflecte empatie, nu reproş. Immanu stătea pe covorul de rugăciune, înconjurat de simbolurile şamanice, antrenând-o pe Ninsianna să îşi îmbunătăţească abilităţile magice.

-Vă rog să mă scuzaţi, spuse Needa, trebuie să îi duc tinctura asta lui Magwen, să facă o fiertură. Immanu, am nevoie de ajutorul tău.

Tatăl socru se ridică greoi şi îi făcu un semn aprobator în timp ce ieşea. Deci Ninsianna îi spusese despre ce era vorba şi el nu crezuse povestea. Mikhail aşteptă ca uşa să se închidă înainte să spună:

-Ninsianna?

-Ce? răspunse ea rămânând cu spatele la el şi privind spre perete.

-Pareesa mi-a spus despre acuzaţia Shahlei.

Ninsianna inspiră greoi, dar nu spuse nimic.

-*Mo ghrá*, ştii că nu e adevărat, nu-i aşa?

-*Ea* crede că e.

-Nu, spuse Mikhail. E o minciună. O minciună răutăcioasă, spusă doar ca să te rănească fiindcă urăşte să nu fie iubită de Jamin.

-Asta nu schimbă faptul că tot satul crede acum că mariajul nostru e o minciună.

În sfârşit se întoarse cu faţa la el. Ochii ei frumoşi şi aurii erau umflaţi de plâns.

-O, *mo ghrá*, zise Mikhail deschizând braţele larg. Ce contează ce spune lumea? *Tu* ştii că nu e adevărat.

-Asta a spus și mama, zise ea suflându-și nasul, dar fără a se arunca în brațele lui. A spus că nu ai avut *timp* să te culci cu femei ca ea.

-Și nici dorința, spuse Mikhail strângând-o în brațe oricum, dar nu fără să observe că ea nu păru să se topească în îmbrățișare, așa cum o făcea de obicei.

O înconjură cu aripile pentru a ține la distanță minciunile. Îi sărută creștetul capului, trăgând în piept parfumul ei care purta aroma sărată a lacrimilor.

-Ești cel mai important lucru care mi s-a întâmplat vreodată, îi zise el. Ești soția mea, partenera mea. Nu o să las nimic să ne despartă vreodată. Înțelegi? Nici măcar moartea.

Ninsianna își suflă nasul din nou.

-Asta spune și tata.

-Atunci de ce te îndoiești de mine?

-Pentru că am *văzut* ce și-a imaginat, strigă Ninsianna. Și-a imaginat că *ea* era cea cu care făceai dragoste și, pentru o clipă, a părut *real*.

-Dar nu s-a întâmplat niciodată.

Lacrimile începură să se scurgă din nou pe obrajii Ninsiannei.

-Asta spune și tata, zise ea printre hohote de plâns, pe jumătate incoerentă. A spus că, uneori, dacă cineva vrea foarte tare să creadă ceva, atunci poate să proiecteze gândul și asupra altora. Singura diferență e că eu *văd* gândurile pe care încearcă să le proiecteze, nu doar le aud șoptindu-mi în subconștient.

-Deci mă crezi că nu e adevărat?

-Bănuiesc, spuse Ninsianna ridicând din umeri, dar faptul că încă îi evita privirea transmitea altceva.

Mikhail o luă în brațe și o purtă spre pat pentru a șterge orice urmă de îndoială și a-i aminti soției sale că inima lui bătea doar pentru *ea*.

-Haide, îi zise el. O să îți arăt ce e *adevărat*.

O mângâie până când începu să cedeze. Apropierea de ea îi făcu mădularul să se întărească, chiar dacă nu o *simțea* așa cum se obișnuise. Shahla îi tulburase încrederea în... în acest... lucru frumos pe care el îl împărtășea doar cu ea. O mângâie până când sfârcurile i se întărâră și corpul îi reacționă.

Parfumul excitării ei trezi ceva primitiv în creierul Angelicului, dar, din cine știe ce motiv, tot nu putea să o *simtă*. Nici măcar când era *în* ea și ea se mișca înspre el, satisfăcându-și dorințele.

-Ninsianna?

Strigătul lui se asemănă mai degrabă cu o rugăminte, căci se afla la granița extazului, dar nu reușea să atingă punctul culminant. Ceva intervenise între ei. Ceva mai mult decât acuzația Shahlei. Ceva ce fusese acolo de multă vreme, dar nu crescuse suficient încât să ajungă la suprafață până când Shahla nu plantase sămânța îndoielii finale.

Ninsianna se desprinse de el cu toate că el încă nu terminase. Indiferent ce apăruse între ei, nu fusese rezolvat. Răceala ei îi tăie pofta. Se cuibări lângă ea, înfăşurând-o cu aripile pentru a alunga distanţa.

-Ştii că eşti singura femeie pe care am iubit-o vreodată, nu-i aşa?

-*Cum* aş putea să ştiu asta dacă tu nu ştii nici măcar cine *eşti?*

Reproşul îl lovi ca un pumnal. Nu cumva avusese chiar el astfel de îndoieli înainte de a o cere în căsătorie? Chiar şi acum se temea că, într-o bună zi, împăratul acela pe care abia de şi-l amintea, cel care îl echipase cu o navă capabilă să alunge soldaţi-şopârlă printre stele, avea să îi ordone să îşi ducă la bun sfârşit misiunea pe un tărâm îndepărtat. Sau chiar mai rău. Poate că *avea* deja o soţie şi o familie...

Nu, îi şopti inima. *Ninsianna e singura ta dragoste adevărată.*

-Înainte să vină Shahla cu minciuna asta, o întrebă el, ai avut vreodată vreun motiv să te îndoieşti de iubirea mea?

Ninsianna privi în sus, prin încăperea care se cufundase în întuneric acum că soarele apusese. Ochii ei aurii străluceau în beznă, cuprinşi de acea lumina interioară pe care o căpătaseră de când fuseseră atinşi de mâna Celei-Care-Este.

-Am teama asta că nu o să fii acolo să mă salvezi când o să am cea mai mare nevoie de tine, spuse ea într-un sfârşit.

-Nu am fost *mereu* aici când ai avut nevoie de mine?

-Ba da.

-Ştii că mai degrabă aş *muri* decât să permit cuiva să îţi facă rău.

Ceva din ceea ce spusese păru să fi atins un punct sensibil, pentru că Ninsianna îl împinse la o parte. El o îmbrăţişă mai strâns, iar aripile îi tremurară încercând să o tragă aproape, să alunge sentimentul că propria soţie îi scăpa printre degete, nu doar fizic, ci şi la nivel *mental* – un sentiment care se intensificase pe măsură ce ea acumulase mai multă putere. Ninsianna era chiar acolo, în braţele lui, dar acea parte din el care tânjea după *legătura* cu ea îi şoptea că, de fapt, nu era acolo.

-Dacă o să te pierd vreodată, *mo ghrá*, şopti Mikhail în timp ce Ninsianna se lăsa pradă unui vis agitat, o să mor de inimă frântă.

Capitolul 39

Octombrie 3.390 î.Hr.
Baza Sata'anică de pe Pământ
Locotenent Kasib

Lt. KASIB

Fiind condiţionate să colaboreze în familii extinse bine închegate, şopârlele Sata'anice erau înzestrate cu un simţ al gustului foarte bine dezvoltat. Această formă de evoluţie le permitea să interpreteze feromonii, mici mesageri biochimici secretaţi de corp. Frica avea un gust slab şi apos. Ascuţimea furiei avea un gust cu totul diferit de cel bogat, plin al mulţumirii. O şopârlă agitată emitea feromoni cu un gust complet diferit de cei ai uneia care spunea adevărul. Era aproape imposibil să păstrezi vreun secret printre şopârle.

Aproape imposibil... dar nu în totalitate.

Înainte de a bate la uşa Generalului Hudhafah, Locotenentul Kasib gustă aerul pentru a se asigura că nu emana vină.

-Intră!

-Am adus rapoartele de misiune, domnule, zise el, făcând un pas înapoi imediat după ce aşeză mapele şi luând poziţia de drepţi.

-Kasib?

-Da, domnule?

Coada îi tresări. Se rugă ca Generalul Hudhafah să nu detecteze mirosul care îl dădea în vileag.

-Ai primit ceva veşti de la escadra mea?

-Nu încă, domnule, spuse Kasib. Operează în linişte deplină.

-Fie ca Shay'tan să îi ghideze, zise generalul ducându-şi mâna la frunte, la bot şi la inimă, mai mult din obişnuinţă decât din convingere religioasă autentică. Apoi, îşi reîndreptă atenţia asupra dosarului pe care îl citea.

Kasib aşteptă. Pleoapa străvezie începu să îi tresară, un gest instinctiv de protecţie a ochiului pe care îl făcea înainte de a se avânta în luptă. O forţă să rămână nemişcată şi continuă să îşi privească ofiţerul comandant în ochi.

Generalul Hudhafah îşi ridică privirea. Ochii săi auriu-verzi se îngustară, asemănându-se celor ai unui şarpe.

-Ai nevoie de ceva, locotenent?

Creasta dorsală a lui Kasib fâlfâi ca aripile unui fluture. Trase aer în piept şi rosti cuvintele pe care le repetase zile întregi:

-Cred că am o soluţie privind supraaglomerarea, domnule.

Hudhafah puse dosarul înapoi pe masă. Luă un pix roşu, făcu un semn furios pe el şi îl aruncă într-un teanc etichetat „acţiuni disciplinare". Teancul devenea din ce în ce mai mare cu fiecare zi care trecea.

-Şi anume?

-De ce nu trimitem trupele să campeze în sat?

-Fiindcă *glumeţii* ăştia sunt prea volatili ca să îi lăsăm să se dezlănţuie asupra populaţiei civile, mormăi Hudhafah.

Luă un alt dosar şi îl deschise. Acesta conţinea fotografia a unui Catoplebas, una dintre speciile cele mai bătăioase din alcătuirea armatelor lui Shay'tan.

-Poate nu pe *toţi,* zise Kasib. Doar soldaţii care se poartă mai bine. Drept răsplată. Locuitorii oraşului sunt foarte încântaţi de tehnologia noastră.

-Ştii că nu putem să le-o distribuim până nu o *câştigă,* răspunse Hudhafah. Aşa spune legea lui Shay'tan.

-Dar dacă ne lasă să campăm în oraş şi asta ridică moralul soldaţilor, nu înseamnă că o câştigă? întrebă Kasib.

-Oamenii ăştia abia de reuşesc să supravieţuiască de pe o zi pe alta, oftă Hudhafah.

Privi îndelung fotografia soldatului Catoplebas, o creatură pe care fiinţele umane ar fi comparat-o cu mamiferul uriaş, primordial, pe care îl numeau *bour* şi care avea un temperament similar.

-Dacă trupele noastre le suprasolicită familiile mai mult decât o fac deja cerând tributuri, asta nu o să atragă decât resentimente. Ar trebui să aşteptăm până ajung specialiştii în culture agricole ca să îi înveţe să îşi îmbunătăţească recolta.

-Şi dacă le ordonăm soldaţilor să lucreze pe post de fii vitregi? întrebă Kasib. Să se trezească devreme şi să ajute la treburile din gospodărie? Asta ar rezolva problema supraaglomerării şi le-ar da alor noştri suficient de lucru încât să nu mai aibă timp să intre în belele.

Hudhafah privi spre teancul din ce în ce mai mare de rapoarte disciplinare. Dacă era să îi pedepsească pe *toţi* conform legislaţiei Sata'anice, aveau să îi trebuiască *patru* bricuri în loc de unicul centru de detenţie pe care îl improvizaseră într-o clădire prea instabilă ca să îi adăpostească în caz că mai hotărau mulţi să se revolte.

-*Cum,* în numele lui *Haven,* ar trebui să asigur disciplina dacă nu mai am spaţiu pe bric?!!

Hudhafah se ridică, aproape răsturnându-şi scaunul. Se îndreptă spre o hartă mare. Imaginea din satelit era acoperită de ace colorate care marcau resursele pe care le aduseseră deja pentru a prelua controlul acestui tărâm. Erau nevoiţi să subjuge o mulţime de regate mici înainte să impună regimul Sata'anic.

-Nu am rezistat niciodată aşa de mult fără *niciun* fel de schimb de trupe din Imperiu! spuse Hudhafah, purtându-şi ghearele verzui-maronii peste acele înfipte în hartă. Chiar și când o să ajungă escadra o să trebuiască să rămânem ascunși până reușim să mobilizăm suficienți soldați încât să ținem la distanță o posibilă intervenție a Alianței.

-Acesta ar putea fi un test, domnule, spuse Kasib. Un mic proiect de implementare a legii Sata'anice câtă vreme așteptăm restul flotei.

Hudhafah gustă aerul, resimțind cu limba lui bifurcată și sensibilă sinceritatea lui Kasib. Își scărpină solzii de sub lobul urechii, cufundat în gânduri.

-Tu, mai mult decât oricare dintre subordonații mei, pare să fi înțeles cum funcționează ființele astea, zise Hudhafah. Ce sugerezi să le dăm ca să le convingem să coopereze? În afară de aur. Amoriții ne seacă fondurile.

Kasib scoase dispozitivul luminos pe care îl extrăsese din spațiul de depozitare. Acesta funcționa pe baza unei reacții biochimice inofensive și putea fi prins fie la încheietura unei persoane, fie de vreun alt obiect, asigurând o lumină slabă. Fiecare dispozitiv de acest fel funcționa preț de câteva săptămâni înainte să trebuiască să fie înlocuit, dar putea fi oprit pentru a asigura o durată de viață mai lungă.

-Pare să le placă *asta,* spuse Kasib. Nu prezintă niciun pericol dacă ajunge pe mâini greșite, iar dacă rămânem fără și ne trebuie o sursă alternativă de lumină, putem folosi lămpile cu ulei ale ființelor umane. Dacă ne trimitem trupele cu câteva dispozitive de felul acesta drept daruri pentru capul fiecărei gospodării și suficiente grâne încât să asigure hrana fiecărui soldat, plus încă ceva pentru familia însăși, cred că oamenii ne vor accepta fără să se revolte.

Hudhafah apucă dosarul pe care îl lăsase deschis pe masă și îl aruncă în cutia de „acțiuni disciplinare".

-Fă-o.

-Mulțumesc, domnule, spuse Kasib, retrăgându-se spre fundul încăperii.

-A, Kasib? îl opri Hudhafah. Ce se mai aude despre Angelicul ăla?

Arătă spre un grup de ace albe, adunate în jurul unui râu mare și înconjurate de altele de culoare albastră, galbenă și verde.

-Aliații noștri Amoriți ne-au transmis că au redus lista posibilităților la șase sate, spuse Kasib. Să ordon atacul imediat ce identificăm locația exactă?

Hudhafah privi spre mapele care impuneau acțiuni disciplinare și se așeză înapoi pe scaun, iar coada îi tresări în timp ce se gândea. Era o soluție tentantă pentru problemele de disciplină. Să trimită soldații cu prea multă energie să se distreze puțin.

-Câți oameni au zis Amoriții că a omorât?

-Cincizeci și trei, răspunse Kasib. Plus-minus. Știți cât le place ființelor ăstora primitive să exagereze.

Hudhafah își duse degetele spre însemnele de la piept, stresant de mici în comparație cu masele pe care le manipulase cu atâta pricepere, ațâțându-le unele împotriva celorlalte. *Ei* aveau tehnologie avansată, dar atâta vreme cât nu dispuneau de nuclei sau trupe la sol, fiinţele umane puteau porni un război de gherilă destul de dăunător dacă decideau într-o bună zi să se îndrepte împotriva *lor* în loc să se atace *unele pe altele*.

-Până nu ajunge escadra aici, zise Hudhafah, aş plăti pe *altcineva* să se arunce în gura lupului. Putem să ne trimitem soldaţii mai târziu. *După* ce aliaţii au nimicit o parte din forţe.

-Da, domnule, îi răspunse Kasib cu un salut.

Locotenentul fu cuprins de mândrie. Spre deosebire de ceilalţi generali, care *chiar* îşi tratau inferiorii drept carne de tun, Hudhafah se asigura că trupele lui primeau exact ce aveau nevoie, chiar dacă asta însemna să încalce unele reguli. Nu irosea vieţi dacă avea şi altă opţiune.

Kasib îşi încheie sarcinile pentru acea zi şi îi ură noapte bună generalului. Făcu un duş, se îmbrăcă cu o uniformă curată şi porni spre satul aflat dincolo de baza militară.

-Locotenent! îl salutară gărzile din dreptul porţilor.

Nu avea un rang foarte înalt, dar fiecare membru al bazei ştia că el era ataşatul lui Hudhafah.

-Pe loc repaus, le răspunse Kasib.

După standardele Imperiului Sata'anic, Ugarit nu era vreo mare aşezare, dar, având în vedere că adăpostea o populaţie de aproape 8000 de oameni, satul reprezenta un centru comercial înfloritor. Situat la confluenţa dintre Marea Akdeniz şi alte rute comerciale, asemenea celor mai multe tărâmuri ocupate de fiinţe cu conştiinţă, şi Ugarit se dezvolta conform unui tipar cunoscut în lumea comerţului.

Gărzile patrulau străzile pentru a asigura liniştea, dar oamenii se obişnuiseră într-un final cu prezenţa lor. Negustorii din fermele aflate în afara satului reveniseră pentru a-şi vinde mărfurile, iar copiilor li se dădea voie din nou să se joace afară.

Kasib se uită la un grup de femei care se adunase în jurul fântânii comunale. Şuieratul amortizoarelor inerţiale care încetineau o navă ce se pregătea de aterizare îi atrase privirea în sus. Femeile acestei lumi, antrenate să îşi îndoctrineze copiii în spiritul armatelor lui Shay'tan, erau cele care aveau să transforme aşezarea dintr-una primitivă, blocată în epoca de piatră, într-un tributar performant al Imperiului Sata'anic.

O matroană se aşeză în aşa fel încât să îşi ferească fiica, aflată la vârsta măritişului, de privile curioşilor. Dat fiind faptul că Locotenentul Apausha depusese o plângere cu privire la modul în care le trata Lucifer, poate că era cu adevărat o idee înţeleaptă ca fetele să fie protejate.

Kasib rătăci pe străduţele înguste până când ajunse la destinaţie. Cele mai multe dintre casele din Ugarit erau construite din pietre închegate cu chirpici.

Locotenentul îşi retrase ghearele înainte de a bate la uşă.

-Cine e?

-Locotenentul Kasib, sâsâi el în limba Kemet, străduindu-se să pronunțe literele „T" și „K", atât de neobișnuite pentru el.

Kemet era lingua franca a comerțului pe acest tărâm, iar șopârlelor Sata'anice li se ordonase să o învețe pentru a se înțelege cu ființele umane până reușeau să adune suficiente forțe încât să pregătească oamenii să învețe limba Imperiului.

Ușa fu deschisă de Donatiya, soția lui Nipmeqa.

-Kasib! Bine ai venit!

Kasib își coborî privirea pentru a nu se uita direct la chipul neacoperit al Donatiyei, un gest pe care specia lui îl considera lipsit de respect față de soția unui alt bărbat.

-Taram e aici?

-Da, intră, spuse Donatiya. Nipmeqa! A venit Kasib.

-Salutare, Kasib, zise Nipmeqa. Vino. Așază-te. O să luăm cina imediat.

-Mai bine nu, răspunse Kasib. Nu vreau să îți împovărez familia.

-Insist, îl întrerupse Donatiya. Avem destul pentru toți.

O gașcă de copii intră din curte și se adună în jurul lui. De vreme ce majoritatea șopârlelor Sata'anice proveneau din familii mari, cu mulți pui, simplul număr al copiilor lui Nipmeqa îi amintea lui Kasib de casă. Locotenentul își strânse coada în jurul trunchiului pentru ca nimeni să nu calce din greșeală pe ea.

-Kasib! Kasib! Ne-ai mai adus curmale?

Locotenentul căută în bocceluță și scoase pachetele pe care le șterpelise din cortul care servea drept popotă – niște cereale ca să compenseze consumația din cămara lui Taram și niște bunătăți a căror lipsă nu avea să o observe nimeni, dar care puteau să îi câștige bunăvoința gazdelor.

-Nu mai erau curmale azi, spuse Kasib. Dar ni s-a întors o navă din est. Fructul ăsta se numește *mango*. Mă tem că nu am reușit să fac rost decât de unul, așa că va trebui să îl împărțiți.

Donatiya folosi cuțitașul din oțel pe care Kasib îl șterpelise când o adusese aici pe Taram pentru a curăța și tăia cu pricepere pulpa enormă. Copiii chiuiră de încântare la vederea culorii galben-oranj. Mama le plesni câteva peste degete și îi atenționă că trebuiau să aștepte până după cină.

Parfumul unui terci delicios gâdilă nările locotenentului. Ființele acestea umane erau aproape la fel de carnivore ca Marizii, dar gazdele lui Kasib învățaseră repede că el *nu* voia să fie tăiată o capră în onoarea lui de fiecare dată când venea la cină, ci mai degrabă să fie așteptat cu un ceaun de terci fierbând mocnit pe cuptor și cu o mână de fructe și nuci aruncate deasupra ca să îi astâmpere foamea. Asta îl făcea să se simtă ca acasă, alături de mama, mamele-surori, frații, surorile, frații vitregi, surorile vitrege și, desigur, alături de tatăl lui.

-I-ai spus generalului ideea ta? îl întrebă Nipmeqa.

-A fost de acord. Fă-mi o listă și o să trimit soldați onorabili la familiile bune.

-Eşti sigur că o să funcţioneze?

Kasib aruncă o privire în curte, de unde putea să audă cum Taram pălăvrăgea cu copiii în timp ce smulgea buruienile din mica grădină ce servea drept sursă de hrană. Cei mai mulţi din specia lui percepeau oamenii drept nişte animale, o specie primitivă care nu avea prea multe de oferit Imperiului Sata'anic. Dacă raportul pe care îl trimisese anonim către Serviciile Secrete Sata'anice avea să declanşeze o investigaţie, Kasib voia să se asigure că tovarăşii săi soldaţi aveau să trateze aceste fiinţe drept unele raţionale, nu drept nişte probleme pe care Shay'tan trebuia să le pună la punct, grăbindu-se să le trimită direct în mâinile barbare ale Alianţei.

Pe sprâncenele stufoase ale lui Hashem!!! Ce le făcea Lucifer bietelor femei era greşit!

-Kasib! îl chemă o voce diafană, muzicală. A doua oară pe săptămâna asta? Sunt onorată că îţi pasă aşa de mult de bunăstarea mea.

Intrând în cameră, Taram îşi întinse braţul cu grijă în faţă şi râse când copiii o avertizară în legătură cu un coş pe care îl mutară din calea ei. Nu privi direct spre Kasib, ci mai degrabă dincolo de el, dar îl găsi oricum, chiar dacă el nu spunea nimic. Mirosul era unul dintre simţurile de care se folosea pentru a compensa lipsa vederii. Iar Kasib spera că mirosul lui îi plăcea.

-B-b-bună, Taram, o salută el pe această femeie care fusese abandonată în grija lui.

-Vii cu veşti despre sora mea? întrebă Taram.

Degetele îi alunecară pe chipul său pentru a se asigura că mimica se potrivea cu vocea. Un fior plăcut făcu guşa galbenă, imatură a lui Kasib să capete nuanţa roşiatică a masculilor de rang mai înalt. Atingerea ei nu era sub nicio formă lascivă. Era pur şi simplu un gest necesar, care o ajuta să *vadă*. Cu o expresie blândă pe chip, femeia îşi lăsă degetele să zăbovească pe obrazul lui Kasib, netezind un solz mai dur.

-Tot ce ştiu e că a fost trimisă să se căsătorească cu cineva care are o tehnologie atât de avansată, încât totul o să i se pară de vis, minţi Kasib. Sunt sigur că are mare grijă de ea.

Nu îndrăzni să îi spună despre raportul lui Apausha. Oare vreuna dintre femeile acelea era sora lui Taram? Sau fusese suficient de norocoasă încât să fie trimisă pe altă navă înainte ca Lucifer să pună mâna pe ea? Oare ceilalţi hibrizi ai Alianţei se purtau mai bine cu femeile?

Shay'tan spunea multe poveşti despre cum trata Împăratul Etern femeile din armatele sale. Le punea să lupte şi să îşi nască pruncii în mijlocul bătăliei! Le interzicea să se căsătorească şi le obliga să îşi abandoneze copiii la naştere! Numele le erau alese la întâmplare şi erau trimise să se prostitueze de fiecare dată cu câte un alt mascul! Era... îngrozitor!

Dacă avea şi *el* să fie vreodată considerat demn de o soţie, avea să venereze pământul de sub picioarele ei şi să o protejeze, asigurându-se că nimic nu o poate face să sufere. Așa se purtau ei. Cei din Imperiul Sata'anic nu își tratau femeile ca cei din Alianță!

Nipmeqa își chemă copiii:

-Copii! Haideți la masă! Spălați-vă pe mâini întâi!

Donitaya puse pe masă vasul cu terci, niște pită proaspăt coaptă, o pastă de năut cu usturoi, o salată pe care Taram tocmai o adusese din grădina de care se îngrija pentru a-și compensa șederea, și acel unic mango pe care tocmai îl adusese Kasib. Opt copii se repeziră să devoreze cina. În fiecare săptămână Kasib aducea cereale pentru a acoperi șederea lui Taram, dar ceea ce ei foloseau ca să hrănească un singur soldat Sata'anic ajungea aici pentru șase oameni. Șopârlele Sata'anice venite cu cantități duble de cereale aveau să fie primite cu brațele deschise odată ce familiile aveau să își dea seama cât de generoase erau porțiile pe care le aduceau.

-Spune-ne o poveste, Kasib! Spune-ne o poveste!

-Eu vreau o poveste despre navele din ceruri!

-Eu vreau o povestă despre demonii înaripați!

-Eu vreau o poveste despre dragonul mare și roșu!

-Da, Kasib, râse Taram. Spune-ne o poveste.

Kasib își ridică privirea spre ochii aceia ce nu vedeau și gustă aerul în căutarea feromonilor umani pe care încă învăța să îi deslușească. Lui Taram îi *plăcea* să asculte povești despre imperii îndepărtate, zei, tărâmuri caudate și dispozitive de-a dreptul magice.

-Am pregătit una bună pentru seara asta, zise el. Se numește Cântecul lui Ki.

-Cântă-ni-l, Kasib, îl implorară copiii. Te rugăm!

-Cântecul acesta e despre doi zei măreți care domnesc inclusiv asupra zeilor bătrâni, cum sunt Împăratul Shay'tan și Împăratul Hashem, spuse Kasib. Dar și despre zeița-mamă care le-a dat naștere tuturor.

Mimând o tobă, Nipmeqa își încurajă copiii se susțină ritmul percuției folosindu-se de clopoței și scoici. Pe un ton grav, adânc, pe care nicio ființă umană nu îl putea copia pentru că nu avea cum să atingă octavele pe care i le permitea lui gușa, Kasib începu să intoneze cântecul antic:

În ora tumultoasă a lui Ki, și cea mai dureroasă,
Când lumea înghițit-a fost de zarea-ntunecoasă
Ea și-a cântat duios un Cânt al Plăsmuirii
Și Întunericul degrab' i s-a supus Luminii.

Lumină cea dintâi, o, sfânt făptuitor,
O, fiică a lui Ki, Cea-Care-Este și va fi,
Al Celui-Care-Nu-i tu Întuneric l-ai străpuns
Și Viață ai creat. Tot ce există și va fi.

Dar într-o zi cumplită durere-a revenit,
Căci al lui Ki dușman, un aprig zis Moloch,
Malefic soț de altădat' sosit,
S-a întors și tot în cale-a frânt, a prigonit.

În marele văzduh doar Rău a semănat
Și-n drumul lui prea grabnic el lume-a răsturnat,
Și-a devorat și pruncii, propriii săi copii,
Ca să-nțeleagă Ki toate-ale lui furii.

Însă Acela-Care-Nu-i, al lumii Protector,
Al Haosului Lord, și-al Întunericului Lord,
Un Cântec al Distrugerii îndată a grăit
Pentru-a salva Lumina, pe care veșnic a iubit.

Cea-Care-Este și va fi amare lacrimi a vărsat
Vazându-și lumea-ntreagă drept spațiu devastat.
Lordul Întunecat nu suportă a ei durere
Și-i oferi prea blând o caldă mângâiere:

Pentru-a-și păstra puterea, pentru-a o proteja,
Un joc de șah pe dată ei, ambii, vor juca.
Cea-Care-Este noile piese va crea,
Cel-Care-Nu-i, de restul se va ocupa.

Dar amândoi pe veci atenți au să rămână,
A lui Moloch întoarcere degrabă să prevină,
Căci el trimite-Agenți ca drumul să-i deschidă
Când va scăpa din Iadul în care arde-acum.

Iar de va reuși vreodat' din foc să mai renască
Și hrana neîndoielnic îndată și-o va cere,
O brav' Aleasă Cea-Care-Este va numi,
A revenirii veste în lume spre a răspândi.

Un semi-zeu prea drept, adus chiar din Înalt,
O Sabie a Zeilor ca lumea să păzească
Și-armate adormite din neguri să trezească.

Cum lui Moloch Agenții în Rău îi vor sluji,
Așa și Ki Protéctori din Ceruri va numi,
Iar din a deznădejdii mare,
Când totul pierdut pare,
Agenți ascunși să O servească vor gândi.

Iubire-adevărată pe Celălălt va inspira,
Iar inima ei blândă cu țepi va suliţa,
Speranţa s-o aducă de unde nici nu e.
Doar în uimire poţi pătrunde a lui Ki Cântare.

Când jucătorii toţi mişcările vor face,
Iar Steaua Dimineţii pe cer va străluci,
El va lumina cărarea prin ora cea mai grea,
Şi-o cale a Luminii sublim va reînvia.

Iar de aceste fapte vreo fiinţă vor trăda,
De protecţiile lui Ki cumva s-or spulbera,
Lordul Întunericului nava şi-o va scoate
Şi va proteja Lumina distrugând pe tot, şi toate.

Se prefăcu că se agăţa de ceva în timp ce intona versul final, pentru a-i conferi cânteculului un aer ameninţător, aşa cum îi fusese arătat când era doar un pui. Copiii scâncirâ, mimând groaza corespunzătoare.

-Bun! Treceţi la culcare acum! le ordonă Nipmeqa copiilor săi.

Pe fundalul mormăielilor care mai cereau o poveste, Nipmeqa şi soţia sa îşi conduseră copiii la etajul superior, permiţându-i lui Kasib să discute doar cu Taram. Ochii ei reflectau nuanţa blândă de verde a băţului luminous pe care el i-l oferise în dar, *văzându-l* aşa cum nicio altă fiinţă umană nu îl vedea, chiar dacă, de fapt, *nu* putea să vadă. Era interzis să privească în ochi o femeie care nu îi era mamă, soţie sau soră, dar Kasib se simţea de-a dreptul captivat de ochii lui Taram.

-Avem cântece despre Cea-Care-Este în lumea noastră, îi spuse ea. Şi despre soţul său, Cel-Care-Nu-Este, deşi noi îl numim pur şi simplu Moartea. Dar cine este celălalt zeu despre care ai cântat? Moloch? Nu am mai auzit niciodată de el.

-O, zise Kasib, iar inima i-o luă la goană cu toate că ştia că povestea nu era nimic altceva decât o legendă. Cel Malefic e un zeu *teribil*. Noi îi spunem Devoratorul de Copii.

Capitolul 40

Data Galactică Standard: 152,096.02
Haven-1: Palatul Etern
Tânărul Lucifer – 15 Ani

Cu 225 de ani în urmă...

TÂNĂRUL LUCIFER

-Lucifer! mă cheamă mama. O să întârziem!

Îmi mai trag o dată jacheta Nehru ca să îndrept gulerul şi îmi aranjez câteva dintre penele albe, care nu stau locului. Mama pare puţin ciupită şi obosită, o înfăţişare pe care l-am convins pe tata să o adopte când lucrează. E prea ocupată cu misiunile lui diplomatice ca să lâncezească. Chiar dacă a purtat negru în fiecare zi a existenţei mele, astăzi e frumoasă, iar în obraji are o nuanţă de roz menită să îi scoată în evidenţă ochii de un albastru nepământesc, atât de diferiţi de cei argintii ai mei.

Îmi umflu pieptul ca un bărbat şi îmi forţez vocea să rămână echilibrată, chiar dacă tot cedează de parcă aş fi un babuin dereglat.

-Cum arăt?

Ochii mamei se umplu de lacrimi. Pentru o clipă mă tem că o să cadă din nou pradă tristeţii, dar ea îmi dă la o parte o şuviţă blond-argintie şi o aşază la loc. Degetele îi tremură.

-Arăţi exact ca tatăl tău.

Îmi atinge obrazul de parcă, preţ de o clipă, ar vedea pe altcineva. Aripile întunecate i se pleoştesc, frumoase şi graţioase în tristeţea lor.

Îmi întinde tableta cu raportul în care se găsesc numele tuturor demnitarilor care au fost invitaţi la evenimentul de azi, alături de o descriere a înfăţişării lor, ce conexiuni au şi care sunt lucrurile despre care ar trebui sau nu ar trebui să vorbesc cu ei. În sfârşit mă tratează ca pe un adult!

Îşi tamponează buzele cu un deget şi îmi şterge nişte resturi de mâncare de pe bărbie.

Aproape ca pe un adult...

Trebuie să o ţin suficient de ocupată încât să nu îşi amintească că azi e ziua mea.

-Haide! spun eu, trăgând-o spre Sala Mare. Asta e prima oară când tata ne dă voie să participăm!

Oficial, cel puţin. După ce m-a prins strecurându-mă pentru a doua sutea oară în Sala Mare ca să trag cu urechea, s-a convins că o să găsesc mereu o cale, indiferent de ce măsuri de securitate adoptă, așa că ar fi mai ușor să mă invite pur și simplu. Metodele de apărare ale tatei nu sunt așa de greu de depășit când Copacul Etern e mână-n mână cu mine, aplecându-și crengile către ferestre mai rar folosite pe care pot intra fără să declanșez senzorii de zbor.

-Îți amintești ce trebuie să spui dacă te întreabă cineva cine ești? îmi spune mama.

-Sunt din Academia de Instructaj pentru Tineri Gamamene-6, am venit aici cu o bursă pentru biologie.

Un cadet fără nume și fără chip, ales dintre soldații anonimi ai tatei.

-Ține minte că un diplomat înțelept își ține urechile larg deschise și gura închisă, îmi zice mama cu o expresie dură. Ceea ce *nu* se spune e adesea mai important decât ce se spune. Ascultă și fii atent.

-Da, mama, răspund cu un zâmbet larg. Pot să trag cu ochiul în gândurile lor?

-Șșș, îmi spune ea cu o privire tăioasă. Nu trebuie să îi dezvălui *nimănui* darul cu care ești înzestrat!

Tata e obsedat să afle de ce AND-ul meu conține și o a treia bandă completă, numită TNA, în timp ce al mamei, nu. Îmi face tot felul de teste ca să afle dacă am vreun „dar", dar mama insistă să nu îi permit să mă transforme într-unul din experimentele lui.

Din punctul meu de vedere, munca tatei e plicticoasă. E mult mai interesant să îi pun pe ceilalți să facă ce vreau eu, cum ar fi să îl bat pe Shay'tan la Șah Galactic. Mama se oprește preț de o clipă în fața ușilor cioplite elegant, așteptând ca Maestrul Ubicha și Maestrul Higahoni să ne anunțe intrarea.

-Ești gata?

Pare emoționată.

Îmi strâng aripile la spate așa cum mi-a spus bătrânul Dephar că trebuie să facă un Angelic venit la curte. Mama oftează când îi dau drumul la mână ca să îmi țin brațele pe lângă corp. Trebuie să mă prefac că mama îmi e doar profesoară. Tata m-a pus să repet povestea până am reținut toate detaliile la perfecție.

În ultima vreme m-a tot chinuit un gând straniu. Cum se face că tata nu mă prezintă niciodată drept fiul lui? Îi e rușine cu mine? Ori de câte ori o întreb pe mama, îmi spune să tac.

Ușile se deschid. Holul e inundat de o lumină care aproape mă orbește.

-Cadet Lucifer, anunță Maestrul Ubicha în Sala Mare. Câștigător al Bursei Eterne pentru Științe Microbiologice de la Gamamene-6, alături de profesoara lui.

Toate capetele se întorc spre noi, privesc în direcția din care intrăm, după care revin la ce făceau înainte. E aproape dezamăgitor. Tata ne face cu ochiul în timp ce ne apropiem de tron și apoi se preface că nu ne observă.

-Ce facem acum, maaa…hmm… doamnă profesoară Asherah?

-Maestrul Higahoni o să îi anunțe pe cei decorați, îmi spune mama. Orchestra o să intoneze imnul național al Alianței. Soldații se vor prezenta în Sală, apoi eu o să le citesc numele, iar Împăratul o să le prindă decorațiile la piept.

-Ce bătălie măreață au câştigat?

-Una pe care nu ar fi trebuit să o poarte, îmi spune ea, iar chipul i se întunecă. Tatăl tău… într-o bună zi, orgoliul ăsta o să îi vină de hac!

Orgolios? Privesc spre tronul conceput în aşa fel încât să exprime autoritate. Tata nu e orgolios!

Goarnele sună. Patru câte patru, armatele tatei mărşăluiesc în încăpere. Leonizii înaintează spre stânga, Centaurii, spre dreapta, iar Angelicii rămân la mijloc, toți aliniați în formații ordonate pe gresia cu pătrate bej şi roşcate, părând să fie mai degrabă piese de şah care urmează să fie mutate. Azi nu e niciun Mer-Levi aici, pentru că Palatul Etern a fost construit înainte ca tata să îi creeze şi pe ei, dar mi-a spus că o să aibă loc şi o a doua ceremonie, mai mică, pe navele lor.

Tata coboară de pe tron şi îmi face semn să vin lângă el.

-Toți par aşa curajoşi şi îndrăzneți.

-Chiar sunt, spune tata. Au fost prinşi într-o ambuscadă de un inamic înşelător, dar au reuşit să îl țină departe de nişte elemente prețioase.

-Şi dacă s-au retras, cum e asta o victorie? îl întreb.

Tata mă strânge de umăr, iar ochii aurii îi strălucesc în vreme ce mă priveşte cu o expresie care nu poate fi descrisă altfel decât apreciativă.

-Pentru că premiul era deja la mine de la bun început, iar inamicul nici măcar nu ştie.

-Atenție! strigă comandantul Leonid.

-Uuraa! salută armatele, iar apoi îşi lovesc coastele, provocând pocnete puternice.

-Tata, pot să intru şi eu în armată într-o bună zi?

Fruntea îi e străbătută de umbre, care dispar însă repede şi sunt înlocuite de un zâmbet forțat.

-Nu, fiule, spune el. Nu e bine să te încrezi prea mult în comandanți. Uneori te trădează. Şi unde-ajungi aşa?

În ochi i se citeşte o expresie intensă care, sincer să fiu, mă cam sperie.

Încerc să nu mă foiesc cât îşi ține discursul. Trăncăne la nesfârşit. Într-o bună zi, când o să fie rândul meu să țin discursuri, o să am grijă să nu le fac niciodată plictisitoare!

-Hai să le dăm medaliile, spune într-un final.

Încerc din răsputeri să îi copiez mersul regal.

Soldații din Forțele Aeriene Angelice rămân fermi pe poziție în timp ce tata le prinde medaliile la piept. Apoi, le oferă premiile celor bravi din Cavaleria Centauri. Sunt cu toții atât de înalți încât trebuie să îngenuncheze ca tata să ajungă la ei. Urmează ca Leonizii din forțele multisituaționale să îşi primească medaliile. Cu ei îmi place cel mai mult să joc pe tabla de şah a tatei, împotriva lui Shay'tan, pentru că Leonizii nu se opresc din luptă până nu câştigă sau mor încercând.

Observ că una dintre agrafele mantiei oficiale a tatei s-a desfăcut. Încerc să i-o prind la loc înainte să îl zgârie pe umăr.

Pieptul îmi e cuprins de durere la câteva milisecunde înainte ca o armă cu energie să se declanşeze. Mirosul cărnii arse îmi năvăleşte în nări.

-*Molechu akbhar*!!! strigă cineva.

Izbucnesc împuşcături.

Pe jacheta mea albă, Nehru, se iveşte o pată roşie, iar soldaţii intră în acţiune, înconjuraţi de urma bine definită a arsurii provocate de un pistol cu laser cu rază îngustă – arma unui asasin.

Un tunet asurzitor face fundaţia palatului să se cutremure. Tata mă aruncă la o parte şi se avântă în marea de soldaţi, schimbându-şi înfăţişarea de bătrânel cald cu cea *adevărată,* cea surprinsă pe Marea Poartă a Raiului. Devine mai înalt, părul i se întunecă, iar ochii furioşi capătă o strălucire aurie. Soldaţii lui ca nişte piese de şah se dau la o parte din calea sa. În jurul braţului său se ivesc scântei alb-albăstrii, iar el ţinteşte şi slobozeşte un fulger chiar din propria mână.

Camera se întunecă şi începe să se învârtă.

-Băiatul a fost împuşcat! urlă o voce.

Mă scurg pe podea.

O blană caldă, aurie, îmi apasă trupul, protejându-mi-l cu al său.

-Lucifer! strigă mama.

Mă lupt să trag aer în piept, dar nu îmi pătrunde nimic în plămâni.

În jurul meu răsună copite, aripi care bat şi urlete de durere. Fulgerele sfârâie prin încăpere. Tunetul e asurzitor, dar nu suficient de puternic încât să umple lipsa bruscă a oricărui sunet pe care ar trebui să îl aud… sau nu.

Inima mea…

-Fiule, uită-te la mine! spune mama, lovindu-mă peste obraz. Ascultă-mi vocea. Trebuie să îmi urmezi vocea. Urmează-mi vocea spre cântec.

Camera cu soldaţii care strigă şi carnea care arde se întunecă. Înaintea ochilor mei se deschide o încăpere luminoasă, dar la poarta tărâmului viselor nu mă aşteaptă nimeni din familie, nimeni dintre cei dragi. O să mor singur? Încep să plâng… chiar dacă sunt prea *mare* ca să plâng.

Dincolo de încăpere se cască o prăpastie adâncă. O vâlvătaie de un verde putred încearcă să mă tragă spre ea.

-Mama! ţip eu, dar mama nu poate să mă audă pentru că sunt mort.

Flăcările mă înşfacă şi ştiu că sunt pierdut. Dar apoi îl aud, aud cântecul Păsării Fericite, care însă nu e intonat de niciun sturz muritor. Mama mea, atât de frumoasă şi de tristă, cântă în întuneric până simt că suferinţa ei îmi va frânge inima. Se foloseşte de suferinţa aceea şi pătrunde în vâlvătaia oribilă şi verde, mult mai neînfricată decât tata în determinarea ei de a mă ţine departe de strânsoarea flăcării.

-Nu poţi să îmi iei fiul! strigă ea. Shemijaza! Te rog! De-asta te-am părăsit!!!

Nu sunt mort?

Din flăcările acelea verzi erup valuri de ură, reproşuri, furie şi apoi uimire, în timp ce mama îşi cântă suferinţa pentru a face cealaltă fiinţă să înţeleagă.

Un fiu?

Flăcările verzi pâlpâie, iar o a doua conştiinţă se luptă să pătrundă în infern. Un cântec vine drept răspuns: ezitant la început, dar din ce în ce mai puternic apoi. Un bărbat cu aripi albe păşeşte în afara vâlvătaiei de un verde putred; înalt şi voinic, are chipul brăzdat de cicatrici de luptă, iar părul alb-auriu şi ochii lui argintii sunt exact ca ai mei. Îşi cântă propriul cântec, profund şi suferind. Mama l-a părăsit. Se întinde dincolo de vid şi îi strânge mâna.

Am un fiu...

Flăcările verzi urlă cu furie.

Tărâmul viselor se cutremură în lupta cu bărbatul, dar şi-a pierdut deja puterea asupra lui, asupra celui care cântă. El mă ia în braţe şi mă poartă spre rădăcinile unui copac măreţ, iar trăsăturile pătrăţoase i se îmblânzesc când mă lasă jos. Aşa cum Copacul Etern îşi coboară ramurile pentru a mă ajuta să mă furişez în palat, copacul din lumea *de mijloc* mă ia din braţele lui şi mă poartă înapoi la mama.

Privesc în sus, printre crengi, şi văd stelele. Spre deosebire de copacul din grădina tatei, acesta e plin de fructe. Îşi îndoaie una dintre ramuri şi îmi aşază un fruct în dreptul buzelor; ramurile mă mângâie de parcă ar fi mama. Sucuri dulci îmi năvălesc pe buze şi îmi şoptesc numele.

„Luciferi, qui primus natus..."

Treptat, devin din ce în ce mai conştient de atingerea unei blăni calde şi aurii. Acum mă ţin nişte braţe muritoare, nu ramurile vreunui copac. Cântecul continuă, dar mama e cea care îl cântă, în timp ce lacrimile i se scurg pe obraji. Pasărea Fericită îşi împărtăşeşte şi ea trilul de pe ramul Copacului Etern.

Mă doare pieptul.

-Cred că o să supravieţuiască, spune un soldat Leonid plin de sânge.

-Lucifer, îmi zice mama, mângâindu-mi obrazul. O să te faci bine.

-Mama?

Inima îmi bate încet. Nu mai e mută.

-Auzisem că cei din specia dumneavoastră au acest dar, spune Leonidul, dar nu l-am mai văzut niciodată pe viu.

-Mulţumesc că l-ai protejat, Colonel Harakhti, spune mama. Dacă ar fi fost împuşcat a doua oară, *eu* nu aş mai fi putut să îl vindec.

Deasupra mea, Copacul Etern se înalţă spre pământ, la fel de văduvit de fructe cum a fost de la sfârşitul celui de-al Doilea Război Galactic. Oare totul fusese doar un vis?

-Dă-mi voie să îţi vindec umărul înainte să se stingă cântecul, îi spune mama curajosului Leonid care s-a aruncat asupra mea. Îşi duce mâna la umărul lui, în locul în care a fost împuşcat încercând să mă protejeze, şi începe să cânte. Rănile lui se închid, lăsând în urmă doar uniforma însângerată. Eu îmi pipăi pieptul, care nu mă mai doare. Locul în care am fost împuşcat îngână un cântec mai profund. Mai cântă cineva cu ea, susţinându-i darul. Susţinându-mă *pe mine*. Cineva care nu e aici.

-Nu ar trebui să se ocupe Împăratul de asta? întreabă Leonidul.

-El nu *ştie* cum să o facă.

O lacrimă alunecă pe obrazul mamei.

-Doar o pereche unită poate să audă Cântecul lui Ki.

-Mulţumesc, doamnă, spune Leonidul. Vreţi să îi spun Împăratului că tânărul cadet va fi bine?

-Împăratul a plecat, şuieră mama. Nici măcar nu a observat că Lucifer a fost împuşcat! S-a dus după Agent şi a dispărut.

-Nu aveam nicio idee că e fiul dumneavoastră, doamnă, se fâstâci Leonidul. Am făcut ce am fost antrenat să fac: să îl protejez pe Împărat şi pe cei la care ţine.

-Mulţumesc, Colonel Harakhti, spune mama. Nu ştiu cum să mă revanşez pentru ceea ce ai făcut.

-Doar mi-am făcut slujba, doamnă.

Leonidul o salută pe mama şi mărşăluieşte spre Sala Mare, din care încă se aud strigăte şi zgomote haotice. Mama mă strânge la piept de parcă încă aş fi un băieţel.

-Mama? Ce s-a întâmplat?

Corpul îi tremură de plâns.

-Tatăl tău m-a ajutat să te vindec!

-Tata?

-Nu Împăratul. Tatăl tău *adevărat!* I-ai oferit ce avea nevoie ca să scape de umbra care i-a hrănit ura în tot acest timp. Dar acum că ştie că exişti, nimic nu îl va mai ţine departe de tine.

Mama îmi striveşte faţa la pieptul ei şi refuză să îmi mai răspundă la întrebări. Inima îi bate sub urechea mea – cu multă putere, chiar dacă în tot acest timp eu am crezut că mama e slabă. Gândurile ei sunt o frenezie haotică de emoţii, dar în inimă i-a luat naştere o trăire *nouă:*

Speranţa...

-Mama? Cum adică tata nu ştie că exist?

Zidul uriaş de care se foloseşte pentru a-şi ascunde gândurile de darul meu se prăbuşeşte şi îmi dau seama că în tot acest timp a fost acolo ca să ascundă de mine amintirile pe care mama le are cu bărbatul cu ochi de argint.

-Împăratul o să fie foarte furios.

Refuză să îmi întâlnească privirea.

-Dar nu aş fi suportat pierderea ta. Nu după ce l-am pierdut *pe el.*

Sus, pe crengile Copacului Etern, despre care acum ştiu că există în toate dimensiunile, Pasărea Fericită îşi ciripeşte trilul frumos şi melodios. Foarte asemănător cu al mamei. Doar că trilul acesta e fericit, nu străbătut de durere. Oare e tristă pentru că îi e dor de bărbatul care s-a ivit din flacăra verde şi m-a dus înapoi la Copacul Etern?

Acel al doilea cântec care murmură în pieptul meu se stinge treptat, dar nu dispare complet. Pare că ceva ce a lipsit dintotdeauna şi-a găsit brusc căminul.

Îmi amintesc privirea din ochii tatei când m-a împins la o parte ca să îl prindă pe trăgător. De ce nu e aici acum? Pentru prima oară în viaţa mea, simt îndoiala strecurându-mi-se în minte.

-De ce tata nu a observat că eram rănit?

-Zăboveşte pe tărâmul ăsta ca să ţină la distanţă monstrul pe care l-ai văzut în lumea de mijloc, spune mama, nu ca să se strofoace cu problemele muritorilor. Noi suntem doar un hobby. Ceva cu care îşi ocupă timpul.

-Nu îi pasă?

Ochii îmi sunt inundaţi de lacrimi.

-Nu e vorba că nu îi pasă, oftează mama. Doar că e zeu. Uneori uită că pentru noi, ceilalţi, viaţa e trecătoare.

Buza îi tremură. Îmi amintesc ce a spus când mi-a aşezat gulerul înainte de a mă aduce în Sala Mare.

-Când ai spus că arăt exact ca tata, nu te refereai la acest tata. Vorbeai despre bărbatul din lumea de mijloc, nu-i aşa, mama?

Mama priveşte în altă parte şi nu răspunde. Darul care îmi permite să *văd* lucruri ascunse dincolo de cuvinte nu îmi spune nimic, însă darul mai slab pe care l-am moştenit de la ea, abilitatea de a ajunge la inimile celorlalţi şi a simţi empatie, nu îmi poate ascunde faptul că acesta este bărbatul pe care îl jeleşte în fiecare an de ziua mea, bărbatul pe care l-a iubit şi l-a pierdut.

-Cum îl cheamă?

Mă tem că nu îmi va răspunde, că nu îmi va dezvălui numele interzis de Împărat, dar îl spune cu atâta blândeţe, încât pare aproape o şoaptă:

-Shemijaza.

L-am mai auzit şoptit prin Palatul Etern, e numele legat de al Treilea Imperiu, cel mic şi argintiu cu care tata se luptă pe table de şah galactic. E numele ataşat de imaginea holografică a unui AND pe care tata îl are afişat în laborator şi pe care îl ascunde de fiecare dată când intru eu în încăpere.

Cuvintele pe care tata mi le-a spus când şi-a petrecut braţul în jurul meu şi a zis că are deja *adevăratul* premiu, iar inamicul nici măcar nu ştie, capătă deodată sens. Tatăl meu *adevărat* e conducătorul acelui imperiu mic şi argintiu.

Iar tata m-a furat de la el...

Capitolul 41

Data Galactică Standard: 152,324.10 D.Î.
Sector Delta – Nava Amirală „Syracusia"
Generalul Cavaleriei Centauri Kunopegos

În prezent...

KUNOPEGOS

-Atenţie, defibrilez!

Kunopegos se trase înapoi când doctorul Fuflun trânti padelele pe pieptul lui Aigiarne. Corpul ei ţâşni în aer.

-Cod albastru! Cod albastru!

Locotenent Edena, o asistentă din specia Saola, asemănătoare gazelelor, strigă în dispozitivul de comunicare:

-Avem nevoie de o echipă de la traumatologie. Terminat!

-Care e cauza infarctului miocardic? cârâie o voce de la celălalt capăt al liniei.

Asistentă îi aruncă o privire răutăcioasă comandantului său.

-Travaliu prematur. Trebuie să facem o cezariană de urgenţă.

Bătaia inimii lui Aigiarne face să apară o linie frântă pe monitor, care însă se netezeşte iar. Maşinăria slobozeşte avertismentul asurzitor al stopului cardiac, de parcă ar fi martoră la o crimă.

-Aigiarne! îi scutură Kunopegos mâna soţiei sale. Te rog!

Personalul medical se înghesuia în spitalul de la bordul navei.

-Ce caută o Angelică însărcinată pe o navă portamirală Centauri? întrebă unul dintre ei.

-Încep masajul cardiac, strigă medicul Fuflun. Locotenent Edena, dă-mi 1.2 mg de atropină. Şi o seringă întreagă de adrenalină.

-La o parte, domnule, anunţă Edena.

Kunopegos se retrase, iar Locotenent Edena umplu un ac cu aspect de-a dreptul îngrozitor cu un lichid ca de chihlimbar, pe care îl înfipse apoi în cutia toracică a lui Aigiarne, ajungând până la inimă.

-Unde îi sunt aripile? întrebă unul dintre medici, dându-şi seama că femeia cu care aveau de-a face nu era Angelic.

-Discutăm mai târziu! spuse Edena cu o privire ucigătoare. Şi scoateţi-l pe *el* afară! A făcut deja destul rău!

Doi gardieni masivi îl scoaseră cu forţa din cabinet şi îl împinseră în încăperea de alături, cu braţele încrucişate la piept, blocând uşa. Doar faptul că ei erau Centauri şi că ştia că Saola avea dreptate îl împiedica pe Kunopegos să forţeze revenirea în cabinet. Doi medici îi făceau masaj cardiac lui Aigiarne, vrând să mențină mânzul oxigenat câtă vreme ceilalți pregăteau operația de cezariană.

Kunopegos privi neajutorat cum personalul medical tăie abdomenul soției sale și scoase o grămăjoară încă înfășurată într-un sac opac, pe care o duseră în grabă la incubator. Chiar și din locul în care stătea, Kunopegos își putea da seama că mânzul avea o culoare greșită, neagră cu pete albastre, nu cea a unui mânz Centauri obișnuit.

Pe cine să stea cu ochii? Pe soția lui? Sau pe mânzul care o costase viața?

Corpul de medici se reorientă, nemaiconcentrându-se asupra lui Aigiarne. Doctorul Fuflun își îndreptă atenția asupra mânzului și lăsă Locotenentul Edena să o coasă pe soția lui Kunopegos.

Când încheie ultima cusătură și tăie firul negru, Locotenent Edena se șterse de sudoare. Privi spre locul în care stătea el, aplecat pe fereastra de observare, cu sângele lui Aigiarne întins pe pata albă de pe frunte. Le făcu semn celor doi membri ai echipajului care păzeau ușa să îl lase înăuntru.

-Ce *naiba* a fost în capul dumitale, strigă ea, când ai lăsat o iapă așa de mică însărcinată cu un mânz așa de mare?

Specia Saola semăna cu cea a căprioarelor, fiind mai rapidă decât Centauri, dar nu cu mult mai mare decât oamenii. Alcătuia o parte semnificativă a cavaleriei, dar nu reușise niciodată să acopere golurile lăsate în urmă de scăderea numărului de Centauri încă în viață. Acum, cavaleria era un talmeș-balmeș de specii, fără ca vreuna să poată suplini vidul creat de dispariția treptată a liniei Centauri.

Cum i-ar fi putut explica acestei locotenente muncitoare că în capul lui fusese dorința de a avea mai mulți tovarăși din specia *lui,* nu a *ei,* pe navă?

Lacrimile i se scurseră pe obraji.

-S-a dus?

Expresia de pe chipul Edenei deveni mai blândă.

-Nu putem face nimic pentru ea, zise aceasta. În momentul în care oprim masajul cardiac, trebuie să declar decesul.

Aigiarne părea atât de mică, atât de neajutorată sub mâinile medicilor Saola care îi tot împingeau pieptul pe masa din camera de urgență. Inima acestei femei curajoase care îndrăznise să încerce să aducă pe lume un mânz Centauri pentru a salva specia lui Kunopegos cedase.

Kunopegos își șterse ochii, iar din nas i se scurseră mucii.

-Lăsați-o să se ducă, se poticni el. Vă rog. I-am făcut deja destul rău. E vremea să o las să se ducă.

Monitorul cardiac își afișă linia netedă imediat ce medicii opriră manevrele de resuscitare. Nu mai apărură nici măcar liniile frânte ale fibrilațiilor ventriculare, care să îi dea speranța că inima acestei femei curajoase ar mai putea bate o ultimă dată pentru el. Kunopegos o strânse în brațe și își afundă nasul în părul ei. Avea miros de antiseptic și iod, parfumul sarcinii disipându-se. În spatele ei, doctorul Fuflun lătra ordine către o simfonie suprarealistă de medici militari specializați pe traumă, mai obișnuiți să aibă de-a face cu moartea decât cu încercarea de a da speciei lor speranță de viață. Cuvintele lor fură reduse la un zgomot distant când promisiunea pe care Kunopegos i-o făcuse soției sale se auzi șoptit în inimă:

Promite-mi că o să crești chiar tu mânzul nostru...

Cum putea să crească acest mânz când tocmai îi omorâse mama?

Personalul medical se agita, încercând să salveze micul pui. Doctorul Fuflun își șterse mâinile cu o cârpă chirurgicală și se apropie de Kunopegos, având ochii înlăcrimați.

-E fetiță, domnule, zise el. Așa cum ne-am așteptat.

-E cumva...?

-E în stare stabilă acum, dar cine știe pentru cât timp. Nu am mai avut până acum niciun mânz născut atât de devreme care să fi supraviețuit.

Din incubator nu răzbătea niciun plânset. Iar de la personalul medical care ținea această nouă viață în mâini nu venea niciun chiuit de încântare. Curgeau doar lacrimi mute, în timp ce medicii lucrau frenetic pentru a ține micuțul mânz albastru în viață.

-Ați spus că o să avem mai mult timp, zise Kunopegos îndurerat.

Fuflun plângea și el, căci *el* era vinovat; nu pentru că ar fi mințit – doar îi spusese de la bun început lui Kunopegos că singura șansă ca Aigiarne să trăiască era să avorteze mânzul –, ci pentru că nu îl presase suficient să ia decizia corectă, pentru că nu raportase incidentul, pentru că nu pusese capăt speranței lui Kunopegos că, într-un fel sau altul, Lucifer avea să treacă acordul comercial și ei aveau să se afle într-o poziție din care să poată forța Împăratul Etern să *nu* avorteze mânzul și să îi studieze mama.

Făcuseră un pariu că îi vor salva pe amândoi... și pierduseră.

-Aș vrea să îmi văd fiica.

Corpul lui Aigiarne era ca al unei păpuși mici, lipsite de viață. Kunopegos o strânse la piept și o duse la incubatorul în care se afla mânzul lor. Toate tuburile și firele acelea care îi ieșeau din corp o făceau să arate mai curând ca un extraterestru transdimensional decât ca o creatură care poate să trăiască. Pielea îi era neagră, la fel ca părul.

-Arată ca tine. Și are inima ta. Vezi cum se luptă să respire?

Micul ei corp zvâcnea la fiecare respirație pe care ventilatorul i-o pompa în plămânii insuficient nedezvoltați, de parcă fiecare respirație i-ar fi provocat durere. Și totuși se lupta; mânzul acesta mic pe care curajoasa lui soție i-l oferise lupta. Lupta pentru viața ei, fiindcă, într-un fel, înțelegea că mama sa își dăduse *propria* viața pentru a o naște pe ea. Așa că voia să rămână pe această lume.

El avea să se asigure că nimic nu avea să îi stea în cale.

Kunopegos trase aer în piept – adânc și răscolitor. El era comandant militar. Îi promisese lui Aigiarne că, dacă avea să fie necesar, avea să ducă Syracusia pe Haven-1 și să își îndrepte tunurile cu impulsuri spre palatul

Împăratului pentru a-l forța să salveze mânzul. *Asta* era o promisiune de care putea să se țină.

Kunopegos își sărută soția pe păr și o așeză la loc, dându-i un ultim sărut pe buze. Se întoarse spre cei doi gardieni care se luptaseră să îl scoată din încăpere. Și *ei* plângeau, cu lacrimile scurgându-li-se pe obrajii cafenii. Își dădeau seama că ofițerul lor superior găsise Sfântul Graal, dar îl și pierduse.

-Aduceți-mi-l pe Colonelul Gamygen, spuse el sacadat.

-E chiar afară, domnule, spuseră cei doi.

Colonelul secund al lui Kunopegos, care, la fel ca Edena, provenea din specia Saola, asemănătoare gazelelor, tropăi înăuntru. Zgomotul copitelor sale potcovite fu însă acoperit de zumzăitul echipamentului medical.

-Pornește cu viteză maximă spre Haven-1, ordonă Kunopegos. Nu îmi pasă dacă trebuie să topești hiperdriverele pentru asta. Supraviețuirea speciei noastre depinde de supraviețuirea acestui mânz.

-Da, domnule.

Gamygen își activă dispozitivul de comunicare pentru a transmite ordinul.

-Atenție, echipaj, anunță el prin difuzoare. Acest mesaj e adresat întregului echipaj. Facem o călătorie de urgență spre Haven-1, la viteza maximă pe care o poate atinge această navă. Întregului echipaj i se ordonă să se prezinte de îndată la post și să ia măsurile necesare pentru a compensa povara călătoriei prelungite de după deviere.

Se răsuci spre Kunopegos.

-Altceva, domnule?

-Fă-mi legătura cu Comandantul General Suprem Jophiel, spuse Kunopegos. Spune-i că vreau să mă predau pentru uciderea soției mele.

Gamygen își așeză o copită pe umărul ecvestru al lui Kunopegos și apoi se întoarse pentru a executa al doilea ordin. Ieși din cabinet, lăsându-l pe el în urmă, acoperit de sângele soției moarte.

Kunopegos resimți dislocarea ciudată care semnala saltul în hiperspațiu. Locotenenta Edena, asistenta, îi puse o copită pe braț.

-Ar trebui să îi dați un nume, domnule, spuse ea. Dacă nu... ar trebui să aibă un nume măcar.

Kunopegos se întoarse spre incubator, simțindu-și copitele la fel de grele precum inima. Dacă avea să fie executat pentru moartea lui Aigiarne, numele avea să fie singurul lucru pe care avea să i-l ofere acestui pui. Descendența lui dintr-o familie nobilă de cavaleri Centauri avea să fie nesemnificativă, căci numele avea să îi rămână veșnic pătat de umbra a ceea ce îi făcuse mamei puiului. Nici măcar nu avea să își poată respecta promisiunea de a-l crește.

Își duse degetul pe spatele micii mânzoaice, deloc mai mică decât palma sa, și respiră la unison cu ea, de parcă ar fi putut să o ajute să respire forțând aerul să intre și să iasă din *proprii* lui plămâni. Nava pe care se aflau nu reveni la pasul ei liniştit, specific călătoriilor în hiperspaţiu, ci continuă să accelereze până când, de la o anumită viteză încolo, începu şi ea să tresară – Syracusia îşi exprima empatia pentru viaţa care se lupta să continue la bordul ei.

Syracusia fusese creată să se avânte întocmai ca Centauri, dar niciodată pentru o perioadă atât de îndelungată ca cea pe care Kunopegos o punea să o îndure acum. Vibraţia neplăcută se înrăutăţi pe măsură ce Gamygen continua să crească puterea hiperdriverelor. Structura Syracusiei începu să se cutremure. Dacă era ca mânzoaica să trăiască, atunci fiecare fiinţă de la bordul acestei nave, dar şi nava însăşi, avea de gând să se sacrifice pentru a o duce la singurul bărbat din univers capabil să o salveze.

-Domnule? ciripi dispozitivul de comunicare. Era Gamygen.

-Da? răspunse Kunopegos.

-Sunt pe drum, domnule, spuse Gamygen. Se vor întâlni cu noi în aproximativ o oră şi jumătate.

-O oră şi jumătate? zise Kunopegos. Asta da viteză.

-Vorbim despre un zeu, îi aminti Gamygen. EL poate să ajungă aici în câteva minute. De o oră şi jumătate e nevoie pentru a încărca echipamentul medical de care are nevoie la bordul navei, pentru a transporta toată nebunia.

Kunopegos încheie transmisiunea audio. O oră şi jumătate. Tot ce trebuia să facă era să o încurajeze să respire timp de o oră şi jumătate, iar apoi avea să fie în mâinile Împăratului.

-Continuă să respiri, micuţo, o atinse el. Nu o să plec de lângă tine până când nu ajunge Împăratul.

Pielea ei era movie; sângele îi curgea în mod vizibil pe sub perişorii negru-purpurii care îi acopereau pielea transparentă. Kunopegos nu îndrăznea să o strângă în braţe, dar avea să îi spună cât de iubită era până când avea să fie arestat.

-V-aţi gândit la un nume pentru ea, domnule? îl întrebă Locotenent Edena cu blândeţe.

Kunopegos privi spre corpul care zăcea abadonat pe masa chirurgicală, cu părul lung şi negru ieşind pe sub cearceaful alb care îi acoperea faţa.

-Dierdre, spuse el, cu lacrimile scurgându-i-se pe chip. Înseamnă durere.

Capitolul 42

Octombrie – 3.390 î.Hr.
Pământ: Satul Assur

JAMIN

Se simțea ca și cum ar fi fost condus spre propria execuție. Tatăl său îi ordonase să o ia de soție pe Shahla la festivalul recoltei de toamnă târzie, când strângeau ultimele fire rămase de grâu sălbatic, einkorn și orz înainte ca râul care se umfla să se reverse peste câmpuri. Azi, tatăl Ninsiannei avea să taie ultimul fir, să îl folosească pentru a modela o cunună și să încoroneze cu ea un prinț care să mărșăluiscă în afara așezării și să rămână în Akitu timp de cinci zile. La finalul celor cinci zile, „Prințul Akitu" avea să fie adus înapoi în sat într-o procesiune complexă și să se căsătorească în mod ceremonios cu Zeița Grânelor, simbol al fertilității pentru anul ce avea să vină. Doar că anul acesta, de vreme ce se dovedise deja că era fertilă, *Shahla* avea să fie zeița.

Norocosul de el. Avea ocazia să joace rolul prințului. Iar nunta avea să fie *reală...*

-Nu o s-o fac!

Jamin măsura cu pasul sufrageria tatălui său, de parcă ar fi fost un leu închis în cușcă.

-Nu numai că nu o iubesc. O *disprețuiesc* de-a dreptul!

-Ar fi trebuit să te gândești la asta înainte să te culci cu ea, răspunse tatăl său pe un ton monoton.

Jamin se holbă la el. Era înalt, solid și puternic, chiar dacă, în ultima vreme, din pricina vârstei și a grijilor care îl albeau, părul începuse să îi capete mai curând nuanța sării decât cea a cărbunelui. Jamin știuse dintotdeauna că tatăl său era căpetenia, dar în ultima perioadă chiar nu se mai gândea deloc la el ca la un tată. Dincolo de faptul că îi moștenise înălțimea și construcția, bărbatul acela era un străin pentru el. Nici măcar nu semănau!

Oare copilul Shahlei avea să semene cu el? Poate reușea să întârzie căsătoria până la nașterea bebelușului, pentru ca apoi să renunțe la ea...

-Îți spun, copilul nu e al meu! zise Jamin lovind cu pumnul în masă. Sarcina e prea avansată! Am martori care pot să confirme că s-a mai culcat cu mulți alți bărbați!

-Ai găsit vreun bărbat dispus să spună că bebelușul e al *lui?* întrebă tatăl ridicând o sprânceană. Pentru că, dacă nu găsești vreunul care să și-l revendice, tribunalul o să decidă că *tu* ești cel responsabil. Dacă se duce la tribunal, o să sfârșești prin a-i datora toate drepturile de proprietate care i se cuvin unei soții legitime.

Jamin lovi o pernă care căzuse pe podea. Iată-l! Cel mai bun, nu, acum *al doilea* cel mai bun războinic din întreg Assurul, legat de o nenorocită de femeie și dus la altar pentru tăiere. Toate femeile pe care Shahla le umilise furându-le iubiții sau culcându-se cu soții erau dispuse să depună mărturie privind ceea ce făcuse în *trecut,* dar nimeni nu voia să depună mărturie în legătură cu ce făcuse *în ultima vreme,* fiindcă nimeni nu voia să fie tras la răspundere *personal.*

-Acum trei zile a spus că copilul e al lui Mikhail, zise Jamin. Cel puțin trei duzini de martori au auzit acuzația asta.

-Știi că nu e adevărat.

-*Tu* de unde știi?

-Pentru că și *tu* știi că nu e adevărat, spuse tatăl. Ai fost acolo. La vremea aceea, ți s-a părut amuzant că a refuzat-o. Ai zis că a făcut-o pentru că nu e suficient de bărbat, îți amintești?

-Ahhh! Jamin măsură camera cu piciorul, iar mușchiul acela din obraz care nu mai stătea locului în ultima vreme tresări de furie. De unde știm că nu i-a mai făcut avansuri și *după*?

-Tu cunoști răspunsul mai bine decât oricine altcineva, răspunse tatăl cu o expresie contemplativă. Din moment ce îl urmăreai...

-*Nu* îl urmăream!!!

Căpetenia ridică o sprânceană.

Bine. *Chiar* îl urmărise. Sau, mai precis, o urmărise pe Ninsianna, sperând că avea să se răzgândească. Asta nu însemna că demonul înaripat nu ar fi putut să zboare în... nu... aripa lui era încă ruptă atunci. Bine. Poate că... mersese... și dăduse nas în nas cu Shahla... care îi făcuse avansuri... și, bărbat fiind... și cicălit de Ninsianna, care... în numele zeilor, doar el știa mai bine ca *oricine* cum putea cicăli Ninsianna, mai ales că îl ținuse în...

Umerii i se pleoștiră. Mikhail nu s-ar fi culcat cu Shahla, așa cum nici *el* nu ar fi făcut-o. Odată vindecat de Ninsianna cu puterile ei magice, niciun bărbat nu s-ar fi lăsat atins de vreo *altă* femeie. Tatăl lui avea dreptate. *El* știa asta mai bine ca oricine.

-Dacă ai vreun martor care poate să dea în vileag vreun alt bărbat, zise tatăl lui cu blândețe, o să mă folosesc de toate resursele pe care le am ca să îl oblig să iasă în față și să spună adevărul. Nu îmi place jocul ăsta pe care Laum îl face cu fiica lui. Dar nici nu o să împrăștii minciuni pentru că tu nu vrei să îți asumi răspunderea pentru propriile fapte.

Jamin își ridică capul. Asta era cea mai importantă încurajare pe care o primise de la tatăl lui de luni întregi. Oare avea să îl susțină în fața tribunalului?

Tribunalul...

Jamin se cutremură. Shahla nu avea de gând să vorbească despre amoruri ilicite din spatele țarcului de capre, ci despre o infracțiune mult mai grea. Una care i-ar fi putut aduce o pedeapsă mult mai aspră decât căsătoria forțată.

-Tată, înghiți el în sec. Nu vreau să mă căsătoresc cu ea. Mai e *cineva* în viața mea.

-Ninsianna e luată. Poartă în pântece copilul lui Mikhail.

-Nu despre Ninsianna e vorba.

Trase adânc aer în piept, luptând împotriva instinctului de fugă și luptă care îi făcea măruntaiele să tresară.

-Mi-a atras atenția *altcineva*. Dacă mă căsătoresc cu Shahla, nu mă mai pot căsători cu *ea*.

-Cu cine? întrebă tatăl, aplecându-se în față cu sprâncenele ridicate.

-Fiica lui Marwan, murmură Jamin.

-Cine?

-Fiica lui Marwan, repetă el, făcând semn spre apus, spre inima deșertului. Căpetenia Halifiană vrea să fie pace. Mi-a oferit o legătură de sânge cu propria lui fiică pentru a se asigura de asta.

-Ce știu Halifienii despre pace? izbucni tatăl lui. Ne-au atacat satul și ne-au omorât unsprezece oameni. Cum ai putea să te *gândești* măcar la așa ceva?

Jamin privi peste umărul tatălui său, către micul covor țesut de mână care împodobea peretele. Cel făcut chiar de mama sa. Cea pe care tatăl său o iubise așa cum *el* o iubise cândva pe Ninsianna... și nu mai iubise pe nimeni altcineva de atunci.

-Marwan și-a dat seama că Amoriții își bat joc de ei, zise Jamin. Nu prea vrea să se pună cu noi pentru accesul la râu.

-Turmele lor o să ne facă praf câmpurile! spuse tatăl. Ai văzut ce a făcut *o singură* capră scăpată pe parcela noastră. Și ai vrut să o omori. Ce ți se pare că o să facă o *turmă întreagă?*

-O să demarcăm o porțiune de teren din aval special pentru turmele lor, răspunse Jamin. Au nevoie de acces numai două luni, în timpul verii, când în deșert e secetă deplină.

-Halifienii nu respectă granițe și limite, zise căpetenia. De ce crezi că a trebuit să îi alungăm de pe teritoriul ăsta?

-O să le respecte dacă le oferim o legătură de sânge, spuse Jamin.

-Și ce *altceva* mai vor hienele astea? se răsti tatăl său. Femeia aia o să ne ochească punctele slabe!

Chipul lui Jamin se înfierbântă și înroși de furie. Amintirea ochilor aceia cu pete verzi îl făcu să își încleșteze pumnul. Mai bine se culca cu o femeie care să îi facă trupul să cânte chiar înainte să se răzbune înfigându-i cuțitul drept în inimă decât cu una șleampătă ca Shahla!

-Tu vorbești de spioni! mârâi Jamin. Tu, care i-ai permis unui demon să intre în sânul nostru!

-Mikhail e bun!

-A fost trimis să ne *spioneze!* strigă Jamin. Cum se poate să *nu* îți dai seama de asta?

-Ești orbit de ură! zise tatăl lui. Mikhail e cel care stă acum între *noi* și amenințarea care se apropie.

-Amenințarea se apropie pentru că inamicii au pus o recompensă pe capul lui! spuse Jamin. De ce crezi că țintesc tămăduitori?

-Oamenii deșertului sunt niște *cobre!*

Tatăl lui tremura cu o furie violentă.

-Nu o să îi permit uneia dintre ele să pătrundă în sânul nostru!

-Iar eu nu o să îi permit uneia să urce în patul *meu!* șuieră Jamin. Nu mă căsătoresc cu Shahla! Copilul nu e al *meu!*

-Ba o s-o faci, răspunse tatăl său cu o voce rece ca gheața. Altfel, te dezmoștenesc și te trimit să trăiești cu cobrele deșertului, pe care le preferi mai mult decât pe propriii tăi semeni.

-Ahh!

Jamin își înșfăcă lama din obsidian și o îndesă la curea. Ieși trântind ușa în urma lui și făcând praful adunat pe cărămizi să se ridice. Dadbeh chiar în dreptul intrării, cu mâinile tremurându-i pe coroana împletită pe care i-o întindea. Imaginea ei nu făcu altceva decât să alimenteze și mai mult furia lui Jamin. Era coroana pe care avea să fie forțat să o poarte ca rege al recoltei; coroana care avea să îi pecetluiască soarta.

-Ăă... Jamin? i se adresă bărbatul deșirat, încercând să îl oprească din drum.

-Lasă-mă în pace, mârâi Jamin.

-Chiar trebuie să vorbesc cu tine!

Cuvintele lui Dadbeh fură retezate din scurt, căci Jamin îl împinse la o parte și se îndreptă amenințător spre casa Shahlei. Îi smulgea el adevărul într-un fel sau altul!

Înaintă furios prin sat, ca un prădător la vânătoare, cu părul negru umflându-i-se la spate de parcă ar fi fost coama unui leu nervos. Era ora cinei, acel moment al zilei în care sătenii se îmbulzeau dinspre câmpuri și scoteau apă pentru masa de seară. Jamin își făcu drum printre ei până când ajunse la a doua cea mai mare casă din sat, *a ei,* unde bătu violent în ușă până când tatăl pus pe conspirații o deschise.

-Unde e?

Laum se umflă în pene de parcă ar fi fost o căpetenie care dă o sentință.

-O să ai voie să vorbești cu ea *după* ce faci ceea ce trebuie să faci.

Jamin îi puse cuțitul sub bărbie. Laum tremură, împins în ușă.

-O să smulg adevărul de la *ea*, mârâi Jamin. Sau de la *tine!*

Laum era negustor, nu războinic, dar ceva din furia lui Jamin îl făcu pe acest bărbat care își iubea prea puțin fiica să își țină gura. Un fir de sânge se scurse pe lamă. Laum tremură, dar nu răspunse în niciun fel.

-S-a strecurat afară ca să se întâlnească cu oropsita aia cu ochi negri, zise o femeie ivindu-se din umbră. Vrea să ne sfideze, dar noi nu o să te lăsăm să scapi basma curată după ce ne-ai făcut de râs.

-Eshargemelet! își certă Laum soția. Taci din gură!

-O găsești cu Gita, spuse mama Shahlei, repezindu-se spre obrazul lui. Și dacă pui chiar și-un *deget* pe ea, mergem la tribunal și cerem daune!

Jamin îl împinse pe Laum la o parte și se repezi pe deal, în jos. Sătenii exclamară indignați în timp ce îi împingea la o parte, grăbindu-se pe ulițele înguste ce duceau spre inelul exterior, acolo unde locuiau oamenii de cea mai joasă speță.

-Jamin! Așteaptă! îl urmări Dadbeh, dar el era atât de furios, încât nu avea chef să vorbească.

O găsi pe Shahla la fântâna inferioară, îmbrăcată în cea mai elegantă rochie a ei, vorbind cu trei bărbați de vârstă mijlocie. Și mai mulți iubiți? O apucă de braț și o răsuci spre el.

-Jamin? scânci Shahla.

Se uită spre cei trei bărbați cu care tocmai flirtase, dar ei făcură câțiva pași înapoi, vrând să iasă din aria de acțiune a binecunoscutului temperament al lui Jamin.

-*Nu* o să mă căsătoresc cu tine! strigă el. Mă auzi? *Nu* te iubesc! Și *nu* o să mă căsătoresc cu tine!

Un grup de curioși se îngrămădi în jurul lor. Confruntarea pe care pariase tot satul, hrană pentru bârfe savuroase, avea în sfârșit loc. Shahla privi oamenii care stăteau de o parte și de alta a ei și începuseră deja să șușotească. Ochii îi străluciră sfidători. Îi semăna leit mamei ei.

-Dar sunt gravidă! zise ea, înălțându-și mândră bărbia.

-Copilul *nu* e al meu! Și chiar dacă ar *fi,* tot nu m-aș însura cu tine!

-Atunci o să te aduc în fața tribunalului!

Shahla se uită la oamenii din jur, jucându-și rolul pentru public.

-Să te văd! o amenință Jamin. Și eu o să aduc douăzeci de oameni care să depună mărturie că te-ai culcat cu toți bărbații din satul ăsta.

Sătenii râseră. Shahla se înroși la auzul insinuărilor pe care le șopteau.

-Și eu o să aduc douăzeci de martori care o să spună că singurul bărbat cu care m-au văzut de când te-ai despărțit de Ninsianna ești *tu.*

Shahla își apropie fața de a lui, agitând un deget în aer.

-Și ei o să mă *creadă.* Fiindcă ți-ai făcut atâția dușmani, încât oamenii abia așteaptă să creadă ce e mai *rău* despre tine!

Grupul de curioși creștea văzând cu ochii. Oamenii se revărsau din case pentru a asculta cea mai scandaloasă ceartă care avusese loc vreodată în acest sat.

-Iar eu o să îi aduc pe Dubuque și Sididdinum să depună mărturie că anul trecut, în noiembrie, când pretinzi că aveai inima frântă de *mine* și anunțul logodnei mele cu Ninsianna, i-ai dus în stufărișul de la râu și te-ai culcat cu *amândoi...* în același timp! Hai să vedem ce părere o să aibă tatăl tău conspiraționist despre pata *asta.*

Shahla se albi la față. Existau multe forme de promiscuitate pe care neamul Ubaid le tolera, dar culcatul cu doi bărbați în același timp avea să îi transforme familia în ținta batjocurii întregului teritoriu; aveau să pară furnizori de prostituate în loc de negustori de țesături. Judecând după furia pe care Jamin o zărise în privirea mamei Shahlei mai devreme, știa că părinții aveau să o alunge în deșert.

Shahla sâsâi ca o cobră pe cale să atace.

-Și eu o să spun în fața tribunalului că m-ai pus să aflu unde îi place Pareesei să vâneze, ripostă ea, dezvăluind secretul fatal pe care îl ținuse atâtea luni. Și că în noaptea aia, au așteptat-o la locul de vânătoare niște bărbați. *Halifieni.* Cei cu care se știe că tot complotezi. Ca să îl atragă pe Mikhail în afara satului și să îl *omoare!*

Jamin se năpusti asupra ei înainte ca ultimul cuvânt să îi părăsească buzele veninoase; își înfășură degetele în jurul gâtului ei, al acestei femei care îl șantajase să mimeze afecțiunea.

-Iar... eu... o... să... te omor! o izbi el cu pumnul.

Shahla țipă, dar niciunul dintre săteni nu îi sări în ajutor.

Furia aceea întunecată care apăruse în ziua în care Ninsianna îl abandonase, pierderea și suferința care se transformaseră în ceva hidos simțeau gustul sângelui și cereau *mai mult,* cereau ca sângele ei să *curgă* pentru modul în care îl șantajase.

Shahla căzu la pământ, dar furia îl împinse pe Jamin să continue, șoptind: *Omoar-o. Omoar-o.* O lovi în burtă. Bastardul ăla nenorocit nu era al lui! O lovi din nou și din nou, până când întreaga lume fu înecată în culoarea roșie a furiei sale.

Îl atinseră niște mâini. Întrezări niște ochi inegali. Un vânător inferior venise să înfrunte regele bestiilor. Asta era prada *lui* și nu avea de gând să o împartă! Fără ca măcar să se întoarcă, îi dădu un pumn în față rivalului său și reveni la prada pe care voia să o lichideze. Imaginea sângelui Shahlei nu făcea decât să îi alimenteze furia. Nevoia de a vedea acele buze veninoase reduse la tăcere se transformase într-o foame, iar el se transformase în bestia care avea să o sfâșie de vie.

O umbră se așternu peste fântână. Se auzi un fâlfâit de aripi. O mână îi apucă pumnul și îl trase la o parte. Jamin se întoarse pentru a-și lovi adversarul și privi drept în ochii reci și albaștri din fața lui.

Ochii reci care *străluceau* cu o lumină albastră...

Se întorsese. Demonul! *Adevăratul* dușman!

-Nu îți permit să lovești o femeie, spuse Mikhail la fel de moale și rece ca vântul de iarnă.

Jamin își scoase cuțitul și se năpusti asupra locului în care știa că oasele erau rupte, vrând să își înfigă lama în inima aceea rece și întunecată. Avea să sfâșie demonul și să își îndeplinească promisiunea față de Aturdokht.

Rapid ca o cobra care atacă, Mikhail îi prinse încheietura şi o răsuci. Zgomotul oaselor frânte ajunse la urechile lui Jamin înainte să resimtă durerea.

-Aaaaaauuu! urlă el în clipa în care durerea îi săgetă întregul trup.

-Nu îţi permit să loveşti o femeie.

Braţul îi fu răsucit la spate, atât de sus încât încheietura ruptă îi atinse baza gâtului. Încercă să se elibereze, dar o cizmă îl izbi în spatele genunchiului şi îl forţă să îngenuncheze.

Sătenii din jur fierbeau. Unii se îngrijeau de Shahla, care era inconştientă, în timp ce alţii strigau că cineva trebuie să aducă căpetenia. Demonul înaripat îi lipi faţa de pământ.

Cineva îngenunche în faţa lui, având rochia din şal strânsă în jurul taliei de parcă ar fi fost bărbat. Nişte ochi negri îi sfredeliră pe ai lui, la fel de goi ca însăşi moartea.

-Ce ai făcut?...

-A venit la fântână să se dea la trei bărbaţi, şuieră Jamin către Gita. De parcă nu m-ar fi umilit destul deja!

-A venit să se întâlnească cu *mine,* spuse Gita. I-am spus că o să îl aduc pe Mikhail ca să îi asculte mărturisirea.

Shahla îşi ţinea burta cu mâinile şi urla de durere.

-Ce s-a întâmplat? răzbătu vocea căpeteniei prin mulţime.

Grupul de curioşi îi făcu loc să treacă.

-O mare nedreptate, spuse Mikhail. Vedeţi ce a făcut fiul dumneavoastră?

Jamin fu apucat de un al doilea set de mâini, iar apoi de un al treilea. Se luptă să scape din strânsoarea lor, dar furia i se evaporase, lăsându-l prea slăbit pentru a se mai împotrivi. Privi în ochii celui care îl ţinea captiv.

-Siamek?

Fostul său cel mai bun prieten refuză să îi întâlnească privirea. La fel şi Firouz şi Tirdard, foştii săi războinici, care erau acum oamenii lui Mikhail. Dadbeh zăcea inconştient, având nasul spart; bărbatul acela slăbuţ şi mic de statură care îndrăznise să sară în ajutorul Shahlei în loc să îl ajute pe *el* ţinea încă strâns coroana de paie.

Shahla scăpătă un urlet adânc, care pătrunse dincolo de furia lui Jamin. Dintre picioarele ei năvălea sângele, formând o pată roşu-închis pe rochia albă. O anume parte din el, acea parte care existase înainte de furie, se întrebă: *„Ce am făcut?"*. Dar cealaltă parte, cea care fusese împinsă prea departe, până când nu mai rămăsese nimic altceva decât furie, se gândi: *„Bun... problemă rezolvată".*

-Aruncaţi-l în groapă, mârâi tatăl lui.

Când analiză scena şi stabili că Jamin era agresorul, nu arătă nicio urmă de înţelegere în privire.

În groapă?

-Nu! Tată! M-a provocat! protestă Jamin, încercând din răsputeri să se elibereze.

Mikhail îngenunche în fața Shahlei, în fața femeii care îi pătase numele. Preț de o clipă, Jamin speră că poate măcar în *această* chestiune aveau un interes comun. Până la urmă, femeia îi spusese soției lui Mikhail că copilul era al lui. Dacă era ceva ce Jamin înțelegea despre Ninsianna, asta era că ea nu avea să tolereze vreo *alta*. Nici măcar *insinuarea* unei alta.

-Ești bine?

Strălucirea rece ca gheața se disipă din privirea Angelicului.

-Bebelușul meu!

Shahla se zvârcolea ca o oaie al cărei gât tocmai fusese tăiat, strângându-și burta în vreme ce sângele de un roșu aprins îi curgea printre picioare.

Demonul înaripat își strecură brațele sub picioarele și brațele ei și o ridică, șoptindu-i cuvinte încurajatoare în timp ce ea urla de durere. Îl privi cu răceală pe Jamin, strângând-o pe Shahla la piept de parcă ar fi fost un copil rănit.

-O să te duc la Needa, spuse el, ocrotindu-i capul sub bărbie. Needa o să aibă grijă de tine.

Se uită la Jamin cu o expresie indescifrabilă.

-Și de copilul tău.

Shahla își dădu capul pe spate și urlă. Jamin privi scena cu un interes detașat, de parcă strigătele nu ar fi fost adevărate, de parcă vocile oamenilor care se răsteau la el nu ar fi fost adevărate, de parcă sângele care se scurgea din ea nu ar fi fost adevărat. Singurul lucru real era acuzația din ochii aceia de un albastru glacial. Ochii aceia albaștri și reci îl judecau.

Vinovat.

Un zgomot ascuțit pătrunse dincolo de cacofonia vocilor adunate la un loc, primind îndată răspuns de la partenerul său. Jamin își ridică privirea. Cei doi vulturi care zburau mereu în cercuri deasupra satului coborâseră atât de aproape de acoperișurile caselor, încât îi dădeau senzația că aveau să plonjeze spre el și să îi smulgă ochii din orbite. Acești vânători sacri, ochi ai zeiței, fuseseră martori la actul său de furie și îi strigau vinovăția spre Cea-Care-Este.

Un nor acoperi soarele, pogorându-și umbra întunecată doar asupra *lui*. Vântul se înteți. Nu îl mai resimțea ca pe o mângâiere, ci ca pe-o lovitură, iar părul îi fu răscolit de o rafală de parcă cineva tocmai l-ar fi scuipat în față.

Nu mai ești favorit...

Demonul înaripat își întinse aripile, semănând extrem de mult cu vulturii, și se lăsă purtat de vântul care tocmai îl condamnase pe el. Shahla se zvârcolea ca un animal rănit. Murmurând liniștitor, Mikhail o purtă spre cer.

Siamek şi Tirdard îl ridicară în picioare. Tatăl său îl privi cu chipul împietrit de furie.

-Luaţi-l din faţa mea.

-Dar tată! strigă Jamin în timp ce era târât în altă parte. Şi-a cerut-o! M-a luat în râs!

Se luptă pe tot drumul spre groapă, dar fu aruncat înăuntru şi acoperit cu un bolovan mare şi plat. Era varianta cea mai apropiată de o închisoare de care dispunea Assurul. Înăuntru era spaţiu doar cât să te sprijini de margini, ţinând genunchii strânşi la piept. Jamin continuă să clocotească de furie la gândul nedreptăţii care i se făcuse până când sângele i se răci în vene, iar acea parte din el care fusese cândva un om bun ieşi în sfârşit la suprafaţă.

Trupul îi fu străbătut de un fior rece. Jamin îşi ridică privirea spre lumina palidă care se iţea prin bolovanul de deasupra, aruncând în întuneric o singură rază care îi atinse obrazul.

-Ce am făcut?

Îşi acoperi chipul cu mâinile şi izbucni în plâns. Luptase împotriva demonului şi devenise el însuşi un demon...

Capitolul 43

Data Galactică Standard: 152,324.10 D.Î.
Haven-3
Agent Special Eligor

ELIGOR

-Biroul prim-ministrului, bună ziua!

Click.

-Biroul prim-ministrului, cu ce vă pot ajuta?

Click.

-Biroul prim-min… ah, la naiba!

Eligor privi îndelung spre tânăra şi frumuşica Leonidă ale cărei mustăţi tresăreau în timp ce ea răspundea la tabloul de bord şi ale cărei gheare erau prea groase pentru a atinge cum trebuie butoanele, fapt ce o făcea să întrerupă conversaţia accidental o dată la câteva apeluri. Generalul Abaddon insistase ca Lucifer să aibă un cadet la biroul din faţă ca formă de protecţie împotriva oricărui ţicnit care ar fi putut trece de primele cincizeci de nivele de securitate din sălile Parlamentului. Era mare păcat că Zepar nu ţinea niciunul dintre aceşti cadeţi suficient de mult timp la post încât să capete ceva îndemânare în a răspunde la afurisitul ăla de telefon!

-Prim-ministrul este… nu, nu este… no… el… ăă… *hei*!

Un mârâit ameninţător puse stăpânire pe încăpere – era sunetul pe care Leonizii îl scoteau când erau pe punctul de a ataca.

-Aţi vrea să veniţi aici şi să îmi spuneţi chestia asta în persoană, domnule?

Lerajie îi aruncă un zâmbet larg lui Eligor. Asta era prima oară când Zepar adusese un cadet care nu era Angelic. Era chiar amuzant să se uite cum alegătorii nervoşi dădeau buzna în biroul lui Lucifer să îi spună vreo două şi dădeau de *aşa* ceva la biroul din faţă, în locul vreunei graţioase femele Angelic. Dădea un plus de amuzament unei sarcini de altfel plicticoase, ca de bonă.

-Biroul prim-ministrului, cu ce vă pot ajuta?

Click.

-Biroul prim-min… Ah, nu din nou!

Leonida reveni la activitatea ei de la tabloul de comandă, deşi fusese născută şi antrenată să ucidă, nu să se ocupe de sarcina inutilă de a face fericită plebea Alianţei.

-Ce credeţi că s-a întâmplat cu Pravuil? întrebă Lerajie. *Ea* era competentă.

Pravuil era femela Angelic banală pe care Lucifer pretindea că nu şi-o amintea.

-Nu e treaba ta!

Eligor îşi sprijini aripile de tocul uşii şi începu să îşi cureţe unghiile, evitând privirea acolitei aceleia idealiste.

-Nu ar trebui să punem nişte întrebări?

-Dacă gândeşti prea mult în meseria asta, o să fii transferată într-un loc mai puţin plăcut, zise Eligor. Cum ar fi frontal Tokoloshe.

-Câh! Canibali! se cutremură Lerajie. Nu pot să cred că a vândut coloniile din Nebuloasa Trifid Regelui Barabas.

Eligor îşi ridică privirea spre tânăra şi frumuşica Leonidă care tocmai întrerupsese un alt apel şi începea să devină agitată. Blana aurie i se ridică la baza gâtului când cel al cărui apel tocmai fusese întrerupt sună înapoi şi o făcu cu ou şi cu oţet.

-A avut motivele lui.

-Erau cetăţeni ai Alianţei!

-Nu mai sunt.

-Cum se poate ca brusc să *nu* mai fii cetăţean al Alianţei?

-Nici *noi* nu suntem cetăţeni ai Alianţei, îi aminti Eligor. Ai uitat? Noi nu am evoluat natural.

Lerajie amuţi. Continuară amândoi să privească degetele butucănoase ale leoaicei, care fuseseră concepute să sfâşie inamicii, nu să se joace de-a operatorul de tabletă, apăsând mai multe butoane în acelaşi timp. Biata cadetă era aici de doar câteva săptămâni, iar alegătorii furioşi ai lui Lucifer o frustraseră de două ori într-un asemenea hal, încât izbucnise în lacrimi. Ea, o Leonidă!

-Nu am înţeles niciodată schimbul ăla de planete cu Regatul Tokoloshe, spuse Lerajie. Adică ştiu că tărâmurile acelea erau patrulate de Centauri şi că Centaurii sunt acum aproape extincţi, dar cum să-i vinzi pur şi simplu?

-Nu e nimeni care să îi înlocuiască, spuse Eligor, privind-o adânc pe Leonidă. Mantoizii pot să zboare suficient de bine încât să compenseze încetineala *noastră,* Delfinii sunt amfibieni, deci pot să înlocuiască Mer-Levi în tărâmurile mlăştinoase, iar Spiderizii arată chiar mai înfricoşător decât Leonizii, dar nimeni nu s-a oferit să înlocuiască cavaleria, aşa că a trebuit să predea acele teritorii.

-De ce îl aperi? întrebă Lerajie.

Eligor începu să îşi cureţe iar unghiile.

-Nu îl apăr. Pur şi simplu sunt atent la ce se întâmplă în jurul meu.

Atent? Ca acum, la discuţia pe care Lucifer o avea cu delegatul a ceea ce fusese *cândva* un protectorat al Alianţei, dar acum făcea parte din Regatul Tokoloshe? Fusese surprins când Lucifer le dăduse tărâmurile acelea canibalilor. Fuseseră modelate să susţină viaţa chiar de Shemijaza, tatăl biologic al lui Lucifer, reprezentând ultimele rămăşiţe încă necucerite ale celui de-al Treilea Imperiu; însă nu îndrăznea să îi spună lui Lerajie că petrecuse ceva timp pe aceste tărâmuri. Acele vremuri făceau parte dintr-un trecut pe care era de dorit să îl uite. Privi spre Lerajie, care se apropiase de ușă ca să tragă cu urechea.

-Termină, spuse Eligor.

-Ai auzit asta? șopti Lerajie. A spus că neamul Tokoloshe i-a transformat în sclavi imediat ce a preluat controlul asupra planetei.

-Li s-a spus că au 90 de zile la dispoziție să plece naibii de acolo, spuse Eligor. Aveau impresia că Lucifer se ține de glume?

Vocile crescură în intensitate, semn că cei doi se certau.

-Trăiau acolo de șase generații și modelaseră o rocă imposibil de locuit într-un început de atmosferă, zise Lerajie. Chiar a crezut că o să renunțe pur și simplu la casele lor?

-Da. Pleci sau ești mâncat.

Lerajie îi aruncă o privire răutăcioasă.

Cearta se înteți. Zgomotul unui pahar spart îi determină să acționeze. Eligor deschise ușa.

-*Tatăl* tău nu ne-ar fi vândut niciodată!

Eligor se repezi spre Mekurabeul care îl strângea de gât pe Lucifer, numeroșii săi ochi ieșind din orbite pe capul butucănos care arăta ca o colecție de cranii. Tentaculele creaturii erau înfășurate în jurul gâtului prim-ministrului. Aripile lui Lucifer îi tresăreau neajutorate, căci nu putea să strige după ajutor câtă vreme creatura aceea ca un calamar îi strângea traheea.

-Dă-i... strigă Eligor, dar fu întrerupt de un al doilea tentacul, care îl izbi în tâmplă. Lerajie se năpusti asupra celui înfășurat în jurul gâtului lui Lucifer. Fața lui Lucifer căpătă o nuanță interesantă de mov.

-Aaaaarhhh!

O formă nedefinită cu blană aurie sări în aer.

Eligor se feri la timp cât să nu devină victimă colaterală când cadeta Leonid atacă cu ghearele creatura care îl strângea de gât pe Lucifer și o țintui la pământ, prinzându-i craniul acoperit de ochi între fălcile ei puternice.

Tentaculele acestuia tremurară, dar el slăbi strânsoarea înainte ca Lerajie să își închidă fălcile și să își înfigă colții în numeroșii săi ochi. Leoaica se ghemui, mârâind și așteptând noi ordine.

Lucifer trase adânc aer în piept și își duse mâna la gât, fiind acum o simplă grămadă de pene albe. Lerajie se grăbi să îl ajute să se ridice.

-Sunteți bine, domnule?

Lucifer își recăpătă suflul, cutremurat, dar nu înjosit, așa cum Eligor ar fi *bănuit* că o ființă de un asemenea calibru ar fi după un atac. Lerajie își ajută șeful să se ridice, iar Eligor percheziționă Mekurabeul, căutând arme.

-E curat, zise Eligor.

Coada cadetei Leonid tresări sub impulsul reprimat de a-și strânge fălcile și a face capul atacatorului ferfeniță. Eligor îi făcu semn că făcuse o treabă bună. Pupilele ei aurii, de felină, se dilatară, iar umbra unui zâmbet i se întrezări pe buze când mârâi din nou pentru a se face înțeleasă.

Oricât s-ar fi plâns Angelicii de întârziere câtă vreme Lucifer făcea rost de ființe umane care să ia Leonizii drept parteneri, Eligor se vedea nevoit să fie de acord cu prim-ministrul. Angelicii erau creature versatile, dar uneori era nevoie să îți susții promisiunile simpatice cu amenințarea forței brute, ceva ce lipsea din ce în ce mai mult pe măsură ce Leoniziii și Centaurii dispăreau.

-Tatăl tău nu ne-ar fi abandonat niciodată așa, plânse Mekurabul, cu tentaculele tremurându-i în timp ce atârna neajutorat în fălcile Leonidei.

Lucifer îl lăsă pe Lerajie să îl ajute să se ridice și își umflă aripile, răsucindu-și capul pentru a-și repune gâtul pe poziție și pocnindu-și un umăr. Ochii săi de un argintiu straniu străluceau cu ură când îngenunche în fața Mekurabeului înfrânt și arătă spre unul dintre numeroșii săi ochi.

-Shemijaza *chiar* v-a abandonat în ziua în care l-a enervat pe Hashem venind după *mine*.

Ochii lui Lucifer îi căutară pe ai lui Eligor. Eligor fu cuprins de un sentiment ciudat de deja vu când văzu cum trăsăturile de o frumusețe eterică ale lui Lucifer devin mai dure, replicând maxilarul pătrat al unui bărbat pe care îl cunoscuse cândva. Geamănul bun? Geamănul malefic?

-Ce să facem cu el, domnule? întrerupse Lerajie.

-Alungați-l naibii de aici și spuneți-le gărzilor să îl treacă pe lista neagră, ca să nu mai poată intra în clădire, spuse Lucifer. Asemănarea se disipă. Lucifer se ridică în picioare și începu să își așeze hainele scumpe, de firmă, revenind la stilul lui de prinț-păpușă.

Leonida își descleștă fălcile și îl apucă de umăr pe Mekurabe, ținându-i tentaculele strâns la spate în timp ce îl târa afară.

-Nu vreți să îl trimitem în arrest, domnule? întrebă Lerajie.

Eligor urmări ochii de un argintiu straniu. Lucifer își duse mâna la nas, ciupindu-și șaua. Aripile albe i se pleoștiră când se așeză la marginea biroului și oftă.

-Nu, spuse el. Avea dreptate. I-am vândut pentru că nu mai avem resursele necesare ca să îi protejăm. Aveam de ales între ei... și noi. A trebuit să iau în considerare imaginea de ansamblu.

Lerajie deschise gura, vrând să spună ceva. Eligor îl înșfăcă înainte de a apuca să o dea în bară și îl scoase afară. Auzi clinchetul cristalului în momentul în care Lucifer merse la bar și desfăcu o sticlă de alcool. Lerajie se postă în fața ușii, holbându-se într-o confuzie mută, iar Eligor își scoase dispozitivul cu ate personale și începu să introducă o serie de numere.

Lerajie îl privi atent.

-Ce?

Lerajie închise gura.

-Ți-am zis eu, spuse Eligor. Ți-ai primit răspunsul.

Pentru prima oară, Leranjie nu se lansă într-o tiradă despre rolul pe care Alianța îl avea în a-i proteja pe cei slabi, blablablabla. Leonida se întoarse, își netezi blana și își reluă sarcina frustrantă de a *pretinde* că era angajată la birou când adevăratul motiv pentru care era acolo era că trebuia să facă slujba pe care tocmai demonstrase că o putea face foarte bine. Lerajie îi aruncă un zâmbet timid și își reluă poziția la celălalt capăt al tocului ușii lui Lucifer.

Eligor termină de introdus codul pe care îl folosea pentru a documenta data, ora, incidentul și alte informații pe care începuse să le înregistreze. Privi îndelung la dispozitiv, rememorând privirea din ochii de un argintiu straniu ai lui Lucifer.

-Ce faci? întrebă Lerajie.

Eligor afișă o expresie indescifrabilă.

-Mă joc.

-Știi că nu avem voie cu jocuri video când suntem la lucru, spuse Lerajie. Mai ales nu cu...

Eligor ridică privirea spre Leonida de la birou, a cărei blană se ridica deja la gât pentru că tocmai întrerupsese un alt apel și primea încă șase simultan – sunai mai multe linii decât avea degete să apese pe butoane.

Lerajie se uită și el spree a.

-Bine, poate că treaba asta de doică *chiar devine* cam plicticoasă.

Eligor își coborî privirea spre dispozitivul cu date personale. Geamănul bun? Sau geamănul malefic?

„B."

Opri dispozitivul și îl vârî înapoi în buzunar. La birou ajunse următoarea „programare" a lui Lucifer, apoi următoarea și apoi următoarea, până când și ziua aceasta se suprapuse peste toate celelalte în care el și Eligor îl dădăciseră pe Lucifer, protejându-l. Acul ceasului se apropia din ce în ce mai mult de ora de sfârșit de program, ceea ce pica la fix, pentru că Leonida era pe punctul să își smulgă tableta de pe birou și să o arunce pe geam. Slavă zeiței că Zepar nu era acolo să o trateze cu superioritate, așa cum făcuse cu cadetele Angelice cu ochi luminoși pe care le recrutase până atunci. Eligor era dispus să parieze o sumă generoasă pe faptul că tânăra leoaică ar fi putut să îi facă lui Zepar *exact* același lucru pe care i-l făcuse și Mekurabeului mai devreme.

Asta ar fi fost interesant de urmărit...

Acalmia de sfârșit de zi fu însă întreruptă de zgomotul ușii exterioare, care fu împinsă spre perete de două creaturi enorme, dotate cu armură, care zăngăniră în prag. Eligor, Lerajie și leoaica își ridicară privirile în același timp și rămaseră cu gurile căscate.

-O... începu Lerajie.

-Rahat... încheie Eligor.

Leoaica se ridică în picioare și apoi se așeză la loc. Nici măcar un Leonid nu îndrăznea să se pună cu Garda Cherubimă, înarmată până în dinți și înaltă de patru metri a Împăratului Etern. Ma ales nu dacă apăreau *doi* soldați, îmbrăcați în echipament complet de luptă.

Un al treilea Cherubim veni cu pași răsunători în urma primilor doi.

-Unde e? întrebă Maestrul Yoritomo.

Maestrul Yoritomo *însuși*? Maestrul Armelor, călugărul Cherubim cu rangul cel mai înalt din armata Împăratului Etern? Inferior doar lui Jingu, regina Cherubimilor?

Lerajie rămase cu gura căscată.

Eligor făcu un pas în lateral.

-E aici, înăuntru, domnule.

Cei trei înaintară spre biroul interior, emanând un aer letal prin toți porii, de la armura cu țepi, până la exoscheletul dur de *dedesubtul* armurii care se dezvoltase pentru un singur scop: acela de a-l proteja pe Împăratul Etern. Lucifer scoase un sunet surprins când ușa fu deschisă cu putere și Cherubimii cei musculoși își făcură drum în biroul lui.

-Ce vrea să însemne asta? întrebă Lucifer, ridicându-se.

-Prim-ministrul Lucifer? întrebă Maestrul Yoritomo pe un ton sever.

-Știți că eu sunt, zise Lucifer.

-Am un mandat de arestare pe numele dumneavoastră, semnat de însuși Împăratul Etern.

-Pe motiv că ce?

Privirea lui Lucifer o întâlni pe cea a lui Eligor, ochii săi de un argintiu straniu fiind învăluiți de frică. Fuseseră descoperiți.

-Din acest moment, sunteți reținut pentru uciderea soției Generalului Kunopegos, Aigiarne, și pentru trafic ilegal cu reprezentante ale unei rase primordiale protejate, folosite pe post de sclave sexuale.

-U-u-ciderea? căscă Lucifer ochii, îngrozit. Era mult mai rău decât se temusără.

-Vă rugăm să ne însoțiți.

Cei doi Cherubimi de rang inferior înaintară pentru a-l înșfăca pe Lucifer, îi răsuciră brațele la spate pentru a-i pune cătușele, iar apoi îi prinseră niște hamuri pe aripi, ca să nu poată zbura. Abia al treia element o determină însă până și pe Leonidă, o biată cadetă, să sară în față și să îndrăznească să ridice o labă.

-Chiar e necesar, domnule?

Maestrul Cherubim al Armelor o privi cu o expresie lipsită de emoție, lumina albastră care strălucea din spatele pupilelor sale adânci sugerând că aveau de-a face cu mai mult decât o creatură muritoare.

-Începând din acest moment, prim-ministrul este clasificat drept combatant inamic, spuse Maestrul Yoritomo. Va fi închis într-o unitate aleasă de Împăratul până la momentul în care sau *dacă* Împăratul decide să îl elibereze. Dacă discutați cu oricine despre această chestiune, veți fi și *dumneavoastră* clasificați drept combatanți inamici și închiși pe o perioadă nedeterminată, fără proces. Acesta este un ordin.

Combatant inamic? Eligor înghiți în sec. Aceasta era o formula pe care Împăratul o folosea ca să facă să „dispară" ființe pe care nu voia să le supună procedurilor judiciare normale, proceselor civile sau curții marțiale, pentru a nu avea de-a face cu consecințele politice ale publicității negative.

-Eligor? Lucifer avea o expresie panicată în timp ce Cherubimul prindea ultima pereche de cătușe în jurul gleznelor lui și trecea un lanț printre cele trei perechi, strângându-i brațele, picioarele și aripile de parcă ar fi fost un criminal în serie. Cheamă-l pe Zepar! Spune-i să trimită o petiție în Parlament pentru o hotărâre privind Habeas Corups!

Al doilea Cherubim îl târâi afară, strigând, și îl trase nu spre liftul care l-ar fi dus în holul din față, unde l-ar fi văzut toată lumea, ci spre liftul privat al primului-ministru, unde așteptau alți doi Cherubimi, holurile fiind asigurate în așa fel încât niciun civil să nu fie martor la scena aceasta în care Lucifer era îndepărtat în lanțuri.

Maestrul Yoritomo se aplecă spre el, spunând pe un ton care semăna cu un mârâit prevestitor:

-Știi care e pedeapsa pentru neascultarea Împăratului Etern.

Zăngănind din armură, ieși și el, lăsându-i pe cei trei să se minuneze în legătură cu ceea ce tocmai se petrecuse. Cadeta Leonid izbucni în lacrimi, neavând nici cea mai vagă idee ce se întâmpla. Ea *nu* avea să nesocotească un ordin direct de la Împărat.

-Hai, spuse Eligor, înșfăcându-și tovarășul. Avem lucruri de rezolvat.

-Ce? întrebă Lerajie. Ai auzit ce au spus!

Eligor își scosese deja dispozitivul de comunicare și începuse să tasteze numărul de urgență pe care i-l dăduse Zepar în eventualitatea în care s-ar fi petrecut ceva de genul acesta, chiar dacă *niciunul* dintre ei nu se așteptase să se petreacă *așa*. Crimă?

-Ce mai e acum? se auzi zumzăitul slugarnic al lui Zepar de la celălalt capăt al linie. Eligor se cutremură. Ah, cât ura broasca asta râioasă!

-Tocmai am dat de naiba, spuse Eligor, trăgându-l pe Lerajie spre liftul privat spre care fusese dus Lucifer și apăsă butonul, așteptând ca acesta să se întoarcă. E timpul să inițiem planul B.

Ușile se deschiseră. Eligor îi făcu semn lui Lerajie să țină liftul pe loc. Trecu pe lângă Leonida care încă suspina și dădu buzna în biroul lui Lucifer, scormoni prin sertarele biroului acestuia și înșfăcă un stick de memorie și o agendă mică, scrisă de mână. Sparse vitrina în care se afla arma aurie cu impulsuri, o îndreptă spre calculatorul lui Lucifer și trase, făcând obiectul țăndări ca să nu se poată obține nicio dovadă de pe hard drive-ul său, chiar dacă Lucifer fusese întotdeauna grijuliu cu activitățile pe care le desfășura pe sub mână.

Leonida rămase în dreptul ușii, dar nu îl opri, luptându-se să găsească un echilibru între loialitatea față de angajatorul ei – fie ea cât de scurtă – și loialitatea față de Împăratul Etern. Eligor îndesă arma cu impulsuri într-o geantă și se opri chiar înainte să treacă pe lângă cadetă, îndreptându-se spre raftul cu cărți pentru a lua unicul obiect pe care știa că Lucifer nu l-ar putea înlocui sub niciun chip.

-Unde mergeți? întrebă Leonida, frământându-și labele. Botul palid îi tresărea din pricina lacrimilor reprimate, făcând-o să semene mai mult cu un iepure decât cu o creatură feroce care își putea sfâșia prada.

-E mai bine să nu știți, domnișoară, spuse Eligor.

Îndesă o poză care îl înfățișa pe Lucifer alături de mama lui în geantă și își făcu drum înapoi spre liftul la care îl aștepta Lerajie. Apăsă în tăcere butonul care îi ducea jos. Când părăseai penthouse-ul prim-ministrului, singura cale era în jos.

-Unde mergem? întrebă Lerajie imediat ce se închiseră ușile.

Lerajie se întoarse spre panoul care număra etajele. Eligor își vârî mâna pe sub cămașă, căutând o cheie pe care o ținea prinsă de lanț, și o introduse într-un panou invizibil, din lateralul butoanelor, despre care nici măcar Împăratul nu știa; fusese creat când Lucifer își construise biroul rotund și robust în așa fel încât să înconjoare mai vechea și ineficienta Sală Mare a Parlamentului, pe vremea când Împăratul umbla brambura pe tărâmurile transcendentale după mama lui moartă.

Planul B.

Liftul coborî sub pământ.

Capitolul 44

Octombrie – 3.390 î.Hr.
Pământ: Satul Assur
Colonel Mikhail Mannuki'ili

MIKHAIL

-Nuuuuuu!

Privirea lui Mikhail o întâlni pe cea a lui Immanu. Cea a lui Immanu o întâlni pe a lui. Amândoi se foiră stângaci, ascultând strigătele bietei femei în casa lui Laum, unde stăteau de pază pentru ca niciun curios să nu intervină în acest eveniment tragic. Siamek se alătură în așteptarea morții, cu o expresie tulburată. Un alt urlet de jale se auzi din spatele ușii.

-Dadbeh e bine? întrebă Mikhail.

-Jamin i-a spart nasul, zise Siamek. Firouz l-a dus înapoi acasă la părinții lui. Insistă să rămână întins până încetează să mai vomite și să își piardă conștiența.

-*Era* al lui copilul? întrebă Immanu.

-I-a spus că nu e sigură, spuse Siamek, coborându-și privirea spre picioare. *Toți* ne-am culcat cu ea la un moment dat. Ar fi putut fi al oricăruia dintre noi, de aia nu a zis niciunul nimic când părinții ei l-au acuzat pe Jamin.

-Ar fi putut fi al *tău?* întrebă Mikhail cu o privire rece, nevenindu-i încă să creadă povestea pe care i-o spusese Gita când îl implorase să intervină și să o ajute pe Shahla să iasă dintr-o situație dificilă.

Siamek privi în altă parte.

-Nu știu. Posibil. M-am culcat cu ea la scurt timp după ce canoea ta cerească s-a prăbușit, deși nu cred că sarcina era așa de avansată. Va trebui să așteptăm să vedem ce spune Needa când…

Siamek amuți, având o expresie plină de vinovăție. Nimeni nu voia să exprime în cuvinte ce se petrecea în casă.

Un alt urlet se auzi prin ușă. Mikhail se cutremură. De ce dura așa de mult? Așa avea să fie și când avea să se nască copilul *lui?* Aât de dureros? Simplul gând că Ninsianna ar putea urla așa îi răscolea penele.

Mai multe voci feminine o îndemnau pe Shahla să împingă. Ea se opunea. Se opunea și le blestema și striga că era prea devreme, luptându-se pentru viața copilului ei cu toate că toată lumea în afară de ea știa că bebelușul era deja mort. Trei războinici stăteau de veghe pentru a fi martori la moartea lui – un războinic al cerurilor, unul al lumii spiritelor și unul al pământului. Cu toții își înghițeau lacrimile.

-Nu poţi să mai ţii copilul în tine, răsună vocea Needei din spatele uşii. Trebuie să îl laşi să se nască.

-E prea devreme! strigă Shahla.

-E numai vina ta! ţipă mama Shahlei la fiica sa. Ce naiba ai crezut că o să obţii dacă îi spui că te măriţi cu altcineva?

Immanu se întoarse spre Siamek.

-E adevărat?

-Nu suntem siguri *ce* i-a zis de l-a provocat, răspunse Siamek, simţindu-se vizibil inconfortabil. Fiecare martor are altă poveste. Dar Dadbeh a spus că Jamin avea deja strălucirea aceea criminal în privire când a ieşit val-vârtej din casa tatălui lui şi Dadbeh nu a mai avut ocazia să îi *spună* că avea să se prezinte drept tatăl copilului la tribunal, chiar dacă era sau nu al lui, pentru ca părinţii Shahlei să nu o poată obliga să se mărite cu el.

O… de-ar fi ajuns la faţa locului cu trei minute mai devreme! Aproape o luase din loc când Gita venise la el cu o poveste nebunească despre cum părinţii Shahlei născociseră un plan pentru a-l forţa pe fiul căpeteniei să se căsătorească cu fiica lor. Îi ceruse să repete povestea de trei ori, punând întrebări şi îndoindu-se de veridicitatea spuselor ei. Chiar şi atunci când înţelese, în sfârşit, că Gita *chiar* spunea adevărul, i se păruse atât de ironic că zeiţa îl răsplătise pe Jamin pentru încercarea de a o forţa pe Ninsianna să se mărite cu el cu o căsătorie forţată pentru el însuşi, încât nu se prea grăbise să îl salveze.

Oare zeiţa aceea crudă pe care Ninsianna o venera, cea care îi controla uneori trupul şi îi vorbea lui de parcă ar fi fost un idiot, plănuise totul de la bun început?

Un alt urlet.

-Nuuuuu!

Din nou şi din nou şi din nou.

Îşi reprimă impulsul de a dărâma uşa şi de a elimina creatura malefică ce provoca acele urlete, ştiind prea bine că nu era nevoie să caute dincolo de propria reflexie. De el *însuşi*. Trei minute. Poate două şi jumătate? Dacă ar fi ajuns acolo cu câteva minute mai devreme, Shahla s-ar fi aflat acum în faţa căpeteniei, alături de Dadbeh, spunându-şi jurămintele de nuntă.

Se mai auzi un singur suspin, urmat de un urlet care îţi îngheţa sângele în vene, eliberat în clipa în care Needa transmise veştile devastatoare. Mama Shahlei începu să arunce cu insulte, spunându-i fiicei sale că era inutilă.

-Mereu se poartă aşa?

-De unde crezi că a moştenit Shahla limba aia de viperă?

-Luaţi-o de-aici! ordonă Needa.

-Asta e casa *mea*! ţipă strident mama Shahlei. *Tu* să pleci. Şi ia şi rahatul ăsta cu tine! Imediat ce poate să meargă, o aruncăm în deşert să o mănânce hienele!

Shahla plânse în timp ce mama slobozea insultă după insultă la adresa ei. Mikhail se simțea neajutorat. Două minute și nimic din toate acestea nu s-ar fi întâmplat. Ninsianna ieși din cameră, ștergându-și mâinile cu o cârpă.

-*Chol beag...* spuse el, încercând să o tragă în brațe.

Ninsianna îl împinse la o parte. Îl privi cu răutate, ochii ei aurii având o nuanță aproape ca de cupru din cauza furiei.

-Cere să te vadă pe tine.

-Pe mine?

-Pe tine.

Privirea ei era plină de acuzații. De ce? Pentru că îi spusese Gitei să plece când își pusese mâna pe brațul lui, vrând să îi atragă atenția? Pentru că se retrăsese ca ars când se întorsese spre ea crezând că era Ninsianna, și realizase că era, de fapt, una dintre cauzele problemelor din căsnicia sa? Pentru că acum tot satul șușotea, împrăștiind zvonuri că bebelușul Shahlei nu era al lui Jamin, al lui Dadbeh sau al unui alt războinic, ci al *lui?*

Acțiunile Shahlei, oricât de iraționale ar fi fost, aveau sens dacă luai în considerare faptul că încercase să dejoace planurile părinților ei de a o căsători cu un bărbat violent. Căutase singurul bărbat din sat care era mai puternic decât Jamin pentru că voise ca cineva să o protejeze... și el o dezamăgise.

-De ce? întrebă Mikhail.

Ninsianna îl privi cu dezgust și se întoarse țanțoș în casa lui Laum, lăsând ușa deschisă în urma ei. Încăperea duhnea a sânge, fiind o casă a morții, nu a vieții pe care tânăra femeie încercase să o aducă pe lume. Și eșuase. O grămăjoară înfășurată în cârpe stătea în mâinile Needei. Shahla se așeză în poziție fetală, jelind pierderea bebelușului ei în timp ce propria mamă o blestema.

Furia aceea întunecată care clocotea la suprafață năvăli în venele lui Mikhail. O apucă pe mama Shahlei de umeri și o ridică la nivelul feței lui, dărâmând câteva scaune în momentul în care își umflă aripile.

-Femeie, dacă mai scoți în cuvânt, îți dau cuvântul meu că o să îmi scot sabia și o să-ți tai limba aia veninoasă!

Ea căscă ochii îngrozită, zărind în privirea lui ceva ce reduse la tăcere până și insultele ei netemperate. Mikhail fu cuprins de rușine din pricina violenței pe care o manifestase față de femeie, dar nimeni nu sări în apărarea lui Eshargemelet, nici măcar fata cu ochii negri care se holba la el de parcă ar fi fost o bufniță. Cherubimii îl avertizaseră că nu avea voie să își dezlănțuie furia, indiferent de cât de *justificată* era ea.

-Mikhail? suspină Shahla. Mikhail?

De ce îl chema pe *el* când Dadbeh fusese cel care încercase să o salveze? Dadbeh se alesese cu nasul spart pentru curajul lui. *El* venise prea târziu.

Ninsianna îl privi cu răutate.

El îngenunche lângă patul de scânduri pe care stătea Shahla. Încă purta rochia îmbibată de sânge pe care voise să o poarte la nuntă.

-Sunt aici, Shahla.

Ochii ei priviră dincolo de el. Nu se concentrau asupra *lui,* ci asupra unui vis pe care îl reprezenta el, asupra unui loc fericit în care femeile nu aveau părinți conspirativi, nu erau bătute de iubiți care nu le doreau și nici nu aduceau pe lume copii care mureau.

-Ai văzut-o? se holbă Shahla spre lumea fericită pe care și-o crease. Ai văzut-o pe fetița noastră?

Un șuierat furios se auzi din spatele lui. În ciuda faptului că Shahla se minţea pe sine, el nu putea să o disprețuiască. Cum ar fi putut să disprețuiască o creatură care fusese înjosită atât de mult?

Privirea lui o întâlni pe a Needei, care încă ținea în brațe copilul ce nu trăise suficient încât să respire pentru prima oară, și înțelese ce își dorea de la el chiar dacă Ninsianna avea să îl urască pentru asta. Ochii i se umplură de lacrimi. O luă de mână pe Shahla.

-E o fetiță frumoasă, prea perfectă pentru lumea asta. Cea-Care-Este a purtat-o direct spre următoarea, unde o să aștepte ca mama ei să i se alăture.

Shahla zâmbi. Era o grimasă slăbită și patetică, ivită sub lacrimile care i se scurgeau pe obraji și pe buzele tremurânde. Arătă spre grămăjoara din brațele Needei.

-Poți să o duci acolo pentru mine? îl imploră Shahla. Poți să o duci pe tărâmul viselor, ca să se poată întâlni cu împăratul acela despre care vorbești tu? Cu zeul tău?

Immanu intră având în mâini tămâie, un bol cu apă și celelalte obiecte de care avea nevoie pentru a desfășura ritualurile de moarte. Vârî o grămăjoară de cedru sfânt în mâna Ninsiannei, dar ea i-l împinse înapoi. Ochii îi străluceau cu nuanțe de cupru, furioasă fiind din pricina acuzației pe care mintea sfărâmată a Shahlei o făcea.

„*Ea* crede *asta...* ” Asta văzuse Ninsianna când privise în mintea Shahlei, în căutarea adevărului.

Lui Mikhail îi tresări obrazul. Se afla înaintea unei alegeri. Să o consoleze pe biata fată în speranța că astfel avea să se vindece mintea ei sfărâmată? Sau să își consoleze soția, care, din cauza minciunilor acestei femei, punea acum la îndoială loialitatea lui? Își plecă capul, dorindu-și să își fi putut aminti zeii la care se ruga *el.* În mintea lui, și-i imagina pe toți ca și cum ar fi fost căpetenii de sat, chiar și zeița care o folosea pe Ninsianna de parcă ar fi fost o păpușă pe sfori. *Cine* fusese zeul strămoșilor lui? Nici măcar nu putea înălța vreo rugăciune către ei în numele bietei femei. Alegerea era, însă, ușoară.

-O să o duc acolo eu însumi, îi spuse el. Și o să o las să se odihnească într-un pat acoperit cu pene din propriile mele aripi, ca să nu îi fie niciodată frig.

Shahla încuviință din cap. Ochii îi străluceau cu mult prea multă nerăbdare când se întinse înapoi în pat. Din fundul camerei, mama ei, acea creatură veninoasă, îl sfredelea cu privirea. Shahla privi spre fata cu ochi negri, cea care venise să îi ceară ajutorul lui Mikhail. Gestul acesta nu făcu decât să o înfurie și mai tare pe Ninsianna, căci Shahla căuta alinare în mâinile Gitei, nu în cele ale *Alesei* Celei-Care-Este.

Mikhail se ridică și se întinse spre grămăjoara de om.

-A fost un copil *normal,* spuse Needa cu blândețe, iar mâinile îi zăbovirà asupra grămăjoarei pe care nu reușise să o salveze. În pântece de cam cinci luni. Nu mai mult de șase.

Normal. Cu alte cuvinte, în ciuda a ceea ce pretindea Shahla, copilul nu avea aripi.

Bebelușul încăpu perfect în mâinile lui Mikhail, având încă pielea caldă din pricina atingerii corpului mamei sale, dar nu avea să rămână așa pentru prea mult timp. Shahla începu să plângă din nou. Prietena ei ciudată o mângâie pe păr și începu să cânte, făcându-l pe Mikhail să ezite, de parcă ar mai fi auzit cântecul acela înainte.

-Hai să terminăm odată cu asta.

Ochii Ninsiannei străluceau precum cuprul, cuprinși fiind de furie.

Mikhail legănă bebelușul la piept și îl duse afară. Siamek se sprijini de perete. Și din ochii *lui* curgeau lacrimi. Cinci, poate șase luni în pântece? Atunci nu Siamek fusese tatăl.

-Dă-i-l tatei.

Cuvintele Ninsiannei fură scurte și dure. Privea mica ființă de parcă ar fi adus cu sine ciuma. Mikhail își privi soția și *știu* că a îngropa acest copil, care nu cunoscuse niciodată prima sărutare a aerului, în sânul unui asemenea dispreț ar fi *greșit.*

-I-am făcut o promisiune, spuse el, și o să mă țin de ea. Pentru că, odată ce faci un jurământ, nu trebuie să îl încalci.

Ea ar trebui să știe mai bine ca oricine că nu își încalca niciodată cuvântul.

Se aplecă să o sărute pe obraz, dar Ninsianna se retrase. Respingerea ei îl sfredeli ca un cuțit înfipt direct în inimă. Buza îi tresări în semn de regret, însă își înfoie aripile oricum.

-Unde te duci, purtător de aripi? întrebă Siamek.

-Pe cel mai înalt vârf de munte pe care îl pot găsi, zise Mikhail. E locul cel mai apropiat de tărâmul viselor spre care pot purta acest copil.

Așa că zbură spre vârful muntelui pe care oamenii îl numeau Alfaf și întinse mica ființă printre stânci, pe un pat făcut cu propriile lui aripi, și construi un turn în jurul ei pentru ca nicio creatură să nu îi tulbure somnul. Iar apoi plânse, nu doar pentru tragedia aceasta lipsită de sens a morții bebelușului, sau pentru cele trei minute care ar fi putut face diferența, sau pentru biata fată care zăcea frântă în casa părinților care o urau, nici măcar pentru alienarea lui față de Ninsianna, ci pentru că nu știa cărui zeu să se roage şi, pentru prima oară de când se afla aici, înţelegea că *trebuie* să aibă un zeu, un zeu *adevărat,* chiar dacă nu putea simţi vreo legătură faţă de unul acum.

Odată plânsă tristeţea, Angelicul zbură înapoi acasă şi se cuibări lângă soţia lui, care dormea; se bucură că ea îi murmură numele şi se topi sub atingerea lui, dar numai pentru a se întrista apoi dimineaţă, când ea se trezi şi, observând micul gol din care Mikhail îşi smulsese penele, coborî din pat fără să spună niciun cuvânt şi îşi văzu de zi de parcă el nu ar fi existat.

Căpetenia se retrase în casă şi nu mai ieşi. Întregul sat fu îngenuncheat de Varshab, acolitul căpeteniei, care îi îndeplinea ordinul de a interoga toţi martorii şi de a se asigura că fiul său nu scăpa din groapă înainte ca ei să fi avut ocazia de a convoca tribunalul. Bietul Dadbeh îi rugă pe Firouz şi Tirdard să îl poarte pe braţe până la casa Shahlei şi fu întors din drum de părinţii ei, care îl învinuiră pe *el* pentru că le dăduse peste cap maşinaţiile.

Şi tot satul şuşotea. Ah, cum şuşotea acuzaţii după acuzaţii, chiar dacă acuzaţiile nu erau legate doar de *el,* dar, cumva, îl implicaseră şi pe el.

Cum ajunsese *el* să fie judecat?

Capitolul 45

Data Galactică Standard: 152,323.10 D.Î.
Buletinul de știri

„Știrile de azi: Șeful de personal al prim-ministrului s-a prezentat în plenul reunit de urgență în Parlament pentru o dispoziție legată de principiul Habeas Corpus, care să îl oblige pe Împăratul Etern să îl aducă pe primul-ministru în fața corpului parlamentar pentru chestionări. Împăratul Etern refuză să prezinte acuzațiile care au fost aduse împotriva prim-minstrului și nu le permite avocaților lui Lucifer să discute cu el. Biroul Împăratului Etern a prezentat o declarație oficială conform căreia nu comentează față de nicio întrebare a presei.

Parlamentul a redactat dispoziția și cere Împăratului să îl aducă pe prim-ministru pentru o audiere în termen de 24 de ore. În caz contrar, vor vota o rezoluție depusă astăzi de purtătorul de cuvânt al Camerei Reprezentanților, care prevede decăderea Împăratului la rang de zeu *ceremonial,* așa cum a făcut-o și Federația Mer-Levi în perioada de 200 de ani de absență a Împăratului, privându-l de autoritatea de a acționa în numele Alianței. Purtătorul de cuvânt citează drept motive abandonul de 200 de ani al Împăratului și acțiunile îndoielnice întreprinse de la revenire, care indică faptul că Hashem nu mai este suficient de competent încât să servească drept Împăratul și Zeul nostru.

Când rezoluția a fost supusă unui vot neobligatoriu, exprimat vocal, a trecut fără unanimitate. Îi dăm legătura acum reporterului Merrilly Booney, care urmărește reacția cutremurătoare de neîncredere exprimată de cetățenii furioși în cadrul unui protest cu lumânări din fața Parlamentului. Aceștia cer ca prim-ministrul să fie eliberat. Merrilly?"

Camera se mută pe un reporter Delfinium, aflat în fața Parlamentului și înconjurat de sute de mii de ființe cu lumânări și fotografii ale lui Lucifer...

Capitolul 46

Data Galactică Standard: 152,090.10
Haven-1
Tânărul Lucifer – 15 Ani

Cu 225 de ani în urmă...

TÂNĂRUL LUCIFER

Mama spune că, dacă zăboveşti prea mult printre umbre, într-o bună zi s-ar putea să auzi ceva ce ţi-ai fi dorit să nu auzi niciodată. Eu spun că, dacă informaţia e dureroasă, trebuie să o auzi. Mai ales dacă eşti un copil de cincisprezece ani şi toată lumea presupune că eşti prea prostuţ ca să observi că se întâmplă ceva nelalocul lui.

De când am fost împuşcat, am zăbovit printre umbre teribil de mult. Cuvintele teribile pe care le-a şoptit mama după ce mi-a vindecat rănile, că *altcineva* e tatăl meu, mă rod. Vreau ca tata să îmi spună că totul e o minciună, aşa că fac tot ce îmi cere, sperând că o să recunoască că sunt fiul lui.

Fiul lui *adevărat*. Nu fiul celuilalt bărbat.

Tata s-a adâncit atât de mult în munca lui, încât nu mă consolează. De fapt, nici măcar nu a observat mişcarea genială pe care am făcut-o la şah, împotriva Împăratului Shay'tan, care nu are nici cea mai vagă idee că joacă împotriva unui băiat de cincisprezece ani.

-Ce program ai în dimineaţa asta, tinere prinţ? mă întreabă Maestrul Ubiqute când mă apropii de laboratorul genetic al tatei.

-Tata mi-a zis să fac rost de o pană de *ibong adarna.*

Îi arăt o pană lungă şi colorată, din coadă.

-Vrea să facă nişte teste pe ea.

Tata nu a cerut aşa ceva, dar vreau să vorbesc cu el, deci de ce să risc să fiu alungat?

Ibong adarna a fost creată să înfăţişeze fiecare culoare a curcubeului în nuanţa exact opusă oricărui mediu în care este plasată, ca un cameleon, doar că pe dos, aşa că poţi să o vezi mereu. Are pene lungi la coadă, aripi colorate şi o coamă bogată care o face să se numere printre cele mai frumoase păsări din grădina tatei. Având în vedere că tatei nu îi place să îşi lase creaturile lipsite de apărare, a înzestrat-o cu un tril pe atât de soporific pe cât de vessel e cel al Păsării Fericite; un tril care adormea ascultătorul.

-*Ibong adarna* te-a lăsat iar să te apropii suficient încât să îi smulgi o pană? Spune Maestrul Ubiqute pe un ton din care lasă să răzbată amuzamentul.

-Am *aripi*! răspund cu un zâmbet forțat. Nu e greu odată ce afli unde își face cuibul. Doar am așteptat până a ațipit ca să nu mă adoarmă și am zburat spre ea ca să îi smulg pana.

-Ești băiat deștept, spune Maestrul Ubiqute. Și prefăcut. Nu cred că *ibong adarna* ar face aceeași greșeală de două ori.

-Cu toții mai repetăm greșeli, spun eu. Dacă aștepți suficient de mult, lasă garda jos și te lasă să îi smulgi penele din nou și din nou!

Maestrul Ubiqute mă lasă să trec.

Laboratorul tatei e ca o creatură vie. Plin de cuști și de aroma înțepătoare a tuturor formelor de viață. Mi se pare ciudat că tatei, care se pretinde a fi un ferm susținător al evoluției naturale, fără nicio intervenție, îi place să se joace cu AND-ul lor, de parcă regulile care se aplică tuturor nu i s-ar aplica și *lui.*

O cacofonie de mârâieli, șuierături și alte sunete dă de știre că am intrat, dar animalele sunt deja agitate de zgomotul conflictului dintre tata și Dephar. De obicei, eu îl chem, dar în ultima vreme, mama și tata nu au mai vorbit unul cu celălalt. Sunt sigur că are de-a face cu bărbatul pe care l-am văzut în lumea de mijloc, dar mama refuză să vorbească cu mine despre asta, iar singura dată când l-am întrebat pe tata, s-a enervat atât de tare, încât mi-a fost teamă că o să mă sfâșie pentru impertinența mea.

Uneori, singura cale de a afla adevărul este să zăbovești printre umbre, mai ales dacă toată lumea are impresia că ești prea mic ca să înțelegi. De câți ani îl tot duc de nas pe Shay'tan și tata tot mă tratează ca pe un bebeluș?

-Trebuie să fii atent la problemele imperiului tău! spune Dephar, iar botul lui ca de dragon se curbează într-un rânjet răutăcios. Armatele tale mor. Trebuie să înalți o specie *nouă,* care să le înlocuiască, nu să te tot chinui să le repair pe cele vechi și defecte.

Tata are o holograma a AND-ului mamei afișată pe bancul său de lucru, testând ce se întâmplă dacă presară niște elixir pentru a activa și dezactiva o anume secvență din genomul ei. Are o expresie intensă. Dacă nu ar fi fost zeu, aș putea să jur că pare tulburat.

-Shemijaza vine după ea, zice tata. După ea și băiat. E singurul lucru pe care pot să i-l ofer ca să o conving să depună mărturie împotriva lui.

-Cu ce drept îi oferi tu nemurirea? întreabă Defar. Doar EA poate să aleagă cine îi e favorit. De fiecare dată când unul dintre voi, zeii bătrâni, uitați edictul acela, noi sfârșim prin a ne confrunta cu situații ca cea cu Tokoloshe.

Tata își rulează simularea. ADN-ul se reorganizează, dar apoi cedează.

-Nu e viabil, spune calculatorul îmbunătățit cu bacterii din specia Dardda'il.

Tata oftează.

-Eu nu *creez* viaţă, spune tata. Doar pun la punct unele detalii pe care *EA* e prea ocupată să le repare, ca să mă asigur că nu sfârşeşte cu prea multe drumuri evoluţionare înfundate.

Tata afişează o altă hologramă a unei spirale de AND lângă a mamei, pe care o recunosc ca fiind a mea.

-Experimentele mele au un scop, altfel EA nu le-ar tolera.

-Hibrizii sunt inconsecvenţi, spune Dephar. De ce îţi iroseşti timpul cu ei? Nici măcar nu au evoluat natural.

Tata arată spre a treia spirală din ADN-ul meu, ceva ce numeşte ATN sau ramura triploidă. M-a învăţat să interpretez câteva secvenţe mai uşoare, ca cea responsabilă pentru culoarea ochilor, dar majoritatea lucrurilor pe care le face sunt *încă* de neînţeles pentru mine.

-Asta nu era aici înainte, spune tata, arătând spre un lanţ de nucleotide. Nu ştiu ce a făcut Asherah ca să îl vindece, dar i-a adus ceva *în plus* faţă de ce era înainte. Am întrebat-o cum a făcut-o şi a spus că nu a fost ea. A spus că a fost Cântecul lui Ki.

-Cântecul lui Ki e doar un mit, spune Dephar. Un basm de care se folosesc Serafimii ca să îşi justifice convingerile separatiste.

Nu. Nu este. L-am auzit în lumea de mijloc...

-Băiatul a fost împuşcat, spune tata cu blândeţe. Am fost atât de preocupat încercând să distrug agentul, încât am uitat că o astfel de rană e fatală pentru un muritor. Dacă ea nu l-ar fi vindecat...

Tata pare îngrijorat.

Afişează o altă spirală de AND, una pe care nu am mai văzut-o până acum. Nu cea etichetată cu numele pe care mama mi l-a şoptit. Nu, AND-ul acesta nu provine de la un Angelic, dar are trei şiraguri, exact ca al meu, şi numeroase secvenţe îi sunt marcate, inclusiv cea pe care tata a marcat-o în ATN-ul *meu*; dar are şi o mulţime de fragmente frânte, de parcă cineva l-ar fi căsăpit.

-Lucifer e atât de aproape, spune tata. Dacă eu pot să îi dau de capăt chestiei ăsteia, sigur poate şi Shemijaza, iar atunci chiar o să avem o problemă. Nu pot să îi permit să îi ia până nu îmi dau seama cum se face.

-Nu ai dreptul ăsta, bătrâne prieten, îi spune Dephar, aşezându-i o mână pe umăr. Aşa cum nici el nu îl are. Ştii ce spune legea.

Tata testează diferite secvenţe din ATN-ul mamei. Simulare după simulare eşuează în a umple golul. Mă întreb dacă ar fi cazul să îmi dreg glasul şi să mă prefac că abia am intrat, dar mi se pare fascinant să îl ascult pe tata vorbind cu bătrânul Dephar, care ştie să pună întrebările potrivite pentru a-l ajuta, spre deosebire de mine, care pun întrebări penibile şi îl enervez mereu.

Hei! Nu pot să fiu bun la toate, nu-i aşa?

Lovesc o pipetă aşezată nesigur pe una dintre capsulele Petri abandonate de tata. Se rostogoleşte şi zăngăne pe masă. Dephar şi tata îşi ridică privirile, dar îmi strâng aripile la spate pentru ca penele albe să nu anunțe în gura mare *„Lucifer trage iar cu urechea!"*. Mă rog ca tata să nu se folosească de puterile lui transcendentale pentru a identifica licăriri de viață. Din fericire, e preocupat. Rulează încă o simulare pentru a umple unul dintre golurile din codul genetic al mamei.

-Secvența e viabilă, anunță calculatorul îmbunătățit cu bacterii Dardda'il.

-Vezi? se entuziasmează tata. O să încerc și cu o probă de țesut viu.

-Ea nu și-a dat acordul, îi amintește Dephar.

-O să facă Lucifer rost de una.

Tata mă pune mereu să adun fire de păr din peria mamei, să șterpelesc tacâmuri cu care a mâncat sau să scormonesc prin coșul de gunoi de la baie după... eew! Nici nu vreau să mă *gândesc* la pachețelele ale amici și dezgustătoare pe care le înfășoară în hârtie igienică cinci zile pe an, când devine capricioasă și îmi rupe capul la orice. *Tata* mă trimite pe *mine* să fac rost de mostre pentru că mama refuză să îl lase să experimenteze pe ea, dar e sub nivelul lui să pescuiască prin coșul ei de gunoi. Totuși, tind să cred că, dacă nu ar avea de ales, ar face-o.

Uite, un gând ciudat. Tata, coborând de pe tron ca să scormonească prin coșuri de gunoi. Îmi acopăr gura cu mâna ca să nu izbucnesc în râs și mă sprijin de una dintre cuști. O gheară ascuțită mi se înfige în aripă și aproape mă dau de gol, strigând. Un mamifer-urs mârâie în timp ce mestecă o mână de pene albe.

-E atât de aproape, spune tata, atingând holograma. De ce să nu o facem completă? E tot ce sperau să atingă Serafimii când și-au format propria colonie.

-Tu i-ai lăsat să se desprindă ca să înceteze să îți mai polueze armatele cu defectele lor genetice, spune Dephar. Perechi!

Arată spre AND-ul meu sau, mai bine zis, spre a treia ramură.

-Ar trebui să te concentrezi pe sarcina pe care ți-a dat-o Cea-Care-Este. Aceea de a afla cum s-a putut ca o linie genetică ce a dispărut acum milioane de ani să reapară brusc în univers. Nu să te ții după mama băiatului.

-Gene recesive, spune tata. E singura explicație.

-Între specii? spune Dephar, scuturând din cap.

Un zgomot puternic le atrage atenția asupra ușii. Unul dintre asistenții de laborator ai tatei, un Grine cu pielea galbenă, se repede înăuntru.

-Majestatea Voastră! Trebuie să vedeți asta!

Judecând după cum tremură când aprinde televizorul, e clar că aduce vești proaste.

-Încă o transmisiune? întreabă tata.

-Da! A preluat controlul asupra fiecărei rețele de transmisie din Alianță.

Tata nu mă lasă să mă uit niciodată la televizor – le-a scos pe toate din palat după ce m-a prins furișându-mă în apartamentul slujnicei ca să mă uit la ceva ce se numeşte „telenovelă" şi mi-a ţinut o predică acră despre cum îmi las creierul să putrezească. Acum, o faţă animalică, străbătută de cicatrici de luptă, apare pe ecran. Penele mele se înfioară. Ce e cel mai remarcabil la această fiinţă nu e faptul că are păr şi aripi albe-ca-zăpada, pentru că am descoperit că aproape toţi Angelicii, cu excepţia mamei, au un colorit mai apropiat de al meu decât de al ei, ci faptul că ochii lui au exact aceeaşi culoare ca ai mei.

Argintii...

Aerul cârâie, încărcat de electricitate, în timp ce tata se leapădă de înfăţişarea de bătrân blând şi se transformă în zeul înfiorător pe care l-am văzut în ziua când am fost împuşcat.

-Shemijaza, mârâie tata.

-E pe toate ecranele, domnule, spune Grineul, tremurând. Chiar şi în liniile de cod care hrănesc calculatoarele locuitorilor. Fiecare cetăţean al Alianţei îi poate vedea mesajul.

Privesc fascinate cum bărbatul pe care l-am văzut în lumea de *mijloc* prinde viaţă pe ecranul televizorului tatei. E un bărbat dur. Judecând după aspectul determinat al maxilarului, trăsăturile lui sunt chiar mai brutale decât ale Generalului Abaddon. Când vorbeşte, vocea îi huruie de putere. Mă furişez mai aproape, ca să îl aud.

-În urmă cu cincisprezece ani, soţia mea a dispărut. Am căutat-o, dar mi s-a spus că s-a sinucis. Am fost devastat.

Chipul i se înmoaie. Pe ecran apare o poză cu mama, stând lângă el, îmbrăcată în alb, nu în negrul cu care sunt eu obişnuit, şi zâmbind, o expresie pe care eu nu am văzut-o niciodată pe buzele ei. Imaginea revine asupra bărbatului cu ochii de argint.

-Acum trei săptămâni, soţia mea a luat legătura cu mine şi m-a informat nu doar că mi-a adus pe lume un fiu, ci şi că e ţinută captivă de cincisprezece ani în palatul Împăratului Etern. Iar asta nu a fost tot! Mi-a spus că fiul nostru fusese împuşcat! Victim colaterală în urma unei tentative de asasinat asupra Împăratului! Reacţia Împăratului nu a fost să ajute băiatul care tocmai încasase un glonţ pentru el, ci să dispară!

În mintea mea apar imagini puternici. Imagini cu bărbatul care m-a purtat sângerând în afara spaţiului întunecat în care mă afundasem. Dar imaginile acelea nu sunt pe ecranul televizorului. Şi atunci cum? Am presupus întotdeauna că am moştenit puterea de convingere de la mama, dar se pare că am moştenit-o de la *amândoi.* Pot şi ceilalţi să vadă imaginile astea? Sau le văd în subconştient, aşa cum fac eu de obicei ca să o conving pe mama să nu mai fie tristă?

-Al Treilea Imperiu este o republică paşnică, spune bărbatul cu ochi argintii. Noi încercăm să ne rezolvăm disputele cu ajutorul legii. Imediat ce am fost contactat de soţia mea, am încercat să ne folosim de lege, depunând o cerere şi solicitând să îmi pot prezenta cazul în faţa curţii de justiţie a Alianţei, pentru a recăpăta custodia asupra soţiei şi a fiului meu.

Camera se mută asupra unui document cu aspect oficial, ştampilat cu sigiliul Alianţei. Trece apoi la un al doilea document, emis de curte şi având cuvintele „*Ordonanţă de Habeas Corpus*" notate pe el, alături de numele meu şi cel al mamei.

-Ieri după-amiază, am primit *asta*.

Ordonanţa de Habeas Corpus apare din nou pe ecran, dar de data asta are mâzgâlite pe ea câteva cuvinte scrise de tata: *Du-te-n Hades!*

Du-te-n Hades?

Acela e, fără îndoială, scrisul tatei. Toată lumea ştie cum arată semnătura Împăratului Etern!

-Timp de cincisprezece ani, Împăratul mi-a ţinut fiul captiv în Palatul Etern şi le-a spus tuturor că e bastardul unei slujnice!

Ochii bărbatului strălucesc cu o nuanţă palidă de argintiu, fiind aproape albi de furie. Şi chiar *furia* este ceea ce *simt* cu fiecare cuvânt pe care îl rosteşte.

Un bastard? Îmi amintesc ce i-a spus tata lui Ba'al Zebub când m-a văzut.

-Un bastard nedorit, repetă bărbatul. Am primit confirmarea acestui fapt din partea a doi emisari ai Imperiului Sata'anic.

Cuvintele îmi fac trupul să se cutremure. Sigur tata nu a vrut să se interpreteze aşa! Nu vrea decât ce e mai bun pentru mine. Nu-i aşa?

-Fiul meu nu e un bastard! spune bărbatul, izbind cu pumnul. E un prinţ! Prinţul din Tyre! Cer să se întoarcă *imediat,* ca să îşi poată ocupa locul cuvenit în calitate de moştenitor al celui de-al Treilea Imperiu.

Eu? Un prinţ? Sigur că sunt prinţ. Doar aşa îmi spun Cherubimii de fiecare dată – micule prinţ. Bine, tata nu îmi spune aşa. Dar îmi spune mereu că, într-o bună zi, o să se retragă pe tărâmurile transcendentale cu mama şi eu o să preiau conducerea în locul lui.

-De data asta, spune Shemijaza cu glas ameninţător, Împăratul a împins lucrurile prea departe. Al Treilea Imperiu a luptat împotriva agresiunilor Alianţei doar atunci când acestea au fost îndreptate spre vreo planetă care ceruse să ni se alăture. Ne dorim doar să existăm şi să fim lăsaţi în pace, eliberaţi de intrigile celor două mari imperii. Dar acum aflu că împăratul vostru îi ţine prizonieri pe soţia şi fiul meu!

Prizonier? Păi... ăă... nu... ăă... ei... poate? Două gărzi Cherubime stau de pază la intrarea în aripa noastră din palat şi nu mi s-a permis niciodată să trec mai departe de grădină, care e în mijlocul palatului, nu afară. Până acum trei săptămâni, nimeni nu a avut voie să mă vadă.

-Până când cetăţenii Alianţei îi vor transmite Împăratului Etern că legile li se aplică tuturor, inclusive *lui,* Alianţa şi Al Treilea Imperiu vor fi în război!

Pe ecran sunt afişate imagini în direct dintr-o mica colonie minieră. Pe fundal urlă sirenele, însoţite de o voce computerizată, care anunţă o numărătoare inversă. Minerii se reped spre navele lor şi decolează.

Urmăresc cu fascinaţie morbidă cum peisajul dominat de rocă devine liniştit, nelăsând să se întrevadă niciun semn de viaţă în afară de un soare aflat la mare distanţă.

-Cinci... patru... trei... doi... unu...

Cu o lovitură fulgerătoare, ecranul îngheaţă.

Camera se mută spre o imagine difuzată din spaţiu. În jurul planetei se dezvoltă o penumbră, ca inelul unui gigant de gaz, iar apoi explodează, rupându-se simetric în jumătate.

-Are un distrugător de planete, înghite Dephar în sec.

-Cum *Hades* a pus Al Treilea Imperiu mâna pe un distrugător de planete? strigă tata, izbind cu pumnul de masă.

Scar scântei, luminând laboratul ca lovitura unui fulger. Energia statică îmi face penele să se ridice. Mă furişez în spate, spre cuşca mamiferului care seamănă cu un urs, şi reuşesc să nu strig de durere când ghearele lui ascuţite smulg iar o mână de pene din aripile mele. În continuare urmăresc imaginea de la televizor, cu bărbatul acela oribil, cel despre care mama mi-a spus că e tatăl meu *adevărat*.

Camera se mută asupra unei nave spaţiale care ia la bordul său o navetă foarte mica, dintr-acelea care nu sunt echipate cu hiperdrivere capabile să facă transferuri pe alte planete. Naveta pătrunde în zona de lansare. Minerii ies greoi din ea şi sunt arestaţi. Vii. Nu torturaţi. Acum sunt, însă, prizonieri de război.

Imaginea revine asupra chipului brăzdat de cicatrici al bărbatului cu ochi argintii.

-După cum puteţi vedea, nu suntem criminali.

Maxilarul dur al lui Shemijaza se încleştează în semn de determinare.

-Însă cel mai fundamental drept al oricărei creature este acela de a-şi perpetua specia. Împăratul vostru a comis o nedreptate îngrozitoare, iar eu *nu* o să îl las să scape basma curată.

Privesc ecranul, captivat. De câte ori l-am văzut pe tata ţinând discursuri, toate tărăgănate şi plictisitoare? Bărbatul cu ochi argintii creează cu pricepere un echilibru perfect între indignare justificată şi teroare.

-Până când Alianţa nu îmi va înapoia soţia şi fiul, voi anihila câte o planetă în fiecare zi, înaintând dinspre cele mai puţin populate până la însăşi Haven-1.

Camera se mută din nou. Acum arată o flotă masivă de nave cu aspect ciudat, care năvălesc la graniţa Alianţei. Mesajul e clar. Al Treilea Imperiu a devenit suficient de puternic încât, dacă e necesar, să invadeze şi să recupereze ce îşi doreşte bărbatul cu ochi argintii.

Mesajul se repetă.

-Nu poate nimeni să întrerupă semnalul? se răsteşte tata.

-Specialiştii noştri în comunicaţii lucrează la asta, Majestatea Voastră, spune Grineul. Dar are un echipament pe care nu l-am mai văzut până acum. Nu ştim cum să îl blocăm.

-Unde a fost localizată planeta? întreabă Dephar.

-C-c-chiar aici, se bâlbâie Grineul. În clusterul Haven. E un planetoid minier de mici dimensiuni, localizat în sistemul solar exterior. A încărcat minerii și a dispărut.

-Aici?!

Energia electrică din cameră se transformă într-o masă critică. Tata se răstește la aer:

-Zeiță!!!

Un fulger strălucește în clipa în care, cu un sclipit, el dispare.

Mă ascund până când Dephar și Grineul părăsesc laboratorul, iar apoi mă apropii de monitorul video și îl urmăresc redând mesajul din nou și din nou. E un mesaj amenințător pentru cetățenii Alianței. Bărbatul cu ochi argintii își vrea fiul înapoi, fiul care a fost răpit de lângă el.

Înlăuntrul meu se cască un vid.

Oare vine după *mine?*

Capitolul 47

Data Galactică Standard: 152,324.10 D.Î.
Hades-6
Împărat Shay'tan

În prezent...

SHAY'TAN

-După cum puteți vedea, Eminența Voastră, Styx e mai îndreptățită să preia controlul asupra asteroidului, spuse emisarul Styxian. Era un bărbat îndesat, cu piele grizonantă și două coarne cu ochi care se puteau roti pentru a urmări ce se petrecea pe la spatele lui. unul dintre ele era îndreptat spre împăratul și zeul său, în vreme ce celălalt urmărea reacția delegatului care i se opunea. Era o trăsătură care făcea ca specia sa să fie foarte valoroasă în rândurile armatei lui Shay'tan.

-E cu un parsec[1] mai aproape de Malebolge! interveni delegatul Malbogian, o creatură care arăta ca un pește cu picioare. Asteroidul Câmpurile Asmodel are o orbită eliptică. E mai aproape de Styx doar trei luni pe an! În celelalte nouă, e mai aproape de noi!

Specia Malebolge era formată din ființe extrem de muncitoare în sfera acvaculturii, dar la ce putea să servească fierul într-o lume acvatică în care fierul ruginea?

-Dar chiar în acest moment e mai aproape de *noi,* spuse delegatul Styxian. Și cazul este analizat *acum.*

Shay'tan se strădui să nu caște, dar ah, cât de plictisitor era să arbitreze astfel de dispute de nimic! Își mișcă mijlocul masiv, care devenea din ce în ce mai solid pe măsură ce pierdea timpul pe tărâmurile acestea, jucând jocuri de muritori. Cât îi lipseau zilele în care avea înfățișarea unui dragon *adevărat...*

Cei doi emisari continuară să se ciondănească. Shay'tan se prefăcea că îi asculta, dar, în realitate, luase deja o hotărâre. Asteroidul Câmpurile Asmodel era bogat în fiecare. Era de datoria lui să i-l încredințeze unui tărâm care avea să îl folosească pentru a duce mai departe gloria Imperiului său.

Budayl, scribul său bătrân, intră în camera tronului și își strânse coada în partea dreaptă, așteptând ca el să îl observe. Bărbatul-șopârlă fusese antrenat să nu îl deranjeze, dar, judecând după modul în care se foia

---

[1] Parsec: unitate de măsură a lungimii, egală cu aproximativ 3,26 ani-lumină. Termenul provine de la expresia „paralaxa unei secunde".

Budayl, avea nevoie să îi vorbească cât mai curând. Shay'tan îi întrerupse pe cei doi delegați.

-Am luat o decizie. De vreme ce Styx a depus solicitarea înaintea Malebolge, distanța față de Asteroidul Câmpurile Asmodel trebuie determinată în funcția de data curentă. În momentul de față, asteroidul e mai aproape de Styx, așa că lui Styx îi va fi încredințat controlul asupra sa.

-Dar Eminența Voastră, protestă delegatul Malebolgian. În cea mai mare parte a anului, asteroidul e mai aproape de Malebolge.

Shay'tan mârâi pentru a-i arăta delegatului Malebolgian că era enervat și, într-un fel, chiar era, dar nu era prea distractiv să se lase enervat când deja le anticipase reacția și stabilise întocmai cum să răspundă la ea.

-Insinuezi că judecata mea e greșită?

-N-n-nu, Majestatea Voastră, se bâlbâi delegatul Malebolgian.

Shay'tan așteptă ca gărzile să elibereze încăperea înainte de a-și ridica botul și a-I face semn scribului. Bărbatul-șopârlă era de obicei impenetrabil, dar, de când Lucifer fusese arestat fără nicio explicație privind *motivele,* toți erau agitați.

-Ce noutăți aduci?

-Majestatea Voastră, făcu scribul o plecăciune. Nu am reușit să luăm legătura cu Lordul Ba'al Zebub."

Shay'tan începu să bată darabana pe brațele tronului.

-Ești sigur că a părăsit Alianța *înainte* să înceapă nebunia cu primul ministru?

-Da, Eminența Voastră.

-Ce zvonuri au reușit spionii noștri să intercepteze cu privire la acuzații?

-Zvonurile sunt încă neconfirmate, domnule, spuse scribul. Dar se pare că primul ministru a fost acuzat de uciderea prin imprudență a unei specii primordiale protejate.

-Ucidere?

Darabana lui Shay'tan fu curmat. Își amintea femeia atrăgătoare, cu pielea ca de abanos, care leșinase când îl văzuse, „regina neagră" aruncată în joc împotriva adversarului său antic. Fusese un experiment menit să investigheze cât de mult fusese afectat potențialul reproductiv al acestor creaturi de diferențierea genetică. Deci... murise?

Își întinse gâtul serpentin, alungând un junghi. În mod de altfel predictibil, Hashem exagera - aceeași greșeală pe care o făcuse și cu Shemijaza și, înaintea lui, cu a cincea specie. Ființa asta nu învăța niciodată. Shay'tan își ridică trupul greoi de pe tron și înaintă legănat spre ușa care ducea spre camera de joc. Budayl îl urmă.

Shay'tan atinse enorma tablă de șah galactic ce murmura pe axă; îi mângâie pătratele roșii, sistemele *lui* solare, resursele și planetele. De cealaltă parte, pătratele lui Hashem străluceau în nuanțe de albastru sclipitor, aceeași culoare pe care le-o hărăzise și ochilor Angelicilor săi.

-Care e ultima poziție cunoscută a lui Ba'al Zebub?

-Aici, domnule, arată Budayl o zonă tampon volatilă, situată între cele două mari imperii. Lordul Zebub a anunțat că va face un apel diplomatic la adresa Regelui Barabas, pentru a intuit care sunt intențiile acestuia cu privire la anexarea Trifid Nebula de către neamul Tokoloshe.

Shay'tan observă că nava pe care o poziționase pe tabla de șah în așa fel încât să urmărească locația navei amirale a lui Lucifer, *Prințul din Tyre,* era încă la joncțiunea a patru puncte convergente. Hashem nu o luase, așa cum ar fi avut sens să o facă dacă Lucifer ar fi adăpostit-o *acolo* pe femeia cu pielea de abanos și care se stinsese, probabil, din pricina efortului de a purta la termen un copil Angelic incompatibil genetic. Asta însemna că murise altundeva, iar cineva îi raportase moartea.

Asta nu avea sens! De ce ți-ai arunca nava amirală la mama naibii dacă nu ascundeai ceva? Înlăuntrul lui Shay'tan își făcu loc o stare de nesiguranță, grea precum un sac de cărămizi.

-Când ați luat legătura ultima oară cu Ba'al Zebub?

-Chiar înainte de buletinul de știri al Alianței, zise Budayl.

-Și escadronul meu?

-Încă în liniște deplină, spuse Budayl. Nu i-am văzut și nu i-am auzit de trei săptămâni, dar asta era de așteptat, dată fiind ruta pe care navighează pentru ajunge la Pământ.

Shay'tan mângâie pătratul în care Ba'al Zebub îi spusese că se afla Pământul. Din păcate, Cea-Care-Este îl împiedicase să își folosească puterile transcendentale pentru a vedea lumea în mod direct, obligându-l în schimb să se descurce cu dispozitive de informare specifice muritorilor. În jurul pătratului mișunau piese pe care *el* le plasase acolo, dar încă de când le mutase se confruntase cu semnale de alarmă. Cum ajunseseră oamenii *acolo?*

Toate informațiile duceau la Ba'al Zebub, iar el dispăruse brusc.

-Transmite-i un mesaj Amiralului Musab. Spune-i să trimită cea mai rapidă navă de recunoaștere acolo, arată pătratul marcat drept *Pământ.* Și să îmi spună ce găsește.

-Da, Eminența Voastră, spuse Budayl cu o plecăciune. Vru să plece.

-Încă ceva.

Shay'tan atinse piesa de șah pe care o trimisese să monitorizeze *Prințul din Tyre.* Ultima poziție cunoscută a lui Ba'al Zebub's și actuala poziție cunoscută a navei amirale a lui Lucifer. Ambele pluteau incredibil de aproape de un teritoriu care nu fusese altceva decât praf interstelar vreme de 225 de ani.

-Da, Eminența Voastră?

-Trimite un mesaj către Serviciile Secrete Sata'anice.

Atinse mica piesă de șah argintie, marcată drept *Prințul din Tyre,* care acum nu era nici piesa lui, nici a lui Hashem.

-Vreau să adune toate informațiile pe care le pot obține despre Ba'al Zebub. Mă interesează și dacă e vorba de vreo mită care să anuleze un timbru poștal de acum trei sute de ani. Orice detaliu murdar găsesc trebuie să îmi fie raportat în detaliu, indiferent de când de nesemnificativ sau mărunt pare.

Budayl clipi cu pleoapa interioară, transparentă, cea pe care șopârlele Sata'anice o foloseau pentru protecție, dar nu gustă aerul. Scribul vârstnic îl slujise suficient de mult încât să știe când împăratul căuta un pretext să scape de un supus în care nu mai avea încredere.

-Da, Eminența Voastră.

Cu o plecăciune, Budayl îl lăsă pe Shay'tan să fiarbă în sucul propriilor gânduri.

Capitolul 48

Data Galactică Standard: 152,323.10 D.Î.
Buletinul de știri

„Astăzi, ceva mai devreme, Împăratul a încălcat dorința poporului, refuzând să îl aducă pe primul ministru înaintea Parlamentului pentru ordonanța Habeas Corpus. Livrată la Poarta Perlată a Palatului Etern, ordonanța a fost trimisă înapoi, purtând cuvintele *Duceți-vă-n Hades!* scrise chiar de mâna Împăratului."

Videoclip cu Poarta Perlată trântită în fața administratorului.

Videoclip cu ordonanța Habeas Corpus și propoziția „Duceți-vă-n Hades!" mâzgâlită pe ea.

-Personalul Împăratului Etern a refuzat să răspundă unei citații din partea parlamentarilor, care îi cer să se prezinte în fața Parlamentului și să explice reținerea primului ministru.

Videoclip cu un grup de reporteri urmărind Comandantul General Suprem Jophiel în Palatul Etern. Sute de mii de protestatari așteaptă afară, afișând pancarte pe care stă scris „eliberați-l pe Lucifer". Cetățenii huiduie. Mulțimea urlă și aruncă cu gunoaie.

-Comandant General Suprem, e adevărat că Împăratul a înscenat o lovitură de stat pentru a desființa Parlamentul?

Crăiasa glacială se întoarce spre cameră și vorbește fără nicio urmă de emoție în glas:

-Nu comentez.

-E adevărat că ați respins o citație din partea Parlamentului?

-Nu comentez.

Un pantof bine țintit o lovește în aripă. Jophiel face câțiva pași îndărăt.

-E adevărat că aveți un partener permanent, cu toate că le interziceți propriilor trupe să aibă unul?

Masca de gheață șovăie.

-Nu comentez.

Întoarce spatele jurnaliștilor și intră în Palatul Etern pe Poarta Perlată.

Imaginea revine asupra prezentatorilor de știri.

-Acest episod confirmă afirmația parlamentarilor că Împăratul Etern a pierdut legătura cu dreptul cetățenilor de a fi tratați cu dreptate și consecvență în fața legii. Tiranii mărunți *nu* ar trebui să fie deasupra legilor care ni se aplică mie și ție! Parlamentul a convocat de urgență o ședință comună pentru a vota proiectul de lege depus ieri, conform căruia lui Hashem i s-ar lua dreptul de a guverna Alianța și ar fi decăzut la rang de împărat şi zeu *ceremonial*. Ne îndreptăm acum spre Parlament, pentru a urmări în direct acest vot istoric.

Camera se mută asupra unei reporteriţe Delfinium. În spatele ei, delegaţii ambelor camere ale Parlamentului se foiesc în scaune. În prim-plan apare purtătorul de cuvânt al Camerei Reprezentanţilor, care prezintă proiectul de pe ordinea de zi.

-Voturi pentru?

-Da!!!

Aproape toţi delegaţii din încăpere votează pentru.

-Voturi împotrivă?

Speciile antice, Muqqi'bat şi Dardda'il, precum şi alte câteva, votează împotrivă. Lor li se alătură şi un singur lord Spiderid. Sunt în mod clar în minoritate.

-Proiectul trece, anunţă purtătorul de cuvânt. Împăratul Etern nu mai este comandantul nostrum suprem. Trăiască Lucifer, *adevăratul* representant al poporului.

Parlamentul răsună:

-Trăiască Lucifer! Trăiască Lucifer! Trăiască Lucifer!

Capitolul 49

Octombrie – 3.390 î.Hr.
Pământ: Satul Assur

JAMIN

O biată rază de lună se strecură printr-o crăpătură a bolovanului care acoperea groapa şi mângâie obrazul lui Jamin. Asta era toată lumina pe care o zărise în ultimele trei zile. Siamek scuipase spre el când îi aruncase mâncarea în ziua anterioară şi îl anunţase că bebeluşul era mort.

-Îmi pare rău, spuse Jamin către lună.

Luna nu îi răspunse. Şi cum ar fi putut? Demonul înaripat nu i-o smulsese doar pe Ninsianna, nu îi smulsese doar războinicii şi mândria. Acum îi smulsese însăşi ideea că avea un loc pe lume. Luna nu era decât o rocă, un obiect numit *planetă*. Până şi dreptul de a se ruga la o zeitate în cele mai negre momente, de a cere o intervenţie, de a avea *credinţă,* îi fusese smuls.

Închise ochii, mişcându-şi capul în aşa fel încât raza argintie să îi strălucească pe pleoape. Cum suna povestea pe care obişnuia să i-o spună mama lui despre o zeiţă care trăia într-un cântec? Nu zeiţa pe care o venera Ninsianna, ci cea pe care neamul mamei lui o sanctificase, în satul acela îndepărtat din care provenea.

Unde era mama lui moartă acum? Îl aştepta la intrarea pe tărâmul viselor, aşa cum spuneau şamanii că se întâmpla când cineva trecea în lumea de dincolo? Îl veghea? Îl putea ajuta?

Nu. Până şi mamei lui i-ar fi fost ruşine pentru ceea ce făcuse el.

Raza de lumina se mişcă, iar Jamin fu nevoit să îngenuncheze pentru a-şi păstra lumina pe chip. Apoi, luna apuse, lăsându-l într-un întuneric deplin.

Se luptă să adoarmă, să pătrundă în acea lume în care el şi Ninsianna erau încă logodiţi, în care ea îl săruta pe *el* şi purta în pântece copilul *lui.* Vise fericite. Vise care însă nu mai veneau.

Aţipi, dar în locul *ei,* visă pe altcineva, cineva a cărui lumină strălucea cu atâta intensitate, încât o putea vedea chiar şi acolo, în groapă. Lumina era prizonieră, aşa cum era şi el, dar măcar *el* fusese aruncat într-o groapă, în vreme ce cealaltă căpetenie era înghiţită de întuneric. Două suflete care îşi pierduseră credinţa în zeii lor. Jamin străbătu timpul şi spaţiul pentru a atinge acea lumina, iar lumea căpătă o strălucire orbitoare.

-E timpul.

Jamin clipi. Soarele răsărise, iar Siamek trăsese bolovanul la o parte. Era timpul ca el să plătească pentru cee ace făcuse.

Nu resimți nicio urmă de camaraderie din partea războinicilor care îl traseră afară, așa înțepenit cum era, abia mai putându-se mișca după trei zile petrecute în groapă. Afișă o expresie de piatră, pentru a nu-și trăda disperarea. Siamek îi legă mâinile și încheieturile, iar apoi îl duse spre piața centrală.

Pe măsura ce înainta pe străzi era urmat de strigăte mânioase:

-Ucigașule ! strigau sătenii.

Mulți aduceau pietre.

Batjocurile creșteau în intensitate pe măsură ce se apropiau de piața centrală. Bărbați, femei și copii pe care îi cunoștea de o viață îl arătau cu degetul și strigau.

Siamek îl conduse spre platforma care fusese ridicată în fața templului. Zeița cu ochi goi privea de deasupra lor, având buzele curbate într-un rânjet mulțumit, căci *Aleasa* stătea chiar sub EA, cu ochii plini de ură.

-Fie ca acest Tribunal să facă dreptate, șuieră Ninsianna, stropindu-l în față cu apă sfântă în timp ce tatăl ei sufla fum de cedru ars spre bătrânii satului.

Jamin își căută tatăl cu privirea, rugându-se să se poată lăsa în voia lui, dar ușa casei lor era zăvorâtă. În calitate de căpetenie, tatăl lui se putea folosi de dreptul de a-i schimba sentința sau măcar de a se asigura că nu era prea dură. Putea să se revanșeze. Putea chiar să se căsătorească cu Shahla. O lacrimă i se scurse pe o braz. De ce tatălui lui nu îi păsa suficient încât să vină?

Se opri în fața celor trei bătrâni care aveau să îi fie judecători, cu maxilarul încleștat și mâinile legate în față, dar cu atitudine de *Muhafiz*. Fiind cea mai vârstnică din sat, Yalda servea drept conducătoarea tribunalului, dar Mikhail le ducea ei și surorii sale apă în fiecare după-amiază. Behnam, maestrul tâmplar, era unul dintre arcașii demonului înaripat. Al treilea judecător, Rakshan, făuritorul de flintă, avusese parte de multă activitate pe parcursul anilor, însă în ultima vreme, demonul înaripat se ocupase de arme noi pentru războinici.

-Cine îl apără pe Jamin? întrebă Yalda.

-Mă apăr singur.

-Ți-a fost atribuit deja un apărător, spuse Yalda.

Ochii lui Jamin fură inundați de lacrimi la gândul că tatălui său *chiar* îi păsa de el. Respiră greoi înainte de a spune:

-Mi-a căutat tata unul?

-Nu, spuse Yalda. Mikhail a făcut-o. Refuză să depună mărturie dacă nu e și un apărător present. A trebuit să trimitem sol tocmai până în Eshnunna.

Chiar își făcuse atâția dușmani? Ochii i se umplură acum de lacrimi de fericire, care îl obligară să clipească, transformându-se în mizerie în pântecul său. Pouya, un războinic mai bătrân din Eshnunna, făcu un pas în față.

-Eu o să îl ajut pe Jamin să se apere în fața acuzațiilor.

-Știm cu toții care o să fie verdictul, spuse Jamin aspru. Singura întrebare e cât de mult aur o să ceară tatăl ei pentru un copil din flori!

-Jamin, spuse Pouya. Ți se aduc mai multe acuzații aici. Una însoțită de o pedeapsă dură, iar cealaltă, o faptă capitală.

Un fior de groază îl făcu să se cutremure. Deci Shahla le mărturisise tuturor *adevărata* amenințare cu care îl avea la mână deși era și ea la fel de vinovată ca el? Jamin scrută marea de chipuri ostile, adunate în piața care ducea la casa în care crescuse. Ușa rămânea zăvorâtă. Tatăl lui ar fi putut opri asta! De ce nu era acolo?

Pentru că își pusese încrederea în mulțime...

-Pentru început, vom discuta fapta mai puțin gravă, spuse Yalda în numele tribunalului. Oamenii spun că ai bătut-o pe Shahla atât de tare, încât și-a pierdut copilul. Cum pledezi?

Jamin privi îndelung către soldații strânși în cerc, între el și oamenii de rând, nu doar pentru a se asigura că nu putea scăpa, ci și pentru a împiedica mulțimea să caute răzbunare înainte să se ajungă la un verdict. Cândva, soldații aceștia fuseseră ai *lui,* nu ai demonului înaripați. Acum le rămăsese un singur lucru în comun.

-Shahla s-a culcat cu toți războinicii din sat, spuse el. Nu era copilul meu!

-Nu asta era întrebarea, răspunse Yalda, bătând din ciocănel. Jamin, în urmă cu trei zile, ai bătut-o pe Shahla, lovind-o în partea inferioară a corpului?

-A încercat să mă șantajeze să mă căsătoresc cu ea, protestă Jamin. Ce ar fi *trebuit* să fac?

Sătenii rămaseră cu gura deschisă.

-Jamin, șopti Pouya, doar pledează vinovat.

Jamin înghiți în sec. Era momentul să își assume vina. Dacă era sincer în legătură cu ceea ce văzuseră toți sătenii, adică pierderea cumpătului, atunci poate că aveau să îl creadă când venea vorba de acuzația mai gravă. Nu. Nu avea să primească niciun fel de milă din partea celor cu ochi căprui și reci, care stăteau tăcuți în piață, strângând pietre în pumni și căutând un țap ispășitor. Fu cuprins de furie. Dacă nu se putea salva, atunci avea să tragă după el și bărbatul care îl adusese în această situație.

-Shahla i-a spus Ninsiannei că copilul era al lui Mikhail, se apără el disperat. I-a spus asta în fața a treizeci de războinice, inclusiv Pareesa. Poate că motivul pentru care a pierdut copilul e că Mikhail a *scăpat-o.*

-Ce faci? șuieră Pouya.

Nu se pricepea la lucrurile astea, nu putea să întrevadă punctele slabe ale unui argument și să le folosească pentru a trezi îndoială, așa cum o făcea un maestru în ale manipulării, ca Shahla. El fusese întotdeauna genul de om care se năpusteşte asupra inamicului cu capul înainte, dar, dacă învăţase ceva, asta era că oamenii *puteau* fi influenţaţi prin insinuări.

-De unde ştiţi că *nu* s-a întâmplat asta?

Se răsuci, căutându-l cu pivirea pe Ilakabkubu, unul ditre bărbaţii cu care Shahla se culcase.

-Mikhail avea un *motiv* de răzbunare. Adică... cine de aici îşi aminteşte cât de *furioasă* a fost Ninsianna în ziua în care Shahla i-a făcut avansuri lui Mikhail la fântână?

Arătă spre aşa-zisa *Aleasă* şi afişă un rânjet maliţios.

-Nu te înfurii aşa tare decât dacă ai un *motiv*.

Femeile care fuseseră de faţă când Ninsianna o lovise pe Shahla începură să şuşotească.

-Shahla l-a apucat pe Mikhail de testicule.

-El nu s-a opus.

-Şi apoi a îmbrăţişat-o şi pe Gita.

Soţia lui Ilakabkubu interveni:

-Asta am făcut şi eu după ce Shahla s-a lăudat că se culcase cu soţul meu, zise ea. Am fost furioasă, iar ea a râs. A zis că ar putea să îl aibă ori de câte ori ar vrea.

-S-a culcat cu iubitul meu chiar înainte de nuntă, spuse altă femeie. Nu voia decât să ne despartă.

-Shahla s-a culcat cu soţul meu când eram însărcinată cu fiul nostru, spuse o a treia femeie. Şi apoi s-a lăudat cu asta în faţa părinţilor mei.

Rândurile femeilor fură străbătute de şoapte care făcură ca, deodată, nu doar *el* să fie judecat, ci şi *bărbaţii* satului pentru indiscreţiile trecute. Câţiva săteni ripostară: „*E irrelevant! Shahla spune că el a chemat atacatorii care mi-au omorât soţul*" sau fiul, dar *mai mulţi* începură să şoptească: „*Toţi ştim că Shahla e o târfă mincinoasă!*"

-Spune-mi, Ilakabkubu, zise Jamin, privindu-l apreciativ pe bărbatul de vârstă mijlocie. Când Shahla a spus că s-a culcat cu tine, *chiar* o făcuse? Sau doar se răzbuna?

-A minţit, minţi Ilakabkubu fără nicio stânjeneală.

Soţia îl îmbrăţişă. Bărbatul făcu aprobă calculat din cap către Jamin. Nimeni din familia *lui* nu fusese ucis în timpul raidului, iar el, în calitate de negustor avut, *ura* să fie forţat să se antreneze în fiecare seară cu războinicii. Pe cine mai putea implica? Pe cine mai putea folosi pentru a trezi îndoieli şi a scăpa de vină?

-Dubuque? Se întoarse spre unul dintre războinicii din divizia a doua. Shahla spune că a dat peste tine şi Sididdinum făcând sex *unul cu altul*. Sunteţi *qetesh?*

-E o minciună! zise Dubuque cu o expresie mânioasă. Shahla ne-a chemat pe *amândoi* să facem sex cu ea în acelaşi timp. Toamna trecută, adăugă grăbit, în aşa fel încât să fie clar că copilul nu era al niciunuia dintre ei. Când a aflat că ne lăudasem cu asta în faţa prietenilor, s-a enervate aşa de tare, încât le-a spus tuturor că pur şi simplu a dat peste noi în iarbă.

Rândurile de spectator furà stràbătute de un fior de repulsie. *Trebuia* să îi distrugă credibilitatea înainte să fie judecat pentru a doua faptă. Nu *conta* dacă îl pedepseau pentru prima sau dacă îl puneau pe tatăl lui să plătească reparaţii pentru copilul mort. Potrivit legii Ubaide, un copil nu căpăta statut legal independent până nu se *însufleţea,* respirând şi plângând pentru întâia oară.

Trebuia să o *distrugă.*

-Kiaresh! Se răsuci spre cel mai în vârstă dintre războinicii de elită. Toamna trecută, Shahla i-a spus că te-ai culcat cu ea într-o anume noapte. Era adevărat?

Bărbatul pe care tatăl lui îl trimisese să „dădăcească" *Muhafizul* părea gata să îl *strângă* de gât. Privi de-a lungul pieţei, către locul în care se afla soţia lui, înconjurată de copiii lor.

-No, mormăi Kiaresh.

-Ce s-a întâmplat *de fapt?* întrebă Jamin.

-Eram cu *tine,* spuse Kiaresh. Cu tine şi cu tatăl tău.

-De ce?

Kiaresh îşi mută privirea asupra casei căpeteniei. Cea pe care o păzea adesea.

-Eram acolo ca să mă asigur că *tu* nu te strecori afară în timpul nopţii.

-De ce?

-Pentru că tatăl tău îţi ordonase să nu te mai vezi cu femeia asta.

-Şi de ce ai primit *tu* sarcina asta? întrebă Jamin.

-Pentru că *eu* am fost cel care i-a spus căpeteniei cu câtă uşurinţă îşi împrăştie Shahla farmecele. I-am spus că nu mi se pare înţelept ca fiul căpeteniei să se culce cu o astfel de femeie. Aşa că Shahla s-a răzbunat încercând să se bage între mine şi soţia mea.

Un murmur se propagă printre săteni.

-Mi-a făcut asta şi mie...

-Fata mea aproape s-a sinucis după ce Shahla i-a furat iubitul.

-Soţia mea m-a părăsit după ce Shahla a minţit-o.

Unul câte unul, bărbaţii începură să îşi afirme „nevinovăţia". Câţi dintre ei nu îşi doriseră, la un moment dat, să o bată pe târfa aia stricată până în punctul în care viaţa să îi atârne de un fir de aţă? Şi nu o făcuseră *doar* pentru că tatăl ei, Laum, era a doua cea mai bogată persoană din sat.

-Dacă Shahla spunea adevărul, zise Jamin, şi *chiar* s-a culcat cu Mikhail înainte ca el să se căsătorească cu Ninsianna? Nu ar fi ăsta un motiv *bun* să o lase să cadă? Dacă copilul era *al lui,* atunci bastardul Shahlei ar fi uzurpat copilul legitim pe care îl poartă acum în pântece soţia lui.

Iată! Câteva mişcări aprobatoare din cap. Tocmai crease un motiv al crimei!

Yalda bătu cu ciocănelul în masă.

-Destul! strigă ea. Nimic din toate astea nu e *relevant* pentru fapta discutată. Pouya – privi aspru către apărătorul din Eshnunna – te-am adus *pe tine* ca să te asiguri că procesul ăsta e la obiect.

-Da, doamnă, spuse Pouya, întorcându-i spatele lui Jamin. Jamin, dacă...

-Cine de aici crede că *nu* e relevant? întrebă Jamin, întorcându-se spre bărbații care călcaseră strâmb.

-D-dar nu văd cum... mormăi apărătorul.

-De câte ori ai fost *tu* purtat spre ceruri? tună Jamin. Asta dacă nu cumva *adevăratul* motiv pentru care te-a adus Mikhail aici e ca să mă împiedici *pe mine* să bun întrebările astea.

Pouya bolborosi:

-Sigur că nu!

Apărătorul îl privi cu răutate, iar apoi privi dincolo de mulțime, spre locul din spate în care nenorocitul acela înaripat stătea în tăcere, afișând expresia aia enervantă și imposibil de deslușit. Toți cei trei membri ai tribunalului făcură același lucru. Mikhail aprobă hotărât din cap.

Yalda arătă cu degetul spre Pouya:

-Vrem ca *tu* să continui cu întrebările în acest sens, zise ea. Nu *el*. N-avem de gând să permitem ca procesul ăsta să se transforme într-un spectacol.

Foarte formal, Pouya spuse:

-Stimată instanță, Jamin se apără spunând că motivul pentru care tânăra a pierdut copilul este că s-a rănit când a fost luată în zbor de la locul conflictului.

Apărătorul desluși zumzăitul mânios care străbătea rândurile câtorva dintre săteni și adăugă:

-A fost o metodă foarte neobișnuită de transport. Cred că clientul meu tocmai a stabilit că Mikhail avea un *motiv* să fie nemulțumit...

Sătenii începură să șușotească. Da. Gândul de a fi purtat în zbor era imposibil de cuprins cu toate că îl văzuseră pe Mikhail făcând asta cu soția sa de mai multe ori. Însă cei ai căror rude muriseră la mâna mercenarilor își păstrau în continuare privirile concentrate și ostile. A *doua* faptă, cea despre care încă nu se vorbise, era cea pe care ei voiau să o audă. Iar, spre deosebire de bătaie, *acea* acuzație depindea de credibilitatea Shahlei.

Jamin se întoarse spre apărătorul său, hotărât să își salveze propria viață.

-Cum dovedesc că a scăpat-o?

-Punem întrebări, zise Pouya. Dar te avertizez, trebuie să scoți cuvintele direct de la martori. Nu am de gând să îmi pun reputația în joc mințind pentru tine.

Îndoială. Avea nevoie să trezească și mai multă îndoială.

-Vom asculta mărturia victimei, spuse Rakshan în numele tribunalului. Unde e Shahla?

-E aici, o conduse Needa în piață.

Părul îi era răvășit și în mâini avea o păpușă pricăjită, de cârpă. Nu mai mergea mândru, ca o târfă care distrusese jumătate din căsniciile din Assur, ci ca un copil pierdut, oprindu-se în loc pentru a-i șopti ceva păpușii și vorbind cu cineva care nu era acolo.

Lui Jamin i se puse un nod în gât. Shahla fusese dintotdeauna un pic volatilă, dar nu așa. Ea îl observă și se retrase, speriată.

-Shahla, zise Yalda în numele tribunalului, spune-ne ce s-a întâmplat acum trei zile.

Privirea Ninsiannei străpunse trupul tinerei femei. Era *aceeași* privire pe care o avea fiecare dintre femeile care fuseseră rănite de Shahla, cu atât mai mult dacă infidelitatea era recentă. Înăuntrul lui Jamin răsări speranța. Oare exista vreo urmă de adevăr în spusele Shahlei, că soțul Ninsiannei călcase strâmb?

-I-am spus lui Jamin că sunt gravidă, spuse Shahla cu glas tremurător. I-am spus că s-ar cuveni să ne căsătorim. Am crezut… chiar *am vrut* ca copilul să fie al lui.

Privi spre lateral, rușinată, iar apoi începu să se joace cu hainele păpușii.

-Spune-ne! se lansă Jamin asupra ei. Al cui e copilul, de fapt?

Shahla țipă, strângând păpușa la piept.

Războinicii se așezară în așa fel încât să îi țină la distanță unul de celălalt.

-Acuzatul trebuie să stea departe de martor, zise Yalda, bătând din ciocănel.

Privirea Shahlei își pierdu concentrarea, de parcă ar fi început să se holbeze la un loc fericit, pe care doar ea îl putea vedea. Se uită spre locul în care se afla Mikhail, tăcut, urmărind ce se întâmpla, și se întinse spre el de parcă ar fi vrut să atingă lumina soarelui.

-El a spus că era prea perfecta pentru a se naște în lumea asta, zise Shahla, cu glas pițigăiat, ca de copil. Așa că ne-a dus fetița direct în lumea de dincolo și a lăsat-o să se odihnească pe un pat acoperit cu propriile lui pene, ca să nu îi fie niciodată frig, și a construit o casă frumoasă, de piatră, în jurul ei, ca să ne poată aștepta până o să ne alăturăm ei.

-Cine? întrebă Pouya, făcând un pas în față. Cine era *adevăratul* tată al copilului?

-M…m…mmm… ezită Shahla, de parcă ar fi fost gata să vorbească, dar se opri. Capul îi tresări. Sătenii răsuflară din greu când Shahla începu să plângă cu lacrimi de sânge.

Ochii Ninsiannei căpătară o strălucire de un roșu stacojiu. Jamin se cutremură. O mai văzuse furioasă, dar ochii aceia feroce îi răscoleau sângele.

Erau ochi de vrăjitoare...

-Nu ştiu! strigă Shahla. Tot ce ştiu e că Jamin mi-a omorât copilul.

Îşi făcu drum dincolo de războinicii aşezaţi în cerc şi plecă în grabă din piaţă, plângân. Dadbeh fugi după ea. Părinţii Shahlei nu erau acolo.

-Nu mai avem întrebări pentru victimă, spuse Rakhshan în numele tribunalului.

-Dar eu mai am, protestă Jamin. Le-a spus războinicilor lui Mikhail că *el* e tatăl copilului. Asta i-ar da un *motiv* să îi facă rău!

Pouya îl trase de braţ şi îi spuse să tacă din gură. Jamin îi dădu mâna la o parte, dându-şi seama că întreaga procedură era deja prestabilită.

-*Cer* să mi se dea dreptul de a examina martorii, strigă el. *Toţi* bărbaţii de aici au căzut victimă minciunilor Shahlei. Câţi dintre voi — se răsuci pentru a sta faţă în faţă cu bărbaţii pe care Shahla îi sedusese — aţi fost alungaţi din propriile case sau aţi avut conflicte în căsnicie pentru că *târfa* asta a pretins că v-aţi fi culcat cu ea, deşi *nu* o făcuserăţi?

-*Are dreptate...*

-*Am văzut* toţi *cum i-a făcut avansuri lui Mikhail.*

-*Poate îi e frică să spună adevărul pentru că Mikhail a ameninţat-o?*

Jamin se întoarse spentru a se adresa tribunalului cu superioritatea cu care nu *tatăl*, cel care dintotdeauna le acordase nenorociţilor ăstora bătrâni prea multă stimă, ci *bunicul* lui obişnuia să le vorbească înainte de a fi ucis în război.

-*Nu* sunt ţapul vostru ispăşitor. Ori îmi daţi voie să interoghez *adevăratul* vinovat pentru cele petrecute, ori, când o să trec *în mod nedrept* în lumea de dincolo, o să îi dau de ştire lui Nergal despre trădarea voastră şi nici măcar EA — arătă spre statuia Celei-Care-Este — nu o să vă mai poată apăra de ciumele care o să se pogoare asupra satului ăstuia!

Sătenii mai bătrâni fură străbătuţi de un murmur.

-Conform legii, spuse Yalda, ai dreptul să chemi martori în apărarea ta. Dar ai voie să chemi *doar* martori care aduc informaţii din experienţă *proprie*.

-Bine, spuse Jamin cu un rânjet ca de lup. Îl chem pe *adevăratul* ucigaş. Pe tatăl copilului. Mikhail.

Capitolul 50

ΔΥΘΠΙΔΤΙϚ

„Din ce înalt, în ce abis căzuţi!
Şi el, prin tunet, cât s-a dovedit de tare!
Cine ştia puterea grozavei arme?
Dar eu nu mă căiesc şi nu mă schimb nici dacă,
Puternicul Victorios m-ar pedepsi din nou."

—John Milton, Paradisul pierdut, Cartea I

Data Galactică Standard: 152,324.10 D.Î.
Haven-3: Holurile Parlamentului
Comandant General Suprem Jophiel

JOPHIEL

O piatră îi lovi aripa în spate.

Jophiel se răsuci… la fix ca să încaseze băutura abundentă a cuiva în faţă. Slobozi un ţipăt când capacul de plastic se desprinse, lăsând lichidul rece ca gheaţa să i se scurgă pe gât. Pe uniforma ei de gală se întinse o pată mare şi roz, făcând-o să arate de parcă tocmai ar fi fost împuşcată în piept.

-Daţi mulţimea la o parte! strigă Colonelul Klikrrr. Aviatorii Mantoizi se strânseră în jurul ei, cu armele pregătite. Îşi scoaseră în faţă piepturile zvelte şi verzi pentru a părea intimidanţi, dar nici chiar cu aripile înfoiate nu arătau la fel de impenetrabili ca un pluton de Angelici.

Jophiel privi spre locul în care un batalioni de Angelici chiar împingea mulţimea la o parte, în aşa fel încât niciun cetăţean să nu fie tras accidental în canalele de admisie ale vreunei nave sau ars de viu de vreun motor. Angelicii nu lăsau mulţimea să treacă, dar nici nu încercau să o ajute pe ea.

Un tânăr Rhinosaracin, specie bătăioasă, cu un corn mare care îi ieşea din bot, reuşi să se strecoare şi să se năputească asupra ei cu un pantof.

-Lucifer … Lucifer … Lucifer …

Una dintre gărzile ei îl ţintui în loc cu un pistol cu electroşocuri în clipa în care acesta îşi trase braţul în spate, pregătit să o lovească. Pantoful căzu inofensiv pe jos, odată cu Rhinosaracinul cuprins de convulsii, dar în loc să se retragă, mulţimea, care era acum formată din peste un million de fiinţe, căpătă şi mai mult elan în furia ei.

-Nu trageţi! strigă Jophiel.

Ultimul lucru de care avea nevoie era ca vreuna dintre gărzile ei să confirme teoria care circula prin media, conform căreia Împăratul Etern încerca să priveze cetăţenii de dreptul de a allege şi să reinstaureze monarhia absolută care existase înainte de dispariţia sa.

O teorie despre care ea ştia acum că e reală…

-Lucifer… Lucifer… Lucifer…

Mulțimea se unduia ca o creatură vie, forțând rândurile fragile ale soldaților. O piatră lovi unul dintre Mantoizii din echipajul lui Jophiel. Echipajul strânse rândurile în jurul ei, protejând-o cu trupurile lor și preluând asupra lor povara mâncării aruncate, a pantofilor, a pietrelor și a tuturor celorlalte lucruri pe care protestatarii reușeau să le pescuiască din coșurile de gunoi. Protestatarii erau mulți, iar ei, puțini.

-Trebuie să ajungem înăuntru, spuse Jophiel.

Îl avertizase pe Împărat că arestarea lui Lucifer fără vreo plângere formală depusă la curtea civilă avea să arunce în aer butoiul cu pulbere. Încă de când revenise de pe tărâmurile transcendentale și începuse să smulgă puterea înapoi de la cetățeni, începuseră să apară fracturi în arhitectura Alianței. Alianța căpătase curaj în timpul existenței sale lipsite de zeu. Cetățenii nu se mai mulțumeau să se roage pentru a primi ceva după ce, vreme de 225 de ani, Lucifer îi învățase să își rezolve *propriile* probleme în loc să caute ajutor la vreun zeu distant.

-Nu înțeleg de ce nu ne-au lăsat să aterizăm în zona VIP, spuse unul dintre soldații Mantoizi.

-Vor să dovedească ceva, spuse Jophiel cu o expresie sumbră. Parlamentul vrea să demonstreze că nu e lipsit de apărare. Are în spate puterea poporului.

Da. Parlamentul voia să demonstreze că Alianța căpătase mai multă putere și prosperase *în ciuda* a ceea ce făcuse Împăratul și nu *datorită* lui.

-Lucifer... Lucifer... Lucifer...

Mai multe pietre zburară prin dreptul lor, aruncate tocmai din spatele mulțimii. Milioane de cetățeni forțau rândurile fragile ale Angelicilor, acei bărbați și femei care aveau să o apere... sau nu? *Favoritism*. Ei i se oferise ceva ce lor li se refuzase și, în acest fel, Împăratul o separase de cei care nu se bucurau de aceleași privilegii.

Un cocktail Molotov ateriză pe trotuar. Gărzile lui Jophiel strânseră rândurile și mai mult în jurul ei, de parcă ar fi fost atacată de șopârle Sata'anice pregătite cu arme cu impulsuri, nu de înșiși cetățenii pe care ar fi trebuit să îi apere.

Membrii echipajului își duseră mâinile spre trăgaci, gata să tragă.

-Haideți să vă ducem înăuntru, domnule, spuse Colonelul Klikrrr.

Era cumva îndreptățit ca această confruntare să se petreacă *aici*. La structura masivă pe care Lucifer o construise în jurul Sălii Mari a Parlamentului, care era mai mică și simbolică, singura care existase până să fi dispărut Împăratul. Clădirea nouă era rotundă, pentru ca toți membrii Alianței să stea la fel de aproape de Marea Sală ca orice altă specie, și sigură precum o fortăreață. Aceasta era viziunea egalității pe care o adoptase încă de la naștere și cu care crescuse. Aceasta era viziunea despre care *crezuse* că era reprezentată de Împăratul și zeul pe care îl adora.

Acum știa că totul era o minciună...

Uşile de sticlă se închiseră cu un oftat perceptibil. Reporterii asaltară grupul chinuit, îndesându-le microfoane în faţă şi cerând declaraţii ca nişte albine furioase. Dacă afară existase cineva care să ţină mulţimea departe de ea, aici, înăuntru, nu mai dispunea de o astfel de apărare. Rolul presei era acela de a prezenta adevărul. Adevărul *poporului...* nu al Împăratului. Acea voce era inviolabilă şi nici măcar Împăratul Etern nu era scrutit de analiza ei – o lecţie pe care o uitase, spre propria primejdie.

-Care e natura acuzaţiilor care i se aduc primului ministru?

-Aceasta este o chestiune clasificată, spuse Jophiel, adoptând o expresie neutră.

-Va fi prim ministrul adus în faţa şedinţei comune reunite de urgenţă astăzi?

-Nu comentez.

Nu îndrăzni să le spună că nu avea nici cea mai vagă idee.

-L-aţi văzut? E încă în viaţă?

Jophiel deschise şi închise gura. Nu îl mai văzuse din ziua în care avusese cearta aceea cumplită cu Împăratul în faţa lui Ba'al Zebub. Împăratul refuza să lase pe *oricine* să îl vadă, inclusiv pe ea.

-Nu comentez.

Mulţimea făcu loc unei consiliere Electrophori bine îmbrăcate, a cărei trecere fu uşurată de faptul că specia din care provenea emitea o încărcătură electrică neplăcută atunci când devenea agitată. Jophiel nu îşi mai amintea numele ei, dar ştia că era asistenta pe teme legislative a purtătorului de cuvânt al Camerei Reprezentanţilor.

-E adevărat că aţi sfidat un ordin direct din partea Împăratului Etern pentru a veni astăzi aici? întrebă un reporter.

Jophiel deschise gura, dar nu se simţi în stare să spună „nu comentez". Nu fusese niciodată predispusă la crize de nervi, dar, când ochii ei îi întâlniră pe cei verzi şi reci ai delegatei Electrophori şi observară satisfacţia plină de superioritatea a acesteia, furia îi topi masca de prinţesă a gheţurilor.

-Mi-au luat copilul! şuieră ea spre reporteri.

Camerele foto începură să emită bliţuri. Cele video îi fur ă împinse în faţă. Pretutindeni în jurul ei, mulţimea aştepta ca Jophiel să dea mai mult din casă.

Ea îşi plecă capul, ruşinată. Uriel era în siguranţă pentru că fusese cu ea, dar cei mult prea mici pentru a fi trimişi la academiile de instrucţie pentru tineri fuseseră luaţi. De ce, ah, de ce renunţase la ei, de ce permisese să fie folosiţi ca pioni într-o confruntare dintre dorinţa poporului şi dorinţa zeului?

Îşi ridică din nou capul, mândră ca întotdeauna. Nu avea să spună mulţimii cum bătuse la uşa laboratorului Împăratului, blocase orice intrare câtă vreme el se străduise să salveze mânzul lui Kunopegos şi se rugase până îi dăduse sângele la arşice ca el să iasă şi să spună ce naiba avea de gând să facă cu imperiul. Nu avea să le spună că se afla acolo violând un ordin pentru că știa că Împăratul *greșea.*

-Nu am făcut așa ceva, zise delegata Electrophori, iar buzele îi formară o grimasă nemulțumită. Ai văzut mulțimea de dincolo de ușă? Când am auzit că se adunau protestatari la academia de instrucție de pe Haven-2, cerând ca copiii tăi să fie luați ostatici, noi i-am dus la loc sigur.

Jophiel o privi cu răutate. Dacă rolurile ar fi stat pe dos, și ea ar fi făcut exact același lucru, dar fără să se mintă pe sine că asta ar fi avut ceva de-a face cu „siguranța". Era o mișcare de șah. Pur și simplu. Purtătorul de cuvânt al Camerei Reprezentanților auzise un zvon cum că zidul de imparțialitate pe care îl ridicase între inima sa și copii se năruise după ce cel de-al doisprezecelea copil al ei fusese pe punctul de a muri. Își jucase zarul și pariase că, dacă ei îi păsa acum de *un* copil, probabil că îi păsa și de ceilalți *unsprezece.* Și câștigase.

În final, Jophiel se aruncase la picioarele Maestrului Yoritomo și îi spusese printre lacrimi că, dacă Împăratul *nu* îi dădea permisiunea, avea să meargă oricum și să se predea apoi curții marțiale. Venise să se sacrifice și să stăpânească furia oamenilor, fiindcă Împăratul dăduse clar de înțeles că, pentru el, voința poporului era cam la fel de important ca un țânțar enervant. Poate dacă o sfâșiau *pe ea,* nu aveau să sfâșie *Alianța* în încercarea de a-i arăta Împăratului că nu mai aveau *nevoie* de el.

-Veniți, spuse delegata Electrophori. Ați întârziat douăzeci de minute.

Jophiel și echipajul ei o urmară, hăituiți de jurnaliști și camerele lor chiar și după ce trecură de porțile de securitate, cu toate că presa fu direcționată spre zona rezervată ei odată intrată în Sala Mare a Parlamentului. Purtărorul de cuvânt al Camerei Reprezentanților se afla deja pe podium,încălzind corul format din vocile oamenilor.

O a doua tulburare, chiar mai puternică decât cea pe care o provocase *ea,* se propagă printre delegați. Jophiel își ridică privirea spre tavanul impunător și văzu, dincolo de cerul surprins în vitralii, umbra unei nave de luptă care bloca lumina. O navă de luptă *Cherubimă.* Deci Împăratul hotărâse să oprească acest experiment democratic profitând de faptul că toți agitatorii erau adunați într-un singur loc și exterminându-i așa cum se zvonea că făcuse și cu tatăl biologic al lui Lucifer? În cameră se așternu o liniște mormântală.

Nava ateriză în curte, între cercul exterior, mai nou, și cel interior, mai vechi. Parlamentarii răsuflară vizibil ușurați. Și ei avuseseră aceeași primă impresie ca ea, dar apoi izbucniră șușotelile. Cum *îndrăznea* să încerce să îi intimideze așa? De ce să trimită o navă de luptă Cherubimă când ar fi fost suficientă o simplă navetă? Asta era dovada că Împăratul era beat de putere.

Un asistent veni în fugă din afara marii rotunde și șopti ceva în urechea purtătorului de cuvânt al Camerei Reprezentanților. Botul său se strânse într-o linie furioasă, dar spatele îi rămase drept, iar expresia, hotărâtă. Nu avea să îi permită Împăratului să îl îngenuncheze.

-Ascultați, ascultați, ascultați, strigă purtătorul de cuvânt, acoperind gălăgia din sală. Această ședință parlamentară a fost convocată de urgență pentru a investiga circumstanțele și faptele ce privesc arestarea primului ministru. Tocmai mi s-a transmis că Împăratul a răspuns Dispoziției noastre de Habeas Corpus.

Jophiel se trase înapoi. Iată. Mânzul, ca să spunem așa, avea să fie dat în vileag.

-Aduceți acuzatul în fața curții generale, zise purtătorul de cuvânt.

Veniră, deci, gărzile Cherubime ale Împăratului. Nu apărătorii unui zeu pe care ființele acestea îl iubeau, ci asupritorii cuiva pe care iubeau și mai mult, bărbatul care guvernase în locul tatălui său vreme de 200 de ani, după ce Împăratul îi abandonase pentru a-și obloji rănile. Venire doi câte doi, înconjurându-l pe Lucifer în așa fel încât să nu îi dea ocazia să scape, și îl aruncară în genunchi, la baza podiumului, de parcă era vreun gunoi, după care se retraseră pentru a înconjura perimetrul.

La început, Jophiel crezu că urmărea o mascaradă. Creatura aceea jalnică nu putea fi Lucifer, nu? Era doar o grămadă carbonizată de pene negre; numai tremuratul cioturilor aproape lipsite de pene le demonstra că aveau în față un Angelic. Mirosul de pucioasă se răspândi în încăpere.

Parlamentul răsuflă greoi. Hashem hotărâse să îi acorde lui Lucifer amărâta lui de zi în fața tribunalului, să îl transforme într-un exemplu, să ia Parlamentul în râs și să le amintească cetățenilor ce se întâmpla dacă se revoltau împotriva Împăratului și zeului lor.

Era un avertisment... către Parlamentul însuși.

Era o greșeală...

Jophiel crezu la început că Lucifer era mort, căzut pradă temperamentului tatălui său, dar aripile acelea altădată magnifice tremurară, acumulând putere din partea cetățenilor, iar el se ridică în mâini și în genunchi, respirând din greu pentru a rămâne conștient în vreme ce se lupta cu cine știe ce *alte* răni pe care i le provocase Împăratul.

Cioturile carbonizate și negre, văduvită de penele care permiteau speciei să zboare, se mișcau greoi cu fiecare respirație. Cel dinaintea lor părea mai curând un porc spinos și întunecat care își îndreaptă țepii decât un Angelic cu aripi grațioase. Jophiel auzi un suspin și își dădu seama că provenea chiar de pe buzele ei. Ce îi făcuse? Ce îi făcuse bărbatului pe care îl crescuse spre a-i fi fiu?

Își acoperi gura cu mâna. Parlamentul era cufundat într-o liniște atât de profundă, încât ai fi putut auzi un ac căzând pe podea. Respirația greoaie care răzbătea de sub aripile acelea carbonizate putea fi deslușită chiar și de pe balcoanele superioare. Și totuși se mișca. Neînfricat în indignarea sa justificată. Cioturile a ceea ce cândva fuseseră aripi se înfoiară, incapabile să se lase în voia vântului care le dădea echilibru, așa că Lucifer se târî. Își mişcă întâi un braţ, apoi pe celălalt, ambele încătuşate, la fel ca picioarele, şi se târî pe trepte pentru a ajunge la podiumul de la care altădată ţinuse discursuri înălţătoare. Apoi se prăbuşi.

Delegaţii din primele rânduri începură să plângă la vederea acelor pene altădată albe-ca-zăpada şi acum negre ca tăciunele, asupra cărora Împăratul îşi pogorâse toată forţa cerurilor, încercând să îl omoare... şi, cumva, eşuase.

Şoaptele crescură în intensitate. Furie. Cum îndrăznea Împăratul să îi facă aşa ceva reprezentantului poporului? Cine avea impresia că e? Un tiran oarecare, ieşit din paginile unui text religios testamentary, un zeu bătrân care nu îşi mai avea locul într-o Alianţă modernă, evoluată tehnologic?

Asistentul purtătorului de cuvânt se repezi să îl ajute pe Lucifer. Lucifer îl alungă, sfidător chiar şi în momentul umilinţei supreme. Jophiel era cuprinsă de o fascinaţie îngrozită. Cum reuşise Lucifer să supravieţuiască?

Intensitatea vocilor crescu în continuare. Nu mai erau şoapte. Acesta era poporul lipsit de zeu care se unise pentru a-i ţine piept lui Shay'tan în absenţa Împăratului... şi câştigase. Nu aveau să se lase îngenuncheaţi de această demonstraţie de nemulţumire a Împăratului. Vocile puternice se materializară în strigăte. Strigăte împotriva Împăratului. Sfidarea lor se intensifică, sfidarea acestor fiinţe care nu depindeau de zei pentru a-şi trăi viaţa de zi cu zi şi care se înţeleseseră foarte bine până să se întoarcă Împăratul şi să înceapă să asmută diferitele facţiuni una împotriva celeilalte pentru a recâştiga controlul.

-Scoateţi-i lanţurile în clipa asta! strigă purtătorul de cuvânt al Reprezentanţilor spre gărzile Cherubime.

Cherubimii rămaseră nemişcaţi, având expresii împietrite pe chip.

Parlamentul începu să se revolte.

Purtătorul de cuvânt merse în faţa Maestrului Yoritomo, liderul gărzilor. Era umbrit de înălţimea şi armura lor teribilă, dar nu se temea.

-Poate sunteţi voi puternici, şuieră el către apărătorii înalţi de patru metri ai Împăratului, dar sunteţi doar o mie, iar noi suntem mulţi.

Făcu un semn spre delegaţii aplecaţi la balcoane ca nişte prădători gata să ucidă, apoi arătă spre uşa de pe care veniseră.

-Dincolo de uşa aia se află plebea pe care voi şi stăpânul vostru o dispreţuiţi, zise purtătorul de cuvânt. Abia aşteaptă să vă arate ce înseamnă să vă supuneţi voinţei poporului! Sunteţi puternici, dar ne-aţi trezit furia şi noi ne-am descoperit forţa. Aşa că, ori îi scoateţi lanţurile, ori le ordon gărzilor să deschidă uşile. Şi apoi şi pe cele exterioare, care duc spre masele peste care voi aţi trecut ca să intraţi aici şi care s-au adunat cu milioanele. O să vedem atunci ce se întâmplă când sunteţi obligaţi să măcelăriţi civili în faţa camerelor.

Afară, strigătele crescură în intensitate. Parlamentul avusese inspiraţia de a monta camera video şi radiouri, pentru ca mulţimea să poată urmări ceea ce se întâmpla în clădire. Un nou slogan se materializă în rândurile mulțimii:

-O-mo-râți-i… o-mo-râți-i… o-mo-râ-ți-i…

Cherubimii nu cedară.

-Ne-am săturat să venerăm zei falși, zise purtătorul de cuvânt. Își ridică privirea spre podeaua înclinată care ducea spre teatru. Bailiff… deschide ușile.

-Așteptați!!! zise Jophiel, sărind pe podea. Maestre Yoritomo! Vă rog! Ăsta e un gest lipsit de cumpăt și de înțelepciune!

Pentru o clipă, se temu că Maestrul Cherubim al Armelor nu avea să se miște, însă dincolo de expresia aceea împietrită, Jophiel întrezări o umbră de emoție care trăda faptul că și ei înțelegeau că Împăratul se purtase prostește, vrând atât de tare să își potolească furia, încât căzuse într-o capcană. Maestrul Yoritomo scoase lanțurile, lăsându-l pe Lucifer în locul în care îngenunchease.

Mirosul aripilor arse aproape că o făcu pe Jophiel să vomite. Instinctul o îndemna cu toată forța să cadă în genunchi și să îl strângă în brațe pe Lucifer, să îi sărute pleoapele și să verse lacrimi asupra rănilor lui, să îi spună cât de rău îi părea că nu intervenise de partea lui. Dar *nu* o făcuse, și pentru că nu o făcuse, ultima ei șanse de a câștiga încrederea bărbatului care înțelegea acum că nu era filfizonul care crezuse întotdeauna că e fusese ratată pentru totdeauna.

-L-l-lucifer, zise ea, reprimându-și un suspin.

El încă purta costumul pe care îl purtase în ziua în care fusese arestat, dar era atât de pârjolit și negru, încât părea mai curând haina unui muncitor, uniforma cetățenilor. Făcea ca Lucifer să fie unul dintre ei. El nu își ridică privirea când îi fură scoase lanțurile, ci își ținu mâinile împreunate, de parcă s-ar fi rugat. Într-un final, cu o mișcare abia perceptibilă, capul lui altădată frumos, cu trăsăturile sale elegante și buzele acelea elegante se ridică; ochii săi argintii îi penetrară cu ură și trădare pe ai lui Jophiel.

În mintea ei se ivi o imagine. Acum nu îi mai proiecta Pasărea Fericită, o amintire pe care o împărtășise cu ea într-un moment de intimitate, când, după ce încercaseră pentru ultima oară să conceapă un copil împreună, ea se simțise atât de legată de el, încât plânseseră împreună. Nu, imaginile care i se perindau acum prin minte erau despre cum se simțise când Împăratul îi arsese aripile; despre modul în care fulgerul îi străbătuse nervii și îl făcuse să se zvârcolească de durere; despre trădare. Știa că o speria. Se juca cu teama ei, pedepsind-o pentru cât fusese de slabă.

-Oprește-te, îi șopti ea. Te rog, oprește-te.

Ochii aceia de un argintiu straniu îi pătrunseră pe ai ei ca două săbii gemene, pline de ură. Se ridică în picioare și aproape căzu, dar refuză să se sprijine de purtătorul de cuvânt al Camerei Reprezentanților, neîngenuncheat chiar dacă Împăratul încercase să îl sfâșie. Nu își luă nicio clipă ochii de la ea, cu orbitele acelea argintii afișând în continuare reproșuri. În final, se întoarse spre cei care îl chemaseră astăzi aici. Poporul. Poporul *lui*.

Poporul îl aclamă. Campionul lor se ridicase.

-Prim-ministru Lucifer, spuse purtătorul de cuvânt al Reprezentanților. Jurați solemn că mărturisirea pe care o vei face reprezintă adevărul, întreg adevărul și numai adevărul, așa să vă ajute zeii?

De la balcoanele din mijloc răzbătură suspine pe măsură ce ocupanții lor dădeau ochii cu chipul acela altădată frumos, cu aripa dislocate și sângele care încă îi curgea din nas și din urechi. Aripile sale arătau ca niște trunchiuri de copaci într-o toamnă târzie, căci aripile îi fuseseră arse, iar cioturile rămăseseră dezgolite, cu excepția câtorva pene pârjolite care atârnau de ele ca niște Frunze moarte.

-Jur, spuse Lucifer, ridicându-și privirea spre poporul său, iar apoi se întoarse spre purtătorul de cuvânt. Ați primit plicul?

-Da, răspunse acesta. Am păstrat chestiunea confidențială, așa cum ați solicitat, până să ajungeți înaintea curții generale pentru interogatoriu.

Mâna îi tremură când scoase un plic mare și alb, în care se afla un proiect de lege. În mintea lui Jophiel răsună de îndată un semnal de alarmă.

Purtătorul de cuvânt întoarse și arătă hârtia ca o acuzație, ținând-o deasupra capului de parcă ar fi chemat fulgerele din ceruri pentru a nimici un inamic. Jophiel știa ce urma, coșmarul care o trezea în fiecare noapte într-o baie de transpirație rece, acuzația care avea să fărâmițeze Alianța într-un milion de bucăți și să îl lase pe Împăratul Etern fără un imperiu pe care să îl conducă.

-Aducem în fața parlamentarilor reuniți o rezoluție depusă de prim-ministru, strigă purtătorul de cuvânt, conform căreia Împăratul Etern Hashem a ascuns în mod voit, cu intenții distructive, informația că rasa umană, al cărei bagaj genetic se află la baza tuturor celor patru rase hibride, a fost descoperită și încă există. Și a ascuns această informație deși știa prea bine că, făcând-o, trei dintre acele patru rase ar urma să dispară. Prim-ministru Lucifer, jurați că acuzațiile aduse în această rezoluție sunt adevărate?

-Jur, spuse Lucifer.

Privirea lui o întâlni pe a ei. Acest proiect fusese redactat cu mult înainte ca soția lui Kunopegos să moară; cu mult înainte ca Lucifer să fie arestat. Acesta fusese planul lui de la bun început, iar Jophiel bănuia că ascunsese această informație chiar și sub amenințarea torturii, pentru că, dacă Împăratul ar fi știut ce plănuia el să facă *cu adevărat* aici, nu i-ar fi permis niciodată lui Jophiel să îi aducă fiul căzut în dizgrație înaintea corpului legislativ pe care îl conducea.

-Ce dovezi intenționați să prezentați pentru a susține aceste acuzații? întrebă purtătorul de cuvânt al Camerei Reprezentanților.

Zgomotele maselor crescură în intensitate. Camerele surprindeau imagini încontinuu. Maestrul Yoritomo făcu un pas în față, nefiind sigur dacă să pună capăt acestui spectacol nebunesc, însă Jophiel îi făcu semn să se oprească. Indiferent dacă soția lui Kunopegos era sau nu în viață, și ea era o fiică a acestei noi Alianțe, cea pe care Lucifer o crease. Cea în care se spunea că *toți*, nu doar cei pe care avea chef Împăratul să îi lase să vorbească, aveau dreptul să vorbească.

Ochii lui îi întâlniră pe ai ei. Simți constrângerea, o blocă, dar apoi îi dădu ce voia oricum. Indiferent dacă Lucifer vorbea sau nu, Împăratul era condamnat. Ea avea să îi permită lui Lucifer să se folosească din plin de această zi în care fusese adus fața curții. El se întoarse spre public, ca un maestru demonic care își dirija orchestra.

-În plus, vă aduc la cunoștință faptul că Împăratul i-a refuzat Parlamentului ocazia de a discuta măcar chestiunea, pentru că tărâmul oamenilor se află în Imperiul Sata'anic și este încă o societate netehnologizată.

Privirea lui Lucifer era rece și dură ca a unei vipere pe cale să se năpustească asupra unui șobolan. Buzele i se arcuiră într-un rânjet în clipa în care ochi spre a ucide.

-După ce a folosit hibrizii pe post de carne de tun împotriva lui Shay'tan în ultimii 150.000 de ani, a decis în mod unilateral să lasă armatele care vă apără să dispară mai curând decât să renunțe la așa-zisele lui principii morale înalte.

Vorbăraia deveni de-a dreptul asurzitoare, căci Parlamentul, reporterii și martorii luară cuvântul în același timp. Starea îngrozitoare a lui Lucifer nu făcea decât să *susțină* afirmația că exista o conspirație, căci fusese nevoie de o voință a mulțimii prea puternică pentru a fi stăvilită chiar și de un zeu ca să îl aducă aici.

-Spuneți că oamenii există, spuse purtătorul de cuvânt, dar nu ne-ați arătat niciun astfel de om. Ce fel de dovezi ne puteți prezenta?

Din ochii aceia de un argintiu straniu, ura se revărsa în valuri fierbinți. Stătea acum în dreptul podiumului, nu decăzut, așa cum intenționase Împăratul, ci victorios; iar ea era cea înfrântă.

-Chem comandantul șef al celor patru flote hibride, zise Lucifer, pășind către ea și arătând-o cu degetul de parcă ar fi fost o acuzație. Comandant General Suprem Jophiel.

-Martorul se poate apropia, zise purtătorul de cuvânt al Camerei Reprezentanților.

Inima lui Jophiel o luă la goană în timp ce se îndrepta spre platformă. Atenția îi fu atrasă de o urmă de sânge uscat, pe guler, de fâșiile cămășii și de rănile de pe față. De vânătăi. De locul în care Împăratul le ordonase Cherubimilor să îi disloce aripile pentru a smulge informații de la el. Unde era Pasărea aceea Fericită acum? Pasărea aceea mică ce îi cântase ori de câte ori se simțea singur? Cea în care ea nu crezuse până când nu fugise în Grădină ca să plângă și o auzise cântând chiar pentru ea? Buzele îi tremurară. Oameni morți sau nu, nimeni nu merita ce îi făcuse lui Împăratul.

Nu putea spune asta fără să îl trădeze pe Împărat, așa că afișă obișnuita mască indescifrabilă. Era prințesa ghețurilor. Așa i se spunea.

-Prim-ministru Lucifer, spuse purtătorul de cuvânt al Camerei Reprezentanților, vă puteți adresa întrebările.

-Când a aflat Împăratul Etern prima oară că ființele umane încă există?

Lucifer nu măsură spațiul cu pasul, așa cum făcea de obicei când ținea un discurs, ci rămase în fața ei, suficient de aproape încât să poată să îi sară la gât dacă simțea nevoia.

-Această informație e clasificată.

-General Jophiel, i se adresă purtătorul de cuvânt al Camerei Reprezentanților. E nevoie să vă amintesc că aceasta este o audiere în scop investigative a corpului legislativ al Alianței, ales în mod legal?

-Și e nevoie ca eu să vă amintesc că servesc Împăratul Etern, nu Parlamentul? spuse Jophiel, stând cu spatele drept ca lumânarea în uniforma aceea cu atâtea medalii pentru curaj prinse la piept, încât erau pe punctul de a o dezechilibra. Parlamentul nu are nicio autoritate asupra armatei, în afară de a declara război și a hotărî asupra surselor de finanțare.

-Finanțare care ar putea fi tăiată, spuse Lucifer, afișând un rânjet ca de prădător, care nu i se reflectă și în privire. Acum răspundeți la întrebare, pentru că sunt sigur că *tatăl* meu vrea ca întreg imperiul său să știe exact cât de tare a dat-o de gard băiatul lui decăzut.

Purtătorul de cuvânt respiră greoi, dar nu bătu din ciocănel și nu ceru să se facă ordine după ce auzi exprimarea lui Lucifer. Delegații de la balcoanele de deasupra chițăiau ca niște șobolani, gata să năvălească și să caute prin gunoaie, mulțumiți de această renunțare la polițeturi și nerăbdători să îl audă pe primul ministru folosind graiul *poporului,* nu cuvintele pompoase ale elitelor.

-Am primit un semnal SOS de la Syracusia, zise Jophiel, fără să își mute privirea de la ochii aceia argintii, prin care se cerea ajutorul Împăratului Etern pentru a salva viața unui mânz născut prematur. Când am ajuns acolo, am descoperit că iapa nu era din specia Centauri, așa cum crezusem, ci o ființă umană.

Parlamentul explodă. Camerele foto se aprinseră frenetic. Reporterii forțară rândurile și fură împinși înapoi de Cherubimi.

-Și în ce stare era femeia umană? întrebă Lucifer.

-Era decedată, spuse Jophiel.

Furia provocată de starea în care o găsiseră pe biata femeie o făcu să arunce următoarele cuvinte de parcă ar fi scuipat:

-Generalul Kunopegos a spus că *dumneavoastră* i-ați zis că soția lui poate să ducă la bun sfârșit sarcina dacă aduc pe lume mânzul Centauri cu unsprezece săptămâni mai devreme și îl pun într-un incubator.

Lucifer afișă un rânjet triumfător.

-Şi cât de *mare* era femela? întrebă Lucifer.

-Cât mine... nu... cam cu 20% mai mică, replică Jophiel. Doar că nu avea aripi.

Îşi dădu seama prea târziu că laţul i se strângea în jurul gâtului. Înţelese absurditatea acuzaţiei lui Kunopegos chiar în timp ce rostea cuvintele.

-Deci fiinţa asta umană era mai mică decât o femeie Angelic, spuse Lucifer, răsucindu-se spre public. Cântărea, să spunem... cincizeci de kilograme, poate, dar s-a împerecheat cu un armăsar Centauri care cântărea şase sute. Vreţi să credem că i-aş spune Generalului Kunopegos aşa ceva? Sau că, dacă aş fi făcut-o, oricine e în toate minţile ar fi putut să mă *creadă?*

În Parlament se propagară şoapte, şerpi care se unduiau purtând cu ei acuzaţii, vipere care şopteau în urechile fiecărui delegat, pentru ca aceştia, la rândul lor, să vorbească în numele a miliarde de cetăţeni.

-*Un armăsar Centauri?*

-*E de zece ori mai mare ca ea !*

-*În numele lui Hades, de ce ar face cineva ceva aşa de stupid?*

Jophiel se strădui să îşi ţină gura închisă, ca să îi scape ceva stupid, cum ar fi că fix asta spusese şi Împăratul.

-Aş vrea să vă reamintesc de o întâlnire pe care am avut-o dumneavoastră, eu, Împăratul şi emisarul Imperiului Sata'anic, Ba'al Zebub, acum câteva săptămâni.

Ochii de un argintiu straniu ai lui Lucifer străluciră şi mai puternic, împrumutând din lumina cerului ca nişte pumnale de argint.

-Vă amintiţi întâlnirea menţionată?

-Da, zise Jophiel cu un gol în stomac.

-Ce s-a discutat la acea întâlnire?

Lucifer arăta ca un Leonid pe cale să atace.

-Discuţia e clasificată, zise Jophiel, simţind cum laţul se strângea în jurul gâtului. Începu să se foiască înainte şi înapoi, încercând să anticipeze următoarea lui întrebare, încercând să *gândească.* El era acolo ca să îl distrugă pe Împărat, iar *ea* era martorul mult dorit.

Lucifer se răsuci şi îşi pierdu echilibrul, slăbit fiind în urma celor trei zile de abuzuri şi tortură, chiar dacă părea că aripile îi fuseseră lovite de fulger abia dimineaţă. Aproape se prăbuşi. Purtătorul de cuvânt se repezi să îl sprijine cu cotul. Slăbiciunea fizică nu făcu decât să accentueze determinarea lui Lucifer, astfel că îl împinse la o parte de reprezentantul Parlamentului.

-E adevărat că Ba'al Zebub s-a oferit să deschidă tărâmul oamenilor spre comerţ? întrebă Lucifer. Şi să permită emigrarea fiinţelor umane spre Teritoriul Alianţei sub *aceleaşi* condiţii de care au parte toate tărâmurile noi din subordinea lui Shay'tan?

-Aspect clasificat, spuse Jophiel, simţind cum îi fugea pământul de sub picioare.

-General Jophiel, zise Lucifer, aplecându-se în față, atât de aproape încât ea îi putea întrezări rădăcina arsă a părului. Știți că în limba Sata'anică nu există verbul *a minți?*

Jophiel înghiți în sec.

-Nu știam acest lucru.

-Șopârlele Sata'anice au cuvinte ca *a acoperi, a disimula, a împiedica, a zăpăci, a băga în ceață,* zise Lucifer. Dar niciunul pentru *a minți.* Știți de ce?

-Nu.

-Pentru că, dacă îi pui o întrebare directă bătrânului dragon, o luă Lucifer în râs, iar din buzele sale chinuite se scurse sânge, Shay'tan nu te minte. Așa că vă reamintesc că ați depus un jurământ și simplul fapt că sunteți reprezentanta Împăratului Etern nu vă scutește de a spune adevărul!

-Eu... Eu sunt...

Lucifer se întoarse spre publicul și își ridică brațele de parcă s-ar fi întins spre soare.

-Cine e mulțumit de scuza că ea e scutită de obligația de a răspunde în fața poporului?

În sală se așternu liniștea. Nimeni nu îi sări în ajutor.

-Cine ar vota pentru ca Comandantul-General Suprem să fie aruncat din clădire direct în brațele mulțimii, în așa fel încât să o poată lua *mulțimea* la întrebări?

În clădire răzbătură strigăte de „*Afară cu ea! Afară cu ea!*" Afară, mulțimea care urmărea ceea ce se întâmpla pe monitoarele video strigă același lucru, la fel ca trilioanele de ființe din galaxie care îi urmărea în direct la televizor.

Jophiel își încleștă maxilarul. Lucifer nu era *singurul* care putea să arunce bombe!

-Ba'al Zebub a vrut să discute despre devalizarea unui tărâm primordial protejat! strigă Jophiel. În limbaj Sata'anic, asta înseamnă sclavie! Shay'tan oblige toate tărâmurile noi să își predea tinerii până la o anume vârstă pentru 20 de ani de muncă silnică. Inclusiv căsătorii forțate!

-Nu ar fi preferabil să plătim contractele pentru acești prestatori de muncă forțată, pentru ca apoi să îi eliberăm și să le permitem să devină cetățeni ai Alianței dacă îndeplinesc anumite condiții, cum ar fi să se căsătorească cu un cetățean al Alianței, în loc să îi lăsăm să fie sclavii Imperiului Sata'anic?

-Adică să cumpărăm sclavi umani și să îi forțăm să ne nască copii timp de 20 de ani! strigă Jophiel.

-*Dumneata* câți copii ai dăruit Alianței? întrebă Lucifer.

-Douăsprezece, răspunse ea, înălțându-și cu mândrie bărbia.

-Cel mai mic locuiește cu dumneavoastră, pe nava amirală, nu-i așa?

-Are o slăbiciune cronică, zise Jophiel. Are nevoie de un număr precis de ore de contact fizic cu unul dintre părinți, altfel nu se dezvoltă.

-Câţi alţi copii se mai află pe nava amirală? întrebă Lucifer.

-Niciunul, răspunse ea.

-De ce *dumneata* ai parte de privilegii speciale, de care ceilalţi militari nu au? zise Lucifer cu o privire rece, coborând cuşca asupra prăzii încolţite.

-Împăratul nu se putea lipsi de mine.

-Deci *dumneata* poţi să petreci timp cu copiii tăi, zise Lucifer, dar noi, ceilalţi, trebuie să îi predăm şi să ne mulţumim cu a nu-i mai vedea niciodată?

-E nedrept să o spui aşa! se răsti Jophiel. A fost vorba de circumstanţe speciale.

-Daţi-mi voie să reformulez, stimată doamnă care aţi născut doisprezece copii pentru Alianţă şi i-aţi cedat la naştere, spuse Lucifer, aplecându-se atât de aproape de ea, încât aproape că îi şopti întrebarea în ureche. Cum se deosebeşte programul de reproducere forţată pe care l-a impus Împăratul asupra speciei noastre pentru a-şi asigura numărul de soldaţi de ceea ce propune Ba'al Zebub să facem cu fiinţele umane? Exceptând faptul că ele ar trebui să servească drept surogat timp de douăzeci de ani, în comparaţie cu *noi,* care suntem obligaţi să slujim Împăratul cinci sute.

Se juca cu ea, folosindu-se de darul acela despre care Jophiel înţelegea acum că fusese acolo de la bun început, reprezentând motivul pentru care reuşise mereu să îi pătrundă în minte şi să îi facă trupul să cânte cum nu o mai făcuse niciun alt bărbat. Se juca cu ea acum, proiectând amintirea zilei în care făcuseră dragoste şi se înălţaseră împreună spre plăcerea supremă; amintirea modului în care se cuibăriseră apoi printre perne, doar ca să pălăvrăgească, şi cum dezamăgirea se insinuase între ei printr-o bătaie în uşă – era programat pentru o altă întâlnire de împerechere, forţat fiind să asigure continuitatea armatei Împăratului.

Jophiel simţea că, dintr-un motiv pe care nu putea să îl înţeleagă, *el* era cel care se simţea trădat...

-Obiectez împotriva formulării, spuse ea cu glas tremurător.

-Răspundeţi la întrebare, o îndemnă purtătorul de cuvânt al Camerei Reprezentanţilor.

-E adevărat că Brigadierul General Raphael v-a vizitat fiul cu ajutorul unei nave-ac o dată pe săptămână până în urmă cu câteva săptămâni?

-Da, zise Jophiel.

-El de ce are parte de privilegii speciale? întrebă Lucifer.

Jophiel se foi, căci aceasta era întrebarea pe care o aşteptase cu groază.

-Fiindcă fiul nostru are nevoie de el, zise ea cu blândeţe. Acum nu mai era ofiţerul cu cea mai înaltă funcţie, ci mamă.

-Nu credeţi că *toţi* copiii au nevoie de părinţii lor? întrebă Lucifer.

-Ba da.

-Atunci de ce, de ce, de ce aţi predat doisprezece dintre copii dumneavoastră în clipa în care le-a fost tăiat cordonul ombilical, lăsându-i pe mână unor străini? zise Lucifer, lovind cu pumnul în masă la fiecare „de ce", pentru a-și accentua ideea.

-Pentru că Împăratul a cerut asta, zise Jophiel.

-Și de ce nu spuneți nu?

-Pentru că asta e legea, șopti ea. Dacă nu asigurăm continuitatea, în trei generații vom dispărea, la fel ca specia Wheles.

-Și atunci nu sunteți de acord că introducerea sângelui uman în rasa hibridă ar trebui să fie cea mai mare prioritate a Alianței?

-*Este* cea mai mare prioritate!

Își dădu seama prea târziu că această afirmație părea doar o vorbă în vânt dacă nu era gata să dezvăluie misiunea lui Raphael, dar nu îndrăznea să vorbească despre ea, pentru a nu-i da de știre lui Shay'tan că îl înconjurau.

-Atunci de ce a refuzat Hashem un acord comercial cu Imperiul Sata'anic? întrebă Lucifer.

-Imperiul Sata'anic nu a propus niciun acord oficial, replică Jophiel, forțându-se să își recapete atitudinea glacială, lipsită de emoție pe care o cunoșteau cei mai mulți. Doar au... E clasificat.

-Dacă Shay'tan ar oferi o înțelegere comercială formală, spuse Lucifer, arătând spre delegații care aveau puterea de a ratifica astfel de înțelegeri, Împăratul ar accepta-o?

-Nu știu.

-Nu te mai fofila cu mine, Jophiel!!!

Lucifer izbi cu pumnul balustrada suplă care îl separa de ea. Îți amintesc că ai depus un jurământ. Așa că te întreb din nou. Cum a răspuns Împăratul când Ba'al Zebub a propus un acord commercial ipotetic, iar *eu* l-am întrebat dacă l-ar accepta sau nu?

Jophiel înghiți în sec. Când în sfârșit vorbi, vocea ei fu doar o șoaptă.

-A spus că mai degrabă ne-ar lăsa specia să ardă în iad decât să cedeze câtuși de puțin în fața bătrânului dragon.

Parlamentul izbucni într-un urlet scandalizat. Afară, zgomotele mulțimii răzbătură dincolo de pereții groși ai clădirii exterioare. Jophiel auzi sirene, explozii, sticlă spartă.

-Mulțumesc, Comandant General Suprem, șuieră Jophiel. Își flutură mâna spre ea de parcă ar fi fost sub nivelul lui. Nu mai am întrebări pentru dumneavoastră astăzi.

Se întoarse înapoi spre public, spre orchestra sa, spre mulțimea sa diabolică.

-Îl chem acum pe Generalul Forțelor Aeriene Angelice Abaddon, zis și Nimicitorul.

Împăratul Etern dăduse de naiba...

Capitolul 51

Octombrie – 3.390 î.Hr.
Pământ: Satul Assur
Colonel Mikhail Mannuki'ili

MIKHAIL

Nenorocitul cu ochi negri se răsuci pentru a-l privi în ochi.

-Îl chem pe *adevăratul* asasin. Tatăl copilului. Mikhail.

Mulţimea îi făcu loc pentru a ajunge în dreptul tribunalului format din trei judecători, care stăteau deasupra lor, pe aceeaşi scenă pe care o folosiseră pentru a-l onora pe Nergal, zeul Ubaid al războiului. Zhila îi spusese cum *obişnuiau* să rezolve problema criminalilor – închizându-i în omul de răchită şi dându-i foc. Din nefericire, nici pedeapsă „mai umană" pe care o aplicau acum nu suna mai bine. Cu drag l-ar fi omorât în bătaie pe Jamin, dar oare chiar îl ura într-atât încât să îl arunce într-o groapă şi să arunce prima piatră?

Furia întunecată şopti *da...*

Îl ura într-atât încât să ucidă singurul fiu al căpeteniei?

Poate...

O iubea pe Ninsianna într-atât încât să o facă *pentru ea?*

Ninsianna se înşela. Îl voia mort doar pentru că Shahla o umilise.

Ezită în drumul său spre tribunal. Jamin merita multe lucruri oribile, dar informaţiile pe care le primiseră de la Shahla se băteau cap în cap şi nu erau susţinute de nimeni altcineva.

-Mikhail, spuse Yalda în numele tribunalului, vom continua să ascultăm declaraţii privind *prima* acuzaţie, aceea că Jamin a provocat, prin fapte de violenţă, avortul Shahlei.

-Şi a doua acuzaţie? întrebă el.

-Pentru început, tribunalul va judeca *prima* acuzaţie, zise Yalda. Jamin pretinde că *tu* ai avut motive să o răneşti pe Shahla când ai dus-o la tămăduitoare, ceea ce poate însemna că eşti complice la fărădelege.

-Asta e o minciună! strigă Pareesa.

-Da! strigară cei din diviza B. Mikhail a încercat să o ajute!

-Trebuie să clarificăm *prima* acuzaţie, spuse Yalda, agitând un deget spre Pareesa, înainte să tulburăm apele cu a *doua,* în cazul căreia *tu* eşti una dintre victime.

Mikhail îşi înfoie aripile. Tocmai de asta insistase ca duşmanul său să aibă un apărător: el era orice numai impartial, nu, cu privire la a doua chestiune. *Văzuse,* în Gasur, ce însemna „dreptatea" pentru neamul Ubaid.

Shahla, în ciuda suferinței și a nebuniei ei, *insista* că Jamin intenționase să scape doar de *el.*

Mikhail mârâi amenințător către Pareesa:

-O să urmăm procedura.

-Dar... ripostă Pareesa.

-Șșș! o opri Gisou, apucând-o de mână. Nu ești *singura* pe care au răpit-o în seara aia.

Pareesa bătu din picior așa cum face o fetișcană nervoasă și bosumflată, de numai treisprezece primăveri, însă faptul că divizia B era chiar în spatele ei o făcu să adopte o atitudine matură, chiar dacă *i-ar fi plăcut* să azvârle piatra pe care o adusese la audiere direct în capul lui Jamin. Conform legii Ubaide, ea avea să arunce *a doua* piatră.

Iar el avea să o arunce pe prima...

-Mikhail, ordonă Yalda, spune-ne ce s-a întâmplat acum trei zile.

Acum trei zile? Acum trei zile am refuzat să o ascult pe verișoara soției mele pentru că Ninsianna e geloasă, iar din cauza asta, bebelușul Shahlei a murit...

-Gita a venit să îmi spună o poveste ciudată, zise el cu voce tare. Îmi zicea că Shahla ar vrea să se căsătorească cu Dadbeh, dar părinții o forțau să pretindă că Jamin e tatăl copilului.

-Și de ce nu a venit *Shahla* la tine să îți spună asta? întrebă Jamin batjocoritor.

-Acuzatul va vorbi doar prin intermediul apărătorului, îl certă Behnam.

-De ce? îl provocă Jamin. Pentru că lui Mikhail îi e frică că aș putea să spun ceva ce l-ar incrimina?

Furia aceea întunecată, amestecată cu o porție zdravănă de vinovăție, îl făcu să își coboare privirea. Cherubimii îl învățaseră că un războinic *adevărat* trebuie întotdeauna să se poarte în spiritul dreptății, dar acum nu *voia* dreptate. Voia doar să îi rupă capul lui Jamin.

Îndreaptă acțiunile. Spune întotdeauna adevărul. Eliberează-ți mintea...

-Eu am cerut să primești un apărător, zise Mikhail.

-Și ce? izbucni Jamin într-un râs amar. Acum ești vreun înger al milei?

-Bănuiesc că *da,* răspunse Mikhail scrâșnind din dinți. Pentru că în lumea *mea,* acuzatul are dreptul la o apărare serioasă.

-Un bărbat *adevărat* vorbește de unul singur!

Mikhail privi spre tribunal. Cei trei bătrâni aprobară din caă.

-Bun, zise Behnam. Acuzatul a pus o întrebare.

Mikhail își coborî privirea.

-Ați auzit *cu toții* ce i-a spus Shahla soției mele, spuse el cu blândețe. Îi era frică de furia mea. Dar prietena ei, Gita, se antrenează cu războinicii mei, continuă, întâlnind privirea fetei cu ochi negri. Ea m-a implorat să intervin.

Printre săteni se răspândi un murmur. Toți sătenii știau ce spusese Shahla. Mulți se întrebau dacă era adevărat, inclusiv Ninsianna.

-Ce ai făcut după ce Gita ți-a spus povestea? întrebă Behnam.

-Mi-a venit greu să o cred, spuse Mikhail.

-Deci recunoști, interveni Jamin, arătându-l cu degetul, că nu crezi că Shahla e sinceră.

Mikhail își înfoie aripile. *Da... Fix asta spun...*

-Nu știam *ce* să cred, zise el, evitând un răspuns direct. Toată lumea știa că ea și Jamin erau din nou împreună. Așa că nu înțelegeam de unde apăruse ideea asta cum că bebelușul *nu* era al lui și că acum Shahla voia să se mărite cu Dadbeh...

Făcu o pauză.

-O *urai!* îl provocă Jamin. Recunoaște. O *urai* pentru că le-a zis tuturor că copilul era al *tău.*

-Să o urăsc? spuse Mikhail, amintindu-și impulsul de a o hăitui și a o forța să își retragă povestea. Imaginea din mintea lui implicase și niște scene violente, destul de asemănătoare cu cele pe care Jamin chiar le *provocase.* Ură e un cuvânt dur. Pur și simplu nu îmi păsa de ea. De fiecare dată când se apropia de mine, îmi aducea necazuri.

-Așa că aveai un *motiv* să o scapi? întrebă Jamin.

Behnam interveni.

-Nu Mikhail e judecat, spuse el. Tu ești.

-Greșit! se răsti Jamin. Aveți aici dovezi care mă exonerează. Pentru că *tata* – arătă acuzator spre casa lui, de partea cealaltă a pieței – e prea laș ca să iasă și să recunoască faptul că toate satele de pe teritoriul Ubaid au prezentat monede de aur găsite la *mercenarii* care au fost puși să îl omoare pe *el* – arătă spre Mikhail.

Sătenii rămaseră cu gura deschisă, iar apoi începură să șușotească nebunește. Mulți îl văzuseră pe Jamin intrând în vorbă cu Ninsianna în ziua în care se întorsese de la tribul Halifian, aducând o monedă de aur, și toți știau că, după acel episod, căpeteniile din jur îl trimiseseră pe tatăl Shahlei să facă negoț cu neamul Uruk ca să facă rost de informații.

-Poate că Jamin are dreptate?

-Poate că atacul chiar era *îndreptat împotriva lui Mikhail?*

Yalda lovi cu ciocănelul în masă.

-Liniște! Liniște! zise ea, privindu-i cu răceală. Mikhail, te rog să răspunzi la întrebarea acuzatului.

-Ce întrebare? Am trecut la a doua acuzație? Sau încă ne concentrăm pe prima?

-Prima acuzație, spuse Yalda. Jamin se apără spunând că *tu* ai fi avut un motiv să o rănești pe Shahla, pentru că pretinsese că copilul era al *tău.*

-Copilul *nu* era al meu, zise el numaidecât. Nu am cedat niciodată farmecelor Shahlei.

-Dar ea a spus la mai bine de treizeci de oameni că *era* al lui, zise Jamin. A examinat cineva copilul ca să vadă dacă povestea e adevărată?

-Era un copil *normal,* spuse Needa, pășind în față. De cinci, poate șase luni în pântece.

-Cinci sau șase luni, zise Jamin. Asta înseamnă că a fost conceput *chiar* în perioada în care am văzut cu toții cum Shahla îi făcea avansuri lui.

Un zumzăit macabre se propagă prin mulțime.

-Unde e înmormântat acest copil? întrebă Ilakabkubu, bărbatul de vârstă mijlocie pe care Shahla îl dăduse în gât. Noi, sătenii, am vrea să *vedem* dacă avea aripi!

Jamin îi aruncă Ninsiannei un rânjet malițios.

De la umbra statuii zeiței, ochii Ninsiannei căpătară o nuanță pe care Mikhail o mai văzuse o singură dată. La *Împăratul Shay'tan*... Imediat după ce Mikhail aruncase în aer o central electrică și îi distrusese planurile de a anexa o planetă.

C-ce...?

Încercă să se agațe de amintire, însă ochii erau ai *soției* lui, nu ai creaturii de pe monedele de aur. Și deveniră roșii ca sângele când aceasta arătă spre Jamin:

-O să *retragi* ce ai spus, zise ea amenințător.

Jamin își strânse capul în mâini, însă ura îl proteja de ceea ce îi făcea Ninsianna ca un scut. Și *ea* îi făcea asta. Nu zeița. Mikhail putea să o *simtă.* Una câte una, i se ridicară penele.

Din nasul lui Jamin țâșni sânge.

- ...*magie neagră...* șopti un sătean mai în vârstă.

-... *la fel ca Lugalbanda...*

Începu să îi curgă sânge din urechi. Își duse mâna la piept, respirând greoi. Cu brațul tremurându-i, ridică o mână, mimă niște coarne de drac și strigă:

-Vrăjitoare! Mă *eliberez* de vraja ta.

Ninsianna se prăbuși pe spate, de parcă tocmai ar fi fost lovită. Sătenii exclamară, nevenindu-le să creadă că *Muhafizul* tocmai înfrânsese o vrăjitoare.

-*Vezi? E nevinovat...* șoptiră unii dintre săteni.

Mikhail rămase cu gura deschisă. Cei din neamul Ubaid bodogăneau tot timpul despre magie, dar...

-Mikhail? zise Rakshan, făuritorul de cremene, smulgându-l din reveria marcată de uimire. Poți să răspunzi la întrebare, te rog?

-C-ce întrebare? întrebă el prostește.

-Unde ai îngropat copilul Shahlei?

De data aceasta, Ninsianna își mută privirea crudă asupra *lui,* având ochii roșii precum cuprul.

-Copila nu avea *nicio* vină, zise el cu blândețe, indiferent de ce simțeam eu față de mama lui. Așa că am purtat-o spre cel mai înalt vârf de munte pe care l-am putut găsi, fiindcă acela era locul cel mai apropiat de rai spre care puteam să zbor.

-Oamenii *vor* să ştie locul precis, strigă Jamin.

Mikhail îşi scoase sabia din teacă înainte să apuce măcar să se *gândească* la ceea ce făcea.

-Mai degrabă aş putrezi în *iad!*

Valuri de furie îl cuprinseră în clipa în care înfipse vârful sub bărbia lui Jamin.

-Omoară-l! strigară sătenii.

Pe lamă se scurse un firişor de sânge.

-Fă-o, zise Jamin, cu o lacrimă alunecându-i pe obraz. Dacă ai de gând să mă *omori,* măcar lasă-mă să mor ca un *bărbat.*

Încadrată de statuia zeiţei care rânjea, Ninsianna îşi petrecu degetul de-a lungul gâtului. *Omoară-l şi ai să îţi recâştigi onoarea.* Mikhail se cutremură. Relaţia lor nu mai fusese în *regulă* de când Shahla îşi făcuse acuzaţia. Adevărul era că şi el ar fi vrut să o bată pe târfa aia mincinoasă la fel de mult ca Jamin. Dar incapacitatea lui de a acţiona *cu cruzime* îl făcea mereu să se scufunde tot mai adânc.

Mikhail îşi coborî sabia.

-În lumea *mea,* spuse el cu glas tremurător, copiii sunt consideraţi un dar ceresc. Ei sunt cei ce ne poartă sângele mai departe.

-Nu era copilul meu, spuse Jamin neconvingător.

-*Desigur* că era copilul tău, zise Mikhail. Aşa cum era şi al meu.

Sătenii rămaseră cu gura deschisă.

-Şi al *lui* – se răsuci spre Siamek. Şi al ei – arătă spre Needa – şi al lor – arătă spre tribunal. Copila aceea nu era *proprietatea* ta, ca să poţi să o păstrezi sau să o arunci, ca pe o haină de care te descotoroseşti. Copila era a fiecăruia dintre locuitorii satului – desenă un arc în aer – pentru că era din *neamul Ubaid.* Ea era receptaclul a tot ceea ce noi toţi *sperăm* să fim.

Îşi ridică privirea spre soare, încercând să alunge senzaţia aceea nimicitoare din piept. Simţea cum o durere mare, cutremurătoare îi năvălea în suflet, dar nu îşi putea aminti *de ce.*

Îşi şterse o lacrimă.

-Acea copilă te-ar fi făcut nemuritor, îi spuse el duşmanului său. Dadbeh a înţeles asta. De aceea a vrut să spună că bebeluşul era al *lui,* indiferent dacă el era tatăl sau nu. Copila i-ar fi transmis mai departe *idealurile.*

Se întoarse spre judecători.

-*Toţi* am dat greş când am ales să ignorăm căile mascate prin care Shahla ne cerea ajutorul, să ignorăm modul în care Jamin o abuza, vânătăile, părul smuls din cap. Nu o *plăceam* pe Shahla şi... în numele zeilor – se răsuci spre Jamin – unii dintre noi te uram *pe tine.* Aşa că ne-am întors privirile, îmbătându-ne aroganţi cu plăcerea de a te urmări cum te *zvârcoleai* sub ironia logodnei forțate, când, de fapt, *copilul* ar fi trebuit să conteze.

Se întoarse din nou spre tribunal.

-În acest sens, mă declar *vinovat.* Vinovat de moartea acelui copil, pentru că ar fi trebuit să îl ucid pe *nenorocitul* ăsta – arătă spre Jamin – chiar în ziua aceea când a încercat să o înece pe Ninsianna, ca să nu îi mai dau ocazia să rănească o altă femeie!

Sătenii fură reduși la tăcere, îngenuncheați de propria rușine. Cei trei bătrâni ai satului se strânseră laolaltă pentru a delibera.

-Tribunalul a ajuns la un verdict, spuse Yalda în cele din urmă.

-Care este judecata tribunalului privind *prima* acuzație? întrebă Rakhshan. Acuzația că Jamin a provocat avortul Shahlei?

-Vinovat, răspunseră cei trei la unison.

-Și contraacuzația lui Jamin? zise Behnam, privind spre Ninsianna. Aceea că Mikhail avea motive să o rănească pe Shahla, pentru că de fapt copilul era al lui?

-Nevinovat, răspunseră toți trei la unison.

„Ah, slavă zeilor!" Mikhail își coborî aripile, ușurat.

-Suntem de părere că Shahla a făcut această acuzație din răutate, adăugă Yalda.

Jamin făcu câțiva pași înapoi, lovindu-se de războinicii de elită. Aceștia îl înconjurară ca o haită de lupi care izolează un vițel de restul turmei.

-Asta nu e dreptate! strigă Jamin. Mikhail a manipulat și întors pe toată lumea împotriva mea!

-Nu, răzbătu o voce din fundul pieței. Vina îmi aparține.

Sătenii îi făcură loc să treacă. Căpetenia Kiyan păși spre judecători.

-Am întrezărit întunericul din tine, îi spuse căpetenia fiului său, dar pentru că o iubeam pe mama ta, am ales să nu te pedepsesc câtă vreme asta încă arm ai fi putut schimba ceva. Pentru asta, îmi pare rău. Dar ai luat viața unui copil nenăscut. Dacă ai înțelege ironia acestui act – căpetenia își mută privirea, ștergându-și în grabă lacrimile. Dacă nu rezolv această nedreptate, atunci nu sunt demn de a fi căpetenie.

-Dacă *eu* aș fi căpetenie, zise Jamin, l-aș alunga pe nenorocitul ăsta înaripat din satul nostru!

-Nu o să fii *niciodată* căpetenie, zise Kiyan. Când zilele mele pe această lume se vor fi scurs, satu are să aleagă o căpetenie din rândurile oamenilor. Dar îți garantez, fiule, că niciodată nu vei fi *tu* aceea.

Jamin tresări de parcă tatăl tocmai l-ar fi lovit.

-Cum rămâne cu a doua acuzație? întrebă sora unuia dintre sătenii uciși în timpul raidului, făcând un pas în față. Cine le face dreptate celor unsprezece morți?

Căpetenia Kiyan își plecă privirea spre pământ, neîndrăznind să privească drept în ochii înflăcărați ai femeii.

-Shahla nu mai gândeşte limpede, spuse el. Ea e singura martoră pentru această fărădelege, iar cuvântul ei e împotriva cuvântului lui. Prin urmare, mă folosesc de prerogative mea de Căpetenie pentru a refuza judecarea acestei chestiuni, cerând în schimb ca tribunalul să aplice cea mai dură sentinţă posibilă pentru *prima* fărădelege, în aşa fel încât să readucă pacea în spiritul surorii tale.

Un zumzăit nemulţumit se răspândi printre sătenii nemulţumiţi că erau văduviţi de un ultim spectacol. Căpetenia îl privi cu regret pe Mikhail. Era fiul lui... *Ştia* că Jamin era vinovat, dar se folosea de prerogativul său căci ştia că sentinţa ar fi fost moartea.

-Care este sentinţa tribunalului? întrebă Yalda.

-Surghiun permanent, spuse Behnam.

-Surgiuni, zise şi Rakshan.

-Surghiun, repetă Yalda. Jamin, fiu al lui Kiyan, spuse ea, mâine, în zori, ai să primeşti rezerve pentru o călătorie lungă, fiindcă nu suntem lipsiţi de suflet. Dar nu mai eşti binevenit în Assur. Vom trimite soli în satele aliate, pentru a le transmite judecata noastră şi a le recomanda să nu îţi permită să cauţi adăpost printre locuitorii lui. De vei încerca să revii în satul nostru, pedeapsa va fi moartea. Jamin, tribunalul decretează că nu mai eşti un Ubaid.

Jamin rămase nemişcat, cu o expresie oropsită, în vreme ce tatăl său intră înapoi în casă şi închise uşa în urma lui.

Mikhail se apropie de Ninsianna, dar aceasta se refugie în templu şi trânti uşa după ea.

Capitolul 52

Data Galactică Standard: 152,323.10 D.Î.
Haven-3: Holurile Parlamentului
Generalul Forţelor Aeriene Angelice Abaddon
(alias „Nimicitorul")

ABADDON

Sarvenaz se refugie în îmbrăţişarea aripilor lui, o alternativă împănată, gri, a burcăi pe care o lăsase în urmă, la bordul *Jehoshophatului*. El îşi ţinea braţul pe umerii săi. Oare proceda corect anunţându-şi nunta într-un spaţiu atât de mare încât depăşea orice imaginaţie, un spaţiu înţesat de specii înfricoşător de străine pentru ea şi înconjurat de o mulţime furioasă, care voia să vadă sângele Împăratului curgând?

-Lucifer... Lucifer... Lucifer...

Rahat! Puştiul reuşise. Dacă i-ar fi spus cineva că lucrurile aveau să sfârşească aşa, l-ar fi trimis pe nebun să facă un control la cap, chiar dacă se îndoia că până şi *Lucifer* ar fi putut anticipa cât de înnebuniţi aveau să fie delegaţii când aveau să descopere ce făcea Împăratul.

-Eşti gata, *mo ghrá*? şopti el spre aripa pe care o ţinea înfăşurată în partea stângă, pentru a o proteja de privirile curioase, şi lăsând partea dreaptă liberă pentru a-şi scoate sabia în cazul în care cineva s-ar fi apropiat prea mult.

Mâna care o strângea nebuneşte pe a *lui* se strânse şi mai tare, iar vocea abia de i se auzi peste zgomotul protestatarilor:

-Promiţi mergem afară, soţ? întrebă Sarvenaz cu glas tremurător. Mergem împreună?

Îl încuraja să continue, chiar dacă tremura de groază. Abaddon îşi coborî privirea pentru ca echipajul său să nu vadă zâmbetul care îi îmblânzea trăsăturile aspre. Era cuprins de o asemenea mândrie, încât ar fi putut exploda.

-Faceţi loc! strigară membrii echipajului său, scoţând armele de parcă ar fi dat năvală în palatul lui Shay'tan. Înaintară în formaţie organizată, Angelici, Mantoizi şi alte câteva specii, toate alese pentru că Abaddon îşi punea încrederea în ele să nu îi permită Împăratului să o smulgă pe Sarvenaz de lângă el.

-Mulţumesc că aţi răspuns citaţiei, domnule, zise un Electrophori bine îmbrăcat, care era consilierul pe probleme legislative al purtătorului de cuvânt al Camerei Reprezentanţilor.

Aruncă o privire curioasă spre aripa gri, înfăşurată în jurul lui Sarvenaz, dar avu decenţa de a nu îi cere să îşi expună soţia înainte ca aceasta să fie pregătită, înţelegând că altfel ar fi încasat o binecunoscută lovitură de sabie.

-Spuneţi-i purtătorului de cuvânt că suntem gata să depunem mărturie, zise Abaddon.

Mâna care o strângea pe a lui strânse şi mai tare, demonstrându-şi acceptul. Era momentul să le-o arate tuturor, să le arate această femeie minunată de care se îndrăgostise. Se rugă ca, odată ce avea să vadă Alianţa în întregul ei, Sarvenaz să nu regrete că se căsătorise cu un ţap bătrân ca el.

Glasul lui Lucifer tuna dincolo de rotundă, amplificat fiind de un sistem de sonorizare plasat discret, în timp ce acesta chestiona Comandantul General Suprem.

-Cum a răspuns Împăratul când Ba'al Zebub a propus un acord comercial ipotetic, iar *eu* l-am întrebat dacă l-ar accepta sau nu?

Vocea lui Jophiel se auzi ca o şoaptă:

-A spus că mai degrabă ne-ar lăsa specia să ardă în iad decât să cedeze câtuşi de puţin în faţa bătrânului dragon.

Abaddon ezită. Sarvenaz îl îmboldi să înainteze când adevărul rostit de nimeni altul decât Comandantul General Suprem îi tăie răsuflarea. Putea detecta suspinul din vocea lui Jophiel, care nu voia să îl trădeze pe Împărat afişându-i orgoliul în faţa întregii galaxii. Lucifer avusese dreptate. Nenorocitul ăsta mic avusese dreptate de la bun început.

-Soţ? întrebă Sarvenaz.

Strigătele Parlamentului, dar şi cele ale mulţimii peste care zburaseră pentru a ajunge acolo ajunseră la un nivel de-a dreptul asurzitor. Poporul striga numele lui Lucifer. *Lucifer. Lucifer. Lucifer.*

-Îl chem acum pe şeful Forţelor Aeriene Angelice, General Abaddon, anunţă Lucifer pe tonul câştigătorului care îşi revendică trofeul.

Echipajul lui Abaddon strânse rândurile în jurul său, făcându-şi drum către podium. Lucifer stătea pe scenă, cu penele pârjolite şi membrele golite de penaj asemenea unui copac lipsit de frunze în timpul iernii. Îşi ţinea braţele în V, îndreptate spre poporul său, şi se îmbăta cu adoraţia lor aşa cum Copacul Etern o făcea înălţându-se spre cer.

-Rahat, domnule! murmură Locotenentul Sikurull. Ce *naiba* i-a făcut Împăratul?

Abaddon o strânse mai aproape pe Sarvenaz. Lucifer se minţise întotdeauna că „tatăl" lui era bun, iar în cea mai mare parte a timpului chiar era, însă Abaddon fusese prin preajmă suficient încât să îl mai fi văzut pe Hashem pierzându-şi cumpătul. Într-un fel, era reconfortant să ştie că zeul bătrân, călit în luptă, acela pe care îl alesese în defavoarea lui Shemijaza şi a experimentului său cu Imperiul al Treilea, încă exista, dar în acelaşi timp era neliniştor să vadă că Hashem îi putea face aşa ceva celui pe care îl crescuse de la naştere ca pe fiul său.

-Dacă Hashem l-ar fi vrut mort pe Lucifer, chiar ar fi mort acum, mârâi Abaddon în timp ce treceau prin dreptul Cherubimilor care înconjurau scena.

Mai mulți reporteri se repeziră spre ei, cu microfoanele întinse. Se retraseră însă când Abaddon își duse mâna către teacă. Nimeni nu îndrăznea să îi îndese vreun microfon în fața *Nimicitorului*. Nici măcar paparazzi. Abaddon își conduse soția pe scări și se întoarse spre masele care strigau.

-A sosit timpul, *mo ghrá*, zise el, iar chipul îi fu cuprins de blândețe. A sosit timpul să dau lumii de știre că am o soție.

-Vreau să fie *ordine* în această instanță, se răsti purtătorul de cuvânt la microfon. Următorul martor își ocupă locul.

Lucifer păși spre ei, mergând încă nesigur după trei zile de captivitate. Abaddon remarcă unghiul ciudat în care stătea una dintre aripile sale carbonizate. Dislocată. Vânătă. Chipul lui Lucifer era brăzdat de tăieturi, iar hainele îi erau arse. Ce altceva îi mai făcuse Împăratul?

-General Abaddon, spuse Lucifer, scrâșnind din dinți de durere. Mulțumesc că ați venit.

Ochii gri îi întâlniră pe cei de un argintiu straniu ai lui Lucifer. Împăratul încercase să îl distrugă, dar îl făcuse mai puternic, așa cum se întâmplă când vâri o sabie în forjă și o bați. Abaddon întrezări umbra unui alt bărbat, mort și îngropat de mult. Shemijaza nu se lăsase îngenuncheat de temperamentul lui Hashem; nici Lucifer nu avea să o facă.

-Jurați solemn că mărturia pe care urmează să o depui reprezintă adevărul, întreg adevărul și numai adevărul, așa să te ajute zeii? îl întrebă purtătorul de cuvânt.

-Jur, spuse Abaddon.

-Și soția dumneavoastră? întrebă purtătorul de cuvânt.

Parlamentul izbucni într-o avalanșă de întrebări:

-Soția lui?

-Asta ascunde sub aripă?

-Nu știam că Nimicitorul e căsătorit.

Luminile scăpătară. Camerele se apropiară în clipa în care Abaddon își desfăcu aripa suficient încât să arate că cineva stătea lângă el. Purtătorul de cuvânt al Reprezentanților repetă întrebarea:

-Jur, zise Sarvenaz.

Lucifer se clătină de parcă ar fi fost pe punctul de a leșina. Purtătorul de cuvânt îl apucă de braț, însă nesiguranța nu le scăpă delegaților care se aplecaseră peste balcoane ca niște vulturi, urmărind cu privirea „șoarecele" delicios pe care Lucifer avea să-l scoată la înaintare. Jophiel se duse lângă Maestrul Yoritomo. Privirea lui Abaddon o întâlni pe a ei, iar acesta înțelese. Jophiel nu știuse că Împăratul avea să ordone torturarea lui Lucifer. Generalul pufni amar. Hashem tocmai spărsese bula idealistă a prințesei de gheață.

-General Abaddon, zise Lucifer. Le puteți spune delegaților adunați aici când v-ați întâlnit soția pentru prima dată?

-Pe întâi iulie, spuse Abaddon. Îmi amintesc de parcă ar fi fost ieri.

-Cine v-a făcut cunoștință?

-Dumneavoastră, zise Abaddon.

-A trebuit să plătiți vreodată ceva pentru asta?

-Nu.

-Ce favoare v-am cerut când v-am rugat să o luați pe Sarvenaz de soție? întrebă Lucifer.

-Mi-ați cerut ca, dacă Împăratul respinge migrația și comerțul cu tărâmul oamenilor, să vă susțin în a obține o răsturnare legală a deciziei sale prin votul Parlamentului. Din câte înțeleg, negocierile au eșuat.

-Regretați ceva în legătură cu soția dumneavoastră? întrebă Lucifer.

-Doar faptul că nu am cunoscut-o acum 600 de ani, glumi Abaddon, un lucru pe care îl făcea rar. Nu mai sunt un armăsar tocmai tânăr.

Parlamentarii izbucniră în râs. Cu toate că existau mulți delegați mai în vârstă decât el, hibrizii atingeau doar rareori vârsta sa. Obligativitatea serviciului militar de 500 de ani și războaiele continue făceau ca puțini hibrizi să trăiască suficient de mult încât să ajungă să se pensioneze.

-De cât timp slujiți Alianța, domnule General?

-M-am alăturat academiei de instruire pentru tineri a Împăratului Etern când aveam opt ani, zise Abaddon. Acum am 632. Timp de 624 din cei 632 am slujit Împăratul Etern și Alianța.

-Câți copii aveți?

-În curând voi avea o fiică, spuse el, umflându-și mândrul pieptul. Trebuie să se nască la începutul lunii aprilie.

Mai mulți reporteri agresivi se repeziră spre podium cu camera și microfoane. Sarvenaz se retrase mai adânc în îmbrățișarea aripilor lui Abaddon.

-Înapoi, mârâi el.

Unul dintre paparazzi mai tineri nu îl ascultă. Abaddon își scoase sabia.

-Dispari de lângă soția mea!!!

Bicepsul îi pulsă când păși spre reporteri. Cei mai raționali îl traseră în spate pe idiot. Numele lui Abaddon nu inspira teamă doar printre dușmani, ci și în sânul Alianței, pentru că fusese trimis să înăbușe inclusiv răscoale ale coloniilor proprii.

-General Abaddon, îi zise Lucifer, de ce ați așteptat atât de mult timp ca să procreați?

Era profund conștient de apropierea de Sarvenaz, de atingerea obrazului ei pe cvadricepsul stâng și de modul în care trăgea cu ochiul de sub aripile lui ca un pui, ascultând ce avea de spus.

-Sunt suficient de bătrân încât să îmi amintesc când a intrat în vigoare programul de reproducere al Împăratului, spuse Abaddon. Eram tânăr și viril. Programul părea un vis împlinit pentru orice bărbat.

Slăbi strânsoarea aripii stângi suficient încât să se asigure că Sarvenaz putea fi văzută fără a fi complet expusă.

-Peste noapte, rigorile sociale au fost eliminate. Nu trebuia nici măcar să cunoști femeile cu care voiai să te răsfeți. Era suficient să faci un copil și să îl predai Împăratului, să se ocupe el de creșterea lui. Părea o politică ideală la vremea respectivă.

-Și atunci de ce nu ați avut și dumneavoastră vreunul?

-Am încercat, spuse Abaddon. Eram tânăr și chipeș, plus că avansam rapid. Femeile Angelice mi se aruncau la picioare, iar eu am luat în serios mandatul Împăratului de a fi rodnic și a mă reproduce. *Foarte* în serios.

Se uită la șirurile de chipuri bărbătești care tindeau să domine speciile inferioare, după care adăugă:

-Deseori aveam mai multe partenere pe zi, cam așa de serios.

Parlamentarii râseră. Mulți delegați își aminteau vremurile acelea năvalnice în care își făcuseră de cap înainte de a se așeza la casa lor. Un deget micuț îl împunse în burtă. Sarvenaz. Geloasă? O strânse de umăr ca să o liniștească.

-Și ce s-a întâmplat? întrebă Lucifer.

-Mi-am dat seama destul de repede *de ce* Împăratul instituise noul program, zise Abaddon. În ciuda *vigorii* cu care am urmat activitățile recomandate, nu a apărut niciun copil.

Abaddon își ridică privirea spre vitraliile pe care era înfățișată Cea-Care-Este, undeva departe, în ceruri. De câte ori o blestemase pe zeița care îl făcuse impotent...

-În următorii 600 de ani, continuă el, am asistat la cum specia noastră a trecut de la milioane de exemplare la mai puțin de treizeci de mii de hibrizi non-Mer.

-Testele au arătat că ați fi impotent? întrebă Lucifer.

-Nu, zise Generalul. Dintr-un motiv sau altul, cu toate că testele arătau că *ar trebui* să pot procrea, nimic nu funcționa. Și nu eram singurul în situația asta.

-Timp de câți ani ați încercat să aduceți pe lume un copil? întrebă Lucifer.

-Chiar până să o cunosc pe Sarvenaz. Deși, la vârsta mea, șansele se cam împuținează.

Replica aceasta atrase chicoteli înțelegătoare din partea membrilor mai bătrâni și a celor nu chiar așa de bătrâni ai Parlamentului. Nici măcar nu era vorba doar de bărbați, chiar dacă femeile trecute pe lista neagră mai reușeau să dea de *cineva* gata să se culce cu ele, în timp ce masculii care eșuau în a procrea găseau cu greu femei care să își riște prețioasele cicluri fertile survenite odată la doi ani pe ei.

-Cât a durat până să reușiți cu femeia umană? întrebă Lucifer.

-Am reuşit de la prima încercare, spuse Abaddon, coborându-şi privirea spre femeia care se lăfăia în aripa lui stângă şi care era acum parţial vizibilă pentru curioşi.

-Am încercat mai bine de 600 de ani, iar apoi am găsit femeia potrivită şi ne-am *căsătorit*. În primul rând, ne-am căsătorit pentru că ea a fost dispusă să îşi asume un risc cu un general bătrân cu mine.

Aproape îl podidiră lacrimile.

-Dar apoi... nu mă aşteptam... ea... dar acum... a mers. Soţia mea îmi oferă un urmaş. Ea e...

Îşi ridică privirea spre lumina aurie a soarelui, care se revărsa pe cer, şi trase adânc aer în piept, nereuşind să îşi transpună emoţia în cuvinte. În încăpere se aşternu o linişte atât de deplină, încât s-ar fi putut auzi musca; până şi paparazzi şi operatorii camerelor fură reduşi la tăcere de imaginea lui Abaddon Nimicitorul, cel mai de temut general al Alianţei, care acum lcăcrima şi îşi strângea cu blândeţe în braţe femeia ascunsă.

-E confirmarea Celei-Care-Este că *asta* e calea corectă, spuse el greoi, dar suficient de tare încât să audă parlamentarii

-General Abaddon, zise Lucifer cu blândeţe, de ce vă ţineţi soţia acoperită aşa?

-Femeile din neamul ei obişnuiesc să îşi acopere capul, răspunse Abaddon. Dar ştie că instanţa *trebuie* să o vadă. Trebuie doar să îmi promiteţi că nu o să vă repziţi asupra ei. Vine dintr-un sat mic, aflat pe o planetă îndepărtată. E încă o experienţă nouă pentru ea să aibă de-a face cu fiinţe care nu sunt umane.

Îşi îndreptă spatele şi adăugă pe un ton mai ameninţător:

-Iar dacă cineva îndrăzneşte să nu o trateze cu respectul cuvenit, va avea de-a face cu *mine*!

-Domnule purtător de cuvânt, spuse Lucifer. De vreme ce Împăratul pretinde că am transformat femeia aceasta într-o victimă, aţi vrea să faceţi dumneavoastră onorurile şi să o examinaţi pe doamna Abaddon în vederea elucidării situaţiei?

-Onoarea ar fi de partea mea, zise purtătorul de cuvânt. Domnule General? Dacă soţia dumneavoastră e pregătită...

Abaddon îi şopti cuvinte încurajatoare şi o îmbrăţişă. Apoi, îşi desfăşura aripa cu totul şi făcu un pas în spate, lăsând-o singură, expusă în faţa întregii galaxii. Parlamentarilor li se tăie răsuflarea când ochii lor se aşezară pentru prima oară asupra acestei legendare, dar eluzive fiinţe umane

-Arată ca Împăratul!

-Întocmai ca un Angelic fără aripi!

-Chiar e însărcinată!

Sarvenaz îi întâlni privirea, apoi îşi duse mâna spre acoperământul de pe cap. Cu buza tremurândă, îşi dădu la o parte acoperământul, dezvăluindu-şi chipul frumos, măsliniu, şi părul negru, prins într-un coc care lăsa buclele negre să îi cadă pe lângă obraji şi să îi încadreze chipul de parcă ar fi fost zeiţa însăşi.

-*E frumoasă!*

-*Are părul negru.*

-*Nimeni nu a mai avut părul negru de când au fost exterminaţi Serafimii!*

Sarvenaz se înfioră, conştientă de faptul că toţi cei din încăpere o analizau din cap până în picioare, dar din fericire nu îşi dădea seama că şi toate televizoarele de pe teritoriul Alianţei o arătau tot pe ea.

-E o plăcere să te întâlnesc, draga mea, spuse purtătorul de cuvânt al Camerei Reprezentanţilor, întinzându-i mâna.

Sarvenaz îi aruncă o privire agitată lui Abaddon. Acesta îi arătase poze cu dragoni Muqqi'bat, dar o imagine de pe un monitor e mult mai puţin intimidantă decât cea reală a acestei creaturi înalte, zvelte, cu membre scurte şi un cap ca de dragon.

-E în regulă, o îndemnă Abaddon. Nu vrea să îţi facă rău.

Sarvenaz îi întinse mâna purtătorului de cuvânt. Acesta i-o ridică spre bot şi o sărută. Sarvenaz se îmbujoră.

-Doamnă Abaddon, o întrebă apoi, cum aţi ajuns pe teritoriul nostru?

-Nu vorbeşte limba noastră, îl întrerupse Lucifer.

-O, ba da, o vorbeşte! zise Abaddon, afişând un zâmbet larg şi triumfător. *Moncaí* pe penele lui! Ah, cât visase să îşi aducă soţia în aceeaşi camera cu Lucifer şi să o lase să îl pună la încercare pe banditul ăsta mic şi înfumurat. Aşa chinuit cum era acum, Lucifer nu mai era în stare să vorbească. Abaddon făcu un semn aprobator din cap.

-Hai, *mo ghrá*. Răspunde la întrebarea purtătorului de cuvânt.

Sarvenaz răspunse într-o Galactică Standard poticnită, dar inteligibilă.

-Oameni şopârlă răpit pe mine. Spus că eu proprietatea lui Shay'tan. Trebuie mers cu ei. Pus mine pe navă. Drum lung. Săptămâni multe. Pus mine pe navă nouă. Zepar învăţat mine câteva cuvinte limba voastră. Lucifer prezintă Abaddon. Abaddon cerut căsătorie. Sărutat mâna ca tine, se îmbujoră ea şi îi zâmbi timid lui Abaddon. Îmi place el. Sunt acord. Ne căsătorim. El e... e...

Lucifer se holba la Sarvenaz cu gura căscată, de parcă nu s-ar fi aşteptat ca ea să poată vorbi. Se încruntă concentrate, sorbându-i fiecare cuvânt. Privirea lui o întâlni pe a lui Abaddon, având o expresie curioasă.

Pentru că Sarvenaz se străduise atât de mult să le înveţe limba? Da. Probabil de aceea. Unele specii, ca cea a Angelicilor, aveau o capacitate sporită de învăţare a limbilor înscrisă în ADN, dar celor mai multe le trebuiau ani de zile ca să înveţe cuvinte de bază. Sarvenaz era dovada vie că poate abilitatea aceea nu fusese creată artificial de Împărat, ci era înnăscută.

Sarvenaz stătea în faţa parlamentarilor într-o postură regală, ca de împărătească, dar el îşi putea da seama că se simţea copleşită. Se aşeză în spatele ei. Ea se întoarse şi îşi aruncă braţele în jurul taliei lui, îngropându-şi chipul la pieptul său. Abaddon o strânse în braţe şi îi ridică bărbia.

-El cel mai frumos soţ putea avea eu, zise Sarvenaz, întinzându-se pentru a-i atinge cicatricea. Îl iubesc foarte mult.

Înduioşarea care străbătu camera fu de-a dreptul palpabilă, răzbătând chiar şi de la cameramanii cinici care fuseseră martori la toate circurile politice din galaxie. Nu era nimeni în încăpere sau în faţa televizorului care să nu înţeleagă afecţiunea dintre generalul cel mai de temut al Alianţei şi soţia sa.

-E aşa expresivă.

-Poţi să îi citeşti gândurile în limbajul corpului.

-Uite! Nimicitorul plânge.

Era adevărat. Şi nu îi era ruşine. O trase mai aproape şi o sărută – era sărutul unui mire care îşi iubeşte soţia în faţa trilioanelor de spectator, asigurându-se că toată galaxia ştie, fără nicio urmă de îndoială, că femeia aceasta e soţia *lui.*

Parlamentarii îi aplaudară.

-Doamnă Abaddon, zise purtătorul de cuvânt al Camerei Reprezentanţilor. Aţi vrea ca această Instanţă Generală să facă comerţ cu tărâmul dumneavoastră, pentru ca mai multe femei ca dumneavoastră să vină aici?

Sarvenaz se răsuci spre purtătorul de cuvânt.

-Nu!

Abaddon făcu un pas în spate, surprins de răspunsul ei.

-Nu vrei să facem comerţ cu lumea ta?

-Sarvenaz nu sclavă pentru Imperiu Sata'anic!!! zise ea, eliberându-se de sub protecţia braţelor lui. Nu văzut niciodată oameni şopârlă până ziua capturată. Oameni şopârlă nu *întreabă,* ca Abaddon. Ei iau!

Sarvenaz se întinse spre delegaţii de la balcoanele de deasupra ei. Ca o regină care îşi cheamă trupele la luptă, se îndreptă spre *ei,* căci înţelesese din lecţiile pe care Abaddon i le dăduse cu pivire la guvernarea Alianţei că *ei* aveau puterea de a-i oferi ce voia.

-Oameni şopârlă nu au căutat pe pământ! Nu planeta lor! Planeta *noastră!* Oameni nu sclavi de vândut sau dat schimb!

Se iscară discuţii intense printre parlamentari. Nici măcar Lucifer nu implorase Parlamentul cu asemenea vână. Lucifer părea stupefiat. Abaddon începu să se întrebe dacă torturile Împăratului îi stricaseră ceva la creier.

-Linişte! Linişte! Linişte! zise purtătorul de cuvânt al Camerei Reprezentanţilor, lovind cu ciocănelul în masă.

Lucifer îi făcu semn să se apropie ca să îi poată şopti o rugăminte.

-Doamnă Abaddon, zise purtătorul de cuvânt, ce aţi vrea să facă Parlamentul?

-Lase soţ alungat oameni şopârlă de pe pământ.

Îşi purtă degetele peste cicatricea care îi străbătea chipul, pornind de la frunte, trecând printre sprâncene, ratând ochiul la mustaţă şi continuându-şi apoi drumul pe obraz, înspre bărbie. Soţ luptat bine oameni şopârlă, multe cicatrice. Face oameni şopârlă meargă acasă. Eliberează pământ.

-Dacă mai exista vreo urmă de îndoială cu privire la faptul că sunteţi rasa primordială de la baza tuturor celor patru rase hibride, zise purtătorul de cuvânt, tocmai aţi şters-o. Din păcate, nu ştim *unde* este lumea voastră. Şi chiar dacă am şti, nu sunt sigur că Alianţa ar porni un război cu Imperiul Sata'anic pentru o singură planetă atât de îndepărtată de teritoriul Alianţei. Nu am putea cu niciun chip să vă protejăm tărâmul.

Sarvenaz păru de-a dreptul zdrobită.

-Pământ nu sclavi! strigă ea. Oameni luptă şopârle până la moarte. Nu fie oameni destui ca să ajute oameni ceruri!

Lucifer îşi reveni în simţiri:

-Mulţumesc, doamnă Abaddon. Oricât mi-aş dori să nu fie adevărat, purtătorul de cuvânt al Camerei Reprezentanţilor are dreptate... pentru moment.

Se răsuci apoi pentru a se adresa Parlamentului.

-Să nu uităm însă că *există* ceva ce putem face. Avem o rezoluţie în faţă chiar acum. Aceasta ar garanta că oamenii au dreptul să emigreze spre teritoriul Alianţei.

Comandantul General Suprem Jophiel se arătă din umbră.

-Dar aţi auzit-o! strigă ea. Noi nu luăm sclavi! Contrazice tot ceea ce simbolizează Alianţa!

-Evident că nu luăm, *Jophiel,* zise Lucifer, aproape scuipând numele inamicei sale. Odată ce ajung aici şi se *căsătoresc* cu un cetăţean al Alianţei, pot deveni la rândul lor cetăţeni cu drepturi depline. Aşa cum şi doamna Abaddon este acum un cetăţean deplin, *liber* al Alianţei.

-Dar ca să *ajungă* aici trebuie practic să devină sclavi sexuali, şuieră Jophiel.

-Ca *tine,* Jophie? îi replică Lucifer verde în faţă. Măcar ea s-a *căsătorit* cu primul Angelic cu care a făcut dragoste. Spre deosebire de *tine,* care i-ai aruncat propunerea în freză iubitului tău şi ai ales, în schimb, să îţi prostituezi ovarele pentru programul de reproducere al Împăratului!

Wow! Abaddon se aplecă în faţă, la fel ca toţi cei care urmăreau dezastrul în persoană sau la televizor. Oare armăsarul alfa tocmai insinuezi ce credea *el* că insinuase?

Jophiel afişă aceeaşi expresie perplexă pe care o afişase şi Lucifer cu câteva momente mai devreme, când Sarvenaz îşi ţinuse discursul. Bine, poate nu chiar? Oricare ar fi fost motivul pentru care ea stătea acolo cu gura deschisă, păru să îl enerveze şi mai tare pe Lucifer. Se întoarse înapoi spre orchestra sa, spre poporul său, Parlamentul său, şi îşi dirijă capodopera.

-Viitorul Alianţei depinde de proiectul de lege pe care l-am depus pentru a începe comerţul cu lumea oamenilor şi a legaliza imigraţia soţilor şi soţiilor umane, strigă Lucifer. Toţi cei care vor să voteze pentru să spună da!

-Da! veni răspunsul puternic ca un tunet.

-Cineva împotrivă?

-Împotrivă, anunţară câţiva dezidenţi.

-Nu! strigă Jophiel, cu toate că nu avea drept de vot.

-Majoritatea câştigă! anunţă purtătorul de cuvânt, lovind cu ciocănelul în masă. Poporul a grăit! Începând din acest moment, ca reprezentant al Alianţei, Lucifer are dreptul de a lua toate măsurile necesare pentru a începe de îndată schimbul cu lumea oamenilor.

În Parlament izbucni haosul, delegaţii bucurându-se de triumful îmbătător al sfidării. Lucifer se clătină şi se prăbuşi în genunchi. Epuizarea provocată de organizarea unei asemenea lovituri de stat în starea în care se afla îşi spunea cuvântul.

Abaddon se gândi că era ciudat că Şeful de personal al lui Lucifer, Zepar, nu venise să urmărească nebunia. Poate că *el* era chiar mai vinovat decât Lucifer. Cei doi nătărăi cu privi reci nu erau nici ei prezenţi. Fugeau mâncând pământul, ca nişte rozătoare care părăsesc nava pe cale să se scufunde.

-Ai reuşit, copile, zise Abaddon, îngenunchind în faţa acestui performer excepţional care tocmai pusese la pământ un zeu.

-A vorbit, spuse Lucifer privind dincolo de General, spre Sarvenaz, cu o expresie uluită. Nu ştiam că sunt capabile să gândească.

Abaddon atinse aripile pârjolite ale lui Lucifer, observând vârfurile ciudate ale penelor care se pregăteau deja să crească înapoi. O parte din creierul lui înregistră ritmul rapid de vindecare, însă zornăitul Cherubimilor care se apropiau îl făcu să treacă la acţiune.

-Duceţi-l în infirmerie, pe *Jehoshophat*, le ordonă Abaddon membrilor echipajului său. Are nevoie de îngrijiri medicale imediate.

Se întoarse apoi spre locul în care stătea Jophiel, între Lucifer şi Maestrul Yoritomo, implorându-l să nu îndeplinească ordinul Împăratului. Ea nu avea *nicio* autoritate asupra gărzilor personale ale Împăratului.

-Bine că am ordonat ca *Jehoshophat* să îşi îndrepte toate tancurile cu impulsuri către toate navele parcate în curtea interioară, zise Abaddon. Nu ştii niciodată ce poate să facă o mulţime de protestatari după un vot istoric ca acesta.

Cherubimul nu făcu nicio mişcare când echipajul său îl ridică pe Lucifer de pe podea. Aceştia îl duseră până la ieşire, unde alţi doi bărbaţi se iviră din umbra – gărzile de corp ale lui Lucifer. Cele care sfidaseră ordinul direct al Cherubimilor de a-şi ţine gura şi puseseră în mişcare rotiţele planului pe care Lucifer îl pregătise în cazul în care lucrurile o luau razna.

-Ne ocupăm noi, domnule, zise Agentul Special Eligor.

Al doilea dintre ei, al cărui nume Abaddon nu şi-l mai amintea, îl apucă pe Lucifer de celălalt braţ.

-Eligor, spuse Lucifer, întinzându-se pentru a strânge mâna gărzii sale de corp. Din buza spartă îi curgea sânge. Tu nu m-ai abandonat.

-Nu, domnule, spuse Angelicul reticent.

Cei doi îl sprijiniră pe Lucifer și începură să îl târâie spre ușa care ducea spre subsol.

-Unde îl duceți? întrebă Abaddon.

-Poate ar fi mai bine să nu știți, zise Eligor. În caz că mai face Împăratul o criză de nervi.

Abaddon aprobă din cap. Avea un million de întrebări în minte, dar puteau aștepta până când Lucifer avea să fie dus într-un loc sigur pentru a-și îngriji rănile și a-și recupera aripile. Oricât l-ar fi îngrozit ceea ce Împăratul îi făcuse fiului său, tratamentul acesta era de-a dreptul blând în comparație cu cel pe care el îl aplicase când Hashem îi ordonase să oprească niște insurecții. Aripile pârjolite erau mic copil pe lângă un distrugător de planete.

-Ai de dat niște explicații când îți revii, strigă Abaddon în urma lui Lucifer. Și apoi trebuie să îți ceri scuze față de soția mea, fiindcă ai numit-o *moncaí*.

Lucifer rânji.

-Dacă aș fi știut că e așa deșteaptă, aș fi păstrat-o pentru mine!

Abaddon i se adresă unuia dintre membrii echipajului său:

-Urmărește-l, spuse el. Află unde îl duc și plasează o navă în așa fel încât să fie apărat în cazul în care Împăratul încearcă să îl aresteze din nou.

-Da, domnule, zise bărbatul.

Luă alți trei bărbați cu el și o rupseră împreună la fugă prin rețeaua de tuneluri de sub Parlament, despre care prea puțini știau.

Abaddon făcu un semn aprobator din cap către echipajul său. Era vremea să plece. Soldații își înfoiară aripile, fie ele subțiri ca un voal, fie acoperite de aripi, și începură să împartă coate tuturor celor care nu le făceau loc. Abaddon reașeză cu blândețe acoperământul pe capul lui Sarvenaz și o strânse lângă el.

-Unde mers acum, soț? întrebă ea.

Abaddon își afundă nasul în acoperământul ei și îi inhală parfumul.

-Afară, *mo ghrá*, zise el. Ți-am promis că o să te duc afară.

Mulțimea se dădu la o parte, mulți dintre cei prezenți căzând în genunchi la vederea femeii care îl însoțea. Abaddon o conduse spre grădina ornamentală care îmbrățișa clădirea din lateral și înaintă spre un copac, îndoind o creangă în așa fel încât Sarvenaz să poată ajunge la ea. Pe creanga aceea stătea un fruct copt, roșu. Nu fructul pe care *ar fi vrut* să i-l dea, căci *acel* copac nu mai rodise de 74.000 de ani, dar cel puțin fructul acesta era *adevărat.* Și era cea mai bună variantă pe care i-o putea oferi... pentru moment.

-Bine ai venit în Rai, *mo ghrá.*

Mâna îi tremură pe fructul roşu şi dulce. Era primul dintr-un şir *lung* de daruri pe care voia să i le facă. Un şir care avea să includă, imediat ce avea să afle unde îl ascunsese Shay'tan, şi însăşi lumea din care provenea Sarvenaz.

Cu camerele şi privirile cetăţenilor obişnuiţi care îi înconjurau aţintite asupra lor de la o distanţă respectuoasă, cei doi îşi împreunară braţele într-un simbol universal al căsătoriei şi împărţiră prima îmbucătură din fructul interzis.

Capitolul 53

Data Galactică Standard: 152,323.10 D.Î.
Imperiul Sata'anic: Hades-6
Împăratul Shay'tan

SHAY'TAN

-Ați dori niște fructe, Eminența Voastră?

Shay'tan deschise un ochi. Edasich, cea mai grațioasă dintre soțiile sale, stătea deasupra lui. Nările i se dilatară, inhalând aroma micilor fructe suculente. Dragonii erau ființe carnivore, dar de vreme ce subiecții săi erau predominant ierbivori, un stil alimentar pe care el îl încuraja, pentru că presupunea mai multă carne rămasă pentru el, se cuvenea ca Shay'tan să servească drept un exemplu pozitiv.

-Ești o răpitoare floare în Împeriul meu, murmură Shay'tan mulțumit.

Fornăi fericit când Edasich îi duse fructul moale spre bot, torcând ca o pisică în clipa în care sucul dulceag și savuros îi explodă în gură. Înșfăcă miniona femeia Sata'anică și o trase la piept de parcă ar fi fost o pernuță numai bună de îmbrățișat.

Edasich chicoti și i se cuibări la mijloc, iar mâinile începură să îi mângâie solzii. Torcân mulțumit, Shay'tan o acoperi cu aripa lui de piele și se lăsă din nou cuprins de somn. Visele îi hoinărâră ca întotdeauna nu către ceea ce *avea,* căci asta nu era niciodată de ajuns, ci către ceea ce *pierduse.*

-*Stellam Matutinum,* rosti în vid. Se trezi trist, așa cum se trezea de fiecare data, dar, cu atâtea soții prin preajmă, sentimentul nu persista la fel de mult pe cât obișnuia să o facă în primele mii de ani în care jelise după ea. Își frecă nasul de Edasich până când aceasta se trezi și îl satisfăcu. Existau, de altfel, multe căi prin care o femeie putea satisfice un dragon bătrân și viguros ca el. Tocmai când întorcea favorul, profitând de nemaipomenita magie care stătea în limba sa de dragon, răsună o bătaie frenetică în ușă.

-Sunt ocupat! mârâi Shay'tan.

-D-d-domnnule! răzbătu vocea lui Budayl de dincolo de ușă. Nu suportă amânare!

Mormăind, Shay'tan își ajută cea mai frumoasă dintre soții să își tragă hainele pe ea și îi făcu cu ochiul.

-Mai târziu, îi promise el.

Chicotind, Edasich reveni la celelalte soții.

-Intră, bâigui Shay'tan. Scribul vârstnic intră în cameră îmbrăcat încă în pijamale, cu limba agitându-i-se frenetic în aer și retrăgându-se politicoasă înapoi în gură în clipa în care detectă ceea ce tocmai întrerupsese.

-Ar face bine să fie important.

De obicei, Budayl nu se arăta preocupat de intrigile din imperiu, dar, judecând după modul în care îi tremura coada acum, nu aducea veşti bune.

-P-p-poate că ar fi bine să pornesc televizorul şi să vă las să vedeţi chiar dumneavoastră, domnule, se bâlbâi el.

Se repezi apoi la televizor şi se opri pe unul dintre canalele pe care le prindea din reţeaua Alianţei.

Shay'tan urmări îngrozit cum fiul adoptat al adversarului său antic, deşi tocat şi fărâmiţat bine, smulse puterea din mâinile tatălui lui nemuritor şi, ca şi cum asta nu ar fi fost de ajuns, îl şi chemă pe aghiotantul cel mai important al lui Hashem să depună mărturie. Abaddon Nimicitorul păşi pe scenă, îşi desfoie aripa şi...

-Asta nu e fiinţa umană pe care Ba'al Zebub a primit autorizaţia de a i-o dărui prim-ministrului!

Temperatura continuă să îi crească în vreme ce Lucifer îşi încheia discursul.

-Acord comercial? Ce acord commercial? Eu nu am autorizat niciun acord commercial!!!

Budayl se cutremură.

-Asta nu e tot, Eminenţa Voastră. Mai ştiţi că m-aţi însărcinat să sap adânc prin rapoartele cele mai obscure ale agenţiei de informaţii? Am găsit asta.

Budayl îi întinse o tabletă pe care se afla o copie electronică a unui raport scris de mână, după care păşi grăbit spre uşă, gata să plonjeze în afara încăperii. Shay'tan citi plângerea depusă de ofiţerul pentru chestiuni logistice al Generalului Hudhafah.

-Treizeci?! se răsti Shay'tan, făcând ca fundaţia palatului să se cutremure. Unde e Amiralul Musab? Vreau ca toate navele rămase să apere planeta aia!

-A-a-a-sta e problema, d-d-domnule, tremură scribul. Nava de recunoaştere a Amiralului Musab tocmai a trimis o transmisiune subspaţială de pe teritoriile neexplorate. Planeta pe care Ba'al Zebub a marcat-o pe tabla dumneavoastră de şah e moartă. Nu e nimic acolo!

Scribul sări afară.

Ochii lui Shay'tan se întunecară, cuprinşi de putere, puterea de care se lepădase cu eoni în urmă, când Cea-Care-Este îl ispitise să joace şah într-una dintre galaxiile ei în loc să se ocupe de sarcina *iniţială* pentru care fusese trimis acolo. Flacăra lăuntrică pe care o posedă toţi dragonii se dezlănţui în clipa în care Shay'tan îşi înfoie aripile şi îşi căscă guşa, urlând numele lui Ba'al Zebub.

Întregul Hades-6 se cutremură când dragonul-care-mută-munţii îşi asumă adevărata înfăţişare şi transformă în cenuşă etajele superioare ale palatului regal.

Capitolul 54

Octombrie – 3.390 î.Hr.
Pământ: Satul Assur

JAMIN

Soarele se răsfrângea necruțător de fierbinte pe trupul lui în timp ce luptătorii îl însoțeau în afara satului, cu sulițele orientate spre *exterior,* spre sătenii care îl huiduiau și sâsâiau pe măsură ce înainta cu mâinile legate. În drumul lor, războinicii de elită, războinicii din divizia a doua și alți câțiva pe care el îi considerase întotdeauna incompetenți – războinicii lui *Mikhail* – se sincronizau perfect, într-o cadență specifică marșului, scoțând gunoiul din sânul așezării.

Îl duseră, ironic, chiar la marginea *wadi*-ului în care el și războinicii de eliteră înnoptaseră și fripseseră o antilopă cu o noapte înainte ca cerurile să se deschidă, fără să știe că Ninsianna se ascundea în spatele unei pietre. Acum, pământul era uscat, *wadi*-ul era secat, iar în locul lui nu mai erau decât vânt și praf.

Acesta era locul în care lucrurile începuseră să meargă teribil de prost.

Foștii săi luptători îi evitară privirea când îi întinseră mai multe boccele din piele de capră, pline cu apă, un șal și un kilt de schimb, înfășurate în așa fel încât să facă loc pentru ceva merinde în plus, și câteva mărfuri pentru negoț, cu siguranță trimise de tatăl lui. Nimeni nu scoase un cuvânt. Nici el. Nici ei. Tirdard îi tăie sforile chiar cu propria lui lamă de obsidian, pe care o îndesă apoi în grămăjoara în care se afla și kiltul de schimb.

Un ultim războinic se repezi în față, aducându-i sulița de mult abandonată. Gita îi puse un pachețel cu o coajă de pâine, un gerbil abia vânat și o piele de capră abia folosibilă în bocceaua pentru drum, după care se întoarse grăbită, ochii ei negri fiind cuprinși de un amestec ciudat de repros și suferință.

Războinicii se retraseră cu sulițele îndreptate spre el. Siamek era chiar în fața sa, ținând în mâini sulița lui favorită.

-Deci pur și simplu îi lăsați să îmi facă asta? întrebă Jamin.

Siamek îi evită privirea.

-Bărbatul care se află acum în fața mea nu e cel pe care mă mândream cândva să îl numesc prieten, zise el cu blândețe. Dacă bărbatul acela își găsește vreodată drumul înapoi spre casă, am să mă bucur să îi întind mâna mea.

Lui Jamin i se puse un nod în gât când cel mai bun prieten al său îi întinse sulița, iar apoi îi întoarse spatele și se îndepărtă. Ceilalți războinici, inclusiv Gita, se retraseră într-un şir disciplinat, fără să îşi mute vreo clipă privirea de la el, până când dispărură pe drumul pe care veniseră.

Jamin îşi ridică privirea spre cei doi vulturi care zburau în cercuri deasupra lui, urmărind tot ceea ce se petrecea. Cu strigătele lor păreau să îl batjocorească pentru cât de profund decăzuse. Jamin aşteptă ca vântul să îi mângâie obrazul sau să îi şoptească cumva că încă era fiul favorit, dar, fireşte, acest lucru nu se petrecu. Până şi zeii îl abandonaseră. Vulturii îşi înclinară aripile şi zburară mai sus, lăsând curenţii de aer să îi poarte înapoi spre Assur, satul care nu îi mai era cămin.

-Jur, zise Jamin, agitându-şi pumnul spre vulturii aflaţi în retragere, că o să scap Assurul de demonul înaripat chiar de-ar trebui să îmi smulg *propria* inimă din piept şi să o vând necuratului însuşi!

~ Sfarsit ~

Începutul volumului al V-lea –
„Regina al unui imperiu mai micr"

Previzualizare:
„Regină a unui imperiu mai mic"

Octombrie – 3.390 î.Hr.
Pământ: Satul Assur
Colonel Mikhail Mannuki'ili

MIKHAIL

Mikhail luptă împotriva luminii zilei, vru să o sfâșie, vru să o nimicească; să se agațe de momentele acestea prețioase în care răsăritul îl făcea să se trezească înaintea zeiței din brațele sale. Își afundă nasul în buclele ei șatene; parfumul ei era atât de îmbătător încât părea un drog.

Trăgea de acest moment înainte ca treburile de zi cu zi – și problemele care apăruseră între ei în ultima vreme – să îi smulgă unul de lângă altul. Lumina de dinaintea răsăritului le oferea un răgaz în care să se întâlnească – aripile lui negre și carnea ei moale, trăsăturile lui ascuțite și trăsăturile ei rotunjoare, modul în care buzele ei voluptoase îi murmurau numele.

O rază frântă le săgetă dormitorul, luminând o pânză de păianjen întinsă de-a lungul ferestrei. Acolo trăia o păienjeniță mică și verde, care își țesea pânza pentru a prinde insecte. Ninsianna îi tot spunea să o omoare, dar lui îi plăcea de Domnișoara Păianjen și cum stătea ea deasupra lor, țesându-și pânza. Pânza îi amintea de amintirile pe care le pierduse, de acea parte din el care lipsise încă de când se trezise în această lume, rănit de moarte, cu degetele Ninsiannei vârâte în rana de la piept, atingându-i inima.

Oare avea să se trezească fericită? Sau norul întunecat avea să zăbovească în continuare între ei? Avea să fie aceasta ziua în care ea avea în sfârșit să îl ierte?

-Mikhail? se auzi vocea ei răgușită de somn.

-Sunt aici, *mo ghrá*, îi sărută el pulsul slab, sub ureche. Dormi, *chol beag*. Nu e încă vremea să întâmpini răsăritul.

Curajoasa păienjenița înaintă pe pânză, firele fragile ale acesteia capturând pentru încă câteva secunde lumina soarelui. Firele acelea erau ca amintirile lui – zvelte, puternice, urmând un tipar coerent, însă ceea ce țineau la distanță era terifiant și iluminator; o forță incontrolabilă care avea să cimenteze sau să distrugă pacea firavă pe care Mikhail reușise să o aducă.

Respirația Ninsiannei își recăpătă ritmul, iar buzele îi tresăriră la revenirea în visul frumos. O viziune? Sau un simplu vis, poate chiar cu el? Sau cu bebelușul pe care avea să i-l aducă pe lume la primăvară?

De ce oare avea în ultima vreme sentimentul copleşitor că nu avea să *fie* acolo la naştere? Se simţea de parcă îi suna un ceas şi trebuia să se bucure la maximum de fiecare zi, fiindcă în curând avea să i se scurgă timpul.

Ninsianna se foi…

-Ar trebui să mă trezesc, zise ea, acoperindu-şi faţa cu mâna. I-am promis lui Alalah că o să le explic noilor arcaşi cum să lanseze săgeţi trasor.

-Aş putea să o trimit pe Pareesa. O să se bucure să mai facă şi altceva decât să antreneze divizia B. "

Ninsianna se rostogoli spre el, îşi coborî mâna şi îi mângâie cea mai intimă zonă a corpului. Era prima oară când iniţia relaţii intime din acea zi teribilă în care se răcise complet în braţele lui. Mikhail o sărută blând, străduindu-se să nu o preseze.

Ninsianna deschise ochii. Pupilele aurii le priviră pe cele albastre.

-Bună dimineaţa, *mo ghrá*? zise Mikhail, analizându-i dispoziţia. Oare avea să refacă legătura dintre ei? Sau să găsească scuze, aşa cum o făcuse în fiecare zi a ultimelor două săptămâni?

Ninsianna se încruntă.

-Rămâi, se rugă el. Te rog, rămâi. Nu îmi place distanţa asta care a apărut între noi.

Ninsianna oftă şi privi în sus, spre pânza de păianjen.

-Credeam că o să scapi de chestia aia.

Mikhail nu înţelegea de ce insecta îl făcea să se simtă în siguranţă, în timp ce toate celelalte persoane care vedeau aşa ceva zbierau ca nişte fetiţe. Până şi Siamek ţipase când dăduse peste un păianjen cămilă, dar, în apărarea războinicului, păianjenii cămilă, mari cât jumătate de cot, erau cu totul altă poveste în comparaţie cu micuţa Domnişoară Păianjen.

-Mie îmi place, spuse el, strângând-o mai tare în braţe şi rugându-se să mai rămână cu el.

Ninsianna forţă un zâmbet.

-Orkedeh a antrenat o armată de arcaşi juniori, zise ea. Ticăloşii ăia mici au vânat toţi gerbilii pe o rază de jumătate de leghe. Poate după reuniunea anuală a căpeteniilor Ubaide îţi faci timp să îi înveţi să vâneze ceva mai mare?

Mikhail întrezări rugămintea din ochii ei. *După* ce termina de antrenat sătenii. *După* ce se folosea de calităţile sale pentru a negocia un tratat de ajutor reciproc. *După* ce se asigura că satul lor nu mai trebuia să lupte singur. De ce trebuia să se întâmple totul *după* această măreaţă sarcină cu care fusese împovărat de zeiţă? Distanţa dintre ei o deranja şi pe ea, dar *ea* era cea veşnic furioasă, chiar dacă el nu făcuse nimic greşit.

Prima rază de soare scăpă din pânza Domnişoarei Păianjen şi aprinse lumina din ochii aurii ai Ninsiannei.

-Ar trebui să plec.

Se strecură din brațele lui, alunecând din îmbrățișarea aripilor sale și tremurând în clipa în care răcoarea tomnatică îi atinse pielea, făcându-i pielea măslinie să capete aspectul pielii de găină. Rămase cu spatele la el, un gest plin de lașitate prin care îi evita privirea în timp ce îi smulgea inima din piept îmbrăcându-se.

Mikhail înghiți în sec.

-Da. Trebuie să ne facem treaba.

Ninsianna își ridică privirea spre statueta de lut care îi încununa altarul.

-Dacă nu convingi celelalte căpetenii să ni se alăture, spuse ea, fără a se folosi doar de propria voce, Pământul nu are nicio șansă. Și nici partenera ta.

Mikhail se cutremură. *Ura* că zeița se folosea de soția lui ca să îi atragă atenția asupra eșecului. Așteptă ca Ninsianna să iasă înainte să se îmbrace. Pantaloni kaki, de uniformă, pătați. Cămașă cu nasturi, ruptă. Șosete uzate atât de tare, încât nu mai aveau călcâi. De obicei, primul lucru de care se ocupa o mireasă după nuntă era să țeasă o ținută nouă pentru soțul ei, dar nebunia aceasta de a antrena sătenii să se apere umbrise orice altă sarcină. Judecând după expresia plină de milă pe care o citi în ochii mamei soacre când coborî, Mikhail își dădu seama că aceasta știa că tocmai mai trecuse o noapte în care el nu făcuse dragoste cu fiica ei.

-Bună dimineață, mama. Unde s-a dus Ninsianna?

Ochii inteligenți, ca de mahon, ai Needei îi întâlniră pe ai lui. Dacă Ninsianna îi putea vedea lumina spirituală, Needa îi putea *simți* inima frângându-se.

-O să treacă, fiule, zise ea, fără a-i răspunde la întrebare. Sătenii o să își piardă interesul și o să bârfească despre alte lucruri, nu despre o minciună împrăștiată de o biată fată înnebunită, care s-a agățat de o himeră în cel mai întunecat moment al vieții ei.

-Cum să o conving că Shahla a mințit dacă i-a citit deja mintea și ceea ce a văzut i-a dat de înțeles că povestea e adevărată?

Needa îi puse în față un terci de orz fiert și chișleag, cu o coajă de pâine rămasă de la cina din seara precedentă și o cană cu apă.

-Ninsianna *știe* că nu e adevărată.

-Oare? spuse Mikhail cu glas tremurător. Oare chiar știe?

-Copilul nu avea nicio urmă de aripi, zise Needa, iar ochii îi străluciră de furie. Și crede-mă, s-a uitat! A analizat bietul copil, care nu a avut nicio clipă șansa de a trage aer în piept, în loc să o implore pe zeița aia a ei să aibă milă, *indiferent* de ce a făcut Shahla, și să îl lase mai mult timp în pântec!

-Ninsianna nu are puterea asta, spuse Mikhail. Putere de viață și de moarte.

-*Bunicul* ei o avea, se răsti Needa. Zeii îl *posedau* ca să își facă magia, iar acum văd că Ninsianna calcă fix pe același drum!

Lucrurile nu merseseră bine nici între socrii lui din ziua în care o găsiseră pe Ninsianna inconştientă, cu un şoarece mort în mână. Needa şi soţul ei îşi aruncaseră cuvinte dure, mai ales după judecată. El se străduise să nu tragă cu urechea, dar auzise şoapte furioase despre magie neagră, preţuri plătite de cei care o fac şi decizii îngrozitoare.

-Eu provin dintr-o lume tehnologizată, spuse Mikhail. Noi nu credem în astfel de lucruri.

-Şi totuşi slujeşti un împărat care e tot un zeu, zise Needa.

-Nu e acelaşi lucru, spuse Mikhail. Împăratul nu ne *posedă* aşa cum Cea-Care-Este preia controlul asupra soţiei mele. Există reguli *stricte* despre cum poate fi folosită puterea, la fel ca substanţa care nu îmi mai mână nava. Voi îi spuneţi magie, noi îi spunem ştiinţă. E o forţă care poate fi valorificată dacă înţelegi regulile.

-Şi zeul la care te rogi când intri în luptă? întrebă Needa, răzuind terciul nemâncat în găleată, ca să hrănească capra.

Mikhail privi îndelung spre lumina care pătrundea pe uşă ca un cuceritor triumfător. Rugăciunile pe care el le spunea când intra în luptă erau menite să *stăvilească* ceva, nu să posede sau să distrugă, aşa cum credeau Assurienii. Dar cu cât zăbovea mai mult printre oamenii aceştia, cu pasiunile şi emoţiile lor volatile, cu atât mai mult trebuia să se străduiască să îşi ţină în frâu *propriile* porniri primitive. *Ceva* întunecat pândea în subconştientul lui, ceva înfricoşător, care aştepta să izbucnească la fel ca lumina soarelui, care trecea de pânza Domnişoarei Păianjen în fiecare dimineaţă. Doar dragostea Ninsiannei şi obiceiul bine împământenit de a rosti rugăciunile Cherubime îl ajutau să ţină la distanţă acea forţă.

-Dansul morţii e diferit, spuse el. Rugăciunile alea nu mă transformă într-un superom şi nu sunt magice. Doar mă ajută să mă concentrez, ca să nu mă las distras în timp ce lupt.

Needa afundă farfuria într-o găleată cu apă şi o frecă cu zel, hotărâtă să nu lase nici măcar un vas murdar să îi întineze casa cât avea să plece în vizitele de zi cu zi.

-Te priveşte de sus, ştii? spuse ea. A crezut că eşti un zeu, iar acum că îşi dă seama că nu eşti, e nervoasă că nu poţi să comunici cu ea aşa cum o face tatăl ei, direct la nivel mental.

-Dar sunt un simplu muritor! răspunse Mikhail pleoştindu-şi aripile. Nu am puteri de zeu.

-Fir-ar! exclamă Needa, scoţând bolul de pe care se scurgea apă şi împroşcându-l pe Angelic cu picături. Eu nu *văd* ca Immanu. Eu *simt*! Aşa cum simţi şi tu. *El* e cel care a învăţat să comunice cu *mine,* să îşi folosească darul într-un fel pe care inima mea îl înţelege!

Mikhail îşi acoperi ochii cu palma. Ochii aceia ai lui care, indiferent de cât ar fi încercat Immanu să îl înveţe, nu puteau să *vadă*. Expresia Needei se îmblânzi. Nu pe *el* era supărată, ci pe Ninsianna.

-Eşti epuizat, spuse ea. *Toţi* suntem.

Îi smulse pâinea din față deși abia de apucase să ia o îmbucătură.

-Așa a fost și când Ninsianna era bebeluș. Immanu a trebuit să îi ia locul tatălui lui, iar asta ne-a pus căsnicia la încercare.

-Și cum ați salvat-o?

Buzele Needei se țuguiară, formând o linie subțire. Luă coșul pe care îl folosea pentru a-și căra arsenalul de tămăduitoare – ace din os așezate cu grijă într-un învelis de piele, fire lungi și puternice din păr de animal, cu care cosea răni, pachete de ierburi, bandaje din cârpe și borcane mici, din lut, pline cu tincturi și unguente acoperite cu capace de lemn.

-Eikuppidi a călcat pe o piatră și are o infecție, schimbă ea subiectul.

Aruncă o privire peste umăr înainte de a ieși pe ușă:

-Ninsianna te iubește, dar e fata bunicului ei. Mă rog doar să nu afle *pe propria piele* că eternitatea nu e așa grozavă dacă nu îl ai pe cel pe care îl iubești lângă tine.

Se făcu nevăzută, lăsându-l să se holbeze la găleata cu coji de pepene, resturi de terci și un castravete pisat. De vreme ce nu mai avea de strâns cereale, iar râul se umflase, fiind gata să inunde câmpurile, nu îi mai rămânea nimic altceva de făcut decât să se ocupe de antrenamentul războinicilor.

Dar, înainte de asta, mai era și chestiunea cu mulsul caprei...

Va urma....

Rezumat:
„Regina a unui imperiu mai mic”

Neştiind că Lucifer a preluat controlul asupra Alianţei, Mikhail se străduieşte să umple golul lăsat de alungarea lui Jamin pentru a convinge neamul Ubaid să lucreze împreună, nu doar ca sate individuale, ci ca un trib unit. Însă acuzaţiile Shahlei i-au zdruncinat căsnicia, readucând la suprafaţă răni mai vechi şi o putere primordială pe care niciun muritor de rând nu o poate controla. Va reuşi Mikhail, lipsit de încrederea Alesei sale, să unească neamul Ubaid pentru a lupta împotriva a ceea ce va să vină? Sau va cădea pradă furiei sale şi va dezlănţui o forţă distructivă care face ca până şi zeii să se cutremure îngroziţi?

Între timp, Jamin refuză să accepte că satul i-a fost „furat”. Noii aliaţi ai Halifienilor, Amoriţii, spun că „oamenii-şopârlă” i-au oferit şeicului o recompensă în aur la schimb pentru capul Angelicului. Cine ar putea să se strecoare dincolo de zidurile de apărare şi să îl înşface mai bine decât fostul *Muhafiz* al Assurului?

În tot acest timp, în ceruri, Lucifer îşi duce mai departe lovitura de stat, continuând cu o prefăcătorie care îţi taie respiraţia *şi* mai tare. Totul pentru a declanşa un război între cele două mari imperii – şi a-l livra pe *el* chiar la uşa lui Mikhail.

Saga Sabia Zeilor continuă în Cartea a cincea: „*Regină a unui imperiu mai mic*”.

Mai multe informatii:
https://wp.me/P2k4dY-1ys

Buletin informativ

Dragă cititorule,

Sper că ți-a plăcut „*Aici nu e loc pentru îngeri căzuți*". Dacă dorești să primești o notificare atunci când voi lansa „*Fructul interzis*", te invit să te abonezi la NEWSLETTER-ul meu, iar eu îți voi trimite un e-mail când va fi gata!

Drept răsplată, odată ce vei confirma abonarea, vei primi acces instant către ediția digitală gratuită a volumului *Ceasornicarul: O Nuvelă*, disponibilă în format .epub, .mobi sau .pdf. Îți promit că nu vei primi niciodată mesaje spam din partea mea și că informațiile tale personale vor rămâne confidențiale. Folosesc MailChimp, așa că te poți dezabona oricând.

La-o gratuit când te înscrii aici: >>
https://wp.me/P2k4dY-16O

Rezumat:

—Întreabă cum poți câștiga o oră în timp—

Mary O'Connor are probleme mult mai mari decât faptul că ceasul ei s-a oprit la 03:57 p.m. Când îl duce la un ceasornicar amabil, ea află că a câștigat un premiu aparte, șansa de a retrăi o singură oră din viața ei. Dar soarta are reguli stricte cu privire la modul în care cineva se poate cufunda în trecut, inclusiv avertismentul că Mary nu poate face nimic care ar crea un paradox în timp. Va reuși ea să se împace cu greșeala pe care o regretă cel mai mult în această lume?

FRAGMENT:
Un înger gotic de Crăciun

Câştigător al eFestivalului "Words Best of Independent eBook Awards"- Cea mai bună povestire a anului 2014

Rămăşiţele vechilor suferinţe nu sunt niciodată lăsate în urmă...

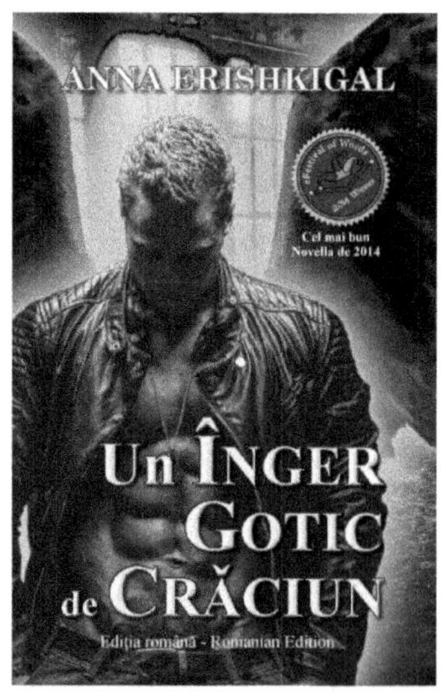

Părăsită de prietenul ei în Ajunul Crăciunului, Cassie Baruch crede că poate pune capăt suferinţei sale izbindu-se cu maşina de un copac bătrân. Dar atunci când un înger superb, cu aripi întunecate, apare şi îi spune "asta nu e vreo afurisită de poveste de dragoste paranormală, copilo", îşi dă seama că moartea nu îi rezolvă problemele. Poate Jeremiel să o ajute să scape de rămăşiţele problemelor din trecut şi să îşi regăsească liniştea?

Această reinterpretare modernă a mitului îngerilor păzitori îmbină "O colindă de Crăciun" şi "O viaţă minunată", într-o încercare de a le oferi oamenilor speranţa că îşi pot stăpâni şi depăşi trecutul.

„Foarte puţine cărţi mă înduioşează până la lacrimi, dar aceasta a reuşit într-o manieră glorioasă. Mesajul ei este redat cu umor şi graţie. Minunat!" — recenzia cititorului

„M-a făcut să îmi pese. Şi m-a făcut să plâng. Sunt foarte, foarte recunoscătoare pentru final." — recenzia cititorului

„O carte care m-a înduioşat ca nicio alta." — recenzia cititorului

„Dacă aş putea, aş acorda acestei poveşti un număr infinit de stele! Această carte mi-a provocat fiori." — recenzia cititorului

„Încă o dată, Anna transformă cuvintele în aur. Întorsătura gotică a acestei „Colinde de Crăciun" moderne este spectaculoasă..."- recenzia cititorului

Află mai multe >>
http://wp.me/P5T1EY-x3

Despre Autor

Anna Erishkigal este un avocat care se recuperează și scrie ficțiune drept alternativă la ideea de a se întoarce acasă de la tribunal și a-și supune copiii vreunui interogatoriu. Creează sub un pseudonim, astfel încât colegii săi să nu îi pună la îndoială pledoariile, considerând că ar fi la rândul lor rodul ficțiunii. În cele mai multe cazuri, dreptul *este*, după câte se pare, pură ficțiune. Însă avocații preferă să își numească activitatea *„apărare plină de zel a clientului"*.

Șansa de a analiza cotloanele cele mai întunecate ale ființei umane face posibilă construirea unor personaje ficționale interesante, acel gen de personaje pe care îți dorești fie să le încarcerezi, fie să scrii despre ele acasă. În ficțiune, poți jongla cu faptele fără a-ți face prea multe griji privind adevărul. În pledoariile legale, dacă propriul client te minte, ești pus într-o situație stupidă în fața judecătorului.

Cel puțin în ficțiune, dacă un personaj devine supărător, îl poți omorî...

Alte cărți de
Anna Erishkigal

„Ceasornicarul (o nuvelă)”
„Un înger gotic de Crăciun”

Saga „Sabia Zeilor”
(fantezie epică)
„Eroi de Demult (o nuvelă)”
„Sabia Zeilor”
„Aici nu e loc pentru îngeri căzuţi”
„Fructul interzis”
„Prin mijlocul pietrelor scânteietoare”
„Regina a unui imperiu mai mic”
„Cealaltă”

Mai multe cărţi în limba română:
http://wp.me/P5T1EY-oU